乡医梦

甲午孟秋张题

马淑美 著

中国言实出版社

图书在版编目（CIP）数据

乡医梦 / 马淑美著 . -- 北京：中国言实出版社，
2022.12

　　ISBN　978-7-5171-4343-7

　　Ⅰ.①乡… Ⅱ.①马… Ⅲ.①长篇小说—中国—当代
Ⅳ.①I247.5

　　中国国家版本馆 CIP 数据核字（2023）第 005118 号

乡医梦

责任编辑：果凤双
责任校对：李　颖

出版发行　中国言实出版社
　　　　　地　址：北京市朝阳区北苑路180号加利大厦5号楼105室
　　　　　邮　编：100101
　　　　　编辑部：北京市海淀区花园路6号院B座6层
　　　　　邮　编：100088
　　　　　电　话：010-64924853（总编室）　010-64924716（发行部）
　　　　　网　址：www.zgyscbs.cn　电子邮箱：zgyscbs@263.net

经　　销：新华书店
印　　刷：成都市兴雅致印务有限责任公司
版　　次：2023年2月第1版　　2023年2月第1次印刷
规　　格：710毫米×1000毫米　1/16　30印张
字　　数：476千字

定　　价：98.00元
书　　号：ISBN 978-7-5171-4343-7

前　言

　　历史车轮滚滚向前。每一段历史都有其自身特色，历代文人墨客中不乏传承历史、弘扬文化、教育鼓励后人者。他们不辞辛苦，义无反顾地坚持发掘整理宝贵的历史资源，将丰富多彩的历史成就奉献给世人，润泽万代。作者效仿先贤，呕心沥血写成此书，留存后世。

　　本书作者终其一生学医行医，以济世救人为己任，履职几十年如一日，躬耕前行，绝无懈怠。退休之后仍勤奋学习业务，钻研技术，孜孜以求，坚持数载，将自身经验融入医学当中，成书为《医实集》，为丰富中老年朋友保健知识做出了无私奉献。

　　本书作者业余爱好文学创作，之前曾出版了《文韵寸草心》一书，深得读者好评。

　　正如作者在本书引子中所述及的那样，其在与邻居聊天之际，捕捉到书中主人公的原型，结合当时的现实生活及历史背景，整理创作出本书。现在终于与广大读者朋友见面了，诚望大家喜欢。

　　在此向广大读者朋友郑重声明，书中所述人和事纯属虚构，切莫对号入座。只求书中那段历史情节能引起读者共鸣，则幸甚至哉！

青山来客

2022 年 5 月 30 日于上海

目录

Contents

引 子

　　十几年前一个夏天的晚上，同住一院的几人围坐在水泥乒乓球台边，七嘴八舌、说古谈今地聊天。一位能说会道的刘女士讲了一个很有意思的事。说有母子二人，每天早上在工厂门前路边炸油条，当娘的干面板活，儿子看炉火、翻炸油条，称给顾客，收费结账，还管着豆浆机，买油条的人大都也买上份豆浆。因这娘俩做的油条好吃，生意红火，日久天长，与一些顾客便成为熟人和朋友。其中一位好心人问："小伙子多大啦？找对象没有啊？"这一问，让为娘的很痛心，就说："孩子不小了，二十多岁啦！家里也有人给提，但都没有成，嫌俺炸油条不挣钱。孩子从这厂里下了岗，俺又没有能办事的亲戚帮忙找活干。"这位好心人很理解，说："是啊，现在没有关系，事就不好办。先干着，以后再想办法吧。俺老家有个小伙子，上医院当了清洁工，和一个住院老头的小闺女拉上了，还一起学了医生，在村里干得挺好。"这娘俩回家后，就急不可待地开始找人托关系，让小伙子办了到医院进修的手续。正好有个五十多岁的老头在住院，他有个十八九岁的大闺女和一个十来岁的小男孩，家里就这三口人，生活困难。小伙子便积极地关心这个病人，帮着克服困难，最后和病人的女儿成了亲，两人也都当了乡村医生。听了这个故事，想起还真有过几起医患两家成亲的事儿，便综合起来说与大家。

1

第一章

偶然一提醒　好运接踵来

　　话说有母子二人，在句山县城的一条街道旁开着一个炸油条的小摊。儿子叫郎立学，今年刚二十二岁，母亲五十四岁，叫徐桂贞。娘干面板上的活，儿子忙炉子上的活。

　　做母亲的站在面板前，双手不住揉那用油及调料和好的面团，并以特制小刀切成大小均匀的油条面型，两手捏起四根面型两端一拉，放入沸腾的油锅中。儿子则手拿一双长竹筷，不住地翻锅中炸得吱啦吱啦响的油条。油锅里持续散发出缭绕升空的油烟味和油条香味。在晨曦中，路上行人尚少，但这母子却早早到此点火开张了。筐内炸好的橘黄色、又香又脆的油条，已引来不少顾客，赶早班的人、学生家长等都自觉排起了队。在管好自己工作的同时，儿子尽量抽出时间给顾客称好一份份油条，个别有急事的人还予以优先。在忙碌中，他还不停地哼着别人听不清的《沂蒙小调》，细琢磨很像是"沂蒙山区好地方……"

　　一中年妇女逗这个小伙子："这么漂亮的小伙子，成天弄得油脂麻花的，干这个既熏人又呛人的活，谁家的姑娘愿意嫁给你啊?!"儿子也不示弱，依然高兴地说："愿意吃油条的照样抢着嫁给咱呀!"做母亲的听着可是很动心，尽管忙碌得无暇抬头，还是接上说："是啊，年轻轻的就干这活是有点可惜。可是上班的厂子不好，咱又没有当官的给帮个忙，一霎也找不上个工作。好歹的一早来干点，挣几个先混着呗!反正现在地里也没要忙的活。"那人听了也没再说什么，拿上油条就走了。

　　一阵街风刮过，锅里的油气和炉子烟窗喷出如云的浓烟，合成一股极其呛人的恶劣气流，迎面扑向这娘俩，吹得他们母子泪涕俱下，好一阵喘不过气来。幸亏昨天才下过一场小雨，尘土少点，炸好的油条放在筐里，上面还盖着蒙布。炉内木柴烧得噼啪作响，好像在说："算了吧，小伙子！别干这活了。"

经过洗涤浸泡的白胖大豆，被一勺勺舀进那台豆浆机，就有一碗碗豆浆出来。来买油条的大多也买豆浆，这活也多是年轻的儿子干。娘俩做面工、看火、炸制、称斤、收钱、磨豆浆，忙得不可开交。这娘俩每天看到顾客提着热乎乎的油条和乳制品样的豆浆高兴地回家，感到自己的辛勤劳动给许多家庭提供了美好的早餐，心中也是无限喜悦。

当一早上紧张结束后，将所有用具整理好，寄放于工厂靠街的一个院落里，母子二人才得以平静。这样的日子已度过了半年多。磨豆浆机用的电，也是该厂提供了方便。虽每天能挣下二三十块钱，但娘俩认为这也不是长法。儿子二十多岁了，正是说对象的时候，之前虽说了几个，都没谈成，人家一听是炸油条的就不谈了。二人都有一定的压力，那位顾客的提醒使这压力更大了。

有一天晚上，母子二人在家拉家常，说到本村一名男青年，先是跟行医人学徒，后来就成了村里的赤脚医生。又到公社医院参加了培训，现在公社医院当了医生，成天的还很忙呢，而且早就成了家。郎立学就说："那咱也想想法子吧？"娘就说起村里有个在句山医院当医生的来。这人叫郎先卫，大家都称他郎大夫。论起家族辈分，郎立学该叫郎大夫为叔叔，徐桂贞让儿子叫他郎大夫叔。娘俩便想到这个郎大夫家，请他给想个办法。

娘俩到了郎大夫家。他家一进大门是一排四间的红砖瓦正房，并有东西偏房。院落挺干净，有几盆花草。客室内有沙发、茶几，墙上挂着"救死扶伤，实行革命人道主义"的条幅。正巧郎先卫休班在家，因徐桂贞经常找他看病，所以很熟。

这娘俩一进门，郎先卫就笑嘻嘻地迎面问道："嫂子又哪儿不舒服？"徐桂贞忙说："大兄弟，你光想着俺生病呀？"郎先卫道："哪里的，你可是无事不登三宝殿啊！"徐桂贞又赶紧说："俺是麻烦你不少，可这回不是身上不舒服。是有个事，想请你帮着打打谱。"郎先卫这才正儿八经地说道："那你说是什么事，我听听，看能不能帮上忙。"徐桂贞就说："是想叫你侄子到句山医院先当个见习医生，好在村里干赤脚医生。你看看怎么着能办成。"郎先卫惊讶地问："到句山医院进修当实习医生？人家那儿都是医生或大、中专学生！"他对郎立学说："你又不是医生，更不是大中专的学生，怎么能行呢？"郎立学随即就说："我在县卫生学校读过的，只是没毕业就退学了，也不认真，没学到什么，后来肄业证也丢了。"

郎先卫无他法，就和娘俩说："这样的话，可到集店镇医院给出个证明，也许差不多。集店镇医院你有熟人吗？"徐桂贞听着有点门了，就指着郎立学对郎先卫说："他的一个叔伯舅在那里当会计，叫徐良会。平时可很少见面。"郎先卫说："那你去试试，求他出个你卫生学校肄业证丢失的证明，盖上医院的公章，可能行。"

徐桂贞娘俩听了这个主意很好，便说："谢谢郎大夫，俺去跑跑看，要是能行，就先拜您为师。"二人怀着试试看的想法回了家。

这天，郎立学骑着自行车早早到了集店镇医院，直接到会计室找到徐良会会计，亲切地叫了一声："舅！"这位看起来四十多岁的男士，头发乌黑，圆脸，双眼皮，五官端正，长得很帅气。他一看是叔伯姐家的外甥来了，就起来迎接，握手示坐让茶。

寒暄过后，郎立学把想到句山医院见习，需要份肄业证丢失证明的意思说了。说自己在卫生学校读过书，要了个肄业证，不知怎么丢失了，在家哪里也找不到，请医院给出个证据，还向徐良会深深鞠了一躬。徐良会听了郎立学的话，慢慢地说："要是这样的话，我先给你问问，过两天你再来。今天吴汉文院长没在家，上城里了。"郎立学心领神会，急忙说："谢谢舅！这事办成了，要好好感谢您！"郎立学看着事情有点眉目，心中喜悦，喜笑颜开。

郎立学在骑自行车回家的路上，高兴得不自觉地哼着"我们走在大路上，意气风发斗志昂扬……朝着胜利的方向……"

他回到家向母亲汇报了到集店镇医院的情况。徐桂贞听了沉思片刻，说："看来有点门道，那你明天就再去，要趁热打铁。"

第二天早餐后，郎立学便又去集店镇医院，在道上还不住地哼着"在希望的田野上……"不多时就到了医院门前，看到已有稀稀拉拉的病人来就诊。他叩开徐良会的门，见他正拿着一张报纸在看。

郎立学先问："舅舅好！这么早就上班了？"舅舅看着外甥来了，便想不是叫他过两天再来？话到嘴边，却未吐出。还是先叫外甥坐下，倒上一杯开水。郎立学接着问："舅，院长上城里回来了没？俺娘叫我接着来问问，让舅和院长说一声，怕他再出远门耽误事。"

徐良会说："你先在这里看着报纸等等，我去看看。"他马上去了。

郎立学心中透进了一丝希望，就拿起张报纸有意无意浏览着安心等待。

院长办公室的门半开着，徐良会却有礼貌地轻轻敲了三下，听见里边有人说"请进"才进去。见仅院长一人正看《健康报》，徐良会便说："吴院长，有件事来向您请示。我的一个远房外甥郎立学上过卫校，因父亲生病没有上到毕业，办了肄业证，后来不慎丢失找不到了。他见现在村里没有医生，想再到县医院去见习进修，以后回村里干个赤脚医生。"吴院长听了便说："他还想到句山医院学习？有上进心挺好。也想参加卫生保健事业，可贵！"徐良会接着道："他问过在句山医院的郎先卫，说句山医院要求有中专毕业证，或现在干着医生工作的才能去实习进修。郎大夫对我外甥说，请咱院给出个肄业证丢失的证明，就可以办进修手续。还说事办成后，约咱俩一块儿到县招待所聚聚。"

吴汉文院长听后说："这么点小事，还得上招待所吗？"便不加追问，从上衣左口袋摘下水笔，写了个便条递给徐良会，并嘱咐道："问李传义文书要张表填好，盖上医院的公章就行了。"徐良会拿着吴汉文院长的批条去找李传义，路上看到条子上写着：请李文书给填一份到句山医院的进修表。卫生学校的一个学生到句山医院进修。徐会计非常高兴，原来好像能去见习就不错，现在从批条上看就是进修了。到句山医院进修，一般的镇医院医生都较难办到。徐会计拿到吴院长的批条，如获最高指示，到李传义处把条一放，说："我外甥要上句山医院进修，请李大文书给填份表。"

李文书与徐会计虽然是平级人员，但文书还是不及会计吃香，因院长的一举一动，都从会计手里取钱。因此，李文书也就不再问什么，痛快地拿了一份表给了徐会计。徐会计接过表过目了一下，说："请李文书就先盖上个章吧，省下我再跑趟腿，这又不是什么了不起的事。"李文书也无可奈何，说："你说行就行。"随后取出医院公章，在印泥盒里按了下，在表的盖公章处"嘭"地一按，便把表递给徐会计。徐会计接过表诙谐地说："过几天用酒精给你消消毒。"李文书说："你才更得消毒！"

徐会计拿着进修表在路上想，进修就是医生再学习，他还不是医生，怎么讲进修呢？忽然又想到，他还在工厂干了一年临时工，干的就是卫生员，填已干卫生员一年不就可以了？来到会计室，他把表递给郎立学，说："你自己填填这张表。"

郎立学很聪明地请求道："舅，请您给填填吧！您天天握笔杆子，我天天搞半导体——锄镰锨镢，写的字和蚂蚁爬的一样，怕填不好。"徐良会说："县院意见是要一份见习表，这是份医生进修表。我想这样吧，你不是在工厂干过临时工吗？主要是在车间里干包包扎扎的活，就填个工厂卫生员吧？"

郎立学喜出望外，高兴地说："还是俺舅好，我还没想到呢！我是前年进厂的，车间主任就让我当搬运工，同时担任车间卫生员，还给了我个装有红汞、镊子、纱布、药棉、绷带、胶布、消毒品等的急救红十字药箱呢！后来厂里减员，才干不成了。"徐良会利索地说："就填个厂卫生员算了。"如此，徐会计利落地把表填好交给郎立学。郎立学拿了这盖章的进修表如获至宝，高兴得不知说啥好："感谢亲舅！俺娘说的，过几天来看你。"说完便告辞了。

第二章

摇身变医生　跨入医门槛

郎立学高高兴兴地走出医院大门，快速回到家。心想："我要当了医生，将来生活就好了，人家郎大夫家里多好，村里有病的人都去找他看，或让他请人给看，为大伙提供了许多方便。我想学他，这次亏得他给出了主意，以后也还得靠他。得先给他看看这个表。"他心中乐滋滋，心无旁骛地到了自家门口。

徐桂贞在家什么也干不下去，挂念着儿子事办得咋样，在屋里坐不下，心神不安地在院子里拿着扫帚东一下、西一下地扫，弄得四五只鸡东奔西窜，满院鸡屎，两脚不时踩上都心不在焉，只盼孩子顺顺当当办好实习手续。正在她万分焦虑之时，大门开了，郎立学人还没进门就喊："娘，办成了！"徐桂贞看到儿子高兴的样子，说道："可好啦，我的孩子去得好好学，好好谢谢郎大夫和你舅啊！"

母子二人到屋里坐下后，郎立学和娘说了办的过程。徐桂贞为儿子倒上一碗开水，说："喝点水歇歇。我给你把衣裳洗洗，你也去理理发，买双皮鞋。晚上再去找郎大夫告诉他手续办好了，看什么时候能去。再问问他还需什么东西，好抓紧置办。"郎立学说："娘说得是。我上城里理个发、洗个澡、买双鞋，接着找郎先卫叔，把表给他看看。也不等晚上了，我这就去找他。"徐桂贞说："你吃点东西再去吧，早上的稀饭还有，热一热就中，还有刚摊的煎饼，烧的辣疙瘩咸菜也还有。回来再吃就太晚了。"说着，她便去厨房点上灶火，一会工夫就把热乎乎的饭菜端上桌来，又说道："快吃点。我给你拿五块钱，你先买几块糖果到郎大夫那里问问情况，再去做别的。先买双解放胶鞋穿着就中。上医院可能也要钱！"

郎立学吃饱饭，徐桂贞拿出洗好的衣服。郎立学出门前像这样准备还是头一回。这次与以往都不同，这是一次生活的转折，要去学当医生，将来要像郎大夫一样给人治病。一时他又忧虑起来，能学会吗？能学好吗？他觉着自己学问浅，将来怎么着还难说。他一切都茫茫然，心里忐忑不安。

郎立学在通往城里的公路上用力蹬着车飞速前进，不一会儿便来到城里。他先到医院旁的商店买了点糖果和一包云州烟。这是他第一次花钱买糖和烟。在农村，有谁娶媳妇才花钱买这玩意儿。他想，什么时候才能为娶媳妇买这东西？一眨眼又回过神来，便推车进入医院大门。他从书包里拿出毛巾擦了一把脸，定了定神，找到郎先卫上班的门诊处，提着包到郎大夫诊桌前。等郎大夫的病人离开后他才说："叔，我把手续拿来了，请您看看行不？"他一边拿出表递给郎先卫，又把糖和烟拿出来给他。郎先卫说："我光看表，这些东西我不要。"郎先卫看完表格后，笑眯眯地说："我看表写得很好，这个放在我这里，下班后我就给院里看看，你先回去。"接着已有病人坐上位子等诊查了。

郎立学说："那我走了，谢谢您！"郎先卫点了下头，看着郎立学出了诊室，把表格叠好放进便衣口袋里，细心地检查起病人来。他一边给病人看病一边想，原来是说来见习，办成了进修，能顶起医生来？不过进修也好说，医院天天有进修的。郎先卫把上午的病人看完，也到了下班时间。他锁好诊室的门就大步流星来到医务科，找到了衣文平科长。郎先卫也不过多寒暄便直说道："集店镇的一位医生来进修，请衣科长看看这表。"衣科长说："来就是，内科只有一个进修的，可以安排。进修费每月十八元，若住宿另加六元，一月共二十四元。隔离衣和听诊器自带。"郎先卫见衣科长办事如此痛快，也没有多说，只问："什么时候来？"衣科长说："今天是星期五，下星期一来吧。来后我送他到科里，再告诉他几点要求。"因要下班，衣科长说着遂将表放进文件夹。郎先卫说："那好。"衣科长也脱下白大褂，洗了手，看没什么可带的，二人便一齐走出了医务科。

郎立学从医院出来想先去理发，就进了医院附近一家理发店。见一位女理发师在店里，向其打了个招呼便坐在理发椅上。在理发的过程中，他不时睁眼看镜子里的自己，正是满面春光。几天前还是一个在工厂门口炸油条的，今日表上写的是进修医生，就要一帆风顺以一名医生的身份进入句山医院，他心中怎么不喜悦呢？他的心在理发围布下忐忑不安地跳动着，激动之情溢于言表。

郎立学理完发又去浴池洗了澡，等他走出浴池，感到身上特别轻松，如释重负，身上的每一毛孔也都舒展畅通了，穿着的衣服也格外温暖，似乎衣服与肌肤间没有灰垢的间隔而更亲近了。这是他第一次彻底洗涤身上的灰垢，好像今天是生活中的又一新起点。到此，他娘安排的事只有鞋还没买，他觉得这事先放放，得赶快回家向母亲说今天的大喜事，免得她老人家还在挂念。从今天起，让她吃好饭，睡好觉，若自己真的当了医生，找个对象恐怕不成问题。他感觉今天那位理发师好像已看出他是个医生，也表现出对他有爱慕之心似的。今天他已为自己的如意算盘拨出了第一粒珠子，躯体的行动也表现得格外灵活，他有了一股战胜一切困难的勇气和力量。他美滋滋地骑上自行车急驶如飞往家赶，不一会儿就到了家门口。

郎立学一进门就高喊："娘，我回来了！"徐桂贞正在低头给他洗着换下来的衣裳，听到自己孩子的叫声，一抬头，见孩子已站在眼前。定睛一看，新理的发型，红润的大脸，笑嘻嘻的，忙问："找到你郎大夫叔了吗？他是怎么说的？"说话间郎立学放好车子，母子一同进屋坐下。娘知道孩子口渴，就先给倒上一碗开水，郎立学忙接过来。他喝了两口，便一五一十地说起今天的事来。徐桂贞一听，高兴地说："这可好啦！有眉目了，幸亏郎大夫。拿上你姐夫拿来的那两瓶酒，再去买上两盒云州烟，咱去谢谢他。"郎立学说："娘，晚上咱娘俩一块儿去才表示重视，人家更喜欢呀。"徐桂贞说："好。我早做饭，吃了饭就去。我先把那几件衣裳洗出来，你先歇歇，下晌再去锄锄地瓜。"

徐桂贞坐在小凳上，用力揉搓着衣裳，槌衣声响亮地传向四方。她喜得抿着嘴，劲头倍增，一会儿把一盆衣物洗涤得清了水，拧干搭在晒衣绳上。

郎立学在屋里喝了两碗水，看到家具都焕然一新了。徐桂贞听说集店镇医院给发了进修表，心里也着实高兴，便把室内一遍又一遍地打扫，清除得桌椅都格外干净，真有点旧貌换新颜。旮旮旯旯的尘土蛛网都扫除了，小物件放置有序，床上衣被也都叠得整整齐齐。总之，凡是有灰土的东西皆已干净如洗。这两间小屋确实大有改观，进屋一看条理井然，似有过新年的味道，只缺红春联和罗门钱了。他体会到娘因自己能到句山医院学习是多么激动，不仅将来会有所改变，现在就开始改变了。自己还未进医院的门，娘已行动起来，改变着这个家。家中现在仅有娘知道，别人尚都不知道，不过，只要去了句山医院，人们很快就知道了。这件家中大事在村里也算是不大不小的新闻啊。郎立学只是坐着安静地休息和遐想，不知不觉地就晌午啦。广播响了，先是播放义勇军进行曲，接着是广播员的声音："现在是第二次广播时间，下面转播中央人民广播电台的节目。"徐桂贞和郎立学说："我去炒白菜豆腐，热热早上的稀饭，也还有煎饼。"郎立学现在一心想的是句山医院，对其他都无兴趣。他怕打断了思绪，于是起来关了广播，继续进入自己如梦如幻的理想世界。还得要白大褂和听诊器，上哪儿去找呢？都得现买。要是在家住得来回二三十里路，不如在医院找个地方住。将来不炸油条，经济上就没有来源了。似乎经济上的问题又困扰着他。他转念一想，暂且不管其他，先进了医院再说。

下午，郎立学扛着锄去瓜地锄地。徐桂贞在家里收拾饭桌，洗涮锅碗瓢盆，也梳洗了一下，坐下来稍息。她想，自他爹去世，家全靠自己来支撑，没个人商量，幸亏郎立学也二十多岁了，挺懂事、听话。若去句山医院学了医生，将来成家问题不大，这就好了。晚上到郎大夫家得好好谢谢他，求他多操心。人家在医院多年，人熟能说进话去，就得依靠他，靠他领进门，学得好不好，还得靠他给帮助和指教。再说，从句山医院回来，也得靠他和村里说说才能干。一关一关过吧！晚上就过去，先闯他这一关。

等郎立学忙完地里的话回到家，看见娘已经准备好饭，上学的妹妹也放学在家。娘仨一起吃过晚饭，妹妹去学校上晚自习，娘俩收拾一下后，徐桂贞用小布袋提着两瓶齐民香酒和两盒云州香烟，领着郎立学到了郎先卫家。

郎先卫的妻子李玉花听见有人来，忙放下碗筷出来迎接。见是徐桂贞娘俩就说："嫂子和立学来了？快进屋里坐。"娘俩进到屋里，郎先卫也赶快站起来说："嫂子请坐。你们吃没吃饭？"徐桂贞说："俺刚吃过，就过来看看兄弟。兄弟对这孩子操了心，事也办成了，得谢谢兄弟。也顺便问问句山医院是怎么安排的。"郎先卫说："今上午立学侄送去了表，我下班就到医务科请示，还挺顺利。科长说有个进修的空，让下周一去。这我就放心了。今天下班回来，就是想和你说说。嫂子，你不来，我吃完饭也要过去找你。今天是星期五，还有两天做准备。隔离衣、听诊器自己带，被服、脸盆、餐具也得自带。要是住在医院里，每月交二十四块钱，在家住每月交十八块钱。听诊器是医生的必备用具，我这里有个旧的，让侄先用着。我还有件旧隔离衣，你拿去洗干净让他穿穿。听诊器也可到药材公司买新的。立学，你去要从头安心学习，不准到街上乱逛耽误时间。医学的学问很深，医生工作很重要，是人命关天的事，一旦出问题就很麻烦。工作就得时刻小心谨慎。有个专家说得很实在：'医生在临床中就应如履薄冰，如临深渊，有时刻掉下去的危险。'开头就要虚心向各个医生护士学习，待病人如亲人，多问、多看、多做，多跑跑腿。要勤快着点，打扫卫生要抢着干。先到内科学几个月，暂定半年。有事再商量，咱是爷们儿，我又多了个伴嘛！对侄的这些要求，也仅是从我个人的部分经验说的。"郎先卫边吃着饭就把情况有条不紊地说完了。徐桂贞听了喜得张着大嘴，笑着说："这可好了，不知怎么感谢他叔！我这也没什么准备，就这么点烟酒，真拿不出门。我们以后就是一家人了。郎大夫不在家，家里有什么事，让他婶子说一声，孩子能帮的就帮着干。多谢兄弟给把这件大事办成了，这是大吉大利的事。你的孩子还小，家务事全靠他婶子，也挺累的。"李玉花忙说："俺虽是累点，但还是能干过来。他歇班就来家干，能过得去。你别多心，别往这拿东西，这要成一家人了。"郎立学说："叔说得很好，我一定听。我还是个白丁，什么也不懂，是硬着头皮去学。只要勤学苦练就一定能学好。去了城里，保证哪儿也不去，遵守医院的要求，一心学习。医院要有地方我就住在院里，三两天来家拿次煎饼、咸菜，省得天天来回浪费时间。我想到书店买两本书来自学。听诊器上药材公司看看，有就买个新的。回家还有不少人找您看病，不能来回都带着。我下星期一按时去医院。以后还请您多照应。"徐桂贞说："那就先交上半年的钱，省得兄弟为难。"看着郎先卫家吃完了饭，义说："这样吧，照兄弟说的，叫孩子好好学，这个机会来得不易，别辜负了兄弟的苦心。兄弟上一天班，这么远回家来，就歇着吧。俺这就回去。"郎立学母子要走，李玉花忙着不让放下东西，相互让的结果是徐桂贞只拿着空布兜和郎立学走了。

郎立学母子和叔叔、婶婶告别后，高高兴兴地边走边议论，徐桂贞说："你能学医完全靠郎大夫帮忙，以后该想着人家，需要帮的时候咱就帮点，像过麦过秋的时候。你要是回家，就给你叔捎个信或带点什么。

只要咱能做的就尽可做。你半年的费用是多少来着？"郎立学答道："按一个月二十四块，半年是一百四十四块。听诊器还不知道多少钱。白大褂就先穿叔的也行。我明天到城里药材公司看看，要有听诊器就买一个。再到书店看看，能看懂的医书就买上几本。"

第二天，郎立学吃过早餐，带上个布兜和娘给的三十元钱，骑着自行车使劲地向城里奔。城里像一块磁铁般强力地吸引着他。从南向北的大公路，先有一个较长的上坡，后是一较长的下坡。郎立学来到上坡时，坐在车上的身躯左右紧地摇摆，来增加两腿的蹬力。尽管逆风上坡，也未影响前进速度。并且超越了一个个的同行人，令人看着有点狂。过了坡顶就是下坡路，他简直是飞奔，虽然不蹬，也不用前后闸，大半个小时即到达城里了。他先赶到县药材公司，正好刚开门，成为第一位顾客，仅有一位四十岁左右的女士在那里。郎立学问她有没有听诊器，她答复肯定有，在医疗器械部，售货员还没来，可能很快会来，让他先坐下稍等。郎立学便到墙根处的排椅上坐下，虽然说是年轻人，但费力蹬这么远的路，刚停下也是气喘吁吁，心还在怦怦跳，一霎也难平静。坐了一会儿异常就都消失了。郎立学看着这位女士在拿着抹布擦洗铝合金、玻璃结构的柜台，低头弯腰地干，可又无话可谈，便从泡着抹布的搪瓷盆里也取出一块抹布擦起玻璃柜台来。那女士说："你甭干，我一霎就干完了。我们天天这么着。"她又接着问："你买听诊器自己用还是给别人买的？"郎立学回答："我自己用，我上过卫校，要来句山医院进修。"女士说："那很好，将来我们肯定有机会合作，医药是一家嘛！"

正谈论着，一位四十多岁的男士闯进来。他一进门，女士便说："主任回来了？"又指着郎立学说："这个同志要买副听诊器，我叫他在这里稍等，他就帮着打扫起卫生来，真勤快！"主任说："我刚要出门，亲戚有事来家找我，就来得晚点了。"并对郎立学说："这让你久等了，请原谅！"郎立学一听有点愣，人怎么都这么客气？忙说："您来得很及时，我也是刚来不多时，拿起抹布刚抹了两下。"主任一面说着话一面打开柜子，取出一个方形硬纸盒，从里边拿出一副灰色胶管听诊器，配有钟型和扁圆膜型胸器头，递给郎立学，说："平时我们卖十五块，给你让利一块，收你十四块钱。"郎立学付上钱，拿出听诊器戴着反复听试心音，又怕出丑，赶快收起来，装进自己的小布袋，告辞二位。

郎立学心想，这可是医生的标志和武器啊！心中高兴得不知如何是好，一下子想起一句流行语："一是听诊器，二是方向盘，走到哪儿也不难。"他曾见过不少医生给人看病时都详细听病人的前胸后背，还听孕妇的大肚子，觉得听诊器有点神，一时如刚扛起枪的新兵耀武扬威起来，欲实战疆场。又一回顾，眼前却一片黑茫茫，对医学仅知其一个"医"字，其他什么也不知，心潮一落千丈，不知所从。人家不是说"摸着石头过河吗"？试探着办呗！他推着自行车缓缓前行，看到街上的门市大都陆续开门，理发的那个门也开了，女理发师正埋头清理卫生。他一晃而过，想看她一眼，又怕被她看见，于是骑上车上了新华书店。

进入新华书店，营业员都已站于柜台前等待顾客。因他提着个布袋，在收银台处的一位男士告诉郎立学应把袋子暂存这里，不准带进去。一男士拿出俩寄存物品的号牌，一个让郎立学拿着，另一个放在他的袋子上。他接过号牌，一看是三十八号，想带八的就是吉祥号，代表着大发。把牌子放入裤兜，他抬起头看了看那些分门别类的书，找到医药类的书架。那一本本厚厚的《内科学》《外科学》《心脏病学》《呼吸病学》……"这么多书，究竟哪本书适合我呢？"他心想，凡是厚的都不适合，应先要上本薄的，能看懂的。他挑选了好久，还是拿了本小本《内科诊疗手册》，价钱不贵，定价五元，又取了一本《药物手册》，定价三元。经反复斟酌，他决定买下这两本，心想，这是第一次购买医学方面的书，也是郎先卫的意见，先看看入了门再慢慢学。他付上钱，又对号取着寄放的袋子，如获至宝地将书放进去。他出书店后没急着走，而是坐在门前的台阶取出书来看。他想起初中的一位语文老师曾告诫同学们："书山有路勤为径，学海无涯苦作舟。"以前上学的书都是学校统一买来发的，发什么书就学什么书。今天破天荒自己买起书来，也是第一次进书店看到那么多书。这个不大的县城书店就有这么多书，全省一百多县的书就堆个山了。当时听老师那样说，他只当作是小孩子学话，今天才有点认识。他打开书，看目录中第一个病就是感冒，一下子觉得平时不就常感冒吗？不就是发点烧、头痛、咳嗽、不舒服，就到村卫生室里，连检查也不用，就给阿司匹林一包，叫吃了多喝水。平时就常说："感冒发烧，阿司匹林一包。"他看着书上讲的也有这内容，心想这就有门，没什么了不起。人家不是说"世上无难事，只怕有心人"吗？便把书装入袋子骑车回家了。

郎立学骑着自行车，因有轻轻的北风，似顺水行舟，比来时快了。他现在又想，现已有了做医生的基本条件，有了内科书和药物手册做指导，还有了诊断疾病的武器——听诊器，听听可能就知道是什么病了吧？没这玩意，只听病人说，不是同一般人一样吗？听听可能知道个大概，再看看药物手册，什么药止痛，什么药止咳，就能给人治病了。这样一想，医生也可能容易当，先不用犯难。骑着自行车，有了武器，又有了指南，比诸葛亮的木牛流马、指南针更现代化了，要和现代化的摩托化部队相提并论了。他一时想入非非，无法控制。到了公路的上下坡分界点，他觉得累了就把车子放在路边，看近处有块石头，便在石头上坐下歇歇。向南看有八九里路，就是自己的村庄，向北望好像城里就在眼前，也有八九里路，此处像个中间点。这条路可能要走很长时间，一年、两年、三年……

郎立学来到家中，徐桂贞见儿子回来了，上来就问："听诊器买到没有？"郎立学立即答："买到了。药材公司的一位主任还说医药是一家，愿意以后多合作呢！"二人进屋坐下，徐桂贞给他倒上水喝，儿子也把买的东西取出来给娘看。儿子介绍说："这是本《内科诊疗手册》，讲了各种病的诊治方法，学好这本书就够用的。另一本是《药物手册》，介绍各种药物的性质、用途、剂量和副作用。"又拿出听诊器讲解给娘听："这一个三叉形的胶管，这里有两个听器，用时塞俩耳朵上，三条胶管在中间由这三叉铁管连着，这头是胸器，有钟型和膜型两种。"徐桂贞听着儿子这样一讲，好像他已经是半个医生了。其实这是听诊器说明书里写的。徐桂贞说："这两样东西就够你使一辈子。当医生不易，你爹病了上医院，医生说去晚了，是慢性支气管炎，多年长成肺气肿，成了什么肺心病、心衰，两腿都肿。又加上严重感染，身体非常虚弱。因经常用什么素，就是吸氧、打吊针都不管事。治了俩仨月就走了。医生也没办法，咱看着医生也很尽心。人家常说，治着病了，却治不着命，咱只得认了。你将来怎么当医生啊？混碗饭吃不难，但要做好就难了。你爹的命就是在医生没办法的时候没有的。"说着，她声音哽咽，串串泪珠沾湿衣襟。郎立学听着母亲的陈述，简直是向医生们控诉，向刚站在医学门口的自己做训词。他也想起了爹病逝时自己那弱小心灵受到的猛烈打击和难以承受的悲伤。

情绪稳定下来后，徐桂贞说："再过两天你就去交钱。我这手头有九十块，差着五六十块。听说你姐姐刚卖了小猪，你去先借点来用着，以后还给她。你床上的被子卷着带走就是，家里用的时候再做。明天给你摊上几天的煎饼。刚去，你先勤来家跑着。等安顿好了，再常住那里安心学。"

时光如风，倏地又是中午时分。饭后郎立学便到姐姐家。虽只有七八里路，可都是沟沟岭岭、弯弯曲曲的小道。姐姐家在句山水库大坝的东首岭上，土地瘠薄，幸亏从水库里能提出水来浇，可成本也很高，生活仅能维持。姐姐郎立兰三十岁，有一四五岁的儿子，叫壮汉。虽然隔得较近，平时各人都忙，也无暇探亲。郎立学来到姐家，姐很高兴。姐也注意到了弟弟脸上洋溢着的兴奋，就让他坐下歇着，倒上杯水放到他面前。郎立学问："小壮汉呢？"姐说："上午让他跟着我到地瓜地里拔草，不干活光满地里乱跑，可能累得慌了，晌饭后困了还没醒。"于是郎立学把说话声压小，问："姐夫呢？"姐说："他和别人合伙在水库里用网箱养鱼，白天黑夜地忙，也是瞎忙活。"郎立学问："从什么时候养的鱼？俺还不知道来！"郎立兰说："这伙份的事，不好声张。"郎立学问："赚钱了没有？"郎立兰说："还行。他们仨过年时卖了三万块钱的鱼，一人分了四千块，剩下的用来买饲料。"郎立学一听姐姐家这穷庄子也要富了，便把怎么不再炸油条，如何办的手续，过两天就去句山医院学习当医生的事粗略地说了说。郎立兰惊讶地说："这么个大喜事怎么不早点说？我还当是你和咱娘还天天在城里炸油条呢？俺得去贺贺你。什么时候去？还有什么要俺办的事么？学习是住在城里？还是和炸油条似的天天来回跑？"郎立学说："我对医还一窍不通，先去看看，慢慢学。为了学得好点、多点，最好是住在那里。医院每月收二十四块钱，期限暂定半年。"郎立兰说："半年是六个月，就得一百四十四块钱。这钱算我的，不用娘出。俺这不是和大家分家后，就盖了这三间屋，一个小饭屋及栏脚。想秋后或明春把那两间屋也盖起来。"郎立学着急道："不用，咱娘说家里还有九十块钱，向你们借够交的就行。"郎立兰回道："我现在是有，要是没有，你也借不着。"说着，她到里屋开箱取出二百块钱递给弟弟，并说："拿去用着！不能光交学费，就不吃饭了？平时也得有个零花钱，买肥皂、牙刷、牙膏什么的，和老师同学也得有个交往。"郎立学看到二百块钱，一时悲喜交加，心想姐姐总是过来人，经事多。若有爹在，何用到处求亲告友！又见姐如此大方，慷慨相助，心里感慨"大姐比母"啊！自己原想，只要交上学费，有娘摊的煎饼，再吃点咸菜就中。还是姐说得对，平时生活确实需要开支。现在是开放的时代，太寒酸了人家会笑话。郎立兰看弟弟有点发愣，忙说："快把钱收起来。你姐夫当兵时带回两件军服，有条裤没大穿，八成新，你拿去替换着穿。"又问："你吃晌午饭了没？今晌午你姐夫没回家，做的鱼汤还有些，我点把火热热，你再吃上点。晚上你姐夫回来，我再和他说说，明天带壮汉一起去看看娘，看还有什么活就帮着拾掇拾掇。你先歇歇。"

不一会儿，郎立兰从厨房里端来一碗鲜鱼汤放在桌上，拿了筷子和俩酒杯，斟上两盅皇池酒，然后说："来，祝贺你！咱俩干一杯。"郎立学说："姐，我不会喝酒。"郎立兰劝道："这是大好事，怎么能不祝贺呢？"俩人都举起斟满酒的杯，两杯一碰，铿锵而响，一饮而尽。大碗的鱼汤里放着两把洁白如玉的羹匙，姐叫弟舀着喝。郎立兰说不大酸，就又加了点醋。鲜嫩的鱼肉，白得和蟹肉一样，咸淡可口。酒过三巡，姐弟二人脸都红红的。郎立学说："算了，不喝了。"姐拿来俩煎饼，递到弟的手里。郎立学把煎饼往碗里一蘸，就大口吃起来，一霎煎饼入肚，鱼汤喝光。郎立学吃完了才问姐："这鱼怎么没有刺？"姐说："我是怕壮汉吃卡着，把鱼刺都剔了。"郎立学看小壮汉还在睡，就说："姐，那我这就回家，还得做些准备。"姐把一条军裤拿出来，往弟弟身上比量了一下，觉着可以，就用小袋子提着，送他出了大门。

郎立学告别了姐姐，径直回家。当娘的看儿子带个小包，欢欢喜喜的样子，刚想开口，郎立学就高兴地喊："娘！"这叫声是多么亲切，好像比以往任何一次都动听！当娘的听了格外心喜，说："你回来了，你姐在家？她和小壮汉都好？能捞着来看看我吗？自二月二来了还没来过。"娘俩到屋里坐下，郎立学满面红光，仍有点酒味。当娘的给倒上杯水，儿子未喝即向娘说："娘，姐借给我二百块钱，这就不用愁了。还给了我姐夫的一条军裤叫我穿。明天她和姐夫领着壮汉要来看你，还说帮你拾掇拾掇。"

徐桂贞听后说："噢，你姐夫到水库合伙养鱼挣了钱？他有个表哥还是战友在水库管理局，和他搞得很合把，可能托福啦！一个朋友一条路，一个仇人一堵墙。为人多交好友，路就会越走越宽。这钱宽松点，你就可买身新衣裳了。你姐明天来，叫她和你到城里再买双新鞋，还能留下点零花。"

郎立学把自己的几件衣服拿出来泡在盆里准备都洗一遍。医院里讲卫生，虽然不是新衣服，也要干净才行。为走出家踏入句山医院，他要尽一切力量。从一开始就是百米赛跑，后天就要冲刺，站上新起点，开始重新当学生的征程。娘俩洗了一阵，当娘的就做饭去了，郎立学收拾着残局。洗一双双鞋袜还真是件不容易的事。平时他虽然也洗，但都没清出底子来，只是意思意思，像是洗过，又不很干净，那油渍臭味依然如故。这次他下苦功彻底地洗一次，洗出了本来面目来。徐桂贞把饭做好了，看到郎立学洗得那么认真，不禁感叹道："什么时候才有个给你缝缝补补，洗洗摆摆的人?!"

转眼时间就过去了，第二天一早，郎立兰抱着小壮汉，坐着丈夫张勇军骑的摩托车来了，并带了条两三斤的大鲤鱼。进门就齐声喊："娘好!"看洗了一院子衣物，郎立兰说："我来帮忙来，你已抢着干了。"娘看着闺女、女婿和小外孙都来了，喜得咧着嘴，眯缝着眼说："我好，你们也好? 他姐夫也来了，快屋里坐。"郎立学和郎立英也出来迎着。郎立学赶快接过姐夫手中的大鱼，郎立英抱起壮汉，大家在屋里坐下，娘对郎立学喊道："快把锅里添上水烧着，下面条吃。"张勇军急着说："不用，我拿了鱼，我这就去做了它。"徐桂贞说："他姐夫先歇着。"张勇军接着说："没累着，才这么几步远。"说话间，张勇军就开始忙碌起来。一家人谁也没闲着，没多久，小饭桌上便摆好了一桌酒菜，一盆鲜鱼汤放在中央，每人盛上一碗，有点像渔家的吃法。郎立英和壮汉小心地吃鱼喝汤。郎立学给姐夫、姐姐和娘斟上酒，自己却不斟，张勇军问："怎么不给自己斟?"张勇军夺过酒瓶，"我给你斟!"说着就斟上个尖，却不外溢。郎立学说："姐大真不愧常喝酒，斟酒也显示出高水平。"

张勇军说："今日是祝贺立学弟去句山医院学医。昨天听说后我们很高兴，能走这一步很好。我入伍时就想当个卫生员，可首长看我的身体条件应该当仪仗队队员，所以没当成卫生员。你要用心学习。学东西主要是要虚心，瞅门道，主动问。听说还是去进修? 是进修的话，人家还要把你当医生来用。其实你还什么也不懂。你要甘当小学生才能学好。为此先干第一杯。大家举杯，祝立学学习成功!"姐夫一饮而尽，郎立学喝一点，郎立兰喝了三分之一，当娘的几乎未喝。徐桂贞说："立学要好好听你姐夫的。咱没有一点这方面的底子。"郎立兰说："弟去学医是好事，喜事。看看村里的医生，有几个是正规学的？上过针灸学习班、到医院陪病人住上一两个月的院，回来就当医生。也就看个小伤小病的，卖个药，大病就不敢接、不敢治。弟去了就要刻苦学习。"大家又一起举杯，饮酒吃鱼。徐桂贞夸奖起女婿来了，说："这鱼做得真好，没有腥味。他姐夫不单会养鱼，还会做鱼。昨天立学去你家，本想先借几十元应应急。你可好，一下给了二百。我想你家里要没有什么事，叫立兰和立学到城里买身便宜点的新衣服和鞋。"张勇军忙说："中。我因水库上不能离人，今天就让他俩去城里，下午我再来接他娘俩。明天我就不来了。你先去医院安排好，以后有什么事再说。"郎立学听了姐夫的话，便说："原来我想学习的事就绪后，请有关人员聚一下。姐夫，你说行不？"张勇军爽快地说："当然很好！"

吃完饭，张勇军去了养鱼场。郎立学带上一百元钱，用自行车载着姐姐去城里。路上，姐弟俩边走边聊。

说着话便到城里了。来到他理发的店门口，郎立学故意把车速放慢，显示给女理发师看。果然，理发师望了一眼，脸立马红了。他便下车和姐说："你剪发不？"郎立兰说："我的头发是有点长了，在家都是我自己剪。"郎立学说："去剪剪吧。反正我们要买的东西也不多，一会就能买好。"二人进入理发店，女理发师刚好理完一位顾客，便赶忙招呼他俩坐下。郎立学有点腼腆地说："上次理完发，说有空过来玩，一直没得空。今日和姐来城里，姐的头发也有些长了，想请你给理。"女理发师头次见这帅哥，心中就有那股男女情的意思，今天看他更是心神不定。其实，这都是青年人正常的心理变化。姐尚不知弟弟来理过，这才听说。理发师忙请郎立兰坐到理发椅上，还特意与郎立学对视了一下。她问郎立兰："怎么个理法？是烫发、上油，还是剪短？"郎立兰听了这一连串的问，正不知所措，郎立学忙说："俺姐只剪短就行。以后再来做别的吧。"郎立兰也听明白了，便说："是，剪短就行。还有事，以后来再说。"郎立学心想，这次不过是见个面而已，剪发是捎带着的。在农村哪有烫发的？郎立兰头发很黑，用嗡嗡响的电推子剪得很整齐，又梳理得发亮，很有"五四"时代中国女学生发型的韵味。郎立学替姐支付了三元钱的费用，便与理发师握手告别。握手虽然短暂，但郎立学握着那温柔的嫩手，却不知怎么的感到非常亲切。理发师怕郎立兰看出什么，也与郎立兰握了手。

出了理发店，郎立兰问："弟弟，原先你们认识？"弟弟不好意思地说："不，只是前天来城里时我在这里理的发，这是第二回见面。"姐似有所悟："噢，原来如此。经商人都很客气。"

郎立学推着车子，二人来到一百货商场。进入一楼，一眼看去，那货物琳琅满目，令人眼花缭乱。各种珍宝、首饰、高档手表等等，数不尽数，姐弟二人对此无动于衷。二人上到二楼一望，真是服装的海洋，那些塑像模特儿多姿多彩，各种各样的女式服饰、男式西服、童装，成片、成行、成堆地砌成墙。标价有五百、三百、二百五十、一百元一套的，也有四五十元一件，还有穿不破的牛仔裤，厚如铜钱，合身利落，春秋均宜。姐弟俩边逛边看，售货小姐们看着他们也不像是有钱人，也不像买的样子，只问价不敢还价，也就渐渐冷淡了。但这姐弟俩却尚未买到物美价廉的衣服，在这庞大的商场，竟无他们想要的衣服。高档的不敢问，低档的也不能启齿。应了俗话说的：钱在手里攥出汗来了，还舍不得出手。

大商场无法买，他俩无奈又到一家小型店铺，一看名牌很少，多是蓝卡其布料做的衣服，有中山服一身叫价一百元，经姐与其再三讨价还价，七十五元成交。姐弟二人首次如此慷慨大方。郎立学手提红色服装袋装的新衣服走出店门，心想，我们炸一星期的油条才挣这么身衣服。他把衣服袋挂在车把上，和姐姐并肩走着。他心里盘算，现在还有二十五元钱，买皮鞋是不够了，好皮鞋得二三百元，最次的也是五六十元。现在只能买上双五六元的胶鞋先穿着，等以后再买皮鞋。

这件事办完了，看还有时间，郎立兰说："不如借机会去看看郎先卫大夫吧？问问上医院时除带足钱和用品，还有什么要做的事。"郎立学说："行啊。"二人到郎大夫的门诊处，郎立兰主动上前问候："郎大夫好！正忙着啊？"郎大夫赶紧说："是什么风把立兰侄女吹来了？"见面寒暄后，郎立学开口说："叔，明天我就来，半年的钱准备好了。还有别的什么事吗？"郎大夫说："备好钱就行啦！明天我送你到医务科，他们再把你送到内科。还不知是在病房还是到门诊。在哪里都一样。按你的情况最好是先在病房，在病房观察病情时间长，能细致地看到病情变化，对学习有利。查房时老师讲得也多，内容丰富。我看就先在病房学几个月。"

因郎大夫还有病人，二人便离开了。

时间已到中午，两人逛了商店后感到很疲惫。姐姐和弟弟说："晌午了，咱到饭店吃点东西再走吧。"二人来到一处便民饭店，在南墙近窗的一张桌相对而坐。他们一坐下，服务员端来茶具沏上茶。问道："现在点菜吗？"姐姐作主点了两块钱一盘的土豆丝炒肉和一份麻辣豆腐，四个馒头，还要了一瓶啤酒。

姐弟喝着茶等了片刻，饭菜到齐，酒已斟满，姐弟二人开始互敬互让喝酒吃菜。姐姐喝了一杯脸就红了，便开了话匣子："现在不管办什么事，都有好长的序幕。我结婚时就那么简单，到城里理理发，买件新衣裳，做床被褥，出嫁吃顿水饺，放挂鞭炮，过了门就成媳妇了。那时你还小。你眼下就是安心学，别的什么事也别掺和。说是这么说，论年龄也该娶媳妇了，不能错过。在学好的情况下，要有合适的物色一个也未尝不可，我一百个支持。"这句话震动了郎立学的心弦。婚恋的绝佳时期有青春火热的心，自然不免对女性产生爱慕之情。他第一次进理发店，不管女理发师有无心意，其正常的工作都对他敏感的神经形成刺激，使他久久不能忘怀，走过店门，还不住地回首眺望。这次姐去理发也是他的导引，以借机会面，握一次手。二人吃完饭，郎立兰把剩下的馒头用手绢包好放入兜里，付上六元钱，走出饭店。为了消消食，二人先是走走，边走边看边说话。

不知不觉两人便回到家了，进了家门，俩人齐声喊："娘，俺回来了！"小壮汉耳朵最尖，听见了就喊："妈妈、舅舅回来了！"喊着就跑到他妈面前，郎立兰抱起他来亲了亲，便把橘子袋给他提着，说："给姥姥吃去。"徐桂贞从屋里出来说："这么晚才回来，你吃饭了没？"郎立兰说："弟弟来回载着我，怕饿着累着你那宝贝儿，俺就吃了饭才往回走。"徐桂贞说："我是怕在路上有什么闪失，做娘的就是不放心呀！"

娘一看墙上的电子表才下午一点半，说："我去割了斤肉，还有两棵白菜，咱晚上包水饺吃。壮汉他爸不是说下午来接你娘俩么？"很快水饺就包完了。

徐桂贞看表已是下午五点二十，说："点火先烧着水，他姐夫可能很快就来了。"果然不错，锅里的水刚烧开，张勇军便兀自进入家门，看到岳母怀中的壮汉，说："多大了，还叫姥姥抱着！"徐桂贞说："你来得真巧，水饺刚包起来，才待下锅。你先坐下歇歇。"一边说一边随手拿起一个橘子递给女婿。郎立兰看到自己的丈夫来了，便赶快下水饺。一碗碗热水饺端上桌后，她才对丈夫说："你先和弟弟吃着。立学正在小北屋收拾东西，我叫他来。"她回头朝小北屋喊道："兄弟，你姐夫来了，水饺下出一锅了，你俩先吃着。"一听姐夫来了，郎立学忙从小北屋里来到正房。他取出半瓶白干，刷了五只小酒盅斟满，二人边吃边聊起来。

郎立学向姐夫讲了今天和姐到城里买新衣服，又见了郎大夫的事，郎大夫让明天到句山医院，就是交上半年的学费和住宿费，先在内科病房，这样学习条件好些。

姐夫听了说："先学着，几个月后，就在家办一处小药店。咱娘要忙不过来就叫你姐来帮忙。药就是商品，批发来零售就赚钱。"郎立学说："我学半年，一般的病就能应付，咱就是治小伤小病，为村民应应急，你说是不？"张勇军说："你看村里的医生，哪个不是打打针，卖卖药的，有病的先到医院检查。我看村里医生好干，只要镇医院同意就行。"经姐夫这一说，郎立学豁然开朗，说："好，就照姐夫的意见办。现在不论什么事，都不能墨守成规。"

郎立兰和妹妹下完水饺后，都过来一块儿吃饺子。大家都吃过饭，姐夫说："天黑了，我们得早走，路不平。明天我们就不来送行了，你先少带点东西。这么近，缺什么接着回家拿。"临行，还劝徐桂贞："娘，您要保重身体，好好做饭吃。干活别着急，沉活别勉强去做。弟弟不在家，您可能闲得慌，过几天习惯了就好了。他姐要没事就勤来看看您老人家。我们走了。"又从兜里摸出一百元钱，塞到岳母的手里，说："娘，您拿着花，我们不能难为着老人。"徐桂贞说着"不用"，还是接下了。

送走姐姐一家人，徐桂贞和郎立学母子二人收拢了应带的东西。

星期一，对一般人来说，也是很寻常的一天，不知不觉地就流失过去。而对郎立学来说，这一天就显得太不寻常，是极不平凡的一天，犹如由高中升入了高等学府一般，是大喜的日子。郎立学与母亲心中充满喜悦之情，几乎一夜都未能熟睡，在半睡半梦中熬过，很早就醒了，盼望东方的曙光早早来临！

吃过饭后，郎立学把行囊装在自行车上，母亲一直把他送到村头，看着儿子骑车飞驰而去，直到背影消失才收回望眼，转身回家，眼又不知不觉地湿了，泪花蒙住视线，思绪涌上心头。

郎立学骑着自行车，觉着满载东西并不比姐坐在车上沉。不管上坡还是下坡，没有多大差别，很快到了句山医院。医院上午是七点半上班，从门卫那里看了下表才七点，还有半小时的空，他便和门卫说："我是来医院学习的，在这里暂放下行李吧？"得到同意后，他就把东西放在一张排椅上。然后，背着书包把车放在车棚里上好锁，先去了郎先卫处。看到郎立学来了，便锁好宿舍门，二人一起到医务科找衣文平科长。见了衣科长郎大夫说："衣科长，我侄来院学习，今天报到来了。"衣科长回道："来了就好，先去交上三个月的学习费和住宿费，后到医务科，有人送他到内科病房。"

郎大夫陪郎立学到会计室，正好是鲁文会计刚开了门。未等鲁文开口，郎大夫先说："这是我侄郎立学，现在来院进修，定了半年时间，来交学习费和住宿费。"鲁文会计说："自己人不交也行，但医院有规定，谁也不敢不交，谁也不敢不收。这样，先交上三个月的再说吧。"郎大夫赶紧说："好！照你说的办。"郎立学交了三个月的学习和住宿费，告别了鲁文会计，拿着收款单据来到医务科。衣科长收下单据，坐下写了个纸条。

内科胡志刚主任：

　　兹介绍郎立学到贵科进修学习半年。接收安排为盼。

　　此致

　　　　　　　　　　　　　　　　　　　　　　　　　　衣

　　　　　　　　　　　　　　　　　　　　×年×月×日

又写了一个给总务科。

总务科席光主任：

　　兹介绍来我院进修的郎立学医生前去贵科，请予安排宿舍。

　　望接洽。

　　此致

　　　　　　　　　　　　　　　　　　　　　　　　　　衣

　　　　　　　　　　　　　　　　　　　　×年×月×日

衣科长刚写完介绍函，医务科的统计员吴芯来了。这位女士三十岁上下，乌发秀眉，满月脸，两眼有神，中等身材，穿一件薄呢子半大衣，戴一副近视眼镜，围一条乳白色围巾，手戴洁白的手套，着红色高跟皮鞋，令人一看很有风度。她看郎大夫和一青年在科里，忙问郎大夫："你们有事？"郎大夫指着郎立学说："这是我侄子，来咱院进修，今天报到。"吴芯问："上哪科？"衣科长回答："上内科。"吴芯主动说："我送他去内科？"衣科长说："那好，你跑跑腿。"吴芯便拿着衣科长写的函出了医务科，郎立学和郎先卫跟在后面。郎先卫对吴芯说："我该上门诊了，就不去内科了。谢谢你帮忙！"吴芯笑道："哪里话，别客气。这是我应做的。"她放慢了脚步和郎立学几乎并肩前进，顺便问道："郎医生，你在哪儿工作？家是哪里？"郎立学答道："我上卫校，还没正式工作。我和郎大夫一村，我们是爷们儿。以后您叫我小郎就行。"吴芯说："好，郎大夫是您叔？我们是一家人，都是干医的。"郎立学看着吴芯的高矮胖瘦和姐也差不多，仅穿戴不同而已，便不自觉地问："大姐您家住在医院？"吴芯回道："不，我住在农业银行宿舍，距这不远，骑摩托车五六分钟，我对象在农行上班。"

院内工作人员都急着上班，行色匆匆。吴芯和郎立学来到内科病房办公室，正好科里开晨会。吴芯把胡志刚主任和尤珊兰护士长叫出来，将衣科长写的信函交给他们，并对他们分别做了介绍之后说："小郎来进修学习，一切还不熟，请二位多帮教。关于规章制度、注意事项、纪律和要求等，请二位领导再向他具体讲一讲。就这样，我先回去了，有什么事再联系。"郎立学应了声："好！"并说："谢谢！"吴芯走后，郎立学跟随胡主任和尤护士长一块儿进入内科办公室，胡主任把郎立学介绍给大家并宣布继续开会。尤护士长接着讲道："上星期院内卫生检查，内科搞得不太好。当然，咱内科的条件也差。各人分工的房间，要彻底清扫。谁还有事？没有就散会。"散会后，都分头去工作了，医生查房检查病人，护士整理病人的床铺。

第三章

老师一指点　高郎情浪漫

　　医生护士都走了后，胡主任和郎立学说："你刚来，第一周先熟悉情况。高海珊医生也在这里进修。"边说边指着坐在那里正看病历的一位女医生。因胡主任指她，她就腼腆地站起来。"你跟她一块儿检查病人，每天跟着查房。平时护理上忙，就帮助试体温、测血压或打针、起针。要多看书，全身心地投入才能学好。查看病人，要反复地理论和实践结合。日久生熟，熟就生巧。我们常说医患一家，就是要把病人当亲人，对病人要热情、爱护、体贴，多问、多查，及时应对病人的诉求。刚见面就说这几点，供工作中参考。"郎立学听了胡主任说的话，感到句句都新鲜，对许多术语似懂非懂，而又是要求自己做到的，一时心急不知怎么说好，只是点着头说："谢谢主任！我还什么也不会，一定照主任的要求做。请以后多指教。"胡主任问："高医生，有什么意见？"高海珊回道："我没意见。以后一起学习，互相帮助就是。"胡主任讲："内科八位大夫，有休班的、下班的，今天是刘安和鲁祥两位大夫上班，以后自然就熟悉了。"因急着来，郎立学还没有向郎先卫借隔离衣，又想，还得到总务科安排住宿，好把行李搬过去，便和胡主任说："胡主任，我还有手续没办完，得到总务科安排宿舍，将行李放下。"胡主任说："你先办好各种手续。因刚开始，你去办就是。"郎立学走出内科病房办公室，心想内科医生、护士都是女同志，好像个女人国，一块儿学习的也是个女的。自己未见过世面，男女有别，要按规定行事。

　　郎立学拿着交住宿费的单据到了总务科，看有两位同志正在看账本，郎立学就小声问："这是总务科吗？"一位同志抬起头来，问："是。什么事？"郎立学回答："我叫郎立学，是来医院进修的，这是住宿费单据，请您看看，给安排个住宿的地方。"这位接过单据的同志问席光主任：

"你看叫他住哪里?"主任拿出登记簿翻阅一遍,说:"南楼西头二楼两间男生宿舍还有两张空床,十号和十一号。你和郎医生去看一下住哪床,再登记上。"

郎立学跟着这位不知姓名的同志到了宿舍楼二楼西头的两间宿舍,一看全部是双人铁床。一查,十号和十一号床位都是在上铺,郎立学选了十号床。室内有一位值夜班的进修医生,刚下夜班回来准备休息,送郎立学来的同志对他说:"你上夜班?给你送来位新同学,他叫郎立学。"他说:"很好,欢迎!"郎立学也礼貌回应:"以后咱就在一起住了,请你多照顾!"如此,送郎立学的同志便回去了。郎立学看了看床上还有些零星物品,二人便一齐动手,把这些东西都放在十一号床上。床上有一个草垫子和一张席。郎立学拿着抹布擦了一遍后,就跑到郎先卫处汇报了情况,拿了隔离衣,到门卫搬着行李放到自己的铺位上,非常麻利地铺摆好。这时才注意到宿舍里有六张双人床,能住十二人。西边是个大玻璃窗,也不很干净,下边还用板纸糊着。那位值夜班的已蒙头大睡,郎立学小心翼翼安排好,拿了隔离衣和听诊器到内科病房去了。

郎立学穿上隔离衣,进入查房的行列。因已查完三个房间,他便跟在后面。此时他觉得自己好像聋子、瞎子。胡主任讲的他都听不懂,听查房大夫说,风湿性心脏病引起二尖瓣狭窄、咯血,就是因肺淤血、肺动脉高压,造成体循环淤血,回心血减少。这种血流动力学的变化,是暂时的。早期行二尖瓣矫形手术,治疗效果佳。郎立学听了这些行话、术语,满头雾水。当查房结束,胡主任和医生们都忙着写医嘱、开处方、填检查单。郎立学却心急火燎。自己身穿白大褂,还是滥竽充数,一时自卑感充满心胸。

此时,高海珊医生看出郎立学基础差,便主动对他说:"郎医生,你先看一份病历,看是什么病,什么症状,病史多长了,有什么阳性体征,化验、放射、心电图等检查有什么变化。不要急,慢慢学就学会了。"

郎立学拿了一份护士处理完医嘱的病历。打开一看,啊!简直是一部完整的书!书的封面是红黑色印制,非常精致的体温表,再一翻是医嘱,分长期和临时性医嘱,再后才是完整的病历,分主诉、现病史,既往史、家族史,查体有头、胸、腹、脊柱、四肢、神经系统等,最后是病历摘要和初步诊断,后面附有各种化验放射等检查结果报告单,还有门诊病历。他反复翻了一番,还未来得及阅读,替午的医生、护士已来接班，并说应按点上下班。高海珊写了两份病程记录，把病历放归原处，就和郎立学说："到点了，咱们下班吃饭去。"郎立学听着这个"咱"字感到十分亲切，好像自己遇到的女同志都很亲切，都很关心自己，便应声行动。他们脱下白大褂，看到大部分医生护士洗完手离开病房，便也去洗了手。高海珊问郎立学："你买饭菜票没有？要是没买，我还有。"说着便从手提包里取出些饭菜票叫他拿着。郎立学说："不用，我这就去买。"高海珊说："现买来不及，先用着，买了再给我。"于是郎立学取了几张票子，又把多余的给了她。二人走到宿舍。高海珊的宿舍在二楼北头隔俩房间。各人拿着饭具到了食堂，高海珊买了一个馒头，一份白菜炒肉。郎立学因有从家带来的煎饼、咸鸡蛋，只买了份白菜炒豆腐。两人找到有空位的饭桌坐下。郎立学把煎饼和咸鸡蛋给高海珊，她开始不要，后来自己把半个馒头给了郎立学，才吃了块他的煎饼和半个咸鸡蛋。饭后距上班还有段时间，便各自回舍休息。

郎立学一上午很累，到铺上头一着枕就睡着了。梦中他还是在病房里，高海珊叫他看病历，和她一起吃饭。忽然，听到高海珊喊："到点上班了。"郎立学一睁眼，看她真的站在门口叫他，便马上爬起来。高海珊说："星期一下午，科主任、护士长都到医院办公室开例会，下午病房里事不多。新来的病人都由住院医师处理。咱俩到病房看一看。你带着什么书？"郎立学说："只有《内科诊疗手册》和《药物手册》，都是在书店里买的，还没看。"高海珊说："你想学医，最起码也要先看一下《人体解剖学》和《生理学》，要不就没法学。医院有个图书馆，我和你去借两本书看看。只学临床也不是很难，一星期一个病，俩月学十来个病，常见病就能应付。"

郎立学听高海珊这么一说，像是从迷魂阵中出来有了方向。又深觉她是聪明人，话说到自己心里了。查房时，什么肺、心、胃肠，还不知道在哪里，起什么作用。那就听她的，去图书馆借书看。他们上病房看了下，人比上午少，但值班的医生、护士还挺忙。他俩是自由兵，没有硬任务，便到图书馆去了。

高海珊从书架上取下一本《人体解剖图谱》，郎立学接过去说道："啊！这本书真是够沉的。"高海珊说："你这是仅从物理学角度评价，其所载知识的意义可无法衡量。"郎立学翻开几页就是一幅男子裸体图，他看了差点笑出声。又翻了几页是骨骼系统图，继续下去是肌肉、循环、呼吸、消化、泌尿生殖，神经系统的大脑、颅神经、脊神经等。他走马观花地翻了一番，问："这么多内容怎么学呀？记不住。"高海珊看他心不在焉，好像不想学。郎立学也察觉到自己的表现使她不高兴了。高海珊则开门见山："你既然来学习就要像个学的。一开始光看一本书，会枯燥无味，要按系统学，学了解剖，再学生理病理，再看内科手册和病人的病历。比方说一位风湿性心脏病人住院治疗，我们看看病历，检查病人，再来看图谱，再回去检查病人，反复几次就会明白风湿性心脏病的大部分内容。这样学习比在学校学得还快。开始每个系统里选一两个有代表性的病，一星期学一个，学深、学透，几个月就能入门。"

郎立学和高海珊把图谱翻到循环系统部分。高海珊把心脏的解剖图指给郎立学看，解释心脏的结构和作用。说心脏是人体血液循环的动力器官，人活着心脏就有跳动，就能摸到脉搏。它不跳了，人就死了。她还向郎立学介绍了心脏各部分的作用、心脏自身供血系统等内容。最后她说："咱头一次学这些就不少了，要很好地记和想，就能逐渐理解书和病历上的名词术语。"

高海珊和郎立学离开图书馆，回病房一看，工作人员都在忙于医疗文书的书写，护士画体温表，医生写病历和病程记录。看看表快到下班的点了，两人便离开病房。郎立学要去买饭菜票，高海珊也随着去。他买下五斤饭票和三元菜票，说："我从家里带了些饭来，就省些钱。"高海珊也说："是啊，食堂的菜比自己做的贵。我是带了个煤油炉和小锅。平时冲个面糊，或炒个鸡蛋西红柿汤都行，很方便。你要不嫌麻烦，咱可以一起做。今晚上可以试验，做俩菜请你品尝。"郎立学不假思索地应着："行啊，今晚上咱就吃你做的。"

两人从食堂来到高海珊的宿舍。里面有两位女士，一位在看书，一位在织毛衣。她俩看到高海珊后面跟了位男士，都抬起头望了一眼。一位对另一位说："这位男的真帅。"那个织毛衣的女士注视着郎立学说："请进来玩。"郎立学反红着脸说："我在这里就行。"他就立在走廊上，等着高海珊出来。高海珊脱下上衣，换一件咖啡色毛衣，随即搬出一个纸箱放到走廊头的角落里。打开纸箱，里面像个微型厨房，有锅有炉，有碗筷油盐酱和米面。这让郎立学感到惊讶。高海珊把炉子拿出来放在地上，将小锅放到炉子上，点燃炉子，火苗从每个灯头上喷着，一蹿一蹿地放出一股股淡淡的蓝烟在上空缭绕，看锅热了，又倒进些花生油。

一个碗里有切好的葱姜末，还有菠菜等。她把葱姜末一块儿放到锅里，煸炒后倒上些开水，打上三个鸡蛋，用小勺搅拌着，使鸡蛋成碎块。看鸡蛋熟了，又把菠菜、切好的西红柿放上。蛋菜在锅里沸腾着，芳香溢满全楼，最后加了点盐。她把做好的鸡蛋西红柿汤盛在一个大碗里，又往锅里加上些油，放上一碗切好的豆腐，添加了点辣椒末，加上水，很快锅里咕嘟咕嘟地滚沸起来。她说："虽有'千滚豆腐，万滚鱼'之说，实际煮几分钟就可。"很快一盘欲红似白，香喷喷的热豆腐做好了。高海珊还真能干，又把锅里加上水烧开，用一个碗盛入适量水和玉米面搅拌成糊状倒进去，用勺搅拌均匀，不多时锅又开了，金晃晃的玉米粥就在锅内低声窃语着了。高海珊和郎立学在开吃前，约那两位女士一同吃，她们异口同声地说："好，我们一块儿吃！"织毛衣的女士说："我去提水。"她这一说，郎立学待不住，便抢着将三个空暖瓶一块儿去提来开水。一女士拿来俩火烧和俩咸鸡蛋，另一女士拿来了煎饼和一罐豆子花生麻椒叶咸菜，都摆上桌，开始聚餐。

　　说是聚餐，实际上是各吃各的，只是象征性地吃点别人的表示一下。都是年轻人，"聚餐"很快就结束了。女士们饭量小，吃半个火烧或一个煎饼，再喝碗粥，吃点菜就饱了。郎立学乍和这些女士一起用餐还有点腼腆，吃到六七分饱也随着停下。当然，高医生做的菜全都吃光了。众人动手把锅碗瓢盆洗净后，习惯性地到街上走走。郎立学成为被别人牵着鼻子走的童子，他心里不想去，又怕这些女士说他不开放。去吧，又怕同室的人说怪话，犹豫不决。高海珊毫不客气地说："快去吧，大家都等着。"拖着他就走。这使他忐忑不安，也没言语什么。这时，高海珊和两位女士说："这位郎医生刚来，在内科病房进修，对这里还不熟悉。胡主任说我是先来的，让我帮他一下。"那两位女士也随和着说："你做向导很好。他刚出来难得一个帮一把的。"

　　出门不远，通往大街的桥头上有几株柳树，无数垂下的枝条在晚风中飘荡，春风抚慰着苏醒的万物，万物沉浸在温暖的春天里。围在柳树下议论一通后，各自简单地做了自我介绍。郎立学方知织毛衣的那位女士姓安，在外科干护士。而看书的那位姓邓，是位化验员。郎立学听了二位女士的自我介绍后，客气地说："今后还请二位多多关照。"二人异口同声道："好说，好说！"郎立学赶忙双手抱拳拱手，说："拜托了！"安女士说："都是一家人，还要客气啥?"说完哈哈大笑，其他三人也都笑了起来。

他们聊着聊着不由自主地向影院方向走去。只见广告牌上写着"今晚放映《天仙配》",有不少人在买票。高海珊问:"看看电影好吗?"邓女士说:"看也行。不过是老片子。"高海珊说:"老片有新意,今晚我请客,看不看?"安女士说:"看就看。"郎立学在女人堆里,不敢说,也不敢动。他的钱包也是瘪的,花钱的事,更不敢出手。

很快高海珊买了四张前后排的票,只有后排两张是挨着的,前排两张虽不挨着,但只隔一个位子。自然那两位女士要了前排的票,郎立学和高海珊留下后排的票。各人坐下不久就开演了。高海珊看郎立学呆呆地盯着银幕,也不说也不笑,便主动说道:"看董永真幸福,仙女为妻,槐树当媒,土地爷主婚。槐树的槐字是木字加一个鬼字,不正说明这里面有鬼?不一定是完美的喜事。再说仙凡不能成一家,门不当户不对,不过是仙女捉弄着凡人玩罢了。"她这么一说,将大家浓厚的兴趣大大地冲淡了。剧终还是由于仙女触犯天戒被强行招回天宫了事,董永的大喜事成了竹篮打水。在回来的路上,各人议论纷纷,说电影也是捉弄人,本是一大喜事,却又变成悲剧。还是高海珊有高见:"这是教育。教人一成良缘就要海枯石烂心不变。别把终身大事搞成悲剧嘛!"俩女士说:"高见!高见!终身大事,不能凡和仙,要凡和凡,仙与仙就没事了。也就是门当户对呀。"高海珊说:"你俩说的才是真知灼见。"各人谈论着回到宿舍,已鸦雀无声。郎立学也忙不迭地洗一下,连衣也没脱,一骨碌盖上被睡了。可能一天太累,他睡了一觉就醒了,再也没睡着。

高海珊对自己如此关爱是何原因?是钟情还是别的什么?郎立学想不通。回想这一天是满满的一天,一环扣一环。一进医院门是门卫,接着是郎大夫、衣科长、鲁文会计、吴芯女士、总务科席光主任、内科胡主任、尤护士长,又是取隔离衣、查房、阅病历、和高海珊医生用午餐、到图书馆学习、买饭菜票,又是晚上聚餐、看电影,觉得许多事都出乎意料,都很突然。没有想到的是高医生一天中给了自己莫大的鼓舞。可能人家看透自己是个医盲,才如此关爱。不知是不是也如仙女对董永那样在捉弄自己。在她的眼里,自己是一个白痴,一切都由她摆弄,可反过来又一想,人家是真心实意教学习方法,两顿饭都约着一起吃,晚上还一起看电影。听说某医院的一名护士,坐火车与一名男子一见钟情,很快就结了婚。郎立学想,以后不管怎么着,照高医生说的方法学习是可取的。以解剖生理作基础，再学习临床就快。先知其然，再知其所以然。在基层当名治病的医生，会认症，会投药，就应会治疗病人。这么一想，觉得学半年就足够。现代生活是快节奏，这一天就是快节奏的样板。今后如都这样，做什么不成功呢！还是顺水推舟依靠她学习，一举多得。她乐意，自己更乐意。如此好事天下难找！这一天的头开得好就万事大吉。都说万事开头难，自己可谓开门红，一定能顺利完成学习任务。

郎立学在朦胧的遐想中苦熬一夜，外边有行人的脚步声了才睁眼，只见满屋曙光。同室男子有的已穿衣下床，有的正起身穿衣。各人都很清醒，精神饱满，动作敏捷利落，显示着青春风采。一位大声喊道："六点半啦，快起床吧！"郎立学明白，这无疑是叫自己，随即应声："听着了！怎么这么快，一觉到了天明。"一位同室的说："你昨天刚来事多，可能太累了，睡得又晚。"郎立学说："是啊，刚来什么也不知道，幸亏高海珊医生帮着到这到那地办手续。要不，我都找不着头绪。"又一位讲："你说的医生是天井医院院长的女儿，卫校生。人家都称她是万事通，就是'小灵通'。灵活聪明，很会办事。你和她一起学算万幸。"

郎立学正要去洗漱，可一出门就碰上高海珊，没等他说话高海珊就问："洗脸没有？"郎立学说："刚起床，你等一下。"不等他把话说完高海珊又说道："那你等着，我去买点油条，打点豆浆回来咱俩吃。"她说完就走了。不一会儿，她一手提一捆油条，一手提一袋豆浆回来了。两人来到高海珊的宿舍，点燃煤油炉，很快把豆浆煮好，每人舀上一碗，用筷子敲着油条吃起来。吃过饭后，两人一起到了班上。

晨会上，胡主任和尤护士长传达昨日下午医院召开的办公会议精神。胡主任讲：

"院长到市里参加了卫生工作会议，回来传达了会议精神。主要内容有三个方面。

"第一个方面是医院要以医疗为中心，全面提高医疗质量。

"第二个方面是严格遵守医院的各项规章制度。

"第三个方面是加强从院长、科主任、护士长、党员到医院办公室等的组织领导，做好表率带头作用。"

尤护士长接着说："胡主任已讲得很全，我补充几点。主要是在落实上，要加强医院管理，包括各科室，主要是病房管理。衣帽一定要整洁，不能有戴卫生帽的有不戴的，隔离衣的扣都要扣齐，不能敞怀。病房里禁止吸烟，大夫要带头。尽量减少陪护人，卫生要保持整洁。要提高治疗技术，要求一般病人静脉注射一针见血，顺利完成。对治疗效果要密切观察。如有不良反应，一经发现，立即组织抢救，并做好记录。"

主任护士长传达结束后，夜班人员交班：二十床冠心病，夜里心绞痛一次，给吸氧缓解；新入院一名，住三十二床，高血压，脑血管痉挛，一过性脑缺血，用药后缓解，需白班再进一步检查。

今天是星期二，科主任进行重点查房，主任在前，大家跟后，依次进出病房。郎立学跟在最后。胡主任带着查房队伍来到三十二床，详细地询问病史并进行检查。问年龄，答四十五岁。还问病了几年、高血压几年、有过几次头晕和晕厥、手持物有无突然掉过、用筷子夹菜有无掉过、眼睛视物清楚不、手指有无麻木等问题，病人及家属一一作答。胡主任问诊后就检查身体。

上午主任查房很细，讲的内容多而透彻。高海珊听着津津有味，郎立学则如听天书，一点也不明白。因两人初来乍到，还没有分配具体任务。

跟着查完房，便一起去了图书室。高海珊又取下《人体解剖图谱》，找到脑脊髓神经图中十二对颅神经部分。郎立学看着有点像辣疙瘩咸菜的根，让高海珊觉得这比喻很形象。她让郎立学看着图，又读文字说明，让他好好记下来，说入门后就学得快了。图书馆的女主人郎珍看到这一对青年男女积极学习，又亲亲热热，像对恋人，以为他们原来认识，要不怎么能如此这般。高海珊对郎立学热心诚意地帮助指导，使他仅两天就对心脏和脑有了点认识。高海珊教的都是很实际的内容，是重点的重点。人体最重要的器官也就是心和脑。

经过几天深入地学习，高海珊见郎立学学得很快就说："我看一个月应该能学十多个脏器，三个月就能起作用。"郎立学也不想别的，只把高海珊当大姐和老师，规规矩矩甘当小学生。

打那以后，郎立学和高海珊便一同进出，每天都认认真真地记录老师们对病人检查、治疗的要点，尤其是新住院病人，要从头检查到脚。头上的五官是否正常，颈部的甲状腺和淋巴结有无肿大，静脉有无异常，

颈部活动是否有障碍。半个月后，郎立学就觉得学了好多内容，好像成了另外一个人，由门外汉变内行人了。两人决定星期天都回家看看。郎立学终日和高海珊在一起，好像连家都淡忘了，一直没想家。

郎立学这次回家是和郎先卫一起骑着自行车走的。上星期郎先卫回过家，还给郎立学捎了些煎饼、咸菜、腌鸡蛋等。他还和徐桂贞说郎立学在医院学习安心，进步不小。路上郎先卫说："你到医院学习，衣科长、总务科席主任、内科的胡主任和尤护士长都很支持。我准备和你娘说一声，在县招待所请请他们。"郎立学当然没有意见，又突然想起集店镇医院的舅、文书、院长他们也给了帮助，便问是否也一块儿请着，郎先卫回答说："一块儿请更好，还更省钱。"郎立学答应下来，心想还要和娘和姐说说才好。

郎立学到了家，他娘和妹妹都很想他。尤其是他娘，白天一人在家，感到孤独寂寞。他自己也感到内疚，解释说："刚去什么也不会，心里急得慌，恨不得快点学会。乍去就是个瞎子、聋子，话也不会说，动也不敢动，可难受了。填的表又是进修，实际上什么也不会，所以就没白没黑地学，没有空回家。我学了点，心中才踏实了。我是和郎大夫叔一起回来的，他说要在县招待所请医院的有关人员，我说镇医院的院长、会计、文书一块儿请着，他说更好更省。"徐桂贞听了很高兴，想了想："那你明天什么也别干，上你姐姐家说一声，你姐夫出面还好。"

徐桂贞为儿子回家专门包了白菜豆腐水饺。饭后郎立英找同学玩去了，郎立学因累得慌，洗漱完稍看了会儿书便早睡了。徐桂贞自个儿到了郎先卫家，想了解下儿子到医院后的情况。郎先卫看着她来了很高兴，就想和她说说请客的事和郎立学在医院的情况。他从头一件事说起："郎立学到医院安排就绪后就开始了学习，到这算进入正常状态了。嫂子，我想为答谢帮助过咱的，为咱出了力的人，在县招待所安排顿饭，表示下心意。立学说集店镇医院有几个也得请，合起来可能十个人左右，你看怎么样？"徐桂贞一听，他想得很周全，心中暗自高兴，赶忙接话说："这个全靠你来安排了，我们啥也不懂，只要别差了礼数就行，只是不知用费多少，我手头上没钱。想明天叫立学到他姐家和他姐夫说一声，让他姐夫出面办。"郎大夫说："他姐夫干着什么？"徐桂贞说："在水库上养鱼。也是伙份子买卖。"郎先卫说："那很好，不用花多少钱，叫他拿几条鱼请厨师给做个鲜鱼宴，喝点啤酒，大家都会满意。我看就这么定吧！我这个人办事就这么干脆。看你也不知怎么办。"徐桂贞说："你说得是。明天叫立学和他姐夫说说，让他们照你说的准备。"郎先卫又说："说的第一件事就这么着。第二件事是郎立学到医院后，就和在内科进修的一个叫高海珊的女医生一块儿学习。这很好。那女医生上过卫生学校，还在天井医院上了半年的班，是天井医院院长高威先的女儿。院长的夫人薛文君没生育，这个女儿是一个住院病人的孩子。她娘长风湿性心脏病，严重心力衰竭住了院，她爹就说谁家愿意养就送给谁家，以后也不再认。高院长听他这么说就收养了。她小名叫燕子，很聪明，性格泼辣，心眼很多，从上小学就爱看书，初中毕业就上了卫校，成绩都是名列前茅。据说她男朋友在琼台海洋学院学习。不知她是为了填补空缺还是和立学一见钟情，反正立学一到他俩就在一起，一块儿上下班，还一块儿做饭吃。他们住在一层楼上，仅隔两间屋。全院人都说他俩是一对，我看也挺般配的。将来成一对不很好吗？"

徐桂贞说："我是一点也不知道，如真成也是立学的福气。孩子大了，出了门咱就够不着管了。儿大不由娘啊，就看他的命怎么样吧！我怕人家嫌咱。可是兄弟你也得说着他点，千万别出洋相，叫大伙看俺娘们的笑话。"郎先卫劝说道："各人都大了，不用担心，都能自己处理事。"徐桂贞道："兄弟说的也是，感谢你。我该走了，你也该歇歇了。"郎先卫送她到大门外，望着直到背影消失。

徐桂贞到家看俩孩子都睡了，便蹑手蹑脚洗了洗上了床。可她怎么也睡不着。郎先卫的话使她浮想联翩。立学一进句山医院，就和一个女孩成天在一起。人家这么个独生女，娇生惯养的，能和咱的孩子在一起吗？

徐桂贞想了想还有请客的事。到县招待所，人再多点，没有个三百二百的甭想进门。不像在家里糊弄几个菜，两瓶酒，各人一围就行了。这事由他姐姐和他姐夫办去吧，有钱就多花，没有就少花。她心中缭绕着一个模糊的记忆，听说他姐夫在水库养鱼，三人挣了三万元，那一人一万，不是成了"万元户"了！一桌酒席算什么，不成问题。

忽然，邻居家的担杖钩和铁罐的碰撞声猛地惊醒了徐桂贞。她欲睡不能，欲起还困，一边打着哈欠，一边勉强爬起来，觉得自己是一家之主，是领头羊，不能让孩子们起来了，自己还睡懒觉。睁开惺忪的眼睛，天也大明大亮了，她又恨自己何苦瞎想，苦熬自己有什么用？做娘的把他拉扯大，又去学技术，将来有碗饭吃就行了。碗里有了饭，还怕找不上媳妇？恨自己一宿没合眼，真傻！现在快起来，早做饭，叫他吃了上他姐姐家去，说说该办的事。早晚脱不了，不如早办，省得耽误学习。

昏昏沉沉的一直熬到天亮，徐桂贞起来做早饭，儿女们听到了，也都起床。郎立学洒扫庭院，郎立英帮忙做饭，很快一顿家常便饭上桌。饭后，郎立学径直向他姐家而去。不知不觉地来到他姐家村头。村里那棵苍老而魁梧的大槐树今天好像格外令人注目，老远就能望见那枝繁叶茂的身影。近前观赏，老槐树历经风雨沧桑，千疮百孔。为修复创伤，疤痕疙瘩遍布全身。每一处都是灾难的记载，这是千年历史的巨著。《天仙配》中的那棵老槐树，可能就是这株吧？看那个洞就是嘴啊！郎立学想："你能为董永和仙女为媒，那就也为我和海珊医生做媒吧？"触景生情，他又想入非非。他走到老槐树跟前围着转了一圈。为表示敬意，还用手触摸了几下，权当是与老槐树握握手。

来到姐家，见大门闭着没锁，郎立学推门而入，见姐正在院子里和小外甥一起玩。他进门就喊："壮汉，想舅舅了吗？"姐看见弟弟来了，连着问："你从家里来？在句山医院里生活得怎么样？"立学急忙回答："昨天和郎大夫叔一块儿回来的。在路上他提出来在县招待所请一下镇医院和句山医院给帮过忙的，咱娘叫我来和你还有姐夫商量下怎么办。他说姐夫养鱼，带几条鱼让厨师做个全鱼宴，喝点啤酒，大家就会满意。现在都喜欢吃鱼，不喜欢吃肉了。"郎立学心急，未等坐稳就开门见山地说了来意。郎立兰说："今天是星期天，你姐夫上午去看看，一般没什么事，很早就会回来。他回家后再和他商量商量哪些人去，去多少人，怎么个办法。"弟弟说："让姐夫和郎先卫直接商议吧？"姐弟俩聊起近来的情况，郎立学对姐姐说起高海珊的事。

不多久，张勇军回来了。看到姐夫推着摩托车回家，郎立学忙过去说："姐夫回来了？"并接过车放好。张勇军说："弟弟什么时候来的？在县医院还行吗？"郎立学说："我昨天下午回家的，才从家来不多会。"郎立兰给壮汉取出汽车，让他自己玩着，忙和张勇军说："弟弟来是想和你商议请人家吃顿饭的事。"张勇军从车兜里取出两条不大的鲤鱼放入盆中，鱼鳃还呼扇呼扇的，在水里不住地游动。小壮汉早就丢弃汽车来看鱼看得出神了，看得高兴时还蹦蹦跳跳地鼓掌。

郎立兰怕弟弟不好开口便先说道："弟弟昨天下午和郎大夫一起从句山医院回的家。他在路上提出来要请镇医院和句山医院的人到县招待所聚一下，表示感谢。郎大夫既然有此意，咱就得办。立学到镇医院写证明时，院长、会计和文书都帮了忙，你看怎么办合适？唉！郎大夫还专门点你名，说你在水库养鱼，带几条鱼让招待所的厨师给做个鱼宴。"张勇军说："这意思我明白，你看人家就是打我们的牌。挣钱不多，已名声在外了。不用往后退缩，咱就得挺身而出。"他表现出在部队养成的军人性格，说干就干。"我吃点东西，就和弟弟去和郎大夫见个面，看是否定在下周二。因周一各单位事多。叫上镇医院的三人，句山医院的由郎大夫定，肯定得叫上院长、医务科科长。我们可以一举两得，既表示为立学进句山医院的感谢，以后重视培养，对我们养鱼也是很好的宣传，把酒席变成经济舞台。这是我的看法，你们说对不对？"

郎立兰说："你俩先唠着，我做鱼汤去。"张勇军却说："我看这两条鱼咱先不吃，拿到壮汉姥姥家，晚上请郎大夫喝着酒商议更好。反正我们常吃。"大家都表示同意。中午吃过饭，他们收拾了一下，便奔郎立学家去了。

郎立学背着壮汉，活泼的壮汉在背上高兴得不得了，揪揪舅舅的耳朵，拍拍舅舅的肩。张勇军用一个大塑料袋，装上水和那两条鱼，挂在车把上推着车跟在郎立学的后面，郎立兰骑车在最后。郎立学似乎故意走得快些，不多时就与他们拉开了距离。郎立兰对丈夫说："弟弟到了句山医院，和叫高海珊的女医生一块儿进修学习。她是天井医院院长的女儿，成天形影不离，读书学习和做饭吃饭都在一起，只有睡觉不在一个屋，做的倒都是学医方面的事。他说还没和那个女的谈个人的事。女医生还很用心教弟弟。这是好事，还是坏事呢？"张勇军说："我看任其发展。将来真能成不也是求之不得的好事吗？不成也无妨，只要学会医，不愁说不上对象。都不用过问。"

不觉得地几个人已来到了郎立学家。

各人坐定，郎立兰先说："娘，听俺弟弟去说，郎大夫叔的意见是要请请客？俺打算晚上在家请他来吃着饭商量。他姐夫想下星期二在招待所请他们。"徐桂贞说："行啊，我去买点青菜。"张勇军说："不用了，我这就把两条鱼处理下，炖炖就行。娘，我做着，您去请郎大夫吧，您去显得重视。"徐桂贞答应着就去了。张勇军即动手拿了菜板、菜刀，把鱼摁在菜板上开始收拾。郎立学站在边上想学艺，张勇军一边干着一边介绍。

郎立兰把家里有的菜找出来，该择洗的择洗，该切的切，等炉子炖好鱼再做。郎立学赶紧到堂屋里摆好桌凳和餐具，准备迎接客人。整理完毕，见郎先卫还没来，就领着小壮汉到大门外迎接去了。

郎先卫借回家的工夫，在整理家务，看到徐桂贞嫂子进门，便放下手中的劈柴斧，让她在院内的凳子上坐下，忙问："嫂子，立学侄和他姐说安排请人的事没有？"徐桂贞说："我这来就是请你过去，他姐和他姐夫都来了，想和你商议这事。你有空没有？要是没有要紧的事，我和妹妹说说，你俩一块儿过去，也省得在家做饭了。"郎先卫说："我回家，她借空上姐姐家去了，还没回来。要不我在家等一会儿再过去。"徐桂贞说："兄弟，没有别的事，咱这就一块儿过去，待会儿叫立学再来请他婶子。"郎先卫看嫂子如此迫切，不便再推辞，带门上锁一同去了。

正煮着鱼的张勇军，看到郎大夫同岳母来到，忙起来迎接，请他到屋里坐下，敬上烟茶，说："郎大夫，您好！立学弟去句山医院学习，全凭您操心，要不，怎能办得如此顺利。多谢郎大夫啊！"郎先卫说："我也就是牵了牵线而已，具体事还是托人，立学自己跑的腿。因此，我就和立学说，咱现在事办成了，抽空请请人家，做个答谢。勇军，你说对不？"

话说间，郎立兰已把鲜鱼汤送上来了，还炒了肉丝芹菜和辣椒豆腐，还有蘑菇鸡汤。桌上摆了乌木筷子、羹匙和高脚酒杯，斟上香槟酒请郎大夫品尝。郎先卫也不推辞，并坐主陪之位。他刚端起酒杯才待喝，却发现郎立学不在场，便问道："立学怎么不在家？干什么去了？"张勇军被他这一问如梦方醒，忙赔笑道："不好意思了，看我光顾和您说话了，把他和壮汉爷俩去接您那档子事忘了。"遂转身朝其岳母道："娘，您去找找，让弟弟领壮汉快回来。"徐桂贞说："不用等他们，你俩先喝着，待会儿我去找他们。"说完便起身向门外走去。郎大夫见状放下酒杯，笑着问张勇军："要不，等他们回来再进行？"张勇军说："不用客气，咱爷俩先喝着。立学回来再让他补上就是。"

郎先卫舀着鱼肉和鱼汤放嘴里品味后说："很好，很鲜，还没一点腥味，做得真好。"张勇军说："要请的人，我完全同意叔说的。我们找一个陪的，我们俩都参加，是不是？我想水库管理局王益才局长是我的战友，也有点亲戚。他人很活泛，善于助人，平时事不很多。只要能抽出时间，我请他他一般不推辞。至于镇医院，就请吴汉文院长、李传义文书和徐良会会计。请叔定。"郎先卫说："还是勇军说得对，能想到把镇医院的一块儿请着。一把手要请到。这样的话，句山医院有衣胜军院长、医务科科长衣文平、总务科主任席光、会计鲁文、内科主任胡志刚、尤珊兰护士长六人，加上我是七人。镇医院有吴汉文院长、李传义文书和徐良会会计三人，这是十人。再加上水库管理局局长和你一共是十二人。"郎先卫想了想又说："要不就让俩进修的也参加。高海珊聪明灵活，人美其名曰'小灵通'，挺逗人的，可活跃气氛。反正席上什么事也谈。"张勇军说："要让高海珊参加就不够格。当然，她参加也行，反正到医生这一级还没有。据说她对立学帮助很大。不过，让他俩参加就显得人太多不好安排。到时候看情况再定吧。郎大夫，您看再找谁合适？"郎先卫说："我看再找上医务科的统计员吴芯，是她领着立学上的内科，不辞劳苦，很负责任，应请。这样，要请的人如果全到就是十三人。"张勇军说："完全可以。"郎先卫说："关于人员就这么定，一桌十三人。再就是地点在县招待所，那里的宴会厅分好几类，有大的，也有小的。"张勇军说："咱单独一间，到时再商议。"郎先卫说："所里天天有宴席，有时很满。虽不好早订，但还是早订下为好。没有特殊情况，一般可以保证。"张勇军说："星期一怕机关事务较多，我看咱就定在下星期二的中午。我们正大光明办，几个单位的，谁知什么事！人员不很多，不用请帖。"郎先卫说："我负责请句山医院的，到时务必到。勇军婿负责邀请水库和镇医院的人员，到时一起赶到。档次要不高也不低，取个中档。那里最低四十元，高的三百元、一百五十元、一百二十元。其实一百二十元，每人十元左右就很可以。一般百姓卖头肥猪才百十元钱，还得酒和烟另外开支。你说怎么办好？"张勇军说："叔安排得很好。立学家劳动力少，收入低。我现在也有些紧张，水上养鱼风险很大，网养受天气影响，大风暴雨时损失就很大。我想以礼为重，酒席照一百二十元，取个中档，再另外买烟和酒。穷富不差这三十五十的。但对立学来说，这是件大事，能顺顺当当地办成就行。等他学成了，很快就挣回来了。立学弟上句山医院的一切费用，还是我暂借给他的。您和医院领导解释下，请他们多包涵。"郎先卫说："你说得极是。我这个人就是心中有啥说啥。别光说话，来，喝酒。"话音未落就听见徐桂贞他们回家来了，他俩忙放下酒杯起身。徐桂贞娘儿们进屋寒暄一番后，怕孩子吵闹影响大人说话，就和女儿领着壮汉到郎立学屋里歇息去了。

郎先卫他们又重新入座，张勇军招呼立学把杯都斟满酒。郎立学自知理亏，赶忙向郎先卫解释说："郎大夫叔，我本来和壮汉到大门外迎接您，刚出大门，就见只花猫从东向西跑，他就跟着撵。我怕孩子没深没浅地磕着，就也跟着去了。谁知道那猫一直跑到街西头，拐弯向南去了。和孩子跟到西头，没见着花猫就想往回走。可孩子不干，非要找花猫。转来转去也没找着。要不是俺娘去叫，他还不回来。"三人边说边喝，又把要请的人员捋了一遍，觉得十三个人不合适，郎先卫提议干脆统计员就不请了，凑好十二个人一桌。事情就这样定下来了，一家人忙里忙外送走了郎先卫。郎立学按照姐夫的安排去镇医院请人，姐夫一家见天色渐晚也抓紧回去了。

第二天，郎立学约郎先卫一起回句山医院。在路上，两人谈起昨天在家商量的事情，郎先卫很满意，觉得请客的方案定得很周全。他心中暗想："把这件事办完美了，自己就不欠别人情了！还扩大了自己的交际范围。"他越想越高兴，便打开了话匣子，和郎立学谈论起进修学习的事，说着，还忘不了提到高海珊。二人的心情都很好，对未来充满希望。

这次回家，姐夫张勇军能主动出面招待相关人员，郎立学很感激。这样，医院可能会更重视对自己的教育培养。像是给加上一把油似的，他满怀喜悦，高高兴兴地回到宿舍。放下车子和带的东西，心里想着要去见一下高海珊。同宿舍的人都上班去了，他来到高海珊的宿舍。刚要进门便看到一位身着水红色内衣的美女正低头弯腰在洗头，他赶快退了出去。他故意轻咳了一声。屋里的人很快回应："我洗完头了，进来吧，立学。"郎立学走进屋看到高海珊正用电吹风机吹头发，她穿一条鸭蛋色的裤子，水红的内衣。她那高挑的个头，线条明晰匀称的身段，加之胸脯高隆，凸显东方女性的魅力。郎立学真想拥抱她，给她一个亲切的吻。"怎么没穿外衣就叫我进来了？我太冒失了，对不起！"郎立学说着回头就走。高海珊嗔道："你怎么还那么封建？年龄不大，老思想倒不少！来，帮我吹吹头。"说着就把吹风机递给他。高海珊一手拿梳子梳着头；另一手拿个小圆镜照着，看到郎立学的俊秀时心中感到非常愉悦。郎立学也看到了镜中的一朵花和自己，他有些不知所措。吹着吹着脚下不知被什么一绊，身体一下趴在了她身上，立即喊道："哎呀！压着花儿了！"

另一只手不由自主地抱住了高海珊。而她的胸部像有弹力一样，将他的手臂弹出去了。两双眼睛对视了片刻，都低下了头，羞得不知说什么好。两人站了一会儿，高海珊说："没跌倒就好。"她收好吹风机，拿了件外衣穿上，又用雪花膏搓了搓手和脸，便与郎立学快步走向内科病房。

办公室已满屋是人，胡志刚主任说："我们现在交接班。"夜班大夫介绍："今晚十点新入院一名男病人，在五号房间十六床，叫付一农，五十二岁，集店镇林沟村人。支气管炎，急性感染，慢性胃炎，胃溃疡。体温38.0℃。现在给予抗生素、吸氧等治疗。九床风心病人，心衰控制得还不好，仍有少量血丝痰。其他病人平稳。"胡主任、尤护士长都说了平时的注意事项，要求心细手巧。还给医护人员分了任务。高海珊和郎立学被分到五号病房。

从那天起，高海珊和郎立学，除负责给病人检查身体、测血压、数脉搏、测体温、一般的物理检查外，也可以草拟病历了。他们和病人聊天，深入了解病情和家庭情况，和病人很快就熟悉了，并得到了患者的信任。

通过医患一家人活动，他俩知道了深入细致了解得到的材料是多么重要！

一天上午刚上班，高海珊和郎立学看到有个二十左右的女青年，扎两根乌黑的发辫，圆圆的脸，蛾眉大眼，面色黧黑，上身穿一件红毛衣，下身穿一条咖啡色裤子，脚上一双布鞋，背着一包熟食，汗流满面地走到五号病房十六床前。

这个女青年是十六床患者付一农的女儿付丹香。她放下物品，看到父亲的精神好了很多，又安慰父亲说："爹，你不用担心，我又上俺舅家借了一百五十块钱交住院费。你安心住院，多住几天，把病治利索。家全靠你呢！今天看你喘气匀和，脸色也舒坦了。来的时候没交住院费，人家看你病得厉害就先抢救，好得还这么快。这是托政府的福，托医院的福。你好了是俺姊妹俩的福。"她的弟弟付丹生看姐姐满头汗水，忙说："姐，你快歇歇吧，看把你累成什么样了！"他给姐端水喝，说爹的病轻了很多，又从床底下取出脸盆毛巾给她，说："你去洗一把吧！"他姐姐说："不急，先和爹说说话。"说罢，又给爹倒了一杯热水放到床头桌上。

一家三口聚到一起，虽说有点喜悦，但心中还是愁情未消，都在心里诉说着心事。家庭的中流砥柱被病魔压倒，未成人的子女如何来支撑这个家呢？虽然有邻居相助送到医院，但谁都有自己的事，时间一长谁也顾不上。所以，家庭重负就全压在这个未经世事的女孩子身上。付丹生守夜陪床，也累得很。姐照应家务还要到处借钱，办饭，任务何等艰巨啊！这是治病的钱，救命的钱，不急办行吗？如同现代京剧《红灯记》中唱的"穷人的孩子早当家"，这个家就逼着女儿早当起家来。他们现在都一言不发，话都在心里，思考着不少事。

高海珊和郎立学不一会儿也来到十六号病床前。高医生先开口道："叔叔，这是你的女儿吗？背这么大包东西走着来一定很累吧？"看床头桌上有煎饼，病人正小口小口地吃着。付一农看着俩医生来了，赶忙放下吃着的煎饼说："这是我女儿叫丹香。"回头又对女儿说："这几天幸亏这两位大夫天天看我，给买吃的，常来给我检查，我才好得这么快。"女儿听爹这么一说，赶紧向二位医生道谢。高医生说："叔叔，您这么说就见外了。这都是我们应该做的。我们正在开展医患一家人活动。您就是我们的老人，我们待您应和自己的老人一样才对。我们做得还不够……"这时，站在一边的付丹生接话道："您太客气了。这两天多亏了您二位跑前跑后地照顾，俺爹才好得这么快。真的要好好谢谢两位大夫。"同时指着桌上的煎饼又说："这是俺姐姐才拿来的，还软和着呢。您们要是不嫌也拿些去吃吧？"付丹香也羞涩地说："这是今早起来现摊的，牵挂着俺爹的病就背着跑来了。一看俺爹的病好了很多，我就放心了。待俺爹病好了，可真的要好好谢谢您俩。"高海珊笑着应道："你不用这么客气。把老人的病治好是大事，咱大伙受点累也是应该的。"高医生一看手表交班时间到了，就对付丹香说："你才来就先歇息着，我们该去接班查房了。"又对付一农说："等有空时再来看您。"说完，就和郎立学走出了五号病房。

付丹香送走高海珊和郎立学，回来对爹说："等一会儿我去交上住院费。"回头又对弟弟说："你还在这里，我得快回家去，家里的鸡鸭猪还等着喂呢！"

付一农看着闺女累成这个样很心疼，哽咽着说："闺女，放心吧，我的病很快就好了。你早上也许没吃东西，又受累又操心的。家里没事你就在这里待两天，叫你兄弟回家看门。"付丹香说："也中啊！他在这里也睡不好，回家歇歇，明天下午早点来。"付一农对付丹生说："那你现在就走，家里没人不行。出门把门锁好。咱没有值钱的东西，鸡鸭猪丢了也不好。还有柴柴火火的，千万别大意了。等我好了你就去上学。你看那个郎医生，咱集店村的，刚从家里出来学习。"付丹生说："爹，你安心治病，我看病好一半了，再过两天我就接你出院。我这就走。姐，还有什么事吗？"付丹香说："把钥匙给你。我那个小北屋先锁着就是，别叫孩子进去。有空到河上看看，该浇的菜你就浇浇。得空看书，还得上学啊！"

付丹香送走弟弟回到爹的床前，看着爹脸上有了微笑，自己也开心了。

由胡主任和尤护士长率领的查房队伍来到付一农床前。医生检查后讲："两肺湿啰音少了，舌苔已退，体温降至 36.8℃，说明病好得挺快。"护士长说："住院处催着交费。当时因病急重，没交费就先住院了。今病已好转，请尽快交上。"付丹香说："今日我带来了，还不知去哪里交。"护士长说："给你写个条拿着，到住院处交。"高海珊说："我和你去交。"二人便一块儿去了住院处。会计收下付丹香交的一百五十元钱，给了一张单据，并告诉她："此单据是出院时的结算凭证，千万不能丢失。"办完交款后，高海珊看着此时的付丹香无精打采，便说："你上我那床上睡一觉，伯伯由我招呼着，你放心就是。"付丹香犹豫不定。她是很想睡一大觉。这两天自己没在这里，老人的病好得也挺快，休息下也好，黑夜还要照顾老人。她反复考虑了一下后应了下来。高海珊带她来到宿舍，让她上床睡下，回病房和老人说："丹香在我宿舍里休息了。"付一农看到他闺女累得不行，心中也很难受，也很想有个清闲地方让她睡会儿觉。听高医生说给她找了地方休息，他高兴地对高海珊说："谢谢高医生！"

付丹香睡了一觉后，担心父亲一个人不方便，便回了病房，等回了病房一看，她舅来了，她给舅舅倒了水，说："俺爹的病好多了。医院里催着交住院费，亏了您老人家给钱交上了。"

付丹香的舅舅白相如对她父亲说："姐夫，我看你好了，我就放心了。我这就回去。"说罢起身就走。付丹香送到医院门口，舅嘱咐她："你好好照料他，我再给你这五十块钱，给他买点想吃的和补交住院费。看你也太累，要注意休息。"说完就走了。

高海珊和郎立学跟着查完房回来，看老人已睡了，付丹香在护理，高海珊说："已打上针了？滴得挺好。还有什么事没有？"付丹香说："打针很顺利，打上针他就闭着眼睡了。现在我陪着，你们有事忙去吧。"郎立学只在旁边注视着这位新来的陪护人，觉得她的相貌也挺迷人，比他姐还好还强。他见到女青年都要以姐为标尺来衡量一下。

因病房里都是男病人，年龄大多在五六十岁，也都是本乡本土的人，陪护人也多是老伴或男孩子。一般上午打完针，下午就没事了，病情又都不算重，会无拘无束地聊天。聊的内容不止病情情况和对医生护士的评头品足，有时也说些带荤味的，引得大家笑一阵。今天来了这位文静的小姑娘，全屋的人都肃静起来，谈吐举止似乎有了一种无形的约束。付一农自己也觉得闺女在这里不大方便，尤其是还有的病人在床上大小便。于是他决定下午让她回家去叫她弟弟来陪着。

两瓶药液滴完后，付丹香到医院食堂看有小蒸包就买了四个给爹做午餐。她先给老人洗了手脸，用开水在碗里冲上两块饼干，让他边喝边吃。老人说："味道还好，是猪肉白菜馅的。"一连吃了三个后就说饱了，将剩下的一个递给他闺女，说："这个你尝尝。"付丹香看着老人吃得可以，就接过来吃了。付一农和女儿说了让她弟弟来的打算，她同意，说午饭后早点回家叫弟弟来。正在这时，高海珊和郎立学端着一搪瓷碗热面条，里面还有一个荷包蛋，说给老人吃。父女俩同时说："我们刚吃过饭。谢谢您俩这么费心，你们快吃吧。"他俩则说："我们也刚吃过。我们吃的是食堂里的蒸包。怕老人胃口差，才煮了面条。"付一农说："我吃的包子，闺女还没吃。就给闺女吃了吧。我想闺女在这里不方便，饭后让她回家去，再叫她弟弟来。"高医生说："我们下午没有多少事，我看就让郎医生用自行车送她回家去，再接她弟弟来。不用很长的时间，但走路就慢多了。"高海珊这么一说，郎立学也毫不犹豫地说："下午不忙。我一趟来回最多半个来小时。"

当付丹香坐在自行车后座上后，郎立学从前面把右腿跨过上梁，右脚用力一蹬脚踏，连人带车便向前冲去。他们在大公路上飞奔前进，很快过了大桥向她家的方向驰骋。付丹香听到郎立学气喘吁吁的声音，看到脸上细小的汗珠。到了上坡路自然慢了下来。付丹香看他实在累了，便说："你停下车，上崖坡我下来走吧！"郎立学听到她要下来，不好不接受意见，想必她坐着不舒服，于是减速停车，自己先下来扶着车，再叫她下来。两人面面相觑，各人都成了红脸。一是有点热，二是有点羞。

付丹香更显腼腆，微笑的脸蛋，弯弯的眉，月亮般的双眼，秋波粼粼，情真意切，撬动着郎立学的心，使它犹如狡兔蹦跳。

两人休息了一阵便继续出发，一直到付丹香家门口她才下车。她家和村头仅隔两户人家，大门向南，是一过门楼。大门上的春联是："向阳门第春常在，劳动人家庆有余"。横批为"吉星高照"。砖砌的影壁墙上有一大"福"字。五间土坯草房，院落不大，很零乱。东边有厨房，西边是猪圈。正房前有株石榴树，满树盛开火红的花，煞是喜人。院子里有压井和水磨。郎立学一眼就都收入眸子里。付丹香进门就喊弟弟快出来，说郎医生来家了。付丹生本来自己在家干完活，吃了午饭就上床睡了。听到有人进门刚要起来就听到姐的喊声，便迅速从屋里出来。一看是郎医生和姐一起来的，还骑来一辆自行车，心中惊喜，忙说："郎医生来了？快屋里坐。"屋的正面是水泥面的方桌和条几，两把简易椅子，一张床和一张小饭桌。郎立学在椅子上坐下，看屋内几乎空荡荡。付丹生倒上一杯水，说："请喝水。俺爹住院，你和高医生很关心，让他好得很快。俺是很感激你。不知再住几天就出院？"郎立学说："病好得快，不几天就能回来，再在家吃点药就好了。关键是要不吸烟不喝酒。慢性病多年了，一时也很难彻底治好。"

他俩说着话，付丹香在小北屋里洗去风尘，又穿上件蓝底红花小棉袄，外着新衣，更显秀丽大方。她回到屋里和弟弟说："咱爹叫我回来，让你还去。我推下的煎饼糊子还没摊完，摊好了有空就送去，或托人给捎去。现在你就和郎医生一起去医院，说不定再待三两天就出院了。"郎立学看到丹香如一朵出水芙蓉。难道这就是一见钟情吗？听着托人捎煎饼，他忙说："办好饭等着，要是没得吃了，我抽空骑车来拿就是，这么十来里路，一霎就到。"付丹香则说："那还行，耽误你学习，俺过意不去。不用，后日我自己去就行。"郎立学说："那我后天一早来接你，再把弟弟送来家。就这样定了。"付丹香说："不用，我走着去就是。"说着，三人便一同出门，付丹香送到门外。郎立学在拐弯处回望时，看她仍在门口眺望着。

郎立学用车载着付丹生，一路向句山医院进发。他还是个半大孩子，身子轻也较灵活，骑车子的也轻松。郎立学问他上初中几年级，他说上初二。郎立学就说："初二很关键，学好了将来上高中就好学。人往往是自己不注意，一恍时间流逝后悔就晚了。岳飞的词《满江红》里说：'莫等闲、白了少年头，空悲切。'事实如此。上卫校时我爹生病，我虽没什么能力解除他的痛苦，可是心中总是惦念着，尤其他的病重了，我就根本学不下去，学习受影响很大，没毕业就退学了，在家里胡混，年华也随时光流逝不少，没法补救。"付丹生问道："你家现在有什么人？"郎立学答："家中有俺娘、妹妹和我共三口人。"付丹生说："和俺家一样，俺爹、俺姐和我也是三口人。哎呀！咱两家情况有点相同。"郎立学说："我也实话实说，我还有个出嫁的姐姐。她对我很好，对俺家帮助很大。这辆自行车就是姐夫买来给姐的，姐又给我骑着。"付丹生说："啊，你还有个姐也很幸福。"郎立学说："是啊，托福不少。"一霎到了句山河桥，车速才慢下来。过了桥，句山医院就在眼前。付丹生觉着仍在车上不好意思，就主动说："我下来，你骑着走吧。这里车多，不安全。我走着一会儿就到医院了。"郎立学答应了，车子放慢稍一停让他下来，自己骑车走了。

付丹生很快到了老人跟前，说："爹，好些了吧？"付一农说："嗯，好多了。你姐回家去，你才来的？"付丹生说："嗯，郎医生送姐回家去，又载我来的。"付一农又说："郎医生真好，说到做到。依着我是叫你姐走回去，你走着来。高医生却要郎医生送你姐回家，再接你来。你看人家多受累。"付丹生说："是啊，得好好感谢人家。"

郎立学回到病房和高海珊说："高医生，我完成任务了。把付丹香送到家，看她家挺寒酸，很愁人。那么个家，怎么能供应一个学生呢？老人有病，她才刚长大，里里外外就全靠她。哎，她长得很好，很叫人喜欢，心眼好，行事大方，令人佩服。也算她命苦，受苦受累也没人疼爱。我看着很可怜。"

晚上，郎立学怎么也不能入睡。送付丹香的经过在脑海里不断翻滚，把她和自己反复对比，觉得她家与自己的家有许多相似之处。她的人品相貌都超越很多人，她那不加修饰的美是纯朴的美。

郎先卫和张勇军商定宴请的日子已到。在商定好后，郎先卫即告知了医院相关人员，到招待所核定了时间、房间和菜的规格，并请餐厅管理员尽量给办得质量好点。当时，主管倪参听说都是与卫生口相关的常客，水库是水产供应户也经常往来，便痛快地应道："这好说，一百二十元的，我们把质量搞到二百元，照收一百二十元行吧？说实在的，招待所不挣一桌两桌的钱，主要是开几百上千人的会议挣俩钱。平时熟人吃顿饭，都是优惠点，看出朋友面子。请院长、大夫们品尝品尝我们师傅的手艺，做做宣传，说几句好话比什么都强。"郎先卫听倪参这么说，接道："我连菜谱也不用看了，一切请你给安排。说实话，我看菜谱名和实际有距离，好比说大虾就有好多种类等级，做法也很不一样。菜名是一个方面，关键是质和量不好定。"

今天，朗先卫先去和句山医院衣胜军院长汇报宴请之事。衣院长说："这么点小事还用设宴招待，影响不好吧。作为国家干部，是不准吃请的，你也不是不知道。"郎大夫说："规定归规定，实际上看看招待所不是天天有人吃吗？咱这是个人出钱，又不是吃公款，有什么不可以的？又没有大的违规事项。衣院长，你就不必整天怕这怕那，放心参加吧，都是自己人。本院那几个人你都知道，集店镇医院的你也熟，就是水库管理局的王益才局长见面也就认识了。可能只有郎立学的姐夫张勇军你不太认识，是在水库里养鱼的。"衣院长一听，说："在水库养鲤鱼的？年前我们还买过他的鱼呢。好，都是熟人，聚聚也行。不过我的酒量可不行。"

从院长办公室出来，郎先卫想到高海珊在医院进修，应该也请上她的父亲，想到这里，他便径直到内科病房和高海珊说请她爸爸中午来招待所吃饭。高海珊说："我爸爸今天到防疫站有事，不知走了没有。"郎大夫看表才九点半，便到办公室和防疫站联系，向接电话的问道："高威先院长走了没有？"对方请高院长接了电话。郎先卫和高院长说明了情况，说自己这边院领导都参加，高海珊又在这实习，觉得高院长也可以借这个机会和这边的院领导沟通一下。高院长当然同意，说好准时参加。

郎先卫看完病人，早点下班到了衣院长处，向他汇报了高院长也参加聚会的事。衣院长没有意见。

张勇军这天早起赶到水库管理局，一上班便匆匆去局长办公室。他走进办公室只见文书曾也花一人在整理办公桌上的文件。这位二十七八岁的女性身高一米六八上下的样子，脸面白里透红，柳叶眉，丹凤眼，樱桃小口，牙白如玉，乌黑油亮的两条发辫垂到肩头，笑容可掬，文质彬彬。见张勇军进屋，她忙放下手中的活，笑盈盈地问道："你这一大早的就来有什么事吗?"张勇军便说了请局长喝酒的事。她听了应道:"不巧,王局长昨晚接省里通知,一大早去省城参加病险水库加固会议了,会期三天。要不改日再请他?"张勇军接着说:"那就没法等他了。原来说好的他用车载我们一起去。那么,曾文书你有时间去吗?"曾也花说:"哦,你请局长,我还能去?"张勇军说:"我在水库养鱼,你又不是不知道,咱都很熟,本想找局长也是聚一聚玩玩,没什么事。"曾文书说:"我现在倒也没什么事,还有辆大头车,我和司机谭平说一下咱开着去。什么时候走?"张勇军说:"得赶早走,还得去集店镇医院请人一块儿去。要不咱们九点半走?"曾也花说:"那好,到时候你来叫我。"张勇军非常痛快地说:"行!到时候我来叫你。"说完就去办别的事了。时钟指向九点三十分,张勇军正点来到局长办公室,他俩坐上大头车赶往集店镇医院,请上吴汉文、徐良会和李传义后,很快来到县招待所。张勇军一看表是十一点四十五分。不一会儿,郎大夫和高院长在前面,领着句山医院的科长主任们也来了。吴院长一看到高院长,两人立即握手问好,曾也花文书也同尤珊兰护士长打了招呼。女士们相见,格外亲切,互道幸会。郎大夫即向张勇军介绍了高院长,并说明两家共办宴席的安排。因郎立兰已说了和郎立学一块儿进修的是天井医院院长的女儿,今天又听了郎先卫的介绍,张勇军很高兴,和高院长握手道谢。还不吝谦虚地讲:"高院长赴宴,一切我包着。请郎大夫看着办。"

第四章

设宴表谢意　众友贪杯醉

时间快到了，各位领导纷纷聚来。在句峰厅门外是一座小型景点，水池中有喷泉、红鲤和湖石，石上遍布花草松竹，小而精。

身居上座的衣院长取出自带的云烟，一支支分发给各位吸烟者。随着打火机火苗的喷射，烟也一支支点燃。在烟的熏燎中，一盘盘山珍海味向餐桌聚集。第一盘是厨师显艺的观赏品，用蔬菜做的"孔雀东南飞"，活灵活现，栩栩如生。这是一道开局菜，展示本席的高贵，让入席者喜出望外。随即浓香扑鼻的美味佳肴陆续上桌，红肥蟹、黄花金针、蘑菇炸肉炖山药等等，不一而足。

待杯杯斟满，衣院长环视贵宾，右手举杯，说："咱们开始？对今天有幸来与大家一聚，我首先表示感谢，并祝各位工作顺利！干杯！"大家应声"好"，一同举杯共饮，开吃美肴。他请各位随意吃。敬酒三巡后，张勇军开始敬酒："各位领导，各位来宾，我内弟来句山医院学习，承蒙各位大力帮助、支持、关爱和教导。在此，我代表内弟和家人，表示衷心感谢！来，同干一杯！"他也连敬三杯。张勇军的敬酒，点出了主题。高院长接过话题，也不落后，举杯表示感谢。酒已由茅台换成齐民香。衣院长又接过话题，代表医院说："作为句山医院，我们有责任帮助和指导各基层医院。我们要互相学习，互相促进，齐心协力，在卫生工作中发挥各自的优势。本只想聚一聚，交流下经验与设想，不该如此花费，这是将了我们一军。我们只有更好地工作才能对得起大家的心意。我听说进修的高医生和郎医生帮助了一位住院病人，这是好人好事，这就是对句山医院工作的促进。"说到这里，衣院长把目光转向几位科长主任们，继续道："我看应当在院内宣传宣传，号召全体医护人员向他们学习，把当前开展的医患一家人活动搞得更好一些，并深入持久地坚持

下去。"几位科长对视了一下，都说应当宣传学习。胡主任举起酒杯道："我提议，为院长的英明决策而共同干杯！"大家都举起酒杯一饮而尽。至此，四瓶齐民香又喝尽了。张勇军和衣院长商议再喝点怎么样，衣院长说："行，换换！白酒喝多了误事，下午都还有事。"于是改喝啤酒。三女士白酒喝得很少，所以都愿意喝点啤酒。

待来宾酒足饭饱，都在院子里相互道别。大家送衣院长上车，科长主任回院，张勇军陪着同车来的客人回去。

衣院长先安排自己的司机把高院长送回他们医院。等司机回来送衣院长回院后正巧碰到郎先卫。司机便告诉他，高院长下车就恶心呕吐，意识不清。郎大夫一听，霎时脸色变黄，即和司机商议，衣院长已回家休息，自己和他去看看。司机把车开出院门口，看路上车稀便加大油门，刹那间即到。院子里的呕吐物尚未清除，仍散发着难闻的气味。郎大夫来到一单元式平房门前。这里是高院长的家。里面还围着一群人，有人问高院长有什么感觉，院长只是摇头。郎大夫上前一看，只见他面色潮红，呼吸气粗。郎先卫先对大家作了自我介绍，然后对大家说："今中午我们在一起吃饭，高院长可能酒喝得多点，应及时去句山医院进行补充液体，明天再检查一下较为安全。"大家都同意。

于是，高院长由夫人陪同到了句山医院，直入内科病房，找了未住病人的一室两床房间住下，不作为住院病人，只作治疗观察。郎大夫和值班医生商定，先给补充液体。四十分钟后滴注完毕，高威先清醒了，说话也有劲了。接着又加了一瓶注射液体。输完液后一切恢复正常，高院长执意要回去。此时，高海珊和郎立学在图书馆，全不知高院长的事。郎大夫也怕知道的人多了不光彩，便和高院长与夫人到街上，看还有上天井的客车，即坐车回家了。郎大夫看着这一对夫妇乘上车，他那颗悬着的心才算落了地。

张勇军用车将集店镇医院的三位送到家，各人都醉意沉沉，面红耳赤，步态不稳，但言语尚清。

不多时，他们来到水库，时间正是下午四点，司机便休息去了。

张勇军回到坐落于水库东岸的一所小院。院内两间平房一间棚，棚里有个生活小炭炉，时有缕缕青烟升起。在小院外的岸边拴着两只小船，俨然一个渔港码头。平时常有汽车卸货装鱼，小船天天启航投放饵料或捕鱼。这就是张勇军的养鱼场所在地。他看除一人值班外，其他人已下班。他听说一天情况正常便走了。

　　"军港的夜啊静悄悄，海浪把战舰轻轻地摇。年轻的水兵头枕着波涛，睡梦中露出甜美的微笑……"张勇军煞是兴奋，一路哼着小曲，急风火燎地往家赶。

第五章

病农心上女　爱慕学医郎

　　付丹香做好饭没滋没味地吃了点。吃过饭，看了下鸡猪，锁好门，又带包煎饼往城里走去。刚到庄头，付三农开着摩托车看见了她，说："上城里去吗？正好带我去看看你爹。"付丹香一听，想了想，便说："三叔要去我就不去了。你带着这几个煎饼和这一百块钱给俺爹，叫俺弟弟交上住院费。再问问明天能不能出院。要是能出院我再去接。"她这一说，付三农有点愕，寻思了一下，觉得闺女说的也是，便接受了任务，开动摩托车向城里跑去。

　　付丹香回过头便先上三叔家，和三婶说："三叔上城里看俺爹去了。"也说了给办救济款的事。今日的三婶已全身新装，花枝招展，头发也烫成稍卷曲发型，描眉施黛，金耳环闪闪发光，手戴玉镯，身穿一件红色的丝绸棉袄，薄呢绒裤，高跟皮鞋，甚是摩登。付丹香见了大吃一惊，说："啊！几天不见，三婶怎么变得这么摩登了？"

　　三婶说："你三叔逼着我烫发，戴金坠子，玉镯子，还要穿高跟鞋，化妆。我想反正他有钱，我就花，钱也不是我的，他也不让我管钱，我也不操那个心。你三叔也没什么本事，就是问问这家厂子要什么货，他就找有的那家，成交了就有提成。"

　　付丹香听了三婶的一席话，感到非常吃惊。听人家说，什么没有也不能没有钱，但金钱不是万能的，钱多了容易使人变。这几年人变了，看看家也变了，屋里的摆设有大皮沙发，安了空调，冬暖夏凉，红木雕的大象，小屋式石英钟，做饭用液化气，高压锅，家里有电冰箱。床也变成了凤阳牌席梦思床垫，太平洋大床单，绸丝被。家里酒席不断，出出进进很像个大家。为什么村主任听他的，他可是三叔家的常客。俗话说，有钱能使鬼推磨。唉！三叔那么多钱，却一点儿也不白花，对人精打细算。村里救济俺一百五十块钱，经他的手就扣去五十，够狠的。想到这里，付丹香的心要碎了。"真可恨，真是狼心狗肺的黑心三叔！"她正在冥想，三婶到里屋不知忙什么去了。一会儿出来手里拿着小红包，和付丹香说："这是你三叔买来给我的一副银坠子，我没戴。你要相中就拿去找人扎耳朵眼戴上。"付丹香摇头说："我不能戴这东西。家里老人常年身体不好，钱很紧张，戴这个叫人家笑话，说不干正经事的人才戴这东西。"她坚决没要。她三婶没有再坚持，就说："是啊，你家实在困难。光靠种地是不行的。要不然等你爹出院后，让你三叔在城里给找个活干。听说在城里，女的找工作比男的好找。像公关小姐，只要相貌好，心灵嘴巧就中。就是会说会道，能说服人家，让人家信咱。要是能干，一年可得两三万。还有宾馆服务员和理发师，再就是浴池的桑拿浴服务，也都挣不少钱。干这些活都要求培训，上短期培训班的钱你三叔可以借给你。"

付丹香一听这一套，头皮一炸一炸的，心想，就是在农村干一辈子，也不能去干那些。她愤然道："三婶，我听俺娘的。她病重时对俺说：'做女人要做个正派纯净的女人。闺女要贞洁，除非出嫁结婚，除非自己的男人，什么别的男人也不能碰。'我就听俺娘的。你看大多数女人结婚成家生孩子，有住的和吃的，有正常事干着就中，不求多么富，日子能过去就行。我就想去当个工人，干完一天的活，就回来照顾俺爹和弟弟。"

付丹香看她爹的旧被子很脏，该拆洗了，就拿了把剪子拆了，把又黑又烂的被芯拿到院子里晒着，还用小棍敲打了灰尘，又把破被面加洗衣粉泡在水盆里。她想："娘在世时这些都是娘来干，自己的命真苦，现在什么都要干，在家天天累得要死，还是没有变化。爹快好了，我要上城里当工人，多少挣几个钱，好帮助家。"

大门一下子开了，付丹香抬头一看是三叔来了，忙说："三叔回来了？快坐下歇歇。"她把自己坐的小交叉子递给三叔，问："俺爹没说有事不？什么时候出院？"付三农说："我看大哥的病好得很快，不大要紧了。其实回来也中，他没要求出院，医生也没通知出院。我说载你一块儿去，你又不去，不去就挂念着。要不明天我再和你一块儿去？反正近来我没有什么事。"付丹香说："三叔，那钱你给了俺爹还是俺弟弟？"付三农说："噢，你不提这事我还忘了。那钱还在我布袋子里，你看明天去还是后天去，一块儿看看出院结账。"付丹香一听三叔还忘了，就说："你去干什么来？不是送钱吗？你把钱给我，我坐车去就是。"付三农一看她生气了，就把一百五十块钱都给了她，并说："那就你去吧。"付丹香接过钱，给他倒了水，他不喝，她自己喝了后就一块儿出了门。付三农显得灰溜溜的，抬不起头来。

　　付丹香来到病床前，她爹面带笑容，说："闺女来了？"丹香问："爹，病好了吧？"付一农说："我觉得这病好得差不多了，咱明天或后天就出院吧！今天你三叔来了，还给了我一百块钱。"付丹生说："这两天好得挺快，咳嗽轻多了，胃也不痛了，想吃东西了。"付丹香说："咱去问问，能出院就出院。"他俩来到办公室，有位年龄较大挺稳重的护士在那里，付丹香说："大夫，我想问十六床能出院了不。"这位护士从病历橱上拿下十六床的病历看到住院已十一天，体温、呼吸频率、心率、血压都正常，又翻了下化验单，说："出院也差不多。明天查房，溃疡和支气管炎症如果消失就可以出院。"其实，这是内科尤护士长，掌握病人的全面情况，有时比医生还清楚。付丹香问："现在能透视吗？"护士说："透视胃肠得明天，今晚少吃饭，明天早上不吃不喝。"付丹香又请求给开个单子，好明天一上班就做。

　　护士长问："丹香，你家有什么人？"付丹香答："俺家就三口人，现在都来了。俺娘因心脏病来这里住了两三次院。后来病重，大夫说俺娘的病不好治了，回家待了两天就走了。"说着就悲痛得泪流满面，"俺娘住院花了不少钱，后来人财两空。那时我和弟弟都还小，俺爹是地里家里的活都得干，累得不得了。他心情不好，爱上了抽烟喝酒，才得了病。这次病犯得急，你们给抢救过来，好得还挺快，我十分感动。真的很感谢你们。俺没有钱，现向俺舅借来交的。村里这又救济了点。所以，我就想早出院回家去。"她寻思片刻又说："另外，我想求您费心给问问医院要勤杂工不。我得出来多少挣点，要不怎么还人家啊！请院领导尽量照顾。"这时，在会议室听业务课的结束了，胡志刚主任和大夫们，进修医生高海珊、郎立学都来办公室。护士长看胡主任来了，即向他反映付丹香的要求。胡主任前几天就觉得对进修医生帮助了病人只提了点要求，现在是个进一步帮助病人的机会。他看下班前还有点时间，就说："那我们俩到院长办公室问问。"尤护士长同意，二人遂前往院长室。恰巧衣胜军院长在班上，尤护士长即向其反映了病人付一农的家庭困境，说明也是进修医生高海珊和郎立学帮助的病人，说了他女儿的要求。

第六章

众怜贫家女　聘为勤杂工

衣院长听了胡主任和尤护士长的话后说："医院正要找个洗衣工，她要是想干的话就叫她来吧。但要做体检，保证身体健康，不能让有病的人来干。"

主任和护士长回来对付丹香说："医院正好需要一名洗衣工，你愿意干吗？"付丹香说："我是农家孩子，有得干就中。这是主任和护士长给俺的最大帮助。我一定好好干！"胡主任说："你得先检查身体，只有身体健康才行。"他让高海珊陪着付丹香去。郎立学没有什么事也跟着她俩到了门诊体检处。值班人员说一张体检表要交两角钱，付丹香即时交上，便给填了表，盖上章。高海珊先领她到放射科。因透视室值班的白林大夫是从天井医院调来的，所以她俩认识，到了她就说："这是咱医院新要的一位工人，来检查身体，请给做个胸透。"开机几秒钟就做完了，结果正常。透视结束时，白林问："付丹香，你刚才不是为住院病人预约明天做胃肠钡透吗？"付丹香说："是啊！刚才医院要我来咱医院干工，所以先来查体。"白林说："噢。没事了。"然后自言自语地说："还以为弄错了呢。"

高海珊和郎立学听说付丹香要来干临时工，非常高兴。一边祝贺，一边帮她查体。从测血压到五官，物理检查很快结束了。胡主任看过，给出"身体健康"的结论，并签了字。接着用院内电话向衣院长汇报了查体结果。院长说："那就叫她三五天内来上班，从村和镇政府办个证明手续，要到劳动局备案。我们用人得有关部门同意。"他接着给财务科电话，说收一名洗衣工，根据文件暂定一月工资四十五元，试用两个月后再定。郎立学听到出来干临时工，须办村镇的手续，便对付丹香说："你办好村里的，要是镇上你没有熟人，俺有个不远的哥哥在镇上给书记开

53

车，找找他准好办。"付丹香说："办手续没有问题。"她去病房和爹及弟弟也说了近两天就来干临时工的事，大家都很高兴，付一农让她上街买烟和糖果对众人表示感谢。郎立学和付丹生去花十元钱买了一大包，给了医生和护士们。付丹香很激动，又羞羞答答的样子，脸比涂了脂抹了粉还好看。她看时间不早了，就和大家说："我要回家了，明天再来和爹做透视，要没什么事就接着出院。"不由分说，郎立学立即前往送她到家。两人特别高兴，心情特别好。

两人到付丹香家已经是傍晚。付丹香说："今后咱在一块儿的机会多了，这很难得，咱要珍惜。你是愿意吃饭后走还是早点回去？"郎立学说："咱到家看看再说。"付丹香说："那也行，就是没准备什么吃的。"来到家中，两人先在屋里坐下歇了歇。付丹香把暖瓶里不大热的水每人倒上一碗，问："郎医生，你累不累啊？一路上也没歇歇，一口气到家，真得好好谢谢你！"郎立学在体检时就看好她。因要干临时工而非常高兴，又加检查身体，她总有点羞羞答答，面胜桃花。郎立学从内心深处已爱上她了。上次二人酒后，在这偌大的院落中，有了第一次拥抱。郎立学想，今天应是第二次机会了吧。他没喝水，而是站起来，眼睛直望着付丹香。付丹香心里想到汽车上的青年男女拥抱着那么亲的情景，心想可能一切都在这拥抱中，便也自然站起来。郎立学展开雄健的双臂，将她紧紧地拥抱着，亲吻着。一霎间二人就分开了，羞红的脸都无处放了。

还是付丹香先打破僵局，说："还有俩鸡蛋，我煮荷包蛋，泡个煎饼吃，你早点回去。明天我坐汽车去看老人做胃肠透视，要没什么事就马上办出院手续。回来我再去办手续。"郎立学点点头，她便到厨房做了两碗荷包蛋，拿来煎饼和咸菜。

吃完后，郎立学说："就这样说定了。"付丹香说："以后我有了工钱，再好好招待你。"

送走郎立学，付丹香喂了猪鸡，锁好门，上了她三叔家。一家人正用晚饭，三叔三婶叫她再吃点，她说："刚吃了。今天三叔上城里看俺爹，还给他留下了钱，他喜得了不得。我问了大夫，人家说俺爹好得差不多了，明天再做下透视，没啥事就出院。三叔，和您说件事。今上午，护士长问俺家里有什么人，我实话说了，还说住院的钱全是借的，村里救济了些。老人家出院也干不了活，弟弟还上着学，借下的钱还不知怎么还。我请她费心给问一下医院要勤杂工不。也巧了，人家正要找个洗衣工，但要求办村镇手续，这几天就得去。我也不知怎么办，明天还得先上城里。"她三叔听了很高兴，说："这很好，手续好办。这种事，村里镇上都支持。只要和村委一说就给办。"付丹香说："那就等明天回来后再去办。"三婶高兴地说："我和你三叔也想给你出去找份工作，那些工作能挣钱，但你不一定相中。远了不行，还要照顾家里。在城里很好，天天回家也行。"付丹香说："三叔，三婶，我回去了，家里还有些事。"她说完就辞别三叔回家了。

第二天一早，付丹香早起来，梳头洗脸整洁了一番。锁好门正准备去乘车进城，突然，郎立学提着油条和火烧闯进门来。付丹香惊喜不已，问："怎么这么早就来了？"郎立学说："你不是说一早上城里吗？"付丹香说："可我没叫你来呀？"郎立学说："我怕你早上了汽车，早早起来买上点吃的就来了。"付丹香说："那来屋里吃了再走吧。"二人进屋，郎立学把油条、火烧放到饭桌上，付丹香放上碗筷，将刚烧的水倒上两碗。郎立学去洗过手脸，过来还是盯住付丹香不放。她也是有所准备，想："他这么早来可能睡不着了，还想我不成？先坐下吃饭，看来他好像等不及了一样。"便劝道："你刚来，坐下歇歇，喝点水，泡上油条吃点。"

郎立学才说："我是从家里来的。昨天晚点儿了，我就回了俺家，所以来得早。这火烧是俺娘烙的，油条是在集店镇街上买的。"付丹香说："那就快吃。"她泡上两根油条吃了，郎立学只吃了火烧和咸菜。二人饭后，又都清洁一阵，准备走。郎立学还是要亲一下她。二人轻松一抱。付丹香说："不能太随意了。将来我们都是工作人员了，不能和小孩子一样啊！"说得他红着脸无话可讲。因早上时间紧，付丹香锁好门，上了车，飞速到达城里。她来到自己的老人面前，看老人家很好，得知早上没吃也没喝，便叫弟弟去放射科看看白班上班了没有。郎立学说："丹生，我领你去吧。"

俩人一起来到放射科，一问说马上就上班。这俩人回病房和付丹香说了，三人便带着透视申请单扶着老人到了放射科。付丹香交上单子，大夫看是单做胃肠，就将一包白药粉倒入杯子，从暖瓶里倒上些水调成糊状，摸着不冷不热了才递给付一农，说："你拿着进去，叫你喝的时候再喝。第一口先含着，叫你咽时再咽。你都要听我的。"他让亲人中只进去一个。付丹香从她爹手里接过杯子，扶着老人进了透视室。大夫叫付一农立正姿势站在机器的平台上，闭上透视室门，室内没光了。付丹香紧紧扶着她爹，渐渐地能看到东西了。大夫说："吸气挺胸，好，稍侧一下身，正过来，喝上一口，咽下。"大夫看着钡剂从咽部顺食管向下流动，郎立学和付丹生站在大夫身后也看得清楚。大夫又叫他全喝下。大夫看着钡剂在胃的贲门、胃底、大小弯、窦部、幽门、十二指肠各部依次流动、充盈着。仅发现胃的黏膜充血，小弯部有轻微糜烂。肺纹理粗乱，轻度肺气肿。透视完毕，付丹香扶她爹走出透视室，坐在椅子上休息。大夫一边填写报告单，一边说病情和注意事项。最后诊断为慢性胃炎，窦部较重；慢性支气管炎合并轻度肺气肿。告诉付一农应戒烟酒，清淡饮食，预防感冒，并把报告单交给付丹香。付丹香向大夫道谢后，三人扶着老人回病房，见高海珊也早来等着了。

付丹香将报告单给高医生看了一下，二人一块儿去请胡主任看。主任看过，说："这种病过了急性期，再住院也是好得慢了。回家生活上好好养养，最好喝点奶，多休息。"付丹香说："那俺今天就回家。俺爹有两只奶羊，回家去能喝羊奶。您给开上药，回家吃着。以后我再常向您汇报。"主任应下，给开药下医嘱出院。

回到病房，高海珊对付丹香说："老人早上没吃东西，我准备了豆浆和鸡蛋。"付一农到床上休息了一会儿，才喝了豆浆，吃了荷包鸡蛋，很快就歇过来了。高海珊到车队问有无南去的救护车，司机说："你来得真巧，正要出车到南边去。让他们快来，急病不能耽误。"付丹香即和她爹、弟弟带上东西上了救护车。高海珊和郎立学对司机说："我们跟着送下病人，就在路边上等你。"司机也不好说别的，让他俩上了车。很快来到村头，各人也赶紧下了车。这四五个人带着东西，扶着付一农到家，先让他上床躺下休息。付丹香不敢叫两位医生多歇，但和郎立学靠得很近，眼睛对视着，羞得脸很红。高海珊似乎看出他俩有点恋恋不舍。付丹香说了些感谢的话，还叫弟弟送他们快到公路上等救护车。他们到了路边，没多时车就来拉他们走了。

救护车本不准在路上拉人上车，幸好这位病人不是太急。车到急诊室停下，高海珊和郎立学很明智地帮着抬病人，测血压，数脉搏。

开晚饭时，高海珊和郎立学二人到食堂买上饭菜，来到院子一偏僻的地方吃。他俩感到付一农一出院，似乎轻松了不少，不必时常去嘘寒问暖了。但又觉空虚了好多。用过饭，他俩出了院门，向西走去。以往高海珊好抢话头，今次却迟迟不开口，二人都有点闷。

郎立学耐不住了，先开口说："海珊医生，你说付丹香咋这么能，还没听说来，院长就能突然答应她来院干活，马上体检，还没办任何手续。不知走了什么重要人物的后门，要不能这么快？真是快得不及掩耳！刚把检查的体检表交上，就说近几天来上班，月薪四十五块钱，真谓奇事。"高海珊还是头脑清醒的，不愧是小灵通。她听了郎立学的猜测和评语后说："人被别人可怜的时候，多是处于十分困难的境地。俗话常说：'祸兮，福之所倚。福兮，祸之所伏'。人在天灾人祸面前，要沉着冷静，不要急躁，就会有福临门。你看，当我们看到这么一家人，老人住院，小的陪床，学也上不成，一个女儿去借钱、照应家务，累得要命。我一看就难受，便立即给予支持，当作亲人，叫她上我的床上睡觉。你看着也感到可怜，用自行车把她送到家。其实，我们和她都无亲无故，只是怜悯之心引导着我们这样做，没有什么目的性。医院也可能看到她很可怜，才给安排临时工。我看走后门也没有这么快。我这也是猜想，到底是怎么回事，以后会清楚的。立学医生，你说呢？"郎立学听了，如入迷宫，不知所措，只是摇头，继而叹道："唉！听不懂。好多贫穷户，怎么不去可怜呢？福就是祸，祸就是福，相倚，相伏。我不懂，不懂就不懂吧，不去管了。反正她要来上班，再帮她办上手续，行吗？"高海珊笑道："你若能帮她办手续，那是再好不过的事。俗话说得好：'帮人帮到底，送佛送到西'。我支持你。"二人继续聊了一会儿，见天色已晚，便回宿舍看书学习去了。

付家三口到家之后，都很欢喜。当爹的病好了，女儿又找上工作，可说是喜出望外，双喜临门。付一农看家里的一切都有了些变化，虽说陈旧，可让闺女打扫得干干净净，物件也摆放得整整齐齐，办着一家人的饭，还东挪西借地凑住院的钱，里里外外全凭她来操办，觉着她是个好闺女，能持好家。

到了下午，听说付一农出院了，左邻右舍都争先恐后来看望，就连那个馋吃懒做的二婶也跑来看望这个勤快吃苦的哥。她一看哥不在家这么多天，家里还干干净净，整整齐齐，想想自己整天手不拿笤帚，饭都不想做，不是赊馒头就是赊豆腐、油条，连开水也懒得烧，日子过得成天手够不着脚。相比之下，不免心中自惭。付一农好像猜透了她的心思，便对她说："他二婶子，以后得勤快着点啊！你看，人家在城里的人都很好了。咱隔得这么近，得学学。听说一个娘们在城里租间小屋摊煎饼，一天就挣四五十块钱。要想过得好就得又勤又俭。我住院还听了件新鲜事，说城西月村有人用大棚种樱桃很挣钱，土屋换成了砖瓦房。吃的用的都比别人好很多。那些懒人见了眼红闹事，和人家打官司，结果还打输了。"

付一农说到这里，有位邻居插话说："前些日子我去城里也听说了。当时人家说得有名有姓的，我只记得那人姓张，叫什么名我忘了。"付一农说："看来这事是真的。想致富一是要勤，二是得讲究科学。你看人家用大棚种樱桃，熟得早，能卖好价钱，挣得就多，富得就快。"

付一农见大家听得很带劲，喝了口水又接着说："这回住院还碰上了好事。正赶上医院搞医患一家人活动，提倡做好人好事，对病人的态度很好。住院这些天，多亏了一男一女俩进修医生跑前跑后照顾我。给我煮面条，还加上荷包蛋，有时还买些水果。那个男医生看闺女来回都走路，就用自行车送她回家。医院看我困难还少收了些住院费。我是既感激又惭愧，凭着一样的人还受人家帮，要是帮人家多好！人千万别靠人家帮。他二婶子，你得干起来，别觉着人家帮你就是应该的。这样一是惯坏了自己，二是欠人家情。我想把村头那块地也种成樱桃。看谁还想种，咱就合伙一块儿种。我琢磨着，人越穷越容易生病，一生病就更穷。以后得预防病，改掉吸烟的坏习惯，少喝酒。"他这一席话，大伙听着都很新鲜，也挺乐和。

付一农的三弟妹听到这里便开口道："听大哥这么说，医院还成福利院了！给你治好了病，还让闺女去上班，你家发展太快了。原先她三叔还想带她到大城市看看人家怎么过日子，怎么挣钱呢！"

那位被村里人称为小广播的二奶奶听说医院的青年小伙子来回接送付丹香，付一农出院还用了救护车，便说："现在医院也真是为人着想，有难就帮，和以前大不一样了。"大家七嘴八舌地议论了一阵。

最后，那个早早失去丈夫的老大嫂不无关心地说："一农兄弟，闺女上班儿子上学，自己在家没个伴，是不是也该找个伴儿过日子？"闺女听了有点心动，但没说话，她在看爹如何对答。付一农说："老嫂子，我这才几年，没想这个事。你这么多年不也过来了？这个样就挺好。"老大嫂说："你不能和我比。我多大年纪了啊。"

付丹香说："大娘说得对。俺爹才五十多点，应该找个伴。这是大事，大家伙看看，有合适的就给找个。最好不带儿女，身体壮实，没有病的，子女都成人的。"付一农说："闺女呀，不用操心，我不要。除非日子过好了，现在自己还难保，养不起！就种着二亩地，喂着一头猪、两只羊，除去费用，最好年景一年收入也不过千把块钱。一年三百六十五天，你说怎么开支？人家养奶牛的年收入五千到七千块钱。可光买头奶牛就得五千，咱上哪弄这么多钱？"

不知谁冒出这么一句："一农哥说的是实话，好多地方出现了万元户，咱村里可能就他三叔许是够上了。"三婶立即回应道："俺现在连屋底盘子也不值万元，沙发是人造革的，我这耳坠子也不是金子的，看着像，实际是镀金货。他就是鼻孔眼里插大葱——装象罢了。他挣不着钱不说，还是挣一个想花俩的人。"

这话让一青年妇女质疑："你说三叔不挣钱，那还带你出去旅游？现在不划富农了，甭害怕富，越富了越好。"三婶说："咱不是怕，他一年才挣几个钱，就是烧包，有钱赶快花干净了才舒坦。什么瘾他都上。"那青年妇女又说了："那是你管得松！依我，不叫他鼻子朝上淌才怪呢！"又有个青年妇女讥讽道："那三婶把三叔叫她给管管，准管好了。"三婶说："我看谁也管不好。"

大家看时间不早了，又见付一农有些累，便自觉道别，陆续离去。

第二天家庭恢复正常生活，付一农起来得早点，仍穿着棉衣在院子里转悠，看到该收拾的东西还放一边。听到闺女很晚还在洗衣裳，就没惊动她，好让她多睡一会儿。他便坐在小凳上看起那棵石榴树来。花大部分开过去了，也长了不少小石榴。他想，人就像这棵石榴树，花红如火那么短，真是花开花落一瞬间。闺女到结婚年龄了，自己已过天命之年，再争也争不过那命，知足吧！好歹孩子已长大，没干坏事，都很好。他正在胡思乱想，付丹香开门出来，看着爹坐在院子里，很高兴，就问："困得好吧？"他说："数着今夜里困得好，一觉困到天明。还是自己的家才是安乐窝。哪里也不如自己的家好。"付丹香看着老人和往日差不多了，心想这家是老人自己创造的，老人是一家之主，有老人在家自己就有安全感和幸福感。

付丹生起床后便带上俩煎饼夹上块咸菜上学去了。付丹香先到村办公室，见挺胖的村主任党建民正在看报，便喊："党主任上班啦？我有件事求你。我要上句山医院去干工，请您给出个手续。党主任啊，你看俺这个家，爹整天咳嗽，干不了活，兄弟又上学。家里就是我里里外外忙，还欠下些债，怎么才能还上？这回老人住院，幸亏村里救济，花了集体的钱。我也大了，不能老待在家里。老人住院时，我问医院要人不，人家说正缺洗衣工，就答应我去。"村主任点点头，说："是啊，你家确实困难，去很好，挣多挣少地先干着，慢慢发展。可以、可以，等一下文书来了给你写个介绍信。闺女，听说你在医院里搞了个对象，常用自行车载你回家，真有这回事吗？这是那天我去喝酒听你三婶说的，可能差不多吧？"付丹香说："根本没影的事！那是医院里的进修医生，看我太累才帮我的。"说着村文书党凤上班来了，见面就问："丹香来有事吗？"村主任先开口说："她要上县医院干工，你给写个介绍信。"党凤说："很好啊！什么时候去？我这就写。你今年多大岁数？"付丹香说："二十一。"党凤说："好！"便开了抽屉，取出笔纸，在横格信笺纸上写起来。

　　句山医院：

　　　兹介绍集店镇林沟村公民付丹香，女，年21岁，身体健康，品德优秀。望接收安排工作。以此为荐。

　　　此致

　　敬礼

集店镇林沟村委
×年×月×日（公章）

　　党凤写好后交村主任过目，主任点头同意，党凤又拿过来盖上章，递给了付丹香。付丹香拿着介绍信，告别了村主任和文书。

　　出了村，她踌躇了一下，是放下信再去舅家，还是现在就去？她一摸兜里那一百块钱还在，想："舅家在东北方，和镇上正好是一个三角形，一趟去还省点路。"于是，快步前进。她的情绪从来没有这样高涨、愉快过。昨天是家庭变化的一大转折点、里程碑。老人病好了出院照顾家，弟弟上学了，自己有了工作。这不是双喜临门，而是多喜临门啊！想："我能从此跳板跳到一艘远航的船，那前途会像海洋一样广阔，这是艘怎样的船还不好想象。"她忽一抬头，啊！那是马山，马像在海里航行的船。想："看看脚下的路，从小走了二十多年，小时候娘抱着走，大些了娘领着走。这条路是娘教我走的，是一条人生路。路旁有岭，有谷，有小溪，有田野，有村落。溪边的杨柳，岭上的迎春花，都随季节而变化。松柏花草繁荣，田野的庄稼一年一次播种、生长、成熟收割，一年年，一茬茬。人也好像庄稼一样，一辈辈，一代代地往后传。我才二十一岁，姥姥去世了，娘又去世了，我也由小到了大，几年后该结婚生孩子了。什么事也要经，冬天寒风冷雪天寒地冻，夏天雷电冰雹日晒雨淋，都得经受。"自从娘去世，她每每走这条路就忧心忡忡，总是怀念娘在时的情景，都在思念姥姥对自己的关爱和她亲切慈祥的面容。那时姥姥一见自己就亲昵地抱着，有一点稀罕的吃的总留着给自己吃。今天想想，似乎除了母亲和姥姥，谁也无法代替那种爱呀！唉！站在岭上看，她想起哪里的诗句："为有牺牲多壮志，敢教日月换新天。喜看稻菽千重浪，遍地英雄下夕烟。"这麦子也是稻菽之类的作物，自己不是敢教日月换新天，而是随着日月换新天。随着多喜临门，日子可能要好起来了。心情好了，看山山笑，观水水欢。心情一好，她不觉一点疲惫地来到付山村。一进舅舅家便喊妗子。妗子一听是丹香的声音，低声说："外甥女来了。"一边走出屋迎接着。她那黄色的脸上无一点笑容，可能以为她又来借钱了。付丹香说："妗子好！我来和你说说，俺爹的病好了，昨天出院了。这次住院花了差不多三百块钱，村里救济了俺点。我这次给俺舅送过来一百块钱，剩下的以后有了就送过来。"妗子皮笑肉不笑地说："你爹好了很好，你舅本想再去看看，因有一家在盖屋，急着干活，没抽出空去。钱你先拿着用。"付丹香说："我现在要走。"就把一百块钱交给妗子，说："妗子，你拿着吧。"正起身要走，她舅来家拿工具，一看外甥女来了，喜得眉开眼笑，忙问："你爹的病好了吗？"付丹香赶快说："他的病好了，昨天出院回家了。请舅放心，你有了空过去耍。"舅说："你爹住院的费用够吗？"付丹香说费用够了，并和舅说送过来一百元钱，给了妗子。还说她找到一份工作先干着，现在要去集店镇办下手续。

舅舅白相如说陪她一起去，他骑上自行车，叫付丹香坐自行车后座。开始她不好意思上车，在舅的再三催促下才上了车。付丹香的舅由于常年干木工，练就了一个健康身体，五十来岁骑车很稳健，而且匀速前进。付丹香觉得很舒适，很幸福："老人头都白了，还载我这二十来岁的青年，要是我载着舅该多好。"一看前面有一小上坡，她要下车，舅说不用下车，坐稳就行。只见舅的身躯左右摆动了几下，车子不但未减速反而更快了，很快来到镇政府大院。

爷俩进入镇办公室，见有两人，一位低头写东西，一人看报纸。白相如一眼认出这位阅报纸的人是自己村的，便忙叫："兄弟，正在看报纸呀？"这位是尹小军。他抬头一看，说："噢！木匠哥来了。这里没有工程，你来干什么？"白相如说："无事不登三宝殿，来就有点事，要麻烦兄弟了。我外甥女要去句山医院干工，来这给加盖个公章。村里同意了，请这里也表示个意见。"随即取出村里的信。尹小军接过一看，说这点事没有问题，立即让那位正在写字的正式文书颜平看，他用笔填上"同意，×年×月×日"，把公章和印泥盒交给尹小军，让他给盖上章。尹小军说："这权是你的，你给盖上就是。"于是颜平文书开了印盒，把圆头圆柄的印章在印泥上压了压，又张开嘴哈了哈，把信笺放在一叠报纸上，将印用力一按，拿开章一看，十分清晰，红的圆圈内是一弧形清晰的小字，中央是个五星。稍等了一下，待印泥晾干，便将信折叠好装入信封内，用装订机封好，交给了尹小军。尹小军又递给了白相如，说："好了，拿着去就行。"白相如向文书表示了感谢。但文书连起坐也没有，仍在写东西。尹小军说："他写个稿子，给镇长发言用，镇长看过让再改一下。这一下忙得早饭也没吃，现在才有个眉目。所以时间很紧。"

舅和外甥女说："这里到你家就近了，我一起去，看看你爹。"付丹香说："您很忙，要是耽误不了事，就过去坐坐。"说着，她到肉店买了肉和几样青菜，一瓶多香酒，一块儿放到舅的车筐里。白相如想去付钱，付丹香不让，他就去买上二斤桃酥。到了家，付丹香先喊："爹，俺舅来看你了。"付一农正在洗涮茶壶茶碗，想饮点茶，一听女儿说她舅来了，便放下手中活，三步并作两步地出来迎着，说："你这忙人，怎么有空来？亏着你帮啊，我这好利索了，我猜你也一定来，就早做准备，正在洗茶壶茶碗。"白相如说："你还真神，真是做准备。"付一农说："坐下歇歇。"他俩正聊着，付丹香赶快洗好茶壶茶碗，又去看看炉子，正好壶水沸腾着，就把开水倒入暖瓶，又灌上凉水烧着，将暖瓶放到桌上，和爹说："你放上茶，这是开水。"付一农抓了一小把大叶茶放进那把刚洗净发着亮光的南泥壶里，又把刚烧开的水冲上。一阵芳香缭绕，让人顿感清新。付一农觉得这茶香从来没有如此芳香过，也许是病愈后特别愉快的心理感受，也许是好久没喝茶的缘故。付一农先从茶壶中倒出半杯，将几只茶杯都冲洗一遍。茶在壶里闷了一小会儿，付一农便给内弟倒上，哥俩开始品起来。这也许是一种茶道、茶经、茶文化，是平时普遍应用的饮茶方式。

姐夫舅子正聊着天谈着心，付丹香做好了四菜一汤的菜肴端上桌来。有一盘猪肉炒芹菜、一盘辣椒炒豆腐、一个韭菜炒鸡蛋，还煎了几条小杂鱼，还不知上哪弄的紫菜，做了个紫菜蘑菇肉片汤。付丹香给这哥俩满上两杯酒，让他俩喝着便去做别的了。一桌简单的菜肴，包含了山珍海味，香喷喷的菜肴，配合着酒的浓烈醇香，茶的芬芳。病后的付一农，各样都尝了一口，觉着什么也都有正常的味道了。付一农喝茶，白相如饮酒，互敬互让地浅酌着。

他俩一边喝着一边说起付丹香去句山医院工作的事。白相如说："这很好。先去干，只要勤学好问，将来一定能学会一种技术。艺多不压身。就是学会接个生、针个灸，学几个治疗气管炎、胃病、失眠、感冒、拉肚子的方方就能挣饭吃。学习就要学精，切记贪多嚼不烂。我就是亏得学会了木匠手艺。现在有了木工机器，省了很多劲。我学徒时天天拉大锯，累得要命。现在那大圆木都用带锯先解成板材，再用小圆盘锯就很容易地解成小料，凿孔、刨光也都用机器了。"

付一农不无遗憾地说："我后悔没学会一门手艺，还学会了吸烟喝酒，闹上一身的病，后悔也晚了。我接受你的意见，不再吸烟喝酒了。"付丹香看着二位老人茶和酒喝得差不多了，便把煎饼拿上桌来。温和地和爹说："爹，你病才好了，可别喝酒，让舅多喝两盅。"当舅的则说："外甥闺女，你也来喝一盅！"说着，给她斟满一盅。她还挺高兴，为了表示感谢，便坐下来端起酒杯，对舅说："舅，感谢您对俺的帮助，我一辈子也忘不了。"说完一仰脖喝干了。白相如未料她还能喝点，就又给她斟上不太满的一盅，说："这是你替你爹喝的。"付丹香自觉一盅下肚，耳面就红了，热乎乎的，手也红了，便说："舅，我不能喝。我是太感谢您。今天又去帮我办手续，还很顺利。我给您再满上一盅，我喝这盅，舅喝两盅，咱就吃饭。你还正干着活。"白相如爽快地说："好，还是外甥女说得对，我们满起来吃饭。"各人完成了酒的任务，开始用饭。付丹香又拿两块桃酥给老人一人一碗泡上。又让他们多吃菜，说菜做得淡。结束了午宴，两人喝茶，付丹香收拾完桌子。白相如说："姐夫该躺躺歇歇了，我再喝点水就回去，还有活。"付一农听木匠的话，上了床一霎便打起鼾来。

白相如看着付丹香如花似玉的容貌，不禁想起姐姐，便说："外甥女，你休息吧，我该走了。"干木匠挣了几个钱，他从衣兜里取出一百块钱给付丹香。开始她说不要，但舅一定要给，她便接了。木匠也赶快推车走，付丹香送出了门，把钱放到爹的屋里回自己屋休息去了。

丹香想起娘曾说过，娘就姊妹俩，妹妹家闯关东，没有音信了。这个舅是姥娘过继来的，不是亲生的。听娘说，姥爷是村里的教书先生，学问虽不深，但看书不少，知道许多知书达理的东西，娘受其影响较深，虽然没上几年学，也识文断字，爱读书，不认识的字就问姥爷，日积月累，能读《红楼梦》、《西游记》、《聊斋》等古书。

付丹香开放思想的闸门，思维的波浪如江河一样澎湃，无止境地想，无所不及。自己二十一岁也将临婚龄，下步怎么走？还是放下忧思，轻装进取，才是唯一之道。要振奋精神，坚定意志，勇敢面对人生。

付一农睡了一觉醒来睁开眼就问："闺女，你舅走了吗？"她说："是啊，他走了。"付一农说："哎！我睡了一大觉，他没等我醒就走了。"她说："他回家去有事，正给一家建房的干着活。"她看着爹起床行走不很稳，但走了几步就正常了。他去小解回来，将茶壶里的茶水倒了些，又掺上暖瓶里的水喝着，问："丹香，你后天就去上班，还得买点东西吧？像脸盆毛巾什么的，还有衣服鞋袜。"转身一看，桌上有一百元钱，便问："这钱是怎么回事？"

付丹香说："是舅临走放下的。"付一农说："那你就拿着上镇上去买点你用的东西，先用着再说吧。"付丹香说："爹，我暂时什么也不买。这几件旧衣裳洗洗就行。这钱你留着用吧。我不在家你和弟生活上不方便。我看，咱就别吃煎饼了，把玉米和麦子磨成面，掺和着蒸干粮，或买馒头吃。丹生转粮到学校吃就方便了。你说行吗？"付一农考虑了一下，觉得也是。闺女不在家，儿子去上学，他一个人也吃不多，换馒头吃还省事，就是费用高点。又一想，反正闺女也能挣钱了，先混着再说。

晚上，付丹生放学回家一起吃饭，吃剩菜和煎饼，喝面糊。付丹香对弟弟说："后天我就上旬山医院上班了，往后我摊煎饼就少了。你问问学校里转粮去行不行，也问问不转粮买饭行不。以后，你就得住校，在学校食堂吃饭。"付丹生答应着。

饭后，付丹香用锅烧些开水，洗头又洗脚地忙了一阵子。

第二天一早，付丹香便翻箱倒柜找了几件可穿的衣服鞋袜，用布包好，把用的东西找了些，放在一块儿。又上机磨磨了三十斤面给老人准备下。因白面怎么做都可口。又换了些面条，买了肉菜准备给老人包顿水饺吃。

正在开始动手之际，高海珊和郎立学来了，说挂念老人来家看看。他俩看付一农有说有笑，完全不像有病的人，也就放心了。这下付丹香更加忙碌，烧水泡茶，以示重视。他俩问："手续办妥没有？"付丹香说："办好了。"郎立学说："快拿出来看看。"他俩看后说："完全可以。"又说："听说后勤上一个人想找他侄子去干，但没找院长，也没办手续。是不是咱今天就去报到上班，争先一步为好。"付丹香高兴地说："太好了！这样，我快炒俩菜，烙上油饼，咱吃点就走。"

到了医院，三人一齐跑到院办公室交上手续，填写了《临时用工表》送人事科，定了月薪。三人又来到总务科，正好席光主任在，发给付丹香两件隔离衣、帽子及其他用品，给安排好住宿，正好和高医生的宿舍挨着。

办好了手续，三人便上街先买上搪瓷花脸盆、肥皂、肥皂盒、牙刷牙膏、毛巾、口杯、吃饭用的大搪瓷缸，又买上了小饭勺、小圆镜和木梳，一凑一脸盆。付钱时售货员给了几块糖作找零，立刻各人口中有了甜如蜜。高海珊问："丹香，还买什么？"付丹香答："还想买双鞋。"便到卖鞋的柜台物色了一双物美价廉的胶底鞋，总支十二元五角。付丹香觉得支出不少了，身上一共才五十元钱，还要吃饭。

第二天一早起来洗刷完毕，付丹香用上一套全新物品。她心想，第一次去上班要有个好心情，振奋起精神，早点去，好请教人家如何工作。但又一想，一个人贸然跑去，怕不太合适。和高医生、郎医生一起用过早饭，付丹香请他俩给问一下怎么去上班，洗衣房归哪科管。高海珊说："问院办吧。"三人到了内科，高海珊给院办公室打了电话，说了想问的问题，那边叫等一下。不一会儿院办公室来电话："到总务科说一声，就有人送她到洗衣房上班。"三人一到总务科，席光主任亲自送到洗衣房，并向大家做了介绍，认识了一下洗衣班班长及工作人员。就这样，付丹香开始了她为公家工作的最有意义的第一班。

班长分配付丹香先随着其他人到各科病房收用过的床单、被服和隔离衣。刚窜一圈还觉得有些累。收的每件衣物都详细登记，哪科、大小都要注明。回来就一件件地放到一个大水池里，用一根长棍子捣着让衣物都泡上水，再送上蒸气，撒上洗衣粉，用棍子再捣一遍。浸泡一小时后，再一件件放入大型洗衣机，机器一边转一边进水。若想洗得干净，就多转些时候，全靠人工控制。洗好后就一件件拿出来，挂到院子里铁丝上晾晒，晾干后再收好送回各科。付丹香一来就埋头干，未及问这问那，谁姓啥，怎么称呼等闲了再谈。不觉一上午过去，还有一些没洗完。在洗衣房里，她一直为那些脏乎乎、臭烘烘的衣物、被单、被罩忙碌着，初来乍到，很不习惯。心想，这还不如在地里干活空气新鲜，地里阳光充足，自由自在，觉得这种活不宜干。这一上午，她几乎走遍每个临床科病房，看着那些病人都愁眉苦脸，病房里气味难闻，各个角落无一处干净，就是地面也是黑的。看那床单本是白的，现在统统变得灰白。还有的是花的，洗净处白，未净处灰。洗一遍也看不出干净多少来。下午将晒干的收好，叠整齐，原来该是谁家的还送给谁家。还要对好账，收到的要签名，洗过的东西虽然还有味却也小多了，不是那臭味而是变成洗衣粉味了。

干完第一天，付丹香才知道洗衣班长叫西彩红，四十岁左右的女性，人很善良。西班长见这么漂亮的闺女干这活有点亏，就对她说："我有个兄弟在被服厂干会计。等我问问他厂里要人不。你学学缝纫也很好。"班长这么说，付丹香未敢表态，只说："我等着。"心想原以为医院的人，身穿一身白大褂，都像天使一般。谁知工作环境如此不净，到处是污水垃圾。病人的衣服也多是破衣烂衫，身上都有臭味。在这种环境里干，要有牺牲精神才行。转念一想，既然来了，就别嫌艰苦，干一天就尽一天力，干出成绩来。娘在世时曾说，衣服天天穿，要经常洗，洗衣也有窍门。白衣裳洗了还应是白的，有的洗洗洗成灰白的，叫污到底子，洗不出来。应先用清水洗去尘土，再加肥皂、碱、肥皂粉或洗衣粉，泡一会儿再搓洗。洗不净就有灰尘渍在布纹里，日子长了就成了一种颜色。等与班长商议改一下可能见效。付丹香很有观察力，晚饭后休息时还回想了一遍。

刚休息了不长时间，高海珊和郎立学就约她到外边走走。三人行走在医院后的一条小路上，各人谈着来院的感受和打算。高海珊和郎立学对科里人员评头品足。还是旁观者清，付丹香说："我们都觉得自己没什么不对的地方，可人家一看就看出不足了。"她还吟了苏轼的《题西林壁》诗："横看成岭侧成峰，远近高低各不同。不识庐山真面目，只缘身在此山中。"他俩都感惊讶，说她还有点文学素养。付丹香说："我是受俺娘的影响，她虽没上什么学，可是能看些书。她也教我点，常念给俺听。我记忆力也好，她念一两遍我就记住了。作为人无论谁都不认识自己，往往看不见自己的真面目。照镜子也只是看见自己的外表。"郎立学说："我告诉你丹香，你自己看不到自己的真面貌，我看到了，很美很漂亮。脸庞红润细白如桃花，眉清目秀出众美啊！"付丹香说："去你的吧，别打趣人了。"郎立学说："要想认识自己，就得学医。你看，学医的就是先学人体解剖学，生理学，开始先认识了解人体。不只是看人的外表，还要剖解人体的内脏结构，血管、神经、肌肉和骨骼等。"付丹香说："你也只是了解人体的结构和功能，还有人的思想心理呢，光看这些也不能全了解。"高海珊说："丹香说的是张贤亮的《灵与肉》"郎立学说："《灵与肉》改编成的电影是《牧马人》。这个故事是够苦的。讲一个流浪的四川女孩与一个被判劳改作了牧马人的青年右派分子，被好心人做媒成了一对夫妻。他们在养马棚里结婚，当时锅碗都是向别人借的。"高海珊说："人体是由机体和心灵，即精神、心理所构成的。一个人长相和品德都好才算一个完美的人。一副好长相，心理不好，光做坏事，就是妖精。咱们都要做爱美的人，不单是身体健美，也要做有益于人的事。"付丹香对郎立学说："你能保证？"她看到郎立学的脸马上红了。这位郎医生发誓般地说："当然保证了。"付丹香说："好了好了，咱们干一天活够累了，该休息了。"

付丹香突然想起和爹住同病房的病人任修文，想去看看出院了没有。他家是牛岭村的，距林沟村不远，今年五十八岁，得的是胃溃疡。她就问高海珊和郎立学，他俩说好得差不多，快出院了。付丹香说想去看看，他俩同意，三人便一起去了病房。任修文很高兴，忙叫坐下，拿出人们看他时送来的饼干、熟鸡蛋等给他们吃。付丹香说："俺爹回家，挺挂念您，问您好得怎样了，出院没有。我来看看，好回去和他说。"任修文说："你回去和他说，我快好了，医生说这两天出院。你爹回家很好吗？"付丹香说："他回家一切都很好，戒了烟，酒也喝得少了。你回家也要戒烟，尽量少喝酒，注意饮食调理。"

因付丹香人长得惹人喜爱，身体好，又能干，不用指挥就抢着干，班里人都挺满意，自然和西彩红班长处得很好。她向班长提出了改进洗衣程序的建议："先用清水浸泡一会儿，用洗衣机快速洗一遍。再加洗涤剂浸泡半小时，用洗衣机洗第二遍，最后以清水冲洗一遍。一次洗的衣物别太多，把工夫放在洗上。"西彩红同意用这个程序试一下。经过试洗，洗的物件确实干净多了。西班长决定用这个程序洗上几天。经几天的周转，衣物渐渐清出了底，不再像以前那样洗和不洗看不大出来了。这样，虽比原来多了工序，效果却很有起色，接送衣物的人都听到各科室表扬说："洗得比原先干净多了。"

由于付丹香的工作有了突出成绩，班长曾想叫她学裁缝的事不知被哪些人传到了衣院长的耳朵里，并且让他不动声色地关注了她的容貌，发现她的确是一等美人。他心里话，这么个美人在洗衣房，真有些可惜，要去学了裁缝不就跑到医院外了吗？其实，洗衣房里应有台缝纫机，免得衣物破损要手工缝补。同时，还可加工些床单、辅料等。在经过一番斟酌后，他叫后勤给洗衣房买了台缝纫机用于缝补。又与西彩红班长商量，叫付丹香去服装厂学习，说学会使用就行，以后再慢慢学裁剪。

付丹香成了洗衣房的缝纫主持。她聪明勤快，洗衣那边忙了就帮洗衣，缝补的活多了就做缝纫，大家自然高兴。医院来了个西施般年轻姑娘的消息在院内传说开来。有时，好奇的人有事无事到洗衣房逛一趟。甚至有护士以提前换床单为借口，特意跑一趟。一天，由院长带队，说要全院检查卫生，也来洗衣房看了个究竟。付丹香只知工作，从来不起来迎接什么人。一时间，院内沸沸扬扬，说什么院内插上了一朵鲜花，小伙子们更是找借口来看美女。就是衣院长也托西彩红班长给问问，可否给他在厂里干车工的小儿子提下亲。不管是院长，还是一般职工，无论谁来问，付丹香都一概拒之。她觉得自己初来乍到，还是临时工。临时工就是临时性的，说用就用，说不用就不用。她也是上一天班就干好一天。来到这里，就是无事也待一天。听听七咸八淡的闲话，听了诸多医院里和社会上的故事。

她觉得自己虽已成为工人，但无知无识，也无什么专长。医院是知识分子成堆的地方。自己不被人重视，沸扬一阵，都是看热闹笑话的。又想，常同高海珊和郎立学在一起，究竟怎样，也难见分晓。他们都是进修医生，有共同语言，很可能是一对。自己不过是配角，将来会被甩掉。想来想去，她觉得暂时先干好工作，静待良机好运。

第七章

文福约海珊　泰山观日出

　　话说"五一"劳动节前的一天，突然从琼台海洋学院来了一位标致的青年学生，一进内科办公室就说找高海珊医生。工作人员说她正跟着胡主任查房，并通知了高海珊。高海珊出来一看是白文福，经常通信的老同学、好朋友来了，便脱下隔离衣，好好地洗过手，更完衣高高兴兴地同他走了。白文福说："'五一'是个好节日，我们去泰山游玩吧。"一见面，心目中的人就说出这么一个计划。白文福在来信中曾透露过这一想法，所以，她也不奇怪，便点头同意。她回病房向胡主任请假两天，也和郎立学如此说了。高海珊和白文福离开句山医院，乘汽车回了天井医院。高威先院长和夫人薛文君，看着女儿和她的意中人白文福一起来非常高兴。听说俩人明天去爬泰山，二位老人都表示支持。

　　饭后，白文福要回去看看父母，高海珊也随之而去。二人到了白文福家，家里人才吃午饭，因家人在地里劳动，回家晚。高海珊的到来让全家非常高兴，白文福向父母说："明天我和海珊要借五一节的假期去泰山玩。"做父亲的点点头，说去玩玩很好，问他需多少钱。白文福说一人得花五十元，带点吃的就能省点。"我想明天到山上，在那里住一宿，第二天下山坐火车，她从云州下车，我就直接回校。"白文福之父又点点头。母亲嘱咐："上山千万注意安全。"这位五十多岁的农村妇女，慈祥和蔼，中等个头，有双智慧的眼睛，养育的孩子上了大学，让夫妇俩感到自豪。善良勤劳的他们对孩子寄予厚望，希望子女成龙成凤，因此都很乐观，体魄健壮。做父亲的爱子心切，从席底下摸出二百元钱给白文福。白文福说不要，说他在学校勤工俭学挣了二百五十元钱。高海珊趁机说："我父亲给了三百元钱，满够用的了。伯母，你也一起去吧？"白文福的母亲说："现在果树正在坐果，很忙，抽不出工夫来。你们先去看看，我们以后再去。今上午发上的面，中午来不及蒸，我给你们烙成糖火烧带着。"白文福的父亲又要去果园追肥浇水，白文福说："我也去帮着干点，傍晚还回天井。明早在那里好上车。"高海珊在家帮着烙火烧。

吃完晚饭，高海珊和白文福就带上些准备的熟食，告别两位老人，回到天井高海珊家中。

高海珊的父母早就吃过晚饭，就帮他俩准备行囊。找出水壶、相机、伞、苹果、熟鸡蛋、火烧、火腿、卫生纸等，用旅行袋一装，已是满满的。高院长说："路远无轻载。上山仅两天，吃的东西不必多带，有钱随时买点就行。"为了给白文福腾出一个单间，高院长就到办公室睡，让高海珊和她母亲一起睡。但两个青年一直在高海珊的床上待到很晚，薛文君早睡得什么事也听不着了。两个青年在一起待不够，一直到天明。薛文君醒来一睁眼都快六点了，一看还是自己睡了一宿安稳觉。她无奈地去敲敲他们的门，就听高海珊说："知道了，现在就起。"各人起来洗漱之后，喝了点水，就跑着去汽车站了。

六点四十五分二人就上了奔向泰山的车。由于夜间未能睡好，上车不久高海珊就在白文福的怀中进入了甜蜜的梦乡。车到了一个县城大站，下车上车的人较多，才把这两个睡着的青年惊醒。他俩都有点饿，白文福就下车买了几个蒸包，灌上两杯开水，各人吃上三四个包子，喝几口水后才有了精神，谈论起未来能否结婚的事。高海珊说："伯母愿意我们早结婚，生了孩子她帮忙养，咱这就和结了婚一样啦！烙了糖火烧，又是同居了，这算是旅游结婚吧。什么也不用吱声，多好啊！省得吵吵嚷嚷的。"白文福对她的发言并未做任何反应。车到了下一站，也是一个大站，汽车司机在这里吃午餐，告诉各人要保管好自己的物品。白文福和高海珊下车到一饭店点了一斤猪肉白菜水饺，又买上一大杯散装啤酒，二人吃着香香的水饺，对啤酒则采取了快速行动，速战速决，如饮汽水一般喝完，拿着剩水饺上了车。由于喝啤酒急，很快两人的脸变得热乎乎的，感觉非常开心。下午三点，车到了泰山汽车站。下了车见有不少汽车上挂着上泰山的招牌，售票员手拿话筒喊："上泰山的旅客快上车啦！"不用打听，两人便很快上了一辆。一辆辆车满载着旅客向泰山进发，买票后过了山门。

车在山腰松林中前进，人在半空的山风松涛中悠荡，感觉无限欣慰和愉悦，感受空前，真乃心旷神怡。一座座突入云霄的高山奇峰欲刺破青天，峰上松柏奇形怪状，十分诱人。途经龙潭水库，库水蓝蓝，碧波荡漾，澄清见底。经过黑龙潭可望自天而降的瀑布，似绸如缎，悬于半空，流水湍激，击起千重浪，轰鸣声回荡山谷，与其经年冲击形成的黑龙潭一起堪称盛景。车到中天门，各人开始了艰巨的登山历程。这十八盘，每盘有二百阶，是上天阶梯。二人无重负，一边观看一边登梯，不急不慢看山观景。途中有神庙，许多人焚香烧纸。他俩越走越累，心有点慌，微微出汗，好像空气有点稀薄似的。天工与人工结合组成的路也很体谅人。走一段路之后，多有平坦之处供人休息片刻。有上山经验的告诉人们，登山累了就休息，但别超五分钟。采取短休勤休，使上山保持一气呵成之势。高海珊更显示出自己的弱势来，不得不叫白文福拉着前进。可是看看远道而来的五六个缠足老太，每人拿一个小坐垫，上几个阶梯就歇一会儿，不急不躁，一步步向前运动着。这就是榜样，榜样的力量是无穷的。这两个青年不禁自问，我们是热血青年，难道还不如这几位老太婆不成？于是，二人咬紧牙，鼓足气，奋勇前进。

白文福和高海珊作为登山大军中的两个分子，终于来到南天门。二人满怀自豪感、胜利感和愉悦感，情不自禁地振臂高呼："我们胜利了！我们走过了上天之路，过了进天之门——南天门。"他们来到新境界，豁然开朗，体会到"会当凌绝顶，一览众山小"的神韵。过了南天门是通向泰山极顶的天街，临近顶峰的石壁上书写着"五岳独尊"四个大字。玉皇庙院中的极顶石侧立有石碑，上刻"泰山极顶 1545 米"，标明泰山海拔高度。风华正茂的青年不知疲劳，大体观看后就到一餐点，每人买上一碗拉面吃上，便去寻找住宿地。

为保护自然环境，减少人为污染，山上住宿床位不多。二人好不容易找到一处三间平房，里面装成二层的通铺旅馆。住宿的人不分男女老幼，都衣着整齐地紧挨着睡，比客船三等舱还挤，还简单。天气虽不太冷，但傍晚泰山之巅，山风呼啸，松涛怒吼，十分惊人。人只能在狭窄的院子里活动，不敢出院门。天上的星月云变化万千，似乎伸手可及。晚上十点以后，各人因疲劳困乏，都到自己狭窄的床上拥挤着合目入睡。白义福仍然搂着高海珊，似乎怕别人夺走。在泰山老母的呵护下，大家安静地梦度一夜。

第二天清晨，很早就有人喊："快起来看日出！"此举很灵，大家都一骨碌爬起来，用手搓揉下蒙眬的眼睛，争先恐后去抢先踏上探海石。

但因天气欠佳，观日出很不理想，过了一会儿，虽看不到汹涌澎湃的大海与山峰，又红又圆的太阳还是在东方从万里彩霞中跃出，万丈光芒将大地变得光明美丽。曙光中的泰山更是美不胜收，千峰万峰都成千万朵金花，金光闪闪，光彩夺目，极其壮观。树木花草，都镶上了金边。日出，改变也妆饰了泰山。观赏日出的人们，无不沉醉于朝霞光辉之中。

看完日出，白文福和高海珊急匆匆下了泰山，到火车站买票上车。人流、车流，都如泰山上的流水一样，一泻千里……

郎立学知道高海珊已有意中人后，便有和付丹香靠近的想法。高海珊请假后的下午，各人无事就早下了班。郎立学的自行车又发挥了作用，他载付丹香回家看老人，顺便和付一农说住院的病人任修文已病愈出院的事。到分水岭处时，那块水泥垛吸引了二人。郎立学停下车，两人手牵手到高高的人工玉石垛上紧紧依靠着坐下。因有过第一次拥抱，怕被路上行人看见，便背向公路手舞足蹈地相互抚摸着，两颗心的欲火在燃烧，但也只触一下就心满意足。两人面面相觑，两个青春的太阳相对视，两双手紧握，不知怎样才能熄灭欲望的火焰。走，快回家去，二人飞速来到付丹香家村头，付一农正巧在村头堰上放羊。二人便先回家，郎立学竟将大门一关。付丹香感到事情不妙，便说："郎立学，你先上你家，明天过来接着我，咱一块儿上医院。"她心中有数，要洁身自好，不能轻易开了含苞欲放的蕾。事最怕的就是一旦开了头便不可收拾。今天她爹说一霎就回来，她想可千万别出事呀！她爹对她要求很严。但郎立学还要上屋，看着付丹香的激情也已变冷，便无奈地走了。付丹香在家里已有不少人羡慕，但也是高不成低不就。自己的终身大事和谁商议？总之不要急，再等等看。

好事的三婶今天又看到那青年载着付丹香回家，付一农还在村头堰上放着羊。她想，家中无人那俩青年还不知怎么玩呢？说不定能碰上拿双。她抱着好奇心跑到付丹香家门口，一看大门开着，付丹香正在院子里扫除，进门便说："闺女回来了，在那里忙不？"付丹香见三婶这样关心自己，说："三婶来了？快坐下。"便停下手中的活，拿来小凳请她坐下，又给倒上水，并说工作不算很忙，也习惯了，就是担心老人自己在家里吃不好饭，生活上受苦，所以就常回家收拾下。三婶说："常来的这个青年，你知道他家是哪里吗？"付丹香说："我没有直接问他。"三婶说："听说离咱村不远，是俺娘家集店村的，也就八九里路。听说他上旬山医院学习是俺娘家村一个在那里上班的帮着办的。他本来也不是医生，听人家说，以前他和他娘在城里还炸过油条呢！眼看着长大了还没有对象，才去学医的。"付丹香默默不语，过了一会儿才说："爹住院时，他还常给检查，看看问问，挺关心的。见我来回走，他自己要来送我，才见过几次面。"三婶说："闺女，按你现在的年龄，也该找个对象了。不过，你刚到医院上班，得先耐心着点，待些日子再说也好。在家多照顾下你爹。我是过来人，你这个年龄也是想有个男的做伴。但一旦结了婚，很快有了孩子，人的韵味就淡了。人没经过的总是体会不到，体会了也就没味了。婚事是神秘的，是终身大事，千万千万马虎不得，出了事后悔也晚了。现在兴打离婚，走到那一步就难受了。你看离了的再找个伴，也多是二婚的。二婚的人总没有原配那么好。闺女，你这一年多长得很好，在村里数一数二，有很多人打你的主意。有向我提的，有想说给自己亲戚的，还有想让你当老板的秘书、公关小姐等，我都没应口，说让你自己在外边找更合适。"付丹香说："三婶，你说的很对，我都记着。我想头两年不找对象，家里有老人和弟弟，我走了不行，不放心啊！想在城里也要学点技术，将来就指望技术挣饭吃。这事先放一放，谁找我也不应。"

她三婶本来想打听下郎立学和付丹香的关系到了什么程度。看还没有达到热的程度，就给打预防针。不过，她听徐桂贞说要给郎立学早找个对象，现在遇上了个好闺女，家是农村的，家里人都很忠厚老实，想找她查一下实情，将来可当媒。听了付丹香说的，觉着她还有一定的主意，说了几句话后便走了。付丹香从此也对郎立学这个医生有了新的认识。为什么郎立学虽和高海珊在一起，看似相亲，但无相爱之心，行事和说话都有较大距离。高海珊家里较富裕，行事大方，说干就干，知道的事多。郎立学多默默无言，做事缩手缩脚，独立性、主观性少，好随和高海珊，好似师徒。

高海珊上泰山回来又和郎立学在一起学习，热情依然，密切配合。她心中已有两个男人的身影，郎立学是标致的帅男，朝夕相处，温顺得像羔羊。而白文福是远大的，将来前途未卜。白文福的天资很好，很杰出，难免招女同学的追求。他上大学还不到两年，虽然和他刚去旅游了一次，也很难说靠得住。看郎立学仍是初生牛犊，是天真烂漫的好青年，高海珊遂萌生爱慕之心。但又想，还是先放下忧思，好好学习业务。她进一步认识到，只有业务水平提高，工作能力增强，才能在现实中站住脚，立于不败之地。于是，她与郎立学坚持周而复始地查询病人情况，阅读参考书，一个系统、一个疾病地学习。这样，过了没多久，他们觉得似乎已把常见的五六十个病掌握了个七八分。郎立学自以为现在诊治一个病人也没有多大问题了。在一次交谈中，郎立学突然向高海珊说："你看药材公司卖那么多药也没有医生，不然咱和姐夫说买些药回家去自卖，你看行不？"高海珊说："你村里没有医生？"郎立学说："有一个医生，但在这里上班。村里没有人卖药，都拿着药方去外村买。也没人会打针。我先办上个药房，叫俺娘给卖药，我歇班时回家去给病人打针。有的病人可让他来做透视等检查，确诊后再回去给用药或带药回去。这样可以更好地促进学习。"高海珊迎合着说："是个好主意。不过，开药房还得经镇医院批准呢！"郎立学说："要不那样，叫俺娘开个杂货铺，捎带着卖点常用的药。"他这个创意让高海珊惊讶，她说："我在天井医院上班是坐等病人。病人看我年轻，常躲着我去找上年纪的，也使我尴尬。个人是一粒水珠，离开医院这个水湾就干了。我从来没想离开医院。"

郎立学则不然，他自小在农村长大，从土生土长的地方来医院是有明确目的的，就是为将来成家立业学一技之长。他把医院及病房当成学校和课堂，看成是他人生旅途中暂时停留的驿站。这医院是他取经的地方，出去救受苦的病人。因此，他遵照郎大夫说的，一心一意努力学习。医院里那么多仪器设备，如化验、放射、纤维胃镜、内窥镜、超声波、心电图等，大多为明确诊断而设。在农村无法都来县里检查，只能先对症治疗。在郎立学的眼里，症和病有时好分，有时不好分。天天在图书室里，学习内科学和内科诊疗手册，觉得有一本内科手册，就可应付大多数病人。

一天下午，有人从琼台捎来一些照片，装在一个特别精制的信封里。高海珊和郎立学从图书室回到病房时，值班护士对高海珊说："有人从琼台给你捎来了照片。看来不少，打开看看吧？"护士说着就开了封，一看是在泰山上照的，就说："啊！你去泰山春游来？"高海珊只得红着脸应着，大家一下子将三十多张照片都放在桌子上，你一张我一张地看着。看泰山真是巍峨，好看，这是十八盘、南天门，那是升仙坊、迎客松……高海珊和白文福非常亲切地站在一起，在每处景点都留下了合照，他们表现得那么高兴，温馨幸福，好像恋心与岩石共存。郎立学看后说道："高医生挑选的白文福大学生，我未来的姐夫真帅。在风景优美的背景下，一对恋人，一次次留照，心情一定喜悦无比！"他心里却想，有白文福的泰山游，也将会有自己的琼台游。大家七嘴八舌地说着，笑着，高海珊也只是笑得闭不上嘴。各人一张张地看完了，问她什么时候结婚，她才开口："这还不知道，等他毕业再说吧。"有人说："那你等得了吗？"她说："现在兴早恋爱，晚结婚嘛！怎么等不得？"

相片使高海珊的个人问题明朗化了，但她对郎立学还是很亲热。郎立学心里明白，学习还得依靠她的提醒和帮助，她仍然是老师，而感情就转向付丹香了。

晚上，付丹香知道了高海珊旅游照片的事，便到她宿舍去看。她热情地拿出照片给付丹香看，还做了不少介绍。说他俩是初中同学，他上了高中，考上了大学，俩人是青梅竹马。以后虽不在一起了，还有密切联系，经常通信。两家人也都同意、支持他俩在一起。白文福的人品好，上进心强。他父母都愿意他俩早结婚，但他坚持等毕业后。现在就是很担心将来会有什么变化。这就得考验他是否忠诚了。

付丹香看着高海珊和白文福在泰山的美景里脸上洋溢着幸福，十分羡慕。在那青山秀水，险峰奇松中，一对恋人的张张照片组成了一幅童话般的画卷。看人家高海珊与恋人像一对鸳鸯，何等幸福！身置美景是多么愉快的享受。现在不少人到风景区旅游结婚，这已成时尚。看他俩这次旅游，如同牛郎织女，借泰山这座鹊桥，横渡佳期如梦。而自己呢？……

高海珊看着付丹香的表情出兴奋转入低沉，青春美貌的笑颜上显出一层乌云，心中也打起了小鼓。难道说这是女性的一种本能？生了嫉妒之心？高海珊说："你长得如此漂亮，丽质，人人羡慕，不知哪位有福之人能与你相配，那真是他无卜的幸运。我要是男的，一定千方百计与你同床共枕。我感到与你相识、相伴很高兴。你不仅是容貌美，体形也美，我看胜过西施，你就是现实中的西施啊！各方面都很有素养，是飞出沂蒙的一只凤凰。与你在一起我感到自豪。我衷心祝愿你将来美满幸福，生活得一天比一天好！"

听了高海珊的解说，付丹香情绪好了许多，也说笑起来。受到鼓励后，喜悦显示在脸上。人的脸就像天，时刻有阴晴。喜悦时笑逐颜开，就是风和日丽；忧愁焦虑时便愁眉不展，就是风云遮日；痛哭流涕之时，便是暴风骤雨了。付丹香心中愉快的表现是微笑，而非咧嘴龇牙的讪笑。抿嘴一笑，即包含着万金难买，笑得自然，喜得含蓄，是贵人品相。满怀深情，盈余心中，露的只是冰山一角，说明有容，胸怀宽广。高海珊暗想："郎立学就是她心目中的一个，不用到处寻觅，是已有知音。要不我就会将全身心交给他。他体貌很好，又忠厚老实，说得不多，做得不少，是个实干家。暂且观察吧。"各人心照而不宣。

高海珊又说："天不早了，我们睡觉吧。人生旅途是漫长的，就像爬泰山。在山前看着很高很远，很难上去，一旦开动双腿登顶，高于泰山了，就成为山峰，所以有'山高人为峰'之说。有人说'眼是懒蛋，腿是好汉'。只要向上走，终有到峰时。人在山峰，无限风光尽收眼底。生活需要耐心、决心、恒心和毅力。我们遇到烽台的一帮裹脚老太，每人拿一个蒲团，上几个台阶就坐在蒲团上歇一歇，接着再爬。她们不停地上，也不停地歇，最终到达山顶。这种精神是一般人比不上的。我们也见过挑山夫，他们用扁担往泰山顶送砖。扁担一头拴仨砖，挑着一阶阶往上走，边走边喊着号子'哎咳哟，哎咳哟，'这喊声不仅是挑山队的进行曲，也是人生之曲，也是上山人员的进军号。挑山夫的功劳很大，看看泰山上的庙宇等各种建筑用的材料，都是他们挑上去的啊。要接受千山万水的考验，走过来就是胜利。看人的社会，干什么都快乐，行行出状元。只要专心学、专心干，就一定能干出成绩。"付丹香说："高大姐真好，不仅能给人治病，还挺会做思想工作。还有政治教师的味道，说得真让人心服口服。"

高海珊说："天很晚了，有个床上的人回家了，你就在这里睡吧，别再回你屋了。"付丹香遂去躺下睡了。

第八章

丹香学缝纫　护士加助产

高海珊、付丹香和郎立学三人一块儿去食堂吃过早餐，都进入日常工作。郎立学也更虚心地学习和操作。

缝纫的活有不少，要快干，不出错。因为付丹香缝纫技术的不断提高，有的洗衣工买了布料请裁缝裁好，叫她缝起来。开始她还不敢收，经多次要求才无可奈何收下。刚开始时，她如履薄冰，缝一点就对对看看，唯恐错了。要是返工再拆就丑差了。做好第一条裤子时，那人穿上很合适。于是，大家都夸她技术高，纷纷表示也去买布来让她做。从此，付丹香一有空就给别人做裤子。要求做的人多了，各人也觉着过意不去，说这是在完成公家的活后额外多受的累，应有报酬。但给她钱她还不收。于是各人想，如在外找裁缝给做，一条裤子花两元，给付丹香一元她应该接受。做了裤子的人凑了几元钱，上街买一条裤子的布料，让付丹香做起来，但无人要，有人就说是特意给她穿的。这样付丹香有了一条新裤子。

因受到了大家的尊重，付丹香也想为大家多做点事，觉得大家都记着自己，但自己还光会缝不会裁。于是，她午休时跑到新华书店买了一本《琼台最新服装裁剪法》回来看。因有了新裤，便将一条补过几次的旧裤，拆成布片，每一布片就成为样本。她对着书本，学习怎么测量裤子的长、腰围、臀围。有了范本和理论指南，这个聪慧的女子经过两三天琢磨、对照，又从破布堆中，捡了几块大点的进行实际剪裁，真做出了一条中山服式的裤了，大家都说比出去找人做还好。这样，她的裁缝技术很快过关了。有时，白天无空就晚上加班，使她的缝纫水平更高了，找她做衣服的人也越来越多，不收又不行。人们看着过意不去，就给她送吃的，送的有煎饼、面条、鸡蛋，也有送辣疙瘩咸菜、火烧的。

大家拾柴火焰高，她怎么能吃得了！她就分给高海珊和郎立学，有时也捎点回家去给老人和弟弟吃。老人问这东西的来历，知道这是给大伙做了衣服人家送的，不过是几个煎饼鸡蛋，两管子面条作为酬谢而已，他才放了心，还语重心长地说："咱可不能收不义之财啊！"实际上，他是怕闺女在外有不正当行为。

裁缝技术成熟了，付丹香回家时就给她爹和弟弟量了裤子的尺寸回去做，让爷俩也都穿上了合身的新裤子。弟弟高兴地说："姐姐成裁缝了！"

医院里又掀起一阵羡慕付丹香的高潮，都争着想说给自己的亲友。有的是现役军人，有的正上大中专学校，有的是工厂车间的主任，还有的是单位的财务人员。总之天天有人来提亲做媒，都相中了她的相貌和裁缝手艺。当时服装行业正是兴隆期，外商在县城投资建了服装大楼。这时缝纫机很短缺，县里有的厂开始生产电动缝纫机。人踏动的缝纫机都要凭票买，没有关系也办不到，得有门路，走后门。那时青年结婚讲三大件，手表、自行车和缝纫机。所以，有的就用三转中的一转来作诱饵。付丹香在医院成了院花式的人物。当然，她决不轻易妄行，自有一定之规。高海珊和郎立学仍然是她的保护神。

俗话说："善门难开，善门难闭。"付丹香自学会了裁缝，找她做衣服的人渐渐多了起来。因都是本院的医护人员，她也不好拒绝，工余时间大多用到了帮人做衣服上了。这样干了一个阶段，郎立学和高海珊两人都觉得她业余时间不能光为人家义务服务，能否和科里商量一下，也让她到病房向护士学点什么事干，如测体温、脉搏、呼吸频率和血压等，尤其晚间护士都忙不过来。经协商，科里同意，付丹香也乐意干。她心细，工作态度又好，不长时间这几项工作便做得很熟练，得到了病人的认可。好学的她又学习无菌知识和无菌操作。在病房住院的病人，几乎天天接受各种无菌术，如皮下、肌肉和静脉注射等。付丹香眼好、手巧，静脉注射手感好，动作轻柔，先进皮、后进血管能准确感觉出来。即使血管很细，她也能凭手感顺利完成，病人大都乐意找她给打针。

因付丹香工作主动，人缘好，护士们也都喜欢和她一块儿值班。尤其是夜班，她不但能和人说个话，还能独立操作，让人放心。她也很虚心，虽可独立工作，也要护士老师陪着。她和护士们都成了好朋友，还成了院内一颗不大不小的星星，从院长到工作人员都知道院里有这么一个好姑娘，干活肯动脑，洗衣都洗得干净。原只想叫她做缝缝补补的活，没想到她做衣服又做得很好，还去买缝纫的书学，做出很合身的新衣服。这不，又抽空来学习护理技术，没想到又干得不错，科里的工作人员和病人都认可她的工作和为人。其实，她是再平凡不过的一个人了，月薪只有四十五元的临时工。看看正式工作人员，一般的月薪都一百多，工作也平平常常，缺乏上进心，水平提高不快。尤其怕出事，怕担风险。付丹香竟成了促进大家工作的动力，院领导虽没有提出向她学习，但许多人都暗暗向她学，想着如何做出优异成绩。反应最强烈的是高海珊和郎立学这俩进修人员。看付丹香才几天的时间，还是抽空学的，比郎立学这办了手续、轰动一时的学得还快，使他在大家的心目中显得逊色。他暗自惭愧了一番，分析出她学东西肯动脑，还举止文雅，不急不躁。每次到病人面前都嘘寒问暖，问病情有何变化、对药物有没有不良反应、想吃什么饭食等，都是边做边询问，让人感到亲切。

高海珊和郎立学还想让付丹香学点医学知识，让她从洗衣房转到病房当一名护士，或病房里的临时工，这样学医的机会就更大一些。郎立学便让她想办法。

这一天郎立学又用自行车载着付丹香回家，二人有说有笑，一路风生，一霎就到了分水岭。二人不约而同到水泥台上坐下歇一会儿。郎立学看着付丹香比任何时候都美丽动人，只是较前胖了些，更健美了，全身的曲线更突出，胖圆的脸面更红润，两眼炯炯有神，堆着满面春风般微笑。两人相对而视，秋波频频。付丹香的脸像红苹果，怎不引诱这个帅小伙子呢？郎立学又不自觉地靠近了她，真想啃上一口，便有意无意地去拉她的手。而她却轻轻把手缩回，温柔地说："不要动手动脚的，自尊自重一点！"郎立学觉得好像啃了口又酸又涩的果子，心中不悦，只好说："握握手还不行？怎么还老虎屁股摸不得了！"又觉得说严重了，只好换了口气说："我载你到俺家，给俺娘量个尺寸，我买布给她做条裤子好不好？"她说："裤子我给做，但不去你家。"郎立学说："你不上我家，我送你到家，再把俺娘接过去也行啊。"这一将军，使她不知所措。寻思自己不去，不能不让人家来，只好点头同意。郎立学欣喜若狂，说："好了好了，咱们走。"二人上了车，因是下坡，车子前进如飞。

郎立学想："叫娘先饱饱眼福吧，肯定会同意。要这样的媳妇，是不

是癞蛤蟆想吃天鹅肉？不管怎么样，这一步先走走看，说不定这一步就能锁定胜局！"看看天色还来得及，为了节省时间，在林沟村头他就让付丹香下车走回家。

郎立学一会儿回到家，和娘简单介绍了下付丹香的情况后，说："她已会用缝纫机做衣服了，我穿的裤子就是她做的。"徐桂贞看着说："做得很合身，穿着也好看。"郎立学说："娘，她今天也回家了。我叫她来咱家给你量下尺寸，也给你做条裤子穿，她不来。我这就载你到她家，给你量量尺寸。"他娘欣然同意，梳洗打扮了一番准备出发。郎立学看着他娘还有少心，出门还如此打扮，就差搽脂抹粉，想："要加以美容，再穿上新装，不就成了三十来岁的人了吗？她身材容貌可是上等的。"他突然想到付一农，让他俩见见面也好。青年需要恩恩爱爱，鳏寡更需要关怀。一边幻想着，一边约娘出门。上车腾云驾雾般一阵烟来到了林沟村。村内路不平，怕有闪失，二人便下车步行。

也巧，就要到付丹香的家时，付一农牵着俩羊从对面过来。郎立学忙上前向他问好，并说："付叔，这是俺娘，听说丹香妹会做衣裳，今天来家了，想请她给俺娘量个尺寸，做件衣裳。"付一农忙说："好，快到家去歇歇。"徐桂贞也说："俺孩子在医院里学习，听说您家的闺女也在那里干。还挺巧，学会了裁缝。这不是孩子就叫我来一趟，麻烦闺女帮我做件衣裳。怎么你还放羊？"付一农说："没有事干，在家闷得慌，出去放放羊。"三人一边说一边来到家中。付一农把羊拴好，让他娘俩到正房里坐下，自己去洗了把脸，看付丹香正在厨房里做饭，就说："郎医生和他娘来了，你过去说句话，我去买点菜。"付丹香应着，付一农即出去了。

付丹香到了正屋，说："伯母来了，身体可好？"并忙倒水请她喝，徐桂贞起身接着。徐桂贞看到这人间少有的漂亮姑娘，竟张口结舌，不知说什么好，只说："闺女坐下歇歇，你在外边工作累不？生活上好吗？吃什么饭呀？习惯不？闺女呀，听说你娘过世好几年啦，家里里里外外都由你来操持。还有个兄弟上学，老人身体又不太好，你得多受累啊！咱认得了，一面生两面熟，你就是我的好闺女。以后不管有什么事，就和我说说，能帮的就帮，咱就是娘俩。"遂与付丹香手握着手，又说："这次来得急，没有什么准备，也没拿什么来给你。"她从衣兜里摸出一个红纸包，塞给了付丹香。付丹香不要，徐桂贞说："我把你当闺女啦，你也叫我娘吧，没有别的意思。"付丹香也无什么可说的，还不知是什么东西。她打开包一看是一百元钱，便说："这个我不要，我自己能挣钱了。"徐桂贞说："你的是你的，我给你只是我的一点儿心意，可别嫌少。"付丹香感到这位老人这么和善、慈祥、亲切、实诚，也就收下了。

郎立学在院子里竟干起活来，洒扫庭除，干得还挺带劲，挺快乐。嘴里哼着"沂蒙山区好地方，青山绿水好风光……"

很快，付一农提着一筐子菜回了家，高兴地喊："闺女，我买菜来了。干粮不多了，你剁点馅子，咱包饺子吃。你这位伯母肯定包得不孬啊！"徐桂贞说："你别忙活了，俺和孩子一会儿就回去。"付一农说："头一回来，又都在家，不用急。"徐桂贞说："家里还有猪啊鸡啊的等着喂。"郎立学不吭声，看付丹香忙着拾掇菜，也就和她一块儿干起来。付一农和徐桂贞在屋里，忙着拾掇茶壶茶碗，徐桂贞反客为主地让付一农坐下歇歇，付一农却说："嫂子别笑话，闺女不在家，家里扬二翻天的。一个人在家，做也不想做，吃也不想吃。弄着俩羊在外边耍耍。地里活也不少，闺女、学生回家就干了。"徐桂贞感同身受，同情地说："人到咱这个岁数，说老还不算老，才到天命之年。我也是，老头子生病早走了，撇下俺拖儿带女的，好孬熬得大闺女出了嫁，儿也二十出头了，还有个小闺女上初中住校。平时也是一个人，闲得慌了就觉得自家命苦。"女人易动情，她说着就抹开了眼泪。付一农见此情也抹起眼泪来。徐桂贞见状便说："咱别难过，命里这样，也只有认了。以后你家的衣裳、被子，让孩子捎我那里帮你拆洗拆洗。有空你也上我家里拉拉呱，说说话，别光把不痛快的事憋在肚子里。儿女大了，咱得自己照顾自己。各人还得供应学生，得尽量叫他们上学。现在青年，只有上学才有出路。看看一拨拨学生，初中毕业，不上高中的干什么？我是咬紧牙，也得让小的去上学。"付一农说："我也是这么想的。前几天感冒了，吃药加重了原有的胃病，平时又吸烟、喝酒的，去住了几天院才好了。医生不让吸烟，这不就忌了。觉得不吸烟还挺好。酒也不让多喝，叫我一天喝半斤羊奶。剩下的就卖了，够换油盐的。闺女去干活了，也是想挣个钱供她弟弟上学。"

这一男一女的中年人，说得情投意合，层次有序，什么昨天，今天，明天，个人的事都说到了，真是一次谈心会。付丹香说："爹，壶开了，冲茶喝吧！"付一农忙提过开水壶，冲上一壶茶闷着，又去涮茶杯。

　　付丹香拌好了一盆水饺馅，主料是亚瓜、猪肉，还剁上半棵白菜，面也和好了。她端着面盆，郎立学端着馅子来到正房。徐桂贞即放下面板，付丹香把面盆放上，又去拿来擀饼轴和刀。徐桂贞喝了两杯茶，又去洗了手凑上桌来包水饺。付一农说："我手拙，一直没学会，都是闺女自家包。"徐桂贞说："你有闺女替着，不干也行。我是大闺女出了嫁，小的还上学，不干没人替。兄弟，你还得学着包，要不以后闺女出嫁跟人走了，你怎么吃饺子啊？"付丹香说："伯母，别说这些！"付一农倒动了心，说："是啊，以后怎么办？开个玩笑，以后我就去吃你包的吧？"徐桂贞爽快地说："那很好，我欢迎！可别嫌不好吃，笑话我。到时想吃了，我就来给你包也中。"付一农说："那，我也欢迎你！"付丹香说："我到哪儿也忘不了俺爹，隔几天就回来做他想吃的。现在馒头人家有专门蒸的，不用愁了。水饺也一定会有人包。"徐桂贞说："人活到老，要学到老。"这一激将法还真奏效，付一农赶快去洗了手，马上就跟徐桂贞学。结果不凡，只包了三五个就成功了。付丹香说："说句老实话，不是不会，是干不干的事。"付一农说："好，这么一干，不受表扬，还挨了批。"说着就站起来了，徐桂贞忙把他摁下，说："人就得做到老，学到老，人到八十才学巧，只要干就学会了。一直不干，什么时候也学不会。"徐桂贞对郎立学说："你看你叔都学包饺子啦，你也来学学，也别光等着吃！"郎立学无语，只得去洗了手，围桌上干起来了，一包就成形，很快就会了。其实，平时在家他也干点。

　　如此，通过包水饺，这四人是巧巧的两对，多像一家人！各人心中都乐开了花，不是亲人胜似亲人，很快就把水饺包完了。

　　付丹香到厨房烧火准备下水饺。付一农拿来两头蒜，徐桂贞接过去剥了，将白玉般的蒜瓣剥出来，拿来蒜臼子和蒜锤子抶了。付一农剥了俩咸鸡蛋，切成八块，整齐地摆到一个有红花绿叶的瓷盘里，像一朵荷花。又将两支顶花带刺的嫩黄瓜洗了，切成椭圆形绿片，也放到同样的盘里，倒上蒜泥。为了放香，他抓一把炒好的花生米，在蒜臼子里抶碎，也加到黄瓜里，再加上醋和酱油，做成一道出色的凉拌菜。付一农笑嘻嘻地说："嫂子，这盘黄瓜有五味。当然黄瓜本身既清脆香甜，也稍微有点苦。大部分是甜的，到把那里变细了的就有点苦，多数人不吃。其实，它很有营养价值。整个黄瓜是从这里长起来的，能清热败火，可以除烦、静心安神，我都是吃了它。它是春夏秋季的好菜。拌这道菜有醋则酸，又加蒜是辣的，盐、酱油是咸的。这些凑起来是酸甜苦辣咸，正好五味。人生也主要是这几味吧？"徐桂贞接道："兄弟还挺会琢磨事的。"

当两道菜放到那张小桌上后，付一农放上铮亮的四个玻璃杯，从墙根下拿来半瓶红葡萄酒，斟到各杯中，摆上四双筷子。一霎，郎立学端上银圆宝似的水饺，热气腾腾。小桌上已是满满的了。付一农叫付丹香过来给她伯母敬酒。两位老人坐在上首，郎立学和付丹香分左右坐好，付一农当起了东家主陪来。他首先开讲："我住院时，幸亏郎医生和高海珊医生帮忙，让我很感动。小小年纪能助人为乐，有出息。我为大嫂有这样的好儿子感到高兴，也是嫂子教子有方。谢谢你呀，嫂子！来，咱干一杯。"徐桂贞表示不喝酒，付一农就说："别谦虚了，不叫你喝干，尽量喝。"徐桂贞端起酒杯意思了一下。付一农又让她吃菜。郎立学很赶眼色，赶紧又给付一农斟满杯。大家都敥水饺吃。一边吃一边说着话，主要是听付一农说。他说："我们过去谁家也不认得谁家，经我住院这才认识了，才知道过去咱两家都有过不幸的遭遇，这小伙子失去了爹，我闺女没了娘，都经历了些苦处。嫂子你受的累，我有亲身感受。两口子走一个，家就塌了一半，拖儿带女，寸步难行，好不容易熬到今天。今后，我们都有好前程，日子总会好起来，儿女总是长大了成了咱的帮手。来，再喝酒，随便喝。"付一农三杯红酒下肚，脸通红通红的，话也说得少了些。徐桂贞虽说不喝，但一杯酒一次次地也喝干了。她听着付一农不断地说，心早就回到以前的悲痛之中，有点魂不附体，脸也红了些，泪盈满眶，哽咽着，吞吞吐吐地说："老弟，人们常说，一切向前看就有光明。以前的事少回想，忘了就是幸福。人近老年心就要宽，凡事要想开点儿。"付丹香看着俩老人光说过去的事，就说："爹，咱把杯里的酒喝起来，你们先吃着。还有些饺子，我去下下。"她把杯里的酒喝完便去了，郎立学也跟着。付一农虽然五十多岁，喝上点酒总是在想老婆，所以望着女人就有种期望。徐桂贞明白他在想什么，就什么也不讲，只是把一盘饺子放到自己跟前。付一农看她虽受了些累，但身体还好，仅有一点白头发，在他模糊的眼里，像是失去的妻子，心里悲恸，不知所措，只好说："嫂子，你还这么年轻，应该有个伴啊！"徐桂贞说："唉！也是五十开外的人了，等孩子成人后再说吧。只要小的还上学，做娘的就要尽责任，不管她考上什么学，我都供她上。"付一农说："是啊，我也是这个想法。天下父母都有一颗爱子心啊！"

郎立学和付丹香又端上几碗水饺。付丹香对付一农说："爹，伯母，别喝了，咱都吃水饺吧。"又将拌的黄瓜里添上些醋，让各人蘸着吃。

饭后，郎立学和付丹香利索地收拾好饭桌。付丹香在院子里清洗好碗筷，回到自己的屋里梳理一下，找了软尺，来到正屋。看到徐桂贞和爹说说笑笑，挺亲热的样子，感到心喜，便问："伯母吃饱没有？头回来可别吃不饱啊！"徐桂贞说："闺女，我是实在人。也不知怎么着头一回来这里，就觉着和在自己家一样，一点也不生分。"付丹香说："伯母，立学说给你做件衣裳，原先我只做裤子，现在女上衣也做。我看你做就做一身吧！你上我那屋里，我给你量下尺寸。"付一农好像觉得自己在这屋里不方便，就说："嫂子，你在这屋里就是，我有点事到外边去。你住下吧，天已经不早了。"徐桂贞说："不了。过后我再来看你。"付一农接着就出去了。

付丹香仔细地给徐桂贞量好了肩宽、胸围、身长、裤长、臀围、腰围等尺寸，说她晚年身体很好，要是她自己有她这么个娘该多么好，不论是婆婆还是后娘。量完尺寸后，她握着徐桂贞的手说："你喜欢穿什么样的布料？什么颜色？我看，过几天叫立学把你带到城里去，买块做一身的布料。照我量的尺寸，买两米四的布料就够了，外加口袋布。"徐桂贞说："好。闺女，过几天你到俺家玩，等我叫你姐和你姐夫一块儿来，好吗？"付丹香说："好啊！遇到休班，还可以上水库耍耍，坐坐快艇，看看山水风景也很好。"她显得非常高兴。徐桂贞对郎立学说："咱走吧，天不早了。"付丹香说："要不就住下吧，天不早了。"徐桂贞说："不要紧，一霎就到了。"郎立学载着母亲，告别付丹香回家去了。付丹香在门口久久地望着娘俩远去的背影，徐桂贞也不住地向她摆手。

付丹香独自回家，忙碌了一阵，身上汗津津的，想洗一洗，便把门关紧了。她想，她爹可能到三婶家去了。看来找徐桂贞这么个人作继母倒是很好，可谁知将来怎么样？人心难知啊！想着快在自己屋里洗洗头脸。她刚洗完头就听到敲门声，便到门口先问："谁呀？""我呀。"付丹香不放心，先从门缝里瞄了一眼，此时敲门人猛一推门，把付丹香的头撞得"嘭"的一声响。她"哎呀"一声，忙开门，原来是她爹。付丹香急忙用手捂着头。付一农一看，急着问："怎么，撞着头啦？"付丹香又快关上了门。付一农看了看闺女的头，没有碰破，就往屋里走去。付丹香看着她爹酒后的样子，就说："你又上三婶家去来？"付一农说："你三叔出门还没回来，我坐了一霎就回来了。"付丹香一听就放心了，她知三叔不在家，他和三婶拉会儿呱，酒力过去了才回家的，便说："你快回屋歇歇早睡吧。"付一农问："他娘儿俩走了吗？"付丹香说："一块儿走了。他们让你以后去耍。"付一农说："唉！咱怎么去啊？"说着进屋了。付丹香回到自己屋继续洗漱。

在回家路上，徐桂贞对儿子说："这个姑娘很好，谁能娶到她就是一辈子的福气。人长得四称、排场，头发乌黑，脸圆中有方，卧蚕眉又浓又黑，双眼皮，大眼睛，笑时有俩酒窝，樱桃嘴，口唇自然红，脖子胖还长，身子结实有劲，肩宽臀圆，腿粗胳膊壮，腰也细，身高得有一米六七，也算中等以上个子。说话柔声细语，一点也不冒失，不抢话头。看来很有家教，现在这样的女孩子不多了。咱趁着人家还没有人和她订婚，得快托人去提亲。就是人家愿意跟咱，人家也不会托人到咱家提。"郎立学一听，觉得她娘是有经验的人，把事都看透了，说得很全面。他随即脑子一转，想起了和付一农在同一个病房住院的任修文，他是牛岭村人，人很和善，虽然住院治病，还很乐观，天天乐呵呵地话不停口。付一农和他也挺说得上话来，亲朋送点礼品都先给付一农尝尝。和高海珊看付一农时也常顺便看过他，要是去找他说说，让他做个媒，也许能行。郎立学把这些想法接着和娘说了，他娘立即同意，说："那你不早说！说媒这件事很有学问。太亲近的人，人家信不着。好比给你提亲，我和你姐都不行，人家认为光说你好，不提毛病。就是你说的这个人行。对两家一样远，不偏心。我们以往不认识，是和他们俩同时认识的，两下里了解都差不多，这种人说话较公正，人家就肯信，觉得不会骗人。明天你买上一三升笸子鸡蛋。鸡蛋是很好的补品。他如果身体好，你就带着他，上付一农家一趟。再买上点青菜猪肉，在他家吃顿饭。你看情况，最好先把任修义送到付一农家，你约付丹香出来，让他俩单独说。你可以把自己和付丹香相处的情况，先和任修文交个底，把咱家的实际情况介绍给他。对待终身大事，别说谎。骗人家，将来添麻烦。"

第九章

裁缝量尺寸　两家联一起

第二天，郎立学一早起来，洗脸换衣服，整理一番仪表。早餐后，他拿着娘给的五十块钱，带个篓子，骑上自行车便出发了。他先到镇上买了六斤鸡蛋和二斤猪肉，还买了两瓶兰陵特曲，高高兴兴地奔牛岭村而去。

郎立学在村头一打听，便顺利找到了任修文的家。他家也是规划的砖瓦房，红漆大门敞着。郎立学进到院里，首先映入眼帘的是那株惹人的石榴树，结得硕果累累，枝条累得向下低垂着。郎立学把车子停下，屋里人听到动静就问："谁呀？"一位妇女随声出来，郎立学向前问道："大娘好！我是集店的，来看任修文老师，在他住院时认识的。"这位妇女一回想，好像在院里也见过这个青年，忙一边让客人屋里坐，一边喊："任娟，去叫你爹回家。他在东边菜地里。"从房屋里随后走出一位二十来岁羞羞答答的漂亮姑娘，低头娇步地出门去了。郎立学望其背影，内心感叹："不亚于付丹香啊！真是人间处处有美人！"很快，那出去的姑娘陪着任修文回来了。她看了几眼郎立学就到屋里去了。

郎立学看着任修文来了，忙起身迎接。见任修文比住院时身体好多了，已很壮实的样子，便说："任伯伯好！"任修文道："好，是什么风把郎医生刮来了？"郎立学忙说："我来一是看看伯伯的病好得怎么样了，再就是有一事相求。"任修文说："哎呀，您当医生的真是菩萨心肠，那么忙还挂着我的病。谢谢你！我的病好了，没事了，请放心就是。回去也替我向胡主任他们问好。我一个农村老头能办什么事啊，你还这么客气。你要有用着我的地方，尽管说就是，我定全力相助。"郎立学说："你在住院时，和付叔同室同病，几乎同时住院，又是老乡，话说得来。他有个女儿叫付丹香，和我年龄相仿，人品挺好。我们相处得已经不错，俺娘还到她家看了她爹一次。俺娘想请您到她家一趟，当个红娘，把她说给我。"任修文喜得哈哈大笑，爽快地满口应承："这事我乐意干，一定让你们喜结良缘。"看看墙上的石英钟才九点整，就对郎立学说："那我们现在就去。"

任修文和郎立学都骑了自行车，很快便到了付一农家。

也巧，这天付一农出去放羊回来得早点，沏上了壶茶，正在悠闲地品着。心里琢磨："家无女人则不安，安就是家中有女。闺女大了，现在在外干活，说不定哪天就成人家的人了，待自己找上个伴，就放闺女出嫁。娶来的女人，才是安宁的女人。看看人家失了家的，大多有了新伴，虽不如原配，但也能凑合着过日子。失去丈夫的女人，多能维持住自己的家。虽有的不那么本分，有不少被人指脊梁的，但日子还可以混。自从郎立学娘俩来后，他总惦记着那个眉清目秀的女人。觉得她虽也五十多岁，有几根白头发了，但人很热情，说话含蓄，不那么直截了当，很有意思。虽只来了一趟，可她说愿意再来。要能找个人说说成了，那可是一大喜事。越想也越激动。他想，她不能来，我还不能去吗？等下午早点把羊圈了，逛荡着去一趟，反正老了，也不用害羞了。"

付一农正踌躇之际，突然大门半开，任修文一脚踏进门来，随后跟着郎立学。付一农听着大门响，出屋一看是任修文和郎立学两人，高兴得如久别重逢，忙请两人屋里坐下喝茶，并问："身体好得怎么样了？"任修文说："很好。看上去你身体恢复得也不错啊！"付一农说："托你的福，好得和以前一样了。这不，我天天出去放羊。今天早回来沏了壶茶，还没正儿八经喝，你就进门了。真巧啊！这是什么风把你刮来了？"任修文说："我今天来，可不是和你说当病友的事，而是奉命给你们当红娘啦！"各人哈哈大笑一阵。付一农说："来，快坐下歇歇，咱喝着水慢慢说。"郎立学这才说："付叔，这是俺娘叫我去请任伯伯来和您说说的。"任修文急着说："都什么年代了，无论老的少的都在搞自由恋爱了，还要红娘！"付一农对郎立学说："是不是你娘那天走的时候说是过几天还来，看来她不是有意，也是有情啊？"

付一农来了这么一句，让任修文一时丈二和尚摸不着头脑，喝着茶就寻思起来："是给谁说媒呢？是老头与老婆？还是青年和姑娘？看郎立学也是个小才子，还不知自己的姑娘看中没有。是他自己跑上门的，当时还以为他上门求亲呢！先不开口等着瞧，总会水落石出。"这位因有胃病而内退的教师，一听一看一琢磨就心领神会了，便不露声色接着慢慢品茶。付一农沉思一会儿，一边请任修文喝茶，一边说："你修的一对好夫妻，俩人都很健康，家庭幸福。你又是文化人，有知识，受人尊敬。我现在搞得家破人亡，成了牧羊人，举步维艰哪！闺女大了，在城里上班，有空才回家拾掇拾掇，接着又走了。小儿子还在中学读书。我在家孤苦伶仃熬日子。那天，郎医生和他娘来了一趟。我看她人很善良，也是一样孤苦着。我想男女的事都可自己解决，自由恋爱，自由婚姻嘛！任老师，你说是不是？"

付一农忽然起身，从柜抽屉里取出五十元钱。数目不算小，付丹香一个月工资才四十五元！他把钱递给郎立学，说："你去买点菜和酒来。"郎立学应着并接了钱，出去到村头的菜园里买上芹菜、黄瓜、西红柿、茄子等，又上小店买了烟酒，以及生、熟猪肉。拿到家一算，才花了二十元钱，把剩下的钱交给了付一农。这时，付一农对两人说："咱们一块儿到郎医生家一趟，叫他娘给做顿饭，一块儿聊聊。"任修文一听又有点蒙，"我这红娘还怎么做？"付一农这么一说，郎立学也无法说个不字，只得照办。任修文也笑不开口，静观其变。

付一农给羊喝水的盆里添了些水，将两个屋门锁好，让任修文带着东西，郎立学载着他，便向集店去了。任修文只是笑嘻嘻地骑车跟在后面。

正要出村，付一农的三弟媳在路上迎面而来。她一看付一农坐郎立学的车，便喊："你闺女坐的车，你怎么坐上了？大哥，这是上闺女家去吗？"郎立学忙停下车，让付一农下来和她说说话。付一农说："不是，是和一位朋友串个门去。你先别大惊小怪地乱嚷嚷。"她自然对这个大哥非常了解，便只说："少喝点，早回来啊！"付一农说："出门能少喝吗？不远也不一定能早回来。"当过教师的任修文仍一言不发。一行三人继续行进。付一农由于很少坐自行车，心中还忐忑不安，只好老老实实坐在车上，话也没说。觉得郎立学虽然有劲，但他冒冒失失，怕他出事。

任修文心中琢磨如何扮演好自己的角色。虽然和付一农做过几天的病友，也只是同病相怜，对个人的家事知之甚少。现在对老年人的再婚要求很宽，只要各人的身体还可以，形式也可有多种。

三人一霎来到了集店村，郎立学怕街上人多，担心有闪失，便在村头停下车，让付一农下车步行，任修文也随之改为推车步行。郎立学率先推车进了自己的家。他进门就喊："娘，俺任伯伯和付叔叔都来了！"徐桂贞听了，便放下手中的针线活，出来一看不知怎么称呼，只好说："来了，快屋里坐。"不知徐桂贞是有先知先觉之功，还是勤奋持家，已将屋里收拾得干干净净，窗明几净，与付一农家相比简直两个天地。郎立学招呼任修文与付一农两人坐下。徐桂贞虽是农村妇道人家，却很有礼貌，把茶壶、茶碗早准备停当，取之即用。茶壶中放上农家常喝的大叶茶，冲上早上新烧的开水。倒少许茶水于杯中，涮一下杯后，再倒入茶壶。这时，郎立学指着坐在上位椅子的任修文向他娘介绍："这是任伯伯，是退休老师。付叔已见过面了。"徐桂贞只是低头不语，郎立学倒上茶水，敬给二位贵宾，又向茶壶冲上开水，便走出屋，把他买的菜肉放到厨房里。付一农先开了口，对徐桂贞说："嫂子，今天任老师来为我们做红娘。任老师和立学先到我那里坐了会儿，我说一起来你这里，请你受点累，为我们做点吃的，一起说说话，好吗？我这人是竹筒倒豆子——直来直去，不会拐弯抹角，有啥说啥。有冒犯的话，还请你多担待。"徐桂贞也大大方方地说："没事，小意思。就是我怕做得不好，还请你俩原谅。任老师不辞辛苦，骑着车子赶这么远的路，受累了！"说着，从抽屉里取出一盒云州香烟和一个打火机给他们放到桌上。她看墙的表才十点半，便继续请二位喝茶。付一农似主人一样给任修文斟茶倒水，递香烟。又把暖瓶里的开水冲到茶壶里，做得老练、自然。

任修文显得很高兴。徐桂贞出来叫郎立学和她理菜。她怕一人很难完成，与郎立学商量："去叫你姐还来得及吗？骑车子来回也得一小时。不然叫李玉花来也行。"郎立学说："也行。我去看看她能出来不。"一霎工夫，他把李玉花请来了。她进门就叫："嫂子，今天是什么日子？来客了？"徐桂贞说："哎呀，大妹子来了？这不管忙闲，就把你抓来。我这不是看孩子年龄不小了，该成人了，他自己也没有谱，就叫孩子去找个红娘给说说。这两位都是立学在句山医院学习认识的住院病人，来家吃顿饭聊聊天。我怕做不好，就让孩子去请你来掌勺炒菜呢！"

郎立学叫了李玉花来帮忙，自己就悄悄骑车上他姐姐家去了。人逢喜事精神爽，高兴了，干什么都格外快格外出力，还不觉得累呢。不知不觉地来到姐家，姐姐和小壮汉在家拨弄几只小鸡。姐看弟累得满头大汗，就问他什么事。郎立学如实说了。说二位老人在家，李玉花去帮着做饭。便问姐姐："你能去吗？"郎立兰心里一闪，觉着若给弟弟说媒应把他对象一起叫来，大家见见面好说话。反正是为这事来的，作为姐姐听听媒人的意见也好，她便起身收拾小鸡。要把一只只小鸡收拾到钻上孔的纸箱里，小壮汉当然不高兴。可舅舅来叫他娘俩去姥娘家，也只得同意。郎立兰将收拾的东西全放到屋里，并写了一张纸条说明去了娘家，免得张勇军回来不知她的去向。他们锁好门刚要走，忽然听到摩托车响，郎立兰说："可能他爸爸回来了。"扭头一看正是张勇军。郎立学喜得要跳起来，这是关系自己终身的大事。郎立兰向丈夫说："壮汉他姥娘叫立学去请来一位做媒的，想把付丹香说给弟弟。可是现在媒人和付丹香的爹都上了咱娘家里，要在家里吃饭，又叫上李玉花去帮忙，他舅才来叫我去。要不你也一块儿去一趟？"郎立学说："姐夫更是一定要去，好给出个主意，还可陪陪客嘛！"张勇军只好表示同意，说："这事太突然，原先没有商量。可也老早就知道你和付丹香有来往了。正巧，我还带着两条活鲤鱼，赶快走吧！"郎立学骑着自行车走小路，张勇军他们转了大路。虽多几里路，可摩托车能跑起来，就像是南屋到北屋这么容易，一霎工夫到了。壮汉娘俩上了厨房，张勇军上了正房。

张勇军进屋见两位老人正在吸烟喝茶，就自我介绍说："我是郎立学的姐夫，听说两位老人家光临，为兄弟的婚事操心。谢谢二老！"任修文老师一看来者不凡，举止大方，像个识文断字、见多识广、精明强干的人，便说："欢迎贵客！有你在事就好办啦。"付一农也说："可能这个家你操心不少，他们孤儿寡母的，无论在精神还是物力上很需要你。你来得非常及时，太好啦！前几天你岳母和你内弟到过我家，我看两家结缘是好事。我失家几年了，闺女也到了结婚年龄。我是想自己有个老伴后就将闺女放走。现在，老人们兴自由恋爱，红娘也只是走过场。我看……"他欲说又止。张勇军忙说："好！"忙敬茶递烟。

这时，郎立学也进门放好车子，就和壮汉玩去了。

菜做得差不多了，郎立兰就去处理鱼。她对弟弟说："你看喝什么酒？摆成两桌吧，你们男的在大桌，俺女的在小桌，小桌喝红酒。你去拾掇拾掇桌子，准备下。"郎立学即去做了一番准备，看表是十一点半。在农村十二点往往还吃不着饭，大都在下午一点才吃。

徐桂贞和李玉花一边做饭一边也不住地聊着。李玉花说："郎先卫传来信，说付丹香是医院里的大红人，有人说她是院花，学什么都很快。现在做衣服、打针注射都能干了。谁要有了这样的儿媳妇，可是一家的福气啊！"徐桂贞接着说："他们自己满意的话，我一口说不出俩好来。"她笑口常开，心中似有吉星高照，这个家马上要兴旺，已看到美好的希望了。

妯娌俩不断幸福的笑声传至付一农的耳膜引起了共鸣，他喜得忘乎所以，任修文只好说他有眼力，办事稳妥，想得周到，等成全了两家的大喜事，一定再来喝喜酒，说："事虽未定，但我期待事成。"哥俩又相互询问了病情，交流了各自的体会。任修文说："病，虽说是治好了，但还得注意饮食。胃口最怕生冷辛辣的刺激。不易消化的食物和饮酒都对胃不利，所以要忌。再者，也怕心情不好，生气则加重。只要平时注意，胃口就舒服，和好人一样。"付一农说："是啊，不要好了伤疤忘了疼。千万得注意。我的病怕感冒，治感冒的药刺激胃。烟酒也使病加重。好久不吸烟。自从戒了烟，身体好多了，体重长了三四斤。"

菜开始上桌，有芹菜炒肉丝、韭菜煎鸡蛋、猪肉炖山药、焖莲藕、辣椒炒豆腐、肉炒茄子、糖醋鲤鱼和一盘红红黄黄的西红柿汤，又加上盘咸鸡蛋，妥妥的八菜一汤。因人不多，摆两桌麻烦，干脆将大方桌向屋当中一放，让任修文和付一农两位坐正面，徐桂贞和李玉花分坐两侧，张勇军和郎立学坐在两位老人对面，郎立兰坐李玉花下首，壮汉跟着姥娘坐。老少男女正好八人，成就了这八仙桌。酒席开始前，总得有个人出来三言两语地说上几句，这个任务自然义不容辞压在经常在外、有勇有谋的张勇军肩上。面对满满一桌酒菜和两位陌生的老人，他便以副陪角色开讲："感谢二位老人，为我岳母家的喜事费心，期盼双喜临门，大功告成。来，咱举杯祝贺！"大家开始美酒佳肴进肚，相互劝说着，一杯杯地干着酒。李玉花总是既年轻又老练些，首先举杯劝酒。她举起酒杯朝着任修文说："希望任老师多进美言，使喜事早成，让嫂子过上好日子。嫂子是个有福之人，郎立学和付丹香天天在一起，同来同往，可说是天生一对啊！他付叔为人善良，积善人家，养育了一个好姑娘。咱再举杯喝酒。"大家七言八语地劝吃劝喝着。付一农和徐桂贞紧靠着，两人还互相敬酒，相互夹菜。郎立兰也是孩子的母亲了，有见识的人，也举杯敬酒以示感谢，但心中疑团未解，也只得迎合着饮酒吃菜。她看出付一农与母亲似乎有点那个，不管他人。

郎立兰敬酒后，请大家吃鱼。大家品尝后都说这是名师做的。张勇军又劝一阵酒。

酒是双刃剑，少量饮酒有益健康，而有的人喝开了就刹不住车。其实，少量喝是君子，再多了就孔雀展屏，显示自己；进一步则成为雄狮，只想吃人，老子天下第一，目中无人。付一农似乎已成为狮子了，只想吃徐桂贞。他诡计多端，办事又不负责任，最后往往蠢猪一样地昏睡过去。张勇军心中明白任修文是文化人，胃口又不好，几次劝酒他都表示要少量。而付一农则一让就喝，很实在，张勇军也故意试探其酒量。

付一农直截了当地说："今天和任老师来，我想来想去，总觉得我和你娘似乎有缘分。我想，我们两家搞联合，组成一个家庭。世界上有联合国，我们也搞个联合家庭。互相照应，互通有无，取长补短，共同发挥优势。如真能这样的话，我想咱们往后的日子很快就会好起来。现在，你们年轻人在外工作很忙，我们俩老人一人一个家，孤苦伶仃，生活都不方便。据任老师讲，当前老年人的再婚，可以是走亲访友式，也可办理手续，或不办手续。只要老年人满意，经济上互补，生活上互相照顾，精神上互相安慰，少给儿女添麻烦就好。我想以共同生活的方式结合，你们看怎么样？"众人有称赞的，也有不作声的。

到这时，任老师也打开了话匣子："今天郎医生到我家请我出任红娘。说实在的我什么也不了解。我与付老弟只在一起住院治过病，相处时间不长，各人的病就好了。住院时多亏了郎医生对我们俩关心照顾，所以，俺俩的病就好得快。今天，他约我先到付老弟家。一见很好，都因病好了而高兴。听说你娘前几天去过，说愿意再去，好像俩老人都有意思。现在青年人不用红娘，只要两人自愿真心相爱，就可结婚，有的年龄大点的，结婚不结婚的，就同居了。"说得满屋人哄堂大笑。郎立兰哭笑不得，郎立学也没得说。李玉花则看此事有些荒唐，都以为今天是为了郎立学的婚事而积极筹办，怎么成了嫂子再婚了？张勇军一听也有火气，但自己并不摸底，怎么岳母还上付一农家去了？这是一条新闻，自己也不能贸然横加干涉。于是，鼓起勇气鼓励起岳母来："娘，你自己说说心里话。"徐桂贞说："我这一生很难啊！原想立学结了婚，立英毕了业，再说这个事。但立学的学习劲头很大，正是在关键时候，还不知什么时候才解决个人问题。刚才付老弟和任老师的说法也很好。立学在外学习，我有点事就得叫壮汉的爸爸、妈妈来。付老弟要是愿来搭把手，我也情愿给他拆洗缝补，互相有个照应。我也是五十多岁的人了。我想，林沟村里缺个杂货店，要是在他家开个小卖部，也能赚两个。"张勇军一听，觉得她的心已飞到了付一农家去了，一时惊得目瞪口呆，张口结舌，不知说什么好。只好说："老人的事，我们做晚辈的自然支持。"郎立兰则由喜变悲了，觉得自己照顾老人不够，心如刀绞，以后怎么走娘家呢？便开口劝道："娘，这都是我不好，没常来家，叫你好多事上受难为。娘，你老人家再好好想想，考虑考虑再说吧！"李玉花也说："嫂子，人走第二步很难，还是在家吧！待他叔回家时就过来照顾你一下。以后，立学学成了，在村里开个卫生室，有你干的活，日子很快会好起来的，比小卖部可强多了！"酒使满屋人都成红脸人，说话也都有啥说啥，直言不讳了。

任修文则心中有数，胃口病使他不能多喝酒，头脑还是最清醒的，看各人的意见说得差不多了，便开始了总结性发言："大家都说得对，年小的也都很孝顺。依我看，付老弟的意见很好，组成联合家庭，一对老人好，二对青年人也好，各人也有各人的自由。具体采取什么形式，还得自己定。我这个红娘也就是这么些本事。徐妹妹啊，你叫郎医生托我办的事，我算交差了。"经他这么一说，大家也都想开了，都哈哈大笑。郎立兰笑出了两眼泪水，不知是苦水悲泪，还是喜泪甜水。

吃过饭，喝过茶，各人都有说有笑地陆续离开。任修文要先走，郎立学送着他走出老远。张勇军还要去水库上看看，也要先走一步。李玉花也要回家看看，还想着她的鸡鸭鹅猪。郎立学也将他俩依次送出大门。

郎立兰、壮汉、付一农都不愿意走。付一农的眼一直盯着徐桂贞，好像抓住就不松手。郎立兰是过来人，知道男女间的事，便对娘和付一农说："你俩先聊着，我和壮汉上那屋歇一会儿。"说完便与壮汉在郎立英的床上躺下了。

郎立学也实在太累了，便也回房睡了。壮汉一会儿就睡着了，而姐弟俩却怎么也睡不着。

张勇军骑着摩托车来到村头，一阵风凉后，头脑清醒了不少，一回想，怎么老婆孩子还没走？于是回来叫他们。进正屋一看，俩老人竟在一张床上睡了，一人一头横在床上。张勇军未惊动他们俩，又到小北屋去，推门一瞧，壮汉甜蜜地睡着，郎立兰也是横在床上。郎立兰听到动静，起来一看是自己的男人来了，忙去把自己的人拥抱着，什么也不说，两眼泪流如倾，直流到张勇军胸前。张勇军与妻子甜蜜地睡着了。

郎立学一看姐夫来了，立即敏捷地溜到院子里，喊："娘，我要回城里去。"娘听到叫声，起来先把衣扣扣好，懒洋洋地对郎立学说："那你就先回去吧。"

郎立学骑车走了，在路上想，家究竟是怎么了？他莫名其妙："本来只到付一农家就行，怎么又到自己家，弄成这个样子。两家联合，可行吗？母亲要跟付一农，付丹香与我这不成了换亲吗？妹妹与付丹生都上学，还没有什么事，可先不用管。成一家，关键是在哪家？俩老人一家，我与付丹香自然是一家，身还是集店人。按一般是女随男方，唉！娘走了怎么办？快走，与付丹香说去！"

徐桂贞看儿子走了，就又和付一农在一张床上睡了。付一农想，难道再婚就这么简单？做梦也没想到啊！他想着想着酒劲上来就又睡着了。徐桂贞没喝酒，在床上躺了一会儿，见付一农睡着了，便起来整理了衣服来到院子里，坐在一块石板上想着今天的事和自己的未来。她想，付一农说的两家结合的主意也不错，两家结合，两家互补。唉！就这个样吧！什么儿女啊，房产啊，再慢慢处理。想想自己亲手操持的这个家，到今天这个份上，离开也不是，留下也不是，两下里都很难。

张勇军对郎立兰说："世间每时每刻都在变化，变化是一切事务的精灵啊！但没想到变得这么快。本想把郎立学的个人问题解决了，壮汉他姥娘愿意走也可以，找个人来做伴也行。要真的两家联合，问题可能一下子都得到解决。我们尽量帮吧！"

付一农又睡了一大觉终于醒过来了，一看徐桂贞不在，就猛起身，穿好衣服，头还觉得轻微晕乎。下地走了几步，看看一切都不是自己家的样子，便在上座椅子上坐下，倒了杯冷茶水，又添上些开水喝了几口，起来伸伸腰，到院子里一看，徐桂贞还在院子里，便向前领着她的手，回屋里来，又拥抱着说："你很好，很可爱，以后咱就在一起过日子。"徐桂贞说："你住下吧，还有这么多菜。"付一农未表态，只凝视着她，看她仍很年轻，很有魅力，少言寡语。他想，是儿女把我们拖到一起，还经红娘介绍的，是合法的。他琢磨了一阵子，说："那我明天再走。"便坐下喝起茶来。

张勇军夫妇也睡醒了，出来说要走，小壮汉也跑到姥姥跟前，很亲热难舍的样子。张勇军一看付一农还在屋里，便进屋称："叔，我们先走了，家里还有些事。"付一农忙站起来送行，说："喝了些酒开车要小心，慢点走。"郎立兰也说："叔，请坐吧，不用送了。"小壮汉也上前喊：

"姥爷！"付一农笑嘻嘻地抱起他来说："好外孙！"把壮汉放到摩托车的后座上，他爸爸在前，他妈妈在后。车启动了，一加油驶出了大门，一声鸣笛，远去了。

徐桂贞与付一农二人回到屋里，是两位老人，又似一对新人，少言寡语的徐桂贞说话了："你说，就这么在一起，人家笑话咱不？咱也真不知害臊，客还没走，你就等不得了。"付一农说："咱都是过来人，通情达理，光明正大，不干亏心事。"徐桂贞说："那事就这样定吧。还去登记不？"付一农说："只要咱俩没什么意见，再看看儿女的态度。过段时间，如都同意，再说我闺女和你儿的事。我看他们俩都有意，真能这样，我们两家就成一家。其实，还是两个家，老人一个家，孩子一个家。我们会幸福的。我们再婚，不能再生子女，只能做个伴，享受晚年生活。"俩人讨论了一番。徐桂贞热了点残汤剩饭。付一农又喝了两杯酒，谈天说地一阵子。付一农说快芒种了，问种了多少麦子，如何收割等，盘算了一番。两位老新人，又入洞房，却无人闹喜房了。

郎立学来到医院，向付丹香说了一天事情的经过，说俩老人竟一床睡了。付丹香听了，说："这老人真不害羞，不吭不响地先解决了他个人问题，不考虑年轻人的事。"晚饭后，二人商量了下，想回去看看。郎立学也不嫌累，用自行车载着她回家。因距付丹香家近，便先到了她家，一看大门锁着，付丹香有钥匙，开了门，只见两只羊，咩咩地叫着。付丹香即给饮水，放些草料喂上，烧了壶开水灌入暖瓶，又烧了些准备洗洗身子的水。付丹香看着爹没回来，想可能是住下了。便问郎立学："你还回家不？"郎立学这个青年，虽见好女人就倾慕，但还没有勇气叩开姑娘的大门，就未置可否。付丹香心中似乎觉得今天是良辰吉日，决定与郎立学在一起。二人吃过饭，便也一床睡了。

第十章

乾坤赐良缘　两对结连理

今宵是再婚和初婚之夜，天赐良辰，地予良缘，两家变成了一家。二人现在一无所有，今后的生计怎样保障？无限的空虚和愧意袭上心头。

郎立学想："短短两个月的时间，就有了心爱的人，还是最美的，可以说天赐的。有了这第一次，她是自己的人了。哎，红娘的作用还真大，说是订婚吧，也没有互送纪念品。难道是换亲吗？人家换亲是用自己的姐妹，给人家的男子作妻。那家也以一个女子，给自己当妻。是以姑娘换姑娘，我这是以母亲换姑娘。也是成了两对，声扬到外面多不好听啊！这一步走得对与不对，谁做评论？姐和姐夫是否同意？将来还给予支持吗？"

付丹香哭一阵、笑一阵地心中难受。她想，人家的姑娘嫁人，都制办一些家具衣裳，热热闹闹大办喜事，难道自己这是搞不正当行为吗？人生二十来岁总爱做美梦，想入非非。看过一些人的婚事，有的轰轰烈烈，高档家具，绫罗绸缎，金银首饰，价值连城，显示家庭的富有。贫寒家庭，则是茅屋一间，木床、草席各一张，衣单被薄地度春秋。更有甚者，一切都是借的。无论是哪种形式，无非是男女同床共枕地在一起罢了。经过了此夜，女人的面纱被揭去，天真的姑娘成为媳妇，将来是婆婆还是后娘都无法预测。

第二天起床后，两人睁眼看着对方，面带羞涩笑容。郎立学先是高兴地说："今夜是有生以来最幸福的一夜，还是与一个美丽的姑娘，人间仙女。愿天天如此！"

付丹香用手理了一下散乱的头发，睨着郎立学，心想你赚了便宜还卖乖，说："这是喜剧还是悲剧还都难说。我们俩就是这样下去吗？看我们现在一无所有。老人虽说家庭联合，就是这么个联合法？他俩、咱俩的联合，你的妹、我的弟怎么安排呀？以后在哪个家呀？得开个家庭联合会做个安排。我们的事怎么办？我们现在还住在城里，我算临时工，你还是学生，生活怎么个解决法？许多事都要合计一下，将来我们就是地久天长的一对，行吗？看看听听，都有许多的荒唐事。婚姻不牢固，离婚的多了。我们太轻率了，上来那一阵就不管不顾。现在我害怕，恨自己，也恨你，还恨俺爹。老人是家中的主心骨啊，有他在，年幼的就有依靠，他太轻率了。你娘来的那天，我看他俩就有了意思，愿意在一起做伴，俺爹还问我行不行，我只能说随他，让他自己定。但没想到来得这么快，这么突然。唉！现在一切都成了事实，生米成了熟饭。恨也无用，是愁也无用，听天由命吧！"

郎立学听了付丹香的怨气，心里突感不妙。原想叫二老结合，可能使家会更好。经红娘一说，二老倒是心甘情愿在一起了，但以后生活归谁照顾？对子女又如何抚养？确实老鼠拖木锨，大头在后边。

今天两人都要去上班。付丹香梳理后，还是煮了两碗面条，加上俩荷包蛋打发了肚子。郎立学又载着她赶往医院。郎立学心中的向往似乎已得到满足，生活中的障碍物已经越过。付丹香也除去了遮羞的面纱，不用拘束了，还显出大方和泼辣。在车上她用两手紧紧搂着郎立学的腰，牢固地坐在车上，不再像以前那样抓车座架了，身子紧靠在郎立学的背上，都能听到、感觉到两人心的跳动。

在听报告时，郎立学无精打采，两眼上下眼皮常常合拢起来。高海珊注意到郎立学的精神状态不佳，似乎明白了什么……

听完报告后郎立学对高海珊说："我想让付丹香到妇产科学习一下接生，你说怎么样？"她说："很好，这在农村很需要。学新法接生并不困难。付丹香聪明，学东西快，也和打针一样，先和护士长说她利用晚上的时间去学习，先去帮着干点活跟一段时间，再学着操作。一般正常分娩很安全，但遇到难产，产妇就容易出现生命危险。先征求她的意见看看。"郎立学点头同意。

这天下午四点，各人的工作都忙过去了，高海珊和郎立学叫上付丹香到了图书室。高医生找到一本《产科学》给付丹香看，并对她说先把理论学习好，再到妇科去看看，就是见习。逐渐学习操作，半月二十天的就能学会接生。郎立学看这些还不好意思，而高医生则像位老练的教师，循循善诱地教导。付丹香一看一听，觉得这些知识与自己密切相关。她埋头看图，对书上的东西感到新鲜好奇。男女之事，在书本上说得一清二楚。她逐渐明白了女人怎么样才算青春期，月经的周期性、规律性如何，应注意预防哪些妇科疾病等生理常识。特别注意了胎儿在子宫内的发育和活动，胎位对分娩的影响等内容。她一边看，一边想，自己还没有结婚，得时刻提防着点别怀孕，不能让人家笑话。高海珊看出了她的心事，就劝告她："不要多想自己，要学习医学知识，就得明白人体的解剖结构和生理功能。这对于了解人体的功能非常重要。"付丹香说："你说得完全对。刚知道这些事，觉得还挺稀奇的。"高海珊说："实际上也和学注射打针一样。就是注射打针也很重要，稍不注意也可能酿成悲剧。"付丹香说："我觉得医生工作风险太大，干还是不干，我也拿不定主意。郎立学愿意我干我就干。他也好像还说不定。"高海珊说："医生治病救人，是救人命的光荣工作，个人是苦，可以说付出的多，得到的少。看看医院里的医生、护士，白天黑夜地不停忙碌，有些病还传染人，多可怕呀！有不少医务工作者因劳累过度而英年早逝，令人惋惜。医疗条件好，医生的工作质量就可能高些，可减少意外的发生。人体是一个生命体，看看那些八九十岁，甚至百多岁的高寿老人，又说明人是很顽强的生命体。一旦生病，就说明身体的生理功能低下或失调。有的一霎就不行了。人自幼由父母呵护着成长，成人了又多不顾忌，在许多事上蛮干，不顾身体条件，把身体弄糟了，就极易生病。人人都应时刻珍惜身体。"看看时间不早了，三人便离开了图书室。

在漫长的夜里，夜空的星月像众多的眼睛在窥视着付一农和徐桂贞这对鳏寡老人。今宵坐在庭院中，聊着今天，明天，也偶尔谈到昨天。付一农说："今天是一个别开生面的聚会，人从陌生到知己的一次飞跃。"徐桂贞说："今天红娘任修文的话，像是晴天霹雳一样，砸碎了一切陈规陋俗，让我们搞联合，将两个家联合成一个家，形成互补，把我们结结实实地联合在了一起。不仅我们俩要和好相处，还要让孩子们相互友爱，订下终身大事。你看怎么样？"付一农想了一下，说："我原来也是这么想，才把任修文老师请来一起说说。我闺女和你儿子早就有意了。我原想，家无女人就不安，闺女先走了，家中怎么过？只要闺女在家，我看着心里就欢喜。我是想有了自己的老伴再放她走，这是我的主意。现在你成了我的老伴，我可以随时放她去走自己的路，过自己的日子了。儿孙自有儿孙福，不用老人多操心。但要有一条，一定要做一个好人，作风一定要正派。两人能独立生活，挣得多就多吃口，挣得少就忍着点。我看一个人只要不懒惰，不馋吃懒做，能勤俭持家，就一定能过一份平安日子。"

徐桂贞说："我原想叫立学早成家，以后我的任务就少了，自己也可随时另嫁。过去讲妇女要贞洁，守寡，不再嫁，讲三从四德，再嫁就是女德不好。现在男女平等，妇女彻底解放了，应当享受时代赋予的权利。但这一步也很难走。我才只有大闺女出嫁，小女儿还在上学，儿子到年龄了还没成亲，心里也是火急火燎的，恨不得明天就给他娶个媳妇，免得东一把西一把地找对象，弄得心里不安稳。儿子在外，成天提心吊胆，放心不下。你说咱两家成了一家，你带的闺女，和我带的儿子，虽说是以兄妹相称，是不是也可以成亲？"付一农说："可以成亲，他俩没有血缘，年龄又相仿，虽是兄妹俩，但是可以结婚。我说得对不对？"徐桂贞说："对。我看也是这么个理。我想他们俩的事办了，咱就集中力量，供应俩小的。他俩要能考上高中，也尽力让他们上。现在上学才是正路啊！只有上学才有出息，你说对不对？"俩人聊到半夜才去睡了。

付一农非常温馨地一觉睡到天亮，这一夜倒有点像重进洞房。二人都觉得这是他俩人生旅途中新的里程碑，对未来充满了希望。现在人的寿命已提高到七十多岁，还能过二十多年的夫妻生活。付一农也感到来此过夜，不了解真实情况的人，会耻笑自己到寡妇家来，极易招风惹草。但又一想，这事办得光明正大，谁也不能无理干涉。他和徐桂贞说："我早点回去看看，出来这么长时间了。"徐桂贞说："时间长短没有关系，我做点吃的，你吃了再走吧？"付一农说："既然是生米做成了熟饭，就不用你我的分啦，吃就吃。"

付一农一个人走了，徐桂贞还有点羞涩之情，只送到大门口，便闭上大门，又回到原来的寂寞之中。好像以往一直在其中，也就习以为常。昨日喧闹了一天，两人又过了蜜月般的一夜，现在人又走了，显得更冷清，更孤单。但一想，总算找到一条光明之路。

付一农快步流星到了家，一看两只羊的水草都有。进屋看了下，桌上两人吃饭的碗筷也尚未收拾，还剩一碗鸡蛋面条。他想："怎么和我在徐桂贞家吃的一样?"见自己的床没有什么变化,就进闺女的屋看看,"怎么她的床上有两个被筒?肯定是两个人睡觉来,床前还摆着两双拖鞋。"又到厨房一看,有一堆鸡蛋皮,他这才恍然大悟,觉得女儿太大胆了,一定是和郎立学在家过夜,是先斩后奏。他又自问,也感到好笑,自己也未告诉任何人,就和徐桂贞过夜。难道这是巧合,还是郎立学听了任修文的话自行动起来了?郎立学说回医院就走了,难道把闺女带来家住了一宿不成?唉!闺女成了人家的了,家庭联合效应这么快吗?看来也是生米做成熟饭啦,不能挽回了。现在,付一农同样感到了往日里那种寂寞和冷清。一阵口渴乏力,看看锅里空空的。于是自己在炉灶里点火烧水,冲上壶大叶茶,清洗了茶杯,把桌面用布擦净。看看屋地上也有些零乱的杂物,又洒扫一通。心想,现在一切还得自己动手,不过,改善这种境况已指日可待,心中升起了希望的曙光,在院子里散了散步。

屋顶、树梢已披上万道霞光,他回到屋里倒上杯茶品着,好像比以前好喝得多了。有道是人逢喜事精神爽。若真是闺女和郎立学在家过夜,我们虽然没声张,实际上也是双喜临门。谁家能有我们这样的双喜?他心中一阵说不出的喜悦。又一想,要办砸了,那才叫人嗤笑一辈子。到那一步,就无法挽回了。应趁热打铁,将计就计,早办个手续,就什么事都过去了!

徐桂贞送走了付一农后,在屋里感到寂寞得要死,虽有希望,但到底如何还有悬念。于是动手把锅碗瓢盆全都重新洗了一遍,也重新洗脸梳头换了干净衣裳。将床铺也整理好,应洗的衣服浸泡在盆里。虽五十多岁的人,还有股劲头,尤其和付一农过了夜,充分获得了眷爱,使她生活勇气倍增,第二次青春焕发,以饱满的精神对待生活,把老气横秋、死气沉沉的状态抛到九霄云外,满载着喜悦去看望郎先卫的妻子李玉花,和她侃侃,听听她的看法。她以轻快的步子来到李玉花家,喊了声:"他婶子,在家忙什么?"

李玉花一听嫂子来了,忙开门迎到屋里,徐桂贞问:"他叔回家了吗?"李玉花说:"昨天回来得很晚,今天一早就上班去了。"徐桂贞说:"昨天把你累着了,帮着做了那么些人的饭。"李玉花说:"我累什么,受点累也高兴!看着嫂子有了个正儿八经的男人,这是你的福分。将来上了岁数,光孤儿寡母的也不好。"徐桂贞说:"俺娘们儿幸亏兄弟的帮衬!他回家,不管忙闲就过去看看俺娘儿们,给出主意,想办法,解决了不少难题。不是你俩，俺娘儿们还能到今天这个样子？我原想等立学有了媳妇后再走这一步。这也许是缘分，那天立学带我去付一农家，本是说他闺女学会了做衣裳，叫我去请她给量个尺寸。谁知付一农住院时立学对他很关心，还接送他闺女回家和上医院，他闺女也相中了立学。这么着，去了他就不让走，还做菜喝酒，说叫我和他一块儿过。一见面他就动了心，提到两家成一家的事，叫我以后再去。这才和立学商量找个当红娘的人，本是想把他闺女说给立学。付一农却又约着红娘来到我家，针对我和付一农俩人当起红娘来了。付一农的闺女也没来，就这么着，两家要联合成一家。付一农还住下过了一夜。我和妹妹说，可别笑话俺！"

李玉花说："嫂子，付一农没走我知道。那天我从你家回来歇了歇，就去菜地忙，光见红娘和郎立学出来，没见付一农，就猜你俩要一起过夜了。人啊，该享受时就享受，人老守空房是一大悲剧，人间就是男男女女形成的世界么！"

李玉花接着说："嫂子，你不是不知道吧，我为这个家不知为什么仅早产一次就没再怀上。俺家那口子曾与医院的一个护士想成对象，人家一打听家里有老婆，不干。他又想打离婚，父母没同意。人到天命之年啦，我曾上过几天的初中，家里以为女人上学没用，还不是人家的老婆？唉！我这个人真苦！俺二姐送给了我一个小闺女，也就是养个小，还上初中。我原想和他离婚，叫他过幸福日子。现在好光景过去了。这家里没什么事，所以把你家的事，也当成自己家的事对待。俺对郎立学抱有很大的希望。我们盼望明天会更好！"徐桂贞说："你说的全对，我们早就是一家了。现在又联合上付一农家，我们成三国演义啦！越联合越大，希望联合出个好结果。"李玉花说："嫂子，你听说没？俺那口子说，立学学习快五个月了，再过一个月就到期了。他想叫郎立学在村里办个卫生室，有空他来帮下忙。也听说付一农的闺女也会打针了，还准备学习助产接生。那闺女真有出息，举止文雅，不像是农家女孩子。几个月就学会裁缝和护理，现在又学接生。人肯学，也很快就学会，挺聪明，恐怕将来是一个好内当家。到时候你可不要不放权，等着让人家夺啊！"徐桂贞说："没权可夺，给她也不要。"李玉花说："以后，戏就看她的了。嫂子，我说得对吗？我们平心静气地等着吧！"

徐桂贞说："那个闺女我一眼就相中了，是个漂亮的好姑娘。好像咱村里还没有她那么好的来。她文绉绉的，在人前大大方方，说起话来柔声细语，让人听着顺耳。脸上老是带着笑。干活利落，一点都不冒失。家里也不富，我看富贵人家的孩子赶上她的也不多。她望着人亲，对老人有孝心，就是我这没见过的老婆子到她家，她都当老人敬奉着。只是，这还不知是不是咱家的人！"

李玉花说："嫂子，你可能不知道，俺那口子对郎立学和付丹香很上心，下了班没别的事就看看他们是在家学习还是上街，有没有什么事。见他俩一块儿上街的时候，多是和高海珊一起，他就放心了。他担心立学在城里学着上瘾打游戏。你儿有高海珊和付丹香俩闺女陪着，可能也就安稳了。昨天，他只见付丹香在医院，就问立学干什么去了，她说他回家有事，可能待一天。但下午很晚了，见立学又回医院把付丹香接走了，他就也骑自行车远远跟着。他俩到林沟付一农家，进门就关了大门，一直没出来。他到门口，听着里边说说笑笑的。"徐桂贞说："他叔有慈悲心，一心为病人，大伙子都谝（方言，夸耀）他。妹妹，我们过去是一家人，现在是一家人，将来更是一家人。有我的，就有你的，放心吧。我们家永远也忘不了他叔对俺的好。俺也要一样地对待你俩啊！"李玉花又接着说："今早上，他没吃饭就走了。人生在世就得一个好汉三个帮。哪个人都得有个帮的，我们这大家，你我就是内当家，咱们有事好好商量，你敬我让的多么好。多年的妯娌了，以后肯定会更好。可家大了也有大的难处。《红楼梦》上不是说大有大的难处么！将来是三家连着的家庭，可别成了三国。三国是战国，天天打仗，出了不少英雄，也不知死了多少人！没有安居乐业，就没有平安幸福。我们要和和睦睦的，维持好这个大家。嫂子，你说是不是？"

徐桂贞说："妹妹你说得真好！他叔是知识分子，也把你调教成有见识的人了。会说话，有谱略。咱就要和你说的那样去行事。家庭难处理的几件事，也就是婆媳、妯娌、姑嫂中间那些事。我想好了，咱是妯娌们，以前很好，以后也会更好。南屋当北屋，婆婆当媳妇。我是个婆婆，没权也没钱，怎么都行。还能做点饭洗洗衣裳，用就干点，不用也就算了。反正得给碗饭吃。什么事也干不了了，咱就且等着。你说这样可中吧？"

李玉花说："你有思想准备就中。你没听说，前街二嫂他儿上了四年大学，毕业后和一个女同学结婚，生了个闺女，要她去看小孙女，她立马去了。当保姆当炊事员不说，还得打扫卫生，洗小孩襕子（方言，尿布）。一天干十来个钟头，累得腰酸腿疼。媳妇只看小孩，给喂点奶，连句话也懒得和她说。饭做可口了就吃点，不中意就不吃，说有请吃饭的下馆子去了，自己成天地吃残汤剩饭。住在七层楼上，下不来也上不去，有点活受罪。媳妇根本没有把婆婆放在眼里。"

徐桂贞说："哎呀，妹妹这么一说，俺现在这个儿媳妇还真是个宝贝了！凡事要互相交流沟通，不能成天的别扭着，谁也不服谁，觉得自己了不起。人要有能力在社会上施展本事，把劲使在工作上。在家里父母是父母，儿子是儿子，有老有少，才能算是天伦之乐。什么样的老人，养育什么样的子女，是有一定道理的。我是尽力想把家庭的事办好。我听说付丹香她娘虽没有上什么学，但还能看不少书，像《三国》、《水浒》、《红楼梦》等。付丹香她姥爷还是教书先生呢，她在家就学了不少东西。"

李玉花说："噢，我说付丹香那么好的人品，又聪明，你真是挖着大参了，肯定有大福享。"徐桂贞一听，喜得哈哈大笑。笑完了，她说："我们光顾说话了，几点了？"一看表，说："啊！十一点了。快走！过天再来，我的好妹妹。"

近几天付丹香一方面仔细研读产科学，有时还上图书室，看看生理解剖方面的书，兴致勃勃，几乎手不释卷。怕有人说她不好好上班干活，她就多快好省地把一天的活尽量在上午干完。为怕出错，她每做完一项工作都仔细检查一遍，哪件是哪科室的全记好。下午再到班上看看有无要急着干的活。闲时多数人都是打毛衣、聊天，也有看书的。付丹香上图书室前都是和西彩红班长说一声，好有事找她，图书室离得也很近。她看书有时还记下些重点内容。图书室的负责人郎珍问她是不是想干妇产工作，她则说不，是看着玩，这些事了解些有好处。郎珍说："说得很对啊！应当看看，对个人的生活、健康都有好处。"

付丹香学习了一段时间的理论后，尤护士长与妇产科吴爱菊主任联系，让付丹香利用工余时间到产科病房见习助产，并指导其学习理论。

付丹香经过艰苦努力的学习，基本掌握了正常分娩的助产工作，理论知识也达到了初级人员的水平。

妇产科主任吴爱菊对付丹香的学习还挺关心，对这个可爱的姑娘也有怜悯之心。她见付丹香的衣着和用餐都很俭朴，就给付丹香十元五元钱。付丹香当然不要。几次拒绝后，她便一次给她二十元，叫她买件新衣衫，并且让她一定收下。付丹香只好硬着头皮收下了。这是她第一次无故收别人的钱，心里很不自在。凭着一个人怎么能叫别人可怜呢？自己哪一点是可怜相呢？噢，可能是裤子后腚上的俩大补丁！这在村里屡见不鲜，在城里已少见。她暗想，以后来上班，不再穿补丁衣服了。吴爱菊在付丹香学习结束的前几天，利用一个下午的工余时间专门把付丹香叫到办公室，半聊天式地问这问那，把助产士的工作内容都问了个遍。因付丹香很注意理论上的学习，可以说没有磕磕绊绊就做了正确的回答。最后主任说："你学得还可以。希望以后再接再厉，继续努力学习。你这才是万里长征走了第一步。医学发展很快，日新月异。根据我们教学的要求和你的理论与实际操作水平，准备给你办个结业证书，以便工作时有个依据。"付丹香十分感激，双手握住吴爱菊主任的手说："吴主任，您是我的再生母亲！将来若能干助产工作，一定随时请教您。"主任点头示意，二人依恋告别。

第十一章

进修学期满　答谢再设宴

　　光阴荏苒，郎立学半年学习期已满，他觉得内科常见病已掌握了个七七八八，有了一定的处理能力。他与郎先卫商量学习暂告一段落，回去向镇医院请示一下马上建个村卫生室。又与张勇军商量再请一次客作为答谢，范围包括第一次的，再加上句山医院妇产科的吴爱菊主任和刘英君护士长，水库的王益才局长和谭平司机，共计二十人。这可一举两得，一是感谢句山医院的培养，二来又可借机作为申办卫生室的请示。高海珊也交纳了半年的进修费，若她的父母同意，可一起办，不同意就单独办。通过郎立学和高海珊，信息传递给了天井医院的高威先院长，他也同意。遂决定时间为下周二中午，地点仍在县招待所，人员大都由郎先卫通知。

　　宴请这一天，郎先卫、张勇军、高威先院长三人共同商量请客的事。张勇军因上次认识了三位院长之后，常与他们联系，使自己渔场的销路得到了扩展，也赚了点钱，此时便慷慨解囊，主动提出要承担宴请费用的三分之二。这好像是按学习人员分，其实付丹香是干临时工，不包括在进修之列。当然高威先院长是欣喜万分。仍用茅台酒、将军烟和琼台啤酒，菜一桌一百五十元，订两桌，共计约六百元。郎立学和付丹香觉得贵，但也无法提意见。这次费用，付丹香一年还挣不够呢！

　　中午人员到齐，宴会开始。院长、局长、科长、主任为一桌，其他人员一桌，大家按主次就座。服务员先给贵宾敬茶，山珍海味陆续上桌。名酒开瓶，酒香四溢，斟入晶亮的高脚杯中，天棚的彩灯映入杯中，五彩缤纷，鱼龙满杯，煞是好看。坐在首席位上的贵宾衣胜军院长，责无旁贷地担当主陪。他见时机已到，便干咳了两下，清了清嗓子，站起身来，手举盛满琼浆玉液的酒杯，向来宾朗声说道："尊敬的先生们、女士们，大家好！请允许我代表句山医院，首先向圆满完成学习任务的郎立学和高海珊二位医生表示祝贺！他们二位的学成，又为我县医务界增添了新生力量，可喜可贺。为祝愿他们在卫生战线上做出新贡献，实现自己的梦想，我提议大家共同干杯！"言毕，率先喝干杯中酒，表示诚意。开席之后，大家共品美酒佳肴，院长间、同事间频频敬酒。高威先院长、吴汉文院长各显风采。张勇军则举起酒杯说："我代表内弟郎立学向大家敬杯酒，以表感谢。感谢句山医院的院长、科长、主任和全院的同志们，对郎立学的关心帮助。并希望以后继续对他的工作多加关照和支持。谢谢！"张勇军又凑到衣胜军院长和吴汉文院长跟前，一边敬酒一边提出："郎立学想回村开办便民卫生室，请二位院长大力支持。我想，这个卫生室可作为上级医院的乡村联系点，防治疾病的一个窗口，你们又能及时指导他的工作。不管怎么说，他是您的学生，您的徒弟。您二位院长还得多操心，多受累。"二位院长略一嘀咕，欣然同意，表示这是应做的工作，说有什么问题只管说，药品和器械可根据实际情况暂时借用，或以批发价拨给点临时先用着，但账目一定要清楚，到时该还的要还清。桌上不分彼此，公事要公办。张勇军一听院长如此慷慨，非常感激。他回头向高院长敬酒，说郎立学在学习期间，高海珊医生对他帮助很大，今后还得请她继续帮助。为表感谢，二人把酒杯碰得铛铛响。

张勇军一时成为活跃人物。又向科长、主任们敬酒，也向水库的王益才局长、曾也花文书、司机等敬酒，说是自家人多喝两杯。当大家喝得面红耳赤，兴奋度达到高潮时，衣胜军说话了："大家尽管喝。为表达情谊，大家来点卡拉OK，听听谁的嗓门好。我们都献上一首好歌，给大家听听，好不好啊？"众人都鼓掌欢迎。看来他不仅有风度，也有酒量，才艺也多。

大家用过饭后，服务员把桌子清理干净，打开音响，取出歌本，说谁唱歌谁点播。郎先卫首先自告奋勇点播了《我们来相会》。这是一首流行歌曲，大家也随和着一齐唱，唱得很成功。接着医务科的吴芯统计员点播了《谁不说俺家乡好》，唱得有声有色，大家鼓掌祝贺。妇产科的吴爱菊主任点了《弯弯的月亮》。付丹香点了《沂蒙山区好地方》。这位美姑娘初次展示风采，她俊秀的仪表，优美的旋律，动听的歌喉，叩响了大家的心弦。人们凝视着其美貌，聆听着她悦耳的歌声，赞扬的掌声不断。她唱完了，还有人喊"再来一个"。曾也花文书点播了《渔光曲》，因曲库里没有，于是她清唱起来。由于她是农业学大寨时的文工团成员，有一定的歌唱基础，有点艺术素养。平时清晨常独自站在水库大坝上练习，故能自然发挥。电视屏幕上出现海洋的画面时，她望着碧波荡漾的无边大海，触景生情，思念起自己日夜奔波在大海上的海员丈夫，唱起该曲来，更是忘我投入，深情发挥，唱得尤其委婉悠扬，可谓声情并茂，表现了她的艺术功底。衣院长很有分寸，看时钟已指向下午一点四十，便道："我看时间已经超了，各位下午还有不少工作，宴会到此结束。我提议周六晚上，我邀请外地的同志再聚一聚，地点水库，我们也轻松轻松。欢迎有艺术才能的同志参加！"衣胜军院长的这一提议，立即得到大家的支持。水库管理局的王益才局长表示安排算他的。集店镇医院的吴汉文院长说算他俩的，不能让衣院长操心，到时能光临他们就很高兴。宴会随即结束。

因为举行了进修学习结束的宴会，也就意味着高海珊他们要马上离开句山医院，回原单位工作，或回家组建村卫生室。郎立学在离开句山医院前，内科主任胡志刚给他办了个结业证。郎立学捧着空白证书，非常开心，异常喜悦，飞快回到内科交给胡主任填好。郎立学接过证书，连声说："谢谢主任！"并向胡主任深深鞠了一躬。他揭开证书一看，写着耀眼的一行字："该同志来院进修内科半年，成绩良好，准予结业。"后面是落款和日期，落款为"句山医院"。郎立学心花怒放，喜悦之情洋溢在脸上。半年春花获硕果，梦想终成真。难道世上的事，就是真真假假地办着吗？他自己反问着。不管怎么样，这个本子，是宝中宝，贵中贵。今生有幸，凭此就可干医生。

想到未来需要付丹香的配合，郎立学找到她说："你在内科学习了护理，又到妇科学习了助产。咱和医务科说说，也给你办个证书。你快回去问问内科尤珊兰护士长和妇科吴爱菊主任怎么办。"付丹香说："妇产科吴爱菊主任已说过给我办初级助产士结业证，只是还没办。我先去问问内科尤护士长吧。"尤护士长和胡主任商量后同意。这样付丹香顺利地办妥了初级护理和初级助产士结业证书。当两人拿到红红的结业证书时，心情都非常激动。他俩上街买了些烟和糖果给内科和妇产科的全体老师品尝，对他们表示感谢。郎立学吃着这次的糖果真甜，是甜在口里，更甜到心里。刚来院时也买过糖果，可不如今天的糖果有滋味。而这次又是和付丹香共同品，真是不知怎么说好了。他一想，来院半年，自己有了天翻地覆的大变化，一举学医、恋爱双成功，这段时间真是金不换啊！可又一想，人家热，自己不能热，还得冷，要认识真正的自己，要脚踏实地地走路啊。

第二天，郎立学先回家把学习取得结业证书和准备开办村便民卫生室的事向娘说了，徐桂贞听后喜得笑逐颜开，孩子真的成了医生了！他接着又和村里说要办卫生室，村里很支持，表示这是公益事业，大家肯定欢迎。他在半年后再次到镇医院，向吴汉文院长说了自己的学习情况，并请求在村里办卫生室。吴汉文院长说："这样吧，这事院里得和镇政府请示，给办个营业证。你先回去做做准备。"

郎立学回家就考虑房子问题。靠街的那两间小东屋，已被他娘改成小商品代销点了。这是付一农将他的羊卖了作本钱，由二人经营，多少也能赚俩，供应两个学生平日所需。郎立学考虑让二老在这个家，自己到付一农的家去办卫生室是否合适。反正离得也不远，和在县城的南头到北头一样。但对那里的人不大熟悉，拉磕事可能少。应再与两位老人商议，征求他俩的意见。他和娘说了镇医院的意见，并说："现在你们在这个家，要不我到付叔家开诊室？"徐桂贞听了儿子这么说，沉思片刻，答道："这事我得和他商量。"郎立学便到自己屋里拿出一个本子，记上到镇上办证的事，需要多少药品，想一想，写一写，光药品一写就是六七十种，西药和中成药都有。又写了些用品，有体温表、血压计、消毒液、针盒、保健箱、处方笺等。一算，开业资金约需三千元。到哪里去弄啊？他又犯了愁。

不久，付一农用小车推着进的货回来了。徐桂贞听着了，忙出屋迎接。郎立学也听着了，出来一边问他累不累，一边帮着卸货。付一农也向他打了招呼。这些货把小屋装得满满的，看着很像个小百货店的样子了。随后就都围着院子里的小桌坐下休息。徐桂贞喝着水对付一农说："孩子的学习结束了，准备回来办卫生室。镇医院已同意，让做准备。可在哪里合适呢？是在咱俩这里，还是上你那儿去呢？我想咱俩到你那儿，这里开卫生室。你那儿隔学校还近点，便于照顾学生。"付一农边喝水边寻思，沉了沉，说："就照你说的办吧。立学是本村的，在本村办好说话。咱这小百货在哪儿都一样，只要货真价实就能兴隆，反正是蝇头小利。卫生室是大事，治病救人，人命关天啊！这份工作，可不是售小百货，要千万小心。明天咱就回去，把小东屋的后墙开上个窗，改得和这个房子一样。"郎立学说："你俩的看法和意见很好。我想在哪儿都一样，这里已经干了好几个月，就不必换了。我想队里不还有两间棚么，把它改成两间屋就行。这得再和队里商量。商量不成，我就到付叔家里。我先和村里商议一下再定吧。"徐桂贞说："我看照我的意见，我们上你付叔家去，你将来方便，我们俩也方便。你的卫生室我们也插不上手，帮不上忙。"郎立学说："咱在一块儿都方便。我到村里去看看，批准借呢，我就住那里了，反正也是常来家。丹香来住哪儿都行。"徐桂贞说："我还是那个意见，我们住你叔家，你在这家里，或在队的棚里都中。不用再商议了。女大当嫁，将来丹香若真的和你成家，这是顺理成章的事。"说得郎立学脸一阵红，付一农则闷闷不语。但心里想自己来这里，是倒插门，她说的倒也是理，心中同意，便说："是啊，我下午就回去把东西收拾收拾，明天请个窑匠给安个临街窗。很简单的事。"

第十二章

诊室速筹建　海珊鼎力帮

郎立学不管不顾，下午就跑到村委，正好丁和祥主任在那里喝茶，文书丁肖华在写东西。郎立学向丁和祥汇报了上句山医院进修结业，回来想为村里干点事，开个卫生室的想法。丁和祥很痛快地答应了，并说："那棚闲着，不如用起来，还省得坏了。"郎立学说："那我写个借条，说明使用期限，使用期内负责维修。我想把棚改成两间屋，装上门窗。"丁主任说："可以，那更好。"他辞别村主任，带着借条回家。他如获至宝，觉得这是自己唱戏的舞台。如何才能唱好？人家都寄予厚望，担子可不轻啊！但事办得顺，心里也高兴，使他以轻快的脚步，前进在家乡的小路上。又一想改建还得用钱，可这钱又从哪里来呢？

一霎来到家中，即时向两位老人报了喜。这样，付一农就不用跑着回去弄房子了，得先帮着把棚改成两间北屋。算下来这就得花三四百元，还不一定够。付一农低头沉思一下，说："可以先把卫生室的事安排好，这是当务之急。我这还有二三百块。这个门市利小，原想准备批发几匹布来卖，可以多赚几个。"郎立学说："我先和姐姐说说，看她那里能帮不。因还要进药，要用的钱还要多。"

第二天上午，郎立学去和姐说了这两天的情况，郎立兰说："挺好，得先拿营业执照，这是关键。没拿到就不动土木。万一出事，不就白瞪眼吗？"说着，不一会儿就听见摩托车声由远而近，姐说可能姐夫回来了。一点不错，张勇军高高兴兴地进门来了。他放好车子，从车上拿下一条斤多的鱼，忙说："弟弟来了？"郎立学说："我比你先到家几步，坐下歇歇吧。"睡着觉的壮汉被摩托车声惊醒，郎立兰马上抱起他来，到院子里撒了尿，和壮汉说："你看谁来了？"壮汉忙说："舅舅来了，舅舅好！"郎立学也说："壮汉好！"忙把办卫生室的事告诉了姐夫，张勇军也说："得先拿到执照再办别的事，现在办到哪一步了？"郎立学说："镇医院是答应给，说得向镇政府说明才行。"张勇军说："那是借口！还需要别的什么不？不是定了在水库上活动一次吗？不就吃点饭，我们去镇医院一趟。"郎立学说："那太好了。"郎立兰说："那就快做点饭吃了再去。"吃过饭，张勇军用摩托车载着郎立学上了镇医院。

一到医院办公室，吴汉文院长迅速起来迎接，张勇军首先说："水库聚会的事，咱医院只要去人就行，不用出钱。我和王局长办就行。"吴汉文院长说："那怎么能行？说的是两家出钱。"张勇军说："还是你俩出面，我算协办者。不用啰嗦了，就这么定。"吴汉文院长说："好好，这么也可，以后我们交往还多着呢！"接着张勇军的话锋转向郎立学学习结束，回村办卫生室的事，继续说："这事还得请吴院长费心，以后还不少麻烦您。我听说还得医院出个营业执照，许可证什么的？"吴汉文院长说："这是需要办的，还没有办吧？那就先给办证。但要求医生一定要有高度的责任心，把群众的医疗事业办好，千万不能出纰漏，叫群众不满意。"张勇军说："是啊，我想开业后，医院是否给派个医生带他一段时间开展业务，每天补助去的医生几个钱，这个钱我给出。"吴汉文院长爽快地表示同意，说："那你们等一下，我和文书说说，叫他这就给办。"不多时就见他拿着一个玻璃镜框回来，张勇军接过来一看，镜框里镶着已填写好并盖着集店镇医院红色公章的医生营业证。事如此顺利使他非常高兴，遂向吴汉文院长再次道谢一番，邀请院长水库上见。

张勇军告别吴汉文院长来到院门口告诉了郎立学。原来，他们到了院门口，张勇军就叫郎立学下车等候，由他自己一人进去办事，没想到如此迅速就办妥了。

接下来开始改建房子。用了三天时间，大功告成，那不起眼的两间棚，也"唰"地变为漂亮的两间新房。付丹香也来看了。晚上，还为庆功又举行了家宴以示祝贺。

张勇军回去就盘算如何在水库设宴。虽说水库和镇医院办，现在看还能让水库出钱吗？自己在水库里用网养鱼，这是东家，借机送顿饭吃罢了。便与王益才局长商量规模和参加人员，决定请县院衣胜军院长、衣文平科长、司机三人，集店镇书记、镇长、司机三人，集店镇医院三人，天井医院二人，水库二人，还有张勇军、郎立学和付丹香三人。让水库招待所给办两桌鱼宴，喝啤酒，不用白酒。宴后在水库礼堂，放上一场电影《红楼梦》，同时出售部分票。最后张勇军表态："这两桌的费用算我的。"王益才局长说："那不行，说的是水库和镇医院嘛！那还行？"张勇军说："算我的就是。"

星期六这天下午五点，客人陆续到达水库招待所。王益才和张勇军出面迎接，请贵宾到客厅品茶。水库是著名的风景区，山清水秀，风光诱人。来到此境，心旷神怡，心情格外振奋。

各人步入宴厅分两桌就座，王益才说："热烈欢迎各位光临！我代表水库管理局的同志共同敬大家第一杯酒。此处别无特产，仅仅是以鲜鱼作肴，请各位品尝。"衣胜军也举杯表示："感谢水库管理局同志们的热情款待。来，干杯！"集店镇书记和镇长在这种场合也不好说什么，只是互敬互让地喝酒吃菜。吴汉文说："来，举杯感谢句山医院衣胜军院长，帮助培育医务界新生力量！"衣胜军又举杯表示："为感谢镇医院的领导对句山医院工作的大力支持，再敬一杯酒！我们的工作做得很不够，请原谅！"张勇军表示："感谢水库管理局的领导和同志们对养殖业的支持！来，共饮一杯。"大家互敬互贺互谢地畅饮着美酒，其乐融融。虽然啤酒度数低，多饮后仍使得脸面大有改观。有人便邀请曾也花女士唱歌。她也不怯场，还是唱她拿手的《渔光曲》："云儿飘在海空，鱼儿藏在水中……"依然感人肺腑。一开唱大家即热烈鼓掌欢迎，几次打断她。因还要看电影，便上了饭。用餐结束后，大家步入礼堂。凡是来宾都留有佳座，各位刚就位，电影机便开始放映《红楼梦》。一幕幕感人的镜头，展示着美人美景，真是花好月圆。贾宝玉、林黛玉缠缠绵绵、柔情脉脉的爱情，贾府的富贵荣华，贾宝玉与十二钗的男女情结，贾母的享乐，王熙凤当家的严厉与霸道，官府勾结的灾祸，荣国府的兴衰，人生如梦的真实写照。中年人为之沉醉，青年人勾起热切的恋爱情肠。

郎立学、高海珊和付丹香三人怎能控制激情！他们偷偷溜出来，手挽手，肩并肩，散步在微风吹拂的院落里。高海珊依然向往她的恋人白文福和琼台的优美风景。三人决定明天与白文福一同赴琼台，顺便了解下药品的价格，便和张勇军说声告辞。十里八里的路，三人边谈论边走，没觉得累就来到郎立学家中。

一早，郎立学即来叫门，张勇军迎进来，问："这么早来有什么急事？"郎立学说："姐夫，我们要去琼台一趟，看看买点药械。"昨天可能忘了说，张勇军听了一愣，便细问去由，郎立学说："高海珊的男朋友是琼台海洋学院的学生，今天回校。咱正好要添置点药械，所以我们仨一块儿去。"张勇军听了郎立学说去琼台的理由后，才不急不慢地说："兄弟，从你决定去学医那天起，我为你的事已经支出了一千多。我知道你办卫生室并非易事，必先投资。但我的意见是，咱采取节俭办事的办法才能行得通。可以从药材公司、句山医院以代销代售的形式转过点药品来运转着，若一切都由咱自己筹办，需资金不少。我昨天为宴席又是支出二百块钱。你们一定要去，我现在还有一百五十块钱，你先拿去用。千万别买无关紧要的东西。以后挣了钱再买。我现在一年挣不了多少钱，家里也仅是能糊上口，什么也不敢买，现在就是全力支援你。"郎立学听到张勇军的话，深受感动，低下了头，眼中含着泪，一时不语。但一想，男儿有泪不轻弹，猛然抬起头说："姐夫，你待我的，我都铭记在心，不会忘记，将来一定报答！"接着郎立兰也起来了，便问："兄弟，一大早就来，有什么事吗？"郎立学说："姐，我今天要去琼台，所以一早就来了。卫生室要开业，想去琼台买点药品。"郎立兰："噢。卫生室开业，当然要添置些东西，去趟也行。"郎立学说："姐夫给我了一百五十块钱。"郎立兰说："我那天想给壮汉买衣服没买，还有一百，你先拿去用。我给你煮点面条吃了再走吧？"郎立学说："不用，我回去再吃。他们还等着我呢。因高海珊和她男朋友白文福说好，在句山医院等着。"说着，接了钱便与姐夫和姐辞别了。

第十三章

两对有情人　琼台兜情风

　　今天要去一直向往的名城旅游胜地琼台。四人在句山医院集合。白文福穿了一套深蓝色中山服加白衬衣，黑色皮鞋。为到大城市，付丹香也不能太寒酸，穿了一件白色有许多圆圈图案的上衣，一条自做的裤子，黑发用红毛线扎成两条发辫，浓眉大眼，微胖白圆的脸庞，如花似玉，高高的个头，给人以美感，可谓欲将丹香比西子，淡妆浓抹都相宜。而郎立学仍和平时一样，因紧张劳累，似无心装饰。但衣服还是干净的，整齐的中山服，富有青春活力而健美，也显得很精神。一行四人，两对青年，把一切收拾停当，走出院门。

　　乘火车到达琼台后，一行四人按原定计划，先到了海洋大学。白文福说："咱先去安排好住的地方，晚饭后再出来逛。夜景中的海滨公园，那青松，红岩海浪，十分壮观。"说着乘上直达海大的公共汽车，在车上就可以感受大海的魅力。白文福在车上解说："这是鲁迅公园，那是水族馆。看那边，大海碧绿，波涛汹涌，一望无际。那远处的巨轮正在航行。大海就是迷人的少女，有着数不尽的传说。琼台全部是起起伏伏，依山势而建的，呈现红房绿树。要从天上往下看，就是一幅壮观的画卷。"

　　白文福说着，车来到了海大校园。一栋栋高大的教学楼、实验楼、图书馆，鳞次栉比，间以法桐和塔松及花坛，郁郁葱葱，鲜花簇簇，各人都觉得这里环境优美，看着舒坦。白文福先到报到处报到。因新学年是大三了，宿舍、教室都要换。现在是下午三点半，时间很紧。白文福领着大家跑到自己的宿舍，将个人的事安排妥当。幸亏有带来的伙伴帮助，很快就从原来的宿舍搬到新宿舍。不大的房间放着四张双人床，其中有一张用来放置物品。高海珊心想，学校对大学生真是关怀备至，将来能在这样的地方工作才好呢。白文福若能留校当教师，自己来当一名校医也是可能的。人们总是有憧憬未来的美好理想。郎立学和付丹香则信口开河地说："你现在就要想办法，来校做学生家属吧！"逗得各人哈哈大笑。这玩笑话却戳中了高海珊的心。

一看表是下午五点二十，到了开饭时间。四人来到学校食堂，买了四样不同的菜和馒头，找了张空桌坐下。青年人盼望早点去目睹琼台海滨的夜景，也就狼吞虎咽，一霎就结束了晚餐，直接走出了校园。白文福却还没有安排好他们的住处。因每逢开学都有家长来送学生，学校便开放临时招待所。白文福就到临时招待所订下三人的床位，但只准住一宿，只好明天再说明天的。和他仨说了后，都说先住一天也行。付丹香说："高医生怎么不多住几天？"白文福说："那就多住几天，我再去招待所改订成两个女的住的床，叫郎立学和我一铺睡，这样可混两天。"各人都高兴，高海珊说："这真好，男的找女的是一对，女的找男的也是一对。现在是男的和男的，女的和女的了。"又引起一阵笑声。

各人看了床位后，便一同手拉手、肩并肩地向着海滨公园走，去游览灯火辉煌的大海之滨，欣赏美丽壮观的盛景。可以说海大的校园，本身就是一处美丽的颐园，绿树成荫，处处鲜花盛开，高楼大厦，通宵灯火辉煌。柏油路两侧一排排的橱窗是很有意义的画展、图片展，把海洋世界丰富的秘密展示出来。各人欣赏着，漫步徐行，不知不觉来到了滨海公园。校园的路是和滨海路连通着的，不过滨海路上的车格外多。在琼台，路上的车都匀速前行，秩序井然，大都是单向行驶，安全性很好。路上有路灯、车灯、景观灯，映照在大海上，一片辉煌。看呀！陆上、海上交相辉映，组成万家灯火，一片迷人醉人的非凡景象。四人只沿着红宝石一样崎岖弯弯，被海浪时刻冲击着的海岸边看边走边议论着。

到海岸的难行处，各人相互携手扶持。不时被海浪溅湿衣服，也不觉湿冷，反而感到喜悦，这是大海给的甜蜜的吻。海有特殊的味道，乍来的人有的不适应。在海岸的平坦处，海沙是那样的纯洁细致。要在白天看到海贝，可捡上几个作纪念。这是初来海滨的人都有的行为。鲁迅公园建在一片红玉般的岩石上。虽是岩石，上面的青松林格外翠绿。不大的松树，终日在湿润的海风吹拂下，却显示出不畏风浪的青松本性，成年累月与狂风暴雨拼搏着。此地名为鲁迅公园，也表明有一种鲁迅精神。望着鲁迅大理石雕像，白文福说："我们要学习鲁迅与敌人和困难做斗争，永不屈服的精神。"高海珊顺口高唱道："革命人永远是年轻，它

115

好比大松树冬夏常青……它不怕天寒地冻，它不摇也不动，永远挺立在山顶……"

路边有供游人歇脚的座椅。各人也有点累，便在排椅上坐下来歇歇。面对夜晚的大海，付丹香喊着："看，那远处的海上有一颗明亮的星。"白文福说："那是一盏昼夜不熄的海上灯塔，是海上的航标，为舰船航行指引方向。有它船只就不会迷航，保证航行安全。"看看海天一体，茫茫无际，沿海的灯光如一串明珠，像是大海的项链，把大海装扮成一位美丽的少女，分外妖娆。举目眺望，海阔天空，繁星似锦。"今天，我们是在太空的星辰里遨游。"白文福激动得议论不止。

一霎，一位中年男子在岸边的护栏处脱下外衣，仅穿一条泳裤，跃身跳入大海，从海水中冒出头来，不断游动着。旁边的人说："这是游泳爱好者，无论冬夏天天来游。""看！游得多远啦！"不知谁这么说。

白文福等一伙人看了一会儿，起身来到栈桥。栈桥也是琼台的标志之一。凡是来琼台的人，无不来此一游。栈桥是琼台最原始的货栈码头，也是最早的货台，也就是现在的港口。经近百年的风风雨雨，改建和扩建成今天这个样子。前几年不用买票，现在要到里边去观光栈桥亭，则需要购票，这是为限制人数而采取的做法。高海珊买上票，各人经过长约四百多米的栈桥，来到伸入海中的桥头。桥头有一座高大的双层飞檐八角亭阁式建筑，阁顶覆黄色琉璃瓦，阁名为"回澜阁"。来到亭子里，眺望远远的海面，如同站在舰艇上一样，海浪似花如锦，海鸥飞翔，令人心旷神怡，像要远渡重洋。要登楼看画展，还得再买票，大家都说不上了，只在底层看看，并绕亭一圈。亭子的后面风大浪急，尽管有护栏，心中依然惴惴不安。栈桥无时无刻不在接受汹涌澎湃的浪击，好像大海将栈桥当作体内异物，总想把它剔出去似的。高海珊和付丹香两人总是担心会掉入海中，抓着自己心上人的手不放。付丹香从踏上栈桥，就有上船一样的感觉，脚下有点不大听使唤了。此时男士成了女士的卫士，壮着女士的胆，口中一边安慰："这么宽的道还有护栏，大胆走就是！"栈桥边还有几艘小游艇，要请他们上去一游。他们在栈桥上都心惊胆战，更无入海之胆，只得婉拒。有的游客，乘上艇去，转眼就目不可及了。海风吹起了大海千顷碧波，看那起伏的浪涛，一浪推一浪。海在呼，风在啸，我们要去远方。啊！一轮明月悬在天边。白文福吟起了："海上生明月，天涯共此时。"

已是晚上九点，然而这座不夜之城的游人却依然不减。此时，坐了一天火车的人儿，也感疲劳不堪，便启程回校。

郎立学说："明天去上市药材公司看看，有合适的买上点。"高海珊说："来琼台要看的东西很多，论景点就是海滨，我们看这些就可以了。"白文福说："是啊，琼台的特点是大海，海上浴场很出名，水清、沙滩清洁，是很好的浴场，有护网，很少出事，每天都有成千上万的人。但不管怎么说，洗海澡，一定不能离岸太远，不能到深水区去。下水的人多，都穿差不多的泳衣，与平常的印象差距较大，周围大都是陌生人，谁也不认识谁。一般人大都在一米左右深的水域活动。大海是迷人的，但千万不能轻易下海。有一年胶南县的一家人，将自家种的西瓜，用小船运来要卖，在海上一阵大风把船刮翻了，人和一船瓜都沉了。大海看似温柔，暴风大浪一发作就异常凶猛。所以，人们非常相信海神，在海上千万不能胡言乱语，要多讲吉祥话。凡是恶言垢语一律不能说。面对大海要有一颗敬畏的心。对海和对天一样，应有崇敬之情。要祝福自己，求大海赐福。我们相信科学，也相信好运。"

伴着白文福无序的讲解，他们回到了住处。

第二天一早，各人洗漱完毕，稍议了一下今天的行动，上哪儿去，买什么东西。白文福说："我可能要去接待新生，你们三人干什么？"郎立学说："上药材公司看看。"高海珊说："可以。"付丹香没表态。白文福说："那你俩去药材公司，付丹香在这里休息，下午我们再一块儿出去玩玩也行。你们想什么时候回去？"郎立学说："明天吧，下午就买好火车票，明天早七点有趟车。"白文福说："走，我们去吃饭。"来到食堂，白文福给买了豆浆、油条、米饭、馒头和鸡蛋，让各人饱餐了一顿。郎立学和高海珊去了药材公司。付丹香回招待所休息。白文福去新生接待处看了一下，大部分工作已由本市同学去干，不用外地同学了，便回了宿舍。

不一会儿，高海珊和郎立学提着一块血压表回来。付丹香问："只买这一块血压表？"郎立学说："别的什么也没买。药品很齐全，都不贵。咱现在就买，不合算。我想买部心电图机，价格是两千块钱。做得也不多，自己还掌握不好，早买也是闲着。这回只是开开眼界，今后还要好好学习。"正说着话，白文福也来了。

一晃就是下午一点。各人景也看了，玩得也很好，说着要吃饭，白

117

文福说："你们再住几天，干吗明天要走呢？"郎立学说："家中有事，以后再来的机会很多。"付丹香也说："我是个临时工，不干活就没工钱，以后再来玩。玩当然痛快，可还得回去干活。"高海珊还未和白文福单独玩，想再玩一两天，但未表态。付丹香自然会想到，便说："这样吧，我和郎立学去买车票，你俩下午再好好玩玩，我们明天走吧。"白文福说："也行。今天下午我不去接待处了，我们再找个地方玩，明天你们一块儿回去较好。我马上就开学上课了。"四人一起用过午餐，郎立学与付丹香去买车票，也给高海珊带一张。白文福与高海珊便去了海滨浴场。

他俩在浴场沙滩上漫步。看那经常下海的人，身体是黝黑的健康肤色。而未曾下过海的人，肤色雪白而嫩得可怕。高海珊问白文福："我们何时能经常来这里玩啊？"白文福说："等我毕业后留在琼台，一定将你接来，在海滩上玩个痛快。和大海做伴就是乐事。"

他俩回校时，郎立学和付丹香已买回车票，是明天早上四点半始发琼台的直快客车，都有座，三人正好坐一排。白文福说："开学的时候，来青车票紧，出青车票松。一般情况下，预售票都有座。那，我们吃晚饭去！"白文福去食堂买了四菜一汤，大米饭和一瓶琼台啤酒，作招待晚宴。郎立学和付丹香说："我们到街上看了下，琼台的海产品很多。人们对小海螺很感兴趣，不少人没事，在饭馆喝着吃着挺悠闲的。我们买了一袋，咱也品尝一下海鲜。就是大蟹子都很贵，不是我们今天能吃上的。咱们好好干，将来也一定吃得上。"各人边吃边喝。郎立学说："琼台是很诱人的地方，什么时候能来这里工作就好了。希望与梦想，有许多不确定的因素，谁能保证将来如何呢？"

一会儿，餐饮结束，三人都拿着自己的车票，思考着今夜怎样度过。白文福帮他们联系了去火车站接新生的车，刚好可以搭乘。

光阴，是无白天黑夜的，不管你是劳动还是休息，醒着还是睡着，它总是在匀速前进，从你的身边流过，谁也无法挽留。

车站广场上有不少学校来接新生，各学校都有人高高举着校牌。不一会儿开始检票了，高海珊和付丹香忙不迭地背起自己的背包，和郎立学一起排队检票。站台上有两个小售货车，专卖琼台特产，有虾皮、海米、紫菜、贝壳贴的小物品、洁白的珊瑚、电动海豚和企鹅等，吸引着第一次来琼台的客人。现在要离开这座慕名而来的城市，怎么也得带点物品留作纪念。郎立学想到两位老人和外甥，便买了电动企鹅、一包虾皮和两包鱼片，认为这样对得起家人。付丹香买了包高粱饴。时不我待，奔跑着上到车厢里，他们三人来到座位处，把带的物品放到行李架上。急忙一阵，各就各位，才从睡梦中完全醒来。

一坐下，各人无什么心事了，尽管闪电式地来此一游，那些景物、人事重又浮现出来，和电影片段一样闪动着。可是困倦之态仍占上风，自然两眼一合，将头仰靠在椅背上，闭目养神。一声笛鸣，列车缓缓出发了，沉睡的人仍眼也不睁地睡着。有人睁睁眼看一下，又睡了。火车也是从梦中醒来，逐渐加速，奏出了轰隆轰隆的乐曲，像是在与琼台告别。过了六方、沧河，车也更加清醒了，按常规速度行进。人在凌晨时有睡意，当列车速度加快时，也易睡。这三位青年，尽管风华正茂，可是事不单纯。那些中老年人旅游就是旅游，逛逛看看，心事少，该休息就休息，睡也睡得踏实。而他们则心事重重，睡也睡不安稳。就是再怎么睡，也补不过来。现在对面的人已经开始复苏、醒过来了，他们仨还在睡。就是睡着，脑海里也不停地翻腾着经过的事。高海珊竟说呓语："白文福，快过来！"郎立学则紧紧靠在付丹香身上。因高海珊靠车窗坐，可趴在小桌上睡。付丹香也靠着小桌的一角埋头睡着。郎立学在最外边，只能一边倒地靠着付丹香。

车到蓝庄车站。这是铁路的交叉点，上下车的旅客较多，停车时间也长。东方的太阳已经出来，旅客们大都精神振奋起来了。没到目的地的人，也下车去买点早餐。有人拿着火烧、麻花、蒸包、烧鸡等上来。郎立学三人也自然醒过来，揉搓了惺忪的双眼。郎立学问："两位姑奶奶，想吃什么？"高海珊说："我还不想吃。"付丹香说："不想吃也得吃点。买斤包子。"郎立学听到指令，忙飞奔下去，买了一包包子、几个红褐色的大麻花，两个火烧。这些东西对农家子弟来说，已很知足啦！上车来，她俩去灌了两杯水。说是不想吃，吃开了却很快便是十来个包子下肚，又向麻花进军。

出站时正八点。郎立学问她俩："咱是现在吃饭还是先回去？"付丹香说："回去吃吧，这么近。快去赶车，上句山的车很多，省着点吧。"高海珊也同意。郎立学说："要是饿就吃点什么，我们要省就在家里省。俗话说穷家富路啊！看看有什么实惠的，可口的就吃点。"

郎立学感到此次去琼台幸亏高海珊和白文福，借此机会也应报答其情。一想云州的清真饭店是回族风味的，以牛肉为主，可去光顾一下。郎立学先步入门内，一问店主，有牛肉蒸包，一块钱四个，还不算小。郎立学心想三块钱买十二个就很好。他买好三盘包子放到桌上，高海珊和付丹香也随之到来，三人一桌坐定，主人送上开水、蒜头和醋。各人都到洗手处洗了手。一品，味道很好。牛肉有特殊的芳香，蘸着醋，就着蒜瓣非常好吃。二女士夸道："郎立学真会吃，来吃牛肉包子。"女士每人只吃三个就不吃了，郎立学结束了其余的。

各人肚里充实，精神焕发，走起路来劲头大了，开始活跃起来。高海珊说："在琼台白文福说，将来如他在琼台工作，就准备接我去，多好啊！"郎立学听到她的话，心中一动，忙说："我们回家先好好干，创造条件，将来去琼台开诊所，开药店不是更好吗？"正说着，一辆汽车开到面前。三人快速登上回家的车。这是一辆漂亮的大巴，坐上很舒服，不一会儿就开出云州城。付丹香指着西边的山说："那是云州山，它是云州的标志。有时间我们一块儿上去玩玩。"高海珊说："俺早就去过一趟。你们什么时候去？我给你们做向导。"

车到了滚石河桥，付丹香快乐地说："来到家乡了，左边的栗山、龙盘山来欢迎我们了。"说着，车开进句山车站停下来，一车人刹那间分散而去。现在三人只有付丹香在医院有住处，郎立学和高海珊都已办了离院手续。付丹香住在两人一间的平房里，那位是城里人，多是不来住。于是三人商量暂去休息。因现在才上午十点半，正是人忙着工作。三人进了付丹香的房间，一看那张床上陈灰暴土，像是没有人住过。付丹香用笤帚扫去了尘土，铺上床被子，叫郎立学上去睡，自己和高海珊在自己的床上睡。把门一闭，各人一骨碌就睡了。

休息好后，三人走出医院，高海珊和郎立学都有自行车，付丹香跟在后面，郎立学问："高医生，你一块儿到俺家帮助建卫生室，也在那儿干几天，再回天井医院行吗？要有人问起来，你就说你还在句山医院待几天就是。"

高海珊说："那我也得先回家去和家人说我从琼台回来了，也给白文福一个回信。"郎立学想了一下，说："也可以，那你和高院长说说，能否先借给点药品，把卫生室开起来。"高海珊说："这件事你自己去最好，或咱一块儿去。看看需多少，多少总得帮点。"郎立学说："咱要和高院长说明，这是借而不是无私援助啊！"遂决定郎立学跟高海珊一块儿去天井。

　　付丹香回医院上班。她到班上一看一大堆活等着她呢，便紧张地干起来。工作往往是猛一看一大堆，因物件没有归顺，放得乱七八糟，经付丹香边干边理顺，干了不到两小时，一堆需要缝补的活就干完了。因为活多别人知道，也就没人过问，干活的下班走了，留下个看门的。付丹香把活干完后，也记下账，交给那收管的人。

第十四章

筹建卫生室　水库做体检

郎立学和高海珊骑车到了天井医院。来到自己的家,高海珊母亲从屋里出来迎接他们。高海珊把郎立学向母亲做了介绍。他们俩说:"到了琼台白文福的学校,看了大海和海滨公园等。"老人挺喜。高海珊问:"我爸在忙什么?"她母亲说:"你爸在班上。"高海珊说:"我和郎立学同学找他给办点事。"高海珊的母亲薛文君说:"先歇歇喝点水。"喝过水,俩人到了高威先的办公室。高院长自然认识这个郎立学,为他曾喝过三次酒,印象挺深。郎立学向院长问了好,高海珊替郎立学开口:"爸爸,郎医生要开办村卫生室,想从咱医院暂借点药品,到时如数还上。"高威先当场开口应下:"那就请郎医生先写个清单。刚开始药品也不必多,可以逐渐增加,免得药品过期。从这里取点,也从王院长那里借点,还可向句山医院那里借点,这三家一凑就不少,够用一段时间的。今晚你住在这里,我下班后帮你拟定卫生室的规章制度。"

高海珊的假期还有四天,她跟父母说这几天帮郎医生把卫生室建起来。父母很支持。第二天一早,二人到了句山医院,便先去找付丹香。上午付丹香也无什么事,有几件破旧单子已经缝好,准备登记,看他俩来了,忙出来迎接,问:"郎立学,带了什么东西?"郎立学说:"这是咱向天井医院借的药。你没回家吧?"付丹香说:"你不在家,我回去干什么?来了就上班把积压的活干出去了。晚上我一个人在宿舍里,还挺害怕的。你怎么昨晚上没回来?"郎立学说:"晚上走得慢,又加向高院长借了药品。高院长还帮着制定了卫生室的工作章程,也就很晚了。高院长看天黑就不让走。住在医院招待室里也挺舒服的。"

付丹香给他们倒上杯水,让他们喝点水歇歇。二人待了一会儿,郎立学和付丹香说："咱现在准备再和衣院长说说，借点药品。开诊室总得要有千数元的药品。"付丹香说："我和你们去，还是你俩自己去？"高海珊一想，付丹香是本院职工，从院里领工资的人，比我们好说话，到时候还不上药就扣工资。于是高海珊说："还是你领着去好。俺现在又不在医院里了，你还是这院的人啊！你去更管用。"

付丹香不言不语地同他们一同前往。到了衣院长的办公室门前，看到门半掩着，听着有人说话，他们在门外稍等片刻，一位男士出来，三人才进去。衣胜军一看是付丹香和高海珊、郎立学两位医生，忙起身迎接，问："你们三位青年怎么来了？我喜欢青年人，你们是我们的未来。有什么事请说。"付丹香给他倒上杯水，同时也给高海珊和郎立学倒上。高海珊心直口快，总是先开口，开门见山，说："衣院长，您好！我们来有一件事要向院长汇报。就是郎医生要回村开办村卫生室，已办了手续，想从您这里借点医药用品。主要是液体、抗生素、输液器什么的，最多四五百块钱的就可以。"衣胜军听了很高兴，说："郎医生回村开办村卫生室是件大好事，我完全同意，坚决支持。咱句山医院每年无偿为农村送医送药达数万元之多。你们所需的这点东西，作为对口支援是不用借的。若人力不足也可以帮一下。不过现在还没有这方面的安排，等再搞送医送药下乡活动时再送吧。"郎立学说："那太好啦！我一定努力工作。各方面就绪后，再向院长汇报。既然现在没有活动安排，就请院长和药房说好，我还是先办一下借用手续，到时我一定还清。这样较为妥当。"衣胜军说："这样也好。只是刚开业五百元少点，一千元左右还差不多，才像个样子。这样吧，我给药房的任和主任写个条子，你们拿着去找他商量着办吧！"说着取过纸笔，大笔一挥，几行秀美的文字跃然纸上：

药房任和主任：

　　现有郎立学在集店镇集店村开办村卫生室，临时借用咱医院部分医药用品，总量控制在一千元以内。具体事项请你与他当面商定。

衣胜军

×年×月×日

写完，审视一遍无误后，递给郎立学，说："你去找任和主任办就可以了。以后我等着听你们的好消息就是。"

三人谢别院长，持院长手谕去药房了。路过门诊部时，郎立学先去看郎先卫来上班没有。一看，诊室内尚没有病人，便向他汇报了借药之事。他一听很高兴，便一同到药房，向任和主任交代后才回去。

这样已借到六箱医药用品。郎立学载两箱，高海珊载一箱较轻的回家。剩下三箱主要是液体，看什么时候救护车方便给带回去。付丹香下班后再回家。

郎立学他们带着箱子，又遇小南风，在上坡时就推车前进，即便是推着也很吃力，因箱子的阻力大，各人都汗流浃背。勉强上到岭的高处，两人自然松了口气，停下车来，到干渠的水泥板上坐下来休息。青年人一坐就歇过来了，两人举目四下眺望。北面，句山像尊大佛，句山河像一条绿带，句山城依山傍水，高楼林立，是一座美丽的宝城；西面，群山巍峨，在阳光照耀下，犹如万马奔腾，嶙峋壮观，此时还能看到山脚下的天井——高海珊的家乡；东南，马山、海龙山、镇山等依次排列。看看句山城就如一个聚宝盆，四面环山，中间是广袤的良田沃野，似碧绿的海，又胜似碧海呀！今日的郎立学知道大地能与海相比了，大海有波澜壮阔的形象，汹涌澎湃，气势磅礴，动中有静。大地有巍峨壮观的崇山峻岭，看那轿子山、高山、太平崮等，犹如锐利的宝剑，直刺蓝天，静中有动。尤其是海龙山，虽不高，但却闻名遐迩。他感叹道："'山不在高，有仙则名。水不在深，有龙则灵'。龙海之所以有名，就是因有龙王爷。"二人看着想着，已忘疲惫，好似休整好了，异口同声地说："下坡路很快就到家了。"

二人来到郎立学家中，进门一看，徐桂贞正忙着做饭，付一农在小卖部里忙着照应顾客。徐桂贞看到自己的儿子和高海珊的车上都载着箱子来家了，赶快出来迎接，说："你们可回来了。这是上琼台买的吗？"郎立学叫："娘！"高海珊也喊："伯母！"二人放好车子，郎立学说："俺出门叫您老人家挂念了。我们去琼台仅待了一天，接着就回来了，路上很顺利。这是些药品，从医院里先借来的。"又问："房子拾掇得怎么样了？"付一农听着他们来了，也从小屋里出来，说："你们都回来了？怎么丹香还没有来家？"还是他惦记自己的女儿啊！郎立学忙说："她昨天就上班了，下午就回来，不用挂念，她很好。"并向二老介绍了高海珊医生，说她用歇班的几天时间，来帮忙建卫生室。付一农说："这太好啦！

高医生在医院的时间长，经验多，来帮忙很好。快把东西搬到屋里歇歇吧。"便一人一个箱子都搬到屋里。徐桂贞给各人倒了水，喜得抿嘴笑着说："诊室的屋门和窗户都安好了。"高海珊说："伯母，俺上琼台也没买什么东西，仅带来一包紫菜和一包鱼片，给您尝尝。"徐桂贞说："哎哟，你们都还年轻，手里没有钱，还破费什么？谢谢你的好心，还想念着我。"她也没有什么东西，便从窗台上捧出一捧西瓜子给她吃。郎立学到院子里洗了脸，看到自从付一农来了后，院子打扫得挺干净，东西放得也整齐，觉得二位老人还挺默契，心中很满意，便到屋里和高海珊说："喝点水，咱到卫生室去看看怎么个安排法。"

二人告别老人，径直向卫生室去了。因这里原先是知青的住处，现在村里管着，后又把一个院划给了村民，剩下这两间棚，还有能盖一间屋的空地。高海珊说地方很合适，将来再盖上一间，作仓库或住人都行。原来的棚现在已改建成两间屋，门窗都安好了，屋地用砖铺了，就是室内还空荡荡的，空无一物。二人一看心急如焚，缺少桌椅条凳和药架。还需诊断和输液用的两张床。最好把这两间隔开，外间作诊室。这间明间用布帘隔成两小间，便于检查身体。高海珊说："得搞两张床和两张桌子，一张用来查体诊断，一张用来打针治疗。药品先放在箱子里，用几块砖垫起来，尽快开诊。大家看着开了诊，就有帮的了。先不必要求太高太多，因陋就简办事，大家还欢迎，都理解。你看每次医务人员下乡，群众都很欢迎，蜂拥而至。可那仅是一过之间。咱开了诊，和他们天长日久地在一起，谁家有什么病人，很快就清楚了，心中有数，工作就好做。只要我们尽职尽责，全心全意为大家服务，就一定会得到支持。现在燃眉之急的是桌椅和床铺。无非是买新的或借旧的。有处借没有？买新的得需多少钱？是不是先和村里商量下，看能否帮忙？"

他俩商量后便到村主任家。正巧丁和祥在家，见郎立学来，就知道是为村卫生室的事，他忙起来说："卫生室的房子已经好了，光等你们来商量下一步怎么走。"郎立学说："丁主任，我心里很着急。这两天忙着扒拢药品。我现向句山医院借了部分药品来。现在，我手头也没钱，还得靠您主任的支持。"接着介绍说："这位是天井医院的高海珊医生。我们是一块儿在句山医院学习的。她用歇班时间，来帮着建卫生室。现在缺桌椅条凳和床，不知主任能否给想想办法。先借着，以后再买新的。有了这些，一两天内就可开诊。"主任一听喜得咧着嘴笑，说："那太好了，好办。现在村小学因生源少，已停了一个班，有桌椅条凳。床嘛，原知青有两张，在学校一块儿放着。我找上会计一块儿去看看。我推着我的小车，两趟就推过去了。"

丁祥和主任、丁安平会计、高海珊和郎立学四人到了学校，会计开了教室门。他们把两张桌子先捆到车上，两张床、两把椅子、两条凳子也放上，有推车的，有扶的，还有拉的，一次就解决了床、桌椅的问题。在诊室内一安排，诊断桌、治疗桌、诊断床、输液床都有了，床都钉着薄板，再铺上席子褥子、床单就很好了。郎立学写了个借条给丁安平，随后郎立学、高海珊二人锁门回家。

郎立学二人回到家中，郎立学说："咱先吃饭，饭后到镇医院汇报一下，看镇医院怎么帮点。还缺输液架、酒精、碘酊、洗洁净、无菌巾、处方笺、病例记录本和肥皂、毛巾、痰盂、电灯泡等日用品。最好能一块儿解决两床被褥、床单和两张席。"徐桂贞早就做好了午饭——白菜炒豆腐，吃煎饼，这就是农家的好饭食。二人忙一阵子也已饥肠辘辘，看到饭就狼吞虎咽地吃起来。徐桂贞还做了些玉米糊，给每人舀上一碗。桌上有一碗自做的酱，扑鼻香。付一农见他们已开始吃饭，就到院中拔了几棵葱，洗干净，洁白的秆，绿绿的叶，放到饭桌上。郎立学和高海珊立即站起来，请他一块儿吃。他说："不用，你们有事先吃。我又没事，就是干点看门的闲活。"郎立学拿起一棵葱，蘸上些酱，往煎饼里一卷，用那锋利的牙，一下子咬上半截，吃得那么带劲。郎立学说："人家都说'大葱蘸酱，越吃越胖'。这可是咱山东的名吃啊！"一会儿二人吃饱了，准备到镇上去看看，添置些用品。

二人骑着车欢快地一起去了。村里人看到郎立学，说："这孩子真出息，现在又领来一个女的。"三人一簇，两人一帮的，说三道四的大有人在。在众人眼里，这位女的虽不如付丹香漂亮，却灵活轻巧。

二人到了镇医院，见到会计徐良会，郎立学先叫声："舅舅好！"因在水库上见过这位院长女儿，徐良会忙起身握手迎接："请坐！"并立即泡茶倒水。未等郎立学和高海珊开口，他就先问："筹办得怎么样了？东西都齐了吗？"郎立学便把村里给的支持，句山医院和天井医院借给药品等说了说，也说了现在还缺的东西，之后说："我们是想看看咱医院能支持点什么？"他舅说："这些小事，不用惊动院长。我去看看保管员在家没有。要在家，就到仓库里看看，有用的东西先拿着。酒精、碘酊等消毒用品从药房借点。"徐良会找来保管员西忠，到仓库借了两床被子、俩床单、一个吊架、两把扫帚、两个灯泡、两条肥皂和一个搪瓷盆，还扛了一把竹子大扫帚，拿了一个大水桶。郎立学都写了借条，徐良会、郎立学、西忠也都签了字。向药房一位值班的女士借了酒精、碘酊各一瓶，胶布、药棉各一筒，两条压脉带。郎立学和高海珊想了想，说："还能给个出诊用的保健箱和体温表吗？"药房里有两个，平时常用，徐良会说："先拿去一个用着。郎立学建了诊所，咱也可少用一个了。"如此这般，借到的东西在院子里摆了一大片。各人好好地搭配捆绑，装了满满两自行车。徐良会看到郎立学马上要开诊也高兴，心想帮了一回也有了好结果，也有自己的一份功劳啊。临走，徐良会表示祝贺，郎立学和高海珊表示了感激之情。

　　二人来到镇上的商店，又买上了一把燎壶、一个脸盆、一个暖瓶、几个水杯、两条毛巾。自己掏的钱就买了这么点用品。他俩一人载着一车东西回到村里，人们看着又议论纷纷：是不是要结婚，怎么笤帚、暖瓶的置办起来了？当他们把东西带到卫生室，大家才如梦方醒，原来是办卫生室用的。

　　郎立学开了门，把东西放置妥善后，用水桶提来一桶水，打扫一遍。把从镇医院捡来的一件破隔离衣，撕开作了抹布，将桌椅门窗擦拭干净。又洒了些来苏水，顿时卫生室有了卫生味。床上铺上被子、单子，暖瓶、燎壶、脸盆一摆就有了生活的情趣。郎立学又想再在墙上贴上几张宣传画，说："明天咱就开业怎么样？"高海珊说："可以。先把用品安置好，关好窗、锁好门。"接着就来了几个妇女，想问问什么时候开诊。

　　郎立学和高海珊回家休息了会儿，想到姐姐家去一趟，就和高海珊说："你乐意到她家看看吗？"

　　这时，付丹香和郎先卫一齐来了，说救护车出发，顺路把药箱和他俩的车子都载来了。大家忙将药箱卸下搬到屋里。郎立学说："快坐坐，歇歇，喝点水。"郎先卫问及卫生室的情况，郎立学和高海珊都争先恐后地说："办得很顺利。村里、镇医院都大力支持，句山医院、天井医院都借给了药械。明天准备试开诊，不知怎么样？"郎先卫喜得咧嘴大笑，讲："真是快速发展，几天就办起来了。要开诊也行，咱还举行个开业仪式吗？"他俩说："不必，咱就办实的。只要能把病人的疾苦消除就行，这就是咱的宗旨。咱现在的一切都是武大郎下棋——借车。俺是精打细算，节约办事。将来还要还一两千元的债呢。一个病人挣块儿八毛的，什么时候才能挣出来啊？"郎先卫说："不要有负担。医务工作是福利事业，不讲利润。不过，咱看病治疗都得收取手续费，搞有偿服务，不是义务服务。这个问题很清楚，就是药品差价。大家可以这么算，出村看病得有工夫钱，也不少费时。甚至咱可以服务到家，出诊有出诊费。这样算起来，一个病人收几块钱，十来个病人就收几十块钱，也是有可能开下去的。收费可参照镇医院的，还得便宜才行，让人从各方面得到好处。一般的诊断、治疗，都没有太多的差异。许多慢性病大都到各医院诊治过，都有病历。以后我们也要有村卫生室的病历。可进些来，反正收成本费。某年某月某日来诊过，什么病、用的哪种药，药的剂量、总量、用法都记清楚。病治好了是经验，无效要找原因，总结教训。只要工作认认真真，一丝不苟，将来威信高了，不仅是咱村的病人，外村的也来，业务大了收入就高。不用愁，有时我也来当个外援医生。如句山医院、镇医院来的就按就诊人数给适当报酬。如准备就绪，可选个吉祥日开诊，放鞭炮，老人可以烧烧香，以示重视。过些时候，再选日子举办典礼。请村、镇、句山医院的有关人物来。"经郎先卫如此周全地一说，大家很高兴。徐桂贞选取日子，说："初六就很好，六六大顺，又是集店镇的大集，一宣传大家就都知道了。还有一天的空，再好好准备一下。"付一农见郎先卫来，早到外边弄了些菜，想一块儿先庆贺一下，包顿水饺吃。付丹香和徐桂贞一块儿忙起来。郎先卫、高海珊、郎立学三人又把卫生室的规章议了一下。郎立学请郎先卫带到句山医院给找人印出来，做个玻璃框，和营业证一起挂在卫生室墙上。再去卫生局或防疫站，要些宣传画张贴在卫生室内，以开展预防疾病的教育。

郎立学说能否向衣院长说说，让付丹香用业余时间到化验室学习下三大常规检查。郎先卫说这个恐怕不难，应该允许，再说现在句山医院就要用自动化分析仪了，显微镜基本不用了，借台镜子也不成问题。以后付丹香这个临时工就不能干了，不过现在还要好好干一阵子。大家七言八语，都把事情给商量好了，徐桂贞和付丹香将包水饺的面和馅都准备好了。

在屋里放下面板，大家一围，有擀皮的，有包的。一霎功夫，一碗碗热气腾腾、香喷喷的水饺上桌。天色黑了下来，一看表已是晚八点，大家都吃得差不多了，各人又喝上一碗水饺汤，都觉得肚里满了。徐桂贞、付丹香和高海珊主动收拾好桌子。付一农从住院后即戒烟了，今天郎先卫来，无什么好招待的，就到自己的小货屋取来一把糖果，让大家吃。

各人又说起卫生室将要开业的事来。郎先卫说："卫生室得有人看门。在里面倒也可以，有两张床。但时间长了不行，病人总是有一定的传染性，应隔离。"他想了想，又说："我看那两间屋西头还有两间屋的地盘，和村里说说，可以再盖上两间自己住，以后划成宅基地不就完了。"郎立学高兴地说："我原来也这么想。"郎先卫说："想到听到就得办到啊！走，我和你去找村主任说说。趁热打铁，人家县院支持药品，村里就更应多帮助。"大家走到院子里，一阵凉爽的风扑面吹来，各人头脑清醒了许多。

郎先卫二人到村主任丁和祥家，正巧他刚吃过饭，文书丁肖华也在。提到卫生室得有人看门，上夜班，郎先卫开门见山地说："丁主任支持开诊，县里也支持，我看卫生室西头有两间屋的空地。主任就送佛送到西，把那块空地建两间屋。若村里建有困难，就让立学自己求亲告友帮着建。这样，以后可以安心干一番事业。他决心为村里的卫生事业尽量多出力，不给村里人和丁主任丢脸。"丁和祥吸着烟，心里一琢磨，看了看丁肖华，他稍点了下头表示可以考虑。丁和祥说："郎先卫这个主意也行。得再与其他人商量一下。"郎先卫说："还商量什么？那两间房已成卫生室的，随着就可以，你说了就算，不用犹豫。"丁主任说："丁文书，这样定了也省事。"郎先卫说："只要是为大家的事，就不会有什么意见。"丁和祥也爽快地说："好。郎立学在这里盖屋，村里不插手为好，因卫生室属个人，而且将来补办宅基地手续也好办，先动手建着。要做宅基地，就得走手续，建房砸橛子。这样，我明天到办公室去和村委人员通通气，接着去划一下，反正也在规划线上，将来成个院也好办。"郎先卫忙说："谢谢！"郎先卫说着就与丁和祥、丁肖华握手告别。

郎立学此时欣喜若狂，在路上连蹦带跳比郎先卫先到家向大家汇报说："成功了，主任同意，明天就划宅基地。明天是否就去拉两车石头，先打下基脚。"徐桂贞和付一农都同意。徐桂贞说："我快去问问，那个开拖拉机的丁平有空不。两间屋得用三四车石头和沙子。"付一农说："沙子、石灰要一样一样地办。屋一时盖不成。"徐桂贞问郎立学："你先卫叔呢？"郎立学说："在后边。"

郎先卫还没走到郎立学家门口，徐桂贞就迎上来了接到家中，并说："亏了你的好主意，又亲自跑腿。以后要多谢你。"郎先卫说："嫂子，咱是一家人。立学又当了医生，更是一家人了。家里面人多，住开了不？要住不开可来两个人到我家睡。"徐桂贞说："不用，我们凑合着吧"。郎先卫要回家，徐桂贞送到大门口，心想，这兄弟为我家操心真不少，怎么感谢啊！她回到家，付一农因喝酒而昏昏沉沉，早将小百货屋的门窗一关上床躺下了。看到徐桂贞颜面返春，光彩夺目，就叫她上床。徐桂贞心中高兴，将饭桌收拾了下，茶杯碗筷都放到一个大盆里，舀上些水泡着，粗略地把院子理了理，关好大门，已是八点五十。对青年们也不去管，自己上屋闭好门，应付一农所求上床入睡。

三个青年看老人这么早就睡了，也不吵不闹，高海珊和付丹香也到郎立英房里睡了。郎立学虽躺下了，但还是不忘卫生室的事，想明天再找姐夫商量下，看卫生室建房怎么处理。他想着想着，又因过劳，又有酒的作用，渐渐进入梦乡。

徐桂贞心事重重，心想将来怎么感谢郎先卫。一说建卫生室，大家都很出力，高海珊也当自己的事干，不怕脏和累，跑前跑后，比郎立学干得还多。付丹香才来，谁知两个人哪个能和立学定终身？反正不能两个都娶到家，一切让他自己选择吧！

东方冒红了，徐桂贞自然早早起来。她先把锅碗瓢盆洗了，又进厨房烧火做饭。付一农见徐桂贞起来干活了，稍赖了会儿床后，也起来打扫院子。三位青年人也开门出来，先问付一农好，又向徐桂贞问好。徐桂贞见各人都起来了，加快了做饭的速度。付丹香去厨房帮着做饭，徐桂贞说："你看着火，我去拿面条，咱下面条，做洋柿子鸡蛋卤子。"徐桂贞拿来两管面条和几个鸡蛋，又在小灶上生火。先在锅里加上油和葱姜，三个西红柿切成片，放到热油锅里炒一阵，再加上水，把鸡蛋在碗里打开，用小勺一勺一勺地泼到滚开的锅里，鸡蛋就立即成蛋花。又加上盐、一把虾皮和香菜。她灭了锅底下的火，往锅里滴上几滴香油，立即就放出香味来了。这时，面条也熟了，那一条条长长的银丝面条，配上刚做的五颜六色香卤子，已是农家上等的美食。老少五口坐下一围，欢欢喜喜地吃着。郎立学吃着面条，由于使劲吸，发出"嗖嗖"的响声。今天，每人心里都感到从未有过的幸福，也盼着明天更加美好。

郎立学边吃边说："我吃过饭到姐姐家一趟。村里有人去砸橛子。娘，你先去看着。"徐桂贞说："你先看着人家给砸了橛子再去吧？"付丹香和高海珊也支持徐桂贞的意见，划地界和砸橛子是大事，并且还得和拖拉机司机说拉石头。郎立学说："拉石头得用钱啊。"付丹香说："上次想给你钱，可我没带。今天带来一百五十块钱。我看石头、沙子、石灰钱就够了。就是还缺窑匠的工钱。"付一农说："工钱好说，咱用烟、酒、茶、油盐代钱，人家都说行呢。"

饭后，郎立学、高海珊和付丹香到卫生室等来人划线砸橛子。一切都要马上开始，得考虑如何安排准备。卫生室的窗上应有帘子，这两间屋最好隔成里外间，中间留个房门，还需弄上天棚。高海珊说暂时先不用太齐全了，先找两床比较干净的床单，一个当窗帘，一个遮挡诊查床。他们又搬了些砖头，垒成垛子放药箱。将诊断桌和治疗桌都放好了位置，使桌椅条凳各就各位，终于有个卫生室的样了。

三人忙了一阵，村主任丁和祥和文书丁肖华，还有测量员丁平拿着长软尺来，先是四面看了地形，以长软尺量过长度，用大三角尺标成长方形。测量结果东西长十二米半，南北宽十八米。现在由两个棚改成的卫生室靠前约一米半，将来划宅基地时需后撤。现在可不动，再建要根据测量结果建。文书和测量员在四角砸上了木橛。按照以往，需收取几元的手续费，现在开卫生室的一切，还都是借的，丁和祥知道内情，便说免了。郎立学说："不行，该怎么收就怎么收。中午到俺家吃个便饭，喝瓶啤酒。"于是，郎立学拖着村主任、文书和测量员到了家里，并交了三块五毛钱的手续费。主任知道徐桂贞招来了个男人，还带着俩孩子，猜这俩姑娘可能就是。正想着，郎立学分别指着高海珊和付丹香介绍说："这位是天井医院的高海珊医生，那是付叔叔的女儿。"丁和祥抱歉地说："啊，还是天井医院的大夫，慢待了，慢待了！"

徐桂贞心中有数，说上午测量宅基地，这是测量完了，便忙迎上前来，向村主任、文书和测量员道谢："麻烦兄弟们了，快到屋里坐。"郎立学忙着沏茶递烟，一时两三支烟同时点起来。小小屋子，又无后窗和排气设备，立时烟熏火燎，乌烟瘴气，令人窒息。高海珊早受不了了，就和付丹香去厨房择菜洗菜切菜地干起来。而厨房里也是一屋的烟。烟火是人生活的象征和标志，所谓人间烟火，正说明了它的重要性。从钻木取火以后，人类开始以熟食作为主要食品，保证了人类的健康，才繁荣昌盛起来。现在看，两屋的烟不也十分重要吗？烟成了人相互交往的交际花。有了这火，这烟，人与人之间就热络起来，就兴奋，就满意，有成就感。它表达着彼此的情谊。

付一农有着代表全家之心，献给来宾的烟，是从内心的感谢，递出去就心中无愧。这三位来宾，则是代表全村对卫生室的特殊关切，给支烟也是理所当然。厨房的烟火更为重要，一刹那，不算丰富的六盘菜摆满了桌子。鲤鱼是前几天郎立兰拿来的，自家人未吃，徐桂贞用盐保存到现在，用油煎了又放上糖和醋，做成糖醋鲤鱼，为一道美食。还有金黄的韭菜炒鸡蛋、猪头肉拌黄瓜、肉丝炒芹菜，土豆和茄子也做得很有特色。皇池酒一瓶，啤酒一扎，放到桌旁边。洁净的玻璃杯、筷、碟皆放置妥当。短时间就摆上宴席，说明主人热情好客。座位就是交叉子和小板凳。村主任为主宾加主陪，付一农是副陪，文书和测量员分坐左右为上宾。这显然是一次不平凡的家宴。卫生室是村里的新生事物，大家都尽力协助。各位举杯祝贺，祝愿村卫生室多为村民谋福祉，越办越好，为卫生事业多做贡献。村民从此要享受安全健康的生活。徐桂贞看着人多菜少，又去捞上几个咸鸡蛋，煮熟后一个切成四瓣，摆上一盘，那金银的聚体，黄白分明，放在桌上像一朵盛开的荷花。又从店里取来一包五香花生米，放了一盘，又香又脆，是下酒的好菜，这时桌上各人的筷子就动起来了。此时，客人都邀请徐桂贞、高海珊和付丹香上桌来，大家热闹一下。三位穆桂英一上桌，激起一阵敬酒的热潮。三位客人见到两位女青年，都心情激动地敬酒取乐。现代女性更不示弱，杯杯相碰，一饮而尽，都很高兴。

村主任大开豪言："今后卫生室，有个什么事尽管说。咱虽没什么能力，但只要尽心去做，就一定会办好，办出个水平来。郎立学，你要好好工作，把好关，不能耽误病人治病。咱能治的一定治好，不能治的早告诉人家，转上级医院。另外，要宣传防病知识，对病不能光治不防。"

郎立学说："主任说得很好。咱村有不少病人，发病后不能及时就诊而延误治疗，耽误了治疗的最佳时机而丧命。有些人没有卫生知识，误食野菜和病畜，受到伤害。新生儿也有得七天风（破伤风）死的。"丁和祥说："咱有了卫生室和医生，希望改变这种情况。"徐桂贞说："听到这一串的事，也很伤心。郎立学的压力也很大。"她一边向主任敬酒，一边说："主任的话语重心长。做医生工作是一重任，不轻快。凡是有病就有痛苦，跑到咱跟前，就得想方设法把病人的痛苦给去掉，把病给治好。看不透是什么病的，不能治的，要及时和人家说转院，千万别不懂装懂。人命关天啊，你们说是不是？"郎立学和高海珊都异口同声地大声喊："是！"同时举杯："谢谢长辈的嘱托，一定铭记在心，不能辜负老人的期望！"付一农听到大家说卫生室，便插话道："卫生室是个重要的地方，应保持卫生，除病人可进入卫生室，其他人均不可去。千万不能成为一个下象棋、打扑克聊天玩乐的地方。当医生的要没事，应用心学习医学书籍，也不可玩娱乐品。我到医院检查过几次，看到医生都是捧本医书学习，手不离卷，而且持续地学。"

　　文书和测量员开始发言："我们村里有了卫生室，是一件大喜事。我们共同祝贺，一定要办好，大家都盼着呢！我们来做了点工作，也觉得光荣。桂贞就不该如此麻烦和破费。说到底这是咱自己的事。"村主任似有歉意，说："咱的话都说了。好，我们还是以喝酒为快，大家举杯！"他将杯举到三位女士面前，说："敬女士们一杯酒。嫂子的手艺不低呀，比镇上饭店里做得还好。今天是好日子，办了好事，这酒喝着都好，我们喝喝。"大家看主任喝得差不多了，付一农便递眼色给徐桂贞准备饭，徐桂贞就领着俩女青年又都到厨房里忙碌去了。

　　郎立学看主任的酒已到水平了，便不再开酒，将现有的酒尽量给三位贵宾喝。主任主动说："行了，行了！"但仍举着杯，不住地说："我今天高兴，咱喝酒。"文书说："咱停下吧。下午村里不是还有小会吗？已下了通知。"丁和祥说："噢，有个什么黄菸观摩现场会，有几个村要来看看。不要紧，这个我就不去吧，你和分管的委员去就可以。"文书说："不行，人家问你怎么不来，我怎么说呀？"丁和祥说："是，好。咱把酒杯干了吃饭。"看表正是下午一点。此时，付丹香和高海珊端过四碗面条来，那用香椿炼的糊油，放出扑鼻香味，一进屋就使人流涎三尺。丁主任忙接着连声说："好，好。"两眼目不转睛地看着两位美貌的女青年，一不小心热汤烫了手一下，一直喊："哎呀、哎呀！好烫！"付一农说："主任，烫着了？"主任说："不要紧。"三位宾客吃着吃着，就扒起面条来。付一农把盘中的残菜剩汤分到客人的碗里，一霎间一碗面条像喝一杯酒一样下肚了。再让客人吃面条时，各人都说："已经酒足饭饱了。"

　　客人喝了杯茶，就忙着参加会议去了。全家人送到大门外，主任还不住地回眸。家人回来，各人吃点残汤剩饭，徐桂贞说："再煮点面条吃。"高海珊阻止说:"别把俺当外人,都是一家人。"付丹香说:"你才是贵客。幸亏你帮助,才进展得这么快,村里人也重视。"郎立学也帮腔说:"感谢高医生。"

郎立学对娘和付叔说:"我看趁才砸了橛子,咱按原计划拉上两间屋的石头打基脚。再筹划下一步怎么盖。现在选好日子开诊,在工作中看缺什么,再逐渐添置。付丹香回医院,要想法学习三大常规化验。卫生室开诊了,就辞去临时工的工作,咱一块儿搞卫生室。"付丹香说:"我听说医院有临时工转正的名额,咱不知能办成不?"郎立学怕她转正就不回来了,便说:"咱时间短,人家还不是先批那些干得时间长的?"付丹香不语,郎立学接着说:"我想到姐姐家去商议如何建房的事。"付一农说:"打基脚算俺俩的,你们就筹备开业。"徐桂贞说:"说择好日子,三、六、九或是八日都行。我看还是找你二大娘烧烧香上上贡好。"郎立学说:"这事就算你的。"

郎立学要去姐姐家,高海珊和付丹香也跟着一同去了。徐桂贞便找人给挖地槽,拉石料、沙子、石灰等。郎立学一伙一路上高兴得不得了,说说笑笑,也戳七挠八,打打闹闹,快乐得像群孩子,无愁无忧的,一晃来到姐家。郎立兰一看还有两位年轻姑娘,很高兴,便问:"你们一块儿走着来的吗?你回来几天了?"郎立学忙说:"嗯。回来两天了。"又问,"壮汉呢?"郎立兰说:"他睡了,还没起来。你姐夫也在屋里睡觉。他刚从北京回来,有点累。"郎立学说:"好,先叫他睡着,我们在院子里坐坐。"郎立兰说:"不要紧,你们快到屋里坐。"大家到屋里坐下,郎立兰忙给倒上了水。因郎立学的姐夫在房屋里睡觉,各人都小声音说话。

郎立学把从琼台买来的电动小企鹅玩具拿出来,放在地上摇摆着行走,让大家一笑取乐。一霎壮汉懵懵懂懂地起来了,未看是谁,就先叫声"娘",他妈赶快抱起他来说:"你看谁来了?"壮汉说:"舅舅和俩阿姨来了。"大家都说:"好!谢谢壮汉。"便叫壮汉快看他舅舅给的礼物。壮汉就下地拿那个自动走的企鹅,他妈说:"你先放下,让它自己走一会儿,你到外边撒尿去。"懂事的壮汉到院子里撒了尿回来,把爸爸叫醒,一边喊爸,一边用手拍打他爸的身子,将他爸叫起来了。

张勇军起来用手揉揉眼:"噢,是你们来了。"郎立学问:"姐夫你什么时候回来的?""才刚回来。和水利局的王益才局长上了趟北京,拉去了些鲜鱼,又捎回来些鱼苗。"高海珊说:"祝你的渔业兴旺发大财。"张勇军高兴地说："谢谢！"并问郎立学："你的卫生室建得怎么样了？"接着郎立学如实汇报了已完成的事和准备开诊、打基脚的想法。张勇军听了，说："我还没想到进展得这么迅速。祝贺你事业成功！"郎立学说："幸亏高医生的帮助，从向医院借药，到说服村主任给划宅基地，借给桌凳，才能到今天这样子。否则，我怎么能办成啊！我觉得对不住高院长和高海珊医生，来受了不少累，生活上没能给予照顾，吃不好睡不好的，我感到很抱歉。"张勇军说："快告诉你姐，准备吃饭。我想，现在我也尽不上多少力了，因我还有些事要办，钱挺紧。你们先因陋就简地干着。这两间先找找家中的大料，看看做梁檩和门窗还缺什么，就再买什么。工钱算我临时垫支。恐怕一月后再建房。一间屋怎么也得一千块。回去再与老人商量一下。建房是个大事。看我这才住着三间，想再建两间就一直拖着。为什么？就因为钱不现成。将来不管干什么，都要精打细算，因咱经济来源有限。"郎立学说："咱走到这一步，我心中一直感到很抱歉，姐夫已经为我付出很多了。开卫生室我基本上没出分文，现在的一切都是借来的，只是把棚改成房花了几个钱。要建房也得再等个月儿半载的。因所借药品期限最短的为三个月，长的一年后就应尽量如数还上。因此想尽量早开诊，盖房子先不急。现在看，到春节还有仨月的时间。论起来，现在房子也满够住的。原先想在家里办诊室，那样咱娘和付叔就得到他家住。一家人两处住不方便，没法彼此照顾。要有可能先打个院墙也行，总之不可能一下子盖起来。看看开诊情况再说吧。"

郎立学的一席话倒是很客观，把事情说透彻了，张勇军同意。付丹香说："郎立学愿意我去学习临床化验的三大常规，这是个机会，也可能学会了用得上。我又听说县院有个临时工转正指标，不知能否办到。"张勇军一听，觉得这个问题有难度，说："虽为郎立学学习与衣胜军院长攀谈过几次，感情还是较浅。这事等我与王益才局长说说看能为你帮个忙不。"其实，郎立学对这事也在犹豫之中，怕付丹香转成正式工，不会配合自己的工作了，是否会高飞很难说，那卫生室不就是自己跳独角舞了吗？高海珊只是来帮两天忙的。张勇军问："你什么时候开诊？"郎立学说："依我想明天就开诊，娘说得择吉日。她说找个人问问，又说三、六、九或是八日都行。今日是十四，明天十五，后天是十六。"张勇军说："我看明天十五，叫娘上上贡，后天就开诊大吉。"高海珊、付丹香同声说："姐夫说得好，就照这个办法。"各人说了半天，郎立兰把饭做好了。因人多，她烙了油饼，炒了白菜豆腐，还做了鱼汤和一锅稀饭。因都是同辈人，无拘束，都感到亲切，做饭时付丹香不时帮着干，她也是农家女子，在家就当主妇了。

饭后，张勇军跟他们一起去看卫生室。看后他说："我的意见，可以把两间屋和院墙的基脚一起打好，作为第一期工程；第二期拉来砖瓦石，把猪圈盖起来；第三步建新房和改造原来的两间。这两间房没有后窗户，当卫生室就应该有，好使空气流通，符合卫生条件。"付一农说："还是他姐夫见多识广，说得很对。咱也是打这谱干。眼下就是经济力量不行。"张勇军说："等我和王益才局长说说，看能否帮一下，想办法给贷款，低息或无息。两千块钱就够。"徐桂贞说："要那样是最好，一气盖起来更好。你看你兄弟，也一天天地到结婚年龄啦。"郎立学说："娘，你说什么！咱今天是开诊的事。要能贷上款，咱一气盖上两间，咱现在就是只打地基，后天开诊什么活动也不搞，一动就要开支，咱没什么别的想法，就为村民治病，这是最实际的。我们的工作做得好，大家就拥护，就会给咱想办法。"郎立兰说："这很好。不开卫生室，你还能要上这个宅基地吗？这就是村里的照顾啊！"徐桂贞说："明天晚上请那个二神娘来，上贡烧香敬宅神，保咱一家平安，让神也亲自来帮病人消灾除害。"高海珊说："这太好啦，这个愿望就是大家的期待。如此，工作就顺利"。付丹香说："明天我上班，看看能不能用业余时间去学习三大常规。但我想如果去学化验，转正指标就很难得到。"徐桂贞说："转成正式的就成国家干部了。那可别忘了俺呀！"付丹香说："您想到哪儿去了。不管怎样，我一定要把咱的卫生室建好办好，还得让它兴旺起来。"张勇军说："天不早了，我们回去。打基脚的钱有没有？"付一农说："这里还有一百五十块钱先用着。"张勇军说："过几天我再送点来。"徐桂贞说："你们要走就早走，天黑了不方便。在路上慢着点。"

付丹香和高海珊谈着能否转正的事。高海珊说："若想转正，得早找人和衣院长说，他是一把手。可先问一下情况。"付丹香说："可能性很小。衣院长曾托人想把我说给他小儿子，我没同意。所以我觉得是没什么希望。我是和郎立学有着扯不断的缘分了，转不转也无所谓。现在只能看机会，反正在哪里都得出力。"高海珊说："你还很懂事理，人确实得靠运气，不信不行。但要准备去抓机遇。我看你就很会利用机遇，你现在学会了缝纫、护士和助产操作，若再学会化验，将来开卫生室就更有条件了，再和郎立学两人一起，力量就是强强结合。"付丹香说："海珊姐，你很幸福，家庭没负担，白文福再过两年就大学毕业了。要留校或在琼台工作，将来你去当校医或在琼台工作真幸福。"高海珊说："在城市里住，刚到还是很诱人的。其实，时间长了，还不及农村。城市青菜多不新鲜，人也太多，一座楼上的人见面也不搭腔，谁也不认识谁的情况多着呢！"付丹香说："咱睡吧，不说这些了。"两人默默不语地开始睡，但心里仍在活动着。高海珊在想着白文福在校的样子，付丹香在想着将来郎立学的卫生室。

付一农和徐桂贞总是事多啊！付一农说："照张勇军的说法还得两千块钱，连打墙和盖两间屋，怎么解决呢？我家屋后还有几棵树，要不就先卖了盖屋？"徐桂贞说："我看咱先把院墙建起来再说，眼下郎立学他俩还没结婚，可以把盖屋的事先放一下。"付一农说："他们俩结了婚，咱俩上我家，把这房子给他们住。"徐桂贞说："你认为怎么办？咱说了也不算数。"慢慢地也就入睡了。

第二天，付丹香早饭后去城里上班，高海珊、郎立学便去卫生室，准备开诊的事。他俩先清扫了地面，又把徐桂贞找的两床单子拿出来，虽不干净，但也得先用着，待以后再换，最好是漂白布的。房子的间隔和后窗以后再办。明天开诊是主要的。开诊时需请村主任来看一下，暂不搞什么仪式，让村主任给下达通知，说卫生室开诊，让大家知道有什么伤痛都可来卫生室诊治。还要把卫生室的约法三章告知大家。他俩定了两点："一、就诊者每次收两毛钱的挂号费，初次就诊的给个病历本。二、对治疗有不良反应的应及时告知本卫生室。"此约法很实际，不是什么规章和规定，高海珊反复斟词酌句，又请村文书审阅，并用毛笔写出公示于众。

十六开诊这天，高海珊留下没走，和郎立学穿上白色隔离衣，戴上卫生帽，在卫生室的门上，贴上红色对联"开诊""大吉"，付一农从自己的小百货店里拿来一支鞭。上午八点正式开诊。村主任丁和祥和文书丁肖华、会计丁安平前来参加。丁和祥对着来的村民讲了话，他说："广大村民们，父老乡亲们！我现在宣布：集店村卫生室隆重开诊！"付一农立即将鞭点上，乒乒乓乓地响彻云霄，和办大喜事一样。主任继续讲："今后我们村，有了自己的卫生保健人员，我们表示热烈祝贺！祝我们村的全体村民身心健康长寿！谁觉着有什么不舒服，或头痛脑热，小伤小病，可及时来诊治。希望郎立学医生很好地为村民服务。也感谢句山医院、镇医院、镇政府和高海珊医生，对我们村的大力支持和帮助。也希望全村村民，给予大力支持和协助，把卫生室办得越来越好，为我们的卫生保健事业多做贡献。"来的人都聚精会神地听，说明大家很关心，因为这是关系到千家万户的大事。村主任说完，便叫郎立学或高海珊说几句。

郎立学羞答答红着脸，怪难为情地站在大家面前，鼓起勇气说："全村的大爷叔叔、大娘婶子们，兄嫂姐妹们，我这个刚学成的医生只具有初步医学知识，在各方面还很幼稚，不够成熟。但我有一颗为大伙服务的诚心。我要尽最大努力把工作干好。同时继续虚心学习，学习再学习。对就诊的每位病人，一定细心诊断，精心施治。不方便的，我就去家里出诊，巡诊，建立家庭病床。卫生室制定了工作制度，要坚决执行，一定照规章制度办事。因卫生室是属个人筹办的，是有偿服务。但诊疗费不高于集店镇医院。现在的一切都是靠借资筹办的，这仅是为了方便大伙。对某些疑难症，个人看不透的，一定及时劝告到上级医院诊治。决不会不懂装懂，误害患者，干亏心事。凡就诊的要有病历本，看的什么病，用的什么药、剂量，用法，都记录在册，使下次复诊有据可查。请大家多监督。我今天仍是父老们的孩子，请各位多批评指教，把我们的卫生室办得越来越好，更好为大伙应急，保护各位的健康。我啰嗦的不少，谢谢大伙！我的话说完了。"村主任丁和祥说："谁还有话讲？"丁二婶说："我说说。听了他俩的话我很感动。我想说一点，我说今后咱村有人生病生灾的不用出村了，有病可及时治了，真是一大喜事！郎立学有什么困难只管说，我们大伙一定帮你。我觉着，看病时要说实话，哪儿不舒服就说哪儿，不夸大，不掩盖。尤其咱村的卫生室，没有什么机器，完全靠说。大家来看病要诚心，医生治病要细心，有良心。这一诚心，一良心，治病就会好得快。卫生室是卫生的地方，平时不是买药、不是来看病的，最好不要进卫生室。卫生室就不能和小卖部那样，成为聚人的地方，谁也有事无事来逛着玩。我别的没什么说的了。"

村主任说："现在卫生室就开始工作了，谁有事可以去啦！"

高海珊和郎立学上午看了几位病人，不觉已日当午了。郎立学说停诊，下午一点上班，大家都离去了。

人们觉得，这里诊病有一定头绪，还按部就班地行事，一样可以啊。

二人忙碌了一上午，看看收入仅二十余元，如此下去怎么行呢？高海珊说："咱刚开始，先不讲收入，要讲质量。一定要一位病人一位病人地做好工作，对来诊的患者一个不落。"二人锁上卫生室的门回家。

中午，徐桂贞请了后街上他二大娘来给上贡烧香。烧完香，徐桂贞请这位二大娘到家去吃饭，她拒绝了，徐桂贞便将贡品全用袋子装给了她，让她提回家。高海珊说："我们是无神论者，应以便民为宗旨，这种活动，只是老人们一种心态，是心理上的安慰罢了，也不好干涉。办事顺利为好，唱的都是祝福语，都是为着美好的未来。早在春秋时代，就讲'信巫不信医'是不治之一啊！"

因为今日卫生室开诊，是大喜的日子，徐桂贞早餐后便去肉店买来了几斤肉和青菜，准备庆贺。之后才去了卫生室看开诊的活动。她怀着满腔的喜悦回家，一口气包好两盖垫水饺。同时还炒上了俩菜。刚准备好，高海珊和郎立学就到了。她见立学和高医生来了，便笑嘻嘻地跑到院子里迎接着，并说："这光等着你们回来就下水饺。"郎立学说："娘，你快歇一下，我去下水饺就是。"高海珊也说："不用忙活太多，中午又不能喝酒，吃点就得早去开卫生室的门，定的是一点上班。"徐桂贞一听也是啊，这是头一天，一定得按说的办，便快将锅里的凉水换上暖瓶里的开水，急急忙忙地下出两碗饺子来，叫这医生们吃着，她又去接着下水饺。郎立学和高海珊先把手洗了两遍，才快速地吃过饭，一看表还仅有几分钟，就赶快去了卫生室。

到了一看，已有不少人蹲在那儿等着了。见两位医生来，大家都站起来迎着。郎立学赶快开放卫生室的门，给病人发了病历本，收了挂号费后，二人坐下，一个一个地详细问病史，用心全面检查身体，做出诊断，开方取药，收药费，解释服药方法和注意事项。治病期间应改掉生活上的不良习惯等事宜都周详地说给了病人。对接诊的慢性肠胃疾病，他们根据句山医院内科胡主任介绍的最新而实用的医疗信息进行治疗。其费用虽高点，但很有益。

在近下班时，一位妇女抱着两三岁的小孩进来，说孩子突然呕吐、腹泻。孩子自己今中午喝了些不干净的凉水，呕吐物是吃的食物和少许清水，有点酸味；大便稀薄无脓血，连续三次，尿少，看着没精神。高海珊给填写了病历本，测量体温，看小孩子呈半睡状，唇干，两眼窝微陷，皮肤弹性差，心肺无异常，心率 100 次/min，体温 37℃，腹平软，肝右肋下可触及，右下腹软，无压痛及反跳痛，左下腹轻压痛。二位医生合议后，诊断为小儿消化不良，告诉妇女应当输液治疗，四小时内先不要吃东西。郎立学给开了药静脉滴注。整个过程中小孩还没有大的哭闹，输上液不久便睡了。那妇女付上一切费用，二人也陪着输完，孩子也未再泻。高海珊又给开了几片药，一次一片，一日三次。

到晚上小孩输完液体时，两位医生晚下班约一个半小时，才关上卫生室的门回家。

二人一下午诊过十五位病人，有胃溃疡、慢性胃炎、慢性胆囊炎、慢性阑尾炎、慢性附件炎、慢性扁桃体炎、慢性中耳炎、慢性支气管炎、肺气肿、小儿消化不良、肺心病、风湿性心脏病等十几种常见病。都有病历和记录，可作资料备用。

晚饭后，郎立学细心回顾了试诊的情况，既重视质量，也重视经济效益。对一天的试诊感到满意，全天毛收入二百多元，觉得照这样下去能办成功。又决定要付丹香去学化验，以后可与镇医院竞争。一定要把病历档案建立好，争取在三个月以内做到全村每个病人都有村卫生室的病历本。谁有什么慢性病都摸清楚，以后诊病就方便快捷，能有的放矢了。要做好预防宣传，抓好卫生防疫，多做些义务性工作，发动群众参与。只要大家支持，工作就好办。徐桂贞和付一农认为："人家愿意找咱看病就不错了。不能光看一时的热闹。不能做幌大夫，千万不能骗人。"老人的这番话引起了郎立学和高海珊的沉思。高海珊说："这是要害啊！我们和病人住在一个村，不是今天见，就是明天见。我们要诚心为病人，不故弄玄虚，不用假药品。药不从句山医院进，就从药材公司进，坚决不从非正式渠道进。不能图财害命，干伤天害理的事。咱水平低难免有时会出错，发生误诊误治，这种事大医院也难免，何况我们这些毛孩子，关键是一旦发现就得及时改正，要无情地对待差错，向病人解释清楚。还得坚持不懈地学习，埋头苦读，把诊室当课堂。"

这天付丹香到家晚点，正遇上家中吃晚饭，全家都起来迎接。徐桂贞问她："吃了饭没有？"她说："吃过了。"徐桂贞舀上碗粥让她喝了，她觉得肚子里暖融融的，也觉着大家都吃得很香。她看着谁碗里的粥少了就给谁添上。徐桂贞和付一农都说不要了，只有高海珊要了半碗，郎立学要了一碗，剩下的全给了两个学生。付丹香说："这几天我没回家，海珊医生可帮大忙了，使村里卫生室顺利开张，村里人都很满意，俺得好好谢谢你！"付一农接着说："可不是，高医生在此受了大累，无论白天黑夜在卫生室里，有求必应。大家也是越方便越随便了，有的蚊蝇咬一口也到卫生室来。"各人七言八语地说着，也就把饭吃完了。郎立英主动帮着收拾碗筷，付丹香也去帮忙，却被拒绝了。徐桂贞也说："叫你妹妹拾掇吧，你歇着吧。"付丹生却自觉地帮着干了。

郎立学到外面洗了下脸，回来说："我和高医生商议，也和姐夫说过，咱明天到水库组织一次义诊。趁高医生还在这里，通过这次活动，争取水库帮咱买台心电图机，有了钱再还上。以后通过定期给他们查体、义诊等补偿。要是能办到，就很有利于卫生室的发展，提高对病人的诊断水平。"高海珊说："要这个事能成，会对以后的发展促进很大，咱尽量争取。"郎立学说："听姐夫的话音，可能性很大。"又对付丹香说："你明天一块儿去，为的是一定要办成。计划明天中午吃顿鱼宴，和局长碰几杯就会成。"付丹香说："要是能行就太好了。我建议，两个中学生要是考不上高中，就都上县卫生学校，毕业后都来卫生室，做后备军。"徐桂贞说："现在可不能这么说。咱还要好好供应，叫他们上大学。"

之后，郎立学、高海珊和付丹香三人去了卫生室。

在卫生室的三人，总结了一周的工作。平均每天有三百元收入，除去成本，约五十元的收益，也算满意。郎立学说："但要还债，还需要很长的时间。刚开始大家感到新奇，来的才多。明天上水库的主要目的是争取买台心电图机，使卫生室诊断水平有所提高。"对郎立学的话，二位女士都表示赞同。看到有今天，都很满意，竟把疲劳忘了。付丹香说："那么，明天带什么去？这就准备下。咱有查体的听诊器、血压表和体温表，别的也没有。"高海珊说："还有视力表，带上可查一下视力。我们对每位被检人员，都详尽询问病史，做好记录，为将来的工作打好基础。要是怀疑有某种病，可以介绍到句山医院做进一步检查。如能知道查的结果，也可提高我们的诊断水平。"说着，他们就将物品都装了箱。

夜深了，各人都不知不觉入梦了。邻居的公鸡啼鸣了，听着的也睡，未听着的照样睡，直到有人来叩门才慌忙起来。原来是两个学生来叫回家去吃饭。

回家的路上，三人讨论去水库的事。看郎立学走到前头去了，高海珊低声对付丹香说："你们的个人问题该考虑了，按法定年龄你们是够上了，但以晚婚年龄则差一年。根据现在家庭情况，早结了婚，许多事都方便，也好说话，对两位老人更好些。"付丹香说："谁说不是呀。话说来又长了，伯母本是想请人给我和郎立学做媒，后来却把两位老人的事放在前头先办了。他们老人先成了夫妻，我们便成了子女，倒也挺方便的。先紧着建卫生室吧。"高海珊说："那就先放放。"

因郎立学先到家，她俩到家时老人已把饭菜端上桌。徐桂贞笑逐颜开地迎着："你们来了！快洗洗手吃饭，不是要上水库吗？我早上五点就起来做饭，做好快一个钟头了。怕饭凉了才让他俩去叫你们的。"高海珊说："谢谢伯母！您受累了。我们昨晚准备东西，又说了点事，睡得晚了点。弟弟妹妹叫才起来了。"

青年人吃饭利落，饭后向老人告别，立即上水库。老人则千叮万嘱，道上注意安全。临行，在卫生室门口贴出了"因事出差停诊一天"的告示，注明了年月日。三人用两辆自行车，付丹香的车载药械，郎立学用车载着高海珊，平坦处在车上，难行处则步行，十几里的路，三人说说笑笑地到了目的地。虽都已来过，依然很喜欢这美丽的景象。

张勇军早在路口等候，郎立学停下车来，各人与姐夫一一握手，互道欢迎和谢意，便随张勇军到水库管理局的会议室。会议室门前有一块牌子，用红纸黑字写着"欢迎集店村卫生室的同志来指导工作"。郎立学等三人看了，立即被感动了，但又羞愧得面红耳赤，感到什么也没做，仅是刚开始，心中仍然十分没底。来检查身体也只是皮毛之事，哪能说是指导呢？也觉得是小题大做了，过于夸张。又一想，反正我们是以医生的身份来工作，尽力而为地干就行。到室内一看，漆黑发亮的长方形大桌上，摆着茶具及两个大红花搪瓷暖瓶，还有一条云州香烟和两个打火机。桌两边是十余把椅子，排列整齐。进门处有脸盆架、脸盆、毛巾、肥皂、水桶，还有衣架。整个会议室窗明几净。近南窗处有一盆鲜艳的海棠花，开得正旺，使整个会议室显得十分整洁高雅。张勇军说："我去说一下，招呼人来体检。"一霎，曾也花文书来了。她今天上穿一件红底蓝碎花衬衫，下着蓝色短裙，白色的高跟凉鞋，显得很精神，脸上挂着笑容。她向大家问了好，说："现在局长有点急事，不能前来。我代表局里和水库上的工作人员，向集店村人问好，对来给我们义诊和检查身体的医生，表示感谢！一会儿通知各部门人员来做检查。中午在这里用餐。这里没有什么好东西吃，简单地吃顿鲜鱼，请各位包涵。"此时，一位二十来岁的女服务员，提了一大白铁壶开水来，灌满两个暖瓶，并把大铁壶放在脸盆架处走了。曾也花把茶叶放入茶壶，冲上开水。稍一沉，给各位倒上茶水，并把茶杯送到各位面前，说："你们先喝着水休息下。"随即与三人握别。

郎立学三人便把血压计等用品取出，高海珊、郎立学主要检查身体，付丹香分管药品和检查视力。她将视力表用图钉钉在近门处西墙上，用皮尺量着，在离墙五米处放一把椅子，作为被检者的座位。还用药盒做了个遮眼板。到室外找来一根木棍当指示棒。一切准备就绪后，高海珊说："我们的检查项目不多，主要是通过详细询问病史，了解来者的自觉症状，进行信息交流。以前有没有过什么病，经过怎样的治疗，曾做过什么检查，如心电图、肝肾功能、B超等。咱这次活动是一次学习机会。实际上，慢性病人不知检查过多少次了，许多病已经有了诊断。检查的过程要细心、全面，如听诊前后胸部要按顺序，触诊要轻柔。女的我检查，男的郎立学检查，付丹香做视力检查。每人的检查结果都用咱带的体检表记录好，以后再来就当个底子，省许多事。"

说着，进来一批查体的人员。他们是炊事组的，有七人，四男三女。付丹香给每人的体检表上填写好姓名，各人持表，男的在郎立学处等待检查，女的在高海珊处等待检查。检查视力可随时做。这组人年龄最大的五十岁，最小的三十岁，一般身体都挺棒。经过一番细心检查，视力1.5的仅两名，1.0~1.4的四人，还有一人裸视0.8，矫正后1.2。男性中慢性支气管炎一名，有吸烟史；胃炎二名，有饮酒史；高血压一名，血压150/95mmHg；三名女士中，一名乳腺小叶增生，一名慢性妇科炎症。检查后大家都说检查得很准确，水平不低。付丹香根据体检表，有病的给带上三天的免费药品，都高高兴兴地回去了。临走，那位上年纪的说："中午我们做顿好吃的，以表感谢。"

接着又来一批办公人员，两名女士，四名男士，年龄都在四十岁左右。以同样方式检查完。因都是文职人员，且年龄偏大，视力低于1.5者四名，都戴近视镜；一名女士曾患过心肌炎，心律不规则，建议检查心电图。

一会儿，张勇军走来说："他们检查过的都反映很好。还有部分捕捞队的人员，不到二十人，因下班早，都回家了。现在上着班的得下午三点左右才下班。现在是十一点。咱们等不等呢？要不上午就到此结束。我们到外边逛逛，一会儿就回来到餐厅吃中午饭。因局长来了几位客人需陪客，我们单独吃。"郎立学和高海珊都说："这样更自在，更方便。"张勇军说："倒也是。咱要求协助买心电图机的事，局长应了。下个月借给一千元。不够的咱再想办法。"各人异口同声地说："这太好啦！感谢王局长和曾文书。"三人由张勇军陪同到水库大坝上眺望、观光。高海珊看到群山环抱中碧水如镜的水面，不禁触景生情，暗自想到琼台海滨、大海的风光和自己的心上人白文福的身影，一时泪盈眼眶。郎立学和付丹香则肩肩相依，悠悠漫步，未注意到她情绪的变化。

张勇军因常年在此，不在意景色，所以就注意着各人的动态。他看着高海珊眼圈有些红润，便打趣说："高医生来帮了大忙。哪一天我上琼台时，咱一起去买心电图机，又能去找你的朋友白文福玩，行吗？"高海珊被这话突然敲醒，立刻笑容满面，也叫着"姐夫"说："姐夫真会猜想人意。我们暑假后好长时间没见面了，因大三的课程最紧张。我本想进修结束就去。这不，为了帮郎医生开展工作就放弃了。姐夫，打算什么时候去？"张勇军说："我准备一下，可能过个三五天就去。"这样一下子扫除了她的忧思，她愉快地和张勇军谈论着水库上的事，问他养鱼的网箱在哪个方位，都养些什么鱼，鱼长得快不。情变景迁，眼前的山山水水反使她高兴起来，便顺口唱道："一座座青山紧相连……谁不说俺家乡好……"

张勇军听了，说："噢，高医生还会唱歌，正儿八经地唱一首咱听听！"高海珊便又顺口唱道："大海啊，大海，是我生活的地方……"张勇军说："噢！心飞向大海，飞向琼台啊！"高海珊娇气地撵着打张勇军。郎立学和付丹香走了过来。"你们都多大了，怎么还打架？"付丹香开玩笑地说道。张勇军接着说："高医生听说要去琼台心里高兴了，心飞向琼台和大海了。"

炊事班的一位同志来招呼去吃饭。四人应声来到餐厅，见一张大圆桌摆满了酒菜。局长益才领着三位陌生人走来，他介绍说这是省厅的三位领导同志，来巡视水库的情况。一同过来的还有曾也花文书，任君凤会计。任君凤是一位约四十岁的女性，中等个，文雅庄重，短发，瓜子脸，单眼皮，有一对小虎牙，一笑便露出来。王局长说："今天我们同桌吃饭，人多热闹。"又向省里的同志说："这几位是医生，来给同志们检查身体。有什么问题，好加以预防。"那位省里的高个子同志说："现在人们都非常注意身体健康了。"

局长安排入席，省里的客人让上座，张勇军坐副陪，五男五女共十人。男士喝白酒，女士喝红酒。王益才说："今天，我们共同吃个便饭。这是自己养的鱼，也算当地特产，请省领导品尝，多提意见。来，我先敬大家一杯。诚心诚意地感谢省厅领导来检查指导工作，感谢医生同志来为我们体检。"

开席之后，便开始相互敬酒。因有上级领导在座，大家都温良恭俭让，文明用餐，酒菜随意用，没有过激举动。主食是馒头和米饭。酒席进行了约四十分钟便告结束。此次午宴是为上级所设，整个过程都显文明，酒量控在低限，时间短暂。在撤去宴席后，敬上一盘水果。曾也花文书和任君凤会计说："王局长安排，暂借一千块钱给集店村卫生室买心电图机，以后他们也常来为我们做体检。现金够不？"任会计说："够了。"此事的担保人是张勇军，和任君凤也常打交道。张勇军和郎立学随任君凤取了钱，又和任君凤说了些什么，便让郎立学他们先回去，有事再联系。郎立学等即告辞回家去了。张勇军到任君凤处闲聊一番，才去自己的养鱼场。

三人往回走着，郎立学说："过几天去琼台买心电图机，你俩能去吗？要是丹香不能去，我就和高医生去，找同学托关系能保证质量，也可能省几个钱。"付丹香说："我要学化验，你们去吧，反正卫生室关两天门没事。向大家说是去买仪器，也是为了大家。"郎立学说："那就这样定下来，你学两周化验后，再接着学心电图。学完了，我们再商议你是回卫生室，还是继续在句山医院干的事。我们就光等姐夫的信了。"郎立学以主人身份自豪地安排着。

他们到了卫生室，刚放下东西，便来了人，说牙痛，要点药吃。郎立学一看是龋齿，即给消炎药和止痛药片，劝说不让喝酒，不要吃辣椒等辛辣类食品。送走这位病人，看着没人再来，三人便急回家吃饭。付丹香已疲乏得很不精神，走路也无力，回到家饭也不想吃，就到房间去睡了。因学生早吃了东西回学校，床位就有空了。吃饭时付丹香说："我吃点东西，回自己家去，好好地睡一宿，明天早去上班。"郎立学应了。她起来吃过饭，郎立学说要送她，她就说："既然送就送到医院吧。"郎立学便用车载着付丹香直接送到句山医院。付丹香自己认为不能太透支身体了。

当郎立学载着她行在这走过多少次的路上时，都觉得似乎每次都有些变化，每次都感到爱情的波浪强烈冲击着心灵。郎立学越来越感到她的可爱，不仅能帮自己张罗卫生室，而且在句山医院里无论要求什么事，事事都有张绿卡，真是一卡通，郎立学也就越来越尊重这位女性。但又有些担心，总归是还没结婚。现在把心电图的事解决了，就要安心工作了。她再干几个月也行，卫生室工作开展得好，就不干临时工，一心一意在卫生室干。还可考虑再上个函授学校，把理论水平提升提升，就能混下去了。郎立学越想越高兴，就越用力蹬车。由于劳累，付丹香话也懒得说，在车上紧紧靠着郎立学的背。由于天渐黑下来，郎立学也只得小心翼翼地蹬着前进，集中精力看路，不觉得地一晃来到医院。

郎立学说回家，付丹香没表态，就跟着到了付丹香的宿舍。付丹香想洗洗就睡，郎立学帮着提了两瓶开水，各人先喝了点水。因今天是星期六，在此住的人大都回家了，付丹香住舍的床也空着。付丹香洗头洗脸洗脚地搞了一套卫生，郎立学也洗了洗，二人便同居一宿。虽劳累点，但青年人一休息就恢复过来了，亲亲密密一番。郎立学是心满意足，心想事成，而付丹香疲劳过度，闹一阵就睡了。郎立学仍心猿意马，思潮的波澜不能平静，浮想联翩。如何结婚？生了孩子在哪儿安家？但与付丹香在一起生活，他体会到非常幸福。

不知不觉中，一夜瞬间即过。付丹香一睁眼，天又大亮了，外面有嘈杂的人声。看看郎立学仍熟睡着，安详健美的容貌，不觉爱心浮动，轻轻伏偎在他身上，轻轻地一吻，比轻轻地喊叫更有意味。郎立学翻了个身，睁开蒙眬的眼睛看到付丹香这朵玫瑰花，又紧紧地抱住不放了。时间就是命令，付丹香挣扎着起来穿好衣裳。郎立学也无奈起床，各人洗漱后，郎立学去买了油条和豆浆，煮了鸡蛋。二人美餐后，郎立学难分难舍地骑车回家去了。

付丹香一看表，还有半小时上班，心事又上眉头。想如此以往，自己恐怕吃不消的，社会、个人对自己的期望值可不低！看看自己为卫生室付出了不少代价，在人的眼里却没有什么可见的东西。为此学护理、学助产、学化验，这又叫学心电图。自己能学这么多东西吗？能掌握得了吗？有什么好结果吗？自己的身体是否能承受得住啊？一旦身体搞垮了，将如何收拾呀？下一步该如何走？这一道道难题，又有谁能解？不禁一阵毛骨悚然，出一阵冷汗。半小时已到，急起身赶到班上。她先向班长打了招呼，便穿上工作服，拿起扫帚，将屋地、院子清扫一遍，又用抹布擦拭门窗，干一阵子，累得满头大汗。

第十五章

丹香学化验　视野达微观

　　清理结束后，趁和班长闲聊之际，付丹香小心地探询道："晚上我想利用业余时间学学化验，跟着夜班，学到十一点就休息。保证不耽误第二天的本职工作。您看行不行？"西彩红班长："行！这个事好说。他们对你又不会提出硬性要求，全凭你自己掌握，只要你学会就行。你学东西很快，一看就会。既然想学，你就找化验室裴凤英主任，告诉她一声，说只以上小夜班的方式学习。晚上我再过去和她说一下。"如此，付丹香心中堵着的石头落地了，心里轻松了许多。

　　由于星期天集中倒换的被服多，而且损坏的也多。所以，每逢星期一，上班就有事，缝缝补补一干就是两个多小时。这对付丹香来说已经习惯了，虽忙却不紧张。其实，人遇到事或处理问题就怕受到精神和机体上的双重打击。若是一种压力，倒还不可怕，就怕两种压力同时挤压自己，又不能推诿，只能承受。而付丹香则不然，无论什么情况下，都是当仁不让。尤其亲母去世后，虽然未成年，却有了一个非凡的经历，这就是锻炼的过程。经历就是知识和力量的积蓄。因此，一般情况下，她都能泰然自若，顺应客观事物的变化，以良好的心态面对，很少报怨，不慌不忙地完成任务。这都是一种超人的本领。故在句山医院各科室中，她都给人留下了很好的印象。每次相逢、离别时，人们都会以友好的态度迎接或挽留。由于自己量力而行，从不顾此失彼，能在做好本职工作的前提下，又学习了不少医疗技术。这种好学精神，一般人是没有的。在付丹香看来，学好技能才是真本领，才能在各种处境下，充分发挥个人的最大才智。因此，在向西彩红班长提出学习化验请求时，班长就很理解，且以长者身份，对其倍加关怀，能主动向化验室裴凤英主任说明情况，能照顾这位家境困窘的美女。一个人能博得大家的关爱，是件了不起的事。付丹香在句山医院虽然是个不起眼的临时工，但她的一行一动，却能引起全院上下的关注。

她把活干完后，想到妇产科吴主任对自己很好，她和化验室的主任应该关系不错，也许能说上话。于是，她就到妇产科吴爱菊主任那里，和她说了要利用工余时间学习三大常规化验的想法。吴爱菊主任听了，说："这事好说，我才查完病房，上午没手术，我现在就和你去找找裴凤英主任。"她俩便一起来到化验室。

裴凤英主任是一位较矮的女性，对人和蔼可亲，笑容可掬，言谈举止都很稳重。她和吴爱菊是一个镇的，可以说是老乡，见面亲热，像常来常往的姐妹。因都在班上，时间珍贵，吴爱菊开门见山，说："裴主任，付丹香想利用业余时间来学习三大常规化验。"裴凤英主任笑眯眯地回应道："啊呀，这么漂亮的美人，怎么想学这些东西啊？三大常规有两样，就是天天和病人的大小便打交道。现在，许多学了这个专业的人都不愿意干呢。"付丹香则微笑着轻声说："裴主任别这么说。我原来又没学过什么专业，手上没有一技之长，心里不踏实。我只是想趁年轻，在工作之余多学点技术，将来说不定能用着，使路子宽一点。我是不怕脏和累的，只要您允许我来学，我一定能在您的教导下学会学好。不管什么活，您只管吩咐，能干的我一定能干好。"裴凤英一听她如此坚决干脆的表态，只好说："只要你乐意就可以来。我和科里的同志说说，不论早晚，什么时候都可帮你。"吴爱菊听了付丹香的表态，觉得很好，不是那三心二意，拖不长拉不团之辈，觉得很放心，就笑着和裴主任说："那就谢谢你，给了俺个满意的答复。付丹香还业余学过助产士，在我那里干了大量工作，无论是办公室的卫生，还是帮着记病程记录，观察病情，跑前跑后，都是眼疾手快，心灵手巧，干什么都像模像样。俺与她还没待够呢。我相信她一定会成为你的好徒弟。"裴凤英听后惊叹道："哎呀，她已经是你的好徒弟啦？俺还不知道，你早说不就更省心了。好吧！付丹香，你看什么时候有空就什么时候来，我们一块儿干就是。三大常规是一看就会的东西，只要用心去干，就能干好。"吴主任说："那我先回去了，付丹香要是班上不忙，就跟裴主任先熟悉下环境，和大家认识认识，再来也方便。"付丹香同意先留下看看，随即非常诚恳地向两位主任致谢道："谢谢两位主任！"只差向她们鞠躬了，内心的激动和高兴劲自不待言。

送走吴爱菊主任，裴凤英领着付丹香观看了门诊化验室的各种仪器，告诉她："门诊化验室主要是对外来的门诊病人。你的主要工作就在门诊化验室。"有三位女同志正埋头干着活，有的伏案书写，有的口含玻璃管从有绯红液体的试管中吸取液体，向载片上放。还有一位正聚精会神地观看高射炮一样的显微镜筒，不知筒内有什么东西。因为都很紧张，裴凤英主任没有说什么，便和付丹香来到另一房间。这里，一张桌上像货架一样放着大量玻璃管、瓶等器具，桌的两边有几把椅子。两人坐下来，裴凤英对付丹香说："这个科有九人，有夜班，轮流休班。平时每天只能有四五个人值班。病房的工作量也很大。这科人员相对少，都很紧张。门诊工作量也不少，上午主要是取下样本，化验后给出检查结果。下午主要是填写报告，到病房取样本；晚上主要是针对急诊科的病人。"付丹香说："裴主任，我在洗衣房主要缝补破旧单子、隔离衣等，工作大都集中在下午，上午事较少。这样上午我来学俩仨小时，再回去看看，要有急事她们可随时叫我回去。晚上我来待到十一点回去休息。"裴凤英说："时间你自己安排，我和同志们说说，你来就是。我给你一本《化验操作规程》，先了解下做什么项目，如何操作。来这里要认真做好个人防护。病人的一切样本，血、尿、便、痰等，都有病原体，都有可能使人感染疾病。最好来上班穿身专用的衣服，再穿隔离衣，戴口罩，工作时最好不吃零食，下班要洗好手。我们肉眼看不到的东西，在显微镜下看就很大、很多，一看就会惊讶。可怕的是到处都有无数的细菌。所以，我们要百倍小心。"付丹香说："谢谢裴主任！刚来您就教我这么多东西，我一定记在心里。裴主任，我先回去了。请您和值班的同志说说，晚饭后我再来。"裴凤英说："好。你晚上就来吧。"

付丹香当天晚上即来到化验室。值班的是一位女化验员吴英爱，二十二岁，中等个，一头乌黑的短发，白净圆脸，眼睛明亮，樱口白牙，鼻梁不高不平，一笑两腮出现明显酒窝。一看就令人喜欢，是一位温文尔雅的姑娘。与付丹香一见面，组成一对美人儿，在一起相互爱慕着、谈论着，像久逢知己，一见如故。当付丹香说来学习化验时，吴英爱说："裴主任嘱咐，你从今晚开始来学习。知道你来我很高兴，久知你在洗衣房干，在妇科学习过，都很出色。人爱学习很好，只有这样才有出息，成为多面手，路子才宽广。不像我们这样终日和大小便打交道。这里的工作没什么巧，一看就会，只要按规程操作，不张冠李戴就行。"付丹香听了这番话，心里觉得不知如何是好。她一边听，一边寻思。当吴英爱说完了，她便也和气地回道："吴老师过奖了，你也过谦了。你有固定的工作。听说化验室的工作对治病很重要，许多病是依据化验室的检查结果而做出诊断的。你人也很出众，又是正式工，多幸福啊！我这是出来混饭吃的，也没什么专业，将来还不知怎么着。可俺又没机会上学，这就是逼法子。还请吴老师多教、多帮。我现在值班也不会，想先从最简单的学起。"说话间，一位病人带着化验单来了，是查血常规。付丹香看着吴英爱如何操作并听其讲解。

吴英爱先取了消毒剂、刺针、玻璃片、吸管和试管等，让病人在化验室窗口外的凳子上坐下，从窗口伸过一只手来。她用消毒棉棒蘸上酒精，从病人中指肚中间向外消毒后，又用无菌镊子从器械盒中取出一个三棱针。她左手捏住病人消过毒的手指，使指肚呈充血状，右手用三棱针猛一刺，病人"哎呀"一声，指肚上冒出一朵鲜血。此时，她右手放下针，从备用的两张玻璃片中拿出一张，在冒血处刮一点血，往左手拿起的另一张玻璃片上轻轻一推，即在这张玻璃片上形成非常均匀的血膜，制作出一张血片。又取来一个顶端有橡皮球的玻璃吸管，像持毛笔一样拿着，用食指将橡皮球压瘪一点，把玻璃管尖端插入冒出的血中，慢慢放松橡皮球，让血吸到玻璃管标明"10"的刻度处时停止。给病人一个无菌棉球，让其压迫冒血处几分钟，到不再出血为止。将吸有血的玻璃管插入有稀释液的试管中，再反复捏、松橡皮球，将吸的血液全冲洗到试管里摇匀，与比色管对比出血色素数值。她用玻璃棒蘸一点混合液放到载玻板上。载玻板上有血球计数室，可在显微镜平台上进行细胞计数。再将血片放入有苏丹红的染色液中，五分钟后取出，放回到显微镜平台上，用高倍镜观察血球的形态。吴英爱很快做好了化验，并填写好化验单，叫着病人名字发出，由其交诊治的大夫。

病人走后，吴英爱又向付丹香介绍了操作的步骤和方法。付丹香也模仿了给病人采血化验的过程，更重要的是计数血细胞。因做的样本还在，吴英爱就向付丹香介绍载玻板上的几个方框，每框有四边的线，若有压在线上的血球，只计数上边和左边的血球。当付丹香第一眼看着这新的世界时，喊："啊！这么稀奇，大小不一的满视野篮球、乒乓球；有很大的，有很小的，有的规则，有的不规则。以前只听说什么血常规、血色素、白细胞的，在俺爹住院化验血时听过。当时像听天书。现在看到的竟是这么个样，红细胞像一个小喜火烧，白细胞像大喜火烧，在显微镜底下真是一片新天地。怎么啦，怎么啦？什么也看不到了？"一时激动得什么也看不清了。吴英爱对她说："我看呀，你两眼充满泪水。这是太激动了，是激动的，让它流吧，等会儿再看。"

付丹香拥抱着吴英爱，差点儿哭出声。一抱之后待会儿又哈哈大笑，说："吴老师，我怎么了？我太感激您了。您手把手教我，我一定好好上学。"一霎，又来了一位检查血常规的病人，吴英爱接过单子，让付丹香准备操作。心灵手巧的她，心情平静，稳重而正确地进行了操作。一系列操作，自始至终，她做得竟与吴英爱毫无二致。

吴英爱看着付丹香操作起来像个熟练的老手，都很正确，便又让她先比色，观察显微镜，她也很快完成了。吴英爱怕有误差，又亲自核对一遍，没有出入。付丹香填写好化验单，吴英爱签上名，叫着病人名字发出。吴英爱对付丹香一看就会的聪明劲从心里佩服，看她有点像神童一样。所以，她很感动，很惊讶，并给予很高评价："你真行，如此聪慧，是个难得的天才。你要是上学保证是个大才女，不上学真可惜呀！再去上学吧！"付丹香羞红了脸，不知如何是好，只得说："吴老师过奖了。我这只是模仿罢了，什么天才不天才的，是您手把手教的结果。谢谢你！"

真巧，又来了一位病人，竟然是三大常规都做检查。吴英爱有点不耐烦的样子，但对病人依然表现得和蔼可亲，叫付丹香先采血样放到专用玻璃平片上，后泡入染色液中。计数 WBC 是 7.0×10^9/L，N（中性粒细胞）70%，L（淋巴细胞）30%。同时教她查尿。取一个吸入醋酸的试管，吸一滴病人的尿液，滴入载玻璃板上，盖上盖玻片，放到显微镜下计细胞数。再取一滴醋酸，滴入有病人尿液的试管中。若有絮状物形成，显示尿中有蛋白，根据尿中絮状物的多少，而分＋、＋＋、＋＋＋、（－）四级。该病人仅少许（＋），镜下尿中只有五个 WBC。检查大便，看外观有无脓、血，镜下检查有无 RBC、WBC 和脓细胞，及有无细菌。该病人的便中有 RBC、WBC 和脓细胞。当化验单给病人拿走后，吴英爱对付丹香说："尿中蛋白＋＋以上为病理性，镜检 RBC、WBC 都有说明泌尿系有急性炎症，尤其是男士，而女士月经期应除外；大便有 RBC、WBC 多为急性肠炎或是细菌性痢疾，慢性肠道病应除外。"

如此一个晚上，没得空休息，师徒配合很好，有空就教和学，都没感到寂寞无聊。不知不觉到了晚上九点四十五分，病人也稀少了。二人便脱下隔离衣，好好地洗净手，到了夜班休息室。因夜班是十多个小时，不休息是很累的。付丹香从工作室提来一瓶开水。休息室有床桌各一张，床上的被褥在灯光下显得很洁净。桌上放着几本书，《知音》和《文学月刊》两本杂志，还有女士日用品。

二人刚坐定，倒上两杯水正要喝，突然有叩门声。吴英爱出来，来人说："有一车祸，急需查血。"二人便急回工作室，穿上隔离衣，取着采血用具赶到急诊科，看到一男一女两个伤员，都遍身血迹，不省人事，有数名医护人员和陪护人围着。给吴英爱的化验单是男女各一份，都是检查血常规、血型。二人按照性别和姓名都采好样本，将几位陪护的亲人叫到化验室查血型。经问男士三十岁，是他酒后骑摩托车载着二十九岁的妻子，撞到一辆大汽车后部所致。男士血压 80/40mmHg，需紧急手术。在这紧急关头，吴英爱和付丹香迅速报告结果，男士 Hb80g/L，AB型血，女士 Hb100g/L，A 型血。三名陪护人都是壮年男性，查血型结果分别是 AB 型、A 型、O 型。当化验单送给医生看后，说男士出血多，急用四百毫升血，叫 AB 血型和 O 型者各抽二百毫升。二人又进行了凝集试验，都为阴性，才放心备好两袋鲜血，每份血袋上都填写好标签，注明供血者姓名、年龄、血型、抽血量和时间，与受血者无凝聚反应，放入冰箱内等工作人员来领取。付丹香和吴英爱一直忙碌到十一点半。

付丹香认识到了了解这个微观世界对治疗的重要作用，且每一步都严肃认真，细致入微。又那么神奇，一切都在小小的玻璃片上进行。这聪慧的姑娘进入了深深的沉思，感到每前进一步，都是新奇的世界，都是自己无知的领域，好像自己一无所知。她从小生长在农村，只看到庄稼生长变化和家里的锅碗瓢盆。到了县城，只看到高楼、大街、商店、拥挤的人群和车辆。在医院里出出进进的人中有那么多病人，为之而设置的一切都那么奇妙。用 B 超可以观察胎儿的形体及心脏跳动，X 光机能透视人体内脏。在显微镜下，用一滴血可分辨出血型等，可知某人的血能否给别人用，挽救了多少因失血而处于濒危的人。这些自己只观其表，不知内机，看着人家工作得得心应手，轻轻松松。而自己则愚昧无知，什么也不明白，心总是很累。越想越觉得心乱如麻，理不出头绪。

付丹香不言不语地想着自己的心事，整理着用过的玻璃片，放到有来苏尔消毒液的盆中浸泡；一边又清理着一次性用品。吴英爱似乎也累了，洗了手，坐在椅子上似睡非睡。

突然传来雄鸡啼鸣，看表已是四点半，天已拂晓。二人水也未喝一口，一直忙碌至此。二人不约而同地到了休息室，立即呼呼入睡。

六点时，一位男青年在化验室门前一手提一捆油条，一手提一袋豆浆，想敲门又不想敲门地站在那儿。这是收费员黄少民，他从急诊科过来，知道今夜有外伤急症病人，化验室值班人员忙到很晚。这位黄少民与吴英爱正处热恋中。可想而知，此刻他手中的食品到底多重！站在门口一点也听不到里边的动静，将耳朵贴在门上也仅能听见微弱的熟睡声，他便静悄悄地呆立了二十分钟。此时的分分秒秒，都是他心脏的搏动。他也深深理解化验员通宵劳作的辛苦，让她多睡一分钟，就是对她多一分爱，所以想敲门又怕敲门。但可能站累了，或是等得不耐烦了，便把油条和豆浆都用右手提着，以左手的中指背面，轻轻叩门三下。睡着的两名女士对敲门较敏感，立即警觉。因病人敲门多是急促而猛，吴英爱心中有数，这轻轻的三叩门，不是约定的暗号，也是不成文的暗号，一听她就知道是谁。便忙起身用手拢一下头发。付丹香看吴老师起来也随即起来了，忙不迭地用手指理了下头发，揉了揉两眼，顺手开了门。她以为是病人来敲门。开门一看，见来人手提油条豆浆，便问他是谁。此刻，两人都有点惊愕，对视未语。正低头梳发的吴英爱一抬头看到他来了，高兴地说："你这么早就来了？快进来。"同时向黄少民介绍："这位是……"吴英爱在称谓上想了一下，说学生吧又是位工人，还是以广义的同志称之较好。于是继续介绍道："这是来化验室见习的付丹香同志。"

这位黄少民，约一米七五的个头，五官端正，两眼有神，眉毛浓黑，高高的鼻梁，白皙的脸面，身材匀称，朝气蓬勃，是位标致的帅哥，令付丹香看得入迷。只见他对吴英爱说："知你今晚忙了一宿，就去买了油条和豆浆送来。到这里才六点，没好意思敲门，站在门口等到现在。见还没动静，才敲的门。妨碍你休息了。"付丹香一听是冲着吴英爱来的，便忙说："吴老师，我先回去了。晚上再来。"吴英爱说："别走了，吃的东西这么多，一起吃吧！"这位懂事的姑娘只说："谢谢吴老师！"男士也说："在这儿一块儿吃吧。"付丹香："谢谢！谢谢！您不用客气，我还要去上班。"拔腿就走了。走了几步回头一看，吴英爱仍站在门口，便互相拜拜。

吴英爱回到值班室关上门，二人亲作一团。亲够了才又洗手净面，共进早餐。进餐中吴英爱说："你是想我想得早早地起来了？不是今晚我忙，你早就来值班了。"黄少民说："这姑娘好漂亮，还挺懂事的，见我来就走了。"吴英爱说："现在女孩子还能看不出来送早餐的是什么人？她就是不知道怎么回事也会看出来。她不走你怎么能亲我？"两人一边吃，一边说话，乐得不得了。早餐很快结束，黄少民说："我上班去。中午在哪儿见？"吴英爱说："中午我在家休息，晚上我来上班。"黄少民说："那就晚上来吧。"

黄少民也上夜班，但比吴英爱的事多。有时他和吴英爱都上夜班，夜里来的病人需要化验时，他就在收费时知道了，便常用内部电话先告诉吴英爱，让她有个准备。尤其很晚的时候，吴英爱会在夜班休息室休息，他的电话就能让她提前起来等着。这样，日子久了俩人便产生了爱情。

吴英爱初来医院时干勤杂工，后到卫校学习了一年，以中专毕业生的身份来化验室，已经一年多了，可独自值班。因她具有佳丽之貌，所以，有的大学毕业生也前来求爱，但她还是选择了黄少民。

吴英爱今天很累，和黄少民吃过早餐便上班，交完班便去了宿舍。躺在床上，付丹香的美貌令她心神不安了。自己的黄少民若与她相见久了怎么办啊？青年人可都有火热的心啊！付丹香的美貌可是远超自己。一阵胡思乱想，终因过于劳累而进入了梦乡。

付丹香见黄少民为吴英爱送早餐，看出他俩的关系便拔腿跑回宿舍。同室的人都已去吃饭，她也是又累又饿，但不能上床睡，便用冷水洗漱后去吃了点饭，直接到班上。她先接了活，从急用的干起，开始紧张劳作。她两脚蹬得缝纫机轮飞转，针头急速上下跳动。机子一动就是付丹香的力啊！不知她的劲是哪里来的，撕裂开的缝好了，破的补整好了。一晃时针指向十一点，她把活干完后才向班长汇报去化验室的情况。班长说："那你快回去休息吧，下午晚点来。"付丹香说："谢谢班长的关心！"她去买上个馒头和一份白菜炒豆腐，吃了后，一躺就进入了美好的梦乡。在梦中又是和郎立学、高海珊在一起，又是和吴英爱在一起紧张工作。甜蜜的梦，使她一觉睡到下午三点。忽然醒来，竟不知是在哪里了。

凉水洗脸，就是最好的清醒剂。付丹香忙到卫生间的水龙头上洗一把脸，用清水漱漱口。这水清清的，无色无味，天天给自己清洁美容。

她又振奋了精神，两步并作一步地快速到了班上。近期工作有些太紧张，她没接个人的活。但也觉得很矛盾，虽是工作量少点，可手中的钱也是少了些。

洗衣房的西彩红看出付丹香的精神虽好，但是瘦了，便语重心长地说："我看你太累，要好好注意，身子是本钱。尤其我们女人，将来要成家，生儿育女，更是靠个好身子。你学习的劲头很大，人人羡慕，不论学什么，一看一学就会。其实，人一生不用学那么多，会的多了只赚些累受。我是真心疼你呀！"说得付丹香两眼泪汪汪，无奈地说："班长说得很对，我也是随着情况的变化而学的。郎立学已在村里办了卫生室，需要人帮忙。他又想叫我在这里干，又想要我回去帮忙。这个难题怎么办呢？这是会分身法嘛！我想这样，以后每有休班，就回去帮一下忙，化验个血尿的，顺便也教教他，他学会了就不用我了。所以我才又学化验。当然我学会了就有用处。我就担心学不好，又耽误这里的工作。"西班长大度地说："闺女，你不用担心，安心干就是，你就尽心去学好化验。这里的工作不急，你抽空来干就是了。只要每天的活能完成就行，不一定卡班卡点。你要确实忙不过来，我给你托个底儿。我也和他们说说，不要和你攀伴儿。"一言胜千金，说得付丹香心中爽快了许多，心中的担心、郁闷，都烟消云散，顿时喜笑颜开。她说："班长，你是我的亲大姐，和老人一样关心我，我怎么感谢你啊？我只有好好干，好好学，不辜负你的好心好意。"二人说话间，洗衣工们在收拾晒干的衣服床单等，并且又从中捡出两件破床单子送了过来。付丹香接过来顺手就开机缝补起来。缝纫机在付丹香的手控脚蹬下，如一张特制的钢琴，发出悦耳的旋律，像是弹出了她心中的乐章。班长听着也高兴，帮她出怎么缝、如何补的点子。二人合作，如虎添翼，一霎工夫就完成了。看下班前还有点时间，班长发话："干完了你就回去，吃过饭上化验室学习吧。"付丹香遵命，先回宿舍稍事休息，面对明镜，端详了一番。受到西彩红的关心和爱护，心喜异常，左观右看自己如花似玉的美容相貌，一时又自嘲起来："自己天天照自己，也没有什么变化。"便什么也不多想，按计划行动，还是把学化验的事完成再说。她多买上了个馒头，晚上太忙时当夜餐。

她按时去了化验室，和吴英爱几乎同时到达，两人嘻嘻笑笑，很亲热地道了问候，接了白天的班，她俩整理下用品，做好上班的一切准备，便坐下来聊天，稍事休息。接着就来了查血常规的。在吴英爱的监督下，付丹香从消毒、刺破、采血、制玻片、比色和镜检，全都完成得很顺利。吴英爱很满意，一边说她干得很好，这样做就行，一边填好化验单发出去，接着说："不管什么情况，多么急，一定要按规定办，绝不可慌乱。只要沉着、细心，就不会出问题。"付丹香对老师的手把手教，面对面指导表示感激，吴英爱点头接受。付丹香说："老师的真心教导，使我较快学会了两种化验实际操作。但还不熟练，还得请老师多指导才是。我衷心感谢。"吴英爱也很谦虚，和蔼地说："咱们是一块儿工作，一切都是为了病人，只要抱着一颗为病人负责的诚心，严格按规程操作，就能做好。"

说着，有人抱着婴儿来化验血，是查白细胞总数加分类，婴儿还在哭。付丹香按住小嫩手，消好毒，但不忍在如此幼小的手上刺针，只好请老师动手。吴英爱便用小号三棱针轻轻一扎，即冒出血珠，付丹香快采了血，制好血片，计好血细胞数。小孩子未因采血而更加哭闹。付丹香填写好单子，交吴英爱签名发出。

病人走后，吴英爱又对付丹香讲："这样的婴幼儿，到一个陌生环境或遇见陌生人往往都有所恐惧，又加患病不适，所以经常啼哭。只要家属能配合，采血就没什么难处。固定好位置，消好毒，用小号刺针迅速一扎，及时采血，动作越快越好。因固定着手，小孩子不乐意，虽然哭，倒不一定疼，尽管放心操作，但不能扎深。这是一种巧劲，轻轻一扎即拔针，并不会给小孩增加痛苦。尤其要与陪护人配合好，逗孩子玩玩，诱其转移注意力。和照相馆里一样，摇摇铃，或给玩具，效果更好。这都是经验之谈，书本上还不一定能找到如此细致的方法呢！"付丹香听了点头以示感谢。说："老师讲得很好，我第一次遇到这种情况，心里紧张，实在下不去手。亏得老师亲自操作。"

正谈论着，又来了一位男士，手中拿一把单子，着急地说："同志，有个急病号，请您到急诊科去给查血。"付丹香快接过单子，一看是查血常规、血型，要求输血二百毫升，便偕吴英爱一同到急诊科。

付丹香虽然也认真做了查血型、抽血与合血，却在想这些技术何时才用得着。但又一想，在村里真有这种情况，尽管没有血库，也可以给健康人查血型，合好血给受血者输。因已到晚上十一点半，各人睡意已浓。二人便来到夜班值班室休息。由于工作的忙碌和紧张，一躺就睡着了。一觉醒来已是三点。一般情况下，午夜时分病人较少。各人活动了下，无饥感，喝点水，看看听听，无什么动静就又睡了。早上五点，付丹香起来洗漱后洒扫工作室，擦拭桌椅，清理完时已六点。看着无病人，便与醒着未起的吴英爱告辞。回到宿舍，她稍微休息了一会儿。昨晚买的馒头，夜间还没吃。因八点上班，想再睡一觉，躺下又入睡了，未受其他活动干扰，近一个半小时过去才睁开眼，已是七点二十。她上食堂买上碗稀饭回来，那个随着上了个夜班的馒头变得又凉又硬，她便一口冷馒头，一口热稀饭地吃下肚。

整理下衣着，抖擞起精神，付丹香到达工作岗位。她似乎觉得应当比别人多干点，干好点。于是，手握扫帚，拿着抹布干了一阵子卫生。她想，难道说自己的身份就得这样么？

如此，她没白没黑地坚持着干了一周，身体确实有些疲劳过度。夜班无事在床上也睡不好，总是朦朦胧胧，心弦绷得很紧，放松不下来。值夜班和白天上班完全不一样，格外劳累，一周下来，显得消瘦了许多。

西彩红班长见她又主动整理卫生，为之动容，顿生恻隐之心，既同情又体贴地对她说："丹香啊！俺的好妹妹！快歇歇吧！上了夜班干白班，不是一次两次啊！这才几天，你都累得瘦了不少，叫我都觉得过意不去。今夜忙不？"付丹香说："今晚上不算忙，有一个急症输血，工作量不大，但很紧张。"西彩红说："啊！一个输血的就能跟上几个常规化验的工作量，又是查血型、做血交叉试验，输着血还担心会不会出问题，总是提心吊胆，格外紧张。干过护士的都有这种体会。你这个干法，长此以往是吃不消的。如果你同意，我就和你一块儿去找裴凤英主任，和她说说，按原先定的办，让你只上小夜班，上到晚十一点就休息。你看行不行？"付丹香听班长这么说，回想起来，自从母亲去世至今，还没有人像她这样体贴入微地关照过自己，顿时从内心深处迸发出一种难以名状的情感向上涌动，激动得热泪盈眶。她立刻放下手中的扫帚，扑到西彩红的肩膀上，揽着她的脖子，颤颤巍巍地哽咽道："我的好班长啊，您不单是俺的好领导，还像亲娘、亲姐姐一样体贴俺，疼爱俺。真不知该怎么感谢您！"说着说着已泣不成声。西彩红见状也动情地拍拍她的肩膀和后背，喃喃道："好妹妹，快别这样。咱们在一块儿工作也是缘分，就像一家人一样，互相体贴照顾是应该的。"西班长一边说着，一边轻轻推开付丹香，将双手搭在她两肩上，扶她站稳，继续说："没想到你还这么重感情啊！好了，先歇一会儿，该干什么干什么去。待下午下班前咱一块儿去找裴主任。"此时，付丹香已激动得说不出话来，忙用手背擦干泪水，使劲地点点头表示同意。稍微稳定一下情绪后，又继续工作。

当西彩红班长同付丹香来化验室，向裴凤英说明来意后，裴主任同意。她对西班长说："我听说付丹香来这里上全宵班，白天还照样上白班，我心中就疼。要是偶尔三天两天的还可以，一干一周就是叫谁也吃不消。这样很好，晚上上到十一点，全当上个小夜班，还能承受得住。"

付丹香这天跟尹波峰化验员上班学习。他是一位男士，约三十岁，五官端正，举止文雅，言行慢条斯理，有学者风度。

此时，来了位男少年，要化验血常规，尹波峰没有叫付丹香直接操作，而是自己动手。他先接过化验单看着，问："叫什么名字？"答："王义。"尹波峰看和单子上的一致，便抓过少年白嫩的左手，取其中指握住，用碘酒消毒后，右手用小号三棱针往被握得通红的指肚上猛一刺，一个绿豆粒大血珠冒出来。他制成一张均匀的血片。采血后，用无菌棉球压迫手指取血处止血。他做得认真仔细，一丝不苟。身教重于言教，这让付丹香印象深刻。最后他准确地填好化验单，签字。交单子时，同样呼名对号无误，才发出去。

付丹香看了这个过程很受感动。少年走了后，尹波峰问付丹香："你学到了什么？"付丹香复："我看到您整个操作完全符合操作规程，做到了三查五对，只查对姓名前后就有两次。"尹波峰说："查对姓名十分重要，若张冠李戴，就前功尽弃，还造成误诊误治。做医务工作，无论临床科室，还是辅助科室，所有人都必须时刻想着病人，都是为了病人的康复。刚才这位少年血一切正常，咱估计就是感冒发烧，不知临床上如何处理。"

好奇的付丹香便跑到急诊室，值班医生正在为少年开治感冒的药，诊断也是感冒。付丹香感到化验的威力确实很大，只凭一滴血就可做出诊断。

接着又来一位中年妇女，亦是化验血常规，尹波峰便让付丹香来操作。从接收化验单，到填写化验报告，她都有条不紊，照尹老师的示范操作下来。她填写好单子，请尹老师审阅，并签名发单。付丹香基本依照尹波峰的示范操作走下来，做得无可挑剔。尹波峰对她的操作表示满意，说："以后这样走下去，肯定还有大的进步。我做得也不是很标准，以后要在实践中不断学习提高。我现在正上函授大学的检验专业，对微观世界很感兴趣。"他还建议付丹香，要有兴趣也可上函授。在工作中学理论，进步会很快。尹波峰刚说了几句，一连来了两个病人，一个青少年和一个中年妇女。尹波峰和付丹香接了单子。

时间过得真快，已是晚上十点半，尹波峰让付丹香下班回去休息，明天再来。付丹香对尹波峰很敬佩，初次接触就觉得他很正派，很诚实，在认真地教，便与之打过招呼，依依惜别。

这边付丹香在句山医院夜以继日地工作学习，那边郎立学和高海珊在村卫生室迎来送往，也忙得不亦乐乎。

一天，从邻村来了个五十岁的妇女，叫西辉，身体矮胖。自述头晕、胸部阵发性闷痛不适，疼时不敢活动，左上胳膊疼，但一霎就过去。高海珊问："几天啦？"西辉说："以前疼得轻，没在意，有俩多月了。这两天疼得狠了，胸还又闷又疼，喘不过气来。以前也没找人看，这严重了才来看。"高海珊为她做了检查。刚检查完，西辉就一阵胸痛，紧缩着身子，一动也不敢动。高海珊叫郎立学快找药，立即用温开水给她冲服。郎立学觉得只这样处理还不够，便与其家人商量："光吃这药还不行，得赶快上句山医院，我怕她有心肌梗死。"其家人同意，遂决定由高医生陪同去做进一步检查。于是，高海珊陪同病人和其家人到了句山医院。

在句山医院急诊科，接诊医生对西辉进行了细心检查，又做了心电图，疑诊急性下壁心梗，建议住院治疗。因是急病，可先住院，后交费，所以，西辉被迅速转到内科病房，立即给予吸氧和补液。高医生介绍了自己掌握的情况，接诊内科医生边检查边下医嘱，迅即投入抢救治疗。高海珊看到下的医嘱是重病，一级护理，每六小时测量体温、脉搏、呼吸频率和血压，持续低流量吸氧，后面写有所需药物。检查三大常规、血脂，心肌酶谱，肝肾功能。高海珊看到内科医生如此及时地抢救治疗，用药也很全面。她觉得对这类病的护理也很重要，应该提出。果然，内科医生接着讲要保持大便通畅，心情乐观，环境要安静。内科医生交代完，回头对高海珊赞赏道："高医生，你的工作很出色啊！仅凭物理检查，就能正确判断病情。这一点很可贵。"高海珊谦虚地说："老师过奖了！我这点本事还不都是你和其他老师们教的！比起老师们来可就差远了。我还得好好学习。可惜我们目前还不具备抢救这种急病的条件。"高海珊一边说一边帮着护士打针。通过医护人员紧张有序地正确治疗，西辉的病情渐渐稳定下来，高海珊便抽身去看望付丹香。

付丹香见高海珊来了，忙起来迎接，高兴地问："唉哟，海珊姐来了！有事吗？"高海珊说："刚才送来了一位患急性心梗的病人，现在病情稳定下来了，就顺便过来看看你。好几天不见你了，挺好吗？"付丹香说："还好。谢谢你，还想着妹妹。卫生室的工作忙不忙？"高海珊说："还是挺忙。本村的病人就够忙的，又加上这几天邻村来的病人也多起来。所以，一天到晚不得闲。"说到这里，她把话锋一转，说："看你现在还不太忙。能抽点空，去看看这个急性心梗的症状表现和心电图特征吗？"付丹香爽快地回答："行！"就和同事说了声，二人来到内科病房。高海珊和接诊医生说要再看看急性心梗的心电图，得到同意后，她俩就在那里看开了。

高海珊介绍说，下壁心梗的心电图改变主要是 II、III、AVF 三个导联的变化，呈 Qr 型、ST 段呈弓形抬高、T 倒置。当 ST 恢复为等电位，即成陈旧性心梗。并和她说："以后有空，可来观察一下病情的变化。"高海珊要快回去，就问付丹香有什么事没有，付丹香说没什么事，并说："现在村里有了心梗病人，需要买心电图机的话，就尽早买。"高海珊说："买心电图机的事，我再和立学商量下，尽早买来就是，你就放心吧！"说完后，告别付丹香回去了。

高海珊很快回到卫生室，见到郎立学，和他讲了病人的检查治疗情况，并简述了见付丹香之事。郎立学听后叹道："咱们有心电图机该多好！丹香说的有道理，我们得抓紧和姐夫说说，尽快去买。"

郎立学与张勇军俩人商议明天即去琼台。张勇军原想用车带点鱼去琼台，现在这么急，又不知那里的行情如何。再说当地海鲜很多，人家可能对淡水鱼不感兴趣，只好作罢。但可顺便去海大的水产研究所咨询养鱼的新技术，或买点这方面的资料。遂决定同郎立学和高海珊三人立即前往，当天办完事，再乘夜车回来，少耽误时间。

第十六章

要做心电图　提高医水平

　　凌晨三点半，三人抵达琼台火车站。出得站来，尚不知去何处，想到候车室先休息一下，竟被执勤人员阻止，经说明情况才勉强进入，欲等到五点再行动。但经海风吹拂，竟精神起来，不想再坐着睡，睡也睡不着，睡意被海风吹去，疲劳也被海风驱逐得无影无踪，也愿意到大海之滨，听听大海的呼唤。呼啸的海风，像是发出了进军号角。

　　郎立学说："现在我们有时间，何不出去走走，顺便询问一下药材公司呢？"郎立学和高海珊都曾去过，就在中山路上，距车站不远。他们边谈边走。街上行人稀疏，五点便来到药材公司，当然是大门紧闭。附近有人晨练，街上的人也陆续增多。三人便问问这位，问问那个，问到一位正在晨练的约五十岁的男士时，说起药材来，他还是该公司的员工。高海珊说："我的一位同学在海洋大学上大三，说他有位同学的父母在药材公司上班。您知道吗？"男士沉思片刻，恍然大悟地说："是，是有这么个学生，是中药组老王的女儿，前年考上的。我们还祝贺了一番。你不提我倒忘了。"高海珊便顺藤摸瓜，说："我们这次来想买台心电图机，怕不好买，正想求个熟人帮下忙。为此，我们乘夜车往这儿赶，想马上去学校找人，又怕耽误人家的宝贵时间。同志，您说买心电图机难不难？"那人说："噢，你们原来是为这事来的。现在这类货不紧张了，敞开供应。产品很多，有十二导联，交、直流电源双用机；十二导联半自动机；远程自动监控多人的心电图机；还有二十四小时动态心电图机。有国产的，也有进口的。质量可靠，保修两年。都是标准价，不浮动。你们要买，八点过来，用不着熟人介绍，可以当场试机，有专门的调试人员协助操作。"三人忙不迭地表示了感谢，就去伸展四肢，继续运动了。

　　心中有了数，他们便不慌不忙地找一处小而净的饭店坐下来，时已六点半。每人要了两碗馄饨，一个鸡蛋，两根油条。这份饭高海珊是足够，而郎立学、张勇军则不够。高海珊仅吃了一碗馄饨，剩下的他俩吃了仍不够，高海珊给每人又加上了俩蒸包。饭后，三人商议是先买心电图机，还是先去海大。张勇军说："既然情况属实，我们先买后买都一样，还是先去趟海大见见白文福，再找他的同学，看能否省几个钱，我也顺便咨询下养殖的事。没有问题，我们就来买上，赶紧坐车回去。"无人异议，他们就搭上公交车去了海大。

　　到海大时正值开饭时间，三人便到餐厅找到了白文福。白文福听完他们的来意，说："不就是买心电图机么！很简单，我和同学说声，叫她给写个东西，和她老人说说，把好质量关，价格上优惠点，不就行吗？"高海珊说："那完全可以。"于是，白文福端着饭碗，手里握着馒头咸菜，来到不远处一位也在吃饭的女学生身边，与其说明原委。她欣然同意，放下馒头，从衣兜里取出笔和一个小本，在一张空白页上写道：

　　爸爸、妈妈：
　　　　您好！
　　　　今有我同学家来人，要买台心电图机，请帮着办一下。
　　　　谢谢！

　　　　　　　　　　　　　　　　　你的女儿王××
　　　　　　　　　　　　　　　　　　　×月×日

　　她从本子上撕下此页，折好交给白文福。白文福忙与之握手道谢，拿着条子回来交给高海珊，并问："海珊，你住下不？"高海珊说："不住下了，回去还有许多事。你才开学还不到一个月，学习又紧，不耽误你的时间了，还是一块儿回去的好。"张勇军、郎立学忙表示了感谢，郎立学说："高医生，你住下玩玩很好，来一趟不容易。"高海珊摇了摇头，没说话。郎立学便说："实在不住下，我们就一块儿去买心电图机。"白文福说："那你还回来不？"高海珊说："有时间就回来，没时间我们就从那儿乘车回去了。"白文福要去上课，三人便向他致了谢，同他握手告辞。

　　张勇军的事还没办，看已到上班时间，便向郎立学和高海珊说："你们在这里稍等，我到海洋养殖系的水产研究所去一下。"张勇军走后，郎立学和高海珊在一张排椅上坐下。看院内的柏油大路十字形展开，进门路边是高大的松树，如塔如山，碧绿成荫，间有鲜花草坪。又加海风不断，院内栋栋耸立的高楼，终日洁净如洗，一尘不染。人多而无嘈杂之音，整个校园整洁美观，幽雅安静，虽有车辆往来，却无一点声响。人人都很礼貌，见面都点头示意。如此幽静的环境，怎会不利于学生学习呢！

欣赏着美景，郎立学对高海珊说："有幸在大学里学习，是一生莫大的幸福啊！等咱有了钱，再攻攻课本，报考大学吧？"高海珊说："有志者事竟成。天下无难事，只怕有心人。"郎立学说："现在我们真是一无所有，什么也是借车身，只是个空架子。我对医学连一知半解也算不上，看来还得好好学习。不能专门上大学，上函授大学也行。"两人羡慕着这美丽的环境，向往着广泛的人际关系。同学这么多，友谊就是力量⋯⋯

他们正在议论着，张勇军就回来了，三人便向校外走去。二人问他事办得怎么样，他说："很简单，也很顺利。现在我们赶紧去药材公司吧！"

来到药材公司，里面人已熙熙攘攘，主客们也在洽谈，有的还坐在沙发上喝着茶水。高海珊稍一留意，便听到两条信息。一人说要一台进口 CT 机一百一十万元，三个月提货；还有一人说要订一台核磁共振机，价格三百万元，四个月提货。她听到这些天文数字，惊得目瞪口呆，差点忘了自己是干什么来的了。抬头张望，只见张勇军二人在这里看那里瞧的，便快过去说："快把条子给人家看看吧。"郎立学说："条上只写爸爸妈妈，落款是孩子的名字，咱给谁呢？"高海珊说："有孩子的名人家就可能知道是谁家的。"郎立学拿出条子，正看到一位中年女工作人员，便走到她面前说："伯母，我们有一事相求。俺是要买台心电图机，请了位熟人是海大的学生，她父母在贵公司工作，给写了个便条，请您给问一下。麻烦您了！"说着，他便把便条交给她，她一看条上的名字，说："噢，这是我女儿写的。"真是无巧不成书！她十分热情地说："快！请坐。你想买什么型号？什么牌的？"高海珊说："我们是农村卫生室的，什么也不懂。就是想买一种普通的常用心电图机，最好是交流电和直流电两用的，便于农村使用。"这位伯母说："那就买中日合资产的福田牌心电图机吧，能自动做十二导联心电图。可交直两用，质量可靠，价格八百元，不算贵。售后都反映很好。"她说着便去取货。这时各人才举目一望，售货厅的四壁上都是大型展板，主要有西门子螺旋CT机样式图、美国核磁共振机样式图和日本动态心电图机样式图等。

白文福同学的母亲取来心电图机，放在展台前的一张桌子上，接好电源。又拿来一小型折叠竹床展开，铺上洁白的床单，让郎立学上床仰卧，解开上衣，露出胸部、腕和踝部。然后，她为他们展示了使用流程，并介绍说："这就是自动十二导联心电图机的功能。你们应用时必须按规程操作。用前启动电源，用后关闭电源。若用后忘记关电源，机子就可能被烧毁，一定注意。刚才我们接的是交流电源。要没有交流电源，也可用电池。"她关闭心电图机，断开交流电源，打开心电图机的后盖，露出装电池部位，安上四节一号电池。打开开关，同样出一份心电图，其效果和接交流电源时的一样。遂又嘱咐："建议你们先买本《心电图学》看看，再结合临床，多练习练习就行。在做检查中，有时会出现伪差，要注意防范。再就是用它时不能靠近较强的磁场，用的床不能导电。我看你们买这部机子就很好。"高海珊说："那我们买上机子，就准备回家了。请您老人家和您女儿说，我们托您老关照，买上机子就不回海大告别了。谢谢伯母！"说着，伯母给包装好机器，张勇军交上钱，拿了发票。伯母再三嘱咐道："要妥善保存好发票，在一年内机子本身发生故障，可凭此单据带来免费维修。若是跌损等外力损伤，或使用后没关闭电源，时间长了机子被烧坏，都不属机器本身的故障，我们也给修理，但要收费。一年以后再有故障，我们也是有偿服务。"

三人装好仪器待走时，高海珊说："再次谢谢伯母费心！"亲切地与其握别，便直奔火车站去了。

在火车上，原来有一肚子话要说的张勇军把机箱放到行李架上，刚要再说点什么，却见各人又困又乏，便不再作声。两眼皮不住地交战之后，亦闭目入梦。

高海珊梦的是白文福将自己安排在客房里休息。郎立学的则是和付丹香背着新买的心电图机，在内科病房里学习操作。而张勇军则上了水库和伙伴们重新制订饲料投放计划。新计划将减少原用量的四分之一，投饲料由原来的一天三次改为每六小时一次，投食后三分钟就不见食物了。以前总有部分饲料吃不完沉下水去……

列车到了蓝庄站，一阵躁动将三人惊醒，近一个小时的睡眠，各人倍感轻松，都先看一下买的仪器还在不在，见安然无恙，也都欣喜。郎立学可能是最累的一个，又闭上双眼入睡。高海珊看了张勇军一眼，说还想睡，张勇军说："别睡啦，送饭车来啦，咱先吃点东西再睡吧。肚子里咕噜着响开了。"高海珊说："饿了就吃。"她也开始饿了。蒙眬中的郎立学一听到吃，也睁开了眼睛。民以食为天嘛！他问几点了，张勇军说十二点了。说着，饭车过来了，每人要上一份盒饭，郎立学去接了两杯开水。不多时饭进肚，俩男人仍觉不解饥。一霎车到凤城站，有食品车在站台上叫卖馒头和蒸包。张勇军正靠窗，他拉开车窗要了六个蒸包。各人肚里有了能量，也精神起来了。

张勇军说："咱今下午到招待所吃饭，叫上内科主任、衣院长、衣文平科长、尤珊兰护士长和付丹香。"郎立学与高海珊不约而同地说："咱住下给内科病房的心脏病人做做心电图，一是验证下机子，二是练习操作和调试，行不行？"张勇军说："好啊，你俩一个心眼了！他们听到咱买了心电图机，一定会很高兴，也一定会帮咱。再争取句山医院在咱的卫生室搞个驻村点，工作就更好开展了。我们的戏台已经扎好，单看你们这几位演员的功夫了。"郎立学说："咱就这么办。还是姐夫点子多。"

三人到句山医院，先去看付丹香。她正在忙着干活，一看三人顺利买来了心电图机，很高兴。张勇军和她说了晚上的活动，并让她先向化验室请几小时的假。她答应了，四人便分头行动。郎立学和高海珊拿着心电图机到内科，和胡志刚主任、尤珊兰护士长说了他们的想法，二人都很高兴。胡主任说："你们才干就买了心电图机，我们内科这么多年，还没买上。来吧，正好咱们一起学习。"

张勇军则去通知有关人员参加今晚的活动。衣院长和衣科长都同意了。张勇军又上招待所预订了一桌一百二十元的桌餐。

晚六点各人准时来到招待所。衣院长坐了主陪，张勇军为副陪，其他人依次坐就。酒菜香气缭绕，大家喜气洋洋，祝酒佳话不绝于耳。

衣胜军院长发话："首先，让我们以热烈的掌声共同祝贺郎立学同志成功开办村卫生室，又买上心电图机。他能迈出这一步，是其自强不息精神的兆示。我们为他的成功干杯！"话音未落，掌声四起。大家既高兴又激动，共同举杯，饮下第一杯美酒，这是一杯希望的酒、胜利的酒。接着衣院长又举杯说："这第二杯酒，是希望并祝愿卫生室的工作能尽快发展起来，成为村级卫生室的一面旗帜，为我县农村医疗卫生事业做出新贡献。来，干杯！"各人又一次鼓掌干杯。衣院长兴致勃勃地再一次举杯发言："愿我们今后加强彼此合作，互相沟通，互相促进，共同携手开创新业绩，造福人民，取得老百姓的认可和拥护。为实现这一目标干杯！"衣院长带过三杯后说："我的节目结束了，接下来看副陪的。"

由于时间短，进度快，连干三杯后，大家已高度兴奋，还没等副陪开口，便竞相发言。胡主任先说："我们都是卫生战线上的战士，医者难矣！有人说，'能为良相，不为良医'。哪个人不从医院里降生，又有哪个人临终前不到医院走一趟呢？我从大学毕业，干了三十多年，感受不少。说不好听的，医生就是像林黛玉在贾府里，'多一言，不说；多一步，不走。'成天小心翼翼，如履薄冰。又觉什么也不懂，需要学的东西还多得很。人在任何时候都不要以为自己什么都行了。要是那样就离犯错误不远了。望年轻人注意。为年轻人发展得更好，干一杯！"众人深情地长时间鼓掌。衣文平科长也不论座席主次，说："咱们虽在宴席上吃点、喝点，凑凑玩玩，醉翁之意不在酒，所谈的是亲身经历啊！社会上用得着我们似乎称医生，但有个别人很想找岔子，挑事端。譬如说病要紧还是不要紧这个问题，就很难回答。实际上，凡是病就对人构成危害，哪有不要紧的？只是程度轻重不同而已。而病又是一个动态过程，既可向好处进展，也可向坏处变化。我们作为医生对有些病的某个阶段可能有能力完全控制。但病情有时也如一匹野马，难以控制。我又说多了。来！我也陪各位干一杯。我们光说话，一桌山珍海味，都忘了吃，只听这经验之谈了。"

高海珊忍不住了，说："领导们介绍的经验、教训和对我们的教导，比这美酒佳肴更重要，也珍贵着千百倍，尤其对我们这些毛孩子。感谢领导和老师的教诲。我也敬各位领导一杯，谢谢教诲！"大家喝完酒，刚夹的菜还未入口，张勇军就急着说："院长、科长和主任讲得都非常好。我虽是外行人，但也很热爱医务工作。我个人很想帮助立学干好，但没有这个能力。这次我们去琼台买了台交、直两用心电图机，可以对治病起到一定作用。他们想尽快学会操作，识别一些常见病的心电图，准备以义务的方式，用这台新进的机子，对住院病人进行一次心电图检查。请内科老师帮助操作和分析，现场教学，以后在工作中再慢慢熟练。我还有个想法，请内科老师定期或不定期到卫生室蹲点，能否将该卫生室作为句山医院的农村医疗试验基地，请领导斟酌。我敬领导一杯，请共同干杯！"衣院长说："这个课题很好，我赞同。请衣科长和胡主任安排，以后常去看看。给予指导是我们义不容辞的责任。"衣科长说："为住院病人做心电图完全可以，是否请心电图室的同志协助？做二三十份就可以，先从内科做，内科医生都会，就不用心电图室的人帮助。是不是胡主任？"胡志刚主任说："内科就有三十来名病人，一块儿做做就行。外科和儿科就不必做了。不要贪多，还是有针对性地做好。内科也十分有必要上此项目。如前几天高医生送来的心梗病人，当时若做一次心电图，就能先预防性用药，降低转诊中的危险性。现在那位病人有了很大的好转，正在恢复中。然而心肌梗死病人目前虽稳定，但时刻会有突发事件出现，不能掉以轻心。我祝贺郎立学添置心电图机，我们一定全力协助。来，我们再干一杯！"

宴会接近尾声，酒虽未酣，时已过半。衣院长说："大家都谈了不少知心话，酒也差不多了，咱吃饭。各人上了一天班，早回去休息，以后常来常往，常联系就是。最后来个满堂红，干杯！"大家把杯中酒都喝干了吃饭。

饭后大家边走边聊。衣科长问："付丹香，听说你在化验室学得挺好。你学什么都很快，那你学不学心电图？"付丹香说："也想学，不知难不难？"衣科长说："难是不难，如看图识字。但作为一门学问，要深入探讨就挺难。有时出伪相，有时有病反而做不出病来。这是个别现象，但能认识到就很难了。和医学一样，有人领入门，奥妙在个人。"

付丹香说："我准备在化验室学满两周，再去心电图室学。请衣科长帮助啊。"衣科长说："这个好说，什么时候去，就说一声，我通知他们，你去就是了。"付丹香说："谢谢科长！"张勇军和衣胜军议论着如何支持卫生室的事，高医生和尤护士长肩并肩地说那个心梗病人的病情，郎立学和胡主任则谈论诊断的要点。大家被郎立学开办卫生室的行为感动了，都佩服他有开拓精神。

说着，他们来到医院，胡主任让尤护士长回家休息，自己和郎立学先给心梗、冠心病和风心病伴二尖瓣狭窄的三个病人查心电图。

时已八点整，病人还都没睡，就与之说明，用新买的心电图机免费检查下病情，也看看机子的准确性。各人都同意。郎立学便打开机箱，取出心电图机，胡主任熟练地接上电源，开机看整机、描笔摆动和走纸均正常，便找了一个空水瓶，倒上水，取了包消毒棉棒，由郎立学搬着机子和导联接线，来到心梗病人的床前，把机子放在一把椅子上，接好电源。因病人不止一次做过心电图，都自觉露出胸部和四肢部的皮肤。郎立学先将四肢部用棉棒蘸上水涂湿，胡主任将四肢对应的上下左右导线夹好，又把胸部的V1—V6的导联吸盘一一准确吸牢。胡主任又检查一遍，看无差错，才开机，走纸记录。胡主任说："一听就感到声音很正常，走纸很匀，描的波形也很清晰。"十二导联心电图做好后，又单独做了长Ⅱ导联的。第一位病人做好以后，又给风湿性心脏病伴二尖瓣狭窄病人做了，第三份是冠心病的心电图。三份心电图做完，胡主任强调："各位点涂上水，吸盘式电极一定吸牢固，一定要用木制床，不可用导电的铁床。"他结合病人情况向三人对图作了讲解，还向病人说病情有了好转，病人都很高兴。因检查心电图，不会给病人造成任何损害，比听诊还好。主任和高海珊及付丹香回到办公室，郎立学把做的心电图整理好，胡主任将每份心电图都标好导联的名称，并讲明十二导联分别为标准肢体导联、加压肢体导联和胸导联等。他讲着讲着，已到晚上十点，就说："我们都休息吧。你们可去书店买本《心电图手册》或《心电图学》，边学边做，很快就能掌握。但学精不容易。"

因检查心电图时，张勇军无事便去找地方玩。他到郎先卫那里谈论了去琼台的事。郎先卫提醒说："叫付丹香学得多了，翅膀硬了，可别飞走了。"张勇军说："那就是'天要下雨，娘要改嫁'，有何办法？我想，到时候有了孩子可能就牢靠了。目前，他俩离结婚年龄还差两岁，未婚先有孩子要罚款，也不合法啊！唉，咱别替古人担忧了，由她去吧。你睡，我快去看看他们试验得怎么样了。"张勇军来到内科想看个究竟，正巧胡主任和三个学生出来，主任先问："你去哪儿来？"张勇军说："主任，天这么晚了还没休息，真让您受累了。我在郎大夫那里闲聊到现在。您快回去休息吧。"他们遂与主任告别。

张勇军对三人说："我们住一宿，明天再回去吧？我和郎先卫将就一晚上，高医生和付丹香一床，郎立学找个进修的闲床。"

因心电图机经试验结果很好，基本操作也已掌握，四人第二天一早商定回去后有病人就做。医院收五元，他们先收三元。为更快地学好心电图，要将正常和异常的大体上掌握，把做的心电图保存好，记下每人的症状和诊断。有时间一起来请教胡主任，或请求句山医院派擅长心电图的人去蹲点，帮助指导。定好之后，郎立学说："我们三人带心电图机先回去。因高医生半月假快到了。丹香，你觉得化验学得差不多了的时候，就再去学学做心电图，争取再待半月二十天的就回去，咱们一块儿搞卫生室。"四人一起吃过饭后，由张勇军载心电图机。为了防震，他用一个大背包装着心电图机箱子，背在肩上。郎立学见姐夫准备就绪，便和付丹香告别，用自行车载上高海珊，与张勇军一起发车开行。尽管一夜凑合着睡得不很舒服，也比在火车上好多了。今日三人心情很好，精神饱满，又加凯旋，胜利与喜悦之情溢于言表。高海珊坐在车上看到眼前的原野上，遍地是郁郁葱葱的庄稼，那一片片红红的高粱，昂首挺胸，摇晃着脑袋，炫耀自己的芳容；青翠、健美、俊秀的玉米，挺直了腰杆，欲与天公试比高；长得像狼尾巴似的黄澄澄的谷穗，羞得低下了头，默默无语；那山坡上雪白的羊群，在青草绿洲中游荡，追逐。大自然描绘出这样和与丰收的景象，俨然一幅活的美丽画卷挂在当空。触景生情，她竟开口哼起来了："花篮的花儿香，听我来唱一唱，唱一呀唱。来到了南泥湾，南泥湾好地方，好地呀方。好地方来好风光，好地方来好风光，到处是庄稼，遍地是牛羊……"悠扬动听的歌声随风飘向远方。

张勇军则心系水中的鱼儿，正等待他回去调整饲喂新方案，无意观景，只是集中精力骑车。郎立学一心听高海珊愉快的歌声，忙说："你唱得真好听！再来一首。"高海珊听郎立学这样一说反而缄口不语了，装没听见。各人归心如箭，驰骋在故乡的大道上，心情舒畅，与此相比，楼如山峦街似谷的城市就显得那么狭窄和郁闷，在旷野中的金光大道上，多么坦荡无阻，秋高气爽，一望无际，心旷神怡，心中说不出的喜悦化为力量，禁不住奋发前进。一刹那，来到家中。张勇军、郎立学齐声叫娘，高海珊喊伯母，让徐桂贞喜得胖缝起两眼。尤其听到郎立学说买来了心电图机，更是合不上嘴了，忙说："快坐下来喝点水，歇一歇，我这就去给你们做饭吃。"张勇军说："不用了，早上吃过了。我出来两天了，得快回去看看。"他便快喝了点水后起身告辞。徐桂贞说："不用着急，在路上骑车慢着点。过几天叫壮汉和他娘来耍。"

张勇军早就把心电图机放到了徐桂贞的床上了，回头推起车子就走了。

第十七章

图机显威风　确诊心脏病

送走了张勇军后，郎立学、高海珊坐了会儿，打开机箱，取出心电图机，接上电源，把导联线插好，叫徐桂贞脱鞋上床，说给她做个心电图，并说了要求。高海珊用从句山医院带来的棉棒，又用杯子倒上点温水，分别将胸导、肢导的电极部位涂上水。郎立学把胸导、肢导各电极在相应部位安好，将心电图机的开关打开，机子的指示灯亮了，描针来回摆动，又开了记录纸的开关，记录纸开始匀速运行。高海珊问："伯母，有什么感觉吗？"徐桂贞说："没什么感觉啊。只是心稍慌点。"高海珊说："那可能是有点紧张吧。"一霎，十二导的心电图做出来了。机器自动停下来，高海珊立即给她将导联线电极取下来，又以卫生纸拭干接电极处，徐桂贞起身下床。

郎立学和高海珊把先前做的几份心电图和刚做出来的放在一起，左比右照，怎么看高矮、距离都不一样。徐桂贞着急地问："怎么，有事？"高海珊说："没有事，心电图机是检查心脏是否正常的机器。有的病很轻自己感觉不到，可是用它一查就能查出来。"徐桂贞说："这东西真好啊！快去卫生室，给有病的人查查去吧。"郎立学说："才买回机器来，刚开始还要边干边摸索，权当开拖拉机，也得有个过程才能学好。"因高海珊和郎立学都同时在内科学习半年，对哪些心脏病的心电图有哪些变化，都有个大概的了解，只是模棱两可、似是而非的那些波形对应的病变还把握不准。老师说这样的要留心观察，不典型的过些时候也可能就典型了。应通过勤复查来确定。二人手中都有一份心电图资料，都在细心地比较思考。高海珊拿来一本《读者》，把一份份心电图夹在里面，防止丢损。徐桂贞便做饭去了。

不多时，付一农回家了，一看见心电图机就问："这就是你们买的那东西？"郎立学、高海珊忙起身迎接、问好、让座。郎立学忙说："是，这就是我们去买的心电图机。"付一农说："我才从卫生室那边过来，有几个人还问你们回来了没有，我还说你们没回来。"高海珊说："伯伯，您先歇歇，也给您做一下心电图吧。"付一农说："好啊，怎么做？"高海珊说："您先脱鞋上床，露出胸膛和手腕脚腕。"郎立学用棉棒蘸水涂了相应部位，接好电极，一霎付一农的心电图就做出来了。高海珊拿着心电图细细看了，说："伯伯，您的心电图和伯母的心电图一样，都是正常的。"付一农说："我的身子挺好，没什么病。正常就好。"

他们收拾好心电图机，徐桂贞把午餐也做好了。郎立学从厨房端来了炒萝卜条和一盆面条，面条里打的鸡蛋都碎了。徐桂贞不好意思地说："也没做什么好吃的。"高海珊忙说："这就很好，我们上了回琼台，也没给您老捎点礼品回来。"郎立学说："别说了，咱买这心电图机，现从水库上借了钱，债不知什么时候才能还上呢？"付一农说："咱有货就不怕还不上债。这就是做买卖呗。"各人不再谈论，只埋头吃饭。吃完饭，郎立学说："娘，俺都很累，中午休息一下再上卫生室。先别出去说。"郎立学、高海珊上屋去休息。他们刚进屋不多时，东邻家小妮跑来说："俺娘突然心口痛得不敢动弹。俺立学哥回来了没有？"徐桂贞顾不得痛爱自己的孩子，忙说："他回来了，你先回家去，我和他说。"徐桂贞叫出郎立学来，说明东邻小妮她娘突然心口痛得很，叫他去看看。

郎立学双手攥空拳地跑到东邻家一看，小妮她娘痛得蜷缩着身子，脸蜡黄，唇色暗，不愿意说话。额头略凉，手亦凉，脉搏细弱。扶她在床上半卧着，用手掐她的人中与内关穴稍有好转，他问："以前这样痛过么？痛的时候是怎么弄好的？"她答："我常用硝苯地平，好几天不吃了，就又痛起来了。"郎立学说："我回去给你拿药和心电图机检查一下。"郎立学回家叫起高海珊，背着心电图机来到东邻家。高海珊做着心电图，郎立学去卫生室取来药。高海珊用常规方法操作，不多时，一份十二导的心电图做出来了。对比她原来的心电图和病历看：原先的病历显示，诊断为冠心病、心绞痛、高血压病。原血压 165/95mmHg；今天做的心电图与原心电图基本相同。郎立学取来药，让病人立即服下一片。服后疼痛减轻。病人说："你们也能做心电图了？我那是上句山医院做的。"高海珊说："咱卫生室才买来的。"郎立学说："现借钱去买的。"说到钱，小妮她娘就问："多少钱？我有钱，我在医院查一次心电图是交五块钱。"

便拿出五块钱，郎立学很谦虚地说："不收又没法还账。那就少收点吧。收你三块钱，还有药钱一块，出诊费一块，共五块钱。你这是咱村第一个用这台新机子做心电图的人，结果还和在句山医院做的一样。"病人很满意地说："以后可好了啊！不用出去就可以查心脏病。到医院来回得耽误一天的工夫，还要两三个人陪着。托俺的福了！几天的孩子，都成大夫了。"郎立学和高海珊看着病人情绪稳定了，便嘱咐道："别累着，千万别生气上火，要按时吃药。"随后告辞。

回到家来，二人商定先到卫生室，看看谁有心脏病，就去做心电图。一是关爱病人，二是宣传卫生室有了心电图机。郎立学说："咱不但要练习操作，还要对照《内科学》上的心电图例子，判断病人的心脏有无病理性改变。句山医院给病人做的心电图都让病人自己带着，咱也可让病人拿来当参考。等咱操作熟练了，可给村委人员和退伍军人查一下体，做做心电图。再过几天，争取到水库去给他们做一次心电图义诊，不收费。"高海珊很同意郎立学的意见，她说："再过五天我就回天井医院，半月假期已经过一大半了。我走以前和你干完这些活。"

郎立学听高海珊说走，心中一惊，说："你在这里是个主角，是我的老师。现在我心里还没有数。你走了，我还能干吗？"高海珊说："这样吧，你和衣院长说说，请他早派人来待上一个月。因咱这里平时病人少，他们可教咱心电图，尽快使你的心电图技术过关。"二人商量了一阵，便和徐桂贞说："东邻居的病是冠心病，给她做了心电图，开了药吃了，病情稳定了。"徐桂贞说："这仪器真好，买来就用上了。"二人来到两天未开门的卫生室。一进去就感到空荡荡的。从城里回到家，又到卫生室，逐渐地简单化，一个地方比一个地方小，简单，冷清。他们先把心电图机放到桌上，这一放不要紧，心电图机却成了瑰宝，闪闪发亮，使小小两间房的卫生室档次提高了不少，快赶上大医院了。郎立学看着，心中喜滋滋的，说："从此，卫生室将走向繁荣昌盛，更好地造福百姓。高医生，多亏你帮着出了主意，买了这宝贝儿来，这是为人民服务的本钱啊！没有这东西，怎么看心脏病呢？不仅是心脏病，可以说什么病都和心脏有着或多或少的联系。"高海珊说："所以，对心电图机要很好地保护，晚上要带回家，防止潮湿，跌损，不准任何人随便开机弄着玩。凡用交流电源时都要接地线，用电池就不用接地线了。反正对照说明书学会使用方法，记住最基本的知识和注意事项。"高海珊觉得这机子是郎立学的，尽量不操作，免得出了事故不好交代，所以，她都叫郎立学操作。她这样一提，郎立学才醒过来，说："刚开始还是慌里慌张的，只知试试看，还没能注意这些。最好是固定使用，搬来搬去的一旦撞着、跌着都可能会损坏机器。电器，尤其这种检查人体的仪器，都是很精密、很灵敏的，不像拖拉机那么扛糟蹋。"

二人针对卫生室安排的现状掂量了一番，觉得再在那张值班床上做心电图不妥，里间有药品，不安全也不方便。外间的治疗床不但不干净，还得给病人补液体用。最好是再买张简易木板床，安上三相专用电源插座，无特殊情况都在上面做心电图。看情况，需要时也可给其他健康人做检查。最终，二人一致同意再买张简易木板床，再明文规定做心电图一人一次收费三元。

郎立学一看表才下午两点半。见天还早，就与高海珊商量起下一步的打算。他说："到目前为止，心电图机已安装好，可算是万事俱备，只欠东风。在村卫生室上心电图机也算是一件新生事物。为充分发挥它的作用，促进业务开展和技术水平提升，进一步扩大咱卫生室的影响，我想按咱刚才商量的，先给村领导和退伍军人做一次心电图普查，再去水库管理局做个普查，你看行不行？"高海珊接口道："太好了！说干就干，咱立即行动。现在天还早，我在这里看着，你这就去村里找人联系。今天能做几个算几个，做不完的，明天接着做。"郎立学立即站起来说："好，我这就去。"

几名退伍军人开心地接受了，郎立学又来到村委办公室，见村主任丁和祥和文书丁肖华都在，便说明了来意。村主任一听是好事，说："有这玩意儿，全村人托福啊！"二人便锁上门，跟郎立学去卫生室。在路上郎立学和丁主任说："咱这心电图机，是现借钱买来的，正常开诊时，做心电图检查要收费。"丁和祥主任说："这是你们自己的事，由你们自己定，村里不干预。"三人来到卫生室，高海珊已为刚才的几位退伍军人检查完，心电图都属正常。因检查免费，都很高兴。

退伍军人走后，高海珊接着给丁和祥做检查。见他体型矮胖，便问起他的生活习惯与当前的健康状况，以及有何感觉。丁和祥答道："平时喝酒吃肉多点，有时胸闷、不得劲。也到医院检查过，医生说是有点供血不足，给开了点药，吃了也没觉着怎么样，也就没再吃。一天吸两盒烟，血压也不大正常。"他边回答边解衣扣，又自言自语："人生在世，不吃不哈（喝），死了白瞎。"遂上床躺好。高海珊很谨慎地为他安好导联线，开动机器，顺利做了检查。郎立学、高海珊二人细心查看、分析后，说："您是窦性心律，左心室电压高，以后应戒烟戒酒，肉蛋鱼类食品也应少吃。"丁和祥说："你说得很对，应该听你的。就怕难做到，总不能守着酒肴不吃，戒烟倒可以考虑，全戒也难。我这人缺乏毅力，对自己没什么要求，也习惯了，难改。"郎立学又劝道："高医生说的是很好的保健方法，还是早注意为好。等着病倒了就麻烦了。"丁和祥说："回去再掂量掂量。就怕别人一劝就留不住嘴了。这不是犯法的事，一说不准犯就不犯了。"说话之间，丁肖华也做完心电图，高海珊看过说很好，二人便回去了。

高海珊对郎立学说："咱这样做完全可以。做完心电图，咱就看图识字，先不管为什么。做些心电图后，就对照书本学习，再弄明白它就容易了。这就叫有的放矢。明白不？""学生明白！"郎立学打趣道。

二人通过对几个人的检查，好像水平有了很大提高，恍然大悟一般，心中亮堂了许多。高海珊沉思片刻，说："咱们明天在家，后天上水库，我到星期天回去。咱们以后有机会再合作。因我还是天井医院的人，不回去上班不行。以后你自己先干着，若付丹香仍在医院上班，你可以向医院要求派人帮助。若病人不多，工作量不大，也不必耽误人家的时间。依我看，可在不耽误医院工作的前提下，叫她两天上一天班。就是在家住一宿，第二天在家干一上午，下午到医院上班，晚上在医院住下。次日在医院上一上午班，下午来家干，住一宿，完成一个工作周期。过一天，进入下一周期，如此循环。这样安排的好处是两下里都能天天上班。不过，这仅是一厢情愿。行与不行，还得征求医院和丹香的意见。"她说到这里稍一停顿，端起水杯，喝口水，继续分析道："因付丹香是医院的临时工，从医院领工钱，就得听医院的。就算医院同意，这一天去一天米地跑，短期内可以，时间长了，能否受得了也是个问题。总之，一切皆有可能。尽可能和医院商量着办，试着看。如果你一人在家，实在忙不过来，就干脆让她不干临时工了。你说如何？"郎立学说："这个事一要看医院准不准，二得看她同不同意。咱是这么想，她自己还不知怎么想呢？"高海珊见郎立学为难，也不再说什么了。

第二天，卫生室一开门就来了不少的人。听说来了什么新机器，都想来看看，能否给自己做一次身体检查。郎立学、高海珊一时照应不过来，只好劝大家不要急。随后，郎立学跟高海珊耳语一番，即提高嗓门，大声说明："心电图机是自费买的，为维持经营成本，做检查得收费。"同时，介绍了心电图机的用途性能。之后，他说："从现在起，我们有了心电图机。往后，凡不是急症病人，可根据各自的情况，抽空来做就行，在工作时间内，无论什么时候来都行，不一定非今天查不可。所以，大家不要急。若是急症，我们就马上检查。除此之外，一律挂号，按先后次序做检查。"大家听他这么一说，多数人便自觉地告辞了。只有那些原来患有冠心病、肺心病等的少数人留了下来，立时清闲了许多。一直忙到十一点，共做了八份心电图。其中一半有问题，且男女各二人。这四人中，患冠心病一名、风湿性心脏病二名、肺心病一名。因以前各人都曾检查过心电图，这次检查的结果与以往的大致相同。大家都说："我们的医生水平不低呀，和县里的也不差上下了。以后就不必去县里耽误工夫了。"郎立学、高海珊听了这些议论，高兴万分，无比激动。心想，心电图机把我们的技术水平提升了。这是利用新仪器、新技术装备了卫生室的结果。今后，必须进一步提高知识和技术水平，才能与仪器相匹配。

郎立学和高海珊根据各个病人的检查结果，都分别做了讲解和说明，并详细介绍了相关预防知识，有的对症给予药物治疗。二人忙活了一上午，医患两厢都满意。到中午十二点，二人送走就诊病人，心怀喜悦，凯旋回家。

刚进家门，高海珊就高喊："伯伯、伯母好！"两位老人第一次见他俩这样喜笑颜开的高兴劲，忙问道："机器挺好用是吧？要不，怎么会把你俩喜成这个样。"高海珊说："是挺好用啊！检查的结果和在句山医院里检查的一样。"郎立学未及发言，付一农就抢先说："哎呀，真的达到句山医院水平啦？那咱的卫生室将名扬天下，你们就等着接病人吧！"郎立学这才接上说："今上午的病人没看完，下午还得接着看。"正说着，徐桂贞已把饭菜端上桌来。

用过饭，郎立学和高海珊稍事休息，便又去卫生室，将上午未检查的人都做了检查。最后是叫丁小男的十岁男孩，发育和面色均不正常，精神欠佳。郎立学以前曾听说过村里有个先天性心脏病男孩，但不知是哪个。今天，他的家长听说卫生室有了心电图机，才带他来检查一下。高海珊给他听诊，委婉地向家长作了介绍，还详细地告诉他们以后在生活中应注意的事项，并建议他们到上级医院做进一步检查，并告诉患儿家长，如果有条件可进行介入治疗。怀着沉重而又感激的复杂心情，他们致谢道别，回家去了。

高海珊歇息了一会儿对郎立学说："在医院图书室里，我曾看到健康报介绍过某医学院的教授三点、三线的生活方式，即宿舍、病房、图书室（馆）。现在，我们是将三点缩小到看病人的诊桌一点上来了。"郎立学调侃道："此话怎讲？学生愿闻其详，就请高老先生赐教吧！"高海珊莞尔一笑，继续道："你这老滑头，还真会逗。你看咱们的诊桌既是书桌又是饭桌，甚至晚上还在桌上睡一宿呢！这不是三点成为一点了吗？生活就这么多姿多彩。我们是以小屋为天下生活着，大学教授是以校园作天下文章。我们就是看病人、看病历、读书，有时吃和睡，都在这不及一米长的诊桌上完成。人没法比，人家教大学，大学生将来成为老师，老师又教学生，学生才是我们的老师。咱们就在实践中摸索，人家上五年大学才成医生，我们五个月就成了医生，能看病了，我们真是太冒进了，太大胆了。"高海珊觉得自己说得有点离题，便赶快打住，改口道："幸亏病人都回去了。要不让人家听到就会笑话咱。"说完一看表才下午三点半，便与郎立学商定明天去水库。

第十八章

水库再查体　乡医满豪情

郎立学立说立行，做事干脆利索。他见天还早，就对高海珊说："既然明天去水库，咱就不如趁早行动，现在就带上心电图机，回家和老人说声就走，再到姐姐家打个招呼。你看天黑前赶到水库住一宿好呢，还是在姐姐家住一宿明天再去水库好？"高海珊说："随你便，反正时间还来得及。"郎立学说："那就到姐姐家看情况现定。水库上人少，有几个算几个，都给检查一遍，估计也就是一上午的事，争取早结束。你好早点回去整理一下，准备上班。你来这里受了些累，帮了大忙，可叫我怎样感谢你才好呢？"高海珊说："怎么还客气起来了？你不是说我们是一家人吗，还把我当外人对待呢？"郎立学说："我们都是卫生战线上同一战壕里的战友，不是一家人是什么？可以说在一个锅里吃饭，一家子住，就算是一家人。为了卫生室，你出力比我还大。说实在的，你若不是早有了大学生，我就……"说到此处高海珊脸红了，她只好尽最大努力控制住自己的情绪，说："是啊，你若不是和付丹香在一起，又加父母早做许诺，我们两人不也是在一起了吗？"还是郎立学机灵，快转话题，说："咱先快收拾下东西，回家去吧。"

二人赶紧收拾好东西，回家告诉了老人。徐桂贞说："天这么晚了，先做点吃了再去吧？"郎立学说："有什么现成的，吃点也中。没有，就下点面条。"高海珊说："下点吃也快。"郎立学说："高医生后天就要回天井了。"徐桂贞说："可得好好谢谢高医生，来这里白天黑夜地干，真是出了力受了累，吃不好，睡觉也没个舒坦垫子，我真觉着过意不去，得好好感谢你！"一会儿鸡蛋卤面条端上桌来。高海珊说："我还是黄毛丫头，什么也不懂，多亏伯母关心，天天吃您老人家做的可口饭菜。我没做什么，您又天天把我当客待，我更感惭愧。"徐桂贞说："你真是我的好闺女啊！"说得高海珊一阵脸红。

他俩吃过饭，便起身去张勇军家。待走时，徐桂贞忙从付一农那里抓一把糖果，一边给高海珊一边说："拿点糖去给壮汉吃，老空手去，也不像话。"高海珊说："谢谢伯母！还是老人想得周到啊！"顺手接过糖果，背起出诊箱，又帮郎立学背好心电图机，俩人各骑一辆自行车出发了。

买回的心电图机立见成效，让郎立学始料未及，兴奋不已。他思维的电波也如江水之浪，一阵短，一阵长。他既想尽快掌握相关技术，又想用好它，做到不出故障，不误诊病人，尽快挣钱来还债。这双重的压力和责任，迫使他急于去水库。由于思想高度集中，极速运转，尽管高海珊马上就要回天井了，也顾不上与她说些什么。

此时的高海珊也一直在思考着自己当前的处境。她觉察到郎立学现已不大需要自己了。并且，自己早晚是要走的，那就不如早走为好。再者，付丹香才貌双全，是他的心上人；自己与他是工作上的关系，是同志、同事间的关系，而不是恋情关系，应保持一定距离。回想与他相处以来，坚持的也是这个原则。所以，既对得起他，也对得起自己。两下里没有什么牵扯和瓜葛，可以说走就走。从另一角度看，尽管自己也还是个学生，没有成熟经验可谈，而且工作能力上也有缺点，但也起到了帮的作用，并帮出了成果。想到此，她也感到满意，心情也就舒畅多了。

二人默默无语，急行了一段路程。走在前面的郎立学偶尔一回首，看她离得多远，恰好两人目光碰到一起，她说："怎么了，要甩掉俺？只顾自己前面跑。"郎立学说："哪能啊，那不忘恩负义吗？我只是想快点到，早商议，早安排。争取明天能早点结束，晚上举行欢送你的答谢晚宴呢！"高海珊说："哎呀，什么时候学得这么会说了？用不着。俺是无声无息地来，也愿无声无息地走。你千万别动这个心，还是多考虑下以后如何将局面撑下去。尤其在付丹香回来前，句山医院也不派人来的情况下，需要你沉着、细心、认真地对待每一位就诊者。不要遇到重症就束手无策，慌里慌张，拿不出主意来。我看多数病人及家属配合得都不错，咱只起参谋、助手作用。对急重病人应当机立断，该转院的快转。卫生室，说到底是小打小闹，以处理小伤小病为主，先从小的做起，不可瓜地里摸瓜，摸着大的来。大、重、急病，尽量转走为妥。尤其一个人，不要管得出力不讨好。"郎立学说："我的好老师，讲得完全对，我一定遵照执行。我现在的愁真是一江春水向东流，无计可施。你这一说，倒提醒了我，指明了方向。"两人你言我语间，一抬头，来到了郎立学姐姐的家门前。进入大门，正看到壮汉手拿着一块馒头，被那只大红公鸡啄着吃，壮汉撵着打，而公鸡昂起头，展出亮花翎翅，显示威武不屈之势。郎立学忙"噢——"的一声，将公鸡吓跑了，赶快放好车子。壮汉叫："舅舅来了。"郎立学说："壮汉，你看谁来了？"壮汉喊着："高阿姨好！"高海珊立即高兴地说："好壮汉。"顺手从兜里取出两块糖果，剥开红花绿叶的包装纸，将糖块送到壮汉的嘴里。此时郎立兰听着郎立学和高海珊来了，便快步流星从屋里出来迎接，边走边说："请！快屋里坐。"壮汉问郎立学："舅舅背的是什么？"郎立学答："是心电图机。"一边进屋放下心电图机。

壮汉见舅舅和高阿姨来了，一扫平时的寂寞，高兴得蹦蹦跳跳，手舞足蹈。郎立兰也问："这就是你们上琼台买的那个机器吗？"郎立学和高海珊异口同声地说："是。"郎立学又和姐说："这回来是想和姐夫商量一下，明天去水库给他们做心电图的事。姐夫今晚回来不？"郎立兰姐说："可能回来，但这会儿还回不来。"郎立学说："那我们这就去，省得他回家再去，多跑路了。"郎立兰说："这都日头西了，不然等你姐夫回来再说，让他问问水库上的人在家不。一般情况下，除留下一两个值班的，各人下了班都回家。所以你们晚上去了怕是没人侍候。你们确实要这时候去，就等我先做饭，吃了再去也不晚。再说，你们晚上也没地方住啊！"她说完就到厨房做饭去了。郎立学和高海珊商量着饭后也可，也等等姐夫，听听他的意见。郎立学便下厨房帮忙，高海珊和壮汉玩。

壮汉打开冰箱，取出两瓶汽水，又拿来启子递给高海珊，说："阿姨，给启开。"启开瓶后，他叫高海珊喝，高海珊说："我不喝。你自己喝吧。天不热还喝这个，你不怕凉吗？"他像没听见似的，把瓶子送到高海珊的嘴边硬让她喝。高海珊无奈，只得接受。她又给壮汉启开另一瓶叫他喝，并说："壮汉真有礼貌。是谁教得你这么有礼貌的？"壮汉说："是爸爸和妈妈教的。"高海珊说："你学得真好！"

郎立学和他姐还在厨房里忙活，忽然听见摩托车的声音。郎立学说："姐夫回来了。"就跑出来迎接，高海珊和壮汉也出来欢迎。张勇军放好车子，问："你们是什么时候来的？"郎立学和高海珊几乎同时说："我们刚来不多时。姐夫，快到屋里歇歇。"高海珊见张勇军的小兜里提了些虾，便诙谐地说："真是靠山吃山，靠水吃水。每次回家都不空手。"张勇军忙说："我哪里每次都带东西，不过你们来，我是都带点，并不经常。这是今天放饲料时，撒了些引来的，我就收来了。"说着叫郎立学去洗洗，打上俩鸡蛋，做个汤菜。郎立兰因在厨房里烧火没出来，郎立学把虾洗了后就给姐看，姐说："还不少呢，我正愁没有菜吃呢！快拿几个鸡蛋来，没蛋做来不好吃。"姐一会儿便把汤菜做好，端上桌来，香气扑鼻。当然，张勇军要陪内弟和高医生喝上几口。壮汉已饿得等不得了，他妈就用一小碗给他舀了些汤，又把大锅里煮的小米绿豆稀饭也给他盛上一小碗，再递给他一个雪白的馒头，叫他先吃着，好让他安稳着点。这是他经常吃的，并不感到特殊。而高海珊则认为今天是大姐家对自己的特殊招待了。

　　他们一边饮酒，一边说起到水库做心电图的事。张勇军说："去一趟很好，一方面说明水库管理局借给的钱的确买了心电图机；另一方面可表示我们的感谢。不过，咱是全免费还是部分免费？我看全免也行，这样还钱的事就不用急了。公家千儿八百的，点在眼里也不硌得慌。咱又是个公益事业，先用着再说。医务工作不是干其他事。人生了病才去找医生。人家没生病，你当医生的跑跟前拨弄人家，人家还不烦你呀？比如我，你没事要是问我哪儿不好受，不是在诅咒我吗？我好好的，怎么就不好受来？这是丧门话呀！所以，医生就在家等病人上门。我看医生就是庙里的神，有求必应，不用登门拜访。有人病了，还用着你的方子，主动去问下，人家还是很高兴的。"郎立学听了姐夫的话，觉得心中亮堂了许多。原来总觉得欠下些债，得快还上才是。人家不生病，主动去检查人家的身体，反有误会，也只得慢慢地挣钱还债，想在短期内完成很困难。他想到这里，便说："姐夫的意见很对。"高海珊接着说："姐夫说医生的工作是种被动性的工作也对。但是，贯彻以预防为主的方针，围绕保健防疫，帮助群众做好疾病预防，及时开展免疫检查和疫苗接种工作，比如发放口服预防药及注射疫苗等，就需要医生主动出击，而且还要做好，做到家。唯有如此，才能取得群众的认可和支持；唯有如此，医生的工作才能变被动为主动。你们说对不对？"大家都点头称是。因话题都指向了工作，喝过几杯，便吃饭了。郎立学忙帮姐清理饭具，高海珊与壮汉玩起了电动汽车。张勇军到院子里收拾零乱的东西。

　　因依张勇军的意见，还债可不必太急，所以高海珊今晚上去水库的意见也慢慢冷下来。她原想今晚上去水库，和那儿商量下，多检查几个人，多挣几个钱好还债。现在看来只好是明天去水库了，能检查几个算几个，也算是上次检查的延续吧。也能轻松地很快完成任务，下午就可早早回家了。如此一想，也就不急不慌了。

等各人处理完家务回到屋里，郎立兰泡上一壶茶，对壮汉说："你自己玩，让阿姨休息下。高医生，你也快坐下歇歇。俺兄弟建卫生室，幸亏您来帮着。俺知道，靠他自个儿是干不起来的。多谢你了！以后休班时你也常来看看，多指导他。"张勇军也说："高医生来到这儿就一心干工作，比干自个儿的还出力，我们真是很感激。你明天回去太急，可以住下耍耍。人不能一个劲地干，得劳逸结合。自壮汉他舅叫你来就没休息一天，一连干了这半月，生活上很艰苦，吃不好睡不好，我们觉着很抱歉，不知如何感谢你才好。"高海珊说："您这么说不就见外了？我们两人也算是同行，还是同学，互相帮助是应该的。您总这么客气，真让我不好意思了。"

说话间大家喝了会儿茶，张勇军说："我们轻松一下，拿扑克来，咱们打个百分，调节下情绪。"于是，将桌上茶具移去，郎立兰拿来一个洗得很干净的白包袱铺在桌上。随即把扑克牌往桌上一放，齐刷刷地一字形排开。此时，壮汉也拿来小马扎，坐在一旁看热闹。

壮汉看到第二把牌时就上床睡了，现在大人也该休息了。

郎立兰安排高海珊在小北屋睡，郎立学到东偏房里睡。她一边安排，一边说："要不是这事那事的攒不下钱，那两间屋早就盖起来了。"高海珊说："您说的也是啊，刚为立学学医、办卫生室您就出了不少钱。等他以后挣了钱，再叫他帮你盖屋。"你言我语地说了一通，各人才去睡觉。

张勇军与郎立兰嘀咕，立学究竟是要谁？高海珊还是付丹香呢？看着可是都很亲热。现在青年真是自由！

第二天早上，郎立兰下了面条，大家简单吃过早餐，便一起上水库。郎立兰送行时，看着郎立学、高海珊很喜悦，但还是有阴有晴的，说不出是什么感觉来。

来到水库，张勇军领着他俩先去了办公室。曾也花文书一看郎立学、高海珊两位医生也来了，赶忙招待。张勇军对她说："他们俩从琼台买来了心电图机，现在带来了，要给大家做一次心电图检查，愿意的可以来检查一下。先给办公室人员、炊事人员、水库护理队的人员做也可以，免费检查一上午，请你文书大人酌情安排就是。王局长在家吗？"她回答说："王局长昨天上午上城里还没有回来，也可能会回来。"张勇军说："噢。还得安排个有张床的房间。"曾也花说："可以。"她接着吩咐人员去整理。这时郎立学才吞吞吐吐地说："幸亏您和局长关照才买了这心电图机，我们很感激，不知怎么报答，所以来给大家做做心电图，以表心意。这是健康查体的一种，比单纯听诊更先进。"曾文书说："咱们是公事公办，借给这么点钱算什么？也别当个事，以后能还就还，不还也没什么大不了的，全当是资助了公益事业。都是为了社会主义大家庭嘛！"高海珊说："曾文书真会说话。不管怎么样，郎立学建卫生室，的确是多亏了水库上大力关照。要不，哪能买上这心电图机啊！真得好好谢谢这里的领导和同志们，得好好谢谢您！"

正说着，服务员回来说都准备就绪了。曾也花和高海珊说："走，趁现在不忙就先给服务员她们检查吧。"高海珊说："行啊，您也一块儿去吧。"曾文书说："行，她们查了，我也随着去查一下。"她和高海珊说着话到了查体间，郎立学早把心电图机放好，接好电源线和地线。服务员一听要给检查心电图，都很高兴，她们还未曾见过，更未检查过，又惊又喜。

第一位检查的是给泡茶的那位服务员。她也是位如花似玉的姑娘，仰卧于铺着洁白床单的木床上，引得伙伴们咧嘴笑。高海珊觉得这样不妥，叫她们找个隔扇，把床挡起来，由高海珊一人为她们做检查，并告诉她们有手表的要摘下来保管好。由于已做过好多次了，一切操作规程她都已熟练，能将四肢和胸部电极准确放置，工作效率也高，已很像一名训练有素、稳重老练的医生了。

她叫检查完的服务员帮着做记录，将每个人的姓名、性别、年龄都记在各人的心电图上，所以六七名人员的检查很快做完了。曾也花也检查了，之后其他女士也做了检查，均无重要异常。

郎立学去请炊事班的人回来和高海珊说："炊事班的五六个人马上就来。"

先来的是位矮胖高血压患者，心电图示左室高电压，平时饮酒较多，高海珊便嘱咐他少饮酒，低盐饮食，持续服降压药。有一位较瘦、中等个、吸烟多的，是慢支患者，心电图示 P 波高尖，说明肺动脉压高，劝他以后坚决戒烟，多呼吸新鲜空气。其他人员心电图无多大变化。炊事员们检查后，有的说："哎呀，你们真了不起啦！几天就买了这种仪器来，真是鸟枪换炮啦！"也有的说："再过两年就要买什么爱克斯光机啦！"七言八语地谈笑着走了。唯独那矮胖子，不大服气："咱就喜欢喝两口，戒它还行吗？人生在世，不就吃点喝点！"嘟嘟囔囔着走了。

高海珊和郎立学感到卫生宣传工作是不容易的事，需要长期努力。郎立学说："有些人是不见棺材不落泪。"高海珊说："高血压病人不出现并发症是不会认输的。只有出现心、脑、肾的重大损害才认账。可到那时，已晚三秋。"二人等了一会儿也没有人来。高海珊跑到办公室问曾也花文书，她说："没有人就算了，收拾家伙吧。"

正说话间，局长的轿车缓缓驶来了。车停稳后，司机下来，打开车门，呵护着局长下车。局长穿一件雪白的衬衣，系一条天蓝色的领带，下着黑裤，上衣下部扎于裤腰内，仪表堂堂，精神焕发。腋下夹一个黑色文件包，稳健地向办公室走来。曾也花文书通过玻璃窗看到局长来了，忙出来迎接，说："我想你上午事忙，可能下午回来。"郎立学和高海珊也向前迎接，说："王局长回来了？"局长一边向座椅上坐，一边："高医生、郎医生来了，请坐。我本想早上来，但因水库大坝的事情耽搁了。我明天还要和县水利局的同志一起去汇报并邀请专家来考察。我回来先说说，等会儿我带上大坝和水文资料就回县里去。曾文书，尽快给准备下。怎么？两位医生来有事吗？"高海珊说："王局长，我们这次来是感谢您资助俺买来了心电图机，经过试用很好，现带了来请您过目。"曾也花说："他们是为我们检查心电图来的，办公室和炊事班人员都已检查完。正等你回来，也检查一下。你现在有空吗？要做很快，还在上次查体的那个房间。"话说间服务员早将局长的口杯洗净，沏上龙井茶，满室充满了茗桂芳香。高海珊说："王局长，您先休息休息，喝杯水再查也好"。

王益才慢条斯理地说："其实，我去年秋天上北京，一起去的几位到北京协和医院做了一次健康体检。那里的大夫护士，服务态度真是热情周到，虽是健康检查，都很认真，很细心。什么心电图、B超、脑电图、X光透视、血、肝肾功能，查得很全面，一切都很正常。那个心电图室，有三部心电图机，做一份心电图，有操作的，有分析的，用分规测量，再与标准表对照。大医院的一切都非常正规，不愧是全国一等医院啊！

现在身体感觉良好，再体验一下，看看咱家的和人家的有没有差距。我们虽不能和人家比，但我们能做的，都要尽量做好。能做到到家里来检查，还用我们到处跑？是不是？不知什么时候他们才能到我们这里来。"曾也花说："这都是说着玩。王局长，要不你现在也去做一下检查好不好？他们来一趟不容易，别辜负了人家的好意。"她又吩咐服务员去换床干净床单。

曾也花走在前面，王益才、郎立学、高海珊，还有一位服务员随后，来到临时心电图室。床上已换上雪白的单子和新枕套。王益才先看了下心电图机，惊讶道："啊！还是福田牌的，半自动式。这和协和医院的机子是一个品牌。哎呀，咱们也和国家级的一样了，你们了不起。就看你们医生的水平了！"高海珊说："只要我们坚持不懈努力学习，水平就一定能提高。我们现在还是小学生，将来要成大学生。"王益才说："只要刻苦学习，就一定能赶上，有志者事竟成。"边说边脱鞋上床坐下，摘下左手戴的上海牌手表，交给曾也花拿着，她可能怕掉到地下，便戴到自己的左手上，和自己的一比，相差若干倍。当局长躺下，服务员帮着将袜子向下一撸，露出脚踝，郎立学按规程将心电图机的各导联电极放置好，高海珊也一块儿核对，以表现对领导的特别重视。高海珊开机，描笔规则摆动，接着启动走纸，纸匀速运动，机子蜂鸣声起，各人都静静地听着这和谐乐曲，听得入神之际，心电图完成了。郎立学取下电极，又用卫生纸拭干皮肤。

高海珊取下心电图记录纸，填上名字和日期，细心阅一遍后，说："无异常发现。"王益才说："我说不用检查，又一次浪费，给人家病人做一次多有意义。"郎立学说："心电图必须有正常人的做比较，才能判断非正常。"王益才局长说："好好，我是服从你们年轻人的。"局长一看表十点了，便和曾也花说："你告诉伙房，中午做几个简单的菜，和医生们吃个饭。"郎立学忙说："天还早，不用准备饭，这里没有事了，我们就回去。谢谢局长的帮助和照顾。高医生下午还要回天井医院。"一边说着，大家一起来到院子里。曾也花刚要去和伙房的人说，南边有人拿着条大鱼大步流星地走来。近了一看还是张勇军。张勇军见王益才在，忙大声说："王局长好！"王益才说："本应局里做点饭，感谢医生，你还又拿鱼来，带回去给家里人吃吧！"张勇军说："哪里的话，这么条鱼不像样，谁叫咱还不富呢？"说着就去了伙房。曾也花便叫服务员去和伙房里说中午做四个菜。因要为局长准备文件资料，她就跟着局长回了办公室。

郎立学和高海珊收拾好心电图机后，把门锁好，到水库大坝走了一趟，看看大好的山水风光。郎立学平时也来，但每次来都有不同的感受。从学习当医生，已来过两次，这是第三次来，好像山更清水更秀，似乎一切从此开始。这都归功于张勇军的帮助。所以，他有胜利的喜悦心情，觉得眼前的风光最美，格外亲切。这蓝天白云，青山绿水，碧波扁舟，似天堂胜景，激起他满怀豪情，随口唱起"小小竹排江中游，巍巍青山两岸走……"

高海珊看到此景，亦感半个月来的努力没有白费，也是心怀喜悦。但见景思情，虽与郎立学在工作上合作如此密切，但个人感情总是有距离。她还是思念在海大的白文福。若白文福在身旁相伴，那郎立学只能靠边站。各人都是思绪万千，故在高兴之际，略显寡言少语。他俩一度沉醉于大好的时光，尤其在这离别之日，悲喜交加，更是没有话头。正在尴尬之时，突然从背后传来一声喊叫，他们猛回头一看，又是张勇军跑来叫他们回去吃饭。正遂心意，高海珊多愿意早吃过饭好早点回家，早脱离这离别前的苦楚。张勇军说："咱早吃饭，王局长有事，要急着回城里。"三人便加快步伐往餐厅去，并商定吃饭时只说感谢王局长、曾文书的支持和帮助，别的不提。

来到餐厅，王益才局长、曾也花文书还没有来，张勇军便去炊事班约了两位炊事班长来。尽管不是大宴，但这一是办公室安排的，二是为答谢医生给做了心电图检查，所以饭菜还是少而精。虽然以鱼为主，但鱼是先炸后烩，加糖醋香料，更加香脆可口就成了一道名菜。宴席上最能展示厨艺的一道菜就是鱼了，做出来的鱼要既不腥不腻，还要香脆酸甜可口。不一会儿，王益才、曾也花来到餐厅，大家围桌而坐。品味这道鲜美佳肴时，张勇军主动说："幸亏王局长、曾文书的帮助，才买上了心电图机，这将非常有利于农村患者的诊治。有的患者一时不能上医院，就在卫生室先检查治疗，以免延误，这就大大方便了病人。"高海珊说："王局长看过这机子说和北京协和医院的一样，都是福田医疗器械厂的产品。"王益才说："我去年在协和医院体检，用的心电图机就是这个牌子的。这就单看我们的能力是否能与协和相比了。"郎立学说："我们的机器是相同了，但人的技术水平还相差太远，不可能与之相比。但我们可以学习，当然有的能学，有的是学不来的。"

这次聚餐，王益才局长看人不多，没有特意准备，又加付丹香这个漂亮女孩子没有来，显得有些逊色。此时，他心里想的是遇到加固大坝这样的良机，如何使自己在上级面前展示个人才华，以便争取更加光明的前途。因此，便心不在焉地应酬了几杯啤酒，怕妨碍工作，未喝白酒。最后，王益才说："祝卫生室越办越好，在为人民服务的道路上做出优异成绩，向群众交一份满意的答卷！我们虽然分工不同，但为人民服务，为社会主义做贡献是一致的。这次上级决定，对水库大坝进行历史性加固，就是为了人民生命财产的安全，为了人民的利益。作为水库管理局来讲，是目前的头等大事，一定要办好。"说着吃了点馒头就结束了午餐。王益才又说："以后有机会再相聚。"饭后大家先送走王局长，随后郎立学和高海珊也要返回卫生室。

此时张勇军觉得有点淡兴，便无话找话，对高海珊说："今天的事，办得还算是比较顺利。王局长有要务，能来陪咱，说明他对此重视，这就很不错了。我们对任何人都不要苛求。只是你来这么长时间，受了很多累，应很好地谢谢你才行。各人都有自己的工作，以后再凑到一起很难。但不管怎样，以后我和郎立学会常去看你的。你回去上班就轻快了，先好好休息一下再说。我就不再去送你们了，路上小心着点。咱们后会有期，祝你好运！再见！"二人寒暄几句后，他就去养鱼场了。

郎立学和高海珊面临离别，各人一路无语。半年多来的同学同事生活，两人朝夕相处，现在难舍难离。是同学同事关系，就不像情人恋人那样真切。被外人看着像一对恋人似的。但外像，内不像，外热内凉。在共同的事业中，各自的才能得到了发挥。俩人相处期间，都感到生活是甜美的。共同工作，是纽带，是桥梁。将来争取合作的机会，仍有空间。经过一段沉默之后，还是郎立学先开了口，说："高医生，你走了，将来我怎么办？我想离开了你，我就没有依靠了，生活上孤单又空虚，工作上举步维艰。平时可以说是每一项工作，每一个病人，我们都是一块儿商议，共同处理，你是我的主心骨，主心骨没有了，我还能行吗？"高海珊说："你就不要太悲观了。我在这里，你反而发挥不出主动性，长期处于被动状态不行。其实，你比我强，你也不能过于谦虚。医生工作既要谨慎细致，又要勇敢果断，自己要相信自己，这一点很重要。比如急性心梗抢救的黄金时间，是发病后的半小时内，若自己不能治，应及时转院，立即拨打 120，派救护车来人抢救。干医生切忌吹嘘的恶习，病不重说得很重，不好治的，说是很易治，招摇撞骗最不好。只要我们一心一意为人民服务，多看书，多实践，工作就一定能做好。医生最忌死人，但是哪个大医院不天天有进有出，也有死了的？人的生命就是有生有死，有人长寿，有人命短，有人年龄不大就患上不治之症。曾有人说人无不治之症，也许有一天什么病都能治，但从现在来看还是不现实的。"

经过一阵沉默，高海珊竟滔滔不绝长论一番，说得郎立学想说又不能说，听着句句都顺耳，中间只说个"是"字，无反问和反驳的话。高海珊说完还问了一句："你说是不是？"郎立学说："你说的极是，完全正确。我一定照你说的去做，用实际行动感谢你的帮助。我觉得与你相处的这半年多是最宝贵的黄金岁月。在这期间，幸亏你提携，才使我顺利完成学习任务，你是我的同学、同事、老师。不论白天黑夜悉心辅导我，哪位老师能像你这样耐心细致地教我呢？同学、同事能做到这样吗？我真的无限感激你。"

说完，他便话题一转，问："高医生，你什么时候和白文福结婚？等他毕业还有两年，你能耐心等吗？今年寒假结婚不？要结婚我去贺喜，喝喜酒。"这时两人并行，高海珊的一张桃红脸转向郎立学，又如一轮旭日，照亮了他的心。两颗心都被这句话击中，顿觉走不成路似的了，便下了车走一程。沉默了一会儿，高海珊才说："你还关心我？你什么时候结婚？"其实，高海珊知道郎立学和付丹香两人不够晚婚年龄，自己和白文福的够了。郎立学说："俺是熬到年龄够才办，你们可是够年龄的人呀？"高海珊说："依双方老人的意见，早就办了。可是白文福想留在琼台，让我到他的学校去干个差事，结了婚以后就不好办了。真是想办，也很难办。除非我在琼台某医疗单位找个工作以后再结婚。我和你说吧，我们主要纠结的是这事。也怕夜长梦多，海大的女生不少，他再找个女大学生也是有可能的。所以说我也很悬，前途渺茫啊！"

俩人说着说着到了卫生室。放好东西后，看无人等候，郎立学便帮高海珊把她的物品装上自行车绑好，背着心电图机一起回家了。

第十九章

日夜伴半年 握别心伤寒

　　二人回到家，郎立学放下心电图机，和母亲说："我们上水库回来了。高医生今天就要回家了。她来帮着筹建卫生室，出力很大，受累不少，要她再歇一天也不。"徐桂贞和高海珊说："闺女，这才出发回来，住一宿包顿水饺吃，明天再走吧？在这里受些累，吃得也不好，真对不起啊！我也没什么东西答谢你。"说着，从兜里掏出一百元钱递给她。她说："伯母，钱我有，什么也不要，这钱你留着自己用吧。"徐桂贞说："我也没给你买件衣裳，这钱你拿着买件衣裳穿。别嫌少。"郎立学也劝道："高医生，你就收下吧，这是俺娘的一点心意。"并对他娘说："她还要回家，时间很紧了，回来时都没到姐姐家。"两人喝了点开水，郎立学便骑车陪高海珊一起出门了。徐桂贞送他们出了大门，和高海珊亲切话别，目送着两个孩子的身影远去。

　　郎立学想叫高海珊在城里住一宿，明天再回天井。而高海珊怕再忙活大家，想尽快离开，不然拖得时间越长，离别的伤感就越重。所以，她两眼含泪，劝郎立学不要送了。女人总是容易哭哭啼啼，他俩只好推着车走到公路上，高海珊还是不上车，郎立学只得随后慢慢跟着。他快走了两步，与她并肩走，扭头一看，她竟泪流满面，方知她泪遮双眼看不清路，所以不敢骑车子，只得推着走。高海珊本想忍着痛苦，快离开这个家不是家，亲人不是亲人的地方。此时，她认为只有工作才是现实的，其他东西并不重要。你看在此有谁是知心的人？表面上笑脸相迎，内心谁知如何？郎立学和付丹香是天生的一对，我算什么？算第三者？工作上是需要，感情上却是个肿瘤。现在郎立学有个可以谋生的资本，自己则一无所有。人走茶凉，咱还没走，就都冷了下来，在水库上就冷冷淡淡。徐桂贞知自己要走，就什么也没有准备，就给这么一百块钱，

189

莫不是一掰就掰开了吧？看来母子都是有预谋的。她越想越难过，越想越悲切，竟停下来，想问郎立学个究竟。又一想，自己这么以为，人家也可能不是这样想的呀！于是打消了追问的念头，只沉默不语。又走了一会儿，情绪也渐渐稳定下来。

郎立学察觉到她心情不愉快，便说："高医生，要不咱再回家住一宿，歇歇明天再走吧？今天走得太仓促，晚上做俩菜慰劳慰劳你，也算是给你饯行，好不好？"高海珊说："你还客气啥？我是觉得我太无用了，我到底是做了些什么？来了半个月，你看我也没帮上多少忙。我不来你也能照样做到这个地步，我还是快走吧。"经这么一交谈，她心里的怨气消了许多。郎立学灵机一动便说："有人说'分手使友谊更深，离别使情思更甜'。"高海珊说："哟，你还是个文才呢？"郎立学接道："今天我也送你两句：句山河水三千里，不如海珊助我情。你看如何？"高海珊一听，咯咯地笑起来了，郎立学说："笑为嗤也。"她反而笑得更起劲了。郎立学说："女人感情就是丰富，动不动就哭笑无常。"高海珊嗔道："好一个郎立学，你把我看成精神病人了，什么哭笑无常啊？你当了两天医生，还不会走，就跑起来，也不怕磕断腿？"这句话的重量可不轻，郎立学急忙说："好好，我失言，我失言，请高大姐莫见怪！"

俩人说着话推车走了一大段路。郎立学说："咱到付丹香那儿住下，你明天再走也行。晚上和付丹香一块儿吃顿饭，权当为你饯行。说真的，你回家，我心里很不是个滋味，有道是'男儿有泪不轻弹'，不过泪往肚里咽，而不流出来罢了。"他见高海珊不说话，便又道："咱俩半年多，结下了不解之缘。因你有公开的对象，我有句话曾多次想和你说，却压在心底，不能说出来。"高海珊听到郎立学有一句永存心底的话永不能说，便动了心。很明显那句没说的话是什么意思，便委婉地说："是啊，人与人之间，有的话可以讲，有的话不能讲。不能讲的话有两种，一种是丑话脏话，说出来伤害人；一种是不可实现的，讲了等于没讲。不能讲的话就不说了，是不是？"郎立学说："哎呀，高医生还是个语言学家和心理学家，俺心底压着一句永不能对你说的话，你还能猜到。真神！"

两人你一言我一语地说着，不知不觉中气氛缓解了。一晃来到那岭的制高点，向北一望，可俯瞰句山城全貌，向南可隐约看见自家的村落。郎立学料定高海珊乐意在城里住下，便劝她一块儿到那水渠阀门处的水泥板上坐坐再走。高海珊点点头，表示同意，郎立学高兴不已，忙把车子停下，高海珊也将车子放好，两人高高兴兴地到那块被风吹得干干净净的水泥板上并排坐下。一望四方，感慨万千。郎立学说："今后，我们俩分居在句山河的东西两岸，等七月七鹊桥搭起，牛郎织女相会。我是牛郎，织女是何人？"高海珊说："郎立学，你好聪明，又在装糊涂。织女是付丹香，没有银河相隔，你们可随时相见啊！"说得郎立学一时闭口无言，但他迅即一想，怎么牛郎河东织女河西？这一提醒，马上来了灵感，噢，是啊，牛郎在东，西施、西施，美女在西。郎立学说："哎呀，我自己就是牛郎，西施当织女，你就是西施。"高海珊说："院花付丹香才是你心中西施，我可没把自己比作西施啊！"郎立学说："情人眼里出西施。不把爱人当成西施，怎么能终身相伴呢？"高海珊说："这话有道理。"

两人说够了也歇够了，一看太阳不高了，便骑上车飞速来到句山医院。他俩见付丹香下了班刚要吃饭，寒暄一番后，三人一块儿来到东风饭店，要了两个菜和一斤水饺，加一瓶红葡萄酒。这是三人第一次专门到饭店吃饭。吃着喝着，三人谈论了认识以来的感受。一提到高海珊要回天井，各人竟吃不下，喝不下，说不出话来了，两位女士泪流满面。

付丹香哽咽着说："高医生，我们幸亏你出主意，想办法，诚心诚意指导帮助，才达到今天的状况。我想你不能走，你一走，郎立学成了独臂将军，一个人怎么工作呢？最好你再住些日子，等我回去你再走。俗话说一个好汉三个帮。你回去看看，能否再来待些日子。"这显然是在试探。其实付丹香的心中很矛盾，工作上是需要她，而又怕她长期住下去，占了自己的位子。有道是异性相吸，同性相斥。没料想高海珊听了付丹香一番话，反倒伤心起来，但见她接上付丹香的话茬说："好一个大美人付丹香，人家都说你是当代西施，学什么会什么，人品好又聪慧，可没想到你今天竟能说出这样的话来，怎么我成了出谋划策的？说实话，凡是大事，都由郎立学的姐夫做主，我只是出点力，干点活。我和郎立学只是同学、同事、朋友，关系很明确。我这次来，是特地请假帮你们干的，并无其他想法，不求名，也不求利。至于我起没起作用，请你们对外千万不能多讲。以后如有要我帮忙的事，我会一如既往，不遗余力。不过，你们的事，全得由你们自己决定，我只能以同事身份提个建议什么的，对也好，错也罢，我都不承担任何责任，一切风险和责任均由你们自己担负。今天晚上既是告别，也是欢送。为感谢你对我的盛情款待，先敬二位一杯！"付丹香有点接受不了，刚要开口，郎立学抢先一步说："你们二位都不要误会，高医生牺牲自己的假期休息时间，没白没黑地帮我们实打实地干，也确实提了些好的建议，帮我们建起了卫生室，功不可没，这是大家公认的。我们却如此简单地饯行，实在是抱歉。你的恩情俺永远不会忘记，也请你以后给予更多指教和帮助。有时间我会常去看你，有问题我也一定会去请教你，你可不能推辞啊！"郎立学的一番话，才使高海珊的心情平静下来。此时，付丹香平下心来一想，也觉得说"出主意、想办法"是有点不恰当。好像高海珊来只是指手画脚似的，成了只说不干的了。想到此，她便端起酒杯对高海珊："不好意思，都怪我不会说话，惹得你不高兴。这样吧，敬你一杯酒，就当小妹我向你赔个不是。"高海珊见状也端起酒杯，说："哪里的话，我没不高兴。谢谢你，咱们共同干杯。"说完，二人一饮而尽，吃了几口菜，付丹香又说："高医生什么时候和白文福办喜事？你们这样一个东，一个西，不在一起很不方便。"高海珊说："我们青年人，不像老年人那么简单，说办就办了。我们这样就很好，很合时宜，现在是婚姻自由嘛！"

这一席话说得郎立学和付丹香两人哑口无言。在无奈中，郎立学举起酒杯，说："我们喝酒，感谢高医生的帮助。至于婚礼，我看一切从俭，摒弃陈规陋习，大大方方，简简单单，二人到个地方玩玩，不就可以说是旅游结婚了吗？我们今晚上，不就是婚宴么？量虽不多，可鸡鱼肉蛋都有了，又是好葡萄酒，我看农村里的婚宴，不就是白菜豆腐么。好，再干一杯。我们这不算婚宴，算是婚宴预习吧！"三人又是一饮而尽。酒也可以忘忧，所以曹操曾说："何以解忧？唯有杜康。"现在三人一大瓶葡萄酒快喝完了，都成关公了。付丹香不愧聪慧，看到郎立学有点醉意，赶快拿起茶杯以茶充酒，叫各人多喝茶解酒。付丹香和高海珊低声说："我去化验室学习，不能喝酒了，已喝半杯了，叫老师发现了不好，你再与郎立学喝两杯，咱吃饭吧。"高海珊点点头。

郎立学的思维电波一波波延伸着。今晚两朵花都为自己而开，面对碰杯就是极大的享受，谁能与自己相比？还是酒杯斟满，举杯邀请两朵花饮酒，谁知花儿只是触一触口，滴酒不进；饮酒的只是他自己。他可能醉了，瓶子里的酒已喝得精光，他又要要酒，两朵花都不准他再喝了，要他吃饭。两朵盛开的花，在醉意蒙眬的郎立学眼里似仙女，其一举一动，都在诱惑着他，最终他被两朵花儿的温馨所折服。听二女士一齐叫吃饭，他百依百顺，唯命是从。要的饭是小油菜卷和蒸包，那大小如仙桃的小蒸包，郎立学三口两口的就是一个，一连吃了六七个。他感到今晚的饭菜酒都特别好吃好喝。看他吃蒸包，付丹香就吃油卷，油卷里面的葱油和佐料，是她第一次吃，感觉特别可口。高海珊吃了一个油卷和一个蒸包，即告吃饱。各人吃完后，付丹香给他俩倒上水，她喝了水即向两人告辞，说先行一步去化验室上班，到十点左右下班，让他俩喝点水后可先到街上逛逛再回宿舍，不要等她。交代完毕把钥匙递给高海珊，道声"拜拜"径直出了饭店。

　　付丹香回到化验室，尹波峰正在看书，见她到来也未表示什么。突然一对夫妇抱着个哭哭啼啼的小女孩来到窗口前要查血。付丹香抢先到窗口接过化验单，看是检查血常规。尹波峰随后也过来，付丹香将化验单递给他，自己就去握住那小女孩白嫩的小手，要采血样。小女孩哭得更甚，连喊"俺不！俺不！"付丹香注视着花瓣样的小指头，不忍心用针刺。正在犹豫之际，尹波峰看出她是心软，便接过那嫩白嫩白的小手，消好毒，将无情的针放在嫩白的小手上，轻轻一刺，冒出一个红红的血球，犹如雪上绽开了一朵鲜红的小花。瞬间，小女孩反而不哭了，也不知是疼得不哭了，还是吓得不哭了。付丹香迅速用小吸管把那滴宝贵的红宝石般的血球吸起来，又用玻片从出血处刮一点血，在另玻片上做成血片。她谨慎地做了血色素对比测定，又用显微镜计数红白细胞及分类，填写好化验单，请尹波峰签字发出。尹波峰郑重其事地对付丹香说："遇到这种情况，最好是多安慰小孩，不让他动。因我们陌生人安慰的效果差，只能采取这种强制办法。只要陪护人合作，能固定好采血部位，我们就得将心一横，快速一扎，待出够做化验用的血就及时采血，这样才能完成任务。一般情况下，采血前小孩子不知要对他干什么，便恐惧害怕，挣扎着要离开。等采血完成了，反而不哭了。"付丹香听后恍然大悟："原来如此啊！"尹波峰把话锋一转，又继续说："你是否觉得有我在这里有依靠，便故意把这粗野的事让给我干，显得你善良？"

　　刚开始，付丹香听着还不住地点头领教，当听到他的质问时，脸腾地一下就变得像朝阳一样红了。此举令尹波峰感到诧异，遂觉所言过重，刺伤了她的自尊心，便又以温和的口气道："请你不要介意，我这是和对同事一样对你说的。总之，以后还会遇到这种情况，都得这么做。有时，有些事，医生不下决心、狠心，确实就没法做。只有鼓起勇气，才敢于向病魔开刀。"付丹香应道:"老师讲得对,我是太胆小了,不敢下手,怕扎不好针,伤着筋骨。"尹波峰说:"因小儿的皮肤很嫩、很薄,只要把手指捏好,扎针用力不要太大,轻轻一扎就出血。我们医务工作者对病人服务,就是要从细微处入手,扎扎实实做起。化验工作,就是一种细致的工作。现代医药学的发展主要向微观方向发展,细胞学、分子学、基因学等新科目正是热门。对病人只有慈母心还不够,也得有严父心。"啊!这"慈母、严父"让付丹香听得又一阵脸红。尹波峰也觉察到她这一微妙的情感变化,便没再言语。付丹香平静下来后,回想起吴英爱也说过给小孩子采血样的方法,就在心里盘算以后怎么应对小孩的哭闹。

郎立学和高海珊在灯光暗淡的大街上漫步,一时找不到话题。还是高海珊主动,用右手一指临街的一个城关镇医院门诊部,便以此为题打开了话匣子:"城关镇医院原来在城北郊,很兴旺。当时嫌地方小,没有发展前途,便在栗山附近建了新院。那地方偏僻,去的人少。后又迁址到城西十多里的地方,离交通主干道还有二三里地的土路,终因交通不便,去的人少,难以为继。无奈之下,采取了化整为零的办法,让医务人员自愿组合,自己租地方开门诊,结果全城里一下子开了十余处'城关镇医院门诊部',极大地方便了群众看病就医。从此,医院经营走出低谷,又渐渐红火起来。"

郎立学耐心听她讲完,未予置评,却问:"咱俩过去看看好吗?"高海珊说:"对呀,过去瞧瞧。"进门就看到有两个病人在滴液体,其中一位是中年妇女躺在检查床上,另一位是个三岁左右的小男孩,由他娘抱着坐在椅子上滴,还在呼呼睡觉。靠后墙放着一个不大的药架,药架前约一米处有一柜台式诊桌,中间的两把椅子上坐着一男一女两个医护人员,皆穿白色隔离衣,头戴卫生帽,在日光灯下闲聊。那位躺在床上的中年妇女,很自然地仰卧着,表情安静,看着好像无什么大的病痛。

那位女医生见他俩来了,便问:"有什么事?"高海珊说:"我们是在句山医院学习的,顺便过来参观学习一下。对不起,事先没联系,打扰了!"那位男医生忙说:"这里有啥可学习的,和村卫生室一样,只是在句山医院的屋檐下,俺就权当是个治疗室。这里的好处就是病人上句山医院诊查,就来打打针,省去了住院的那些烦琐手续和费用,方便了病人。"

高海珊问:"病人为什么不在医院打针?"女医生说:"病人打一次

针，句山医院收费五块钱，我们仅收三块。"高海珊又问："为什么句山医院打针贵？"女医生说："啊呀呀，句山医院多少人？加离退休的好几百人，医护人员才多少，它不高收费就吃不上饭啊！我们就仨人，负担少，一身轻，每年向城关医院缴纳一万元。我们一般不出诊，但出诊收一块钱的出诊费。病人在家打一次针，要跑两三趟腿，就收四块五毛钱。我们的药价比药材公司高百分之十，而句山医院的高百分之十五。"高海珊又问："你是怎么知道句山医院情况的呢？"女医生答："我们算一墙之隔的邻居，人家不是说'家有黄金万两，邻家有等子秤'么？句山医院的人从院长到护士，哪个人不知道？情况都烂熟的。哪个医生技术高，服务态度好，人家都很清楚。总的说，现在句山医院比过去好多了，有了多种先进的诊疗仪器，一般的病都诊断得很明确，是咱县的医疗救护中心。你们在句山医院肯定会学到很多。我前几年，也在那里学习来，收获不少。"高海珊再问："你们三人，一个月收入多少？"女医生答："我们一年收入定额为六万元，平均每月五千元，一天就得接近二百元。我们仨有明确分工，分别负责财务、留门诊和出诊，并对长期卧床的病人定期巡诊，每半年一轮换。各人互相协作，团结一致，搞得很和气。半月组织一次学习会，学业务、查问题、出主意。按规定，镇医院都定时督查我们。"女医生有问必答，说得很详尽，郎立学听了很受启发。

　　郎立学二人走出诊所，来到一处靠街小公园。公园面积不大，有松树、花草和石凳，他们便在一块石凳上坐下。郎立学说："这里的诊所也就是个治疗室，诊断全依赖句山医院。我们则不同，处在农村，离县城远，诊断、治疗全得靠自己。我们在一起干多好啊，听听人家，三个人就能唱好一台戏。高医生你这一走，剩下我一个人唱独角戏，能行吗？咱现在买上了心电图机，可说是一个里程碑。若你走了，卫生室开不起来，多心痛啊！"高海珊听到了郎立学的心声，看到他着急，也感到很难过。但不走又不可能。她转念一想，只有安慰、鼓励，让他慢慢解决才行，便说："过两年咱的卫生室保证比这里还红火。付丹香是多面手，化验、治疗、接生，样样都会。再学会操作心电图机，集这四样于一身的多面手太少了。再加上还会做衣服，她真是无所不能。郎立学啊，你真是挖着参了！这么漂亮又多才多艺的姑娘，地上难找，天上难寻，独叫你碰上了，将来你一定要很好地对待她，摒弃夫权思想，不耍大丈夫主义。你们是恩恩爱爱的一对，我是真羡慕呀，祝福你好运！将来工作出色，建立一个幸福美满的家庭。"

郎立学听得津津有味，心里乐滋滋的，手舞足蹈起来。高海珊一看他这样，就说："怎么，乐疯了？"他才沉静下来，说："你说了一大套，是讽刺俺、挖苦俺，俺有你们一角角的福，也是万幸的了。你是正正规规的大夫，工作干多干少照样拿工资。你爱人是大学生，不久就会成为高等学府里的教授，成了大知识分子。把你一下子调到城市里，住洋楼，坐轿车，尽享清福。俺这是泥腿子，无论怎么折腾，总是在泥里。泥土就是俺们的天、俺们的地。俺与你们，不敢攀，更不能比。"

高海珊一听他说的全是火药味很浓的讽刺话，心想难道今天用不着了，就非浇一盆冷水不成？待要回击，又一想，他没多少文化，才学了这么半年，也没进行品德教育，原来的性格没有变。奉承了他几句，就由悲转喜，稍微一激，便原形毕露。她便以温和的口吻道："郎立学，我们是彼此了解的，都在向往美好未来，但要实现，还待岁月老人安排，不必忧，也不必乐，以一颗平常心工作、处事，慢慢争取。我们明天就暂时分开，但愿以后互相多联系，多沟通，让我们的友谊常在，与日俱增，在为人民服务的卫生界，共同做出自己应有的贡献。看看现代社会，人们都在和时间赛跑。在这么个县城，晚上很晚很晚才能得到一点点安静。天不早了，我们回去休息吧。"环视周围，有数对男女情侣，有的在排椅上坐着，有的在树下站着，有的正在散步，都旁若无人，窃窃私语。

郎立学想，他们俩是在这里滥竽充数，不由得对高海珊说："你看那对对双双的人，走走聊聊真是幸福。"

高海珊说："我们不是也很幸福吗？事业顺利，也有幸福的伴侣，叫人家看着也觉得我们也很幸福。人的幸福是一种感觉，我们现在的年龄段仍在幸福时期，要好好珍惜。人的一生并不是永不凋谢的花，青春期是宝贵的花季。说实在的，过了二十岁就和十八九不一样了。结婚前总是犹豫，等真的结婚成了家，有了老小，事就多了。说真格的，当前我们正是幸福的时候。"说着，她握住了郎立学的手。郎立学由于生活的局限，思想认识比高海珊略逊一筹。由于"总比人家差"的思想作怪，终是缺乏真正的快乐感。

高海珊的开导，对郎立学起了作用，他回应道："是，你是我的老师，是我的大姐，看事情很全面，能在生活中体会到真实的幸福感，很不容易。人生的真谛是什么？一句话也说不明白。看到病人的痛苦，我们还身体健康就是幸福；当没有食物充饥时，能温饱就是幸福。总之，幸福是一种相对的感觉。所以，我们能在一起工作和生活就是幸福。"

两人边走边议论，一会儿就到了医院，竟默不作声地来到付丹香的宿舍。高海珊用付丹香给的钥匙开了门，开灯一看时已是晚上九点了。此时，郎立学发话了："高医生，你说我们是不是真的幸福？"高海珊说："我们人缘好，都很诚实，彼此了解，互相信任，不互相欺诈，心正无邪，就很幸福。你老人把我当闺女，我们是一个大家庭，我在这个大家庭里就是幸福。我们共同努力为人民谋福利，不就很幸福吗？"郎立学听她一连说了这么多幸福，于是说："不满足就无幸福。"高海珊说："幸福只是相对的。受过饥寒，温饱就是幸福；找不上对象、老婆的，有了就是幸福；没车子觉得不方便，有了车子就觉得幸福。看那当官的总想当大的，当不上，就觉得不满足、不幸福。你也一样，原先没学医时，一定很苦闷，一学就好了，有了幸福感是吗？"他俩正议论着，付丹香回来了。其实她在外面听，一人说一套，好像演讲比赛，很激烈，都在为幸福而论。她进来后，都说："下班了，快歇歇吧！"她应答了，但谈论却未停止。

郎立学说："各人有各人的幸福观，我觉得我们三人在一起就很幸福。愿我们常在一起，常在幸福中。"高海珊说："那我明天就回到天井，我们还幸福吗？"付丹香则说："我认为仍然很幸福，你回到父母面前，在自己的院里上班，生活规律，经常和你对象通话联系，不感到生活很甜蜜、很幸福吗？我们现在仍是很幸福，由于大姐受累，帮我们建卫生室，添置心电图机，打下了坚实基础，我俩的老人建立了和睦家庭，弟弟妹妹上学有了保证。郎立学已能开展工作，我上班月月有薪水。还有机会学习，家庭事业正兴旺发达，所以我感到幸福。"

高海珊听后，心想离了我，她也感到幸福，就是自己的去留，她觉得无所谓，看来付丹香很豁达，是位有本事的人物，便道："我同意丹香的观点。人要知足，知足常乐，乐就是幸福。没有乐，就没有幸福可言。人们常说'人比人该死，货比货该扔'。这句话说明，人的期望值太高，盲目攀比，只能是自寻烦恼，自找痛苦，永远不会感到幸福。所以，我认为应该掌握获得幸福的正确方法。依我看'比上不足，比下有余'就是一种寻求幸福快乐的正确方法。世上的事太多太杂，只要找到属于自己的一片天地，一块绿洲，就有幸福。我们处在青春的黄金时期，可以

说这是最幸福的时期。因此，要利用这个时期努力学习进取。我非常敬佩丹香的学习精神。只要我们坚持下去，就能成为合格医生。因此，我们是最幸福的人。"

郎立学听她俩谈论，很受启发，很受感动，便不急不慢地说："哎呀！没想到二位女士都快成哲学家了。对人对事关注的都是幸福问题，并能根据切身体验，做出很精辟的论述，我很赞同你们的观点。我记得在上中学时，不知为什么老师上课就给讲故事。现在看来，讲故事是一种很好的教育方法，寓教于乐，加深学生的印象。有一次，老师讲的是俄国作家索洛古勒，去探望大名鼎鼎的作家列夫·托尔斯泰时说：'你真幸福，你所爱的一切你都有了。'托尔斯泰说：'不，我并没拥有我所爱的一切，只是我所有的一切都是我所爱的。'按托尔斯泰的这一说法，我们拥有心电图机，我们都很爱，都很高兴，我们都很幸福。我就很满足，我并不希望拥有一切医疗器械。那种妄想就是哀伤。我感到高海珊和我一起学习，又帮着建卫生室，我很知足，觉得挺幸福。明天我们要暂时分别，恳请你以后常来帮助我们。你的前途一定很光明，我很高兴。我从小受了很多苦，现在好了许多，就是幸福。又学了一门技术，但才入门，以后更艰苦的历程在等待跋涉。咱现在像是春天播下的种子，等待秋天收获，幸福地争取吧！"

高海珊听完郎立学的话，更来了兴趣："好一个郎立学啊，平日你这不言不语的，没承想你还会念真经，比俺俩讲得更高更深了，还把大文豪托尔斯泰搬出来了，难道你也想当文学家不成？说归说，谈归谈，尽管我们看问题的视角不同，对幸福的理解和认识上有差异，但在幸福是甜蜜和快乐这一点上看法一致，达成了共识。但是，从另一方面来分析的话，我觉得生活中有点苦涩更幸福。人家说自做的饭菜香。梅香苦寒来，利剑磨砺出。我感到我们正在经历磨炼时期。玉不琢不成器，成了器就成为宝。我们正在接受现实的锻炼和考验。成长几年后，咱看谁最香甜，谁最锐利吧！"

第二天早餐后，各奔前程。郎立学和付丹香先送高海珊到车站。无情的汽车鸣笛了，缓缓驶向远方，二人招手目送。

郎立学和付丹香商议："你学完化验后，再学心电图。因做心电图检查的大都安排在上午，下午和晚上做检查的很少。所以，学习时间需要调整。这还须征得院方同意才行，在学完化验之前，得想办法抓紧联系，争取早办好，省得耽误学习。咱先把心电图检查的操作好好学学，对检查结果的诊断分析，也主要是把心律失常、心肌缺血和急性心梗弄明白，那些细节问题待平时边干边学，不用急躁。家里我自己先干着。家里事少我就晚上来，你要不累也可一周回家两趟。先慢慢地熬着吧，也没什么好办法。高海珊走了，工作受到影响已成定局，我的工作肯定会很重。不过，困难只是暂时的，请你放心，只要咱有恒心，有毅力，肯干，多为病人着想，就能挺得住。暂时先不考虑经济上的事，先迈过当前这一步坎再说。"遂又把昨晚访问诊所之事介绍了一遍，都认为经验可取。郎立学回家，付丹香上班，也是各奔前程了。

　　在回家的路上，郎立学的心情仍难平静。回想与高海珊相处半年多，几乎时时相伴，比与付丹香在一起的时间还要多得多。二人如影随形，接触多，感情就深。人是有情感的动物，有时以理化情，有时也以情化理。与她在一起学习、生活中所建立的感情该有多深、多长？"月亮代表我的心……"真是难舍难离啊！有道是藕断丝连情难断。他转而又想起付丹香是出名的院花，似乎人人都爱慕。她在句山医院，一是干工，二是学习，本领与日俱增，有一天飞得高了，飞得远了，谁能保证她心不变？叫她离开医院，暂时又不可能，怎么才能牢牢把握住她成为自己的终身伴侣呢？冥冥苦想而百思不得其解。虽心中无底，但也千方百计策划。于是，决心要叫她常回家，自己也主动去句山医院，增进感情。

　　郎立学一路走，一路想事情，不知不觉就到家了。他和老人说声回来了，喝了点水，便背着心电图机去了卫生室。

　　一到卫生室，就见大娘、婶子、哥嫂们有六七个人，已在门前等着，他忙说："对不起，我去城里有点事，来晚了，叫大家久等了。请原谅！"有位大娘先开了口道："不用客气。俺知道你有事忙，俺又没什么急事，无非是多等会儿，多玩会儿，你别当回事。你又不是不知道，咱农村里什么都拖拖拉拉的，什么也不卡板卡眼，不和城里人似的，还得卡着点上下班。"没等她说完，郎立学已开了门，大家都陆续进屋。这么间小房，一下子来了六七个人就显得挤了点，没处坐的就站着。但郎立学还是说了请大娘婶子们坐下。郎立学开箱取出心电图机，放好位置，接上电源，忙活着准备检查。

郎立学正忙着，有人说："听说这里买的什么心电图机器很能，一查就知道心脏生的是什么病。俺成天的心慌、心跳，快给俺检查一下。"接着又有人说："是啊，我这不是也为查心脏病来的吗？还把他姨也叫来了，一块儿给检查一下吧。"有位大婶说："立学，这么灵的机器，你是上哪儿买的？现在人太能了。以前老先生都是凭脉看病，现在用机器了，说还给张什么图，凭着这图就能看出是生的什么病。"又有一人忙说："这可不是推背图，前知五百年，后知五百载吧？"又有人发话："你抬杠别来这里，找个旮旯去抬吧！"

郎立学对他们的砸牙并不介意，把一切都准备就绪了便对大家说："请大家先静一静，在做检查之前，我先说明一下情况，这机器是借钱从琼台买的，它的性能很好，和北京协和医院用的机器是一个牌子的，都是从国外进口的。在北京检查一次收费十块钱，在句山医院检查是五块钱，而咱只收三块。来检查的是我的大娘、婶子、兄弟姐妹们，宁愿亏本，也要方便大家。若没带钱来，也不要急，可先做检查，做完检查再给送过来就是。"刚说完，那位大娘要求先做，来到检查床前，见上面铺着洁白的床单子，才要上床，郎立学叫她先稍一等，并向大家说，一般情况下做心电图检查，多为女医生来操作，要是男医生给做，须有人陪着才行。一是让被检者放心，不生疑虑，二是起监护作用。

介绍完了就叫过一位大婶来床前陪检。随后拉上床幔，这才叫那位大娘脱下鞋，仰卧于床上。为放电极，又让她解开上衣，用缠着纱布的筷子蘸上水，擦拭安放电极的部位，并放置好电极。

放好后他又把一个个电极检查了一遍，才开了机，一霎十二导心电图就出来了。郎立学先在心电图上记下这位大娘的名字，细心审阅一番，经过测量，发现有一次室性早搏，便说她的心电图大致正常。他又查对她来看过病的病历，把心电图夹在里面。她原有高血压，血压为160/95mmHg。因服用降压药等，今天是150/94mmHg。对六十五岁的人来说，还应积极降低血压，定期复查。大娘交了三元钱，其他人接着逐个做了检查。一上午检查了十人，收了三十元钱。十人中有一人是房颤，一人窦性心动过速，一人频繁室早。此三人之前也来看过病，都有病历，取出来一对，有房颤的是风湿性心脏病，二尖瓣狭窄，她自己说到外地检查也是这个病，有明显的二尖瓣面容。天到中午，郎立学也感到轻快了，想如此下去一二个月可以还上买机器的借款。心里一高兴竟把疲惫忘掉了，哼着小调锁上门回了家。见母亲已备好午饭，他就赶忙去洗了手，跑到小卖部喊声"叔"，叫付一农一块儿吃。付一农将手中正搬着的一个盛货纸箱放到货架上，同他到了正房。徐桂贞说："快吃吧，好长时间没这么清闲过了。"三人坐下就吃。吃着饭徐桂贞说："高海珊帮你这么长的时间，空手走了，是不是过几天你俩买件子衣裳去看看她，也谢谢她的父母。要不我还真就觉着心里过意不去。人生在世，不要贪人家的便宜，不能白用人家，自己再紧也要照顾人家的面子。"郎立学说："是该去一趟，可现在我们欠着两三千块钱的债，手里没钱，总不能空着手去。等过两天缓缓气，一定去看看。一天天算计着，没曾想竟走到这么一步，我也是心急火燎的。但心急喝不得热黏粥，只好骑着驴看唱本——走着瞧。"

各人边说边议地吃了午饭。郎立学稍事休息，就去了卫生室。见有五六个人早已在等着，他礼貌地对大家说："叫大家久等了。"一位矮个的妇女说："今上午俺听说你一个人忙不过来，就下午来了。大伙都对心电图感兴趣，我来凑凑热闹，你也给俺检查一下，看有病没有。"郎立学说："这好说，心电图机是咱自己买的，可长期用，不像那一年下不了一回乡的医疗队来义诊，只待一天，各人没等挨上号就走了，捞不着检查。"矮个妇女又说："可不咋的！这回好了，想什么时候来检查都中，太便宜了。得谢谢你！""自己人，不用谢。"郎立学客气地说。

开了门，大伙随郎立学进屋。他先检查了心电图机的状态，看一切正常，便先给说话的妇女做了，也叫上一名妇女陪着。因作陪还能看看是怎么做心电图，故叫谁谁愿意。这些村妇，见郎立学细心地查看图上那些又窄又长、弯弯曲曲的线，就问："这是什么文啊？"郎立学看着也是十分费力。当他看到一份显示窦性心律（窦缓、偶有结性逸波），且心率为 56 次/min 的心电图时，就问病人："平时怎么不得劲？"她说："也就有时胸闷，活动一下就好了。以前做过检查，人家说就是心跳得慢点，不大碍事。也没给药吃。"郎立学听后，心中有数了。正常心律的低限是 56 次/min，也是生理的正常值。便底气十足地告诉她："心跳次数属正常范围。因人的心率变化很大，在激烈活动后心率就加快，平静时就缓慢，睡得沉时最慢。像你这种情况，没什么事，不要有思想负担。可适当多做些室外活动，锻炼锻炼就好了。不放心就常来查查。"她回答说："像你说的，我就放心了。"

　　一下午又给六个人做了心电图，都大致正常。看看这些来做检查的人，多是四五十岁的妇女，正处在更年期年龄段。郎立学马上联想到了在句山医院学习时，常听说的"更年期"这一术语，虽知其特征为与月经的紊乱或停止有关，但对这组综合征的认识很肤浅，不甚了解。他脑袋瓜子一激灵，闪出一个念头，想这倒是个好机会，何不借机一个个问问她们的月经情况，不就明白点了吗？可自己是个未婚男青年，怎好问这种事？觉得难以启齿。为难之际，又想起了自己的老师高海珊，在讲问诊时曾说，问诊的范围非常广，可以说个人的任何隐私秘密，都可问及。病人有些事背着爹娘，也不能背着医生。医生也要给人家绝对保密。

　　想到此，为了工作的需要，郎立学便鼓起了勇气，先做了个开场白，说："各位，为让各人能了解自己的健康状况，有件与你们妇女相关的事需和你们商量下。其实，作为女人的事本应由女医生来问，可高医生回了天井医院，暂时还没个女医生。所以没办法，只好我硬着头皮问各位的例假情况行不行？"一位略年轻点的妇女首先站起来说："俺是庄户人家，哪有什么这假那假的，只是在阴雨天时才捞着歇歇。"郎立学说："不是这个意思，例假就是月经，问你们月经是不是还和以前一样。它能反映妇女的健康状况是否正常。"两个年龄大点的说："俺这把年纪，早就没有了。"为让大家加深对更年期的认识，郎立学说："人到了经绝期，也叫更年期，有时会出现心慌意乱、易烦躁、出虚汗等情况。一般检查都检查不出什么病来。这种情况，只要知道了就不用管，这是正常的生理现象，不能当成病，该干什么就干什么，等过了这段时间自然会好的。要天天为这吃药，反会更厉害。"又一位年龄大点的说："到医院去，人家医生也说什么年期，还给过什么药吃，也没起作用。"郎立学又接着说道："咱现在有了这心电图机，各人觉着有心慌不安，胸闷、胸痛的，可随时来做做检查，要是检查结果不正常，多是功能性异常。心脏受精神状态和情绪的影响较大。当生气、上火、睡眠不足、过度劳累、喝酒过量时，都会出现些心脏的症状。预防性地做下检查很有必要。这样能有病及时治疗，发现苗头早预防，没事也放心。所以，我千方百计借钱去买这东西来，就为大家服务。我给大伙检查了，心里很高兴。我才开始干，不管是谁检查出病来，我都放心不下，时刻想着怎么才能把病治好，不断看书学习，查找益方良药。自己看不透，或治不了的，就及时转上级医院，不能延误治疗。"郎立学这么一说，大家七嘴八舌议论了一番，自觉地交了诊查费。大伙看到当年俊美的孩童，今天已成为治病救人的医生，也都为之庆幸不已。医生高兴，大伙满意。各人渐渐离去，郎立学一天的工作也告结束。

众人面前，郎立学全力以赴，为大伙工作。其实，这也包含了他自己的利益。他满怀信心，兴致勃勃，彰显出一派青年豪气。尽管年轻气盛，但从早到晚，紧紧张张地忙活一天，他也感到疲倦不堪。待收拾停当准备回家时，他心中的算盘一合计，又增收十八元钱，虽累也觉得很欣慰。开门一天，仅心电图检查一项就收入了四十八元，比付丹香一月的收入还多，等告诉她，看她如何打算。郎立学在回家的路上，一边走，一边回想一天来的工作，有个问题倏然浮现于脑海，为女性做心电图检查，须有一个女人陪着才好。若来的人多可随意找一个陪陪，若只来一个人检查怎么办？付丹香一时还回不来，家中的学生又不能耽误学习，付一农有门市也不能脱身，再说他也不是女的。那只有叫他娘来，既可看看门，更可以在做心电图时给女病人做个伴。尤其是年轻妇女，甭说人家害羞，就是自己也害羞。

他一溜烟来到家中，进门就喊："娘，我回家了！"一看厨房里炊烟缭绕，他娘正在做饭，被烟呛得泪涕同流。见此情景，他一阵心酸。为养育姊妹三人，当娘的受尽苦累。尤其是自打他爹过世后，为了支撑这个家，她既当娘又当爹，里里外外指望她。现在她已是满头雪花、年过半百的老人了，再让她为自己承担些负担，于心不忍啊！但实是迫在眉睫，也只好请她老人家再坚持一下。于是，静下心来，等了一会儿。

徐桂贞熄灭灶火走出厨房，看见郎立学，就说："你回来了？你一个人忙得过来吗？我想去看看，怕你再嫌我去碍事，也就没过去。"郎立学说："娘，做好饭了？我回来见你烟熏火燎地做饭，叫你你没听见就没再叫。"虽然和娘说着话，心里则暗暗盘算：她既然很关心这事，不如趁此先把自己的想法说给她听听。

徐桂贞听后说："这点事满行，这就是去当块木头，又不用动手动脑的，我去就是。到时把身上这件破烂褂子洗换一下，明天去就是。"郎立学说："娘，这也是临时的。等付丹香回来就不用您受累了。"徐桂贞说："可是付丹香还在医院。你们又没登记，我怕夜长梦多。听说她在句山医院还很活泛。学什么也很灵巧，人缘又好，长得也俊，出笼的鸟说飞就飞了。这个不得不防着点。"郎立学说："娘，这是缘分，没有缘分就是登记结婚了，不是说离就离吗？现在是婚姻自由时代，我看不用害怕。"徐桂贞说："这倒也是，算我多心。其实，这事也没法管。"娘俩正说着，见付一农从小卖部那边过来，娘俩忙把家常便饭准备好，开始吃饭。

前几天，因高海珊在这里，顿顿饭都要炒一两个菜招待，可以说，每顿饭徐桂贞都挖空心思去准备，把心都快操碎了。她所做的每一个菜，看似简单，可谁知手中缺少人民币，家中柴米油盐，都紧缺得很，更何况顿顿都要炒菜。吃饭时还得当招待员，脚脚步步都得小心谨慎，很有礼貌地行事，觉着很不自在。现在，只要有饭吃，有水喝，菜有无均可，恢复到往日的平常生活就感觉不错。仅中午孬好地炒个菜，早晚多是一个咸菜碗，或加上个大葱、酱什么的，也不用那么多清规戒律，随便坐卜吃就行，她觉得轻松了许多，郎立学看着娘的脸色好了，心中也舒坦点了。

郎立学饭后去卫生室看了一会儿书，没什么事就回家睡觉休息了。刚要入睡，忽然想起心电图机放在卫生室没带回家来，又不放心了。虽说就在自己的村里，放在那里也行，这玩意儿谁还来偷？偷了去也无用。但因这是贵重东西，他琢磨着放在卫生室，总是不如家里安全，便又毅然决然地穿好衣服，跑到卫生室，将心电图机拿回家来，才安心地睡了一宿。

因头一天的工作过于紧张劳累，郎立学睡到很晚才醒过来，抓紧洗漱了一下。见娘早已把早饭摆上了桌。一家人吃过饭后，徐桂贞和付一农说："我到卫生室去，帮着立学看看门，反正去也没有活干。虽说家里没有急需做的针线活，也带上双鞋垫随便地纳纳，要不没事闲得慌。"遂用一个小兜装上一块布料和针线，随郎立学一前一后去了卫生室。

郎立学走得快，头前开了门，把心电图机放好了，徐桂贞才到。她进屋一看，外间桌、椅、床、凳摆放得还算整齐。再看里间的摆设就乱套了，纸箱子放得这里一个那里一个，横七竖八的。地上也不干净，水桶脸盆放在地上，盆子也脏兮兮的，和个野摊子似的。她叹了口气，说："我的娘哎！弄得这么乱，怎么像个卫生室样?！卫生室得干干净净，讲好卫生，有个卫生的样子才行啊！"说完把小布兜往一个纸箱上一放，干脆利索地把药箱一个个垒起来，组合成一套纸箱柜，当即地面宽敞了许多。又提来一桶水，洒扫地面。放下笤帚，拿起抹布，把窗子桌凳都擦了一遍，顿时地洁窗明，桌椅锃亮。郎立学见娘来了就如此出力，使卫生室立马变了模样，深受鼓舞。赶忙把自己的用品重新整理一遍，摆放得井井有条。又端一盆水来，掺上些来苏水，屋内外都洒了一遍。接着又把门前小院打扫干净。徐桂贞看了，说："这叫人还能看得下去。你看人家句山医院的卫生，虽不很好，但比乡村里强得多。"郎立学说："自从开诊以来，一直忙，没得空整理，开门就有人，有时咱还没来，人家就早在门口等着了。"徐桂贞一听此话，不由一怔，怎么我们今天忙了这一大阵子，还没有人来。是不是因为高海珊不在这里，人家就不愿来了？自己觉得是个事，也就不再言语了。

　　娘俩将卫生室收拾停当，见暂时没人来，便一个看书，一个纳着鞋底等。过了一小会儿，来了母女二人，那位母亲进屋就说："怎么听说那个姓高的女大夫走了？俺寻思着，也许卫生室不开了，才听说还开着，这不就来了。怎么，大婶也来卫生室干活了？"徐桂贞忙说："我是来帮着打扫打扫。"郎立学接上说："嫂子，这卫生室是咱自己办的，人家高医生是休班来帮两天忙。嫂子有什么事？"嫂子好像这才明白过来似的，说："啊，是这么回事。这不是你侄女郎华，前天晚饭后找同学玩，回家晚了点，见身后有个人跟着她，一害怕受了惊吓，心跳得厉害，心慌。过了一天还是那样，今天也没去上学。叫她自己来，她又不来，非叫我来陪着。"郎立学说："这好说，平时也心慌不？"郎华说："平时很少，除非跑得快了，一停下就心慌，但很快就好了。"郎立学一本正经地给填了病历本，测过血压，数了脉搏，听过心脏，说："没什么事。为慎重起见，做个心电图看看。"嫂子说："俺不放心，听说这里能做心电图才来的呢。请你给她做个心电图，检查下俺才放心。"郎立学让郎华上检查床，拉好床帷子，并让她娘在一边看着。郎立学叫她解衣挽裤角，露出电极安放部位，涂上水，放好导联电极，打开心电图机。片刻，一张心电图就从机器里吐了出来。嫂子忙问她闺女："有什么感觉？"郎华答："没什么感觉。"

　　郎立学取下电极和心电图。女孩下了床，穿好衣服。郎立学忙说："稍等。"可她头也不回地走了。这女孩子因是第一次袒胸露怀被人看，害羞得很。郎立学细心地看过心电图后，告诉嫂子心电图正常，不用吃药。她心慌可能是过于紧张所致，过几天就好了。嫂子说："她才十六七岁，什么也不懂，一点小事就放心不下。那天晚上也怪我，应去接接她。以后注意就是了。多亏兄弟买了心电图机来，方便了大家。"说着话，付了费，便高高兴兴地走了。

一会儿，就诊的人就陆续地来了。有头痛的，牙痛的，还有专门来买药的，也有专为做心电图检查而来的。一霎间，恢复了往日的繁忙景象。有人说："我听说高医生走了，就当是没有看病的了。刚才碰着嫂子，说是和她闺女来这里，才知道咱立学兄弟也是会看病的。"徐桂贞便一边招呼，一边解释道："那位高医生是和立学一块儿在句山医院里学习的同学，她因学习了半年多，单位给她十天的假期，便来这里帮着建卫生室。"经徐桂贞这一说，大家才明白了。有人见室内人多，就主动到室外等候。室内室外，议论纷纷。"我说那女医生怎么看病都是和立学商量呢？原来是同学。要这样，他们俩配成一对多么好。"一位中年妇女这句坦率的话，引起一阵笑声。有人说她："你快当大媒了，桂贞嫂一定会请你坐酒席。"

郎立学忙忙碌碌，不觉一上午一霎那就过去了。时近正午，徐桂贞看着就诊的人已所剩无几，便早走一步，回家做饭去了。

午饭后娘俩又来到卫生室，先将室内略做整理，等待来人。下午就诊的病人不多，三三两两的不算忙，徐桂贞就早回家做饭去了。

这天总共做了六份心电图，加上卖出的药，毛收入才三十元多点。因郎立学对债务时刻放心不下，想晚上去趟城里，看看付丹香，和她商量如何才能挣钱多、挣钱快。现在高海珊走了，郎立学和付丹香更加亲热了。付丹香一人在医院，他也是时刻挂念着。

碰巧，付丹香今天也要回家来。因高海珊一走，她怕郎立学一个人照应不过来，卫生室难以开展工作。所以，她放弃晚上的化验学习，赶早来家。到家一看，都还没吃晚饭。

郎立学见她来了，非常高兴，忙迎上前来接着，帮着放好车子，说："今晚你要不来，我还想去看你呢。你来了正好，咱们看看以后怎么个干法。"付丹香说："吃过饭咱就商议一下。"其实，付丹香关心的是个人的事，高海珊在的这些日子里，她心中总有一片阴影。她见郎立学帮着放好了车子，便挽起他的手，来到小北屋，拥抱亲昵一番后才出来。徐桂贞正忙着烧火做饭，忙不可言。但见他俩过来，便堆起满面笑容，起身迎接这位未来的儿媳，说："回来啦？快到屋里先喝点水，歇歇脚。饭快做好了，接着咱就吃。"付丹香也忙说回来了，明天还得去上班。她要帮着做饭，徐桂贞说啥也不许。

付一农仍在那小屋里卖货，虽也看到女儿来了，但见郎立学迎着进屋里去了，也全当没看见。心想女儿大了由她去吧。付丹香也看到了父亲的背影，却觉得越是亲人越不用去客套，也就没去和父亲搭讪，便和郎立学又回到小屋里，躺在床上。郎立学则不断地摸这摸那地骚扰她，引逗得她发出一阵阵爽朗的笑声。徐桂贞听到这笑声也心花怒放，赶快把饭做好，走出满是狼烟的厨屋，来到院子里深吸一口新鲜空气，盛上一盆清水，洗去满脸的泪涕和汗迹，拢一下满头花白的乱发，伸伸略曲的腰背，拿个小凳坐下来喘喘气。心想自己受累，换来了新的希望。半年多的光景，真是吉星高照，心想事成。眼看着这就要成熟的果实，虽身体劳累，但心中高兴。她越想越喜，欲配合付丹香一起大笑，又冷静一想，那样会被人说是傻笑、疯笑。于是，她换上笑容可掬的面庞，亲切地叫一声："丹香、立学，饭做好了，你们来吃饭吧！"俩人应声出来，高兴得不得了，笑嘻嘻地说；"您受累了，在卫生室干了一天，又回家做饭。要歇息着干，年纪大了，别累着。吃了饭好好休息休息。"郎立学遂去叫付一农吃饭，见打油称盐、买东西的人连续不断，只好叫一声"叔"，说："吃饭吧？"叔说："这里还忙着，你们先吃吧，我晚不了。"郎立学回到屋里，徐桂贞和付丹香已把饭摆上桌，依然是家常便饭。徐桂贞说："你叔忙，给他把饭留出来，咱就不等了，先吃着吧。"

付丹香吃着后娘也可能是未来的婆婆摊的煎饼，碗里是红红的南瓜粥，盘中是炒豆角，说："家里的饭就是好吃，食堂里炒豆角半生不熟的，简直不中吃。"徐桂贞说："你俩快结婚吧，结了婚，咱光在家里吃，不用去城里上班，也省得来回跑，多受累，挣钱还少。"付丹香说："现在提倡晚婚晚育，还得两年才能结婚。"徐桂贞说："别听人家的，你们在城里这么长的时间了，快找个熟人，给说说不就行了吗？不是也有人不晚婚吗？"郎立学说："娘，俺现在还不用急着结婚，卫生室才开张，欠下些债不说，丹香有些课目还没学完，先在城里干着，到过年看看吧。其实我们也想早结婚，但很难啊！一是年龄不够，二是事业才开始，三是只有债没有钱还，怎好结婚？先混天熬日地过着，我们现在不是很好吗？结婚就要生孩子，生了孩子，工作就受影响，什么也干不好。还是现在这样好。"徐桂贞说："不能这么说，能结婚还是尽量早办好。俩人的力量总比一个人的大。生孩子是天经地义的事，怎么会影响工作呢？看看工、农、兵、学、商各行各业，不都结婚生孩子，也没影响工作，唯独你怕影响！什么也没有，还不照样能结婚。贴贴对子，放支鞭，就算结婚了。现在结婚，床上的东西，商店里都有，家具先别急着置办，以后缺什么就添什么。现在都讲自由，不用父母操心，关键是办张登记证，我和你叔不就是登记了事吗？"一席话说得他俩什么也不讲了。

徐桂贞心想，付丹香说我做的饭好吃，哪里的饭菜也没有家里的可口，恐怕就是相中立学了，哪是饭菜好吃不好吃啊！我不能糊涂了，得抓紧叫他们结婚。最后，她以不容置喙的口气说："我不管怎么着，到过年时，就叫你们把结婚的事办妥！"如此这般，一顿晚饭变成了讨论会、辩论会。

饭后郎立学和付丹香回到自己的屋里。徐桂贞等到付一农忙完，又侍候他吃饭，并与他商量儿女的事。付一农乖得一句话也不讲，徐桂贞等得不耐烦了，便问："你到底同意他们的事不？"付一农说："我怎不同意！不同意，还允许他们早就同居？现在，咱什么事也不用管，让他们自己看着办吧！"徐桂贞说："光在一起算怎么回事？最好是办个正式手续。我们这么大年纪还办手续，青年就更应该办了。"付一农说："我们已无年龄的限制，他们还有晚婚规定呢。不必操心，手续归手续，人家有的抱着孩子了，还没办结婚登记手续呢。手续不过是人规定的，只要两人愿意真心做终身伴侣就正大光明，不胡来乱搞就不犯法。到时候水到渠成，咱平下心来等着就是。"

郎立学和付丹香商量了一番后一致认为，当前结婚并非重点，当务之急是如何才能使卫生室的工作尽快开展起来。光叫老人陪着，起不了多大的作用不说，也非长久之计。所以，说来说去，最后两人达成共识，决定付丹香一是暂停学化验，即便要学，也等以后卫生室上了化验设备再学，目前能看懂化验单就可以。二是要尽快去心电图室，学学心电图机的操作，以及异常心电图的识别和分析，回来就能用得上。

商定之后，付丹香自己觉得很难为情。再学习心电图，这已是继学习缝纫、护理、助产、化验之后的第五种专业了。走马观花式的学习，若学不好，真就是贪多嚼不烂了。对所学的每种知识，都是一知半解，哪一样也不顶个人用。人无专长就是庸才，可叫人家笑话。此时的她，总觉得无头无绪，心乱如麻。有心向郎立学倾吐苦衷，又怕增加他的思想压力，故而沉默不语。实则，郎立学是心领神会，只是心照不宣。两人故此沉默了一会儿。然而，冷静里有不冷静，心思都在不停地极速运转。两人相较，付丹香心里更激烈，何去何从，举棋不定。要成万能人，却又无能。现在择男已定——郎立学。而郎立学怎么想也未可知。不结婚就有余地，还可以后退。有人说恋爱结婚就如同进了坟墓，多么可怕呀！还是先等等再说。既然还有学习心电图这最后一站，就硬着头皮走下去。最后付丹香表示："我回去求求人家，再学习心电图，争取能掌握好基本操作，能够识别正常与非正常的心电图。以后可不能再要我学这学那的了，我这像是黑瞎子掰棒子，掰一个丢一个，最后还只剩下一个，好歹还能用得上。"

听了付丹香这番话，郎立学觉得难以直接表态，但还是吞吞吐吐，答非所问地说："我同意你的意见。我们俩建卫生室，也是和人家说的那样，人生是一台戏，我们现在是搭建戏台子，好戏还在后头呢。你说是不是？"付丹香说："你是怎么说也行。但是，我们不做梁祝，我们要真实相爱。"一说到爱，两人便共枕入梦，直到被老人劳作的脚步声惊醒。

早餐后，付丹香仍回去上班。这次，她背负着新任务和新希望。她将要接触并参与人体最重要的器官——心脏的诊治工作。她在图书室从人体解剖图谱上曾看到那颗红色拳头大的心脏，能将新鲜血液经动脉泵到人体各个器官，并把全身静脉血输送到肺，是维系人体生命的重要器官。一路上她思索着如何才能到心电图室去学习。如真学会了，不是一名内科医生，也算半个了。她想到此，像心中盛开了一朵红玫瑰，骑车竟没觉得费力就到了医院，还是第一名到达洗衣房的。稍后，见班长来，她便上前迎接问候。西班长来到就开了门，二人进入室内，西班长在那张三抽桌前坐下，付丹香在蜜蜂牌缝纫机前的椅子上坐下。西班长问："你回家了没有？要回过家就不用这么早来。"付丹香说："我从家里刚来，怕迟到。"西班长说："我看正式工迟到也没怎么样。"付丹香说："我总觉得自己是个临时工，和别人不一样，应当多干点，不迟到才行。"西彩红压低声音放缓速度，慢悠悠地说："其实，不论干什么工作，都是为公家干。有和你一样干临时工的，也是疲疲沓沓，这也是各人的习惯。我觉得每天的早上很重要，早上起得早，什么考勤不考勤的，都可以早一步。早上起得晚，什么都随之晚下来。咱院里有那么个人，天天比别人来迟十来分钟。有一次起来晚了，急巴巴地赶路，恨不得一步到班上，一不小心车子撞到一位老头身上，导致人家左小腿骨折，幸好叫住一辆来城里的客车拉来医院。人家也通情达理，没住几天，就回去治疗，没有找更多的麻烦，给了人家几十元钱，以后又去探望几次，才算了事。所以说，要想一天好，早上得起早。"付丹香说："您说得真好。其实，从俺娘过世，家务落到我身上，什么事我不干就没人干，我就早上早起，提前把事情干完，心里就没事了，也养成了早起的习惯。早起几分钟，就不用急巴巴的，很容缓，遇到熟人也可搭几句话，上班也不觉累。那急巴巴的人就不行，遇上熟人也和不认识的一样，人家还以为他忙什么重要事呢！"

两人你一言我一语地议论了一会儿，同事们都到齐了，便进入工作状态，各忙各的。付丹香只顾工作，忘记了如何开始新的攀登。待忙过一阵，她深呼吸了一下，忽地想起学心电图的事情，寻思该和谁联系才好。可否让西班长再为难一次？她对班中成员，就像家中老人对待自己的女儿一样，时时处处都无微不至地关爱帮助。自己一次次地去学这学那，前前后后，都是由她热情地送往这科室那科室，亲自与科室主任们共同商量安排。自己想想这次学心电图，还得求她。

每天第一个上班，最后一个下班，具有平凡而高尚人格的西班长，又浮现在付丹香的脑海中。她在班组管理上，既坚持原则，又富有人情味。对员工要求虽然很严格，工作只能干好，不能干坏，但不管是谁有点事，只要不影响工作，她都尽量照顾。因此，威信很高，她说话大家都爱听。她以自己的人格魅力，使班组成员凝聚成团结、和谐、积极向上的集体。

付丹香这事那事地想了一圈，又回到学心电图上边，仍觉得无论到哪科室学习，都要先得到西班长的同意才行。但总觉难以启齿，话到嘴边，又咽下去了。怎奈这一关是非过不可的，"雄关漫道真如铁"，只得"从头越"！必须再找机会谈。

因工作紧张，不觉已到中午。洗衣房的工作很有规律，到点就下班，不像门诊病房那样，医生护士要下班时，来了急症病人还得接着干，只有把病人的事处理完才能下班，无规律可言。所以，接近下班时，员工有的要接学生，有的说有点事，也就早点下班了。

付丹香见同事们都走了，便鼓起勇气贴近班长一步，扯起她的手，娇声娇气地说："班长，您一向关爱俺、支持俺。俺三番五次地到科室里学习，都是在您的帮助下才实现的。还没等感谢您，俺这又有一件事想麻烦您，不仅俺自己为难，也叫您为难。"西班长诧异地问："又有什么事？"付丹香小心翼翼地说："俺的卫生室刚买了台心电图机，各人操作上虽然是会了，但还有些事解决不好。又叫俺抽空再上心电图室学习学习，休班回家时也能帮一下忙。您看行不行？若行，还得请您出面和心电图室的老师联系联系，说明情况，看他们准不准。"付丹香用期盼的眼神，望着班长的脸。

西班长真是善解人意，听后沉思片刻，说："你学习一下心电图很好，你要认为必须我出面的话，就等我和心电图室的主任打个招呼，一般是可以的。你准备什么时候去呢？"付丹香说："越快越好。"又一次喜出望外！这个美女开心时总是笑嘻嘻的，笑得可爱，满面红光如旭日。又有谁不想多看一眼呢？班长也会心地笑了。付丹香说："我不知道怎么感谢班长才好。那就请您安排这事，什么时候做心电图检查的多，就什么时候去。我一定不影响工作，为学习耽误的时间，我一定补上。谢谢班长，这事全凭您了。"西彩红说："我尽量给你争取。"

第二十章

美女聪又慧 开学心电图

下午刚上班，西彩红和付丹香恰巧看见心电图室的唐丽提着心电图机正要去病房为行动不便的重病号做心电图，就快步赶上去。西彩红和蔼地问她："就你自己干吗？快叫付丹香帮你提着吧！"心电图机虽不很重，男士提着倒觉得不怎么吃力，但要让一个女人提着，就有点吃力。唐丽说："不好意思，我自己天天这样干呢。不用她帮，她有事就去忙她的吧！"西彩红说："这会儿正是没啥要急的事，就让她帮你提过去得了。"说话间，回首向付丹香招手示意，付丹香心领神会，欣然从命，迅速跑到跟前，接过那笨重的心电图机，迈开大步，头前急速朝病房走去。转眼已超出十多步。西彩红趁机对唐丽说："唐大夫，付丹香想抽空跟你学习几天心电图检查，行不行？"唐丽说："来学是很好，就怕我教不好，愿意来没有不行，除了星期天我休班，其他时间都行。"西彩红说："那就这么定了，也不用请示领导呀？"唐丽说："自己医院的还用得着请示？"付丹香看她们俩说话，也就提着心电图机站下来等着。西彩红说："那行。她干好这里的活有空就去。谢谢你！"

唐丽说："你好客气，我得快走。"便赶上付丹香，一同来到内科三号房，拿着心电图申请单，按姓名、性别、年龄、病床号、住院号一一校对无误后，将心电图机放到一个小方凳上，接好电源，把地线放入一个有水的脸盆里。病人是位五十岁的女性，患风湿性心脏病，面部轻度浮肿，两颊潮红，唇微绀，颈静脉怒张，意识清。唐丽面带笑容，和蔼可亲地对病人说："要给你做个心电图检查，好吗？"病人点点头。她看到这白衣战士很和善，动作轻柔，心里舒坦，就强忍着尽量与她配合。唐丽则用无菌棉花棒蘸上洁净水，涂抹胸部及四肢放置电极的部位，并放好各个导联的电极。她一边安放电极，一边向付丹香介绍胸导电极和肢导电极的放置部位。付丹香默不作声地看着、听着。唐丽放好电极后，开动心电图机电源，并示范给付丹香看，同时介绍了操作的程序。只听心电图机沙沙声响，一霎工夫即做完了。付丹香帮着取下各导联线，并用卫生纸将放电极处擦干净，接着收拾好心电图机。病人说："谢谢二位大夫！"唐丽说："不客气。你的病比以前好多了，好好休息吧。"病人面露喜色。唐丽又到五号房间，给一位十六岁的男孩做心电图检查。这位少年的症状是关节肿痛，诊断为急性风湿热。付丹香跟着唐丽做完两份心电图常规检查，便回了心电图室。

　　唐丽在路上向付丹香说："你学心电图很好。我只是早干了几年，有点不成熟的经验而已，只怕教不好。咱们一块儿学习，共同提高吧！我们到病房只管检查，其余是临床医生的事，他们掌握全面，我们只管局部。就是心电图也不能一看就表态如何。各波数据是心电图的核心，要严格测量。填写心电图报告是重要工作，不能马虎。我们对任何病人都不能说病情重还是不重。凡来住院的人都是有病的，病情随时都有变化。检查心电图虽然很重要，也仅是各种检查的一部分，仅是一孔之见。人体是一个整体，心脏可影响整体，整体也可影响心脏。"

　　来到心电图室，唐丽把两份心电图取出来，先将风湿性心脏病患者的展于桌面，边用分规细心测量，边向付丹香解释："心电图的基本图，就是机器记录下来的心脏跳动的心电活动……咱这里有本《临床心电图手册》，心电图的基本知识都讲得很清楚。你可以抽时间看，晚上可拿去看，白天一定拿回来。这本手册是工具书，就是起备查作用的。"付丹香看到唐丽用小分规量这量那，就知道病人所患病变的所在，惊奇不已。原来心电图有这么神奇的功能啊。她决心要用心跟唐丽老师学，学会了好用心电图机为病人诊病。

　　唐丽说："心电图机自应用以来，救了很多的病人。目前，在检查心脏病方面的作用，是其他方法无法代替的。这是一种无损伤、相当准确、使用方便的检查方法。要想干医生，首先要学会做心电图，对及时处理重病人非常重要。许多危急病的后期，都是心功能衰竭。终止生命的标志就是心脏停止跳动。你既然要学心电图，就专心致志学懂、学会，工作后给临床提供可靠资料。因临床医生是掌握病人整体情况的，不可能对各种化验检查结果，都进行细致的观察。我们作为临床辅助工作人员，都应做好帮手。"

接着，她又将少年的心电图进行了测量和分析。她边测边给付丹香讲解。付丹香如听天书，一窍不通。唐丽接着说："我这是常年在医院里泡出来的。由于天天接触病人，也听各个医生讲，再看点书，渐渐地就学会了。但因只管做心电图检查，做得还不精，所以对治疗方面的知识也只是一知半解。人家那个做脑电图的大学生，和我一起参加的工作，现在都成科主任了。我也没上多少学，算是无能之辈。来医院好几年了，就只会做个心电图。"

付丹香说："人各有志，我看唐老师您这就很好。咱与人家起点不同，不能和人家比。说不定，你将来不但能赶上人家，兴许还能超过人家呢！"她们正谈论着，来了一位高大魁梧的中年男子，肥头大耳，面色红润，两眼炯炯有神，进门就将心电图申请单放到桌上，说："快给我检查下心电图，看看有什么情况？"唐丽认识这人，是县招待所的总务科长，整天琼浆玉液，花天酒地。便问："现在血压是多少？""嗨！别提啦，血压 180/100mmHg，叫我歇班，哪能啊？工作不干，也得陪酒，昨天陪着喝了两桌，一斤多白酒下肚了。这一到事上，就什么也不管不顾了，明知山有虎，偏向虎山行。自昨晚，总感到胸闷，不舒服。"唐丽令其上床检查。因他已做过多次心电图，熟悉检查过程，配合主动。唐丽做好心电图就默默看图测量，无暇言语。她把填写工整的心电图报告单交给大高个，并说："心电图示左心室电压高，要按时服用降压药，最好是不喝酒或少喝酒。"因工作忙，未多说。大高个见状，道了谢即离去了。

大高个走后，唐丽对付丹香说："因有保护性医疗制度，我们在病人面前，要尽量少谈论病人的病情。因病人很敏感，易产生误会，尤其是关于预后的事，更要慎重。血压这么高的病人，再经常吸烟、饮酒，鸡鸭鱼肉尽着吃，就易患心脑血管病，就会很危险。"她一边说，一边拿来那本《临床心电图手册》，翻到有关心室肥大部分，放置于展开的心电图左边，再用分规做对比测量，并叫付丹香到跟前看着，继续向她解释此份心电图："RV6 已经大于 2.5mV，还有数条也都超过标准。"最后唐丽像是总结性地说："要会分析、阅读心电图，必须学习有关心电图知识。书本知识是理论性的，也是一把尺子，尤其正常心电图。只有把正常、标准值记住了，才能判断心电图的正常和异常。书本上将千变万化的心电图分门别类，归纳成工作指南，方便医务人员的使用。我做了这么多年的心电图，还很少发现有不在书本上的病例。"付丹香在其右侧，口唇紧闭，双眉紧蹙，认真地听着，并不断挠头。

　　这时，付丹香才注意到坐在自己面前的老师。听说她是琼台知青，还是独具风韵的大美女。老公是她的同学，一起下乡的知青，现在是县外贸公司经理。她有白皙嫩红的圆脸，一头乌发，柳叶眉，大眼睛，双眼皮，高鼻梁，红嘴唇，微笑时，颊部的一对酒窝明显可见。个头近一米七，胸部丰满，体型匀称，真不愧是美丽的窈窕淑女。因琼台是港口城市，每天接纳世界各国的人何止千万。所以，琼台人自然养成了和蔼可亲、以礼待人、善于人际交往的性格。付丹香心中暗道："我幸亏又遇上了这么一位好老师。"

　　待唐丽说完，付丹香深有感慨地说："今后我能得到唐老师的教导，真是三生有幸！我一定好好上学，决不辜负唐老师的期望。"说话间，她抬头看到迎面墙上的挂钟，时针已指向三点半，就说："唐老师，天不早了，我得赶快回去看看有没有事。这本书，您要不急着用，我能拿着晚上看看吗？"唐丽说："行。如果急用，我去拿就是。"随手拿起书递了过去，付丹香双手接过来，说："那好，谢谢您！今下午我就不过来了。明天见！"唐丽忙起身相送，到走廊看她下楼了才回房间。她早就听说这姑娘是院内一枝花，今日相见，果然是真。听说她很爱学习，也很聪明，无论学什么，都能很快学会，她要是上专科学校该多好啊！如有可能，将来定会出产把好手。又觉得有这样的人来做学生是件幸事。自她走后，其身影总在心中缭绕，挥之不去。

　　付丹香回到洗衣房，进门就先向西班长说："真是不好意思。去了病房，又到心电图室，待了这么长时间，耽误干活了。"西彩红说："客气啥，没事。我已把该缝补的理顺放在那儿了，你很快就能干完。哎，你去试了试，觉得怎么样？""我觉得唐丽老师真好，她不但长得好，脾气也好，平易近人，不摆架子，叫人觉得亲近。我看她不是那种瞧不起人的人。她对工作很认真，还真心教我，我要好好向她学习。"付丹香很高兴，很认真地说。

　　西彩红说："你可能没注意到，院内有几位琼台知青，都是好样的，人品都很好，身个也都挺高，行事很文明，都挺爱好学习，能吃苦耐劳。无论是干业务的，还是干行政和辅助科室的，都没出什么事。像和病人吵架、同事之间闹意见，不团结，群众反映不好以及违法乱纪等不良现象都没发生过。而且，还都乐于助人。一般对他们的评价都很高。可能大都出身于有文化的家庭，素质就是好。你好好跟她学就行。到下班，还有一个多小时，刚才我说的那些活，你抓紧干完，明天上午若没急活，你就再去学。"付丹香说："谢谢您对我这么关照。不仅帮我找老师，还帮着我干活。"说着便坐到缝纫机前。因要干的活早已顺好，就先看了梭子里的线是否够用，便一件接一件不停地干起来。也许触景生情之故，她听着缝纫机嗒嗒响，有点像是心电图走纸声音，暗想："我这是做心电图吗？"她心中乐不可支。心情好，干活就快。一霎工夫，她就把一堆破碎的东西，变成一件件成品，看表才用时三刻。她收拾好东西就到下班点了，觉得这个下午过得特别快。

付丹香抱着那本《临床心电图手册》和班长走出洗衣房。班长见她喜颜悦色，自己也很高兴，便逗她说："今早刚到班上时，看着你愁眉不展像阴天，似有心事，也不知发生了什么情况，我心里着急，却不敢问。这会儿看你倒是云消雾散阴转晴了，轻快多了吧？"付丹香听了，乐得前仰后合，捂着嘴笑了会儿，才说："班长真是神明，真是个善解人意、济世救人的活菩萨。"两人说说笑笑，亲热无比。

付丹香对《临床心电图手册》如获至宝，回到宿舍就抱着它努力学起来。乍看似是一部天书，曲曲折折的图形，密密麻麻的文字描述，看着读着，一页看了半天，如嚼木渣，无滋无味，转眼间自己成了个睁眼瞎。真乃"会者不难，难者不会"！她想不过来的是，心脏怎么一次跳动就出来这么些弯弯曲曲的线呢？她用手扪着自己的心窝，觉得只是一撞一撞的。心想，等找唐老师给自己做下看看是不是也这个样，应该正常。她看一会儿，默读一会儿，再默记一会儿。学着学着竟忘记去买饭，一看别的屋已开灯了，便快去买饭提水。到伙房，已无人卖饭了，但卖饭窗口还开着，一问才有人说无菜了，只买了个馒头和辣椒咸菜，提了瓶开水回来，她就一边吃饭，一边看书、背读、记忆。没一会儿便把馒头吃完了，咸菜还没动，水也没喝一口。她觉着不行，又一边吃咸菜，一边喝水，真是"咸扯淡"！看着，吃着，喝着，一阵过后，也累了，也困了，读书的劲头锐减，便闭门熄灯，上床和衣而卧，想闭眼睡上一觉，养养神。可是一闭眼，好像还在心电图室里和唐丽测量心电图波形。唐丽叫自己记好各波的形态、宽度、高度、间期的正常值。虽醒着也是蒙眬状态，用手揉揉惺忪的眼睛，打开灯，又注视着开卷的页面上，反复地记 P 波、P—R 间期、QRS 波、Q—T 间期。一时清醒，闭上眼睛，都能背诵了。为加深记忆，又读一遍，使之牢牢地印在脑海里。即使闭上眼睛，P—QRS—T 的波形也能在自己脑海里浮现出来。满怀收获的喜悦，清理卫生，上床入睡。今天，是成功的一天！她感到满足。心情舒畅，睡眠也香甜。她美美地睡了一晚上。翌日早起，感到格外精神。她满怀激情，要开启新的征程——涉足深奥而先进的科技领域，学习掌握心电图这门新技能。吃过早饭，还没到上班时间，她就拿起那本《临床心电图手册》，径直朝心电图室走去。一路上她在想，学心电图和学缝纫何其相似呀！做心电图要观察、测量、记录各个波段波形的高、宽、间隔、周期等状态数据。而做缝纫，也要量体裁衣，须测记领口、袖口、袖长、肩宽、三围等数据，这和做心电图是一样的。两者只是结构形式各异，性质用途不同罢了。由此看来，自己要学会用好心电图技术，还是很有希望的。可心电图机为什么能描出一次次心跳的波群呢？她又沉浸在 P—QRS—T 的波涛里了。

付丹香思索着，不知不觉已来到心电图室，但尚未开门。一瞧走廊上挂的那个大石英钟，离上班时间还有一刻多，便打开书本端在手中看了起来。不一会儿，唐丽手拎小提包，嬉笑着来到门前，喊："你早就来啦？"付丹香说："啊！不好意思。我贪看书，没注意唐老师您也来了。"唐丽说："我看你专注读书，心里很高兴，说明你对学习有兴趣。这样肯定学得快，学得好。"

说话间，唐丽打开房门，与付丹香进入室内。唐丽去开窗通风，付丹香主动提水、打扫卫生，凸显农家子女勤劳朴实的风格。其实，唐丽也是天天如此。不过，今天是俩人，干得就快，一霎就将房间打扫得干干净净，准备工作也已就绪。二人刚坐下，付丹香就说："唐老师，昨夜我梦见您在这里教我看心电图。"唐丽说："你真是学得着了迷。那好，我们白天黑夜都在一起了，学得就更快，更好了。"正说着，突然闯进一位男子，慌里慌张地说："大夫！请您快到急诊室去给俺娘做心电图，病很急。"二人二话没说，收拾好心电图机，直奔急诊室。

二人同那男子快步赶到急诊室，只见他母亲面色苍黄，口唇暗淡，呼吸微弱，正在吸氧、静脉输液。付丹香和唐丽迅速接好电源，放好导联电极，开机检查。急诊室主任伍英吉从唐丽背后看到图的胸导 ST 段呈弓背形抬高，暗自判定是急性心肌梗死（AMI）。待做完全部心电图，她和唐丽又从头至尾看过一遍，暂且认定是"心前壁急性心肌梗死"。伍英吉说："患者就诊时说突然左胸剧痛，放射到左肩、左上肢，并头晕胸闷。体检心音低钝，血压 90/60mmHg。"

唐丽和付丹香回到心电图室，马上测量数据，填写报告单。事毕，因病情急需，便将心电图记录连同报告单一起，让付丹香送给伍英吉主任。伍英吉看后和同事们说："这与咱们的临床诊断相符。"说完又亲自去探视病人，见其经过吸氧、输液已有好转，又在医嘱单上添加了几种药，并要求立即送入内科心脏病监护室（CCU）。该病房配有心脏监护仪、除颤器等抢救设备。

付丹香目睹了伍英吉对病情的判断及处理，又见病人病情有所稳定，而急诊科的人也忙得不可开交，她在此于事无助，便赶回心电图室对唐丽说："伍主任说病人心电图与临床症状相符，准备急送内科 CCU 病房。"唐丽听完付丹香的话点了点头，接着向她讲授医疗常识，说："AMI 的治疗，在六到十二小时内是有效溶栓，心电图的变化在二十四小时到数周逐渐恢复和稳定。这期间心电图的变化主要是 ST 段弓背形抬高，T 波是对称性倒置，并逐渐加深，可有对应性的导联改变。最后遗留 Q 波。这个病很急、很重、很危险。假如治疗应对不当，病人很容易死亡，尤其头三天或一周内。所以，我们对这一类病人做检查时一定要慎重。做到动作准确而温柔，态度慎重而和蔼，不随便谈论病情。做完尽快离开。要是有人问病情，我们尽量避而不答，也不作解释，实在推辞不过，就让他们去问主管医师。在过去，有时要一两天就得做一次心电图检查，现在有了心脏监控仪，就不必频繁做心电图检查了。但典型的特殊病例，如情况允许可重做或复制一份保存，当作资料供借鉴、学习、研究之用。"唐丽一边讲解着，又把《临床心电图手册》翻到心肌梗塞部分，把病理性 Q 波和 AMI 的各种变化特征详细讲解了一遍。之后，她又强调指出："对 AMI 的心电图变化，一定要掌握好，要特别注意其演变过程，为判断病情提供可靠依据，这关系到病人的生死存亡。"

付丹香疑惑地问道："这么典型的心电图，为什么不留作资料呢？"唐丽老师说："这是门诊病人，一般都是叫接诊医生看。住院的都附于病历上。因此，这里就没有存档。我们这里也存了一部分典型的心电图，有时间可以看看。要注意个体表现有出入，有的初期很不典型。不过初学者，应先学习书本知识，再看实际图，理论是实践的指南。"

于是，付丹香便手持书本，反复阅读几种主要的 AMI 心电图，还照图在纸上描画变化的图形，以加强记忆。对哪是病理性 Q 波，哪是 ST 段弓背形抬高和 T 倒置，以及对称加深的 T 波，对应导联的变化等，不明白之处一一向唐丽老师请教，不出四十分钟，她已记得很熟。看没有来做检查的病人，唐丽就给她布置下了作业，让她熟悉心电图纸上大方格与小方格的作用、心电图走纸的速度与小格的关系、R 波的高度与小格的关系等。同时，她强调说："这都是学习心电图工作的第一道门槛。还有心电图的各导联，心脏的传导系统，这些基本知识，也都非常重要。只有掌握了，才能进行正常的操作与判断。你若学习一个月，第一周先把这些东西记好，以后就在日常工作中逐渐熟练。工作中遇到什么病，就学什么病。这样学习就快了。学习是无止境的，我这个人基础差，也就是在这里做做检查，写份报告，个别情况下也写得不全面，但临床医生还是满意的。我是靠时间老人宽容，进行反复学习。也是逼着自己学，不学就完不成任务。"付丹香以敬佩的眼神望着她，说："唐老师这种学习精神，很值得我学习。"随后，唐丽有点个人的事便出去了。

付丹香正在回忆唐丽刚才说的那些话，一位手拿心电图检查申请单的中年妇女进来说："我有时心慌得厉害，医生让过来做心电图检查。"付丹香没有马上答应，而是请她先坐下稍等。但接过心电图检查申请单一看，病史是生气后心慌一个月，血压正常，为 120/80mmHg，心脏无杂音，无明确诊断，只填了心慌待诊。付丹香就问她为什么生气？她便滔滔不绝地说："我那个该死的在外边有外遇，对家里的事也不管不问，还经常和俺闹别扭，动不动就吵架，连打带骂的，日子简直没法过了。"这位青年姑娘听着似懂非懂，尤其不知"外遇"是何意，也不便问，只劝其歇一会儿，别生气，告诉她做心电图也怕生气，生气上火，检查就不准了。

正说着，唐丽回来了，付丹香忙把申请单递给她，她看了后叫病人上床躺下。付丹香主动将心电图机的联线接好，并一一核对。三人都不言语，一霎心电图完成。唐丽聚精会神地观察心电图，未发现异常，问："你现在有什么感觉？"病人说："现在什么感觉也没有。我就是在家，看到我那男人就生气，和他吵架，接着就心慌。"唐丽说："你为什么生你男人的气？"病人说："您是不知道，他有外遇，光在外面鬼混，不管家。您说，这能叫俺不生气吗？"唐丽听了，便很温柔地劝说道："从心电图上看不出你的心脏有什么病。看来你的症状可能属于功能性改变。当你不高兴或生气时，心跳就容易加快，你就感到心慌。这个问题的消除，首先你要以平常心态面对现实。你自己要愿意和好，就要以温柔的态度，主动亲近他，耐心劝导说服他，拉他回到你的身边。两口子对抗，整天吵架，你不好受，他也是难受的，你要改变方式，给他改过自新的机会，仍然还是好夫妻。心大些，别生气了。处理不好就要离婚，对子女也不好。"听过一番忠言，病人高兴起来了。心想，现在的医生简直神了，不但会治病还会理家啊！她脸色逐渐由阴转晴，道声谢便告辞了。

付丹香对唐丽劝说病人的一番话也很感兴趣，便说："唐老师真成半仙了，什么事都能处理，真佩服你。"唐丽说："你现在还小，没有经过什么事，人生经年累月，遇一事学一事，经历的事多了，知道的也就多。我的邻居不到三十岁，婚后生一女孩。但她老公和女同事很谈得来，经常一起上下班，在道上说说话，她碰上就打闹一番。其实，人家也没别的事。女人有时心窄，想不开。经我去劝解，反倒很好了。那女的也常大大方方地来我家做客。要是一个劲钻牛角尖，婚姻就非破裂不可。"

付丹香想把和郎立学、高海珊的事和唐丽说一下，话到嘴边却又咽回去了。因和郎立学也没有正式登记结婚，问题总在脑海里回荡，便沉默起来。唐丽为打破沉默，便无话找话，对付丹香说："给病人判断心电图，正常的也要说是大致正常，因心电图随时都有变化，要劝病人勤复查。有个单位组织退休人员体检，一个七十岁的老头各项指标都在正常范围内，却在体检后的第三天突然晕倒猝死，你怎么说呢？因此，有人因身体不适来就诊，就更不能马虎大意。"付丹香说："唐老师，照这么说，医生是干不得的事。本来，健康人还会生病，病了的有的治好了，有的治不好。治好了的就高兴，治不好的就怨恨医生。真是个麻烦事，我望着有点怕了。"唐丽说："也不必怕。医生是人们的健康卫士，要有红十字精神。在战场上，或遇到天灾人祸抢救伤病员时，都得舍生忘死，奋不顾身。看医护人员不分昼夜，不怕脏，不怕苦，不怕累，甚至不怕牺牲，有的病还传染人，都毫不顾忌。绝大多数人是通情达理的，只要咱把工作做到家，不怠慢人，就可以了。"付丹香听了唐丽一席话，豁然开朗，似有所悟，她觉得还是老师的知识面广。

唐丽又说："我们知青该读书时没有读，后来工作之余找点书看看，一旦开了头就刹不住车，一本书就是熬夜也得看完。我尝到了读书的甜头，读了书对事有理性，不再以感情用事。"二人闲侃着，忽然进来一位呼吸急促的中老年女性，由子女二人陪同。唐丽看申请单，她患的是肺心病。付丹香让她上床仰卧。只见她面色发绀，轻度浮肿，颈部血管挺粗，有时张口气喘，手末梢发青，指端变粗，胸部也鼓得挺高，心尖搏动在剑突下。付丹香接好电极，唐丽询问着病人。她说："你今年五十岁，咳嗽几年了？"老人答："有三十多年了，原来秋冬加重，近几年常年咳嗽。"心电图出来，唐丽聚精会神阅读、测量后，发现Ⅱ、Ⅲ、AVF导的 P 波高尖，电压均达 0.3mV（正常值应＜ 0.25mV），V1 导 P 波高尖（0.25mV），诊断肺性 P 波，窦性心律，80 次 /min。病人之子拿到报告单时，问："病重不重？"唐丽说："去问看病的医生吧。不过病人常年患病，已形成肺气肿，肺动脉高压，右心负荷加重，可有心慌和下肢浮肿等症状。"

病人走后，付丹香问："唐老师，肺心病就是肺动脉高压？增加心脏负担？什么是肺动脉高压？"唐丽高兴地说："这个问题问得好。你应多看书，要知道心和肺的血液循环关系，还要读解剖学。全身的静脉血先到右心房，再通过右心室进入肺动脉，经分支到左右两肺。在通过肺泡排出二氧化碳，渗入氧，然后汇集成左右肺静脉回到左心房，经二尖瓣进入左心室。左心室将含氧高的新鲜血液经主动脉瓣泵入动脉系统，输送到周身各部位的毛细血管网。如此周而复始，维持人的生命。而慢性支气管炎使肺泡膨胀形成肺气肿，压迫肺泡间的小血管，致右心室排血费力，右室内压增大，右心房的排血亦受影响，时间长了右房增大。这是慢支引起肺心病的梗概。往细里说，我也说不好。可以查阅内科学的有关章节，也有肺心病专著。肺心病除慢支外还有其他原因。"

付丹香尽管爱学聪慧，听唐丽如数家珍般流利地讲解这么一大阵子，也不能完全理解。只好像在图书室看过循环系统，有那么一点印象，但很模糊。心电图倒是清楚的，虽不说记住了唐丽的讲解，但出于礼貌，只好应道："谢谢唐老师的细心讲解。这样我就大概明白了肺动脉高压与肺气肿有关。肺动脉高压，又使心电图上出现了肺型 P 波。这说明了心电图检查的重要性。"她看已到十点半，就说："唐老师，我到班上看看去，没事我再来。"唐丽说："那你去吧。"付丹香走出心电图室，心中难过极了。她母亲就是这种"肺型 P"病去世的。她两眼充满了泪花，视野也模糊了。可怜的母亲，如在今天检查下心电图，早做治疗，也许不至于过早离开人间。要给这类病人经过心电图的判断，早治疗，一定会好。

她要做一名救人的医生，一时宏志满怀。

到了班上，西彩红正在等付丹香回来，说院内要做一部分口罩，第一批先做六十个，纱布和线已经来了。付丹香没有丝毫迟缓，立即开包取出纱布。聪明的她问："我们裁多大、要几层厚？"西彩红从抽屉里取出个订货单递给她，见上面的标准要求是长15cm、宽12cm、厚8层。付丹香说："这样吧，咱先看看布料，计算一下再定。"西彩红说："也好。"

西彩红班长是内行，她先用纸折叠成8层，8层只能2×4，即口罩的宽度方向折4层，口罩的长度方向折2层，最后折起来是8层，一个口罩的料是30cm×48cm的长方形纱布。她让付丹香先做一个看看。样子做出后，便照样子裁剪。因纱布很松散，有出入，为不浪费材料，便因材而制。一卷一卷的纱布，由西班长负责裁折，付丹香只管缝制，不到一个半小时，就做出了四十个，二人轻松下班。西彩红嘱咐说："下午你先去学一阵，再来干就是。"付丹香很感激地说："谢谢班长！"

回到宿舍，付丹香拿出院里发的口罩，看大小和要做的差不多，仅缝了四周。为了弄个究竟，她拆开一看是十二层的，即3×4的折叠法，这样两边和一端均有回折。而像上午那样折叠成8层，厚而不易折叠。而将两端放中间，中间变成4层，又易被带子拉开，不可取。如何挽救呢？一着急中午饭也无心去吃。最后一想，可在上面加缝个"口"字，对端便牢固了。想到此，她便去食堂买饭，只有冬瓜汤和馒头了。晚饭后躺在床上又想："为什么活得这么累，这么紧呢？其实，什么宏伟目标也得需要辛苦奋斗一番。为这，吃点凉凉的残汤剩饭倒不算啥，可谁是疼我爱我的人呢？这种局面何时了？看看人家唐丽和西班长就生活得那样轻松。做心电图虽难，可熟悉了，不就简单了吗？西班长更是到点上班，到点下班，招呼大家一下，不用动手，只记下账，一切都可以搪塞过去。唉！不去想了，还是先闭眼休息会儿，静静神，走一步算一步，先干着再说吧。"心静了，一霎便进入梦乡，梦中与悲惨的母亲抱头痛哭……

一觉醒来，上班时间已过。幸亏是两处上班还有说头。她见到唐丽便说："班上有一项新任务，叫做一批口罩，上午回去就干了也没完成，西班长叫我先来这里学习会儿再去干。"唐丽说："付丹香，我看你太累，有点心痛。人不必太逞强了，可以活得轻松点。这做口罩的任务不算急。

工作人员季季发，哪有几个戴的？除非外科、手术室、妇产科、化验室和传染科非戴不可，大部分是挂在脖子上装装样子。我看你抽空做做就行。"付丹香说："事倒是这么回事。可六十个才完成了四十个。我想赶快做完，了结一桩心事。"唐丽说："噢这么快啊！叫我一天也做不了这么多。你中午没吃饭吧？"付丹香说："也吃了也睡了。唐老师，你和班长都是我的亲人，都这么关爱我，我感到很温暖，挺幸福。"

唐丽说："俺对象在外贸，经常外出，一待就十来天，学生上中学住校，我经常一个人在家，你要愿意，可常去玩。吃饭没问题，但我一个人在家，不想做，也不想吃，有时泡包方便面了事。就是不出差，他也常不在家吃饭。为办事可以说天天有宴席，有时他还陪客人住宾馆。俺俩都是琼台知青，都喜欢吃海鲜，他出差就买，我回家也带，平时还买上些，家里海鲜不断。你去我给你做海鲜吃。我们还常吃鲅鱼水饺。将鲜鲅鱼处理干净，顺着脊梁骨两边剥下肉来，去掉皮剁细，加上韭菜。鲅鱼水饺也可当下酒菜。再有就是秋天的海蟹，既肥又大，是上等的海鲜。等有了我一定约你到我家去吃。"付丹香倾听着她说的这些，对自己来说是可望而不可即的事。心想，就算人家真心邀请，自己也不便去，似乎不够级别似的。再说，即便去也不能空手，带着十个胡萝卜，两手攥空拳去能行吗？为吃海鲜而去，岂不太无聊？平时不常吃，说不定还会过敏呢！要出现胃肠反应拉肚子，人家不说你是过敏反应，而说你吃多了撑得。她左思右想，总找不到恰当的话作答，感觉像学生被老师提问答不上来一样，便只好吞吞吐吐地说："唐老师，听你说的这些，我不但没吃过，有些也没见过，还有没听说过的。听俺邻居说，有的人乍吃海鲜还不适应。他跟别人吃了一次海鲜水饺，闹了好几天肚子。谢谢唐老师的关爱和好意。再说，我现在还得抓紧好好看点书，哪能随便去给老师添麻烦呢！"唐丽看出付丹香的心思，这么大的姑娘，可能羞于串门，怕有闲言碎语，怪难为情的，便道："你现在确实忙，没有空闲时间。那就等你忙过这阵子再说。"

她俩刚聊了一会儿，进来一位要做心电图的十几岁女学生。她关节肿痛，伴有结节，临床诊断风湿热，心电图显示窦性心律不齐。唐丽说风湿热是由慢性或急性扁桃体炎，受溶血性链球菌感染引起。主要侵犯结缔组织，关节部位重，心脏可不同程度受损，故出现窦性心律不齐。心电图的特点是 P—R 间期不等长，相差 0.12 秒以上，P—R 间期大于

0.12 秒，窦性 P 波稍有改变。付丹香在唐丽的指导下，对心电图细心阅读和测量，结果与病人的病史、症状及书本上的都相符。

她们又接连做了几个病人的心电图。虽然有点小事，但不能确诊，只能填写大致正常，并告诉病人如有不适，随时复查。

下午三点，付丹香到了洗衣房，没与班长说什么，就坐到缝纫机前，蹬机加工口罩。她依自己的想法，将做好的那些口罩，再缝上个"口"字。她做了几个后和西班长说："您过来看看行不，我觉得这样可防止对端脱开。"班长看后很满意，把未做的口罩料子都重新叠好，只等加工。付丹香脚踏踏板，带轮飞转，几分钟就做出一个新成品。几十个口罩，竟一口气全部完成了，如数交给了西班长检验收好。

西班长说："还有点纱布，咱看看还能做几个。"一比划，还能做十个，付丹香又赶紧把它做好。西班长又说："近水楼台先得月。这些就留咱洗衣房自己用，一人领一个。"付丹香得到一个新口罩，很知足，便说："我看以后再做口罩时，要做十二层的，厚点效果好，也容易做。"西班长表示赞同。付丹香又把一些零活做好，就到点下班了。

从付丹香这两天学习心电图的情况来看，对工作也没有影响，西彩红便对她说："以后你去心电图室上午学到十点半，下午学到四点再来洗衣房，总共用两个小时左右就能把活干完，大体上各用一半的时间，学习也可多点，只要不耽误这里的工作，就可放心地去学。"付丹香说："谢谢班长！我一定要把握好时间，尽量做到学习工作两不误。"如此以往，付丹香既工作又学习。

郎立学在家中由母亲协助照应着卫生室，村里的男女老少，天天人来人往，就诊者一天到晚络绎不绝，尤其是检查心电图者更甚。因为在卫生室做的心电图检查及诊断都比较准，而且还省时、省事、省钱，更省去了不少麻烦。一传十，十传百，已让本村和周围村的患者对他有了信任。所以，临近村的人们无论大小病也都愿跑过来找他看。

尽管郎立学使出浑身解数，也有点应酬不过来了。尤其是做一次心电图，就费不少时，又加上自己对心电图的判断能力还差点火色，有时遇到难点儿的，就看不出个名堂来，使他心急如焚。有时活不多，不重，却满头大汗，只有无奈地翻开书本查。因手头上只有一本普通内科学，心电图异常例图较少，有些做出来的异常也对不上号。但他把握只要有

P波的是窦性心律，P波不规则的是窦不齐，宽大畸形的是室性早搏。对ST段压低的，又是老年，即有冠心病的可能，能看出某些病态心电图表现的大概。随着诊断量的不断增加，加之尽量详细询问病史，又认真负责，诊疗水平进步较快。他在繁忙中能保持沉着冷静，头脑清醒，医疗质量也与日俱增。

第二十一章

郎中冒骤雨　夜间救急症

　　这天夜里，天上雷声霹雳，下着倾盆大雨。郎立学的三伯父郎成在用力敲门。徐桂贞听到敲门声，披着块塑料布忙开放大门。郎成没等徐桂贞问就急忙说："小孙子发烧抽风，快叫立学去给看看。"徐桂贞先请戴着苇笠手提保险灯的郎成到屋里稍等，说："我去叫起他起来。"

　　郎立学一边听娘说着，一边迅速穿好衣，戴顶苇笠，披件蓑衣，穿上胶鞋，背着出诊箱出来和郎成简单交谈了一下，便随他走出家门。街上一片泥水，脚上穿的那双胶鞋里已灌满了泥浆，无一处不是踏着水走，每一步都倍加小心，否则就会滑倒。天上雷声隆隆，闪电阵阵，霹雳贯耳，天地间忽明忽暗，郎成的那盏煤油保险灯，如燃着的一炷香头，亦如萤火，一晃一晃地摇曳于风雨之夜。但它是风雨中的航标，是大海中的灯塔。地下泥泞，行走根本不能抬脚，只能慢慢向前淌着行进。水深浅不一，路面凹凸不平，石块砖头到处都是，撞到脚会疼得"哎呀"一声。郎立学跟在郎成后面，看着他那佝偻之躯，在这疾风骤雨中，艰难跋涉，东倒西歪的，一不小心就会跌倒，郎立学急步赶上去扶着他。二人从西向东，过一条大街，来到一条小巷。小巷很窄，二人只好一前一后，必要时扶一下两边的墙壁。来到郎成家，看那堂屋在风雨中，好像是艘船漂泊在积水如湖的院子中，窗内射出的微弱灯光，使院中水波粼粼，屋檐上雨流如注，哗哗作响。二人疾步来到屋前，郎成说："你立学弟来了，快开门！"因屋门被风刮得闭不住，只好关上。二人进屋卸下雨具，方见已成落汤鸡。三大娘拿一条干毛巾让郎立学擦拭。

　　郎立学接过毛巾，一边擦胸背，一边问跃跃的病情。孩子的娘已吓得泪流满面，低头呜咽着说："跃跃今天生日，下午开始发烧，晚上不想吃东西，给他吃上蒸鸡蛋就恶心呕吐。俺正吃饭时，就看他两眼一阵一阵地往上眦，身子也一惊一惊的，脸发红，摸着身上都烫手。他爷爷到外边薅来一把黄蒿，蘸着白酒给他全身搓了一遍。又给他吃了一片退烧片，才睡了。接着下雨打雷又醒了。不知是受了惊吓，还是怎么着的，胳膊和腿都抽动起来，嘴也歪了。"

郎立学一边听着陈述，一边打开诊箱，先取出体温表甩了两甩，看水银柱已到底部，轻轻抚摸着小孩，将表放到左腋下，叫他娘抱好，嘱咐别把表弄掉了。又取出听诊器，听着心音像是马蹄表一样，滴答滴答的，心率很快，数得不很准，约 110 次/min，两肺呼吸音粗糙，未听及湿啰音；腹部胀满，叩诊呈鼓音，听诊腹部肠鸣音增强，皮肤潮红。取出表一看是 39.5℃。最后，让他娘抱住孩子，借哭叫之时巧妙地用筷子压一下舌头，看到扁桃体约Ⅱ°增大、充血，无分泌物。又试了一下颈部，无明显抵抗感，四肢肌肉还有点紧。经询问得知跃跃今年才两岁，过生日吃东西杂，主食是水饺，他姨还给他吃了些水果。如此检查完后，孩子的娘带着一脸愁容忙问："这孩子是什么病？要紧不要紧？要在家不好治，能不能上句山医院？"她没问郎立学对治疗的看法，正在郎立学难做决定之时就将了他一军。他没等郎成发表意见，便毅然开门见山地说："这病不轻，我也没遇到过。快去打电话叫救护车，直接去医院！"

他从药箱中取出一颗退热药，递给跃跃他娘，说："嫂子，你给他用上，我和三大爷到村委去打电话叫救护车，你们在家准备好。"他心想，要有个三长两短，不好交代。郎成说："那就快去。"又对他老婆说："准备点钱和衣物，来车你跟着去，我先在家。要是住院，再让他爹来家。"因决定了去句山医院，孩子的娘不再那样紧锁愁眉，才道："谢谢兄弟！下着雨还让你来，回去在路上要小心啊！"雨还是那么下着，一开门风雨齐闯进屋来。二人戴上雨具，急速上了村委办公室。因有雷雨，值班的没睡沉，一听到叫门就问是谁，郎成说："快起来开门，是小孙子发烧，打电话叫 120 救护车。"值班的是文书丁肖华，他即起来开门。因风雨太大，门一开便淋到身上，他"哎呀"了一声，问："半夜三更的有什么急事？"郎成才又说了一遍："我孙子发烧抽风，立学去看了，要叫 120 救护车送句山医院。"丁肖华说："好，我马上打。"他打完了电话，又问："送跃跃人够吗？要不够我也去送。"郎成说："不用，披块薄膜抱着就行。谢谢兄弟啦！"二人告辞。家中已做好准备，雨也好像过去那股劲头，下得小了。郎立学年轻有力，抢着抱跃跃，他娘给撑着伞，还替郎立学背着出诊箱，提着篮子。郎成锁好大门，各人在泥水中向公路走去。这一行五人的小分队，冒雨出村来到村头，救护车已经到了。由于郎成的保险灯出村就成了信号。车又靠近了些，各人都快上了车，郎立学也上去了。

郎成回家后想，郎立学跟着去了，还得和徐桂贞说一声，便又向郎立学家走去，身上披着郎立学的破蓑衣，手中拿着自己的苇笠，心想，这件破蓑衣，还是立学他爹的遗留物件，那人辛苦一生，过早地走了，甚为惋惜。郎立学这小子可能会成为一把好手。今晚在这么大的雨中跑了半夜，还亲自去送孩子上医院，这种作为就是成业之基。想着想着，在雨中只顾脚下，一抬头竟到了郎立学家门口。因郎立学出诊留下门未上闩，他便轻轻推门进院，走到堂屋门前，轻声说："他婶子，立学随救护车上句山医院送小孩子去了，你放心吧！"徐桂贞说："三哥，屋里坐会儿歇歇吧。"郎成说："不了，你睡吧。立学的蓑衣我给挂在墙上了。"说着挂好蓑衣走了。

在车上，跃跃让奶奶抱着。在上车过程中透了透风，他的脸色不那么红了，也清醒了许多，俩黑黑的眼珠四处张望，还问这是上哪儿。郎立学看着孩子好点了，便取出表来给他测体温。测得体温38℃，郎立学说："有好转，可能用的退热药起作用了。"又对跃跃的奶奶和他娘说："温度降了，放心吧。"车到了句山医院急诊科，郎立学向司机师傅道了谢。怕他奶奶下车不方便，跃跃由他娘抱着。

这城里的雨仍不大不小地下着，显得一片寂静。两个妇女和孩子去急诊科，郎立学去挂急诊号，买了门诊病历本。急诊科的值班人员请来传染科中年女医生姚芬。她一边逗着小孩，一边问是怎么得的病、经过如何。郎立学和跃跃的娘一一做了说明，奶奶做了补充。大夫填好病历，告诉陪人现在很难说是什么病。再复查体温仍是38℃。姚大夫叫先检查血常规。正要去查血，跃跃说要大便，结果大便带黏液和少许红色物。郎立学告诉姚大夫后，她又让查大便常规。结果是血白细胞高，大便有脓，且红细胞偏高。姚大夫看后说是急性菌痢，幸亏用药及时，还说这病有传染性，须住传染科，病情稳定后，再回家。跃跃的娘马上应了，办上住院手续。因押金可暂缓，只交了二十五元钱。来到病房，发现已有个孩子住在一号床。跃跃躺在洁白的被褥上，还有点惊喜。他娘和奶奶却泪流不止，一个劲地安慰跃跃，说他是个好孩子、乖孩子，住两天治好病就回家。

一霎，来了一位三十岁左右的男大夫，详细询问了病史，从头到脚全身检查。胸部按四诊检查，发现左下腹有轻压痛。护士也重新测过体温是38.2℃。大夫告诉要打针输液，吃面条和稀饭之类软食，要隔离，不能和孩子用一套碗筷吃饭，再大便时还要留样本化验。护士来打针时，跃跃很配合，只在穿刺静脉时哭叫两声。药液顺利输了十多分钟后，跃跃就安静地入睡了。这时天已大亮，跃跃的娘对他奶奶说："你先看着跃跃，我和立学弟到外边看看弄点吃的。"

二人来到东风饭店，一看吃早点的人已络绎不绝，跃跃的娘抢上前去，要了两碗豆浆、半斤油条和四个鸡蛋。郎立学在一张桌子上放上两双筷子，又帮着拿了油条和豆浆。跃跃的娘温和地说："弟弟累了一夜，天不早了，快吃点，垫巴垫巴。谢谢你啦！"郎立学说："不用客气，又没累着我。幸亏来了，有了明确的诊断就放心了。"跃跃的娘仅喝了一碗豆浆，吃了一股油条就不吃了，说不饥困。她又去买了两包方便面准备给跃跃吃，买了四个蒸包给他奶奶。她说："立学弟，跃跃住下了，我和他奶奶在这里，你要忙就先回去，待孩子好了出院，他爹回来，我们再好好谢谢你吧！"郎立学也表示："我可以回去了。看来跃跃的病很快就好，你和三大娘放心就是。吃东西要注意卫生，一定要洗手，防止相互传染。这个病还要报告疫情呢。我回去和三大爷说说，孩子的病好得很快，也让他再送点钱来。"跃跃的娘给郎立学剥了一个鸡蛋，郎立学不要，她硬放到他碗里吃了。二人带着买的饭来到病房。跃跃和他奶奶可能因累也都睡了，奶奶趴在床沿上睡，跃跃伸着滴液的胳膊睡，幸亏一号床上病儿的娘过来帮着，滴液才顺利进行。她一看他俩回来便小声说："你们回来了，先别惊动他俩。看你们俩真相配，都年轻轻的，孩子就这么大了。"跃跃的娘一听羞红了脸，说："你误会了。这是我小叔子，在村里当医生，也是一宿没休息，这才去吃了点东西。我要是有这么个男人就好了。我男的到外边打工去了。谢谢你帮忙！我打了饭，你要还没吃就先吃点吧。"那位母亲也很年轻，便起身说："俺小贝贝还睡着呢，我等他爹从家带饭来。俺可能下午就出院。"郎立学这才插话说："现在看小跃跃挺好，我先回去。"跃跃的娘送到门口。

郎立学刚走到院子里，遇到付丹香要去心电图室，付丹香忙问："你怎么来了？怎么不过去看看俺？"郎立学把来龙去脉告诉了她后说："现在要回去，正想过去看你。"郎立学随后又突然说："哎呀！我的出诊箱忘在救护车上了。"二人向急诊科奔去，询问了救护车司机，幸好车未再开出去。司机开了车门，郎立学背了出诊箱说："只顾照顾病号忘了。谢谢你！"司机说："都一样，都是为了病人，谁谢谁呀！"付丹香要替郎立学背药箱，他说不用，自己背着陪付丹香走。两人手挽着手，肩并着肩来到心电图室，见唐丽还未来，便在门旁边等待。郎立学问："你近来怎么回家少啦？"付丹香："学心电图得看书，记正常值和各种图形，不然就写不出报告，没法下诊断。老师很严格，对每份心电图都得写出报告。我是很想回家去，但时间不允许。还得上班干活。我要是会分身法多好，一个上班、一个学心电图、一个陪你。"说着红了脸，使郎立学又看到了付丹香的天真，要亲热一下，可又怕有人看见不好。付丹香反问："郎立学，你怎么不来？以后我不上夜班，你可以来玩玩，看看电影，咱一星期聚一次行吗？今天你夜里出诊，可先回我的宿舍休息一下，午饭后回去就是。"郎立学说："不行，我得回去给病人家里送信，叫小孩的爷爷来送钱和饭。明天我来吧。"二人正说话间唐丽快步流星地来了，看到付丹香说："我来迟了一步，怎么有做检查的？"付丹香忙应："唐老师，看你，就晚几分钟，还用跑了！这是我朋友，以前在医院进修过，现在在村里开卫生室。他是送急症小孩忙了一夜，孩子住院了，他要回去，我让他先来见见您。"又忙向郎立学介绍："这位是唐老师。"唐丽说："我看到你有这样的好朋友真高兴！郎才女貌，祝福你们！"

唐丽开了门，大家进到心电图室自寻座位坐定，付丹香说："唐老师很好，生活上关心我，教学上严格要求，认真指导，我很感激。"唐丽看这个郎立学体格强壮，个子不矮，粗眉大眼甚是精神，虽熬了一夜，一点也没有疲惫不堪的样子，确实是一品的男子汉，女人有这样的男人也是一生的幸福。于是，她开口道："我说，你俩中午到我家吃饭吧，今日正是俺小孩他爸爸去琼台出差，说三两天才回来。这才刚上班，病人到不了，你们就去逛逛街，中午到这里来，我领你们上我家。"郎立学说："唐老师，以后吧，我还得给住院的家人捎信，让他们送钱交住院费。谢谢唐老师的好意！"唐丽听了，也就不过于勉强，说："你还有要事在身，那就以后方便时再去。"郎立学说："以后一定登门拜访！"唐丽说："好吧。"郎立学说："唐老师，再见！"

付丹香送到院门口，正巧救护车开出来了，付丹香跑上前一问，正好顺路，便带上了郎立学。他上车了和付丹香招手告别。

郎立学在回村的小路上，看到昨晚的几趟脚印仍然清晰，心想，自己就要再印上一趟走向村里的脚印了，除此之外，只有两趟摩托车的痕迹。看来一般人尚未出行。阴雨天就是农民放假的日子，可以在家睡懒觉。郎立学今天挂个医生的招牌，与众不同了，不但不能享受这种田园之乐，而且在雷雨交加的深更半夜，还要为病人奔波。他深刻体会到了在急重症面前束手无策的尴尬，也感到自己所肩负的使命任重道远。今夜这个孩子高烧抽风，一家三对期盼的目光，虽是投向自己的头面，却像射进自己的胸膛。多亏想起了高海珊说的，立即去打了120电话叫救护车。老师也早就指教过，在基层遇到诊断不明、治疗没有把握的急重病人，要争分夺秒转到有条件的医院，不可延误，他觉得今夜的做法完全正确。想着想着来到了三大爷家，一看门尚未开，轻轻叩了三下后，听到了咳嗽声。他又较重地叩了三下，郎成还没出屋门就问："谁?"郎立学喊道："三大爷，是我呀！刚从医院里回来。"郎成忙开了门，说："你回来了，跃跃怎么样？我回来就睡也没睡好，总念着小孙子。先屋里坐下歇歇。亏了你，要不，简直没法弄了！"郎立学汇报了路上和到医院后的情况，说："跃跃上了车体温就降到了38℃，到医院检查了血和大便，诊断是菌痢，是消化系统的传染病，在传染科病房住下了，用上药后很稳定，三两天就能好了。家中的锅碗瓢盆最好都煮煮消毒，注意卫生。下午你上趟医院，带钱交上住院费，三大娘说家里还有些煎饼，叫你捎了去吃。你放心，一切都很顺利。"郎成说："唉！现在社会变了。你哥哥为挣几个钱，在外干建筑，无论风雨都不休息。媳妇在家看孩子，还得搭上俺俩。你嫂子三天两头给孩子洗澡，水有时热，有时凉，没擦干就上床了，弄得扬二翻天。我们还得泼脏水，洗衣裳，忙活半天。这回是洗澡凉着了。我们看在眼里，不能说，只得顺着。这不，一发烧简直把俺俩吓坏了。主要是他爹不在家，俺是非管不可。不说了，该怎么干还得怎么干。今天你立了大功，半夜三更，大风大雨，雷声轰隆，路也没法走，你都不嫌，跑前跑后，搅得你大半夜没睡觉。待孩子好了，他爹回家，咱爷们再好好说说话。那我就去城里，你也回家歇歇。"

在回家的路上，郎立学想起昨夜跃跃的就诊住院经过，感到家里有妻子，还是很幸福的。女人有了孩子好像就很关心男人了。看跃跃他娘，待人好，又温柔又体贴。有妻有孩子的家庭，父母也很关心，多好啊！他还体会到，你为他人付出得越多，他人就觉得你的价值越大。医生这一神圣的职业，就是为了病人而全力以赴。要干好这一人命关天的大事，得有真才实学，又要德才兼备，智勇双全，处事果断，千万不能把病人耽误了。他越来越觉得医生单凭热情还不够，还得靠技术。他想了一大筐课题，每一课题都难解。

看到家门后，郎立学反而睡意浓浓。一进家就见母亲在院子里等着。他娘说："才回来啊？我做的饭还热。从夜里到现在，看把你累成什么样了！"郎立学简单和娘说了说，吃了点东西就上了自己屋，一头倒下便睡到下午三点。

郎立学起来揉了揉眼，出了屋门。在院子里缝补旧衣的徐桂贞见他起来了，就一边去准备饭菜，一边说："你看你这个三大爷的儿，比你才大一岁，娶了个好媳妇，结婚三年，孩子都那么大了。你的事你自己决定，谁也帮不了。我还壮实，别的干不了，帮着看看孩子就知足了。"郎立学说："娘，你说得很对，我何尝不想早成个家？但这牵扯好多事，再耐心等等吧！"吃过饭，郎立学想上卫生室，他娘说："甭去了，上午来了几个看病的，我都说你上了县城。下午我又去看，没有人。"郎立学说："那我再回城里一趟，一是看看跃跃，也瞧瞧付丹香学得怎么样了。"

他骑车来到村头，正遇郎成夫妻刚下车来家。他三大娘说："跃跃幸亏你，现在挺好，已经下地跑开了。放心吧，俺想下了车，先上你家报喜呢！"三大娘心直口快，惬意地说出了心里话。郎立学自然高兴，便说："这很好，是您当爷爷奶奶的功劳。咱这个半拉子医生，水平低，条件也差。不能治的病，也只能及时转院，不能耽误。你俩快回家去歇歇吧。我上趟城里有点事，再顺便瞧瞧跃跃。"

郎立学记着娘的话，看人家跃跃都两岁，满地跑了，爷爷奶奶多高兴！他把这娘俩记在心里，想何时自己也有这么娘俩！想想付丹香，又想想跃跃娘俩，他就琢磨怎样才能使付丹香变成娘俩。难道还需要半年不成？他觉得娘如一尊佛，料事如神，说话有灵性。她建议学医生，自己这么快就成了医生。将来付丹香如何是好？既干临时工，又来帮卫生室，她能干得过来吗？如有了孩子，还不放弃临时工，她能同意不？他翻来覆去地想着点子。

来到句山医院，郎立学先到了付丹香上班处。她还没下班，活已经干完，正与西班长聊天。她们一看他来了，都站起来迎接。付丹香说："你怎么又来了？快进来坐下歇歇。"西班长说："你不能这么说话，郎立学来了应欢迎才是。"付丹香说："来回跑多累啊！"西班长说："怕累坏了，心痛啊？"郎立学忙在小凳上坐下，说："今夜送来了一个急病孩子，我不放心再来瞧一下。我这才感到当医生的责任重大。重任压肩，非来不可呀！"付丹香说："我在这里，多亏西班长照顾。学心电图，使这里的工作受些影响。俺这就是靠大家帮，要不，寸步难行。所以，对病人就要全心全意，才对得起大伙儿。现在还年轻，受点累，吃点苦算什么！"郎立学接过付丹香递给的一杯水，喝了一口。西班长说："这里没有什么事了，你们俩快去看病人吧。"付丹香自然接受，又看着郎立学略带微汗的容貌，内心自然泛起一阵爱的波涛，应了班长的话，便说："谢谢班长的恩惠，那我们早点去。"说着同郎立学上了传染科病房。

现在病房里只有跃跃娘俩在那里，跃跃在地上来回走动着，他娘脸上也有了笑容。一看是郎立学来了，并带着一位漂亮的姑娘，她也猜个七七八八，虽不认识，也风言风语听说他有个出众的对象。跃跃娘忙道："跃跃，看你叔叔来了，多亏他救了你，你叔叔累了一宿，还又挂念着来看你。"转身对着郎立学说："更让俺感激不尽。"说着把跃跃抱到郎立学跟前，说："让叔叔看看，好了就放心。"郎立学看着这个又白又胖的宝宝在他娘的怀里，很坦然幸福的样子，瞪着圆圆的双眼，很神气，显示着智慧。郎立学心中荡漾起向往的波澜。于是，从他娘的怀里接过跃跃抱着、亲着。跃跃注视着这位同爸爸差不多年纪的年轻人。付丹香走到跃跃娘的身边问孩子病好了吃点东西没有，跃跃的娘说："今上午又拉了一次肚子，还稀薄有黏液，体温37.5℃，还是不想吃东西，他爷爷给买了些饼干，也吃了点，喝水挺多，医生叫少吃。现在我的奶还有点，但不多了。在家吃得舒服些，奶还多点。"付丹香在产科病房学习了些日子，虽知道得不多，但也听说小孩子吃奶，一般一年多就差不多了。继续吃反而影响小孩的食欲，于是说："靠吃奶不足，又不想吃饭，就耽误营养。这孩子两岁，长得挺俊俏，很伶俐，但体质需要增强。"跃跃娘说："姑姑说得很对。他姥娘也说过该断奶了，可就没有断。总是不忍心不给他吃奶，所以就拖下来了。"郎立学说："可以借这次住院，给他断奶。以后好好做饭给他吃，一天两个鸡蛋，多吃点青菜、煎饼、馒头都行，吃的食物种数越多越好。"开饭时间到了，他们便带了饭具一起到食堂买饭吃。付丹香取了饭菜票，买了稀饭、煮鸡蛋、小菜、馒头等，四人在一块长石头上吃起来，像是一家人互相谦让着，吃得有滋有味。跃跃也吃煮鸡蛋和馒头，跃跃一边吃一边跑，并喊"姑姑好"。饭后，他们在院子里走了一会儿，跃跃的娘说："我回去和他休息，他病了两天精神头小了不少，不爱动弹，不爱说话，脸蛋也小了不少。跃跃！谢谢叔叔，谢谢姑姑。"郎立学和付丹香同时说："还需要帮忙吗？"跃跃的娘说："晚上俺有这小孩子陪着就行。夜里还有医生和护士巡视病房，放心吧！"相互招手作别。

郎立学和付丹香来到大街上，手牵手地漫步于树下。二人都很羡慕有跃跃这么个男孩，活泼伶俐，可爱逗人。郎立学逗付丹香："你何时才成为母亲？想成母亲不？"付丹香说："唉！现在看变成母亲也容易，也不容易。易，我们经常在一起，怀孕还不是轻而易举？不易，是还没结婚，但结婚还有许多难处，年龄差点。现在，我正学心电图，你的卫生室才开张。还有，住在哪里呀？况且还要添置点衣物家具，不是光声明结了婚就了事吧？！"郎立学听付丹香的意思，不是不乐意有孩子，还是因为婚姻手续问题，就说："跃跃的娘结婚时年龄差两岁，是找了熟人办的。其实，咱们结婚也有特殊理由。你看咱俩由于父母再婚，把我们弄成姐弟俩了，他们俩也没有明确到谁家去，咱也没有详细了解登记的具体规定。"付丹香说："唉！现在对老人再婚要求很低，在哪方都可以。"郎立学说："是啊，现在婚姻自由了，结了婚过几年合不来就离婚。"付丹香说："唉！我们还没结婚，就讲起离婚来了。"郎立学说："现在社会发展很快，目前离婚率高，社会各方面竞争激烈，双方的收入相差大、不平衡，这就是根源，使一方抛弃另一方的事屡见不鲜。我们俩还有差距，你有月薪，我还没有，只是现挣，挣不着就麻烦了。你不嫌弃我吧？我是真心爱你。"

说着两人来到临街公园，选了个石凳坐下，紧紧地拥抱在一起，漠视往来的人群。这个公园是一个爱的世界，有成对的青年，更有白头老年。在巨大的法桐树下，犹如一个安静的、隐蔽的世界。又是夜幕降临的时刻，公园蒙上了一层幽静的黑纱。但也怪，此公园的设计者，在乳白色的柱子上安装了霓虹灯，不断地闪烁着五彩缤纷的霓光，并在树下埋上地灯。郎立学语重心长地说："咱这样也是很幸福、很快乐的，你每星期天回家一趟，我有空就来，以解天各一方之苦吧！亲爱的，你说呢?"付丹香双手搂着郎立学的脖子,娇滴滴地道:"好啊!"

二人遂站起来往回走。看着一对对享受爱情的人们,或嬉戏,或窃窃私语,拨弄得身躯多姿多态,隐藏在这夜幕里、树影里、霓虹灯光里,二人恋恋难舍地离别这块神秘的爱情领地。一路车水马龙,路灯车灯交相辉映,大路成了一条光的隧道。俩人肩并肩手牵手前行着,行人无不注视,堪称幸福美满,内心翻腾起兴奋的浪花。心中藏得最深的一句话是"我爱你",现在这句最难出口的话,已成为现实。为使心中的爱更加牢固,让青春的花朵结出丰硕的果实,尚待时光来做催化剂。由于深情的爱,心里都在想一些未来的东西。无言之时,正是心思最深沉的时刻。

二人沿街前行没几步便见一浴池,不约而同地想去洗个痛快澡。进门见一位中年胖妇坐在藤椅上,将其填得满满,摇摇欲坠。她看有客人来,稍一起身,却又坐下,藤椅吱吱抵抗。她问:"二位洗澡吗? 正好有单间,一人一间一块钱,二人一间一块五。毛巾肥皂另买。"郎立学将目光转向付丹香,以商量的口气问道:"是要两间还是一间?"付丹香说:"一间吧。省一个是一个。"

二人在浴池洗完澡后回到宿舍,安静地一觉睡到天明。

第二天一早,郎立学爬起来,和睡梦中的付丹香说:"我回家。"便走了。

付丹香睡醒后,拖起慵懒的躯体,跑到食堂买上一个馒头、一碗稀饭和一块咸菜,几分钟下肚。到了心电图室,唐丽尚未来,墙上的石英钟表明离上班还有半小时,自己也觉好笑。想那就再去看看住院的孩子吧。跑到病房一看,跃跃在他娘的怀里,嘴里还吃着小笼蒸包,他娘正在吃油条,床头桌上有一碗豆浆、两个包子,还有三根油条。跃跃他娘见付丹香来了,忙从坐的床沿上起身迎接。付丹香先问:"跃跃好了吗? 夜里睡得好不好? 能吃东西了?"跃跃的娘说:"你姑姑来看你了。"对付丹香说:"他今夜很安稳,叫你挂念了! 今早上我和他到街上,问他吃什么,他看见刚出笼的包子要吃,就买了几个,已经吃上一个了。看来没什么事啦。今下午看看,能回家就回家,免得家里挂念着。"付丹香说:"这样就好了。来,我抱抱可爱的宝贝儿。"跃跃忙说:"姑姑好!"他看着满脸笑容而漂亮的付丹香,小手握着包子,伸臂找她抱。跃跃娘放下手中的油条,将跃跃递给付丹香,腾出手来,拿毛巾擦了下手和嘴,换上衣服,拢了下头发,像是妆梳一番,显得文静了许多。

在付丹香看来，这位年轻的妈妈中等身材，乌发浓眉，苗条清秀，双眼有神，是标致的女性。虽已生子，魅力不减，儿子也很可爱。她逗着跃跃，看着俊秀少妇，心中很喜，也希望早日走上这步。作为女人这是飞跃的一步，是蜕变的一步。这是天下所有女人的一大变化，一座必过的大桥。看着跃跃吃的包子还剩一点儿了，她说："可爱的宝宝，再吃一个吧?"跃跃摇摇头。他娘看到这位漂亮的姑娘，如此爱着自己的孩子，便问她什么时候结婚，她说现在先糊混着吧，并就此说："我该上班了。有什么事去找我吧。"他娘接过跃跃，叫他和姑姑说再见，跃跃忙摇动小手，说："姑姑，再见!"付丹香走出病房，径直去了心电图室。

郎立学在回家的路上想着事，不觉爬过了路上的陡坡，一霎来到家中。徐桂贞又是做好饭在院子里坐等儿子的到来。她见郎立学来了，高兴地说："你可回来了! 我一晚上睡不着。干医生责任大。现在小孩子是一家的命根子，病重了四邻不安，你耽误了一天一夜。现在可好了，看你累得眼都肿了，快歇歇吃饭吧。你问付丹香结婚不了吗?"郎立学一边洗着脸，一边说："我这么大了，到城里还用挂念? 结婚晚不了，你等着就是，到时候就结婚。"徐桂贞说："俺不知你什么时候才回来，俺和你叔早吃过饭了，给你把饭留在锅里了。"说完，便把饭菜从厨房端到北屋。

郎立学饭后与他娘到了卫生室。一天未开门，对卫生室好像疏远了。母子尽快整了卫生。随即便有人抱着小孩子来就诊，也是一位青年妇女，女孩三岁。经一番检查，初诊为消化不良，郎立学给开了药。陆续来了几个男女病人。男的多是饮食不注意，胃口不好，女的多是支气管不佳，时常咳嗽。当地还习惯吃用发酵过的糊摊的煎饼，这样就造成了胃口病。妇女因用放在地上的鏊子摊煎饼，柴草燃烧不全，厨房小且通风不良，长年累月受烟呛，易造成呼吸系统疾病，如慢支、肺气肿、肺心病等。男人喝酒、吸烟，又加吃酸煎饼，因之消化性胃溃疡、胃炎、胃癌等消化系统疾病多发。郎立学看在眼里，也记在心里，琢磨如何防治这些常见多发病。他和母亲商量在卫生室的墙上做上一块黑板，宣传防治疾病知识，像怎么样改善饮食和生活习惯，常见病的治疗用药等。

看到病人渐少，郎立学便到村办公室找村主任和文书商办此事，向他们说搞块黑板登卫生知识，让村民建立良好的生活习惯，讲卫生，树新风，改造厨房，加强通风，不吃酸煎饼，不吸烟，少喝酒，改造厕所。丁和祥主任很同意，说开展卫生宣传工作十分重要，应立即行动，他们可行文，叫村里各户改灶。上级也有改灶的指示，既节柴又卫生，让组织推广。

过了几天，在卫生室的前墙做了一块一米二宽、八十厘米高的黑板，四周用红漆涂了边，上面用红漆写上茶杯口大正楷"卫生知识宣传栏"七个字。郎立学在第二天，就写上了第一期卫生知识，讲了两个病，一是胃病，包括胃炎、胃溃疡、胃癌。已就诊的五十岁以上七十位男性中，胃病占三分之一，即二十五人，年龄在五十到六十五岁。百分之九十的人吃酸煎饼和过量吸烟、饮酒。曾有三人施行过胃部手术，一例胃溃疡穿孔，两例胃溃疡，其中一例怀疑恶性病变。三分之二的人烟酒都用得少，希望大家尽量做到戒烟限酒，不吃酸煎饼。二是慢性呼吸道疾病，包括慢支、肺气肿、肺心病。就诊的七十名四十到六十岁妇女中，患慢支者四十五人，这些人从十三四岁就在家帮厨做饭，有的人开始摊煎饼，不少三四十岁的妇女就在这样的环境中劳作，终日被烟呛得泪涕并流，日久天长，形成了一系列的呼吸道疾病，严重危害着她们的身心健康。

黑板报引来不少观众，他们有事无事来卫生室看看，检查下身体，有点小病也及时用药。村里也掀起了改灶、改厨的热潮。炉灶改为回风灶，摊煎饼有了鏊灶炉，厨房通风条件也进行改善，一改往日陋习。左邻右舍互相帮助，很快就完成了大部分改造，收到了立竿见影的效果。吃的煎饼已成甜的了，那些烟酒嗜好者减少了，醉酒酗酒的少见了。村中兴起了改旧习树新风的良好风尚。

有天晚上吃饭时，付一农说："你这几天做的宣传，咱的烟酒销量明显看出来少了。"郎立学说："这很好，哪怕都不用了，我们就改干别的。只要大伙身体好，就是咱们的功劳。"

一天，跃跃的娘抱着跃跃来到卫生室看郎立学。这时卫生室里正好清闲点，跃跃妈说："跃跃出院后，他姥娘知道了，就非叫俺去住个十天半月的，所以想来看你也没有时间。本想俺从娘家回来就请你到俺家吃顿饭，以表感谢。他爷爷奶奶说你近来很忙，搞着卫生宣传，还和村里商议，让大家改灶改厨。咱家这不也改了，确实好使。"郎立学说："只要跃跃好就是我们的福分。他出院后，三大爷告诉我跃跃挺好，上他姥姥家去了。"又问，"跃跃他爹回来没有？"他这一问，跃跃听了倒像是认识郎立学似的，跑到郎立学跟前，伸出两个小胳膊，高兴地进了郎立学的怀抱。由于靠得很近，跃跃的娘一阵脸红，不知说什么好，只说："您救了俺的孩子，这情俺什么时候也忘不了！他爸工程上很忙，抽空上他姥娘家住了一宿，接着回去了。我们平时就住在老人家，他爸爸回来才住我们新建的院，这才像个家呀！你若有空可去玩玩的。"郎立学应了一句就逗跃跃玩。跃跃的眼则到处观察屋内那些不寻常的物件。

徐桂贞回家去了一趟，回来一看郎立学抱着跃跃，忙接到自己的怀里，从兜里拿出一块香糖来给他。跃跃接过糖，说："谢谢奶奶！"跃跃娘说："别叫你奶奶抱着，我抱吧。"徐桂贞说："我不累，在这里什么事也不干。"跃跃娘说："那天幸亏他叔救得及时，把他送到句山医院。我是真害了怕，见孩子那样，心就怦怦直跳。我这抽空来是让他叔看看跃跃好了，省得挂念。我也想检查下心脏是不是有毛病。"徐桂贞说："那你就快检查吧，我看着孩子。"

于是，郎立学给跃跃娘检查心电图，她便很自然到检查床上。因在医院里跃跃检查过心电图，她知道这个过程。郎立学先忙着接电源和导线，用一根新棉棒蘸着水涂了四肢的踝腕，跃跃娘也解开上衣。郎立学按照规程，将胸间各点涂湿，放好电极。医生此刻心无旁骛，只考虑检查。开机后，二人不言语，似乎屏住了呼吸，只听到心电图机的声音。做好心电图，郎立学关机取下导联线，仔细阅读后说无什么事，一切正常。跃跃娘起来扣好扣子，笑嘻嘻地跑到徐桂贞跟前，说："幸亏奶奶抱着跃跃。我的心脏没事。"看着郎立学在那里记什么，就过去交钱。郎立学也是按规定收下三元钱，并说："这是公事公办，以后有事可找我。"

郎立学目送娘俩好久才回屋。徐桂贞把这些都看在了眼里，对儿子说："你看你三大爷家的儿媳，比你还小一岁，儿子都两岁啦！跃跃他娘也很好，不仅长得俊俏，在家待老人，操持家务什么的，都受人夸奖。"郎立学把母亲的话放在心里。

郎成在宣传卫生知识、预防疾病、改灶改厨和改厕的活动中，积极劝大家不吃酸煎饼，在戒烟限酒方面干得有声有色。跃跃的娘也在村里大加宣扬郎立学，说人家真是百里挑一，不仅人长得帅，工作还很认真负责，事事为大家着想，将来肯定有出息。

再说那天清早，郎立学走后，付丹香去看过跃跃，匆匆来到心电图室，见唐丽刚开门，便习惯性地说："唐老师早来了！"唐丽见她急急火火，气喘吁吁，便安慰她说："怎么，急什么？上班也不用这么急。"付丹香说："村里一个小孩高烧来住院了。我先来了一趟，一看还有点时间便到病房待了一会儿，看孩子挺好。怕上班晚了，就急忙赶回来。"唐丽说："看你就像有什么事。"付丹香说："老师不愧是老师！俺有点什么事您都能看出来。"唐丽说："唉！人都是从青年时候走过来的，都是冒冒失失的。哎，我看你与郎立学是一对吧？挺般配的。晚上没去看场电影？这个时候就是好好玩。我觉得人在谈恋爱时是最好的。好像跑百米，劲头最大，见面也亲也热。一结婚全当百米赛跑碰完终点线就没劲了。终日在一起怎么就你瞅我的脚后跟，我瞅你的脚后跟了呢！你看我也不顺眼，我看你也不大顺眼了。就是做个菜也不是嫌咸，就是嫌淡，总之是没滋没味。我现在仍很羡慕年轻人。"付丹香说："那我们就多待几年再结婚。"唐丽说："我是说着玩，也别当真。我还愿意早喝你们的喜酒呢！"说得付丹香一阵脸红，笑得脸像盛开的玫瑰，令人喜爱。老师与学生在谈心里话，说得都笑成一团。朗朗的笑声震得满楼喜悦。邻室的一位女同志跑出来说："啊！你们吃什么欢喜团，笑成这个样？"唐丽说："我们吃了开心果，来吃点吧？"那女的信以为真，就过来找，一看是"院花"来了，不自觉地也笑起来，引起原来二人的笑声过后，又引来三人一齐笑的高潮。邻室的女同志才明白过来，原来是付丹香这颗开心果引的，便打趣说："付丹香长得太漂亮了，我们哪里也找不出第二个了。付丹香是一颗大开心果。我们只能看，不能吃呀！"这一句道破了天机，令人冷下来。说得她有点不自在，回敬道："你也说得太过分，我怎么成了开心果呢？"唐丽说："这都怪我，哪能把你当开心果呢？你是位好姑娘。我们笑是因我们说的事，不是说你呀！"

正谈论间，来了母子二人。母亲约四十岁，男孩有五六岁，行动气粗，唇呈轻绀。付丹香接过心电图申请单，看是怀疑先天性心脏病，她把单子递给唐丽，把男孩抱到检查床上，按照程序放好各导联的电极，请唐丽查对了一遍。唐丽看小孩心脏跳动明显并向左，颈部动脉搏动加快，指端发紫，心电图示左右室均明显扩大。听心脏各瓣膜区，均听及粗糙的杂音，心前区也听及粗糙而响亮的杂音，还听了股动脉的杂音。她让付丹香也仔细听听各瓣膜区的杂音。唐丽填写了心电图报告，并向男孩的母亲说小孩生下来就有心脏病，有室间隔缺损的可能。应再检查心脏 B 超，需手术修补。这位母亲忧伤地说："是啊，以前也来检查过，都说是这种病。可是钱不够，一直拖着没手术。谢谢大夫！"

又陆续检查了几例，看时间已到十点半，付丹香便告别唐丽来到洗衣房，干起缝补活来。

付丹香觉得自己倒像个挂钟摆锤，摆来荡去，也像打秋千，时刻在动荡之中，马不停蹄地奔忙着。在这洗衣房，西彩红班长很少闲言碎语，她也是过了四十快到五十的人。而唐丽还不到四十岁，年龄与付丹香更接近些。付丹香与西班长终日相处如母女，多谈论些正经事，很少开玩笑，这也是平时养成的。两处工作，两种环境，也使自己感受两种滋味。天天换来换去，日子快速过去，一晃就是一天，一闪就是一星期，郎立学又有六七天没来了。

星期六这天，唐丽又约付丹香到自己家过周末，说老公杨博海去了上海，暂不能回家。准备考高中的学生也是两周歇一个星期天。她自己感到很孤单，想有人做伴儿。唐丽约过几次，付丹香一直未赴约。她正在犹豫不定之际，郎立学突然从家中赶来了。他忙向唐老师问好，唐丽说："快坐下歇歇。怎么，想付丹香啦？来过星期六不成？"郎立学说："不是，是家中两位老人想她了，让她回去。"

第二十二章

龙凤邀为客　首访唐丽家

唐丽说："郎医生来了正好，别找借口了。要回去，就明天回。今晚上我请龙凤到我家做客。我家有太阳能热水器，有淋浴，也可盆浴，很方便。我是天天冲个澡。"唐丽说得这么有诚意，两个恋人踌躇不定，眉来眼去，最后还是付丹香说："唐老师如此盛情邀请过多次。俺俩是学生，应该到老师家拜访。我想晚上什么菜也别做，咱包个水饺吃，俺俩都会。家里有面和拌馅子的菜么？缺什么，我到食堂里买。我们实实在在，过一个忙的星期六。包水饺也很方便，干活说话两不误，比到处乱逛强得多。"唐丽说："好，就这么定。你去买白菜就行，其他的都现成。"

于是，唐丽回家准备。因这是第一次迎接新客人来家做客，还得尽心，好给人留下个好印象。不管做什么事，第一次很重要。她回家扫地擦桌椅，放几个洗净的红香蕉苹果和好点的糖果，有棕色的巧克力，乳白色的奶糖和绿色的水果香糖。将茶杯洗净，泡上绿茶。从冰箱里取出一条二斤重的鲅鱼，准备好紫菜和水饺粉。一切都准备齐全，又洗漱、梳妆一下。将上班服换成红花绿底的夹克服，套在艳红的羊毛衫外，穿上条咖啡色的毛呢裤，锃亮的红色高跟牛皮鞋，自己站在大衣柜镜子前，乌黑的头发油光可鉴，烫着波浪式发型，浓眉，双眼皮，戴一副黑边的水晶眼镜，高高的鼻梁，鲜艳的口红涂着樱桃小嘴。加上新着装的服饰，自己欣赏着也暗暗发笑："我要是位待穿嫁衣的姑娘该多好啊！可惜呀，已成人妻为人母，还与谁争艳比美？一切都等于零，这是自尊自爱罢了。"好久未装扮自己了，她觉得龙男凤女来做客，虽是学生，也是姐妹兄弟啊，不可无礼。这全是为迎接新客，给做个表率和榜样而装扮。自觉得有备无患了便坐下来，以自己常用的口杯倒上白开水，慢悠悠喝着。

随意嗑几个傅氏葵花子，咀嚼着感到香味奇特，心里甜滋滋的。人有一个强健的身体，比什么都强！正在唐丽高兴之际，突然清脆的门铃声响起，心想一定是他们俩来了，她赶紧开门，一看正是他们。

郎立学和付丹香几乎同声喊："唐老师好！"唐丽诙谐地说："同学们好！快进来，快进来！"他俩进门后，付丹香看房间虽不很大，可是成套居室，各种摆设高档精巧雅致。在彩电的两侧放有两个红木大漆杌扎子，分别摆一盆君子兰，一盆兰花。墙上有一幅海滨油画，风浪中一条小船上，一位头戴斗笠的渔夫正在撒网。未等言语，她先将满屋尽收眼底，深有感触。郎立学将买来的菜肉交与唐丽放在厨房里。待唐丽出来，付丹香才把目光对准了今日的老师，见她装扮得如此出众，惊讶地喊道："老师，您今日是怎么啦？我都不敢认了，变得这么漂亮，好像要过年似的。要不是知道你已有那么大的孩子，还认为您是新娘子来！"唐丽有点笑又有点说不出的气，拿起把笤帚，撵着去打，付丹香告饶说："老师，我失言了，对不起！可是今天才发现您真是太漂亮了，我要是男的，非你不娶。"又惹起唐丽一阵追打。郎立学则默默在厨房里干起来。唐丽也过了兴，学生败下阵，说："好了！付丹香和面，我把面粉放在盆里了，我和郎立学调馅。"唐丽穿上厨房服，是后背有带和扣的蓝色工作服，穿上几乎将全身除头面、手足外都遮着。付丹香一边和面，一边不时窥视唐丽的美容及她如何同郎立学拌馅子。唐丽叫郎立学把白菜顺着切成两瓣，取出嫩白部分，切碎剁细，加上葱姜末，她自己把鲅鱼洗净，从鱼鳃以下用刀沿着脊柱两侧，削下大片的鱼肉，剥去皮，将肉剁细，再和郎立学剁的白菜合到一起，放上油盐佐料。为了显出海鲜味，又加上海米搅拌均匀，即告完成。由于馅里鱼肉多水少，所以很黏。

一切备齐，取来面板和擀饼轴，三人开始包。开始，付丹香擀面片，与唐丽对面，后来郎立学自告奋勇擀面片，说他有劲擀得快，便和付丹香调换了位置。他擀得确实快。他们包水饺加馅不用筷子，而是用木匙，一个水饺挖一下，快且匀。这水饺约为郎立学家水饺的三分之一大小，仅和一个山楂差不多大。唐丽包的都一模一样，放到盖垫上一看几乎是一个模子扣出来的那样整齐划一。付丹香又看又学，待了好一阵，包得才有点像。郎立学包了几个，又大又不像个样，所以就不包了。看到三人的作品，付丹香说谁包的谁吃。郎立学听了说："我吃老师包的。"付丹香说："我们都吃老师包的。老师，你怎么包的？你功夫真到家，我们怎么学也学不会。"唐丽说："我从小跟我妈学的。靠海鱼多，用鱼肉包水饺很省劲。你看，取了肉，挖去内脏，剩的鱼骨接着一煮，把骨架扔掉，趁热下水饺，又吃又喝，可好了，还可加醋、香油或辣椒面。因此，日久天长就学会了。"她让俩学生包着，自己从冰箱里取出一只大蟹、四只大虾，几个爬虾，放到沸腾的锅里，一会儿做好了，毕恭毕敬地把放着金光的弓形大虾摆在兰花瓷盘中，把那个大蟹两刀切成四瓣，盛到盘内，几只大爬虾一盘，还有蒜泥加醋调料一小盘。用蟹水煮上些薄白菜片，加上辣椒酱和香油等。不多时，四个菜的海鲜宴就升腾着扑鼻香气。又取来几听琼台啤酒，每人一听。找出几个小碟和高脚酒杯，还有筷子匙子，洗净放好。

此时水饺也宣布报捷。唐丽兴奋地叫："龙啊，凤啊，快入座！我做老婆婆。"付丹香还想得开，说："老师升级啦，成姥娘了。"郎立学急着要去看下水饺，被老师一把拉着胳膊，在老师的右边坐下，让付丹香坐在左边。各人又起来收拾了面板，洗洗手才重新入座。郎立学、付丹香欣喜地对一席海鲜大加夸奖，说："俺是第一次享受海滨人家的风味美食。只知道老师在心电图上有很深的造诣，没想到还是名技艺高超的厨师。"唐丽说："俗言少叙，还是先尝尝我的手艺再说。我们今天是朋友，什么也不论。各人打开酒！"只听到"啪、啪、啪"三声连响，像是礼炮齐鸣的庆典。唐丽说："我祝你们俩幸福！这权当预婚酒。来，干杯！"各人将杯中酒一饮而尽，每人用筷子夹一个红红的大虾，又喝酒又吃菜。同时，一起品尝着切开的大蟹。一切进入状态，互相敬酒，两个学生先敬老师酒。唐丽也有点酒量，分别让着吃着，道道鲜美可口的菜肴，喝得痛快，吃得香，各位的脸都有了酒色。唐丽说不能喝，却促着喝。

付丹香一罐啤酒下肚，面部火辣辣的，眼有点花。郎立学觉得有点酒量，两罐酒下去也有点迷糊了。唐丽又给每人一罐，叫完成任务。郎立学和付丹香也听老师的，趁此良机，互敬而饮，菜样样可口好吃，一会儿，几个菜一扫而光。唐丽便将锅内的鱼骨清除，下上水饺，热气腾腾的饺子上桌了，她又给每人一听啤酒，以饺子当菜肴，再喝一通。鲅鱼水饺第一次进口，更是奇香无比。水饺进到郎立学的口中，不用嚼就咽下去了。唐丽一看那蟹腿的状态还安然无恙，便说："吃蟹得会吃，别看这蟹腿硬，里边可有鲜美的白肉，营养价值很高。"随即示范给他们看，硬肢用牙咬一下折断，以小端从其断处挖出白肉来，肉虽少，但少吃多香，也是一种特别的美食。吃一点蟹肉，喝一口酒，是最佳享受。各人又喝啤酒，美得不知姓甚名谁了！第一盘水饺吃掉了，唐丽也显出酒酣的样子，便快将水饺煮好，一盘盘地上桌，把汤给每人舀一碗，她看着付丹香面如朝阳，胜似桃花，非常可爱。郎立学也酒兴大发，不断敬老师酒，自己也成了红脸大汉，还说："唐老师，我今天特别高兴，您说让我们喝什么预婚酒，谢谢唐老师的盛情款待，我今生永记。"

此时，唐丽便说："咱把打开的酒喝完就吃饭行不行？"都应了，老师终究是老师，又开了一听啤酒，倒在杯里，又敬学生。今天学生也有点放肆，放开肚囊，一味大吃起来。最后是酒足饭饱，付丹香恍恍惚惚地收拾餐具。等收拾完毕，唐丽拿红香蕉苹果让学生吃。因肚子满了，都无法再吃。

郎立学说："这一顿饭，老师什么都吃得很少，大都叫俺二一添作五了。"唐丽在电视上放 VCD，打开卡拉 OK，关了日光灯，打开暗暗的地灯，说："我教你们跳交际舞吧。在这小客厅里，要慢要稳，我们先跳慢四步。"唐丽与付丹香几乎同高，她先和付丹香跳。她伴男角，用左手握着付丹香的右手，以右手挽着付丹香的后腰上部，让付丹香的左手搭她的右肩。摆好姿势，在"咚嗒嗒、咚嗒嗒"的音乐中，二人跳了一会儿。付丹香有点入门，俩人便相互换了下位置。付丹香不愧心灵手巧，很快就能跳起来。郎立学看着这两个美女在翩翩起舞，十分羡慕，按捺不住心中的兴奋，站起来一手握式，一手揽式，听音乐跳着。唐丽和付丹香看着有点想笑。唐丽便说："你等一会儿，俺俩跳完这一段，我再教你。先自己练习着也好。其实跳舞只要参与就会了。"

当她俩跳完后，付丹香一停就想呕吐，便快到卫生间，饭菜立即一涌而出，眼前发花，唐丽说："这都怪我，我不知你们的酒量。不要紧，我给你冲点糖盐水喝。"郎立学忙清理呕吐物。付丹香感到羞耻。唐丽以毛巾浸着凉水，擦拭她的头部，洗脸洗手，一会儿好了。又给她喝上一杯糖盐水，领她到学生床上休息，静下来无事了。因付丹香醉酒不能回去，郎立学也只好留下来陪她，如此度过一夜。

第二天一早，唐丽正在梳头美容之际，付丹香进来了，说："唐老师，我昨晚出丑了，真对不起老师！平时我不喝酒，可能您的盛情款待让我太兴奋了，以致忘乎所以了。"唐丽说："不用说了，这都是些平常事。我家杨博海是整天这个样，我也没有办法，只得不管他了。有时回家醉如面条，连衣服也不脱，囫囵个子滚一宿，第二天不声不响又出发了。平时我自己在家也是孤独寂寞。以后我们以姐妹弟弟相称，什么老师不老师的，我不过就早干了几年。以后你们方便就常来。什么你和我，都不要分得太清了。不管什么情况，自己得有个主意，别叫人家骗了就行。"看付丹香起床后显出的自然美，是那么天真，就突然把她抱在怀里，说："我的好妹妹，以后咱经常在一起，下了班就轻轻松松，过好自己的生活才有意义。"

一会儿，郎立学也起来了，唐丽仍在美容，没有理他，而郎立学也没理她，自己去做自己卫生的事儿。唐丽理完容，回到自己房间，把衣物整理后在餐厅里坐下不一会儿，见付丹香洗漱完毕，就让她去买豆浆和油条，付丹香说："我们回去吃。唐老师你自己煎煎剩水饺吃吧，俺就不回来了。"说完便约郎立学走。

以后，她们在班上仍以师生相处，关系更密切了。唐丽不仅关心付丹香的业务学习，也注意她的饥饱凉热。唐丽曾说要给付丹香一件穿过的羊毛坎肩儿，她曾拒之，但心里却想："不知那羊毛坎肩儿什么样，穿穿也行。"

这一天，唐丽一上班便从布袋里取出一件咖啡色、织有绿叶红花的羊毛坎肩儿叫付丹香看看。付丹香说："这么漂亮的羊毛坎肩！我还是头一回见织得这么好的。买的还是自己织的？谁给你织的？"唐丽说："这么件小东西，都十几年了，还用这么大惊小怪。这是我为闺女时的作品。论闺女也未捞着在闺房，就只是很迷毛线，照人家的图案学着织出来的。只穿了一两年，结婚后就没再穿。"付丹香说："为什么不再穿了？"唐丽说："这是我为闺女时纯洁的标志，珍藏起来作纪念。"付丹香说："那你还是留作纪念吧。人的青春是初升的太阳，美好的时光啊！"唐丽说："这件毛坎肩儿也是恋爱时穿的。我和杨博海订婚后，看了一场电影，便到宾馆去过夜了。人有了第一次，便为以后开了头。人一生太快了，结婚法定年龄一到，提倡晚婚再延四五年，生了孩子就成中年啦。现在对什么都感到没趣了。你穿吧，你穿上比我穿还好看，还漂亮。"说着便给她脱下外边那件半新的蓝卡几布上衣，羊毛坎肩儿套在红衣外。那身材被这羊毛坎肩儿全雕刻出来，美容秀发，在绿叶红花丛中，简直成了花仙姑！付丹香不自觉地接受了唐丽的恩赐，穿上感到自豪，从此舍不得脱下。

经过一段时间的学习，可以说付丹香掌握了大部分常见的心电图异常。最重要的是冠心病、心血管供血不足、心律失常、心肌梗死，急性期的变化也能认识了，也感到轻松了许多。唐丽有了这样一个帮手，也轻快了不少。尤其是内科心脏病人检查，不用自己再提着心电图机来回跑。人们也看出她俩像姐妹一样密不可分。但付丹香仍是一会儿在心电图室，一会儿在洗衣房马不停蹄地跑。晚上或是郎立学来陪，有时也回家。

一天回家，付丹香同郎立学到镇政府为领导干部查体做心电图，她穿着那件花羊毛坎肩儿，倍受大家青睐，像最具说服力的广告。人们一拥而至，使二人整整忙了一天，除头三把手免费外，其余均收三元钱，一日收了二百多元。郎立学也是个识时务者，拿出三十元设一桌便宴，请镇长等有关人员一聚。饭后以卡拉 OK 一阵取乐，付丹香唱了《南泥湾》，唱得很好，得到好评。晚上镇长要办晚宴款待二人、派车送他们回家，他们都坚决拒绝了。

送走他们后，倪兴礼书记和尤新和镇长说："事物变化真快，几天的农村孩子，变成了医生，看来还有点作为。"这位书记还讲："辩证法认为事物总是处在不断运动和发展之中，是由事物内部矛盾斗争所引起的。并且内因起主导作用，外因是条件。郎立学去学习先是受人启发，后成为自觉行动。听说在村里既防病也治病，群众满意，又有了这么一个漂亮的对象，肯定会有好的前景。"二人议论得津津有味，直到各自回办公室。

郎立学二人本想晚上再约镇上的人办个晚宴，又觉得很为难。档次低了人家不喜欢，高了又办不到。再说刚学出来的医生，水平还不高，请人家的资格还不够。左思右想未启齿，所以镇上要办就拒绝了。镇上也觉得这么个卫生员，正在学习，不该在酒席上做文章，干实事不很好吗？任务干完就告辞，这样无风无火，无声无息地干，群众才乐意。不能像以往请外地医生那样，不是吃喝，就是带礼品，弄得大家都不舒服。郎立学在家食宿，工作勤恳，生活跟二位老人一样俭朴，颇得大家称赞。虽然有了新本领，但对乡亲们的态度依然如故。

付丹香食宿在医院，穿着和农村姑娘一样，没什么化妆品，仅用块肥皂，一瓶雪花膏防皮肤皲裂而已，堪称艰苦朴素。工作学习都挺累，又要常回家。郎立学也隔三岔五到医院看看她，也是挺紧张。

生活是一首歌，工作是一支曲。工作、生活慢品细嚼才有滋味。不觉疲劳，只有干劲十足，豪情满怀向未来。没有苦只有甜，一日一度，一月一过。不知不觉心电图学习即将结束，她和唐丽的姐妹情怀也有了更高形式的表现。唐丽将自己穿过的衣服和杨博海穿过现在不适合再穿的衣服，一件件找出来，叫付丹香任意挑选，她竟选了一大包。付丹香穿着唐丽的浅蓝色小开领上衣，穿上一条牛仔裤，套上那羊毛坎肩儿，简直是花季少女。这样一穿，将她从典型的农村女变成了城市化摩登女郎，令人惊讶。

郎立学也觉事物发展太快。他穿上一身西服，也很合适，只是身体瘦点。要再穿件衬衫，打上领带，不就成为洋人了，成了唐丽的杨博海吗？她真会逗人。他穿上人家的旧衣服，开始还有点不好意思，觉得降低了身份，好像生活还少吃缺穿，未能解决温饱似的。于是二人一商议，以后对人说是咱们买的，不说人家送的，要一件一件地穿，别成套地穿。反正现在衣服新旧差别不大，穿个一年半载不变样。

一天，郎立学穿着杨博海的一件西服上衣，来到第一次在城里理发的那家店，那位女理发师看他穿这么高级的衣服，说："现在阔了，推拿一下吧？别光把头发剪短就算了，有了钱就花点吧。"郎立学说："师傅，我现在刚过上温饱生活，还是缺钱花，只把头发剪短就行。"理发师说："别客气，咱不贴面膜，只是认真修剪修剪。头发不再分开，改成前进式短发型。理完后你看看，保准比以前增三分人才，肯定让年轻姑娘更爱慕。"郎立学第一次来城里时，被这位女性的外貌所打动，以后在城里理发必来此，就是不理发见了面也打个招呼。她让郎立学脱下外衣，亲自替他挂在衣架上。她用精湛的手艺，为他理发修面后，一个标致平头青年出现在明镜里。她用剃刀将耳面颈部的汗毛全部剃除，用吹风机吹干头发，用双手轻轻推拿头面颈，最后用雪花膏兑少量胭脂，涂抹了面耳颈。啊！在明镜里，出来个特别标致、俊秀、英姿焕发的美男子。郎立学看了，露出满意的笑容。理发后，他穿上西服更显得体。女理发师看了，觉得好像还缺点什么。一想是领带，便问郎立学："你有没有领带？有就戴上，那才是画龙点睛呢！我这里有，给你一条先戴着。百货商店销售员让我代售的，不要紧，什么时候给钱都行，不然就算我送的。你常来，算老顾客，奖给你也行。"一边说一边取出一条绿色领带递给郎立学。他接过这条两端呈棱形，且一头宽一头窄，明晃晃的长带子，不知所措，是要还是不要？又不知怎么往脖子上戴，觉得做腰带还差不多。正在犹豫不定之时，女理发师问："是不是没戴过，不会打结？我教给你。"她一边打着结一边说怎么打，让郎立学仔细看着，打好后给他戴上，叫他再照一下镜子，说："这才是锦上添花。白衬衣与西服间有了这一条绿领带，你得小心别让人家拖了去。"郎立学说："那快给我摘下来，我不戴。在村里只有几个在外经商的人，或在政府当干部的人戴，我这个人不能戴。"女理发师说："我是说着玩的。收下吧。"郎立学说："那就谢谢你了！"说完便告辞出了理发店。女理发师还站在门口眺望了好久。

第二十三章

再访唐丽家　送别高海珊

　　郎立学感到很神气，走在街上昂首挺胸，阔步前进。一进心电图室的门，唐丽瞅了他一眼，便低头继续看心电图，随口问："你不是出差了吗？这么快就回来了？"付丹香也看着郎立学有点不一样，一听唐丽的话才恍然大悟。郎立学觉着二人都对自己有点冷淡，便叫了一声："唐老师！"这一声如重雷，震醒了二位女士。唐丽有点不好意思地说："是郎立学啊！你这身打扮，把我也骗了，以为是俺那口子来了。怎么你也理了个平头，打上领带了？杨博海平时就这个样。"这一说使郎立学羞愧得无地自容，十分尴尬。付丹香说："你这一打扮，连我也差点认不出了。"郎立学说："我来后觉得头发长，该理了。那理发师不声不响地给理了个平头，还给了一条领带。"二位都说很好。付丹香说："我该回洗衣房上班了。"郎立学说："那你去吧，我在这里也跟唐老师学点识图。"付丹香点头同意。唐丽说："你也要学啊？我可能教不了。"郎立学说："唐老师还偏向，教女不教男？"唐丽说："那你先看看这份心电图正常还是异常。"

　　付丹香去了洗衣房，那儿有几件零活，很快就告捷无事，便和班长说："有份心电图我还不大懂，再去听听唐老师的分析。"班长自然同意。她回到心电图室，见唐丽正面对面教郎立学分析莫氏Ⅱ型心电图，便在一旁和他一起听。不一会儿，到了下班时间，唐丽约他俩到家去吃便饭，付丹香说："今回可不能再喝酒了。"唐丽说："不喝不喝，今晚吃馄饨。"听说吃馄饨，二人很高兴，便一左一右把老师夹在中间，亲亲热热来到她家。

　　学生两手攥空拳来也觉得不太合适，付丹香抱歉地说："唐老师，还买什么东西吗？俺什么也没拿就来了。"唐丽说："什么也不用你们买。

平时我家什么都有，什么缺了就及时买。我不是什么东西用着了才去买的人。那样来了客，就会手忙脚乱。"唐丽到厨房看了一眼，说仅缺香菜，便掏出一元钱，叫付丹香去买几棵。郎立学看到桌椅上有些尘土，地面也不干净，不由分说，便拿一个红花搪瓷盆接上半盆水，放了几滴熊猫牌洁净剂，又拿来抹布，干清洁去了。唐丽说："你要能干，我请你每周来干一次，我可以付小费。"郎立学没吭声。不知何故，来到老师家他就变成哑人了。一阵清脆的门铃声打破了沉闷。唐丽心知是付丹香，便快捷地开了门，却立时愕然，迎来的是杨博海！

杨博海进门，没等众人开口，就听到一个温柔的声音飘来："我的任务完成了。"杨博海惊回首，眼前一亮，但见身着咖啡色羊毛坎肩，手拿一把香菜的付丹香温柔动听地说着话跟进门来。待她进门，杨博海细一端详，与夫人有许多相似，还更胜一筹。唐丽见状介绍说："这是班上学习心电图的付丹香医生。这位是郎立学医生，来医院进修了半年，结业后干乡村医生。他们二人相识相爱，今天我约他们来家吃馄饨。你回来得正好，互相认识下，便于以后互相帮助。"说着，用手扯了一下杨博海的衣袖："你说是吧？"杨博海似有所悟地说："啊，啊，对，对！我说怎么不认识呢。欢迎！以后请常来。我平时出差多，可以说一年有八个月在外，四个月在家。就算在单位上，也是事务缠身，没空照顾家。这不，今天一天也没事，待下班了接到任务，说香港一行三人要来谈业务，晚上还得陪客。不好意思，我来拿点资料，还要赶紧去。你们仍照原来安排进行好了。"他回房拿好资料，转身便走了。

在与郎立学、付丹香交往中，唐丽得知他们买心电图机借的钱尚未还上，便慷慨解囊，拿出五百元钱，帮他先把债还清。二人也穿了唐丽两口子不少衣物。唐丽之所以出手比较阔绰，一是家庭经济条件好。杨博海搞外贸，收入足够他们花销的。不仅如此，他们二人的父母都有工资，生活宽裕，不需资助。他们双职工只供养一个住校的初中学生，基本上无经济负担。二是为弥补感情上的缺憾。由于家在外地，知己者少。能结识这样一对诚实的乡下青年，称弟道妹成知己，以后到乡下串串亲也是蛮好的。这样双方既联合，又相对独立，对唐丽来说是求之不得。唐丽不愧是琼台这座与世界息息相关的现代化城市里培育出来的青年人，思想开放，紧跟时代潮流。虽上学未遇良机，但思维敏捷，对问题能深入探讨。不像西彩红班长那样，对问题只看表面，不做深究。唐丽深知付丹香现在的处境，父母表面亲热，但父亲和婆母成一对，这婆母也是继母，人家讲有了后娘，也就有了后爹。所以付丹香处于无人管的状态。如郎立学与付丹香有恋爱关系，却无法律手续，也还是一个空白。不妨从学习上关心，在物质上帮助，她就能动心，成姐妹无问题，将来帮其结婚，成家立业，会友谊终身。

　　付丹香在医院马不停蹄，白天在洗衣房以最快的速度完成缝补任务，尽量挤出时间学心电图，晚上继续查阅整理资料，歇班还惦记着卫生室。尽管一周下来很疲劳，周六这天下午一下班还是快往家赶。

　　因弟弟住校，付丹香一般情况下也不回来。她爹与徐桂贞已分不开，家里终日闭门锁户，无有烟火，甚是荒凉。她进门后心中一阵凄凉，心想有谁真正疼爱自己？心酸泪水夺眶而出，欲哭一场，但还是控制住了。稍坐了一会儿，她到压井压上一壶水来烧上。看看锅碗瓢盆，都空空如也。幸亏她从医院买了几个馒头，又从咸菜缸里捞出一个辣疙瘩咸菜。一会儿水开了，她便倒上一暖瓶，还有一缸子加两碗。趁着壶热，又烧上一壶。歇过来后她便洗了一把脸，吃一口馒头咬一口咸菜，填充着肚子。饭后她把大门关牢，洗了头身。等洗浴完毕，找出几件旧衣服换上，把换下的衣服装入一个袋子，收拾妥当，时已晚上七点半，便骑车去郎立学家。

　　几里路程一霎便到。郎立学家现在也是自己的家。两位老人和高海珊及郎立学，还有弟弟付丹生和妹妹郎立英两个学生，一家人正热热闹闹地吃晚饭。因大家吃着饭还说起付丹香要回来，一听大门开了，弟弟就跑出去，见日思夜想的姐姐回来了，高兴得手舞足蹈。郎立学和两位老人，接着也都到院子里迎接。付丹香很高兴，忙问老人好。寒暄过后，付丹香说已吃过饭，便去洗过手，在床沿上坐下。徐桂贞端来一碗玉米粥，她忙接过碗说："谢谢伯母。我是吃了饭了。"徐桂贞说："你在医院吃饭早，到这时早就该饿了，喝碗粥也撑不着。在这床沿上不得劲，到桌上吧，也好吃点菜。"付丹香见伯母如此亲切待己，很受感动，便顺从地说："好，您不用为我忙活。"她来到桌边坐下，高海珊说："快再吃点。我吃饱了，就还有半碗粥没喝上。"便端着碗来到付丹香身边坐下，又说："伯母给你端过来你就喝吧。在医院里很忙吧？"付丹香一边品着玉米粥，一边答："海珊姐，你真好，又来卫生室帮着工作，这么关心俺，叫俺不知怎么感谢才好。我在医院白天忙个不停，晚上再干就很累。我想在院里歇着，但又惦记着卫生室的事。光立学一个人根本忙不过来，幸亏你又来帮忙。"二人说得投机。

大家吃完饭，付丹香就忙收拾桌子。伯母一手推开她，说："还没忙够吗？快和高医生说说话。这个我拾掇就是，也累不着。"一边说着，一边动手。两位学生跑到付丹香面前，只是看着她，什么也不说。付丹香就问他俩的学习情况，又闲聊了一下，两位学生便一起到另一屋做功课去了。

郎立学听他们说了一番，没有参与，见学生走了，便向两位老人打了招呼，约二人到卫生室去。三人走出家门，说着些平常事，很快来到卫生室。在付丹香的印象中卫生室还不及句山医院的化验室大，东西总放得乱七八糟，药品有放在地上的，也有在货架上的。看现在已整理得井井有条。建的病历资料也都很正规。便开口对郎立学和高海珊说："你们工作干得还真行。你俩辛苦了！"高海珊接道："吆哈，今天受到领导表扬啦！荣幸！荣幸！"说完哈哈地笑了起来。付丹香说："别笑，我说的是心里话，是实话，你们干得确实不错。"说罢三人坐下，简单地研究了一下工作。高海珊对付丹香讲："我是借休班来看看就回去。郎立学干得很好，不用我也一样干了，我放心。"郎立学说："按说是不能让你回去，这里太需要你了。但论你的工作单位就不能待时间长了。卫生室和天井医院不能相提并论，那里给你发工资，是你正式工作的地方。但我们工作刚起步，很需要你的帮助。请你以后在休班时，能来就来，我们也不能让你白来。"付丹香说："高医生是我们的老师。说实话我们对医还不算入门，无论是感情上还是工作上，都离不开你。只有你在这里，这里的工作才能顺利进行，才有个依靠和商量。俺真舍不得你走啊！但是我们留也留不住你。现在我在句山医院工作的时间长，不能照顾立学，你在这里还能照顾他一下。你离开优越的工作条件和家，来这里吃苦受累，真是一名令人尊敬的白求恩式的好医生啊！我和立学还都是雏子。我在医院学了打针、接生、化验，这又学心电图，每样都懂一点，但距独立工作的要求还差得远。我想学完心电图，就不再学别的了，要不我可就成了样样通样样松的人了。"

高海珊说："别把我当外人，咱是一家人。我来完全是为了工作，帮助发展基层卫生点。咱成不了什么典型，但要成个小闪光点，和星星一样放点光。我想付丹香学了护理、助产、化验和心电图等那么多的专业，但都开展起来却很难。要在医院，这每一项都是由一个科室好几个人来干，现在我们是一人干多样，仅能应付事，做精就很难。尤其是付丹香还在医院干临时工，学了那么多东西要不用，就等于白学了。辞退临时工回来干，可不知以后怎么样。论挣钱，也不知哪个挣得多。论行医是一种公益事业，但个人的事，就必须挣钱才能维持。看现在的业务量，生活费是能挣出来了。要想开展好工作，就必须做到两条，一要有良好的服务，二是诊断水平要高。当然，宣传也是必要的，要把宣传栏办好。还要防止医疗纠纷。"郎立学与付丹香听着不住地点头称是。高海珊转了话题，继续道："另一方面，也请你们放心，我决不会影响你俩的关系。我很愿意你们尽快结婚，共同为卫生事业奋斗。我很羡慕你们俩，能为共同目标工作。不像俺俩，一东一西，将来还不知怎么过呢?! 我们目前还是牛郎织女，在银河两岸徘徊。"说及个人之事，她竟然泪眼汪汪，一缕悲情涌上心头。

此时，郎立学在高海珊心中的光环已远远亮于白文福，他与自己朝夕相处，陪伴过多少日日夜夜。白文福的优势也很明显，但不确定性也很大。这一问题总在折磨着她。

郎立学和付丹香见高海珊动情伤感，忙劝说道："高医生别把问题想得太复杂了。我们都很年轻，只要一心向善，做到自爱自尊自强，就会越来越好。"高海珊不无疑虑地说："但愿如此吧。话虽这么说，可世上的一切事物时刻都在变化中，事与愿违的事也比比皆是。到时候只能听天由命。"

郎立学担心的事也不少。卫生室能否正常干下去? 付丹香在医院上班，几天才回来一次，能帮上多少忙? 若不结婚，卫生室再不景气，她会不会变心? 真学成那么多技术，医院再把她从洗衣房安排到其他科室，她还能来卫生室吗? 她那么走红，哪儿都喜欢她，将来长期在城里，恐怕锣鼓长了无好戏。他心事太多，如珍珠泉涌出的气泡，串串不断，一腔的话语，不知从哪儿开讲。他想了半天，鼓足勇气，振振有词地说："我们共同学习、工作、生活了大半年的时间，二位姐妹都给了我很多帮助、关心和爱护，使我收获很大，进步很快。我不知怎样感谢高医生才好。但愿我们永做工作上的好伙伴，卫生战线上的好战友，常联系，常聚会，交流工作经验，多救治一些病人。我还想让高医生为我们作证，我愿与付丹香结成终身侣伴，早日完婚，过上独立生活。不知二位有何高见，我就想到哪儿说到哪儿，说错了也请两位不要见怪。"高海珊说："你说得很实际。不过我所做的远没有你说的那么好，我只是随和着干。咱们在一起能发挥协同作用，就显得有力量了。就像中药里的甘草，虽然做不了君臣佐使，也不可或缺。我愿帮你们二位尽早成婚。我看，还是让付丹香保留临时工，便于取得医院支持，经济收入也能相对稳定，生活有保障。付丹香在医院学习心电图，掌握了基本知识，就不一定再学了，别过累。结婚有了小孩，就再另说。卫生室也可迁移到距城近点的地方。这是我的一点建议，不知说得在理不在理。"

没等郎立学答话，付丹香就开口说："咱们怎么好像是有计划地开会一样，说得都头头是道。这是你俩安排的？不管有意无意，我觉得都说得很好，做得也很好。前一段你俩夜以继日地工作，干得很出色。当前，卫生室就一个人什么都得干，样样都会才行。除了接诊、做心电图、化验检查、取药、打针、结账等，其他的如进药、防疫等工作也不得不做。我若只做护理、化验、心电图，论工作量已不少。但一天有几人要接生，打针、做化验、心电图检查的就忙不过来了。我想，我若回到卫生室来干开了，边干边学也可以，不一定非到医院进修。话又说回来，要是结了婚，有了孩子，我干我学的那几种就行了，郎立学主要做诊疗。是否能实现还是个问号。"郎立学说："二位姐妹说得都很好，说到我心里了。卫生室既然开业了，就要坚持下去，要天天有人。现在幸亏有俺娘帮着。我出诊时，好让来的人心里有个数。总之，高医生有正式工作单位，要回去，我绝不会强行阻拦。"付丹香说："句山医院要用自动化验仪，要是和院方说说，把他们闲置的显微镜借来就好了。我干的临时工主要是缝补衣服、被单等，可以隔一天上一天班。"高海珊说："我看丹香说的隔一天上一天班可行。明天或后天我就回去，反正一个人什么也没有，说走就走。以后我来，要等休班时才行，但在家住下事就多了。老人也催着我们结婚，说不定借白文福放假，春节要举行婚礼呢！我看你们也在春节结婚吧，这一步是人生必须过的一个槛啊！我们今天还是最自在的时候。"说着各人又是拥抱，又是握手，欢喜得不得了。

郎立学说："怎么能分离呢？天无情人有情。我们的人虽分开，但分不开我们的心和情。我们的心永远在一起。"透过玻璃窗，月光照在卫生室床前，犹如撒了层淡白色的霜。付丹香触景生情，吟起了李白的诗句：

"床前明月光，疑是地上霜，举头望明月，低头思故乡。"郎立学因问道："高医生想家了吧?"高海珊说："想家? 可以说今天我还没有家。当学生惯了，回家就觉得拘束，不知说什么好，干什么好，怎么干好。"三人在月光下的卫生室内，虽欢乐、高兴，却伴着一份离别情。

此时的高海珊心情极为复杂，非常忧郁，从喉咙中流出："长亭外，古道边，芳草碧连天……"这一唱，使各人心动。虽有泪不轻弹之说，但郎立学这个热血青年，竟抑制不住而潸然泪下。付丹香这个感情脆弱的女子，更是泣不成声。高海珊意识到自己的心情，好像是引起他们悲伤的根源，本来想自己走了，可以让他们俩生活得更美好，怎么会起反作用呢? 她赶紧打圆场，说："哎，你们是怎么啦? 这是很正常的事，我走了，更有利于锻炼你们的独立工作能力，更能发挥自己的独特风格，这就叫作变不利为有利，把眼光放远点。卫生室已打好基础，多好啊! 还有很重要的一点，就是付丹香有份固定收入。你们俩的生活任务比较重，两位老人赶着上岁数，学生的生活费用也日见增多。趁老人壮实，能帮着照看孩子，你们应尽早结婚。以后，我们人虽不在一起，但我们的心会永远在一起。我们要告别过去，迎接未来，鼓起勇气，展翅飞向远方!"付丹香说："哎呀呀! 高医生不但歌唱得好，话也说得好。俺没有这么多知识，站不高，看不远，也不会说，不会道，土里土气的，只会就事论事。所以生活的境界与质量就低。"

郎立学听了付丹香的话，说不上是褒还是贬，觉得有挖苦之嫌，有点欠理。便说："在大半年的时间里，我们确实结下了深情厚谊，真是从内心里愿永远在一起。今天，我祝愿高医生以后工作顺利，与白文福早结秦晋之好，生活美满! 到时候我们去吃喜酒。我与付丹香也希望早办喜事，到那时请高院长和高大姐来喝喜酒。"

高海珊高兴了，说："以后看看我们谁先生孩子。等到我们每家都有了孩子，再聚到一起，那时孩子哭哭闹闹的才好玩呢!"付丹香说："那时我们就不是孩子了，我们的责任无形中大了，上要赡养父母，下要抚育子女，真正成为具有多种角色的社会人。"郎立学说："哎! 我说，将来有了小孩，你们打算给他们起什么名字呀?"高海珊接上说："我想白文福在琼台，琼台有大海，是个美丽的地方，我看取名'琼台'或'大海'都很好。你们说哪一个更合适些，还是两个都占着好?"高海珊口中一边说，一边重复，心里却在想将来还不一定怎么着呢! 付丹香说："既然想用琼台和大海，我说叫青海怎么样？"郎立学说："青海不是跑到青藏高原上了吗？相差十万八千里啦！白文福在海大，可用大海、琼台，所以可叫海大、大海、海青、海岛。"付丹香说："照你这么说，光依男方所在的地方起名，是不是重男轻女？依我看，给孩子起名字，也应考虑女方的因素。高大姐在句山城、天井、高山，还有白文福的宝泉庄，这些地方山清水秀，风光也不错。"她把连泉带山的名字说了一大堆让高海珊选。高海珊听了着急地说："你们给俺起这么多名字都用不完了，何况还要计划生育呢！就是不计划生育，叫俺不干别的事啦，光生孩子，也生不了这么多呀！那还不得将白文福早早累死，也完不成。"

第二天一大早，郎立学三人来到卫生室。郎立学对高海珊说："我原想举行个欢送仪式，请村主任来，我们座谈一下你来帮助的伟大功绩。又一想还是不举行好，我们不声不响地送送你。你说明天早走，还是今天晚上走？我们在城里住一宿，给你买身衣裳，这是我和付丹香的意思，当然还有老人的心意。我希望咱春节都能结婚。"在郎立学说话之际，付丹香已清理好了卫生室。高海珊说："我想今天就回去。"郎立学说："也行，早回去休息一下。在这里没休息好，真对不起你。昨天病人多，今日是星期天，可能少些。吃过早饭，看一阵病人，我就去送你到城里乘车回天井。"付丹香虽干着活，话可都听到了，接上说："高大姐以前已做了很多工作，这又来看看，不能这么简单地走啊！起码得和老人说一声，中午哪怕是简单地吃个饭，下午再走也好。这就走，不声不响不要紧，可我们觉得对不起高大姐。"

话刚说完，便来了一位妇女。她一看有好几个人在这里，便问谁是医生，高海珊忙说："大嫂怎么的了？"病妇自述身体不适，腹痛月经不正常俩月了。付丹香听后便来到病人身边，叫她坐下测量血压，看其眼结膜和舌苔都显苍白。高海珊也来听心音。她让病人上检查床，认真地对胸腹部进行了四诊检查，于左下腹部触及一包块，包块左侧近中线耻骨联合的上缘，轻压痛。又细问家庭病史，个人生育等情况，得知病人叫席兰花，四十五岁。生育二胎，都健在，丈夫身体健康。月经不正常已半年，且流血多。付丹香也触及一包块，并且较硬，似不平滑，又有贫血貌，腹股沟、腋、颈部未触及淋巴结肿大。三人会诊，疑似妇科肿瘤、肌瘤或癌，但不能完全确诊，便让病人回家去准备一下，陪她上句

256

山医院检查。病人欣然同意，做准备去了。郎立学留在卫生室值班，高海珊要回家，就让她和付丹香回家去吃早饭。

徐桂贞得知高海珊要走，就说："中午吃顿水饺吧。咱老百姓，只有逢年过节才吃顿水饺。今天为送高医生，咱中午就吃。"老人以为这是对高海珊的最好款待和感谢，一切情意均包含在水饺里。

二位女士早餐后回到卫生室，郎立学又在卫生室诊过两位普通病人，便要回家去吃饭。付丹香忙用商量的口气对他说："你看这样安排行不行？我和妇科的老师们较熟悉，若病人来了，我陪着她去做检查。查完得早我就回来，晚了就不回来了。你俩中午吃过水饺后再去城里，给高大姐买身衣裳。乐意在城里住一宿也行，咱们单独举行个欢送仪式。要不就早乘车回天井，尽量少耽误她的时间。"郎立学欣然同意，说："行！就这样安排吧。"

第二十四章

丹香为病人　陪检并护理

高海珊听了他俩的议论，却说："其实，也不用说什么宴不宴，有什么，吃什么，和平时一样就行。老人已为我付出了很多，我与付丹香陪病人去检查，病人检查完我就回家去，这样最好。你们什么也别麻烦。陪病人诊断也是一次学习。我们把初诊结果和上级医院的诊断对照，也能学习此病最好的检查方法，学会正确使用检查项目。我们考虑是子宫新生物，就请妇科大夫检查，再行化验和特殊仪器检查，如彩色 B 超、血常规、子宫内窥镜、取样本病理学检查等。还要注意排除腹腔内的其他病，如卵巢、阑尾和结肠的病变。这些都要想到。要按症状一个一个地查。"

郎立学回家去和母亲说："高医生今下午要回家，她在这里帮助我们建了卫生室，做了很多工作，咱中午稍改善下生活。"说着便掏出几个钱，让她去买菜。徐桂贞应了，各人便忙洗手吃饭。

饭后，郎立学回到卫生室，席兰花已由她丈夫陪着在门前等候。见医生来了，当丈夫的便上前问："俺媳妇生的是什么病，还得上县里检查？"郎立学立即答复说："因她是下部流血，不像月经，也不像流产，在这里没法检查。我们商议后决定叫付医生陪着去检查。她在那里学习过，妇科大夫是她的老师，都很熟，能看得快点。"付丹香接过话头说："她患的是妇科病，得去请主任给检查。根据病情，恐怕得住院治疗。你们早有个准备，多带点钱。咱现在就去，早去早看。"席兰花应道："俺知道叫去县里检查，病就不轻，心里也多少有点数，就快去筹备了几个钱。咱什么时候走啊？"付丹香说："咱这就走，越快越好。"说罢，什么也没带，头前骑上自行车就走。席兰花由其丈夫用自行车载着随后。付丹香虽然身单力薄，但能紧跟着前进，和比赛一样到了句山医院。

　　来到医院，付丹香叫席兰花的丈夫去挂妇产科号，自己领着席兰花找到吴爱菊主任和刘英君护士长，向她们说明了来意。随后，病人的丈夫将病历本交给吴爱菊主任。吴主任温和详尽地询问了病史后，让付丹香陪同席兰花到检查室，让她丈夫在外等候。吴爱菊对席兰花进行了妇科内诊检查，初步诊断为子宫肌瘤，并让付丹香也戴上无菌胶皮手套做了检查。主任讲解了触诊的感觉和内容，叫付丹香填写了病历，写上触诊发现于子宫左后部有一肿物，约中等苹果大，较圆，有肉样弹性感，少量出血，初步诊断子宫肌瘤。开出 B 超检查、血常规、血型化验等申请单，并告诉病人要进行手术切除，否则会经常出血，引起身体虚弱乏力等。走出检查室，吴主任告诉席兰花的丈夫检查结果，说应住院手术治疗。席兰花和丈夫也同意了。

　　付丹香和病人说："吴主任工作很细心，认真负责，体贴病人，诊断正确率很高，手术更是精湛，深受患者信任。"席兰花说："那就住下手术。看来吃药是不管用了，在家里吃了不少药也没有用。"付丹香和病人回到妇科病房，给吴爱菊主任看过检查结果，决定住院手术治疗。

　　正好妇产科还有病床，吴爱菊给填写了住院卡，让席兰花丈夫去办了住院手续。席兰花被安排到妇产科病房。席兰花夫妇对付丹香的帮助表示感谢。付丹香则说："这是我应做的事。"住院医生是位女大夫，她来做了全面检查，从其父母，到个人的生长、发育、月经、生育史、子女情况，丈夫的身体健康状况、个人的性生活、有无异常嗜好等等，都做了非常详细的病史询问。检查更是细心，从头到脚都进行了周到的检查，最后下了医嘱。付丹香也随之跟着填写处方、化验单、检查申请单等，又当起实习医生来了。检查的全过程，付丹香始终陪着。检查病人的医生是付丹香的老师，所以一有异常，都叫付丹香看看听听。很爱学习的她觉得这是一次很好的学习机会，心中暗自高兴。

　　付丹香对席兰花丈夫说："你回家去再筹集些钱米。这先交上住院押金和一部分医疗费。必需的日用品也带来，省得再花钱买。顺便和郎立学说一声，我先陪陪席大姐。请你早点回来。"席兰花丈夫千恩万谢地应了，说："我这就回去。口信保证捎到。"说完，交了押金就立即走了。

　　席兰花的丈夫走后，付丹香又去提来一瓶开水，问席兰花还有什么事，腹部痛不，席兰花说："我没什么事，你有事就去忙吧。"因已向人家发出了承诺，付丹香自然不能离开。席兰花看到医生对付丹香很器重，竟不知是医生请教付丹香，还是在指导付丹香？她所看到的是其配合密切。

通过这次带病人来检查，付丹香认识到诊断疾病是一项极其复杂的工作，某一科的病还会牵涉到其他各科的病变。曾听老师讲过，要全面了解患者的整体状况，尤其对需要动手术的患者，像心肺肾等重要脏器的功能是否正常、有无感染病灶、是否患有传染性疾病等，都要逐一检查和排除。一时感到责任之大，不像做件衣裳那么简单。陪着已入睡的席兰花，付丹香又联想到要是有产妇在卫生室，不也要时刻观察她各方面的变化吗？自己一个人得多么紧张啊！

付丹香正在遐想中，一位护士端着输液注射盘进来，她问："谁是席兰花？"睡着的席兰花醒过来，护士走到床前又问："你是席兰花吗？"她忙应"是"，护士又问："你小解不？"席兰花未做答复，起身去了卫生间。回来即躺在床上，伸出手臂，准备接受静脉输液。这位护士的注射技术非常娴熟，一针见血，顺利完成了操作。

这时付丹香好像又回到在内科学习护理时的情景。护士的操作，只有多做才能娴熟，每次都认认真真，不马虎大意，不忘三落四。她时刻想学人之长，补己之短，时刻感到脑子里空的。看着一滴滴晶莹的药液滴着，虽是滴入病人的心里，却滴滴打痛她的心，想何时才能干好一种职业，学好一门技术。看看自己仍是草上飞，不管学什么都像蜻蜓点水，各样学点干点，结果满身五颜六色。刚学缝纫时还红火了一阵，张三李四上门求做衣服，后来又到病房学护士，打针注射，再后来学助产。结果无人求打针、求接生，连要求做衣服的人也少得可怜。这又学化验，学心电图，就更无人问津了。心中焦虑万分，又想起了高海珊建议春节就结婚的话，是多么可盼又可畏啊！一结婚很快就会生孩子，事情就多了，还能学什么？干什么？好像每个人对自己都抱着很大的期望，能都满足吗？这一桩桩，一件件，在她脑海中浮沉。

一会儿，二百五十毫升液体就快要滴完了，付丹香便叫护士来挂上第二瓶液体。病人两眼紧闭着，像是半睡。付丹香到护士面前问："你带着书没有？借我一本看看。"护士说："我有一本路遥的《平凡的世界》。"付丹香读的书不多，但这本书曾轰动一时，立即说："好啊，那我看看，你什么时看我马上给你。"

付丹香打开这本有一定分量的书，一字一句地读起来。席兰花劳累加上有病，夜里没睡好。现在病已查清，有了治疗方案，思想负担轻了，便进入梦乡。

药液均匀滴着，瓶子发出"咕噜——咕噜"的声音，病房显得异常寂静。然而，付丹香被书中的文句吸引住了。精力旺盛的青年，集中精力干一件事时，往往是很出色的。她浏览着一行行文字，从左到右轻微转动着头，不住往返。瓶中药液滴了三分之二，她就读了十二页，可谓速读。

席兰花醒了，似梦如幻，睁着一对懵懂的大眼睛，说："我这是在哪里呀？"见她要猛然起身，付丹香迅速向前将她按下，说："你这是在医院里，正在输液。你睡了一觉，可能做梦了，稳一下就好了。你看你这不是正打吊针？千万别乱动，一动针会脱出来，就得再打一次。"席兰花这才慢慢清醒过来："噢，我困了一觉，竟忘了是在医院里。幸亏大妹子看着我。你看我真没出息，这还要去解手。"付丹香一边固定好她输液的上肢，一边扶起她来穿上鞋，一手举着吊瓶，一手托住打针的手臂，慢慢地上了厕所。席兰花深情地说："大妹子，你比俺闺女对我还好啊！她在琼台上护校，也是学打针的活，儿在围城干工，就俺老两口在家，儿女都用不上。大妹子，你说还叫上学的闺女回来吗？她正是功课紧，放假才能回家。"付丹香说："你的手术很安全，住几天就好，不和她说也行。大哥一人能照顾好你。"席兰花说："那俺就不和闺女说，现在各人时间都很紧。家里光有老和小，能干的都出去了。看看城里这几年，一座座高楼大厦，都是农村人盖起来的。上学的更紧，闺女来家说她还准备再考什么高等护校呢。我是乐意她好好学，上的越高了越好，将来好有个出息头。是不是，大妹子？"席兰花精神起来了，使付丹香看得入迷的书也不知是哪页了。她一边急着翻弄，一边只得点头表示同意。席兰花看出付丹香看书也不愿意多听什么，又看着她两眼湿润、泪汪汪的，猜她可能有不能述说的隐情。付丹香找到了，又埋头读起来。席兰花也就闭口不言，经过一阵兴奋又寂静了下来。

突然，席兰花丈夫进来了，付丹香和席兰花几乎同时诧异地说："怎么这么快就回来了？"席兰花丈夫有点激动地说："跟村主任家的小子的车来的。要不是搭他的车，怎么也得俩仨钟头。"席兰花说："幸亏大妹子在这里陪着，还去了厕所，妹子还说不用叫咱闺女来了。"席兰花丈夫忙说："是啊，亏了大妹子帮忙。你的病不是什么大病，不叫闺女来还省事。医生说住院一星期就可能出院。大妹子，去忙你自己的事吧，我自己照顾她就中。谢谢你！"

付丹香告别了席兰花夫妇，把书还给护士。护士收下书说："你真会利用时间，那么一点空还得看书。大家都知道你好学。"付丹香说："哪里好学，主要是工作逼着。"

告别护士，付丹香便去心电图室唐丽那里看看。真巧，唐丽正准备下班，门诊的大夫也大都在脱隔离衣，准备吃午餐。付丹香问："唐老师，你要下班？上午事多吗？""不算很多，但也基本没得闲。"唐丽一边说着，一边去洗手。又约付丹香到她家去，说："杨博海又出差去了，再待几天才回来。回家去我做两素两荤和一个汤，咱俩会餐吧？"付丹香说："您可别多忙活。我今天上午来是和村里的一个妇女检查，诊断子宫肌瘤，需要手术。现在已住上院，她丈夫陪着。没什么事我就来看看你。高海珊要回家去，可能今下午过来，从这里走。"唐丽说："那你们送走高海珊再到我家住一宿，明天你上班，郎立学回村卫生室就是。"二人一边说，一边向唐丽家里走。

唐丽二人进入熟悉的三室一厅单元房，就感到一股扑鼻的芳香。一看，客厅里有一豆绿盆茉莉花，枝繁，叶茂，花香，堂堂正正，极其高雅，格外引人注目。付丹香一见到这盆非凡的鲜花，惊讶地问："什么时候搬来这么一盆好花？真香，真好看。看到这盆花，我就想唱《茉莉花》，就是口拙，唱不好。"唐丽说："这是你姐夫单位上为迎接上级检查装饰门面买的。一盆块儿八毛的，算不了什么，不值一盒烟钱，他就带来家一盆。这花一是洁白如雪，给人纯洁高雅的形态美，又芳香浓郁，深受人们喜爱，但并不名贵。"付丹香说："哎呀，俺头一回听说，看盆花还有这么多道道。俺光看花长得好，开花多就是好花。我又多了些见识。"唐丽说："咱家的花就是看着缺水了浇一下，这就不错了，几个月就枯萎了。家里养花不行，尤其是这楼里，在室内做饭炒菜，油烟和家具油漆味多，这种清洁纯净的花是不喜欢的。室内温度和湿度要合适，还要空气新鲜。植物也和人一样是要呼吸的，喜欢清新空气。咱一般的家庭满足不了花的环境要求，一般的花养不几天就蔫了。"付丹香说："唐老师成植物专家了，说什么像什么，多内行啊！"唐丽说："这些东西是在农村里学的。花和庄稼一样，谁不知道庄稼在地里只要不缺水肥，不遭灾就能丰产？"付丹香说："你从花说到庄稼，我说人也一样。"唐丽不无感慨地说："妹妹看事还真行。我要不到农村，一直上学，说不定早成教授、专家了。现在在医院什么也不是，医生不医生，护士不护士，成了二步年子。你说可怜不可怜？这不和大环境有关吗？"

付丹香一看说花引起老师的伤心事来，便联系实际，赶快岔开话题，问："现在是十二点十五啦，中午有饭吗？我上食堂买去？"唐丽恍然大悟，说："你看贪说话，忘了饭。我今天早上本是自己吃饭，却一下子做成两人的饭，做的西红柿汤和面条子，都还有不少，另外有火腿和昨晚炒的土豆丝，咱不用烧火也行。插上微波炉电源，一霎就可以吃饭。"

付丹香说："微波炉！那是什么玩意？我早就听说过，但没见过。"唐丽说："这是上次杨博海上琼台出差买来的。"付丹香便急不可待地找着看，唐丽手一指，说："那不是吗？一个白方盒子，正面有一个椭圆形茶色玻璃，放在低柜上，门上有把手。"付丹香正面一看，自己的美容正好显出来，看着眼睛那么有神，满月形的脸，大大的眼，加上双眼皮，樱桃小嘴，端正的鼻子，两耳那么对称大方。但此镜显不出光彩。拉开门一看，里面有三脚架，上有一圆盘，没有别的东西。唐丽端过一盆西红柿汤，放于圆盘上，闭好门，插上电源，点了几下按键，指示灯亮了。一霎，端出来，盘子并不热，可菜是热的。同样把面条也加热了，分成两碗。又放进去些炸刀鱼，好像一放就取出来。又放上俩馒头热好。唐丽打开饮水机的开关，一会儿开水就有了，接上两茶杯开水放到桌上。过程之快令付丹香眼花缭乱，莫名其妙。也就是洗手洗脸的工夫，热饭热菜热水就好了。在付丹香眼里像变戏法儿似的，真是无烟无火，照样吃又香又热的饭菜。没想到跟唐老师享受了这么现代化的生活。

不多时午餐结束，唐丽与付丹香一床午休。付丹香好好洗过手脸，将老师的雪花膏涂上点，脱下外套，上床与老师同床共枕地睡下。为尽快好好休息，二人都不言语。付丹香可能累了，一霎进入梦乡。而唐丽怎么也不能入睡。心想，人家付丹香真幸福，无忧无虑地生活。人真怪，为什么会胡思乱想呢？得静下心来好好睡一会儿。不想了真管用，一会儿就迷糊过去了。一觉醒来，却不见付丹香了，她脱下的外衣也不见了。一想，她可能去看病号了。看到上班时间了，她忙起床稍事洗漱，直奔工作室，幸亏没有病人等候，未耽误工作，也感自慰，同时也理解付丹香的不辞而别。她刚坐下不久便有位男青年患者要做心电图检查，临床医生疑诊心肌炎。心电图诊断为窦性心律并不齐，房性早搏，心肌劳损。

一般下午来检查的人少，唐丽正坐着没事，付丹香跑过来说那位病人明天手术，她答应人家帮做陪护，病人很高兴。正说着郎立学也进来了，唐丽忙迎接这位弟弟，二人笑嘻嘻地刚要说话，付丹香就问："郎立学，高医生呢？"郎立学说："她急着回去，再晚就没有班车了，我刚送她上了车才过来。我想你一定在妇产科看护病人，就来唐老师这里问一下。"唐丽说："你这小弟弟，不去妇产科那里问病人，反来问我，我怎么会知道？想付丹香是真。"

郎立学说："唐老师，我今上午在卫生室和高海珊看了个青年，七天前因感冒，低烧，流涕轻咳，咽痛，经治疗后缓解，但出现了乏力、懒惰、胸部不适。检查见咽部充血，心音低，心律不齐。心电图示窦性心律不齐，心率 65 次/min，考虑心肌炎，我让病人来院检查不知来过没有？"唐丽说："是啊，刚才我检查了一位青年，是窦性心律不齐，可能是病毒性心肌炎。"

唐丽很喜欢郎立学的这种做法。她认为只要有这种一切为了病人的心，就一定能成功。付丹香与郎立学说了席兰花的病情和手术之事，应承着手术期帮着陪护。郎立学说："高海珊回去了，我自己一人在卫生室工作量大而累。你能否和班上商议下，每天在医院上半天班，保证完成任务。上午在医院上班，中午回家，下午到卫生室上半天班，晚上在家住一宿。第二天上午在卫生室干半天，中午来城里，下午再在医院上半天班，晚上在医院住下。进入下一个工作循环。这显然是要多受累，请唐老师参谋下是否可行？洗衣房能否接受？"唐丽琢磨了半天，说："这个主意很好，既不放弃临时工的工作，又能帮助卫生室，一举两得。现在兴'包'字，也就是丹香包下洗衣房的缝补活，再做新的口罩、隔离衣，还可算是加班，在待遇上好像也应补贴点才对。现在医院不也是按照工作量完成情况发放工资和奖金吗？我的工作考核，是给病人做心电图份数，这样可促进为病人服务的积极性。全面考核工作量。我看能行，就是自己受累啊。我看不用别人说，就是付丹香说行就行。化验室马上就用进口自动化分析仪，原来那一套化验仪器就不用了，只是把血液稀释数做准确，就很快出结果。你早学了几天，要用自动化分析仪，连学都不用学。"郎立学说："那好，付丹香先和有关领导商量商量。如果人家同意，就抓紧按计划办。我先瞧瞧那个青年住院没有，再去看看席兰花就回去。"唐丽说："我下班后回家做点饭你们俩过去吃点再说吧。"二人应了，分头做各自的事去了。

付丹香回到洗衣房找班长西彩红，见她正忙着整理被服，就来到她跟前。西彩红抬头一看是付丹香，便说："今天是星期天，你不在家处理点家务，怎么又来了？"付丹香说："我是送一位病人来的。"随即就说了一遍事情的过程，又把和唐丽商议的事说了一遍。慈母般的西彩红班长听后，仔细琢磨了一番，说："我看可以。你干活利落，有点活你一会儿就干完。看你一边干，一边白天黑夜地学，我很心疼你，可也没有办法。你这个设想我看可以，每天都上班，只要不误事就行。咱先实行一段时间看看，我先不和院里说，要没有反映的就这样干下去。"付丹香说："谢谢班长对我的照顾。我来工作就是院里对俺的照顾，我再上不满班，自己也惭愧。"西彩红说："不用多说，先照你的想法干着。"付丹香说："好吧，我先安排一下送来的那位妇科病人后，明天上午先来这里上班。"

付丹香到了席兰花的病室，郎立学也在。病人一切都好，心平气和地等明天手术。二人出了病房，付丹香才问："给高海珊买衣服没有？"郎立学说："我约她去商店她不去，钱她也不要，所以没有给她买。"付丹香说："你们吃过午饭就来了吗？"郎立学说："我们吃完饭在家休息了一会儿，说是睡也没有睡着，只是迷糊了阵子。"付丹香说："咱不说了，到唐老师家去吧，她可能下班了。"因唐丽对郎立学特欣赏，郎立学也乐意去。

因唐丽有言在先，到她家去不要带东西，需要时再叫他们跑腿买，所以二人就常空手去。有时唐丽反而会把自家东西送些给他们带回去。在唐丽的眼中，这对亲人是很可怜的，主要是缺着最重要的生活元素——钱。虽然钱不是万能的，可是许多事无钱就寸步难行。二人正走着，唐丽突然出现在下班的人群中。她那现代式的发型，红底蓝花上衣和紧身紫条绒裤，都非常醒目。郎立学快走了几步，赶到她的跟前，叫一声"唐老师"，说："俺上你家去吃晚饭，需要我去买什么东西不？"她说："不用。家中有饭，晚上饭好凑合，都主张晚饭少吃，不像中午吃得那么讲究。晚上吃点剩饭行吧？"郎立学说："那就行。"一边说一边走，到家来，依然是满室茉莉香。

唐丽平日里多半孤单一人，生活在这寂寞的居室里，犹如这茉莉花，有芳香，也发挥不出引诱力来。她感叹道："我的生活好像与世半隔绝，正如这盆茉莉花，孤单单开怀吐芳，极难得到欣赏。今天你们来，就是蜂和蝶，花没白开，人没白活，仍有欢乐和幸福。今天我们煮上大米饭，四菜一汤，叫它鸡鱼肉蛋，一个三鲜汤。让我们的生活芬芳。"他们吃着白白的大米饭，喝着烽台优质红葡萄酒，兴致勃勃。

唐丽说："你们俩到年底还不结婚吗？早结了婚就安心了，不结婚好像还有离开的余地。"付丹香说："我们想年底结婚，可得先把眼前的事安排好。班长同意我每天上半天班，把活包下来，活多了加上个班也干完它，只要不误事，暂不和院里说。这样我能支持下卫生室的工作，干好还是个样板呢！"唐丽说："是啊，这样你就隔一天在家住一宿，不像以前，一周才回家去一趟。有高海珊，你俩就不能在一块儿了。"付丹香说："现在高医生回去上班了。"唐丽说："她走了影响工作吗？"付丹香说："肯定会有影响。但我每天在卫生室干半天，可弥补一下。我想影响不会太大。"唐丽说："你们得在一起，了解了对方的生活习惯，结婚就有基础了。"付丹香说："唐老师，你说我们怎么遇上这么个怪事呢？我父亲与郎立学的母亲结了婚，你说这算什么婚啊？人家笑话我们。我弟弟又和郎立学的妹妹在一起上中学，也都知道这些事了。我曾听说人家有换亲的，那是男的娶对方女的，可都是女换女啊，唐老师知道吗？"唐丽说："知道，就像我是女的，嫁给郎立学，而他的妹妹又嫁给我的弟弟，这就是换亲。"付丹香说："我父亲娶郎立学的母亲，我们再联姻，这算不算是换亲呀？"唐丽说："他们是老人结合，你们是自由恋爱，并不影响你们。换亲多是在无奈的情况下，由双方老人主持办的。你们客观上是换了，但并非换亲，当初并没把这个作为条件。"郎立学说："真是有趣。是又怎么样？不是又怎么样？反正俺俩是要结婚的。"唐丽说："你看，你要结婚，丹香同意吗？"说得付丹香脸红了，因喝了几口酒，美丽的脸庞更似化了妆。她慢条斯理地说："唐老师，郎立学心中的人，好像还不知什么样的来！他有什么想法也不清楚。我是无话可说，只要他不嫌弃我，就和他过一辈子。他要有更好的，我先让给人家，让他更满意。"一席话也说得郎立学涨红了脸。

唐丽欲红似白的脸也更加好看了。她怕引起事端，赶快回转话题，说："今晚这是乱弹琴，乱侃一通，没实际意义。付丹香是全院最好的姑娘，美丽无比，又很能学习。工作努力，不怕困难。这些品质，都很可贵，我是希望你们早日结婚。"郎立学听了，便郑重其事地说："我这个农村孩子，学医学得半生不熟，没有任何条件。只要丹香乐意同我过一辈子，就是我一生的幸福。丹香是我心中的女神，我愿和她永结同心，有请唐老师您给俺俩做证婚人。"唐丽听后立即举起酒杯，说："为你们早日结婚而干杯！我现在就是你们的证婚人。瞅个机会，我和管后勤的人说说，能给间房不。临时工也可以住房子啊！你们早做准备，把房子收拾一下。"她这一提，二人心中亮堂了不少。

晚餐结束，唐丽打开音响，播出交际舞曲，便和郎立学跳起慢四步。付丹香在一边欣赏。看看洁白的茉莉花，再看看一对舞伴，想人为什么总有烦恼呢？唐丽和郎立学跳得那么灵活熟练，进退自如，动作合拍。一曲下来，付丹香忙请老师坐下。她很有礼貌地给二人递上水。唐丽一边喝着水，一边和付丹香说："你也和郎立学跳一圈伉俪舞。"郎立学歇过来，便邀请付丹香跳。俩人配合尚可，但都是新手，有时显示出笨拙和别扭，顶脚舞了一阵才顺过劲来。

一段舞曲终于结束，二人停下。此时，唐丽真当老师了。她指出了二人的缺点和优点，二人听了也有所悟。歇了会儿，唐丽约付丹香舞起来。二位同为女性，无拘无束，真是任其风流。唐丽发挥得淋漓尽致。二人的双脚配合适宜，进进退退，时如旋风，只可惜未着舞衣。二人舞得眉开眼笑，乐在其中。做观众的郎立学目不转睛，几乎看呆了，不知不觉舞曲结束，唐丽已满脸微汗。付丹香到卫生间拿来一块湿毛巾，请她擦了一下。郎立学忙向老师敬水，还想与她再跳，她说："算了吧，咱每人都跳两次了，现在八点了，我们跳跳圆圈舞。"

三人手拉手组成一个小圆圈，快乐地一边唱着，一起抬一下左腿，又一起抬一下右腿，跳得很统一，也很整齐，都一起做演员。跳够了，三人拥抱在一起，呼唤着："让我们永远在一起，团结就是力量，团结就是胜利！"

第二天清早，郎立学与付丹香几乎同时起来，郎立学去买了豆浆、油条，付丹香则煮了几个荷包蛋，让郎立学早吃了回家，自己与唐丽早餐后一块儿去上班。中午，付丹香回卫生室之前，还得看看做过手术的席兰花，若离不开，就再延一天回去。接近下班时她提前来到病房，得知席兰花八点进了手术室，手术很成功。当天不进饮食，术中输血二百毫升。这样，就只有看着输液和处理二便的事。席兰花的丈夫说不用她帮忙，她就又去看那个心律失常的青年，诊断为心肌炎，用药见效。她去和西彩红班长说下午回家，明天中午再来上下午的班。交代好了，便买上个馒头、一块咸菜吃上，喝了杯水，稍歇片刻，就想骑自行车回家。她想，从此将是一天一个往返于城里和村卫生室之间且风雨无阻的机器人了。

她刚推出车子又想，郎立学刚回家去，席兰花才动了手术，且自己承诺协助他们渡过这一难关。于是，她又把车子放回原处锁好，急忙赶到病房，见席兰花闭着双眼半睡，她丈夫仍呆坐在那里，凝视着输液瓶里的液体不急不慢地滴着，甚至付丹香来也没注意，直到付丹香问他吃过饭没有，才茫然地站起来，好像恍然大悟一样，说："噢！你来了！我不饿，也不想吃，所以没吃。"听到有人说话，席兰花睁开眼，看见付丹香在眼前，便说："大妹子来了！"付丹香问："疼不？"席兰花说："不疼，觉着发麻，光想困。"付丹香说："那好。手术很成功，你睡吧。"又劝席兰花的丈夫说："快去弄点吃的，街上的小笼蒸包挺好，你去吃几个买几个，店里还有蒜瓣和醋。你得好好吃饭，嫂子还得你侍候，就是出了院也得休息。"席兰花的丈夫这才说："是啊。那我吃饭去，妹子你先照看一下，我一霎就回来。"付丹香说："不急，我现在就是专门陪嫂子。昨天我说过，嫂子术后我帮你。你先去吃饭。晚上还得值班。只有休息好，才能护理好嫂子呀！千万不能把自己累垮了。"席兰花丈夫说："好，我去了。"

付丹香看了会儿，昏昏欲睡。但又不能睡，便强打起精神数液体一分钟的滴数，结果是每分钟七十五滴。心想，一般十六滴是一毫升，以此速度，一分钟约进四点七毫升，那五百毫升液体需滴一百多分钟。若一天不进饮食，要补两千五百毫升液体，输液需时约五百三十分钟，近九个小时。啊呀！席兰花得滴八九小时的液体，她是今天一上班八点开始滴的，这是下午一点，已经滴了五个小时。若手术再多加点，今天就得补三千毫升液体，那要滴到下午五六点钟。付丹香一看液量和滴速，脑子兴奋不已，逐走了睡意。人家说脑子越用越聪明、越灵活，越懒惰也就越呆、越肯睡。了解了这个数学关系，若在病人无不良反应的情况下，增加下滴速，一分钟增加五滴，这样三分多钟便多滴一毫升液体，反正是快了时间就短，慢了时间就延长，这是很简单的道理。付丹香又想起学护理时，老师讲禁饮食的病人，全靠液体供给热量和水，这些都很重要。现在输液都有葡萄糖，每克葡萄糖产生四卡的热量。五百毫升百分之十葡萄糖的液体含葡萄糖五十克，产热二百卡。若席兰花体重是五十千克，人在不活动的情况下，每千克体重需热量是三十卡，一天得需一千五百卡热量。照此算来，需百分之十葡萄糖液体三千七百五十毫升。但临床还有个减少的原则，即一般仅用算出量的三分之二。或是加用高热量液体，以减少液体输入。哎呀不好！付丹香发现液体快滴完了，便快去告诉值班护士换上液体。静寂中一番冥思苦想，她有点累，看接尿瓶快满了，便记下尿量，将尿液倒掉。席兰花听到动静醒了过来，看是妹子在，便说："他怎么不在这里，干什么去了？让你一个人在这里！好妹子，你真是好人，和俺检查了，住上院，还来陪着俺。将来我好了，待你结婚时，给你做一身嫁妆，好不好？"付丹香说："嫂子，你不用客气。你没觉得不舒服吧？"席兰花说："告诉你，人家现在做手术可好啦，在手术室里我听大夫说，因瘤不大，不用开大刀口，是俩小刀口，用腹腔镜做的。不大痛，就把瘤子切去了。"由于席兰花开始说话了，所以付丹香就不再寂寞。但为使席兰花休息好，付丹香还是叫她尽量少说话。四点了席兰花的丈夫才提了个小袋子不紧不慢地回来，里面装着六个水煎包。席兰花一看就说："你怎么出去一下午都不回来？妹子在这里忙着又是叫护士换药，又给倒尿。孩子还没这样给我干过呢！"席兰花的丈夫说："别说了！妹子和我说饭店里有休息间，我看你手术很成功，在吃包子时要了瓶啤酒当饮料喝了。吃过饭我就到午休间，一躺便睡着了。到点了，人家才把我叫起来。人家白天按小时计算，我原买了两个小时的。一小时收费一块钱。到时间不客气，睡着也叫醒你，再睡得再花钱。我睡着了就把你忘了。嘿嘿！"席兰花也真会说："你咋不要个包间，叫上小姐陪着呢！我才手术了你就忘了吗？"

付丹香一听要闹起来，忙劝嫂子说："你才手术了，要好好休息养病，别说些没用的话。他不休息好，怎么照顾好你呀？他晚上要陪你，我才劝他休息的，又没耽误什么事。我做这么点事算什么，你也不用当回事。"席兰花的丈夫说："妹子，这是我给你带的几个水煎包，趁热你就吃了吧。"付丹香说："大哥，我不饿，你留着吧。"

她一看表是四点半，快下班了，便起身告辞，并说："晚上我就不过来了。"

付丹香出来正巧遇上唐丽，便一起来到她家，二人很默契地吃过晚餐，一同看电视。付丹香说："席兰花的手术很成功，现在新技术不断引进，妇科手术安全多了。"唐丽说："过去医生素质差，有的手术中用的纱布数点不清，竟遗留在腹腔里，引起肠粘连，再次手术才发现，给病人造成不应有的痛苦。还有的卵巢囊肿和积水手术，给人家损坏了健侧卵巢。你说，那医生得多么大意啊！可你说怪不怪，出事的医生总是常出事，不知是蒙了，还是怎么的？受了批评也改不了，弄得全科都不光彩。"

二人正谈论着，突然门响，唐丽说："是杨博海回来了。"只见他提着一只黑提包，风尘仆仆。付丹香忙上前说："姐夫回来了。"并接过提包。杨博海说："啊呀，美姑娘来了！"唐丽问："吃过饭没有？"杨博海说："我怕回家你不管饭，就在外边吃了。"付丹香放下提包，又去端一杯水放到杨博海面前，又到靠近唐丽的沙发上坐下。杨博海叫付丹香将提包拿过来，他拉开拉链，取出一只钢制保温茶杯，又取出一精制的透明塑料袋，内装两件上衣。一件绛红色，一件水红色，是两件棉袄。他说："这是我从上海给你俩买的，一人一件。"顺手就将水红的给了付丹香，付丹香接过来说："这件给老师穿。"唐丽说："你穿这件，我穿太嫩，我穿那件绛红的。"她拿过来用手拍了拍，便将蓝底红花的外套脱下，仅穿一件贴身的红汗衫。她穿上，像是量身制作的一样合适。付丹香穿上那水红的，配着黄色的里衣，像一朵玫瑰花，黄黄的花蕊，红红的花瓣。杨博海看到由他买的新衣装扮的二位仙女，兴奋不已。

付丹香仍然显得天真，接着便问："这是什么做的？怎么这么轻，穿上这么暖和。是秋天穿？还是冬天穿？"杨博海说："这叫羽绒服。顾名思义，里边有羽绒。用的是鸭鹅的绒毛，都是经过深加工的。这衣服的面料极精致，加工的针线也很精细，使里面的羽绒不至于出来。它是冬季保暖的好衣服，这种衣服能挡风。大风雪天，只要穿着它就不冷。很早美国就做成军用羽绒睡袋。在野外，钻进羽绒袋就能过夜。冬天在雪地里，穿着白色的羽绒服，和雪一色，不易被发现，是很好的防寒和伪装服。这东西包紧了体积很小，占很少的空间，又轻又小，携带方便。穿时拍打拍打，里面进去空气，就膨胀起来。里面有空气是保温的重要条件。你们看鸭子有羽绒，冬季就能待在冰水里。你们穿上试试，一定比棉袄、毛衣更暖和，更轻快。再加补点衣服也可。这个东西脏了还可以直接洗。这是当毛衣穿的小号，大的能盖到膝盖以下。中号和棉袄差不多，外衣可套在外面。你们先穿着再说。"

二人第一次穿，又是在室内，都觉热，就脱下来了。

唐丽说："你给我的也很合身。谢谢你心中还有我们。"杨博海说："我还能忘了你们俩吗？"他喝了几口茶，从包里找出几块巧克力和水果、香蕉，让这两位姐妹吃着，大家都很高兴。歇过来后，便起身说："洗澡，早休息吧！"

付丹香说："姐夫、唐老师，我得帮着看护那个手术病人，这是我应下的。"唐丽却说："你不是说人家不用你去了吗？"弄得她很尴尬，但她想一下说："人家虽那么说，实际上是需要的。"杨博海问："什么病人？与你什么关系？"付丹香如实说了。杨博海说："那你就不用去了，医生把能做的做到了就行了。还是安安稳稳地在这里吧。"付丹香说什么也不肯，便回医院去了。

第二天早上，付丹香早起来洗漱后，就去看望席兰花。她好得挺快，已能坐在床上梳头，还能下地活动。付丹香未见她丈夫，就问："大哥干什么去了？"席兰花应道："别提了，昨晚上我和他开玩笑，他就生气不高兴，一宿也不和我说话。"付丹香又问："你和他开什么玩笑来？"席兰花说："就是为那几个水煎包，我说：'和你大半辈子了，你还没给我买过水煎包，和人家才见面，你就忘不了，还给她买，我还没尝尝呢！'这他就火了，大发脾气。其实，你对俺真好，就算吃了，也表不完俺的感激之意啊！这是真心话。"付丹香一听，这都想到哪里去了！付丹香羞愧得面红耳赤，只好说："不再提就好了，我上班去。"

走出病房，付丹香总觉得心中无法平静，毫无食欲。但为了生活，还是到食堂要上一碗粥、一个馒头、一块咸菜疙瘩，边走边吃，来到宿舍里，也就将饭消灭了。她洗一把脸，用手当梳子，拢一下头发，准时到岗位上。西彩红问："你不是说昨天中午回家，今天中午来吗？"付丹香说："我推车要走时，想起昨天送来的病人刚动了手术，就她男人陪。我曾承诺帮助护理怎么能走呢？所以就没回家。昨天下午我陪她到晚上。今早上见她自己能下地了，精神很好，我也就放心了。这样，我今上午上班，中午回家。"西彩红说："哎呀，丹香啊，席兰花是你什么人？这么上心，当亲人对待！"付丹香说："她是才认识两天的病人。"西彩红说："你有如此为病人着想的心，把病人当亲人，将来一定大有作为。我期望你有光明的前程。"付丹香的行动感动着西彩红，她也如慈母一样，称："闺女，昨天的活不多，就几件，你缝补好就回去休息吧。"付丹香说："我上半天班，再早走还行？"西彩红说："以后你就听我的，没有活你就走，活多了你走还不让呢！咱们讲究实事求是，不弄虚作假，只要把活干完就行。"付丹香说："好吧，以后我就听你的。"

于是，付丹香抖擞精神，以饱满的热情投入到工作中。干完活才十点。她将缝补完的衣物交给西班长，班长说："你就放心走吧。回去也闲不住，好好注意身体。女人比男人多受累啊，零碎事多。"

从此，付丹香一天在俩地方上班，在家里和城里之间穿梭。幸亏回家伯母还能体贴入微地照顾自己，每顿饭都做得有滋有味又有营养，非常可口。煎个蛋，烹条小鱼，问寒问暖。在医院里，都是在唐丽家。她心里明白，自己已是她们家的半个人了。唐丽对她以客相待，尽量让她吃好，吃饱，还得让她睡好，不使身子骨累垮。所以，付丹香虽然天天跑，身体也没有受到多大影响。精神上，由于经常在家住下和郎立学在一起，又没有高海珊在中间的纠葛。在唐丽看来，好像他们已是结婚的人了。这使付丹香不但不觉得累，反而觉得一天不见面，都是很大的损失。每天都有恋恋不舍的分离，虽不显露于外，内心也问为什么生活虽规律，却半阴半阳。这种感觉与日俱增，使情感和工作生活不协调。但为了不可缺少的固定收入，只有忍痛割爱，得一点放一点，隔日一次相爱相约，也逐渐适应，还觉得比天天在一起更好。像邻居家一对新郎新娘，几乎天天晚上吵吵闹闹，使婚姻蒙上阴影。

医院用上了自动化分析仪，使许多显微镜闲置起来了。付丹香早就盼着这一天。她先与唐丽商量说："如果能借到医院闲置的显微镜等仪器，卫生室就可做三大常规检查，提高诊断准确率。尤其对炎症的判断和抗生素的应用，能提供可靠依据。大多数乡村医生，只根据病人说的症状就给开处方，病人说完，顶多再看看摸摸，就写出方子，包上药。有人说到卫生室拿药，比上集买菜还省事。患者问怎么一大袋子药？答复是药一般三天见效，七天才好，这不算多。现在药都按疗程用，慢性病多数得二三个月。有些保健药一拿一大箱子，要几个月才能吃完。"唐丽听了，说："哎呀！那卫生室不成了药铺？搞药物批发的呀?!"付丹香说："是啊，老百姓就是叫药铺，哪有叫卫生室的？郎立学办卫生室还算新鲜事呢！"

唐丽听了，想了想说："这么说吧，不要搞特殊就行，螃蟹过河随大流。咱特殊了人家会妒忌，把你说得一无是处，搞得你干不下去。许多新生事物，都是这样被搞垮的。再说，你俩还年轻，经事少。那些干了多年的，听听症状，诊断就差不多。所以，他们就凭经验和资格吃饭，看咱这些毛孩子没什么经验，总是不冷不热地隔岸观火。你们做心电图，做化验很好，但还要注意把握。如心电图，做十份，可能有七八份是正常的，只有二三份异常。就是有点异常，还不能说就是心脏病。因它只是众多检查的一种。常见病是感冒、消化不良、轻咳、失眠、头痛、腰腿痛等，有些单凭症状即可做出初步诊断，有些就对不上什么病。像头痛，多数是功能性的。可真是什么脑炎、脑肿瘤、高血压等，又不能简单对待，要通过各种相应的检查加以鉴别。我们也得学学人家卫生室加药铺的办法。要卖药就得全，人家有的品种咱要有，人家没有的咱也要有，药价相仿。要用好药，假药一律不用、不进、不出。这件事办好了，就不用天天蹬车子了。要是每天毛收入个三五百元，效益就很好。办卫生室也得讲效益。否则，你们怎么还账？怎么生存？咱希望有人帮，但总是有限的。你回去和郎立学查一下，现有多少种药物，应需多少种。积压要尽量少，哪些多就尽量多用，减少库存，缺什么补什么，缺多少补多少。从今日起，建立药物日耗登记制度，哪些用得多，哪些用得少，一看心中就有数。登记要真实可靠，这样，进药就有明确目标，该进的都进上，避免瞎忙活。等我和杨博海商议一下，让他出差捎带点就够你们用的，可能还便宜。"付丹香说："那就太好啦！"唐丽说："这样你就捎份详细进货单来，不太急用的就等他给捎带，急需的就到药材公司去进。这样，你就不是来回空走了。如此下去，有了自己的特点和长处，就一定会兴旺。不过这都是较易做到的，重要的是你们得有真本事。"付丹香说："姐，我不是也有四会，会护理、会接生、会做心电图、会化验吗？"唐丽说："咳，你那点会，还是算不会，仅是认识了一下，还没有经过实干考验。要真正独当一面不容易，会与不会还有好多区别。你只算懂了一点点，距真正会还有很大的距离。就说护士，人家初中，甚至高中毕业，又上了三四年护校，你去干了十天半月，还是业余的，就算你聪明，能学会多少东西？会了多少？"

付丹香说："姐，我是和你说什么来？你怎么总是说这么多呢？"

第二十五章

丹香做化验　借用显微镜

　　唐丽说："你是说向医院借显微镜？我保证，你和院长一说就行。说你要借来做化验，他能百分之百应着。"付丹香说："怎么说借用，他就百分之百答应呢？"唐丽说："他偏爱女性。同样一件事，男的找他，他多多少少要刁难一番，女的找他，大多能接着办。"

　　几天后的一个上午，唐丽告诉付丹香："衣胜军答应了，可以借给你一台显微镜。但要你写张借条，写明借用多久，其间不能损坏，到期按时还。要有损坏，按价赔偿。院内显微镜是有数的，哪一台都有下落，这样好交代。"

　　付丹香约唐丽一块儿去院长办公室，她说："行！送你到院长办公室门口，我就回来。"付丹香说："也行。"二人来到院部时，女文书刚接完电话，看到她俩来，便问："有什么事？"唐丽说："找院长有点事。"女文书说："他在办公室。"俩人到院长办公室门前，唐丽先是轻轻叩了两下门，没有动静。此时付丹香心中忐忑不安。唐丽又用力叩了三下，即听到里面传出一声"听着了"，接着那两扇枣红色的门"吱悠"一声敞开了。院长笑嘻嘻地问道："唐丽，这位姑娘叫什么来？我开始忘事了。"付丹香轻柔地说："衣院长，俺叫付丹香，来院里还是您给安排的，在洗衣房上班。"衣胜军说："是吗？噢！我想起来了，是啊，你还学了缝纫是吗？听说干得不错，院里没有再来转正指标，有就尽量让你转正。这么好的人，不能让你老干临时工。"付丹香说："谢谢院长，还惦记着俺。俺在村里办了个卫生室，前一段也学过三大常规化验。现在医院有了自动化分析仪，显微镜就用得少了，俺想借一台用。听唐老师说她已经和您说了。"衣胜军稍沉了一下，说："是啊，有这回事，请进屋说吧。"

　　付丹香一回头，唐丽不见了，心中立刻就像揣个小兔子，怦怦直跳，硬着头皮进了院长办公室。衣胜军一面沉思，一面注视着她。一阵沉默，付丹香一时如鼠见猫，胆战心惊。

衣胜军说："麻烦你，过来给我捶捶背吧。这几天忙，累得浑身都不得劲。"付丹香红着脸，镇定了下情绪，开始给他捶背。一阵过后，他才说："借显微镜是件小事，现在医院用不着，你可借一台。"说罢，他起身从抽屉里取出一沓公用笺，连同自己的钢笔一块儿递给付丹香，让她写张借条。付丹香紧绷的心稍微松了些。她到对面椅子上坐下，右手握着院长的钢笔还有点颤抖，轻声问："院长！怎么写？"衣胜军说："先在笺纸上写'借条'二字。"看她还不知怎么写，急得他跑到付丹香身后，拿着她的右手，将钢笔放到笺纸的上方正中部位，说在这里写个"借"，右移一段距离后，说在这里写个"条"。又将钢笔移到"借条"一行的下两行距笺边四字处，写"今借句山医院德国进口显微镜一台。借期两年，到时一定归还"。又将付丹香握钢笔的手移到笺的右下方，写上"借用人签名："，让她写上了"付丹香"，又叫写上"借出人签名："。院长说："此人是你到化验室，由给你显微镜的人签名，并写上借出时间。"之后，院长又给检验科写了一张条："请化验科裴主任，借给付丹香一台德国产显微镜。借期两年，到期归还。"落款处龙飞凤舞地写上自己的大名。

在整个过程中，付丹香头不敢抬，气不敢喘，已失常态。衣胜军看到此景此情，忙问："付丹香有对象了没有？何时结婚？可别忘了叫我喝喜酒啊！"付丹香立刻放松了些，精神略有平静，说："结婚时间还没定，举行婚礼时一定忘不了您。那俺回去先到化验室看谁值班。裴主任在最好。"说着倒退两步，向院长鞠了一躬，走出院长办公室，如释重负，随手带上门，院长也未出门相送。

付丹香拿着两张纸条，如获至宝，高高兴兴地去向唐丽汇报，见面先问："唐老师，你怎么不声不响就走了？"唐丽话里有话地说："我怕影响你们办事。"她又问："事办得怎么样？批准了吗？"付丹香说："他说最近累得这里疼那里痛的，叫我给他捶背揉肩，还问我有对象没有，说要喝我的喜酒呢！随后写了个批条。"唐丽问："他没说拿到镜子后给他回个话吗？"付丹香说："没有。请你回话吧。我在那里很害怕，吓得心里慌慌的。"唐丽说："院长又不怎么着你，还能吃了你不成？"付丹香说："那倒不至于，只是难为情。"顺手把两张条子给她，说："快十点了，我先到班上看看，有活就快干完它，再去检验科找裴主任把镜子借出来，先放你家。"唐丽说："好！你去吧，这里才来了个要做心电图检查的。做完心电图，我就去化验室，先和裴主任沟通一下。"

付丹香上班去了，唐丽做完心电图没有锁门就去了化验室。正巧裴凤英在，便和她说明来意，遂把借条批条一块儿给她。裴主任看过院长的手谕和付丹香写的借条，说："可以借，但切不可让非专业人员摆弄，最好在专门房间放置和操作。环境不清洁，会影响工作质量。室内陈灰暴土，怕是干费劲。再加工作生疏，操作水平低，检查结果往往会失真。"唐丽说："裴主任，照您这么说，我看还得请您把操作规范和保管注意事项以及建立小隔离室的要求给写出来，以便于他们有所遵循。我叫付丹香来，您再个别向她强调强调。您看行不行？"裴凤英主任说："行！"

付丹香听完裴主任的讲解后，双手合十，表示感激，提起显微镜向心电图室走去。

付丹香寻思，自从有了显微镜，才使细胞学、细菌学、微生物学有了长足发展，为生命体的研究开创了新纪元，这也是一个医学史上的重要里程碑。到了心电图室，唐丽很高兴，忙起身接过箱子掂了掂，喜滋滋地对付丹香说："重量还不轻呢！"付丹香说："是铁东西就不轻。"唐丽问："裴主任怎么对你说的？"付丹香说："我听着就是两个意思，一是好好保管，千万不能损伤，说这是贵重的精密仪器。二要严格按照规程进行操作，只准学过的人操作，不准非专业人员乱动。否则，做出的结果就失真，这样就失去了作为临床参考依据的意义。她还建议要有单独的工作室或在大室内建一小的工作间，工作环境要保持整洁。并且说过几天她还要下去看一下做指导呢！"唐丽听了说："哎呀，裴主任真是负责任，还真有点科研味。我们还差得远。"付丹香说："这是由她的工作性质养成的。因她是在肉眼看不到的微观世界中工作，就必须有严谨的科学态度。看看显微镜中的微观世界，真好看，那么小的细菌在细胞中，又显得细胞那么大了。细胞结构又那样复杂。我一定要保管好，用好这台精密的仪器。好好看看微观世界中的变化。用微观的知识，保障现实生活的安全。"唐丽说："你今天的话怎么多起来了？"付丹香说："我太高兴了，虽一时担惊受怕，却有了收获，怎么能不高兴呢？"唐丽说："你这么高兴，可给农院长说一下，显微镜借到了，并保证绝对保护好、使用好，到时完璧归赵。他一定也很高兴。"付丹香想了一下，说：

"那还得你和我去。"唐丽说："院长室，你不是已经知道了吗？上回我是做向导。"付丹香说："他再叫捶背揉肩怎么办？"唐丽说："那你就依他的要求啊！"付丹香说："我不，我怕他。听说他不是曾被人揭发，受过处分吗？"唐丽说："有那回事吗？"付丹香说："传闻是有这种事。"唐丽道："不管怎样，他现在比过去老实得多了。现在你就去，只和他说一声，立即走人。"付丹香只好听从了老师的建议。

付丹香到了院部办公室，办公室的人问："什么事？"她说："找衣院长。"答曰："他去卫生局开会，可能中午也不回来。"付丹香高兴了，便说："上次我来找他借咱医院一台显微镜，院长很支持。现在一切手续都办妥了，麻烦你给转告一声，我就不再当面向他汇报了。谢谢你。"那人说："好办，一定给你传达到。你就回去吧。"

一晃到了中午，付丹香随唐丽到了她家，暂把显微镜放到她家。对镜子怎么往回带，一时想不出办法。用绳子捆好背回家，又怕镜子在木箱中乱动撞坏了。犹豫一阵子，唐丽说："干脆等杨博海回来时，用车给送回去。十来里路，一霎就到，你先回家吧。"

于是，付丹香回到家与郎立学说："借到显微镜了，还是德国进口的。"郎立学问："你怎么不带来呢？"付丹香说："用自行车没法带啊！要求不能损伤镜子，平时还上锁呢。放在一个木箱子里，怎么带？"郎立学说："你俩真笨，你不会用纸或棉花把镜子塞得结结实实的，用小被子包好，再用绳子捆好，背着骑车子不就安全了？"付丹香说："要按你这一说，保证能带来。"郎立学说："我带着棉花和小褥子，一包就带来了。"

一看表，才下午一点半。这位血气方刚的青年人，说干就干，骑车如飞，又为显微镜那强大的吸引力所驱动，很快就到了唐丽的工作室。她刚上班还未接到来检查的患者。唐丽看郎立学来了，又惊又喜，便问："付丹香没回家去吗？你怎么又来了？"郎立学说："她是回家去了，我是来带显微镜。"唐丽问："你怎么带？"郎立学说："我说你们俩真笨，怕镜子在箱子里晃荡。很简单，在箱子里加纸和棉花塞住不就行了吗？"唐丽说："镜子在家里，我和邻室说一下。"

二人到家，用废报纸把显微镜箱填塞得严严实实，使镜子在里面一动不动，又用小被子包好木箱子，再以绳子绑紧，系好背带，提了提很安全，似乎郎立学出来背上就走一样。唐丽嘱咐他："路上慢着点！"

郎立学风尘仆仆回到家中。付丹香正在考虑如何在室内建隔间。横竖测量，只有在外间靠后墙建小屋，把外间划分成三段，进门处是诊室，中间作检查床，里边一段建成小屋当化验室。若以最快和最简单的办法，就是用布匹或席子糊上纸，临时用。再进一步，可用三合板、砖石建。她提出以上方案，郎立学一时也不假思索，欣然同意。接着就动手干了起来。到家找了两床新白色被子里，用绳子拴上，挂到墙上，又把里间的一张桌子，抬出来一摆。便取出镜子来调试，把试剂等也都摆布上。他叫付丹香先给自己做个血常规。此项略复杂，除计数红、白细胞，还做血色素比色，用了二十五分钟，说明付丹香还算熟练。又检查了尿液和大便。还给家人做了血、尿检查。经过多人的检查，进一步提高了熟练程度，可以对外了。

郎立学便在一张红纸上用粉笔写出一则"好消息"：

> 本卫生室从今日起，开展血、尿、大便三大常规的检查。
>
> 本卫生室
>
> ××年×月×日

"好消息"引来一阵检查热。连续几天，都有不少来要求做化验检查的。有的中年妇女，因常年头晕乏力，就来检查一下是否有贫血。尿频、尿痛，过去认为是小肠火，现在也都来查尿，看是不是有异常，有无泌尿系统的炎症。还有那些便稀便秘的人也赶来做检查。因此，来化验检查的人，几天都络绎不绝。对于如何收费，他俩商量后，暂定无论检查什么项目，一律参照检查心电图的价格，收三元钱。

有一天一上午就化验了十二份，忙得付丹香头晕眼花，几乎连上厕所的时间都没有。加之小屋内血、尿、便的异臭味和卫生室内嘈杂的喧哗声，令人难以忍受。到中午时分，人大都走了，自己还得清除污物，将排泄物用莱苏尔消毒处理，将试管一个个用新洁尔液消毒，清洁干净，放到一个铝制盒内，加上水用酒精炉煮沸消毒备用。还要把显微镜镜头擦干净，摘下来放置原位，将镜子放入木箱里锁好。以上工作完了，一看地面还得清除一遍，干完这一套，用时四十五分钟。

付丹香回家吃过午餐，还得骑上自行车，赶到城里完成当天的工作任务。如此连续半个月，困乏至极。凡是上午在村卫生室上班，下午去医院里上班，这一天是格外疲劳。因病人都是上午就诊，所以工作量大，有时到中午还结束不了。到医院上午是洗衣房洗衣，到下午才检出破裂的单子和衣服，若是干完了，第二天上午就无事，光闲着。下午回家，病人也就少了，有时少得可怜。虽两处都是天天工作一次，像是干一天，歇一天似的。其实，上午在卫生室干的这一天，就累得精疲力竭，很难受，水不想喝，饭也不想吃，觉也睡不安。而上午在句山医院干的这一天又觉得无聊。坐在卫生室里，无人问津也是很难受的滋味。付丹香找到了问题所在，如梦初醒。

怎么才能调整好呢？付丹香想来想去，觉得还是找和慈母一样的西彩红班长商量商量为好。她把这段时期工作的情况向西班长汇报了一下，说了自己的一些感受，并请她给权衡一下。班长听了觉得也是啊，既然是半天工作，何不隔日上一次班呢？便对付丹香说："你的活就是缝缝补补，就是晚一天也受不了多大影响。"她琢磨了一下，又语重心长地说："闺女呀，看着你天天跑来跑去，我心里疼得慌。我想，你隔一天来这里上一天班，试试看轻快点不？"付丹香听后心中大喜，激动得潸然泪下。一头扑到西班长的怀里，动情地说："俺这一生都忘不了您，世上除了您，还没人这么关心、照顾和爱护过我。班长您是真正爱我。"西彩红用勤劳的双手抚摸着她，使之感到无比幸福。西彩红说："快起来，闺女。这都是我应该做的，我知道你的难处，班上的工作不能误，还得回家干卫生室的活。人又不会分身法，身兼二职，就是不好干。幸亏这班上的活不很多，不是很重。要不我也作不了主啊！开始医院叫你干就是为帮你，好歹你比原来好了些，将来说不定这活咱还不想干了呢！先试试看。当然理想的事也是人们创造的，能靠一头最好。医院要有转正指标，把你转正，去干护士、化验或助产都行。咱往好处想，向好处努力。说不定哪一天梦想成真。现在先好好干着，以后再说以后的话吧！"

此后，付丹香每处都是隔日工作制，无论在医院，还是在卫生室。再也不用天天中午跑，一时觉得松缓了许多。现在干下一天来，若累了可就地休息一晚上，第二天跑一次，时间上有自己掌控的余地。看来任何事情的处理，并不是只有一种方式。西班长有经验，别看是位妇女，处理事很有办法，也有魄力，不仅给想出新办法，还好言相劝，给她很大的宽慰。她还惦记着若有机会，给把临时工转成正式工，干一个喜爱的专业，给她指出了美好的前景。付丹香一时心花怒放，希望不再往往返返地跑就更好了，工作能靠一头，安稳下来才好呢。哎，还得摸着石头过河——先办牢靠的。

付丹香在上下班时间上和大多数人一样合拍了，所不同的是她隔日才到工作单位上一天班。一个月在医院里才吃十五顿饭，经济上也大大减少了开支，卫生室的收入还得到了稳定增长，并且能和郎立学常在一起。时隔不久，她又从医院借得消过毒的接生包，遇见有生孩子的，在家里就能平安接生。做得多了，村民也感到方便。唐丽家的杨博海又给捎带些比药材公司还便宜的药品，卫生室出售的价格却和市面上的一样。一时方方面面比较顺畅，卫生室红红火火。

光阴似箭，日月如梭。转眼间，付丹香实行隔日工作制已两个多月了。一天早上，她突然感到恶心，闻到油味就加重。联想到自己月经已延期十余日，便向徐桂贞说了。徐桂贞心中明白个中缘由，便说："你们俩虽没结婚，可常在一起，比结了婚的还恋。"遂问了月经情况，又看了下她的乳房，发现乳晕变成棕红色，便胸有成竹地说："是有喜了！"付丹香问："那怎么办？"徐桂贞说："要我说你们早结婚，不就什么事也没有了。"付丹香说："人家提倡晚婚晚育，咱结婚不是唱反调吗？能让结婚吗？不能来回跑了，工作又怎么干呢？我明天到医院去检查一下再说。"

第二天一早，徐桂贞与付丹香吃了点东西，就乘上第一班汽车去城里。因付丹香明白怎么查，早上就接好晨尿带上了。来到句山医院，她叫徐桂贞在门诊的长排椅上坐着等她，自己到了化验室。上夜班的尚未下班，值班的正是自己跟着学习的吴英爱化验员。付丹香拿出样本，请她帮忙给做一下妊娠试验。这位老师很客气地说："你又不是不会做，还找我？"付丹香说："我很长时间不做了，怕搞错了，还是请老师做可靠。这是人家一个姑娘的样本，一旦出问题，我怎么说好啊？"吴英爱说："还是这么回事。"便接过样本去做了试验，惊讶道："啊！是强阳性。那位姑娘肯定怀孕了。这姑娘也太大胆，太放肆了！"说得付丹香脸火辣辣的，不敢言语。

付丹香想要不要和徐桂贞说实情。说不是怀孕行吗？对吴英爱老师说了谎，再对伯母不诚实可以吗？她一大早乘车陪自己来，不就是为检查个水落石出吗？难道水落石不出行吗？掩盖了今天，明天又怎么样？

是保？还是流？如何是好？她一时坠入进退两难的境地。经过一番激烈的思想斗争，终于计上心头，便高高兴兴地和徐桂贞说："什么事也没有，是一时胃口不好，可能来回跑，一口吃不着凉着胃了。"徐桂贞听了半信半疑，一回头付丹香不见了，但听到恶心作呕声，便寻声去找，看她在芙蓉树下，像比在家时呕的还重了，就更加疑惑。她来到树下扶着付丹香，说："我再和你请大夫给你好好检查一下。"付丹香不语，只是摇头。徐桂贞扶着她到一张排椅上坐下。因她近几天没有好好吃东西，又不告诉他人，使身子虚弱了。待了一会儿，她眼前的黑影消失，眼睛明亮起来，便灵机一动，让徐桂贞陪自己到班上去，和自己慈母样的西彩红班长说说，她肯定有办法。徐桂贞只顾扶付丹香，怕她摔倒，也不敢东张西望，对院内的景物、行人都顾不上看一眼。付丹香也低着头，好歹能望着路向前走。

来到上班处，西彩红正忙着收拾衣物，看付丹香被人扶着来了，着急地问："哎呀！是怎么的？付丹香，你哪儿不舒服？"西彩红接过徐桂贞的手，扶她到一张放衣物的床上躺下，顺手取一床洗好的单子盖在她身上。回头问徐桂贞："是怎么回事？"徐桂贞如实说了一番，也在床上靠付丹香的足部坐下。

付丹香听到班长的声音，倍感亲切，有了力量。一会儿工夫她恢复了正常，便说："班长，我是清早临时性伤了胃口，恶心呕吐，开始不重，从昨天就饮食很少，可能失水，没有劲，时有头晕。请您和内科尤护士长说说，给我打上一瓶葡萄糖盐水看看。"西彩红说："好，就在这里打吧。这一阵子，光来回跑累的。"便径直向内科去了。护士长尤珊兰一听，心想这位好姑娘怎么会呕吐？伤了胃就先拿点治胃的药吃，遂准备好一瓶葡萄糖盐水和注射针盘，又叫上一名护士，提着输液支架，一同快步赶到付丹香的床前，也没多问，只说："怎么胃口不好，两天没吃东西了？现在给你注射液体，你小便不？"付丹香睁开眼，说："护士长好。是啊，胃口不好，吃不下东西，恶心、呕吐，今天出现头晕，眼前阵阵发黑。"那位提着输液架的护士也到了，放好后洗了洗手，很快顺利完成了输液任务，向护士长请示说："我先回去吧？"尤珊兰同意。

看着液体滴得挺好，尤护士长便与西班长小声议论。西班长说："在内科学习的郎立学办了村卫生室，就要求付丹香学护士、助产士、化验、心电图，学得也太多，也太累。她近来天天回家去，和郎立学在一家住，可不能有了？"尤珊兰说："也难说呀，这个她心里明白。"正议论着，付丹香清醒了，一转身，叫了声"班长"，说："我好啦，心里不难受了。"又看到尤护士长还在场，就说："谢谢护士长，我可能是缺水了，是否再加瓶糖和维生素 C，补充点营养？"尤珊兰说："还请大夫来看看不？"付丹香说："不用，我又没别的事。"一看五百毫升液体，已滴三百毫升，尤珊兰说："那我去拿液体。"徐桂贞则坐在小凳上，扶着付丹香滴液的手臂，什么也不说。

尤珊兰护士长走了后，西彩红问徐桂贞："这位是你的儿媳妇吗？想什么时候过门呀？现在青年人，都是婚前就在一块儿，我看你让他们早点结婚吧。"徐桂贞说："想是早结婚，可现家里什么也没有，人家又有提倡晚婚晚育的要求，还差一年半载的。俺想您这里熟人多，请您托人给说说，能早办了我就放心了。"西彩红说："噢，我想起来了，尤护士长的丈夫在法院上班，能不能求求她给通通气，早点给他们把婚事办了。"

唐丽提着心电图机来内科给病人做心电图，正好碰见尤珊兰拿了加有维生素 C 的葡萄糖瓶向外走，忙问："尤护士长，拿着液体上哪儿去？"尤珊兰说："付丹香不舒服，在洗衣房输液体。"唐丽问："怎么啦？"尤珊兰说："胃口不好，恶心呕吐呢。"唐丽说："那您快去吧。做完心电图，我也过去看看。"

唐丽照申请单找到病人，很快做完了心电图，便快步来到洗衣房，见尤珊兰正给付丹香换第二瓶液体。付丹香的精神已很好了，说："谢谢尤护士长，幸亏你给我输上液，才好得这么快。刚才我好像不中了，心中很难受，一点劲也没有，话也不想说，现在全好了。就是胃口的事，不用惦念，放心吧，谢谢您！"付丹香向西班长、尤护士长二位道谢之际，看到唐丽手提心电图机急急忙忙地赶来，忙问道："唐老师，从病房来？"唐丽说："我在内科遇到尤护士长拿着瓶药向这儿走，一问是给你打针。我这不做完心电图就赶来看看。怎么不早说一声呢？"付丹香说："唐老师，那一阵我哪儿也去不了，心中难受，恶心呕吐，头晕眼花，一点劲也没有。伯母扶着我才来到这里，麻烦班长叫了尤护士长来给打上针才好了呢。"唐丽说："是这样，我来晚了。快下班了，我放下机子再来。"付丹香没再说什么。

西彩红和尤珊兰说："这位大嫂是郎立学的母亲，她想叫付丹香和郎立学早一点结婚，不知好办不？现在是提倡计划生育，也不是什么法律，早结婚也可以。只能说犯点计划生育小错误，又不是做贼，当强盗，还有人觉得光荣呢！"尤珊兰说："话虽这么说，但得提前联系，叫管事的知道是够年龄结婚罢了。"西彩红说："这么说，就请你和法院的人给通通气。"尤珊兰说："可试试看，不一定成。"

　　徐桂贞和付丹香乘汽车去了城里，郎立学在家也坐不下去。早上忙着看了几个病人，就迫不及待地骑车来城里。这是他背回显微镜头一次来，老店熟客好办事，他先到唐丽处看看。无巧不成书，唐丽正在下班锁门，突然看到郎立学来了，她喜出望外。

　　郎立学说："付丹香在家里恶心呕吐，闻到油味，恶心加重。今天俺娘陪她来检查。可能是月经延期引起的。"唐丽一听就明白了，说："你们这阵是不是常在一块儿啊？"郎立学说："是啊。"唐丽说："那可能是怀孕，她这会儿在洗衣房里输液，有位老太太陪着，那是不是你母亲？"郎立学说："是啊。"唐丽说："那咱先去看看，我再回家去做两个菜，叫她去吃点。若没其他什么事，先叫她乘车回家去。我听说你母亲想叫你们早结婚。那也好，早结婚比晚结婚好。"郎立学说："说是很容易，可家里什么准备也没有，怎么结啊？"唐丽说："没有就没有，我们结婚时就什么也没有，一张公家床，两个纸箱子，各人一身新衣服，床上有被子褥子床单。叫几位同志围桌喝几杯酒，吃几块喜糖就完事了。有人出去游游山水，也结了婚。只要办了结婚证，取得了法律许可，就万事大吉。其他都无所谓，登记办证是关键。年龄比提倡的差点，这个还比较好办。杨博海有位同学也是知青，在民政局干点事，不知通过他能办不？大家都想想办法。"郎立学说："那你先不做饭，咱去和西班长、尤护士长通通气。解决了登记问题，就什么都解决了。"

　　看郎立学也同意早结婚，唐丽便和他到洗衣房。尤珊兰和西彩红一直陪着付丹香输液，还未下班，液体还有不到一百毫升了。郎立学一看西班长和尤护士长都还未下班，便说："谢谢二位领导，我在这里了，你们快下班回家吃饭歇歇吧！"尤珊兰说："郎立学，你学得挺有礼貌啦？不要紧，一会儿就滴完了。我和西班长正商议让你们俩早结婚呢。"西彩红说："尤护士长的爱人在法院干什么长，说话挺管用，看看请他给打听一下，不知怎么样。等着瞧吧！"郎立学说："那太好啦，真得好好谢谢了！"唐丽说："杨博海在民政局有个熟人，也让老杨问问。我们开穆桂英大会，都做做工作，说不定哪把钥匙能开锁。郎立学，你还要村里出具登记介绍信。"尤珊兰和西彩红都说："对呀，恐怕这就有七八分成了。"

液体已滴完，尤护士长把滴管插入液体瓶中的针头向外拔出了一点，又滴了一阵，怕有回血，就利落地将针起出来。她问："付丹香，好些了吧？"付丹香说："没有什么感觉。幸亏西班长和尤护士长这样关心照顾，谢谢二位领导！我现在觉得好了，请放心吧。伯母，我就住下，下午我将这里的活干干，明天好了就回家。"唐丽说："西班长、尤护士长，咱一块儿到我家吃点东西接着上班。这都晚下班了。"她俩都说不用。唐丽说："那尤护士长想着，吹吹枕头风啊！"尤护士长说："不用嘱咐我，你自己吹吹就很管用。"西班长说："我看你们俩谁是穆桂英！"

付丹香要结婚的消息，在医院里像一条爆炸性新闻，迅速传播开了。一传十，十传百，几乎一天内传遍医院。

付丹香这美得出众的人，院里有许多人都想打她的主意，要介绍给自家人或亲友，都没成。他们只知她学那么多，却不知为什么。是什么高要求使她能吃那么多苦？她的目标可能很高，还有传闻说她将被送到医学院深造呢！人人都希望有那么一天，幸运之光会落到付丹香身上，所以都对她寄予很高的期望。说不定哪一天，她就能成为医院的知名人物。然而，今天她却要结婚，对她的前途可能会有影响。

一浪未平，一波又起。从化验室又悄悄传出一则更令人震惊的爆炸性新闻，说付丹香尿妊娠试验强阳性。消息不胫而走，很快传遍医院每个角落，并又生枝添叶地多出不少东西来。总之，医院内到处都有调侃的话题，把她说得一文不值。

第二十六章

未婚怀有孕　急忙办登记

　　主张正义的人总会出来说句公道话。人家是农村孩子，早就与郎立学好上了，她努力学就是为了回家当乡村医生。她和郎立学在村里建了卫生室，很早就自己买上了心电图机，医院还提供了显微镜呢！现在很红火，解决了村里很多重病人的救治问题。发现重病及时送来医院，还陪患者来医院并跟着查房陪护。咱医院里就缺少这种人！我们千万不要望风捕影，添枝加叶乱说，说话得有根有据。这样的人一出面还真很管用，那阵对付丹香不利的风很快就消失了。

　　再说付丹香结婚的事。

　　尤护士长和唐丽回去后，都向丈夫吹了枕头风，只等好消息。

　　郎立学娘俩焦急万分，认为付丹香怀孕可能已成事实，应立即准备登记结婚。都在想怎么办才好。徐桂贞有事，还得去找家里的主心骨——大女婿商量。人家总是在外边干，交际广。郎立学学医也是他的主谋，这还得他给出个主意。

　　娘俩到家后稍一合计，徐桂贞便叫郎立学去找他姐夫商量。他喝了几口水，觉得先去一趟，通报下新情况，看他能拿出什么主意来。再说，事都是人来办的。不结婚怀孕属超生，结婚年龄还差点，这两点就是个大难题。最好能办一卡通，既能结婚，又给批一胎。

　　郎立学一边骑车赶路，一边思考。他咬紧牙关，束紧腰带，使劲蹬车，不觉来到他姐家门前，见大门半开，便一提车子，直进院中。壮汉正在院子东边解大便，那群鸡围着他打转。壮汉一看是舅舅来了，便大声喊："妈，俺舅来了。"郎立兰一听弟弟来了，便忙不迭从屋里跑出来迎接。看着弟弟满头是汗，慌慌张张，像是有什么急事，就叫他快到屋里歇歇。郎立学也未带什么东西，只从衣兜里掏出一包糖块递给姐姐。姐姐一边接一边问："家里咱娘好吗？你正是用钱，不要乱花呀，来这里不用买什么东西。"嘴里这么说，却拿出一块来先给弟弟一块，郎立学剥开糖纸，去填到壮汉的小嘴里。壮汉不知怎么的，含着糖高兴地说："舅舅的喜糖真甜。"姐姐一听壮汉说吃喜糖，心里一阵高兴，便脱口而出："弟弟的喜事成了！小孩嘴里出真言，说这是你的喜糖。"张勇军正喝着酒，见俩人进来便赶快说道："我从琼台进货刚回来，这不还正吃饭呢，真巧啊！快坐下喝点。"不等郎立学开口，姐便关切地问道："你准备得怎么样了？"

郎立学对姐姐和姐夫讲："我就是为此来的。原想先办登记，结婚晚不了。可现在有变化，付丹香有喜了，不抓紧登记结婚，人家会笑咱。同时，还没有准生证。我这才来问问姐和姐夫怎么办好。"姐姐先递上一杯开水，又到院子里扶起车子，处理了壮汉的大便。郎立学坐下，他姐夫即给斟上满满一杯酒。二人酒过三巡，张勇军慢条斯理地说："你们没有登记，那就要办登记手续，拿着它去要求批个生育指标。至于婚姻仪式，办不办都行。我想，登记那天吃顿水饺，敬敬天地。找个日子，咱再请人吃顿饭就行了。"郎立学听了姐夫简明扼要地一说，如一阵风刮去了心中乌云，手举酒杯说："俺敬姐夫一杯。"

郎立学给姐姐也斟上一杯酒，姐姐也举起杯说："我祝弟弟办证顺利，干杯！"各人都二三杯酒进肚，姐夫的疲劳已被酒冲去了一大半，由酒激发的劲头更大了，他斩钉截铁地讲："事不宜迟，咱吃了就去办！今天晚上先把村里的工作搞定，只要村主任、计生委员给开证明，再向上就好办了。带上些我刚从琼台带来的海鲜，拿上两瓶好酒，我看没问题。"

壮汉也从外边跑进来，用手敲着爸爸的背说："别再喝酒了，快吃饭，肚子饿了。"他爸爸亲切地问："儿子，想吃什么？"小壮汉说："我想吃你从琼台买的牛肉罐头和面包。"当妈的一听，也心领神会，即从张勇军的提包里摸出两个罐头和一个长长的大面包，掰一块面包给壮汉吃着。张勇军从腰带上摘下钥匙串，用上面的专用工具打开罐头，屋里即充满罐头肉特有的扑鼻香味。这个椭圆形的铁盒里，装满了又红又香的澳大利亚牛肉。壮汉很有礼貌，他用小调羹先给舅舅挖上一块。张勇军每次上琼台都是带些东西回来，牛肉罐头似乎是一常规了，并不是稀罕品。罐头盒上印着大肥牛，说明书上印着澳大利亚的象征——悉尼歌剧院。

郎立学尝着美食比美酒要好得多。罐头是棕色胶冻裹着润红的牛肉，香而不腻。各人将桌上的几个菜加到米饭里。这可是一般人家很少能吃到的。张勇军和郎立学说："这些菜里有鱼，要注意点。"壮汉也爱吃米饭，他一手握着铮亮的不锈钢匙，一手拿着不锈钢叉，用叉子叉上一块又红又香的肉放到嘴里嚼一阵子，再用匙子挖一勺米饭，小嘴不住地忙活，话也不说。而郎立学却心事重重，吃什么也不是很香。吃过饭，郎立兰和弟弟说："先让他爸睡一会儿。出去太累人。"郎立学同意，遂向姐夫说："你先睡会儿，我的事说急，也不是和急症那样，晚个一两天也不要紧。"

张勇军听了他姊弟俩的话后，觉得话说出去了，可就是泼出的水，不好收回来，便直截了当地说："我们做事也要向壮汉学习。我买东西回来，他就没有让过回夜，早吃了早放心。我们也要只争朝夕。这机会很好，我刚从琼台带的海鲜，一放就不是那个味了。我看这样吧，兄弟，你先回去，买点肉和青菜，张罗下今晚到家去的人。就说我要来和大家聚聚玩玩。我在五点前到你家。现在是下午两点，还有仨小时，时间够用。你再喝点水。"郎立兰接着说："照他的意见办吧，你先走一步。"郎立学站起来说："我听你们的！"立即骑车回家了。

郎立学走后，张勇军仍放不下酒杯，他端详着眼前那碧绿的景日春酒瓶上的老虎，它虎视眈眈，威风凛凛。八分酒性的张勇军，也威风凛凛，虎视眈眈地望着它。作为张勇军妻子的郎立兰，她感到自己渺小可怜。万事求人难，难于上青天！

张勇军不慌不忙品着酒的余味，吃着罐头，像是乐此不疲。其实，他在为顺利解决登记和批准第一胎问题而苦苦思考。当主意拿定，便胸有成竹地开口宣布解决方案，说："这回要办两次宴请：一次是镇上的，在东风宾馆，档次高一点，约计支出四五百元；第二次在县招待所，支出也在四五百元之间。郎立学的事，我估计百分之百能成功。"

郎立兰听后提出相反意见："要是宴请这么大的范围，真到了结婚时怎么办呢？还不如不请，活动一下关键人物，只要关键人物点点头就行。无缘无故请人家，会招风惹草。你俩分头去走动，或一起去也行，主要是村里、镇上和医院各二三个人。村里的可叫到家中吃顿饭也行，这可事半功倍。结婚登记，关键在村里，他们给开了介绍信，到上面去办就没有大问题。现在这个家庭很特殊，向人家说明情况，人家听了保证会开绿灯，谁家也没法攀比。"

张勇军听妻说得很在理，也觉得这事说易也很易，不必张扬，遂表示同意，说："那就不宴请了。咱再吃点东西，马上行动，先到壮汉姥娘家，说给大家听听，看可行不。"于是，郎立兰手提精致的竹制食品盒，用不锈钢夹从里面夹出一沓子从琼台龙口路买来的千层油饼。油饼每层薄如纸，厚薄均匀，一致的淡黄色，无一点焦煳，显得制作者手艺的高明。油饼散发的香气让壮汉立即伸出了小手。张勇军则说这油饼拌上蒜泥，辣乎乎的才对味，更好吃。郎立兰让壮汉吃着，即动手拌好蒜泥，除壮汉不吃，夫妻二人吃得津津有味，满桌的海鲜已受冷落。

吃完饭，张勇军说："咱还得先找集店村主任。"张勇军叫郎立兰从冰箱里取出几只蟹和虾，用保温瓶装上。临走，一家三口都穿上新衣服，将门窗关好。张勇军用摩托车载着娘俩，十来分钟就到了郎立学家。

他们进门没听见动静。付一农在他卖货的小屋里张罗着顾客，也没注意到他们来。张勇军停好车，壮汉娘俩下车就进了正房。郎立兰见娘在床上睡觉，本想不叫她，可她娘听到有车响的声音，已从朦胧的睡意中醒来，又加听见有人进屋的动静，便翻转过身来，一看是壮汉娘俩，就说："你们总算来了，俺想壮汉了！壮汉，快过来，让姥娘看看。"她一边说着，一边坐了起来。壮汉赶快跑到她面前，童声稚气地说："姥姥好！"郎立兰也说："娘，您这阵子好吗？他爸一直跑琼台，好长时间也没得空过来看您，俺心里也觉得不是个事。幸亏您老两口都很壮实。不是他舅有事把俺抓来，俺还没机会来。"

壮汉让老太太有了精神头，两眼笑成一条线。她抱起壮汉来到桌前，从那万宝囊似的抽屉里取出一块薄荷糖给他吃。老太太对郎立兰的话，还未及回应，张勇军就一步闯进屋来，开口就是："娘好！"老太太随答："好！你还是那么忙，人有事忙就好，现在正是干事的好时候。快坐下歇歇。"一边说，一边抱着壮汉坐到椅子上。郎立兰便主动涮茶壶，洗茶杯，冲茶水，替娘招待起女婿来了。随后，付一农进屋来，坐到正堂方桌的右边椅子上，张勇军立即斟上杯茶，恭敬地送到他手里，并与之寒暄一番。

张勇军问："壮汉他舅呢？"付一农应道："立学说要买点菜，出去了。这几个月我一直在这里，回到家大伙儿都说我已不是那村的人了。看来那边问题不大，登记结婚都好办，女孩子结婚户口迁移出村，还腾出一口人的地给村里。所以那村里没有问题。"

一霎工夫，郎立学气喘吁吁地提着些青菜跑回家来。进门一看姐一家人来了，心里高兴，笑道："噢！姐夫、姐姐、壮汉都来啦?！欢迎！欢迎！热烈欢迎！"张勇军说："快坐坐吧。你走了之后，我和你姐又商量着拟了个新方案，来和你说说，看行不行?"遂说出了新方案，郎立学听了忙点头表示完全同意，并说："这样可能更省劲，也许更顺利些，还不牵涉谁能不能到场的问题，太好了。又让你多操心了！"

张勇军说："现在你既然买菜回来了，咱现在就兵分两路，有在家做菜的，有去请人的。只请本村的主要人员，凡是以前肯为咱办事、协助咱的都请来，一块儿认识认识。咱家幸亏村里大伙照顾。现在遇上了事和他们说说，请他们帮着看看怎么办。咱虽然现在是遇到难处了，但这也是喜事。请他们，一是表示对他们的尊重，二是说明咱有喜事也没忘了他们。我带来的海鲜，也让大家品尝品尝。大叔，您看行不?"付一农说："很好，很好！还是他姐夫想得周到。那咱就快行动吧！他姐夫忙，缺工夫啊！"

壮汉和那只花猫玩得很开心，对什么也不介意，大人们谈论的事他也不懂，也不问。不过他姥姥还是不住地给他喝水，吃糖块。郎立兰也拿出一块千层饼给他吃。

张勇军约郎立学站起来，说："咱俩到村委去看看，邀请人家来坐坐，你们就在家忙着做做菜吧。"说着人分两伙迅速行动起来。张勇军用摩托车载上郎立学，"嘟——"一声长鸣而去。

外面有人喊着买烟，付一农便去了。

郎立兰娘俩边说边做，不觉菜都快做好了。因听她娘俩说些下村干部的事，这时张勇军也回来了，叫声："娘，我回来了。"

付一农提早把百货小屋的门锁了，也不等大家，就和徐桂贞到北屋里，各人泡两块糖酥，就着午饭剩的大葱炒鸡蛋吃了点。他要回林沟村，找村干部给闺女出个登记证明。

付一农走了不久，所邀请的村主任丁和祥、文书丁肖华、计生委员吴芬等三位客人来了，张勇军、郎立学马上出来迎接。文书丁肖华笑眯眯地说："漂亮的吴芬临走还到屋里梳妆打扮了一阵子，要不我们早就来了。"张勇军听到吴芬来很满意。上眼一看，这位三十来岁的妇女，挺俊气，眉清目秀，两颗黑眼珠水灵灵的，还涂了口红和胭脂。剪的短发，上了发油，黑得油光可鉴，显得十分精神。她中等身材，身着红花上衣，月蓝色裤，脚穿一双半高跟鞋，显得轻巧，举止高雅。她不仅是村干部，还是做妇女、儿童服装买卖的小老板，是位现代化的女性典范，在她身上已经缩小了城乡差距。张勇军随即爽朗地请诸位嘉宾入室就座，敬烟茶，说一套客气话。

来宾一看桌上的那两盘海鲜，十分诱人，流涎三尺。当酒杯里斟满飘香的美酒时，张勇军举起酒杯，慷慨发言："我这喧宾夺主了。对各位领导的光临表示欢迎和感谢，请干一杯！"拿起筷子，点着对虾请各位品尝，都说味道鲜美。酒过三巡，张勇军特意敬了吴芬和郎立兰两位女士一杯酒，并夸奖吴芬，说琼台女人也没有她现代化的水平。之后，便言归正传，直截了当地说："我岳母家的情况，各位领导都很清楚，孤儿寡母的。幸亏村里的领导们帮助立学安排了今天这份工作，我十分感激。本来应常来看看各位领导，也是整日瞎忙。现在立学和他的同学付丹香有了恋爱关系，又常在一块儿工作。这么个年龄，男男女女的事很难防。据岳母讲，女方好像是有喜了。我想请领导们给想想办法，出个主意。要是他们两个都同意结婚，就抓紧给办了。今天凑到一起，吃顿家常便饭，聊聊，若能办就马上办妥，免得再来麻烦诸位。请！再干上这一杯。"

村主任丁和祥当仁不让，先第一个发言。他说："我对此不太内行，不及抓具体工作的同志。不过，我听了张经理说的，很有同感。实际上，这个家的情况我全清楚。他父亲去世多年，一个妇道人家带着俩小孩，劳动力少，生活很困难，村里也时不时地照顾点。这几年也幸亏张经理帮助，大伙照顾，才走到今天。我是同意，请吴芬多说说。"张勇军及时举起杯来劝大家喝酒，并碰着村主任的杯干起来，说："谢谢老主任的关心和照顾！"

吴芬也不示弱："我分管这项工作，有些具体的政策和实施细则我较清楚。在农村男女青年年满十八周岁就可结婚。现在提倡延四五年，一对夫妇两个孩，相隔四五年。我们平时均照此掌握。工作中有一定弹性，特殊的人和事特殊办。只要群众没有什么大的反映，我们能办的就办。我建议，趁我们在一起，结婚和批第一胎一块儿办。凡结婚就是有生育的愿望，是连锁反应嘛！"丁肖华开口，似做总结式发言："我完全同意。郎立学自学了医，对咱村里做了大量工作，群众都反映满意。现在郎立学的女同事，今天可算是恋爱对象了，这个女人不简单，可说是个全才，会看妇女病，打针技术很好，小孩都不哭叫，还能做化验和接生，很难得。今天听张勇军所说，我们是义不容辞。早不知道，要知道就应主动上门做工作才是。"

张勇军一听十分高兴，马上叫郎立学将各人杯里斟满酒，他举起杯请各位领导一起干杯。张勇军看出各人的酒开始起作用，都已红光满面。便开口说："今天我才真正体会到，各位领导对我岳母家无微不至的关心、爱护和照顾。我们为有你们这样的父母官感到万分荣幸。我代表我们两家感谢各位，也感谢党和政府。事成之后，一定再谢！常言道，'滴水之恩，当涌泉相报'，俺永不忘恩。吴委员，真是了不起啊！既担当持家重任，又担负着村干部的神圣职责，并且工作很出色，还是现代化女性中赶上时代步伐、走出家门、闯入社会主义大市场、为繁荣国家经济做贡献的佼佼者。同时，也提高了自家的生活水平。不仅有深扎咱农村泥土的根，还有经济头脑和经营能力。将来我们可互相帮助。我经常去琼台，方便的时候，可帮你进点货。"

郎立学也压抑不住内心的激动，便抢着说："丁主任，我听说大家都称您是'唐僧'，不管什么事都很沉着，不急不慢的，到时都能把事情处理得很妥当，群众都挺满意。对咱们的肖华叔，群众都奉为'孔明'，是善出谋划策的人。吴芬姐和我姐年龄差不多，看吴芬姐各方面都很出色，被称为'活菩萨'。今天，我十分感激各位领导帮我解决了个人婚姻问题。我决不辜负大家对我的期望，一定全心全意为村民服务，做好自己的本职工作。村内有这样的好领导，我感到很自豪。"他将各人的杯里都斟满酒，并请各位干杯。

丁和祥听到各人都奉承自己，心里高兴，嘴上却表态说："大家的赞誉仅是一种期望，有那种本事，我就不用在这里了。但今后一定会全心全意为人民服务，做好村里的各项工作。我看郎立学的事今天咱就定下，同意给办登记和批报第一胎。这行不行你们俩表个态。"吴芬说："我同意。"丁肖华说："我给填写申请表。郎立学也得写出申请，交到村委办公室去。女方的村里也得出证明。"郎立学点头应着。郎立兰及时举杯请各位干杯。

张勇军说:"谢谢各位!来,我敬各位一杯感谢酒。吴芬,你这位'活菩萨',送佛送到西,明天上午耽误你点时间,领郎立学两人跑一趟镇上,把事办成。咱一鼓作气,不再往后拖了。"吴芬说:"看你这位当姐夫的这么热心,我更是不能推辞。我是恨不得一气将事办好。"村主任和文书也都异口同声表示支持。

张勇军十分高兴,表示:"我们最亲近的村级父母官,真为村民办实事,这也没别的感谢各位,来,咱们放开量,喝个痛快,我们连干三杯!"各人几乎同步,吃几口菜,掺和下酒。紧接第二、三杯顺利喝下。

张勇军说:"从这次相聚,说明我们真是情投意合,办事都雷厉风行。立学,倒茶,我们借此谈谈心。咱们要跟上时代前进的步伐,就是要解放思想。我们不能再'日出而作,日落而息',终日面向黄土背朝天,身穿白蓝的单调衣裳,固守在土地上。应向吴芬一样奔向市场,参加市场的经济活动。不只是互通有无,更重要的是促进生产,创造更多的物质财富,提高生活水平。我就是沾了走进市场的光。看看桌上的东西,过去,我连想都没想过。"

"孔明"按捺不住,问张勇军:"这盒乌龙茶、豆绿色蓝花有盖有托盘的茶具和中华烟,都是你带来的吗?"张勇军说:"那当然!你看我岳母家,现在温饱还有问题呢,哪有闲钱来买这种东西。我近来向琼台送鲜鱼,赚了几个钱,手头稍活泛点,为了招待客人才买的,还添置了这些茶具。"

丁肖华听后,目瞪口呆,稍待了一会儿才说:"人有如此好女婿真幸福,今日为小舅子的个人问题竟如此破费,很感动人。应尽快给办妥,让你放心。"

这"唐僧"主任则不慌不忙地说:"等这事办妥,有空我们安心静气地坐下来,在一块儿悠然自得地以茶道方式来品。"吴芬接上说:"有一次去浙江省著名小商品集散地温州的一家公司谈业务,老板招待了龙井茶,还做了简要介绍。说龙井茶是在杭州一不很大的地方出产的,经特殊工艺精制而成,年产不到十公斤。而市面上遍布全国的龙井茶,其数量无法估计。不客气地讲,大都是赝品。有谁真正鉴别过呢?真龙井茶味道纯正、爽口、芳香,今日请贵宾喝的茶有点相似。凡是茶都加不少佐料,正如我们天天吃的白面,你能说清有多少种制作方法吗?茶好像也如此。我尝着现在喝的这茶,就有我在温州喝的那种味道,有那么点意思。"丁文书说："还是我们的'活菩萨'见多识广，无论什么事都能谈论一番，真不容易。"

趁三位谈茗论茶之际，张勇军又到厨房做了俩菜。

郎立兰和郎立学帮张勇军将菜呈上来，郎立兰道："谢谢各位光临，来家吃点便饭，菜也做得不好，请原谅！"吴芬握着郎立兰的手说："你还挺会说呢，你才是真正的客，是来走娘家的。也是我们村的客啊！你来为弟的事操心，就是贵宾了。"

郎立兰心直口快，立即挑出主题，说："对各位领导的帮助，俺真感激不尽。"接着张勇军把光彩四射的大龙虾和又肥又大的海蟹端上桌来，放上高脚酒杯，郎立兰捧出一瓶白酒。张勇军慷慨地说："今天我提前为郎立学弟设一桌喜宴，请贵宾赏脸。"

丁肖华看到桌上的大海蟹，便问："'活菩萨'，你记得《红楼梦》上讲吃蟹的诗句吗?""活菩萨"说："诗有数首，我好像记得是黛玉写的'铁甲长戈死未忘，堆盘色香喜先尝。'下面的记不住了。""孔明"丁肖华道："还有'螯封嫩玉双双满，壳凸红脂块块香。'下边的也记不清了。"张勇军说："这诗意给我们添了不少情趣啊。"

各个酒杯斟满了扑鼻香的琼浆，其魅力更加诱人。张勇军举起杯来，说："我是咱村的女婿，本应做客，但内弟还小，无奈何，我代之敬各位一杯喜酒，请共同干杯！"大家都抿一口酒，盛赞："好酒！好酒！真是好酒！"张勇军用一双未用过的筷子，给各位敬上只大龙虾和大肥海蟹。各人赞美不绝，真鲜、真美、真香，真道是："美酒佳肴何处觅？唯有今宵尽品时！"各人只管吃，说得少了。

丁肖华开口道："这么好的酒肴，我们就只文绉绉地吃喝？也该活跃活跃才是。"丁主任说："我与乘龙快婿划划拳。"张勇军应道："我划拳不熟，压指头还凑合。"二人压起指头来，输的喝酒。丁肖华与"活菩萨"则划起拳来。各人大声喊起来了。酒到兴致时，各人面红耳赤，语无伦次。丁和祥表现得心慌意乱，告输不敢再行。开始时输了还可找人代替，现在已无人代劳了。

郎立兰跑到小北屋和壮汉一起睡了。张勇军看了看酒已喝完三瓶皇池，一瓶茅台，每人一斤酒了。作为主人不能就此而止，又拿出一箱琼台啤酒来，请大家喝了几瓶。丁和祥叫吃饭，并郑重其事地说："我们吃点饭，就去开证明。我们出证明是按法规办事。"

郎立学和姐姐去将饭菜取来。各人真个是酒醉饭饱，蹒跚而出。

张勇军和郎立学带着户口本同去村委。丁肖华将印好的结婚表格填写好请丁和祥过目，盖上村委章。吴芬又写出一份审批生第一胎的文件，同样盖章，还将主任丁和祥、计划生育员吴芬的章都盖上，且将文件都留根存档。事情完成后，各位都非常高兴地辞别。

第二天一早起来，张勇军就和郎立学说："早吃饭，我和你到镇上，再看看下一步怎么办。"

徐桂贞随付一农到林沟村，给付丹香办结婚文件。二人一路无话，没到付一农家，而是直接到了村办公室。村主任党建民看到付一农与徐桂贞来了，高兴地迎接着。看付一农精神变好，身体也不错，就约到自己的家里，酒饭招待。

付一农举起酒杯哽咽着对党建民说："今天借此机会，咱兄弟谈谈心。"未等干杯，已泣不成声，视觉模糊，眼前的小红桌，变成了当年给老伴办丧事的灵柩。他叹道："唉！我要老伴在啊，能到这一步？原是想找到这位老伴在咱村住，可她又不愿离开她家。现在她的孩子又与我闺女成了恋爱对象，弄得我左右为难。人家背后有议论我这成倒插门还不算，又搭上个大闺女。现实也无法改变了，生米已成熟饭，眼下俩人要结婚。"说着眼泪汪汪，语不成句。稍一停顿，又很勉强地说："说不着，谁叫咱是兄弟呢，谁叫咱是一堆长大呢？为成全女儿咱干杯！"两杯酒下肚，才夹点菜吃。

徐桂贞对此默不作声，仅与党建民的妻子在一旁说些家常。听到付一农说闺女要出嫁，也凑上前来。平时都不喝酒，各人便端了杯白开水代酒陪饮。

党建民听后，很有感触，说："这是一个特殊的情况啊，你的遭遇大家都知道。这一步，你走得对。现在社会什么都新，过去认为不合宜，现在就很合适了。你应珍惜今日福气来得不易。儿女愿意，咱就放心。来，干杯！"各人夹着鱼肉和花生米，在嘴里慢慢咂摸着滋味。党建民的老伴借机发话："到老年有伴才好，你看俺俩，儿子在围城，女儿上了琼台。虽是俺俩在家，也是闲得慌。幸好他还一天三顿回家吃饭呢，晚上回家。你走的这一步是很对。闺女愿意结婚，就叫她快结婚，老人千万别干涉，只能顺水推舟。有难处你就尽管说，能帮你办的就尽力帮。"

付一农说："这次来就是请主任给出个东西去登记结婚。咱是守法户，不能不登记就结婚。这会儿也请你接着给批第一胎。我这可真成了'无事不登三宝殿'的人了啊！"党建民说："这好说，还是干杯为乐。人家曹孟德都说'何以解忧，唯有杜康'。其实咱无忧，结婚生子是双喜临门。"

党建民的妻子说："你看现在农村结婚可难，一要一套房子，二要成套家具，什么席梦思床、摩托车，一说就是一大串。人得有工作，工资高高的。你闺女也不讲究条件，首先她人品是没问题，人又长得相貌出众，聪明好学，人缘好，这种人是想象中的，不易找。"

付一农说："咱们现在也不是要什么条件，只要俩人合得来就好。人讲创家立业，不能靠老人什么都给备好，只等享福，那算什么人呀！"各人酒到五巡，也有几分醉意，便到尾声。那主任妻子到厨房端上南瓜粥和煎饼拌五味小菜作晚饭。付一农与党建民干了最后一杯酒。党建民讲："你的事就是我的事，符合条件就给你开出准予结婚和准生一胎证明，不能叫你为难。"

由于他和集店村主任丁和祥互相了解过付一农和徐桂贞的情况。付一农觉得有人体谅自己，眼前明亮了许多。桌子仍是桌子，酒肴也是酒肴，也认清了。两眼泪水也时多时少，常言道："男儿有泪不轻弹，只因未到伤心处。"可今天泪弹了，并随酒进入了肚中，勾引出多少情感的果实。现在谁是亲人？闺女已是人家的人了，半路上的夫妻，虽比青梅竹马有些差距，但还算可以。当酒足饭饱时，乞求之事又得到满意答复。今后如何就看自己的造化了。党建民为完成所求之事，亲自陪付一农到村文书党凤家办理。这样快捷，一趟即成。文书填了表，主任盖了章。

当付一农拿着自己所求之物，走在已离开数月的村子里时，也无限惆怅。

因付一农较长时间未回家，家中荒凉，已不好看了。这次回家来，幸亏有徐桂贞作陪，才有了一点温与热。他想起养羊的日子，每天和几只羊出出进进，也只不过是个羊倌，叫羊向东，它不敢向西，不听就挨一石头，或一鞭子，训得都听喊声，好不自在，乐在其中。

翌日清晨，他俩好像是一对窃贼，快步流星地离开自己的故居。在路途中，他就像失神一样，不言不语，行动懵懂，易走错路，也不知何时到的家。当自己完全清醒过来，如梦游一场。

付一农和徐桂贞回到家，郎立兰说张勇军和郎立学已到镇上去了，要他老两口儿也抓紧去。于是，老两口儿急忙风急火燎地赶到镇上。张勇军和郎立学在街上等他们。一见面，张勇军就说："快！先到镇政府问问，看咱的手续办得行不？"

值班人员是位四十岁左右的女同志。张勇军向她说明来意，将手续给她。她接过来过目后，温和地说："你们准备的材料齐全，没问题。不过，登记不是每天都办，是逢集这天民政局来人协助办理。"张勇军说："过去不是每天都办吗？是什么时候改的？这是为民着想，还是为自己着想呢？还得逢集才办。赶集和登记是什么关系？结婚登记是公民的正当权利，你照宪法办就是，谁也不能违犯法律，哪里有时间规定？我们上民政局办行吗？算不算是违法呢？"值班女士说："现在提倡晚婚晚育，登记都得有村上的证明及本人身份证，当事人必须到场。明天是集，可以明天来办。"张勇军一看，人家并不理会他的问题，想人家怎么规定自己说了不算，无奈地说："那就明天来吧。谢谢您，领导！"遂告辞。

出了镇政府大院，付一农与徐桂贞想买点东西，好办喜事。张勇军与郎立学几乎同声说："这些事不用您操心。"张勇军又对郎立学说："那我们回去。明天你们俩带着相片和身份证及两村介绍信，早点来登记就行了，别人也不必来。不然让你姐和老人跟着也可，买些喜糖让大伙吃。"言毕就先回家去了。

付丹香晚上没有回家，身感平稳无事，便到唐丽家去。唐丽仅做了稀饭，各人就着咸菜喝了点。餐后付丹香休息，唐丽看电视。不久杨博海又是喝得醉醺醺地回家来了。唐丽急忙迎接着，亲手接过文件袋，问："还有稀粥，你喝不？"杨博海摇摇头，坐在沙发上喝水、抽烟。稍休息后便去洗澡。他洗完澡上床后，唐丽将付丹香的情况告诉了他，说："她常回家与郎立学同居，可能是早孕。现在最好是让他们早结婚。就是年龄少差点，你想想办法。你有个同学不是在民政局吗？给疏通下吧。"杨博海说："应尽力办。但成败尚不能定。"唐丽说："付丹香不仅人品好，生活工作的态度都令人敬佩。她在医院干着临时工，就完全可以。她不但不满足，而且还有更高的期望，要求学护士，学医学基础知识，回家有重病人，还陪着来院做医导，手术后陪护。这是一般人不可想象的事。这么好的人，咱得尽力帮她。"这枕边风吹得杨博海心神荡漾。"好好好，我的好婆娘，你说的，我全记住了，咱尽力帮就是了。"杨博海不等说完，便急不可耐地把唐丽揽到怀中亲昵起来。

尤珊兰回到家，也让作法院庭长的丈夫出面打听一下。

第二天，郎立学早早带上两村开的手续，从家中匆匆赶到医院，约付丹香拿着身份证和个人近期照片，到集店镇办理婚姻登记。付丹香一看自己的照片不太满意，又去照相馆快照了新的。如此又耽误一小时，二人便加紧往集店镇赶。

路上，郎立学对付丹香说："听说席兰花出院回家，知道咱们要登记，肯定有难处，还专门请了村主任、文书、计划生育员三个人的酒，让他们给咱从中帮忙。席兰花有个外甥女叫倪红，在镇上干民政助理。便叫丈夫早给她垫上了话。"付丹香听后说："席兰花家也够实在的，治病花了那么多钱，还为咱操持这事。事过之后，咱也得好好向人家道谢。"郎立学说："那是必须的。"说着话，又加劲蹬车，向前飞奔。

这天，吴芬也提前带着服装来赶集，她挨着镇政府门口摆上摊，看郎立学还没来，就去和民政助理说，村里郎立学来登记，求她尽量给办。不久县民政局的协理员来了。此时，在登记办门前已布下了长长的长蛇阵。开始登记前，镇上先与民政局的人商议下工作如何进行，有无特殊情况，提出额外要求等问题。一凑情况，光为郎立学和付丹香求情的就有好几个，还有要员嘱托。于是，倪红出来叫郎立学。她一看吴芬在门口，便问："郎立学两人怎么还没来？"吴芬说："不清楚，说的是今天来。付丹香在城里，可能已往这里走着了。"刚说完，就见郎立学用自行车载着付丹香来了。经过详细询问，看过证件材料，就办了婚姻登记证和准生证发给二人。二人接过证，向发证的同志表示了感谢。付丹香从兜里取出用红纸包的一大包糖块，说："谢谢各位，请吃喜糖。"倪红送二人到办公室外，就又忙她的去了。

吴芬见郎立学和付丹香出来，迎过去看了下他们的登记证及准生证，高兴得击掌相庆。郎立学从袋子里抓了一把糖块让吴芬吃。这时付一农、徐桂贞、郎立兰与壮汉都来了，还有付丹香的二姉也来了。郎立兰便与吴芬商议，中午在镇上找个干净合适的饭店祝贺一下。

到下班时，吴芬去请来镇政府文书、县民政局来的协理员和民政助理倪红等三人。因院长出差了，郎立学去集店医院只请来了舅舅和院办文书两人。一桌来宾到齐，在郎立兰的主持下开宴。郎立学坐主陪位，吴芬坐副陪，其他各位依次就座。要的皇池特酿白酒和八福香烟，菜也是当地名肴，山珍海味王八汤，可谓当地特产荟萃。郎立学说："尊敬的各位领导，各位亲人，大家好！今天，由于领导关爱，亲人相助，使我和付丹香非常顺利地登了记。因此，请允许我首先感谢诸位领导的真心关爱和帮助，也衷心感谢亲人的支持。为表诚意，我敬请大家共同干杯！"

酒过三巡，副陪吴芬接上敬酒，她说："今天，我们这对恋人虽很年轻，但他们学医后，已为村里做了大量的医疗服务工作，救治了不少急重病人，现已树立起了很高的威信和良好的形象。古人云'得道多助'。今天大家之所以对他们的婚事都伸出援助之手，是源于他们二人以实际行动赢得了领导和群众的信任。我作为同村的一名工作人员，衷心祝愿二位恋人喜结良缘，早生贵子。同时，对所有为他们出力的各位领导和亲朋好友，深表敬意和衷心感谢！来，请干杯！"众人纷纷举杯响应。吴芬也是连敬三杯。倪红又举杯说："感谢东道主的盛情招待。自我干本行以来，遇到说情的不少，可为他们俩说情的人是最多的。这说明他们虽然年轻，但为人好，感动了周围的人，也感动着我们。我们也是按国家政策和具体规定条件，结合两家实际情况给予办理的，一点也没有违反国家政策的精神。我代表全体工作人员，祝他们喜结良缘，恩恩爱爱，早生贵子，白首偕老。请干杯！"郎立兰也表示，说："有这么多的好心人帮助支持俺弟弟弟妹，俺真替他们高兴，俺也敬大家一杯酒。"大家都很满意，很高兴。

因中午时间紧，宴席短暂而热烈，进行得很快，大家以吃为主。因怕影响下午的工作，酒不能多喝，还有的根本就没喝。所以，宴席很快结束了。临别每人一包喜糖，各人口含甜蜜，热情握别。

宴席散后，郎立兰和壮汉、二婶及吴芬一同回到郎立学家，大家经过商定，于这月十六结婚，要一切从简，床用旧的，新郎新娘各做身新衣，做两床三表新的被子，买新床单、新枕头。付一农给付丹香做个新木箱子。这是万宝箱，应有桌、椅、柜三大件，现在一是无钱，二是买来也无处放。大家七嘴八舌地说了一通。付丹香的二婶似经理一样把任务分配了一下："棉被子算我的，木箱算一农大哥的，身上穿戴算郎立兰的。付丹香在一农哥家发嫁，到时我去送。"

郎立兰说："咱各人分头准备。立学多跑跑腿，让丹香妹好好休息，做好准备。我回去和壮汉他爸商议下再定。"

一时这个群英会结束了。唯有付一农郁郁寡欢，愁眉苦脸，少语不言，心理不平衡。徐桂贞是看透了他的心思，可也无法破解。还是二婶心直口快："一农哥，你宽开心，结婚只要登了记，就算完成了。仪式、婚礼都是一种戏剧性的，怎么演都行，咱就照刚才说的办，既易行又简单。咱说你称上几斤肉，买些青菜、糖果、香烟，打上几斤散装酒，找俩会炒菜的人来帮帮忙，请乡里邻居，大家一聚，吃吃喝喝的一乐就行了。这就很好，还上什么酒店。桌上讲名堂不少花钱，按什么入座费，比在家多花好几倍。这年头怎么办都行，咱就低不就高，就差不了。"付一农说："他二婶说得很对，咱的落脚点，就是这个家，不能靠别人。消费了别人的，将来怎么结账？再说马上就养儿育女。我们老两口劳动一年，还是欠账户，要看到这一点，就该节约。咱不能向城里人看齐，攀上是办不到的。"郎立学说："今天拿到了登记证，从法律上讲，我们已是合法夫妻。咱今天也请了邻里乡亲，我们俩都很满意，不必再让两位老人操心了。将来我们独立生活，经济条件会慢慢好起来，请二老放心。但话又说回来，当医生工作是一项慈善事业，不能把它当作发财致富的门路。所以，对以后发家致富也不要抱太大希望。"付一农说："真没料到事发展得这么快，思想跟不上了。"

郎立学、付丹香又如往常一样上班了，付丹香身体也渐好起来，进食增加，情绪乐观。

唐丽的丈夫杨博海不断地给带些药品来，郎立学销药量也增加了，尤其出售保健药品，很受群众欢迎，且一卖就是二三百元，业务额大增，利润随之增加。渐渐将县院、天井医院和集店医院的药品等还上了。现在，郎立学和付丹香二人每日毛收入达四百元左右，到年终能有三四千元的结余。

第二十七章

滞后办喜宴　引人多猜疑

　　春节前夕，郎立学与张勇军商议了个时间，宴请为郎立学到县院实习、开办卫生室、结婚等给予协助的有关人士，还包括水库上管理局局长和文书，集店镇政府、集店医院、天井医院和句山医院院长，句山医院医务科科长、内科主任和护士长、妇科主任和护士长、化验室主任、唐丽、郎先卫、洗衣房班长、法庭庭长，还有村里的主任、文书、计生员等三十余人。在县招待所举行宴会，郎立学和付丹香参加，等于补上喜酒。张勇军有了辆大头汽车，接送较远的人员也方便了。

　　这天下午六点人都到齐，准时举行。桌上山珍海味，名酒名烟名茶，宾客西装革履，神采奕奕，笑逐颜开，相互道谢问好，一派喜庆气象。

　　喜宴由张勇军主持。他看宾客到齐，便起身宣布开始，并朗声道白："尊敬的各位领导、女士们、先生们，大家好！我受亲人委托，对各位光临郎立学先生和付丹香女士的喜宴表示热烈欢迎和衷心感谢！"一阵掌声过后，他继续说："这是一次迟到的喜宴，因郎立学和付丹香已办理结婚登记多日，由于种种原因，延至今天举行，值此谨表歉意。现在，让我们共同举杯，祝福新郎郎立学和新娘付丹香喜结良缘，婚姻美满，家庭幸福，早生贵子。请干杯！"院长、村主任等人也都先后发表了热情洋溢的祝词，宴会进行得欢乐而喜庆，都热情敬酒祝贺。亲切讲述友情，互相加深认识，喜宴成了相互加强联系的纽带和桥梁。当张勇军领着郎立学和付丹香到每位客人面前敬酒时，都起立举杯迎接，使宴会达到高峰。二人敬酒毕，付丹香即到唐丽家休息。来宾知是一次喜宴，各人便开始摸兜取钱，让张勇军收下作贺礼。为此张勇军又叫所长给每桌加四菜一汤，开放卡拉OK，大家相互敬酒和唱歌，使宴会异常热烈。直到晚上十点，远处的安排了住宿。张勇军用车带了家人和水库上的两位女士，慢慢往回走。

入睡前，郎立学牵住付丹香的左手，吻了一下，在其无名指戴上了一枚金戒指。付丹香问："是哪里来的？"郎立学说："是唐丽赠送给你的，并叫给你戴上，以作永久纪念，同心同德开拓幸福未来。"付丹香说："怎么以前没有给，今天才给？"郎立学解释说："谁能说清楚？可能我们现在有几个钱了，金和钱是相联系的。一个叫花子，光戴上一枚戒指，人会怀疑是不是偷的。一个人的吃喝穿戴须与家庭状况相匹配。一个人经济条件很差，却穿戴超群，人家会说这是烧包。要经济条件很好，而穿戴破烂，人家会说你装穷。唐老师说看我们值了，才给的。"付丹香说："真是世事茫茫，我们什么也看不透啊！今天高医生在宴会上不高兴，挺消沉，不知为啥，我也未去问。等过几天去看看她。再过几个月，就生孩子了。我们将很快成为做父母的人了，家务事也就一天天多起来。"郎立学说："反正一天天过，很难说达到什么程度。我想了一件事，不知你是否同意？"付丹香说："什么事？"郎立学说："咱挣了四千块钱，想拿出一千元作为济贫基金，对治病确实有困难的，先给检查，予以诊断，资助治疗。"二人说说聊聊，不知不觉天明了。

这次宴请，对参加的人员来说，又是一次震动，怎么结婚一段时间了才举行喜宴？为什么结婚不下通知？当时是怎么了？这么多人，又不是一个两个的，不可能都忘了，不会忘的。尤其帮助办登记的人，尤珊兰、庭长、唐丽和杨博海，以及衣胜军院长、高威先院长、高海珊都议论纷纷。

比较知己的西彩红班长也纳闷不解。她突然想起付丹香说过的话："和郎立学成婚后，有许多事很难处理，自己的亲父亲和今天的婆婆成为夫妻。我称她是婆婆，还是妈？郎立学称我父亲是岳父还是叔叔？或是爸爸呢？很难称呼。我从我老家发嫁，谁在家主持？是我父亲一人？还是父亲和今天的婆婆？又是谁迎接我呢？除郎立学不还是二老吗？"可能是为此采取了最简单的方法，解决了极其复杂而又难以处理的难题。许多事在未解决前是一道难题，一旦解开又感到很简单。西彩红班长琢磨着可能是这样。

杨博海对唐丽说："咱们对郎立学和付丹香也够意思了，为何结婚如此大事，事前不和我们商议一下呢？"唐丽说："可能以登记就算结婚了。听民政上讲，登记和批生第一胎还是一块儿办的呢！当时宴请了给办证的人员。这倒很合逻辑，登记实际上就是合法的婚姻，而其他都是社会性的习俗，是次要的。有不少人登记后，外出旅游一次便是结婚大吉。"

高威先与女儿高海珊住在招待所的一套客房里。可能因喝了酒兴奋和新环境影响，而久久不能入睡，便议论起来。爷俩首先肯定了郎立学和付丹香二人的优点，无论是人才貌相，还是学习工作，都是无与伦比的。从学习到结婚不到一年的时间，从一个平平常常的青年到现在已是成家立业，轰轰烈烈震动着半个县的人物。人家办事，好像不声不响就办成了。二人的婚事虽然酝酿了很长时间，可结婚却办得很突然。不按常规邀请亲朋好友参加。这样倒还省事，更省钱，也不耽误别人的工夫。是自由恋爱后结婚，也不用繁杂的陪送东西，好不痛快！

高海珊突然问："爸爸，俺和白文福的婚礼怎么办啊？"高威先说："这不有例子了吗？我和你妈是等着，你们乐意怎么办就怎么办。现在子女婚事，作为父母省事多了。你有工薪，你们有钱就多花，钱少就少花。我的工薪也不高，没多少钱给你们花，也只有尽力协助。最好还是征求白文福和他老人的意见，那是重要的。来娶你的是白文福，你的公婆主办。人生婚姻一回，消费点也算不得什么。我看旅游结婚就很好，借婚假到国内或是国外的著名景点看看，多有意思啊！这就要高消费了。郎立学和付丹香到底是令人佩服啊！就是登了记，出其不意地完成了终身大事，老人和亲朋还都蒙在鼓里呢！"高海珊一边听着，一边在思考自己的婚事中入了梦乡。

衣胜军是一位很机敏的领导者，对郎立学与付丹香的结婚，也觉得有点出奇，很独特。细想起来，他们从来院进修就表现非凡。医生中那些从书本来书本去的人，对人感情多不深。而郎立学则独树一帜，从学习一开始，就和病人交朋友，建立感情，让病人信得过。一位住院不太久的病人，竟情愿把亲女儿许配给他，对他得有多么大的信任！这也是一件非常感人的事。人间许多事都是动感情的。不与病人建立深厚的情谊，是办不出这样的事来的。他回村后自力更生，刻苦学习和创业，建立起卫生室，很快买上仪器，对急重病人能及时做出诊断。不能救治的病人就及时转来医院，还在医院陪护病人，成为群众信得过的好医生。就是叫我当院长的也做不到。付丹香也是非凡的，不仅人品好，还很聪明，学什么很快就能掌握。这两人是一对人才，今后在农村里，有群众能信得过的基础，就能发展得不错。付丹香为病人检查、住院陪护，从未见过的人一看就对她产生友情，亦属罕见。他们还紧跟改革开放的形势，搞卫生室兼药品批发，药品还都是正品，既增加了效益，又方便了群众，一举两得。从经济上看，可与镇医院并驾齐驱。一个人多面手，大大节约了人力物力，经济效益很高。镇医院应体制改革，现在人员工资都难以发放。将来要留住付丹香这个人才，若有机会让她转为正式人员，就可灵活安排工作，不只在洗衣房上班。现在春节临近，评先进的工作已开始，可让办公室派人去洗衣房了解下有什么先进事迹。若能评个先进工作者，对转正有重要参考意义。他又想，自己曾为谁如此从头到尾地考虑过？

水库管理局局长王益才感到很欣慰。他看准了郎立学敢想、敢干的特点和在干中学的精神。自己曾大胆地支持了他，借资给他购买仪器，今天看来没有白支持。况且他早已还清了借款，不声不响地完成了个人婚姻大事，有望能较好发展。支持他的面这么大，就说明他有本事，能让人家对他放心。病人信得过，是医德医技的突出表现。

曾也花文书也有同感。郎立学仅在卫生室工作，可能还有很多机动时间，不妨安排他们每周来一天做诊疗，坚持下去，使两方受益。

在招待所举办喜宴后，虽有各种反映，但很快即平静下来了。付丹香隔日在村卫生室上一天班，为了不影响卫生室工作，尽量将化验三大常规技术转教给郎立学。他也从书本上学，经过一段时间训练，郎立学掌握了三大常规化验技术。由于孕体也越来越明显，付丹香不再涉及化验之事，一切都由郎立学操作，她则每周回家一趟，仅将杨博海给捎的药品送来家。家里也不叫她干活，只让她好好休息。

春节后，郎立学和付丹香乘车去天井医院，给高威先院长及全家拜年，也看看高海珊何时结婚。到高院长家，先祝院长夫妇二位老人过年好，又与高海珊、白文福互拜。互相祝福后，高海珊就说："我们受了你们的影响，借春节之际办了登记，腊月二十八举行了简单的婚礼。"郎立学说："你们条件好啊，怎么也如此简单呢？"白文福说："我们还不如你们呢。你们有自己的卫生室，而我们一无所有。婚礼简单办理能省下许多事，父母还少受累，亲朋也不受牵连呀。"郎立学说："我们虽没有什么表示，但我们的友谊仍然是深厚和永恒的。"四人谈天说地，畅所欲言，非常高兴。白文福说："我们是同一时代的新人，将来要互相联系，共同转向父母角色，成为敬老育子的新一代。"郎立学和付丹香非常羡慕高海珊和白文福，心想，白文福今年大学毕业，到那时在琼台工作，接高海珊去将有美好的未来；而自己将在农村干一辈子。

他俩的到来，让高院长非常高兴。他举行午宴，招待两对鸳鸯。高海珊的母亲薛文君把过春节做的美味佳肴摆到桌上，高院长拿来一小瓶茅台酒，为每人斟满一杯。他举起浓香四溢的美酒，说："我对你们两对新郎、新娘，表示最良好的祝愿，诚心盼望你们恩爱如初，地久天长，早生贵子。为共庆春节，家庭幸福，工作顺利干杯！"各人幸福地品味着佳肴美酒，互敬互拜，沉浸于幸福之中。

唯有付丹香什么酒也不喝，高海珊父母也明白付丹香有喜了，也就不好再劝。郎立学和白文福是桌上既高兴又投机的一对饮者。俗话说，"酒逢知己千杯少"。喝尽茅台，又把琼啤摆上桌来。薛文君看出付丹香是重身，便叫高海珊和付丹香到她的床上休息，高威先喝过三巡也离席，只有郎立学、白文福在征战琼啤，不下战场。薛文君看到他们俩也差不多了，便叫院长和女儿一起包起海鲜水饺来。不多久，便叫起付丹香来，下好水饺，先送桌上，让这两个新郎吃。以后陆续下好了一盘盘热气腾腾的水饺。

"海鲜水饺名副其实，飘香万里。味道好极了！"郎立学边吃边说。

海鲜水饺成为下酒佳肴，琼啤罐如一个个宝罐，碧绿罐壳上那引人瞩目的栈桥塔楼，似一座明亮的灯塔，照样吸引人。每当揭开一罐，"啪"的一响，一座银白色的雪山涌出，啤酒花香扑鼻而来。郎立学也可能有点醉了，看到喷泉似的啤酒雪山，好像一位美女来到面前，不顾一切，直接抱着亲吻一口，啤酒的山、啤酒的情、啤酒的味直沁入胸。喝了后还赞不绝口地喊："这真琼啤，真爽！"白文福说："这是同学直接从厂内买来的。"由于宴会时间较长，二位老人已退席休息，更给这两对新人留出空间。啤酒肚子，一仰首就喝尽一罐，像玩戏法一样，一罐罐啤酒消失了，各人的肚子并未看出大了多少。嘴里絮叨着"琼啤真爽，味道真好"。郎立学、白文福两人越喝越兴奋。

高海珊将话题转向未来，说："男的身强力壮，有力气能办事。但大部分家务活是女人干，女人太累了，女人是弱者，易被人欺负。欺负人的也多是男人吧。好多女孩子遇事好哭哭啼啼，真没出息。有人喜欢生男的，我倒喜欢生女的，女孩子温柔、体贴人，能持家养育子女，是天下母亲的再生。人类的繁衍，是靠伟大的女性来完成的，女孩子将来孝敬父母。社会上许多工作是由女性来完成的，文教卫生、纺织、电讯，好多细微的工作都是女性的强项。女孩子从小被人喜欢，是一朵朵美丽的花！孙中山先生曾说：'人类在生育女人的同时，女人也养育了整个人类。世界少不了女人。如果少了女人，这个世界将失去——百分之五十的真，百分之七十的善，百分之百的美。没有女人就没有人类！'"白文福说："我们刚结了婚，又开始想生孩子的事了。正新婚蜜月，过后再说。人类不可无女，更不可无男。人类的男和女，和物理学上的正负电荷一样，缺一不可。如盐酸，是氢离子和氯离子结成的。男的精子和女的卵子结合，才能在妇女的子宫内发育成人的胎儿。因结婚期间，大量饮酒，影响胎儿的正常发育，易发生先天性发育缺陷，是一大忌。男女结合成夫妻，是人类社会的最基本单元，男女婚后成为人的父母，其责任之重、之大无与伦比。无论什么伟大的名人，有成就的一切科学家，都与家庭教育、社会教育密切相关，父母是子女的第一任教师。"

　　白文福觉得酒喝得差不多了，天也不早了，就说："咱吃点饭休息吧！过节过得都疲惫不堪。不是我们志同道合，早就上床做起梦来了。可我们好像是'关心下一代委员会'了。"

第二十八章

老年保健品　自制中成药

经过此次聚会，郎立学和付丹香对将要做父母的事，有了更深的理解。

郎立学已基本掌握了三大常规的化验，每天在卫生室都很累。付丹香在医院每天都单做洗衣房的工作，轻快了许多，可谓半日制了。她每一周才回家一趟。杨博海每次出差都捎点药品，尤其多带老年保健品。这些保健品六十岁以上的人群都可服用，对一般高血压、动脉硬化都适宜。药价也贵些。人们一听能有病治病，无病还能防病健身，都争先恐后买来服用，十分畅销。在高利润的引诱下，他们越干越有劲，越干越红火。

郎立学还买了不少医学书籍，如《医宗金鉴》、《千金方》、《本草纲目》、《汤头歌》，和有关中药炮制的书籍。看到膏、丹、丸、散的配方，郎立学想出了一个点子，要老人都转行，成为医药工作者。他们商议好干什么，怎么干，二老也就同意服从。看来不起眼的卫生室，由于经营珍贵药品，开辟了令人神往的健康长寿新课题，一时火爆，经济实力大增，镇医院也甘拜下风。因进药渠道免费，又省工又省费。

郎立学放宽眼界，想把住宅办成药厂，二老当药师。他和付丹香商定请杨博海给进六七十味常用中药材和中药加工机械。要进的机械有中药粉碎机、打丸机等，还有药碾子和抖药铜臼，都要最小号实用的。经杨博海一考察，约需资金一万余元，郎立学手中仅有八千。杨博海表示可先进粉碎机，手工打丸。郎立学接受，决定两个月后开工。

付一农将小百货尽快处理掉，仅留下烟酒糖少许。中草药从琼台药材公司进了三十余种。

他们先做六味地黄丸。首批六味地黄丸顺利制造出来，质量还很过关。经病人服用后反映良好。还请木工加工了一个洗衣搓板模样的药丸模型板，使制丸工艺过程大大加快。经核算，利润较批进零售又高了好多。郎立学和二位老人皆大欢喜。还学会了和做元宵一样来制造中药水丸的方法。制造工艺虽然还不够精良，但都是真材实料的新产品。药很快发出去，自己放心，用者满意。

郎立学工作格外忙碌。除完成卫生室的日常工作外，还要出诊，看急症，三大常规化验，管理药材药品进出、药品加工和账目等，终日不得闲。其母看在眼里，疼在心上。付丹香一周回家一次住两天。由于身体越来越不方便，活动有些笨拙，在家也是以休息为主，有时只帮助打打针，核对下药品账目，抽查药品是否入账等。

付丹香想了个新点子，说叫大姐来帮一下，同时还可以让她学点医药知识，边干边学也挺快。譬如注射打针，只要掌握要领，注意严格无菌操作，千万别配错药物，几天就学会了。说她人很机灵，肯定一看就会。郎立学想了一下，认为她是最好人选，也最可靠，因医疗是事关人命的大事，不能出乱子。今天来之不易，越是在发展时期，越要谨慎，小心行事，万万不可粗心大意。这需与母亲商量下，若同意再与姐姐、姐夫商量，壮汉的安排也是个问题。有想法，还得看能否实行。

付丹香先告诉了婆母娘，徐桂贞说："我没意见。主要看你姐和你姐夫的想法，闺女出了嫁，就是人家的人了。"郎立学一想也是啊，就让付丹香守一天门诊，自己去姐姐家商量。

郎立学吃过早饭，急去姐姐家。正巧姐夫上班还未走，在迎接寒暄之后，他抓紧说明了近期卫生室的情况和来意。张勇军一听："哎呀呀！弟弟真行，连学带干还不到两年，就开始技术输出了。你看这个家全靠你姐维持，我又不在家，壮汉马上要上学了，怎么离得开呢？看你姐姐有什么好办法？要我说，你不要贪大求全，干医不能求利。要走上求利，人家就说你是医商，为了发财。我说实在话，老早就看出你受那个杨博海的影响，经销药品而发财。俗话说，'你有黄金万两，邻家有等子称'。看来得收敛一下，而不是扩张。回头把业务基本功搞好，提升业务水平、提高医疗质量是主要的。以我看人手不能增，把二老弄进去不对，搞药材批发得有合法手续，生产药品得有许可证，也就是得有生产资格。要是没有，被药检部门发现查封了，不但要罚款，还受处分，那就丢人了，不如早下马为好。我早就想劝你，还没得空儿。行医弄药是要慎重再慎重，无论是医还是药都关系到人命。你最初的目的已达到，要知足。卫生室就你一人干，能干多少就干多少。就是一个病人，也必须看准看好，千万别出事。生活紧缩点，不能铺张浪费，防止犯错误。人一有了钱，用不好就出问题。以后少与唐丽联系。"

郎立学万万没有想到，来到姐姐家，被姐夫十分中肯地指出了近期工作中的要害。自己一阵为利，就看出手头宽裕点，日子也好过点了。郎立学说："姐夫，你说当前应怎么处理呢？"张勇军说："我说好处理，把中药加工马上停下来。将机器处理给镇医院，价格打打折。老人不要介入。付丹香先在医院干着，等生了孩子，可放弃医院的工作。你们俩好好干卫生室，就一定能挣出吃的来。要有耐心，生活是一个漫长的过程，你们一年多来的收获是一般人不能比的了。你看我和你姐，壮汉这么大，快上学了，家里有什么？不就是这三间房子吗？平时并没有多少结余。如向琼台送鱼，除去运输费、食宿费、燃油费、交通费外，挣出吃喝就不错了，想再盖两间都没有钱。你们在家里的人，不知出门人的具体情况，看着人家一动就是车和一帮人，挺场面的，这得开支啊！在家收入低，开支也少。你现在摊子不小了。争取多少有结余，以免用得着时，来个措手不及。家中老人是个宝，不要累着他们。你很快就有孩子了，得老人照顾做饭，维持家中日常生活。付一农让他种药挺好，比种庄稼强，是经济作物，收入可能高些。弟弟，我说了这么一大堆，觉得怎么样？对不对？接受得了不？"郎立学说："姐夫说得对，我回家去就照办。原先我想姐要不去，我就找个卫校生来。"

郎立兰说："你个人的卫生室，招一个人，工资得多少钱？我看绝对不行。说实在的，你的水平你自己有数，收个学生，你能带吗？人家来帮忙，责任还是你的。要是聘正式医生，论学历你还不比人家强，位置没法摆。还是冷静点好，先个人干着，把自己修炼成一个合格的好医生。有钱可报考函授大学，正儿八经学几年，这是一条正路子。到时候你也是一个有正式学历的医生了。只要努力就一定能行。"

郎立学真被姐和姐夫说服了。他回家就解放了二老，把机器处理给镇医院，不进什么保健药品，自己埋头在卫生室干。付一农又开起小门市来，一切归于常态，一家人不再为多赚钱而折腾了。徐桂贞在卫生室门前和村妇们谈笑风生，无忧无愁，终日乐乐呵呵的，好不自在。

郎立学听说中医学院招收函授生，自己是乡村医生，校方免收学费，只收教材费，集体讲授时食宿费自理，学制三年，考试合格，授予高等专科学历。郎立学和付丹香都报了名，两人共用一份教材，进入一个新的学习期。

付丹香遵照姐夫张勇军的意见，到唐丽家的次数明显减少。也因孕月逐增，去她家不方便了。唐丽与院方商议，在宿舍上进行调换，给她自己一单间小房，是一排北屋的一间砖瓦房，为杂物的仓库腾出来的。靠着医院会计室，虽然房小，但向阳。不远处有自来水和厕所。院前一排白杨树，高大挺拔，是夏日遮阴的巨伞，很适宜居住。付丹香很知足，对唐丽表示衷心感谢。唐丽说："人在医院就得靠医院，好好工作报答医院。"付丹香从总务科领来锁和钥匙，回家叫来郎立学彻底清扫干净。又弄了些石灰水，用笤帚蘸着涂了四壁，干了即显白色，掩盖了所有灰垢尘埃。对地面也进行了彻底清除，又将门窗玻璃擦洗干净。付丹香到后勤要了点油漆，把门、门框、窗框全刷了一遍。郎立学累得头晕目眩。

付丹香的同事和妇产科的同志们看到付丹香有了单间房，且收拾一新，便拿来些有胖娃娃的画报贴到墙上，使洁净的房间生机盎然，如新郎新娘的洞房一样。门前走过的人，无不驻足甚或进屋参观，称赞其美。有人则说："凤凰不落无宝地。人家付丹香是多美的人啊！本来是一杂乱的小屋，经一番粗略加工竟然成为宝贝。"付丹香也是一个半拉职工，把原来集体宿舍的床及床垫抬过来，后勤还给了一张三抽桌和一把椅子。那个电灯是从梁上接下来的，进门旁边是开关，打开灯就一屋灿烂。这一间屋竟是一个美好的家，待几日，新的小生命会降临世间，组成一个三口之家。人人都期盼着这天的来临。付丹香暂且在唐丽家住了几宿，等待房子干干再住。郎立学回家又准备了些日用品，即可支锅燎灶，居家做饭过日子了。

为了祝贺迁新居，唐丽到伙房买了几斤面粉、半斤猪肉及青菜，准备包水饺吃。杨博海出差未归，唐丽、郎立学、付丹香三人一边谈笑风生地干着活，一边筹划着未来。

唐丽对他俩说："郎先卫到省城学习，他的宿舍闲着。他每月来领一回工资，再来时，叫他把钥匙给你留下。生了小孩后，奶奶得来侍候月子，可让她住。"因不知人家是否给，二人也没表态。

郎立学向唐丽汇报卫生室的情况。聪明的唐丽自然顺水推舟，说："这样也好，两位老人年事已高，硬要工作确实难。真的到节骨眼上，上边来检查，无证制药就是个问题。医院做点自己用还要地区里批准，还只限于自用，不准销售。卫生室发展不必过快。一年来的成绩已很大啦，叫我就想也不敢想啊。你们已经很成功啦！我这半辈子不也就住这么个房子，三口人之家嘛！我这正过不惑之年，老啦！"付丹香说："我看你真好，什么难处也没有，不像我们一无所有。"唐丽说："人都是这样，这山看着那山高。其实都差不多。我看你们在这里歇一宿吧，不要搞得太紧张了。日子得慢慢过，一口吃不成胖子。"说话间，她对郎立学说："你要不就上床睡吧，该好好休息。你睡一张床，我们俩一张床。你先睡，我们再聊聊。"

郎立学不管她们怎么说，自己坐在沙发上听她们东家贤女、西家惠嫂地乱说乱侃。

第二天，唐丽五点即起来做好饭，叫郎立学先早点吃了回家上班。付丹香起床晚些，起来后只吃了一碗馄饨便上班去了。一路上唐丽和她说着话，付丹香突然说："今夜我觉得肚子里的小生命在活动了，我害怕。唐老师你是经过了，是那样吗？"唐丽说："哎，你说你有孕几个月了？"付丹香说："我想应有四个月了。"唐丽说："那很自然，以后有伴了。平时我们活动着，往往觉不着，安静时明显。但今后活动要注意，别做太剧烈运动，以免发生意外伤及胎儿。尽量避免两人在一床睡。"

郎立学高兴地出了医院，在回家的路上，两足奋力蹬着自行车，高速前进。但总比汽车慢得多，一辆辆轿车、客车、货车驶过，把自己远远地抛在后面。蹬了一阵也累了，想起了付丹香"不要快了，慢点好"的话。他想，村里多是些慢性病，用药比不用药好不了多少，急症很少，也就慢下来。好不容易费力上到岭顶，到了常休息的驿站，于是停下车来，到那块灌渠闸门的水泥垛上坐下歇歇。触景生情，在这里和付丹香歇过多少次，谈论过多少真情实意啊！变化太快啦！看看今天的付丹香，她已经孕着自己的下一代，不久的将来自己就变成一位婴儿的爸爸，也就意味着自己过完青春季节，步入夏季了。人生四季，最美好的季节已过。经济收入微薄，如何应对繁重的家庭负担？家有俩老人、俩学生，马上就是七口之家了。家还很零散，学生在校，付丹香在医院那间小屋子里，老太太再去侍候月子，老少三代，怎么住得下，还得做吃的。那狭窄的房子，如面前崇山峻岭，无路可行……

第二十九章

先卫求新欢　决绝弃原配

郎立学一回家，他娘便对他说："听说你先卫叔要和你婶离婚，李玉花刚来家哭过一场，说他去省城进修，遇上个丈夫车祸去世一年多的女人，还带个十二岁上初一的男孩。"

郎立学一听，惊得不知所措，半天答不上话来。

到卫生室上班，卫生室门前已有几个老妇在门口等着，看到郎立学来，都尊敬地站起来迎接。那位大娘甜甜地笑着说："你来了？"还添了句："准是上城里来，要不怎么会来晚了？"见不管事，另一老妇又加上一句："没有急症，俺还愿意你在那儿多待会儿呢！"说得他红着脸，抿着嘴，说不出话来，显得腼腆和由衷的喜悦。他赶快开了卫生室的门后才说："各位老人家，请进来坐吧！"并抱歉地说："今天确实有点事来晚点了，让您久等了。"

那位甜言蜜语的大娘笑嘻嘻的，不好意思向这位青年说，但又觉得郎先卫的事对郎立学是一则重要消息，便说："郎立学，你昨天在城里不知道，咱村里的郎先卫和他老婆李玉花要离婚。李玉花和闺女连哭带叫，半截庄都能听见。郎先卫还恬不知耻地说：'不要紧，协议离婚就是。你要什么条件，我都答应。'很多人都去看热闹。"

郎立学一边听着这帮人说郎先卫的事，一边看病人。他把几位患者的药包好，分别给了他们。有一个儿童便稀，他妈说在学校里喝过生水，郎立学即给了药。并交代，若出现下坠感和大便带脓血，就带大便来化验一下看看。

郎立学听了，觉得他们好像从心里恨郎先卫，多数同情李玉花。这位刚结婚不久的青年也不知如何是好。他才只经历了爱的热烈与温暖，尚不知爱的痛苦和忧伤。

听了大伙的议论，似乎他不说一句两句，就辜负了大伙的好意，便比较客观地说："郎先卫这次去省城进修学习，本身是件很好的事，机遇难得。谁知会出这种事！我觉得大家说的这些话，应该对他俩都起作用。可省城那女的听不着，但可劝解一下李玉花。事情的最终结局还得他们自己定。婚姻是每个人的自由，谁也不得干涉，也不该干涉。这就看他们自己的选择了。"

那能说会道的大娘听了郎立学的一番话，说："别看俺立学年轻，却说得有道理。我们只是瞎嚷嚷。分也好，合也好，咱看他们的结局吧！郎先卫真和那女的好了，可能不如现在自在。现在他在外上班，家里的事不大管，高高在上当大拿。上了省城肯定得翻过来，还能平等了？"另一位妇女说："唉！咱管不了闲事，等着瞧吧！"

突然，一位老年人弯着腰，急促呻吟着进来了。郎立学一看是有慢性胃溃疡的丁义大爷，问道："大爷，你是怎么不好受？"答曰："突然肚子疼得厉害，不敢喘气，直不起腰来，想拉也没拉下来。"一看来了急症，这群村妇都自觉地到外面去了。

郎立学把丁义慢慢扶到检查床上。因他不能仰卧，只得侧曲着身子。郎立学先做腹部触诊。郎立学正检查着，丁义的老伴和他十几岁的儿子来了。郎立学忙向他们说："大爷得的是急腹症，得急送句山医院。"遂叫他儿子快到村办公室打 120 电话。年轻人便急奔村办公室去了。等年轻人回来不久，便听到救护车的鸣笛声。郎立学和那少年到村头接了救护车来村里，用车上的担架把病人快速抬上救护车。郎立学和丁义的老伴都上了车，让他儿子从家带去日用品和钱。丁义的老伴告诉儿子："抽屉里还有二百块钱，你拿着，再到你姐家去借点，骑自行车去句山医院。我们先去着。"在车上郎立学问："大爷，你是怎么开始不舒服的啊？"丁义说："是来了亲戚。昨天中午陪着喝酒喝吐了，两顿饭没吃。今天七八点钟，觉得肚子如刀割似的疼，出汗，肚子发胀，不敢动。你知道我的胃病十多年了。我知道不好，就直接去找你看。"

救护车很快到了句山医院，经腹腔 X 光透视检查，发现腹腔膈下有游离气体，说明郎立学的诊断没错。住入普通外科，准备尽快手术。刚安排好，丁义的儿子就带来钱交上了住院费。他到病房一看，见他爹鼻孔里插着管子，左上肢输着液，就知道他爹的病不轻，且已安排下午四点进行手术。当他在手术单上签字时，已两眼泪水。

郎立学安排好病人后，便到付丹香处。一看郎先卫正在与她一块儿吃中午饭，便说："送了个病人来，刚安排好。"付丹香赶紧去食堂给他买了饭来，三人在一起吃起来，一时都未讲话。饭后，郎立学才问郎先卫："叔，和婶子商议好了吗？"

付丹香不知什么情况，就接着问："什么事？"郎先卫便说："我这次回家是办离婚手续。我去找了法院的人，他们说，只要一方坚决离就得离，或有半年以上没同居。这两条都具备。"

郎立学问："那你不可怜婶子吗？"郎先卫说："不是可怜与否，是为了大家更好。"付丹香说："你家是多好的家庭，怎么忍心拆散呢？俺正以您的家庭为样板，苦苦追求呢！"郎先卫说："你们是幸福的，自由恋爱。我是父母包办的，根本没有幸福感。"郎立学说："您这不是喜新厌旧吗？说您另寻新欢也不冤枉。"

付丹香说："虽然社会宽松些，也不要太盲目。我觉得先别急着离，过些日子再说。"

郎立学说："现在社会存在不少危险因素，外出学习竟把家和家人丢了。"郎先卫说："话不能那么说。我呢也有我的苦衷。"

郎立学和付丹香送走郎先卫后，横卧在那张小床上，看到墙壁上一张张明星的挂历画，付丹香小声问郎立学："你相中哪一个啊？"郎立学被这一问，一时倍感惊奇，便说："都很美，很漂亮，要不怎么能上挂历呢？"付丹香说："你别看演员整天在舞台上演，其实和咱一样。她们上台就是干活，没有十年功夫，怎么上台演？要是当名手就更难了。那些演出多年的，不知经过多少次优中选优，得到观众认可才成名的。演出虽有主角、配角，也是为了事业的需要，都得很投入地演，把情感演得真实动人，活灵活现，让观众看了如临其境，悲到十分，喜到十分，感人肺腑，才算成功。下台了还是各人回自己的家。"

郎立学说："哎，咱不能和人家比。商家把她们的形象印成挂历，叫我们看着高兴就是了。我们满足就很好。"付丹香说："你满足我们的现状吗？"郎立学说："你觉得怎么样？我既满足又不满足，才终日奔波不息。咱生活不能在一起，成天地东奔西跑，心中也不安稳呀，你说是不是？"付丹香说："是。现在你实在是太累，一天不来城里就挂念，我身子是一天天笨了，不能来回跑。幸好我光下午上班，西班长和这里的人都很关心我。唐老师也无微不至地照顾我，也叫家里老人放心。再有月数就要生了，回家就都方便了。"郎立学说："生了也不回家，叫咱娘来，我在家干着，满月后再回家。家里条件差，不如在医院里好。"

付丹香按时上班去了，郎立学又睡了片刻，就急忙带上门，直奔手术室。一眼看见丁义的妻子和儿子在手术室门外的排椅上坐着，愁眉不展的样子。他们看到郎立学来了都起身迎接。

一会儿，从手术室出来一位白衣使者问："谁是病人丁义的亲属？"丁义之子应了，便叫进入手术室。郎立学一惊，这么快就叫进去，一定不是好征兆。

手术主刀大夫告诉丁义的儿子："病人患的是胃癌，已到晚期，并发胃穿孔。已有远处淋巴结转移，病变切不去了，只能作姑息性手术，修补穿孔和胃肠吻合术。还得输血二百毫升，在淋巴结和肿物周围注射抗癌药。效果比周身用药好，也从胃动脉注入些。总之手术很不理想，要有思想准备。还取了病变病理样本，要做病理检查。"丁义的儿子听了，惊慌失措地说："谢谢大夫。请您看着办吧，我什么也不懂，来院就是依靠各位大夫。"说完他拿着样本出了手术室。

他母亲慌忙地问道："什么事？怎么样？要紧不要紧？"丁义之子说："人家叫看看病变，不要紧。大夫叫我进去看胃的小穿孔，缝起来就好了。这是从胃上切下来的样本，叫送检验科做病理检查。"搪塞了母亲后，他即到检验科去了。郎立学听明白了，心里有了数，这是大夫叫家人看看现场，了解病变情况。他向丁义的妻子解释了一下，让她先等等。她听后似获佳音，情绪稍好了点，认为就是有个小的胃穿孔，缝上就好了。

院子里人行道两边是冬青树和翠绿的灌木，以及香花异草。郎立学随意漫步着，也在思考着。人在未发现病前，为什么不能察觉自身的病情变化呢？要不发生如此变化，我能陪他检查身体吗？医生又有多大能力呢？以前觉得这院子很美，今天却逊色不少。

正当郎立学心境不良时，丁义的儿子从化验室楼出来。郎立学问："你把样本送去了？"丁义之子应了声"是"，说："立学哥，你回去吧，俺爹的病就这样了，胃癌晚期并胃穿孔，好是很难了。先别和俺娘说，免得她过于难受。"郎立学被这年轻人的孝心感动了，也没再说什么，只是点了点头。稍后，他轻声说："我到你嫂子那里，看看她下班了没有。"

在到付丹香处的路上，郎立学的思维也难以终止，深感医生责任太大、太重，压力也太大。在一个村里当医生，几乎天天见到胃病病人，只当胃炎、胃溃疡给药。有的竟突然变成胃癌。将来如何干？路怎么走？人家还信得过吗？还有脸见人吗？老师曾说要预防疾病，如何预防？以前没干医生时，听到村里某某得了什么不好治的病，也并不十分注意。虽也惋惜，但并不大动心。现在他心里沉甸甸，感到束手无策。想到每天在卫生室头痛医头、脚痛医脚地对症处理病人，有多大意义呢？在连续的思索中，他找到了一个答案。若一位病人连续来取药治同一种病，就应主动劝其到县院或外地进行有针对性的检查。丁义就很典型。这个事似乎有了答案，他的脑海里却又冒出郎先卫离婚的事，这使他加重了对自己婚姻的担忧。现实中，女人的地位已提高了，往往在许多事上占主动。付丹香在城里，有的事她知而我却不知。城里人吃食堂，不用什么都靠自己去做，省下好多时间，可多干好多的事，能多看些书，增加知识。自己天天在卫生室，只是忙碌着，却一事无成，应应付付，不见成效。他觉得应改变一下工作和生活方式。

郎立学想起杨博海曾有意叫去他单位干，就想可否在他那里干三天，在村里干三天，一周休息一天呢？说不定在外贸还可有一份固定收入呢！还可更好地照顾付丹香，巩固与她的感情。一想到这，他豁然开朗，心中又充满了希望。想着想着来到了付丹香的门前，一看门尚锁着，就在门口小凳子上坐下歇歇。不久，付丹香手里提着几个馒头来了，见郎立学在门前就问："你来好久啦？"郎立学说："没，刚到不多时。"付丹香接着问："病人下手术台了？"郎立学说："还没有。病情很糟，胃癌晚期并发胃穿孔。"付丹香说："怎么？晚期？为什么不早来？早期没找你看吗？"

郎立学一听如同巨雷灌顶，又像一阵机枪射出的子弹击中自己，惊魂不已，好像他有极大责任似的，无奈地说："他这人光知干活，连到卫生室取药的工夫都怕耽误，光叫他老婆去取药，有月余进食减少了都不在意，才到此等地步。"

付丹香开始做饭，同时说："立学，你快再去瞧瞧病人手术进行得怎么样了。"

郎立学听命前往，在手术室门前等不多时手术就做完了。病人被推出手术室，尚处于睡眠状态。郎立学和他的家人忙向前推担架车。郎立学一手推车，一手举着吊瓶，和车子保持相对稳定。一名手术医生拿着病历，过来告诉郎立学："你到病房先将病历交给外科办公室的护士。"但他又想亲自到病房为好，便亲自去了外科办公室。病人被推入病房，护士接着测了体温、血压等。郎立学问："护士，病情怎么样？"护士说："挺平稳。"郎立学又问病人家人："你们晚上怎么吃饭？"丁义之子讲："晚上我们不饿，还带了点熟食。你回去休息吧，幸亏你帮助来医院了，你放心就是。"郎立学说："晚上有什么事找病房的护士吧。"郎立学知病情暂时稳定，就不再过来了。

到了付丹香的宿舍，见郎先卫回来了，忙问："怎么样？"郎先卫笑嘻嘻地说："没有问题。一位法官透露，可通过协议离婚，就是不用经起诉程序，只要处理方案双方同意就可以。这样又简捷，又省事。我想她应该能同意。结婚近二十年啦，我准备以和平方式解决。现有家产完全归她和女儿，我什么也不要，以后还每月给女儿抚养费。她以后再婚或孤居都由她自己决定。明天就约她办。"

付丹香提醒他说："人家说一日夫妻百日恩。那您就没有一点留恋吗？不难舍难分么？人家和您养儿育女这么多年，就那么无情无义地离了？要是你拿了离婚证人家再不跟你了，那不是鸡飞蛋打？"郎立学也说："也不得不防。女人，是云中无法估雨。"付丹香说："不只是女人，就是男人云中也无法估雨。谁想到郎大夫去学中医，没成名成家，就先把妻女不要了来。想不到的事却发生了。"郎先卫从兜里掏出两个罐头——一个鱼、一个肉，还有俩琼啤易拉罐，说："不说了，来，喝酒！"付丹香把白菜炒豆腐端上桌。郎立学忙用菜刀启开罐头倒进盘子。郎先卫说："祝你们即将添贵子！怀中抱着可爱的胖娃娃，那是何等幸福！"

付丹香说："郎大夫，你当年怀中抱着胖娃娃的时候，心中想到会有今天要抛弃她们母女吗？此时，她们母女二人孤苦伶仃。我还是诚心诚意地劝你，郎大夫，回心转意，放弃省城女人。现时有些女人不好惹。你真走那一步，将来没有好果子吃。她要把你管得服服帖帖的，还得没白没黑地干，叫你没有一丝空闲。一切行动听她指挥，到那时后悔也晚了。"郎先卫听了全当耳旁风，杯中盛上淡黄色冒着雪白泡沫的琼啤，与郎立学对饮。各人不再议论，专注于酒。

第二天，郎立学一早去看丁义，见他病情平稳便赶紧回家。一路上，他琢磨着如何在村里开展疾病预防工作，怎么才能尽早发现重病。现在有的人有症状也不检查，他们不检查的原因一是怕谈病，二是怕花钱，三是怕查出病来增加负担。他觉得需要多宣传各种疾病的知识，消除顾虑，在对疾病的认识上来个转变。又想到郎先卫，简直想象不到。

他想着想着到家了。又见李玉花在他家，正向他娘表态。她今天盛气凌人，大声说："我绝不可怜他！他有什么好可怜的？不就是个学徒工，就是个半瓶子醋！这么些年，是俺自己整天在地里挣着吃。穿的也是俺自己做。他回家，还脚不踏地装先生。我跟了他，什么福也没托着，还觉着我连累他。他还提出离婚来，这家是俺的！他得见月给俺生活费！他永不来家，俺也不嫌。离就离，看将来哪个小子吃亏。我倒要看他有什么本事！他不是看不起俺这庄户头，看上城里的娘们儿了吗，我倒要看他以后的日子好过不好过。我看他是和俺享福享够了！"

一看郎立学进了家门，李玉花便又说："立学侄，你知道郎先卫要和俺离婚不？你说他还有点人味没有。我刚才和你娘说来，他都不知道自己姓什么了！到省城大半年，不知学的什么，还学会了离婚！都白了头，土埋半截了，还去想那好事！你说，他不叫人笑掉大牙？他是想到云彩眼儿里去了！也不照照镜子看看自己像个什么，还说不要我，我才不稀罕他来，分就分！"

郎立学一看她的火气还很旺，便劝道："婶子，你们俩的事，别人也不好说什么。事到了这个地步，更得由你们自家拿主意了。不过，可以找调解员调解，实在不行找律师帮着上法院打官司。不管怎么着，先别生气，气坏了自己不划算啊！"徐桂贞也在一旁帮着开了腔："是啊，他婶子！你俩过日子闹点别扭还要紧的？不是还过得挺好！你又不是没理反缠的人家。孩子说得也是，到了这一步，各人都心平气和，慢慢商量就是。实在过不成堆，分手就分手！现如今男女平等，女人也不是非得靠男人吃饭。千万别生气。想不开才是傻瓜！"李玉花说："你娘俩说得对，我听。那我去等着那狗东西，看他有什么阵候！"徐桂贞说："好吧，这事不用吵，也不用闹，心平气和地说说各人的想法。最好有个主持公道的人给你说合说合，咱这些人不懂里面的道道啊！"

李玉花回到家后，正巧郎先卫与法院的三位工作人员也到了。

法院一像个领导的人说明来意后，问："李玉花，郎先卫提出与你离婚，你同意不？"李玉花正满腔火气未消，虽听了郎立学和徐桂贞的劝说，但总还是不消气，就慷慨激昂地说："你们是知法、执法的，我不知什么法不法。今天，他心变成黑的了，没有良心了。他忘恩负义，不要俺了。别看俺是农村妇女，俺跟了他光受了些累，地里的活光俺干，孩子光俺管，他一管不管。孩子病了发烧，俺抱着上镇医院，打电话叫他来看看，他都说忙，叫人家看看就中。他是学徒出身，工资不高俺知道，可他发了工资从没给家里一个，俺买油盐都靠鸡蛋换。今天他没良心不要俺了。不要就不要，可得有个说法。俺做了什么不光彩的事，还是犯了什么法？"郎先卫说："你说得全对，我很对不起你！咱俩离婚，家里的东西都归你，包括家具、院子内外的一切。孩子上学的生活费、学杂费、日常用品，全由我负责供应，直到她十八岁。她要继续上学，我仍供应她，直到她参加工作为止。以后，可能有人跟我，也可能打光棍，都不用你挂念。"李玉花说："孩子一旦生病生灾，你也应负责。"又对法院的人说："过了这么多年，他的工资都让他自己花了，应当再补给俺些。"郎先卫立即接着说："这些都用家产补偿了。"

由于昨日俩人吵了一架，又经过一夜的思考，而郎先卫近半年未回家，更未在家过夜，李玉花看透郎先卫是下了决心的。而且，她要求的条件都得到满足，也就不再找支头了。法院的人先放手让二人充分发表意见，一求一答地交换想法。经这么一对答，二人都没有大的分歧。女方对离婚表示了同意，法院的人也未想到能如此顺利。于是，法院的人追问道："你们两人还有什么意见和要求，尽快谈谈。错过这个机会就不好弥补了。把心里想的话都说出来，免得后悔。"李玉花一时未说什么。郎先卫便说："我们夫妻这么多年，离了也别互相怨恨，以后还可以是朋友，不要当成仇人。今后，各人可能比现在更好，也可能不如现在，谁都不要悔恨。先祝福你以后更好！"李玉花也不示弱，说："郎先卫，你不用给俺戴高帽子，你自己好就中，不用管我。我也不一定比你差，咱走着瞧！"

法院的人说："这样吧，你们的姿态都很高，都同意离婚。你们二人的离婚是由男方郎先卫提出，并全部接受了女方李玉花提出的要求。双方以后要履行承诺。如无其他问题，我们将作为协议离婚给予办理，而非判决离婚，法院作为调解人。我们把你们双方的权利和义务都写清楚。你们都要仔细看，有什么问题就及时提出，同意就签字盖章，或摁手印。离婚协议具有法律效力，双方都要严格遵守。我们认为婚姻是自由的，结婚自由，离婚也自由。现在你们都是健康公民，都不用代理人，也没有其他特殊事项。希望你们离婚后，各人都要按法律规定，处理你们之间的事宜。祝你们新的生活更美好！"

郎先卫离婚的事在这个平静的小村里引起了一场轩然大波，人们议论纷纷。

这件事也久久盘踞在郎立学的心里，他觉得他夫妻俩长久分居，不在一起是离婚的一个阴魂。要驱逐阴魂，最好的办法是俩人能靠近，住在一起或多在一起。现付丹香一方面需照顾，一方面受郎先卫离婚的影响，可能有与自己一样的想法。她是长期临时工，有一份固定的工资收入，让她回农村，经济上尚不允许，因卫生室收入甚微。他绞尽脑汁，左思右想，想起杨博海说过在他单位办卫生室的事，得先争取付丹香的同意和唐丽的支持，尤其唐丽能让杨博海兑现许诺。还得向村里干部群众说明，因村子不大，即使长期在村里干，工作量也不大。间日在村里工作，也不妨碍慢性病的防治。郎立学一想到这两条，也不听无头无脑的瞎论了，一心趴在卫生室里，安然看书学习，认真细致工作。

不过，他心中的谋略却时时在心海中起伏，能做的就立即行动，付诸实施。他对村中因患胃病、肺病、心脏病等慢性病常来取药又不做检查者，便一改往日工作方式，来者尽量查一二种，发现了不少问题，尤其是心电图检查帮助较多。心电图检查能对病人做一次初选，有苗头的，就让患者到医院做进一步检查。他以丁义患胃癌晚期为例，劝病人不要光凭感觉，要相信科学检验。又以妇科良性肿瘤病人的例子，告诉妇女们有问题时要及时检查，别拖拉着硬扛。这些也都产生了较大影响。以后，凡叫去句山医院检查的，大都呼之即应。经过一番努力，郎立学的威信大有提高。时间不长，他的实际水平已不次于郎先卫，但也总是被人认为年轻毛嫩。

这天，住院的丁义该出院了，郎立学又得与付丹香商定自己的主意是否可行。下午，他早点下了班，和娘说了声，便来到句山医院。

付丹香与郎先卫正准备吃晚饭，看到郎立学来了都很高兴，说："先坐下歇歇，喝碗粥。"三人一起喝着付丹香做的玉米粥，吃着馒头和炒白菜，好像家人一样。郎立学还是先讲："郎叔叔，你们办了离婚手续，都觉着是村里很大的损失，希望您以后经常回去看看，不忘故乡。"郎先卫说："人都是在一起的时候没什么感觉，平平常常的并不多么亲，一旦离开才觉得这个人是不可少的。"付丹香说："我是从心里不愿意你们走这条路。俺这才刚成家，说真的还没有个家。看你们离了，我有点害怕。人苦苦干了一阵子，孩子都大了，理想破灭了，营建的这个家，像树上的鸟巢一阵大风刮掉了，是多么伤心的事啊！再找一个到底怎么样呢？"郎先卫说："这都是无法预料到的。我这一步也是一边走，一边看。"

一边吃饭，各人都毫无保留地谈了心里话，不仅是顿饭，还是各抒己见的讨论会。不管冠以何名堂，肚子饱了，也痛快了不少。郎立学给郎先卫倒了一杯清水喝着，付丹香去洗了餐具。

郎立学趁机提出个人的想法，和他们说："我想请唐老师和杨博海说说，到外贸公司办个卫生室，一周在那儿开诊三天，在村里三到四天，都是间日上班。你们说可行不？"付丹香说："外贸才几个人，还不如要求医院里安排个工作干呢。"郎先卫说："医院里倒可以，我看中医科正需要人。行的话可先当进修医生，慢慢熬，一样成正式人员。这样就不用回村里了。"郎立学说："我觉得似乎不行，做医院的医生会亏待病人。"郎先卫说："你这么说就不对了。谈到水平，在村里也是你看病，谁能说你行与不行呢？你就不愧对人家吗？医生在哪里就是哪里的水平，不过要不停学习，只有学才能跟上。我开始时就很差劲，每看一个病人，每开一张处方，都向带教的老师汇报病情和方子的内容。我看你学中医就很合适。半年就可对常见症加以施治，比学西医快。"郎先卫根据个人的经验体会，恨不得一鼓作气，将自己的全部知识都掏给郎立学夫妇。像长辈那样望子早日成龙。

郎立学心中犹豫不决，只是低调应着。付丹香另有筹谋："我看还是一求外贸，二求唐老师，跟她学习心电图。一个心电图室应有两个人，现就一个，休班就没人做了。若有两个人，有人上病房，门诊不空着。这倒不用我们来设想，还得请人问院长同意与否。晚上可以先向唐老师反映此事。也不可太急，我是同意先出来干几天，但丢了卫生室还不行。我们费了不少工夫，要走也得慢慢来。往往半星期在村里干，人家就有感觉，对我们支持就少了，病人就少，人家找咱看，就是支持我们。医生和病人是鱼水关系，有水才有鱼。我们是从农村病人家走出来的医生，怎么能忘记村里的人？我想了想不能急于走。要在村中干好，就得既做治疗，又做预防，二者并举。把村子办成一个卫生村，是十分必要的。

成为一个少病或无病的长寿之乡多好。还是先向唐老师说，冲着我的重身、临产等原因，需多住在一起来照顾吧！当然夫妇不经常在一起易出现感情问题。对唐老师可说，对他人不可说。"

郎先卫说："俩人住在一起可能不至于出此事。你们的事照三种方案去办均行。路总得一步一步走。我明天要请院长们吃个饭，感谢他们对我的帮助。如我回省城事成，请你们到我那里去玩。"

付丹香说："好吧，希望你们将来都更好。咱到唐老师家里坐坐，顺便问问郎立学能不能来院里干，或来城里干点什么事。"郎先卫插话说："这种事还是叫郎立学自己出面较好。"各人一边说一边走。来到唐丽家，郎立学轻叩了两下门，唐丽轻轻开了门，一看都是老熟人，随即请郎先卫先入，首先问道："郎先卫，你的事办得怎么着了？"不等寒暄，就开门见山问这么一句，使他面红耳赤，一脸羞愧之容。

三人说明了来意，请唐丽拿主意。

遇到实际问题，唐丽总是沉默一番。她喝了口水，清了清嗓子才开讲："郎立学讲的事，出发点很好，想法很有人情味，对丹香是真的关心和爱护，这是作为妇女最乐意得到的。我是过来人，孕妇关系到两个人的生命，尤其是她还得工作，饮食不正常，家务活也得干。现在确实是困难时期，照顾好自身也很不容易。我同意郎立学的想法。"

付丹香看到唐丽并无反对意见，还很体贴自己，便高兴地说："还是老师理解学生，请老师一如既往地为俺操操心，把事办成，解决目前的困难。老师的情，老师的恩，俺永远不忘！"唐丽说："我们是自己人，不用客气。我这个人并无多大能耐，和他人的关系也平常。一般自己的事不去求别人照顾，但有福同享，有难同当。和杨博海俺俩是老同学、老知青，现在是夫妻，他是我的老伴儿。各人有同有异，就是求大同存小异。生活算是融洽，有点分歧，一琢磨也就消失了。我刚来院时是清洁工，可难干啦！每次检查，到处都不合格。大家没有卫生习惯，刚扫过的地就弄得一塌糊涂。后来我就决心学习。除了干清洁，不管在食堂，还是在宿舍，有空就学。我看医学书籍，看住院的病历。看病是怎么得上的，有什么感觉，怎么检查等。把看到的都好好记着。有一次护士考试，我也报了名，考了个中等水平，大家很吃惊，说：'人家工人考得比专门学的还好！'后来护理部和我谈话，说我爱学习，叫我学心电图，上了三个月的专业班。这就是我的求职过程。"

唐丽的亲身经历，使郎先卫很受感动，他说："我们应向唐老师学习。谢谢你对立学的帮助和对我的帮助。我们该回去了，让唐老师歇歇吧！"

送走客人后，唐丽再三思考郎立学上哪儿。来医院做心电图，可替替班休息。他对心电图机，已能操作无误，只是在一些复杂图形的诊断上，还要多下功夫。若跟着干上个月儿半载的便可以。实际上，休息时确实无人来替，不能及时给病人下诊断结论。而要增加人员，就要增加开支，院里可能不同意。若半日制，只增加半个人也许能行。要上外贸得与杨博海商量，他也得与单位上的人合议一下。那儿距医院较远，就医不方便，五六十号人再加冷藏厂的七八十号人，也得一百多人，还有周边居民，工作量还不少。

忽然有叩门声，好像出了什么急事，声音很急，咚、咚、咚数声。唐丽一惊，忙问："谁呀？这么个敲门法！"一开门，见杨博海被一个酒店服务员扶着，脸像红烧肉一般，弯着腰，不断呻吟，不时恶心，意识恍惚，不住地说："拿酒来！我没醉。再要一瓶二锅头，看我和你一口闷！"扑面而来的是那股熏人的烟酒味。

唐丽说："哎呀！怎么成天喝成摊泥，还说没醉！"遂叫服务员把他扶到单人床上躺下，温柔地说："你到家了。"又和服务员说："谢谢你！你先回去吧。"服务员随即走了。

东方欲晓，杨博海终于醒了，唐丽用微波炉已热好牛奶，打上两个鸡蛋。把两三块精制糕点和四个小笼蒸包放在桌上，并备有香油、醋等佐料。

唐丽看他洗漱完毕，请其入座就餐。他也如驯服的小羊一般。一边吃着，唐丽一边温和地说："有件事和你商量。郎立学为照顾付丹香，想来城里找份半日制工作干，既为照顾付丹香，又为增加点收入。他提出每周在城里上三天班、在村里上三天班的设想。医院里我还没去问是否能安排，不知你外贸口里能安排不？半个月的工资也寥寥，没几个钱。"

杨博海说："是啊，外贸口有两个厂子一百多人了，也该有这么个人。原先有位副经理曾提出过，但没落实。今日和副经理、办公室主任商议下再说。半日制不好安排，可以照最低工资标准，月薪三十元。"唐丽一听，觉得有七分成，看来有望。心想自己放宽他一点，他就回报给一点。这是人情中关系往来的妙点。夫妻关系也尽是奥妙。

过了两天，郎立学又来城里，一是送郎先卫，二是看看付丹香，三是问能不能来城里干点活。幸亏走得早，他到时，郎先卫正准备起程，坐七点的汽车到云州转去省城的火车。临行，他把宿舍的钥匙给了郎立学，说在此住宿方便些。这样，郎立学又有了一间小屋，可以一个做卧室，一个做厨房了，心中非常高兴，解决了目前急需。郎先卫要是回来，还是首先给他住。告别时，郎先卫对立学说："立学，祝你家庭幸福，工作上进！"

当郎先卫乘上西去列车时，心想，这次离婚手续虽然办得很顺利，找上的新爱人江慧若翻脸不认人怎么办？都已过不惑之年，总不会说假话、办坏事吧？四十而不惑是孔子之言，自己也四十多了，为何又走上这条岔路呢？新家建好后，再也不干这种傻事了！

郎立学和付丹香送走了郎先卫，便各回岗位上班了。

郎立学在路上总惦记着将来自己的路怎么走。自己的意见又不算数，还是一个木偶，任人摆布着。现在好像开关都在唐丽的手里。要在心电图室，对她好，对我也好，便于学习。就怕不好联系。去外贸也不好定。等着吧，听天由命。他忽然又想起郎先卫的事，怕自己的家庭也被害得如此破烂。在想入非非之中，他不觉来到了家。他进门就又见李玉花在和他娘面对面地说着什么。她仍是哭哭啼啼，泪流满面。"那个该死的东西，狼心狗肺，被那个狐狸精缠去了，把俺娘俩扔下就不管了。俺现在举目无亲，以后怎么过，就得依靠嫂子给俺出个主意。"她自感凄凉悲惨，哭成泪人儿。她也是想徐桂贞以前曾遭遇过失夫的痛苦，想来此必得同情。见郎立学进门了，她便将哭声暂息，说："立学回家了，快歇着吧！"郎立学劝说道："婶子，别难过。事就这样了。家是你的，他不管，你自己管也没问题。"徐桂贞也紧接着说："孩子说的也是，别难过。我当时哭得泪不干，白天黑夜地哭。他爹是病死的，永远消失了。你们是离婚，不用哭也不用恨。咱女人要站起来走自己的路。只要你开口，不用三天就会有人找你。哭什么？他有人，咱也有人！"郎立学说："娘，我上班去。"

郎立学来到卫生室，已有不少人等着了，开门后即进入工作状态。人们又议论着郎先卫的新闻。郎立学什么也不说，只是默默工作着。

　　光阴荏苒，不觉一周过去了，郎立学照例到句山医院看付丹香和唐丽。到付丹香处已是落日黄昏，付丹香正在忙着做饭。她也预料到郎立学会来，就早买了几个馒头和俩菜。看到郎立学来了格外高兴，便忙为他倒上杯水。郎立学即问她近来身上可好，有没有什么新情况，唐丽给回音没有。付丹香说："你急什么，人家得求人安排。要是她说了算，早就叫你和她一块儿上班了！唐丽告诉我，她已双管齐下，和医务科、内科都说了。自然和杨博海说得最早。但都没回音。听说杨博海有意安排在外贸。外贸周围几个单位都没有医务室，小伤小病，拿点儿药不方便。也许这个星期就有信了。"

　　晚饭后二人到附近街上散步。郎立学看着付丹香越来越重的身体，想到离预产期更近了。

　　郎立学问付丹香："你又去检查没有？"付丹香说："我问妇科的大夫，说可能在下周。"郎立学说："要是那样，早叫娘来准备下。"付丹香很自信地说："叫娘来干什么？我自己有数，待产时到产房就行。那时再叫她来也不迟。"郎立学说："那可不行，我想下周一二就叫她来，早做准备。现在家里有面、玉米面、豆面，小米和绿豆也都有，还压了不少面条。叔叔在家照顾着两个上学的，门市又不占长工，就行啊。"郎立学又说："娘来做着饭省得你下班自己现做或去买。适当休息利于胎儿的发育和分娩。这个时候老人在身边非常重要，她是过来人，有经验啊！"

　　付丹香说："人生真快啊！没想到过几天就要当妈妈啦，你也成孩子的爸爸了。我们才几天不做孩子了啊！现在做什么事也不成熟，事业不定型，家在哪儿也不知道，一切都是临时性的。"走着走着，付丹香说肚子有点不适，隐约作痛，二人急忙赶回医院。路上越走越不对劲，有加重之势，郎立学便扶着她慢慢走到屋里，让她躺在床上，休息片刻后缓解了。付丹香很明白，不能掉以轻心，小便过一次后，便与郎立学到产科看看，咨询一下值班人员。给的解释是：孕产期一般二百八十天（末次月经到分娩日）。但有提前或后延的，最长达三四周。胎儿均发育良好。人家问："你现在还痛不痛？晚饭什么情况？"付丹香说："不痛了，晚饭吃得饱了点，又上街走了走。"值班人员说："问题就在晚餐吃得过饱，又接着走路，胀大的胃压迫了孕晚期的子宫，致胎儿受压就乱动，所以有腹痛感。看现在的情况还得过几天。"付丹香说："那好，谢谢！"

回到宿舍，付丹香又感到不适，于是郎立学又扶着她回产科。那位值班员二话没说即叫住下观察，免得来不及接生。现在正有空床，付丹香住到一病室二号床上。

郎立学跑到唐丽家，告诉她付丹香的新情况。她即同郎立学一起来到产科。唐丽安慰付丹香道："不要紧张，瓜熟蒂落，这是生理现象。你也学过分娩接生，不是都对产妇说不要紧张和恐惧么，只要掌握这两条，分娩过程就顺利。以前曾推行无痛分娩法，主要是教育和安慰产妇，心理上不要有负担。现在条件很好，更不必担心了。"付丹香说道："我听您的，不紧张。"

郎立学又回宿舍，找出他娘给做的小棉袄和被子，还有黑豆、益母草。为迎接新生命的降临，老人的心早想得很齐全了，盼望小宝宝的来临。这是家庭的新生力量和未来，是自己的子孙呀！郎立学看到这些代表母亲心意的东西，便想早一步把老人接过来，就立即把棉袄和棉被用一红包袱包起来拿到病房去。

到了那儿，值班人员却说："你太着急了。初产妇得等半天，不等半天是生不下来的。"唐丽说："是啊，初产妇不像第二胎那样快，要耐心些，不用急。"郎立学听了她们的话，便说："要是有时间，我就回家去把俺娘接来。"唐丽说："我在这里先看着，你快回家去接老人来吧。"于是，郎立学推着自行车上路了。

转眼来到家中。他娘正在收拾饭桌，看立学急急忙忙进家，火急火燎的样子，便急着问："什么事？急成这样？是不是丹香临产了？生了没有？"郎立学说："娘，我就是为她待生了才来家接你去呢！她住进妇产科了，唐老师在那里陪着，咱快去。"徐桂贞说："俺可盼到这一天了！我拾掇拾掇咱就走。你快去和你叔说一声，一个要买止咳糖浆的叫着他上了卫生室。"

郎立学听了母亲的吩咐，骑车到卫生室和付一农说了，他满脸是笑地应着，高兴地说："那就快去，在路上慢点，安全第一啊！"

徐桂贞没有什么新衣服，洗得干净的就是好的。简单梳理下头发，换上没有补丁的鞋，在大门口等着。付一农也跟着郎立学来到大门口。徐桂贞心直口快地说："丹香快生了，你在家招呼着，我去看看。"说着，都上了自行车。说时迟，那时快，眨眼工夫，车和人已不见了。

刹那间到了医院，看唐丽坐在妇产科办公室里和值班人员正交谈什么，郎立学心中那块石头才落了地。唐丽看徐桂贞来了，便说："大姨来了，快歇歇吧。大喜临门，要添孙子了，恭喜您！这还没生。也快了。"徐桂贞说："那我能进去看一眼不？"值班人员说："先瞧一眼，好放心。"唐丽领着徐桂贞去看付丹香，寒暄一番，见一切正常，放心了不少，脸上现出打心底的微笑。

唐丽看了看手表说："才八点半。郎立学，你真行！来回差不多四十里路，用了一小时啊！何况还带着个人，又是傍黑天。看情况，可能还得等些时候。"郎立学明白，便让唐丽先回家，并说："生了就及时向你报告。"唐丽说："那我回去熬上一锅米饭，再煮上些鸡蛋，到时你去拿。我就回去了。"

郎立学领他娘去了宿舍，让她喝了水上床歇着。自己也喝了碗水，带上门回病房等候。他感到身心隐隐不舒，浑身乏力，就到付丹香的产妇床上躺下，一霎就发出了鼾声。值班室的人员悄悄说："真累了。下午刚从家里来，看到老婆要临产，又骑车回家去把老娘接来，还跑得那么快，来回不到一小时，叫谁也得累得慌，有的就受不了。"

徐桂贞因坐自行车后座，来时急，未垫上东西，路上走得又快，车子颠簸厉害，弄得头昏脑胀，心里发慌，欲恶心呕吐，却强忍着维持表面的平静。现在躺在付丹香的床上，全当进了安乐窝，心里欢喜得很，随即想到家庭的巨大变化。两年的时间，原娘俩在街边炸油条，给引来一只大凤凰。原先一个家，那么简单，而今成一个大家，四处可行了。怎么也不会想到在句山医院还有个小小的家！这个家正在发、发、发！一阵喜悦，一阵高兴，她喜得偷笑了。什么头晕、心慌都一扫而光。快去抱孙子吧，还在这儿躺着干什么？光躺着还不如不来呢！她一骨碌从床上爬起来，快步流星向产科赶去。产科一切风平浪静，也没有值班人员。仔细一瞧，有，她们都趴桌上睡了。听鼾声一阵大一阵小地在房里回荡。徐桂贞对这里的肃静似乎有点虚惊了，便硬着头皮，悄悄到付丹香的房间瞧个究竟。她慢慢敞开门，透过门缝，窥视着付丹香衣着整齐，仰卧在床上，安安稳稳地睡着。自己无可奈何地进屋坐在一把椅子上等着。等了不多时，一位值班护士过来说："大娘，你怎么到这屋里来了？"徐桂贞才说了一下自己的来意，说找到付丹香心里才放心。护士说："噢，我看看她。没事你就先回去，这么近，有事再来也不晚。"她到付丹香身边，轻轻扣了下她的手臂，一边叫她醒醒。付丹香猛一下醒过来，说："看我睡着了。"徐桂贞问："肚子有什么感觉吗？"付丹香说："没有什么感觉。"徐桂贞问："一直不疼吗？"付丹香说："不疼。"护士说："流羊水没有？"付丹香说："没有。"护士说："那你下来吧。"付丹香说："我正想小便。"护士说："那你快去排排小便，看没事就先回去。"付丹香小便后一切如常，便叫起郎立学来，三人一起告别了值班护士。

郎立学前头开了门，让娘和付丹香先上床休息，自己去和唐丽说一下，免得她惦念。唐丽刚好给他们熬了一锅稀饭，还煮了些鸡蛋，让郎立学端走给付丹香她们吃。

徐桂贞一看这么多饭和鸡蛋，很喜，便说："人家唐老师把咱当成自家人了。我还没想到，人家都做到了。"她先给付丹香舀上一碗，并将一个剥好了的鸡蛋放在碗里。付丹香说不吃，徐桂贞劝说半天，她才吃了。郎立学则喝了一碗又一碗，连喝三碗还吃了俩鸡蛋。徐桂贞则没吃没喝。

再说郎先卫回到省城，因只有每周的星期三才办理登记，他与新爱江慧等了几天，拿了介绍信等材料顺利地办了再婚登记手续。在附近选了个中等的酒店，请了几位同学和江慧单位的几个同事，举行了再婚喜宴。参加的人不多，凑了两桌。因是再婚，又加郎先卫交往还少，来的人也大都不认得。

宴席结束后，郎先卫俩来到江慧的家。她家里一切如故，仅墙上、窗上贴了几个喜字，一床新床单、一床新被子，每人一套新衣服、新鞋袜，墙上挂了二人的新婚照。但江慧把郎先卫的一切都与前夫对比。以前的对象那么高大魁伟，精神饱满，热情开朗。而今的郎先卫就逊色了，如此矮小，似终日精神不振，缺乏奋发之势，没有雄心壮志。她被怀旧情绪紧紧束住。

因在进修学习，二人便不度蜜月假期，如常生活。大家也不以为意。

郎先卫天天到江慧家，时而翻找针线等物，偶然看到了江慧的旧像集，看到江慧的前夫身材健美，眼神聪慧，脸庞俊俏。他再看看自己，觉得与之确实差一大截。他想："这位男子怎么把这样的美女让给我呢？无意啊，若他在世怎么会有我的事呢？"他在一边敬畏江慧的前夫，一边又可怜自己不出众的相貌。可他人品也在中上，也就有所不卑，依然可以取而代之。从而一种怜悯江慧的心情浮于心海，觉得应尽量平等相待，使她满意。大事讲原则，小事不计较，能自己干的事，尽量自己动手。

　　日月如梭，时间到了国庆假期，二人在家搞卫生，擦门窗，扫墙壁。江慧不小心将装有二人婚照的镜框撞落在地，玻璃跌破，把江慧和前夫、江慧和郎先卫的两份婚照一前一后暴露出来，不过新照片在旧照片之上。郎先卫忙过来看了，说："不要紧！旧的不去新的不来。"他忙打扫了玻璃碎片，以免伤人，未出他言。江慧则不言不语，将两次婚照拾起来，很仔细地擦去上面的灰尘，平摆在床上，看了一阵，轻声问郎先卫："你凭良心，客观一点说，也不论死的活的。这两张照片，哪张照片好？"并慢言慢语地继续说道，"我们都是医务工作者，是搞科技的。尽管在某些情况下，人们把卫生医药界和科技单独分开。咱不论那些，就客观地说。"郎先卫虽不很聪明，但也绝对不傻，不能说自己好。他先夸奖江慧的前夫："你的前夫，雄姿英发。你俩真是龙凤佳配。不过都已过去，不复返了。长江后浪推前浪，今天我们是中年相爱，是光辉的中年，更充满活力。我们应仔细保存这两张婚照，都用相框镶起来，挂在中堂上，作永久纪念。"江慧说："我看你这不是故意和我作对吗？让我一边做你这个活人的妻子，一边做一个死人的鬼妻子。你这是诚心捉弄我，使我人不人，鬼不鬼，你良心何在？对前夫的怀念，一时是清除不了的。因我的家中一切如旧，我便把我们的新婚照临时放上了，暂作借用吧。以后如可能购买新房，家具全换新的。现在是武大郎下棋——'借车（局）'。"郎先卫说："我的意见，对前一张婚照，若不用新框，就收藏起来。你把新旧两张婚照放一个镜框里，是你不把自己当人待，成为半人半鬼。若新旧重叠在一起，我不就是你的前夫吗？不也是非人非鬼吗？"江慧显示出某些女人的劣性，无理纠缠起来。她说："你今天光棍一条，进入我家。虽是男女平等，想来做皇帝不可能。讲事业，你水平不高。在家中，有钱出钱，无钱就出力！"郎先卫熊下来了。一讲到财物，他就带来一床半新不旧的被子，江慧还不用。郎先卫说："以后家中卫生的活我包下来，做饭算你的。相片你如何处理都由你。像归像，人归人，像是死物，人是活人。我们俩是活生生的人在一起。"江慧看出郎先卫软下来了，说："这还差不多，男耕女织么，多少年的规矩了，我们不能改呀。以后关于穿的事我管，关于吃的事你管。"

　　就这样，家里的体力活全归了郎先卫，打毛衣、洗衣服由江慧负责。如此郎先卫便终日忙得不可开交，起床即做早饭，下班是午餐、晚餐。餐前得择菜、洗菜，煎炒烹炸炖，餐后要洗擦炊具餐具。他就是磨上的毛驴，无时停蹄。他们住的一楼前有小院，建有一小厨房，虽用液化气炒菜做饭，也有时用大锅蒸馒头和菜包子。郎先卫赤膊上阵，手拉风匣，炉烧煤炭，厨房里狼烟滚滚，呛得泪涕俱下，全身汗流，苦不堪言。当初，他只想到新夫人的花容月貌，未料如此。只得忍耐一切，学唐僧取经的精神，克服困难。

第三十章

外贸办诊室　丹香娩男婴

话说郎立学这天接到了可去外贸公司开办卫生室的好消息。他跑到村主任丁和祥家，向其介绍了目前村卫生室的现状及其妻近日临产的情况，并说明他要每周在村卫生室干三天，每周二、四、六三天在外贸公司卫生室上班的方案。说这样两处都不误事，还可对慢性病等集中处理，不耽误治疗。急症他也处理不了，得直接去城里。因村卫生室是他自己开设的，村里未给任何补助，村主任也无话可说，当然也就只得同意。

郎立学请文书丁肖华用毛笔在一块木板上写了敬告村民通知："今后卫生室每周一、三、五开诊，其余时间不开诊。"落款是郎立学，注明了年月日，挂在卫生室门口旁边的墙上。今天是周一，郎立学开诊上班。

傍晚，郎立学回家和他娘说："我要去城里，以后每周二、四、六在城里上班。你要无事，上午到卫生室看看，有拿药的就给他们。价钱都在药盒上了。"他喝了几口水，带上几个煎饼，骑车奔城里去了。

第二天，郎立学到了外贸公司。杨博海给他一间小西屋，并交代了任务和待遇："你每周二、四、六和周日上午共值三天半的班，月薪四十五元。到附近出诊免收出诊费。你骑自行车上下班，每月给两元交通补贴。"郎立学去测量了室内尺寸，确定了物品摆放位置。因室内狭小，为方便工作，想用一块布帘隔成两小间，里间放检查床，诊桌置外间，几个箱子垒起来做药橱，其他依情况酌情处理。

郎立学先买些常用药，由公司统一支付。所需办公耗材到会计室领，外购物按发票报销。如此，他将所需物品买全，还从句山医院借来处方笺等印刷品。又请会计给写了卫生室的标牌钉在门口。新工作岗位一天内就基本建成。

到周四这天，一开张便有牙痛、咳嗽、胃痛、腹泻等常见病病人陆续前来就诊。常言道"万事开头难"。而郎立学这次却未体会到，反觉非常顺利，心中高兴。他万没想到能在偌大的县城里开卫生室，真是天助！他决心精心工作，赤诚待人，做到万无一失。大家都认为这位年轻的医生认真负责，还真想干一番事业。对服用的每一种药，他都再三嘱咐注意事项，服药后会出现什么不良反应，均予告知。凡是他来值勤，总有十来个甚至几十个病人就诊。不只机关、工厂，还有附近的老百姓。凡在劳动中的小外伤，一时的腹痛，都到这里来诊治，一时竟有人慕名而来。半个月后即相当地红火起来。

因两天的工作量集中到一天来，回到村卫生室的一天也很紧张。正当两头都很紧张之时，付丹香真的要生了。

这天下午四点多，临近下班，付丹香感到腹部下坠性腹痛，一点都不想动。西班长便扶着她到产房。大家正准备换班，见付丹香来，有的就不走了，跟着吴爱菊主任接待这位初产妇。白班人员陆续下班，只有吴爱菊尚在等着，唐丽也来了。吴爱菊说："现在已有宫缩，胎头已入盆，可能今晚生。"

付丹香突然喊："快来人！"吴爱菊便快去看。她见床上湿了一大片，说："啊呀！破水了，快上产房！"夜班大夫说："吴主任，你今天下午才做完一台剖宫产手术，一定很累。你放心吧，我们完全可以顺利完成任务。有什么问题再请您。"吴爱菊这才下班回家。

产房里显得肃静一些。付丹香阵阵腹痛。她看到唐丽，便握住她的手，一阵不痛就问："唐老师吃过饭没有？"唐丽则说："吃过了。你饿不饿？"付丹香说："饿也不想吃。"

郎立学从外贸下班来家，刚开了门想去买饭，唐丽就来说："付丹香快生了，你把小被子、棉袄、尿布、卫生纸拿去等着。我给她做俩荷包蛋。"

郎立学听令，急去看临产的付丹香，想她一定会生个大胖小子。说时迟那时快，郎立学刚到产房，便听到一阵清脆而震撼人心的"哇哇……"声，看表是晚上七点整。护士对他说："付丹香生了个男孩，高兴吧！"郎立学笑逐颜开地说："高兴！高兴！谢谢！"忙把拿来的衣物交给护士，护士说："我们不用这些，产房里有备好的无菌棉被和尿布。你先放在外边等着，现在正断脐带呢。"

不一会儿，唐丽用一个红缸子端来了用红糖和艾叶炖的荷包蛋，一股特殊的艾叶香味扑鼻而来。护士叫唐丽过去抱抱新生儿。她怀中抱着这幸福的小生命，心中那喜悦的心情，洋溢在脸上，不知说什么好。看着红润的小脸，真像初升的太阳。紧闭的双眼，握紧的小拳头，像是一位武将。只是小樱桃嘴像是在寻觅什么可吃的东西，不断做吸吮状，没有吮到什么，便又哭起来了。她一托，护士接过去，给他洗生来的第一次澡。

待助产士处理完毕产后事项，付丹香似乎筋疲力尽，两眼紧闭，呼吸平稳。唐丽上前轻声地叫声"妹妹"，说："我给你做了荷包蛋，快吃一个，喝点汤。"如此亲情感动着她勉强侧卧过来，自己喝了几口汤，吃了一个荷包蛋。唐丽硬让她吃了第二个。这汤含有红糖和艾叶汁，对身子大有益处。看到付丹香喝完汤后，精神好了许多。

歇了一会儿，唐丽和郎立学协助护士用担架车把付丹香推回病房。"郎立学，快回去做小米饭，要稠一些，还要煮上鸡蛋，送给值班的人员吃喜鸡蛋。"唐丽吩咐道。郎立学应了。因事先准备了鲜鸡蛋、小米及干木柴，所以做起来很方便。约一小时，一锅米饭、二十多个煮鸡蛋，还有专为初生儿打口的药水等，就都做好了。他锁好门，提着装了鸡蛋、打口药水瓶和碗匙勺等的布兜，端上饭锅，来到产房。

唐丽叫郎立学把鸡蛋拿些去给值班的吃，给付丹香吃米饭和鸡蛋，再给婴儿喝打口药水。喝过打口药水，又给他喝一点米汁，体现人以食为天。尔后新生儿在婴儿室，一切都不用操心。付丹香吃了一碗饭和一个鸡蛋，唐丽也吃上一碗米饭和两个鸡蛋。饭毕，唐丽叫郎立学将锅端回宿舍，把剩的饭和蛋尽量吃了，明天好再做。

郎立学吃完饭已是晚上九点，想再回家叫母亲来，又怕影响她休息，遂去和唐丽商量。唐丽说："不必，现在一切都正常，你可先在宿舍睡一会儿再来。你来了，我再回家去休息。明天早上我做好饭拿来。吃完饭，我在这里看着，你回家去报喜，把婶子接来。要和叔叔说，叫他与村里说明卫生室因有事暂不开门。没有别的事，下午回去处理一下病人也行。"郎立学同意。

郎立学回去睡了一觉来替唐丽。她回家时已近午夜，杨博海已经睡了。听到唐丽回来，他醒了便问："干什么来，这么晚才回家？"唐丽如实讲给杨博海听，说付丹香生了个男孩，所以待到现在。杨博海说："原来是这样。还顺利吗？"唐丽说："也算顺利，初产妇怎么也是费事。孩子挺可爱的。"杨博海说："那你冲个澡快睡吧。"

第二天一大早，唐丽就跑去产科病房，让郎立学回家请老太太来。付丹香一切都很正常，仍旧软弱无力，郎立学帮她洗漱完毕，未用早餐即骑车回家。唐丽去看了一眼小孩，告诉付丹香小孩没事，便去做饭。

郎立学在回家的路上什么也顾不得看一眼。一到家，正巧他母亲、付一农叔、付丹生和自己的小妹等四人围着那张矮小桌吃饭。徐桂贞先开口问："生了没有？"郎立学说："昨晚上生了个男孩。"大家一听，高兴得一片欢腾。郎立学说："娘，快吃了饭准备下，去城里照顾她几天。"

徐桂贞到了医院。她跑到产科病房看到付丹香好好地躺在床上，已吃过唐丽做的早饭。唐丽还得上班，先走了一步。做婆婆的亲切地问这问那问了个遍，一切都很正常，又去看了看自己的小孙子。护士们抱给她看，她看着小孙子，喜得抿着嘴笑个不停，感到无比幸福。她还问拉脐屎没有？尿过几次？喂东西没有？护士答复说："唐老师给他用过打口水，吃过米饭汁，还给喝过一次牛奶。他还很爱吃。"徐桂贞说："谢谢你们，照顾得这么周到。我刚到这里，我这做婆婆当奶奶的还没有尽到责任。待会儿我去煮鸡蛋，请大家吃喜鸡蛋。"护士说："不用了，我们都吃过了。"徐桂贞说："那就好，你们忙吧，我去看看媳妇那里有没有事。"

徐桂贞来到付丹香的床前，提提暖瓶里的水好像不多，即去提了水来，倒上一杯，问付丹香喝水不，付丹香说："娘，你刚来，快坐下歇歇。我不渴，你自己先喝口水啊。"正说着，郎立学来了。付丹香说："我想今天回宿舍去。"徐桂贞说："没什么事就直接回家去。和医院说说，用救护车送送咱。我们在一起省许多事。你就安心歇着，做饭、洗洗涮涮的，我和你爹就能干了。他正在家煮猪蹄，回去你就吃，好早下奶。有了奶就省事了。立学还得上班，下班就往家里跑也很累。这里的房子也窄窄巴巴的，一张床、一把椅子、一张桌了就填满，进去都调拉不过腚来，一家人怎么过啊。干脆回家吧！"徐桂贞的一席话，说得郎立学和付丹香无言以对，他们还以为这里更方便些，小孩子有个什么事看着方便。郎先卫的房子钥匙拿到手了，倒可以过去住。但为了照顾家务，在一起还是好些。要是分散了，两个学生和老人就不好管。付丹香表态说："那还是回家好。"郎立学马上应着："是啊，听老人的。那咱先回宿舍，安排回家。这里办完手续，还得与唐老师说，请她给联系下救护车。

上午我还上外贸值个班。"正说着，唐丽一步闯到屋里来。

唐丽看到徐桂贞在，忙说："姊子来了？祝贺你大喜，人财两旺啊！"徐桂贞说："亏了你在这里帮着忙了个通宵。待小孙子大了好好孝敬你。"唐丽说："看姊子说的，我们是姐妹，帮点忙是应该的。"郎立学接着说："唐老师，俺娘想叫她娘俩回老家。家里还有老叔和俩学生，也得俺娘管。要在这里，她也不能两头跑。再说，家里也宽敞，对大人和小孩都好，老人照顾着方便，也有经验。"唐丽很聪明，自然顺着说，心想住在院里，增加负担不说，出力不少，还不一定比在老家好，便说："那我和院领导说一声，看救护车什么时候有空。一霎就送到家。"

郎立学说："我想下午走，上午再到外贸上半天班，也和人家说一下有了小孩的事。咱这就办出院手续，先到宿舍里去。"唐丽说："那也好，不用太急。我先去打个招呼，说不定救护车有南去的任务，顺便就送到家。现在先把大人小孩接到宿舍里，做点吃的等着。"

唐丽到院办请示："给提供个方便，用下救护车送产后的付丹香回家，也就不到一小时的工夫。"院办人员便应下："下午上班就去送，有向南出差的任务更好。"

郎立学办完出院手续和新生儿出生证回到宿舍，问了唐丽联系救护车的事后，便去外贸公司上班了。

全院都知道院里这朵美丽的花已经结果，生了个男孩，都纷纷传着这条新闻。有买鸡蛋的，有买小孩衣服的。尤其洗衣班的同事们，纷纷到付丹香的宿舍里送礼庆贺。徐桂贞迎接感谢，拿喜鸡蛋给人家吃，还只得劝："大家带回去，我家里都有。"还是西彩红说得好："大家都是自己送来的。付丹香助人为乐，为人好，和谁都很亲。你这个媳妇义务给这个那个的做衣服，大家都过意不去。这个时候还不表示一下吗？"付丹香躺在床上，一个劲地表示感谢，叫人把礼品带回去。哪有一个人带走呢？这么小的房子，床上、桌上摆得满满的。西班长又对徐桂贞说："您老人家真有福啊！娶了个这么好的媳妇，为人真好，人人都夸。"徐桂贞说："是啊！也幸亏大家看得起，耐心帮助，你又教导得好。她是农村孩子，刚来什么也不懂，什么也不知道，你们大家都帮她，她才有今天。我是从心眼里喜欢她。在家待的时候虽少，但她常说西班长就和亲娘一样照顾她。她很感激您。"二人说了一通，西彩红又上班去了。

郎立学到班上干了一上午，处理完就诊病人，便到办公室请示："下午有点事需回家一趟。"值班人员问："何事？"郎立学说："老婆生了孩子，把她娘俩送回家。"工作人员答复说："完全可以。我给你写张字条告诉大家，你有要事下午休诊。"说着便取出一张大红纸，裁下长方形纸条，用毛笔很规整地写好，晾得不流墨了，让郎立学拿着糨糊贴到诊室门旁边，锁上门即回医院。临行，办公室人员出来说："这里有个规定，家属生了小孩，办公室给十元钱，自己买点补品，补养下身子。这点钱也别嫌少，仅作为大家祝贺的表示。"郎立学说："好，谢谢领导和大家的关心！"

郎立学心花怒放，乐不可支，高兴地往回走。在路上他想，这十元钱可买十几斤鸡蛋，够她吃半个月。他飞也似的来到了母亲和老婆孩子中间。他忽然间成了孩子的爸爸，上有老下有小的人，仅在娘面前，还是个孩子。进屋一看满屋都是鸡蛋，这一堆那一摊地放着。还有衣服盒，一个个摆布着。他忙对娘说："我们回家，怎么还收这么多礼品？鸡蛋吃不了不坏了吗？"付丹香说："不是我收的，人家放下就走了。"一霎，唐丽下班来说："下午一点救护车过来送你们。"郎立学也说："我向外贸请了假，办公室的同志还给了十块钱。请你把这钱给杨经理，咱还能要人家公家的钱吗？"唐丽说："你收下就是，退给他比打他还厉害。"郎立学说："那这些鸡蛋你和西班长处理吧。回家去肯定大伙还要送。"她想了想说："要不，你赶快上药房要个纸箱子来装上，拿回家去叫老太太腌起来。以后拿来给大家吃吧！自己可吃半年啊，你们现在又确有困难。"郎立学听了，便拿纸箱来把鸡蛋装好，中间还隔几层纸，防备震破。其他东西也打了包。他灵机一动，说去洗衣房借床干净床单铺在救护车的担架床上。徐桂贞听了就让他再拿些煮鸡蛋给西班长。郎立学带着热乎乎的鸡蛋，找到西班长。她刚要下班，郎立学说明了来意。西班长一看这满怀喜悦的青年小伙子，高兴得抿着嘴说"快给人伙吃"，并爽快地给拿出两床床单，说："用后给带来就是。你这小青年真有福啊！找了个天仙，生了个龙子，将来必有大福。"郎立学说："谢谢西班长！俺哪有福气，是托了大家的福。"西彩红说："月子里要好好照顾，当好服务员。那我就不过去了。她年轻，过几天就壮实了。听说有奶了，孩子有福啊！"

郎立学辞别西班长，怕耽误救护车的正事，急忙回到住处。

产妇、小孩一回村，干活的男男女女，一拥而上，都愿意帮助一把。村民都高兴地祝贺郎立学医生升级成了爸爸，要吃喜鸡蛋了。

郎立兰早已在家做好饭，煮了鸡蛋，看娘和付丹香回家了，忙起来问："妹妹好啊！坐车累着没有？"付丹香说："没有。这么一会儿工夫就到了，累不着。"徐桂贞扶付丹香上小北屋准备好的床上躺下歇着，把小孩也放到付丹香的怀里。推车送的人要回去，徐桂贞说："等吃个喜鸡蛋再走。"刚说完，郎立兰已把鸡蛋放到冷水里浸一下，取出四个给推车来送的二叔吃。但他只拿了一个，郎立兰硬给他四个，并说："四季平安。"二叔说："好好，我拿着。"徐桂贞送他到门口。

郎立兰用干净脸盆盛上不冷不热的温水，带着肥皂，来到付丹香的床前，把盆子放到一把椅子上，叫付丹香洗洗脸和手脚，付丹香自然听姐的话。她照着镜子一看，脸色一改前貌，灰垢满面。在床上有些很不方便，便将毛巾在温水里泡一下，再拧个半干，擦洗脸颈，并搓上溢香的牡丹牌香皂。洗好脸后又将雪花牌润面膏用手指抹出一点，两手一搓再向脸面、颈部搓搓。再照一下镜子，又不认识自己了，这不还是一朵牡丹花吗？自己高兴得笑了。郎立兰又换了一盆水叫付丹香洗洗脚，她也愉快地接受了。

郎立学接着付一农端过来的猪蹄和汤叫付丹香吃。郎立兰又端来一碗稠小米饭和给小孩吃的米汁。付丹香吃着放香的米饭，她姐便一勺一勺地给小孩喂米汁。他还张着嘴吃呢！郎立兰的高兴、喜悦，都集中到这点点滴滴的米汁里。徐桂贞在大门口前撒了个大半圆的草木灰防线，在付丹香的门口上挂一块红绸缎。尽管如此，闻讯的邻居乡亲们，拿着大包小包陆陆续续来送鸡蛋祝贺。徐桂贞都按常理将煮鸡蛋送些给来贺喜的。徐桂贞被贺喜，喜得合不上嘴，有的抢着说："你还这么年轻就有了孙子，在我们这般年龄中是早的了。"

付一农手提一大块肉从外边回来，说："明天外孙三日，要吃水饺，还得给左邻右舍的送水饺。"这也是不成文的规定。

郎立兰给付丹香和小侄吃过饭，给小孩换了尿布，便又帮着做饭了。付一农说："我切上点肉炒几个菜，晚上咱自己先祝贺祝贺。"郎立兰还未回应，张勇军用摩托车带着壮汉就进门来了，自然又是提着两条大鲤鱼作贺喜厚礼。进门就说："全家平安！大喜。"付一农爽快地迎接并应着问候，请他进屋里坐。壮汉争着要看小弟弟，徐桂贞自然要满足外孙的要求，但提出条件：只准看，不准用手摸，不要说话，不大声吵闹。聪明的壮汉，只点头表示遵守纪律。他指着自己的脸看着姥娘，心里琢磨着是不是怕吓着小孩。为了自己的孙子，徐桂贞才给外孙定了这条规矩。她领着壮汉的小手，如牵一只小羊，来到付丹香床前。付丹香一见壮汉来了，高兴地说："壮汉来了，怎么来的？"壮汉说："俺爸爸用摩托车带着来的。听说妗子给俺生了个小弟弟，俺瞧瞧好吗？"付丹香说："哎呀！壮汉真会说话。当然行了！将来他叫你哥哥，还要你抱着、背着呢！"付丹香忙掀起被子，露出小孩那圆圆的红润脸蛋儿，他两眼紧闭，两手攥拳，如同打拳击。壮汉正看着，冷不防地喊："醒醒，看看哥哥！"一边用自己的小手指戳了一下小孩的脸蛋。徐桂贞吓得立即拉住他的手拖到外边去了。付丹香说："不要紧，小哥哥乖，喜欢小弟弟，就常来玩呀。"徐桂贞一边牵着壮汉的手一边说："咱不是说好了动嘴不动手吗？"

徐桂贞在屋门口和壮汉说话，突然想起小孩还没起名，就想叫壮汉给起个名字。壮汉顺口说："叫小弟吧。"张勇军正收拾着鱼，听到了便说："叫小弟也可，但要用有单立人的俤。要是兄弟的弟，以后在辈分上就没法分了。他成了我们的弟弟了，辈分一升三级。"付丹香说："那就听姐夫的。"

张勇军把拾掇好的鱼炖上，不多时鱼肉便在锅里翻腾起来，散发出一股鱼香，激动着各人的食欲。付一农刀下的肉已经切好，只等配菜下锅。明天的水饺馅也备得差不多了。

一会儿，鱼锅端下来，付一农这位老厨师上了阵。只见他一边炒着菜，一边慢条斯理地说："小东西叫弟，这是想上天了，差太大了不行。别看起名，也是很有学问的事。我看，现在兴'红'和'军'，但当下是和平时期，可叫'永平'，要世界永久和平。"张勇军忙表态支持，说："还是叔起的名字好，平安就是福，我们要永久平安幸福。"徐桂贞也附和着说："就叫这个名。我就天天盼望着平安，咱天天人往城里跑，哪一天哪一时都望着平安，'永平'这个名好啊！"付丹香听到了，就说："听老人的就不会错。老人经验多，想得全面。刚才壮汉给起的名是'小弟'，出口也不凡。姐夫姐姐教子有方，将来一定能成大才。"郎立兰笑着说："他妗子，我煮了一锅鸡汤，快吃饭吧！把你的巧嘴堵起来。"付丹香听了，就不声不响地等着吃饭。郎立学在屋里扫除卫生，把尿盆里的尿和手纸等污物倒到茅厕里。

李玉花不知听谁说付丹香生了胖小子，也提了一兜鸡蛋来。徐桂贞看见，忙出屋向前迎着，先问了好，又说："你是怎么知道的？家里不少鸡蛋了，你快拿回去自己养养吧。看你都瘦了，要想得开啊！自己和闺女过得还好吧？"李玉花说："现在俺娘俩过得还挺好，我只是后悔和他过了这么多年，他又不顾家了。现在倒好，他落到那母老虎手里，日子可就不好过了。俺娘家有个学生在中医学院学习，听说有个老乡在那里，就找上门去了三回，那母老虎都不理他。她说食堂的馒头里有碱，非叫郎先卫蒸不可。白天没空，只好晚上蒸。怕耽误上课，那个学生就晚上去，看他在厨房里用大锅烧炭蒸馒头，光着膀子拉风匣，厨房里浓烟滚滚，累得汗流浃背的。我看叫他受点罪活该。不能光享受，得吃点苦才中。猛折腾折腾他，我才解恨呢！"

张勇军和付一农做的菜摆满了桌子，酒杯碗筷上齐，准备坐下来用晚餐。郎立兰已给付丹香吃过了米饭、鸡蛋、鸡汤和猪蹄，就把小北门闭好，让两个学生上桌，又去叫娘和李玉花来一块儿吃。李玉花说要走，一家人哪能让她走，徐桂贞拖住她，给她碗饭和鸡蛋，她就快快地吃了，抬起腚来就走。徐桂贞把熟鸡蛋给她带上些，送出大门外，直望着她远去。

徐桂贞回到桌上，各人都举起酒杯。付一农坐主陪，端着酒杯说："来，为庆贺永平降生我们家，给我们带来吉祥而干杯！"大家干杯后，他继续说："我是由衷地高兴。我本想建起套院来，可现在都在外面住，也无须受那个累。各人还不知以后怎么着。郎立学还去外贸上班，村里卫生室已不是重点了。"张勇军听了，惊问道："什么时候去的外贸，我还不知道呢？我看还是在村里好，农村养人啊！别看城里人挣几个钱，往往待待就腐化了，讲吃讲穿，不吃苦，不愿在家受累了。"付一农接上说："谁说不是！但人都向往城市生活，各方面方便。村里挣不着钱也是难题。收费少了养不起，药卖少了也不行。又有了小孩，开支就多了，也只得先这么干着，以后再说。"张勇军说："还是技术不高啊。"付一农接道："是啊，技术水平就是低啊。"

郎立兰听着话题扯远了，便忙往正题上引，说："今天咱欢聚一起，是为添了新成员，是喜事，都为永平的降临高兴。各人都倒满酒，我和张勇军，还有俺壮汉，让他以水代酒，一块儿向两位老人，还有丹生弟和立英妹敬杯酒，学生也以水代酒。"喝了第一杯后，又倒满各人的酒杯，她接着说："来，咱再喝第二杯。这第二杯酒，祝老人健康长寿，永平母子身子好，全家人财两旺！"

此招很管用。张勇军也举杯先祝二老健康长寿，又举一杯祝郎立学喜得贵子，第三杯祝两个学生学习好、身体好。随后又说："永平降生在咱家是一特大喜事，我们该好好庆贺。今天晚上是第一次，以后还有满月和百岁咱都要好好庆贺。叔叔起的这名字有很深的含意，既有科学性，又有哲学意义。行路想到平安，工作要平安，而且要永久平平安安地过下去。"

郎立学举杯感谢姐夫、姐姐的祝福和帮助，之后又说："我听姐夫的。原想叫付丹香在城里住下，郎先卫走时给留下了他屋的钥匙，这样两间房也宽松些。我为照顾她才又联系了外贸的工作。当时付丹香临产，工作紧张，没机会和姐夫商量，办得挺仓促。那边定的是一周上三天半班，一月给四十五元。我想这样有了个固定收入，阴雨天也有饭吃。我一分一文都得自己挣。村卫生室最多一天毛收入二三百块钱。可总有没收入或很少收入的时候。家里那点山岭薄地，一旱就收不到东西。虽靠近水库，大旱了水库那点水要用抽水机抽，费用多得不划算。要是没有个单位给发固定工资，有可能就吃不上饭。"张勇军说："你们干的都是技术活。看来，只要路子走对了，就要下苦功夫钻进去。"

各人七嘴八舌地谈论了一番，酒也过了七分。郎立兰已上了饭，有馒头和煎饼。学生则早吃饱了，而壮汉啃了只猪蹄，喝点稀饭也饱了，和学生在院子里玩耍。

一霎，又有人来送鸡蛋。徐桂贞听到来人，忙出来迎接，笑着说道："哎呀！他二嫂，你怎么知道的？家里鸡蛋很多了，你拿回家留着自己吃吧。快先进屋坐坐。"他二嫂说："我听说大兄弟家生了男孩，是大喜呀！送点鸡蛋过来。他娘俩才回家，各人都挺忙的，我就不进屋了。等过几天，大兄弟家壮实壮实，我再来看她，也看看您那宝贝孙子。"徐桂贞就把熟鸡蛋给她些，送走了。

张勇军酒饭之后虽稍有醉意，但心里高兴，说明天来过三日吃水饺，便用摩托车带着一家子回去了。

为庆祝永平三日，徐桂贞向大家公布自己的计划，说："立学和你叔饭后去买猪肉四斤、芹菜二斤、嫩吊瓜五斤、韭菜三斤、菠菜五斤、粉条二斤、蘑菇一斤、豆油二斤、豆腐二斤。我自己去找几个帮忙的，借盖垫、面板和凳子。包十盖垫许差不多。俩学生去学校请半天假,下午再去上学。"徐桂贞调拨已毕,待大家吃过了饭,自己才用开水泡了碗煎饼,吃着咸菜条,算是早餐了。

郎立学看着不忍心,便煮了面条,加上两个鸡蛋。徐桂贞盛上一碗,放上一个大大的荷包蛋,叫郎立学给付丹香送过去。郎立学叫付丹香吃,她摇头不吃,说早吃得饱饱的了。郎立学不甘心,用筷子将荷包蛋夹成两半,再敲到她的嘴里。又瞧了瞧小永平,见他安静地睡着。付丹香说:"刚才吃了奶就困了。你快去吃饭吧!今日吃水饺,可能忙。"

家人用过饭后,付一农去买菜,郎立学要跟着,付一农说:"用不着,我使自行车,用个袋子一装就行。一星半点的东西,不沉。"郎立学给他钱也没要。

郎立学问徐桂贞:"娘,我做什么?"徐桂贞说:"你先去请李玉花来,帮着拿她家的面板、菜板和擀饼轴来。"郎立学立即前往李玉花家。她家大门半掩着,进门即听到"嗒嗒嗒"的声音,像是缝纫机的声音,他便喊道:"婶子在家吗?"李玉花应道:"哎,我在做衣裳呢。来吧,立学。"她放下活到屋门口迎着,一边叫进屋里坐,一边又说:"恭喜你添了贵子,好幸福呀!今日是三日吧?"郎立学说:"婶子,是过三日。俺娘叫我来请您老人家过去帮忙包水饺。"李玉花说:"咱们村里有这么个好传统,为小孩过三日,大家都吃喜饺子。好说,我这就收拾一下去。"说着话,她赶忙将缝纫机的轮带摘下来,把衣服叠好,将针头卡住。郎立学一看是一件粉红色上衣,下缘加上一周边蓝色宽带,袖口也一样。这是当时流行的一种改旧成新的做法。尤其是女士穿上,显得很别致。她一边收拾着,一边说:"你妹妹的一件衣服穿着小了,我给她加上这个缘子就能穿,不用再花钱买新的。这小衣裳也没人穿了。现在都这么改,我也就摸索着做。"她又去洗了脸,梳了下蓬乱的头发,还搓上了点雪花膏。审视一下自己的衣服后,换上一件蓝底紫花上衣,和洗得干干净净的茶色裤子,鞋也穿上一双整洁的。还说:"穿的衣裳脏兮兮的出不去门,不换新的穿件洗过的,也是种礼貌,反正自己丑,想美也美不了了。"

郎立学说:"婶子不用打扮。这是到咱自己家里,又不是去做客,是去干活受累。"李玉花说:"孩子,我知道。去帮忙的不是我一个,还有左邻右舍的好多人,衣服脏了人家笑话,说你懒啊!"郎立学说:"婶子,还得要带上你家的面板、菜板和擀饼轴子。"李玉花说："看我这还把带东西的事忘了。"俩人拿了需要带的东西，一前一后出了门。李玉花在大街上见到人就总是说："郎立学的孩子过三日吃水饺，就得有人帮着包，才能多给大伙子吃。"经她这一招呼，左邻右舍的人跟着来了不少，大娘大婶、大嫂二嫂的来了七八号人。还大都带着面板、菜板和擀饼轴等家什，还有的人带了座位。大家来既是为郎立学贺喜，也是为了给李玉花一个安慰。她的出面也感动着人。看她今天穿的虽不是新衣，却挺干净。头发也梳得差不多像是美容师的手艺了。还有个扎着长辫子的姑娘，也来包水饺，更令人注目。

付一农也去采购归来，大家围上来，有的拿菜去择洗，有的搬着那大块肉放到案板上剁开，自发分工干起来。徐桂贞未等更衣和梳理下头发，就是脸也没顾得好好洗，就从屋里跑出来迎接来宾，并一起干开了。各人一边干一边打开话匣子。这个祝贺她好运，早早抱上了孙子。那个称她真有福，娶了个好媳妇，又早生贵子。还有的说媳妇什么都会干，能当裁缝、又会看病，是个大能人。付一农忙烧水沏茶招待大家。

徐桂贞在大瓷盆里放上半袋子面粉，说郎立学有力气，让他和面。又有人说，郎立学真行，这两年多发展真快，娶了媳妇，生了孩子。付丹香从大姑娘变成了新媳妇，虽是临时工，可有固定工资，生了孩子照样拿工资。看家庭这么兴旺，说明有办法，看来帮的也多。原是娘仨，一下子变成六七口人的大家庭了。

徐桂贞统领着全局。开始时，用大盆拌馅，后分成数个小盆，给各面板上用。大块的面团，也分到各面板上。很快一盖垫一盖垫的银白色饺子出世了。

徐桂贞看水饺包得很快，便开始煮起来，付一农帮着装盘。一会儿，一盘盘热气腾腾的饺子下出来了。郎立学和两个学生，则成为服务员。他俩用食盒、提篮，装上一盘盘饺子，飞快往返，送往各家。不管是送喜饺的还是接喜饺的都高兴得咧着嘴笑，近三十家享到了郎立学家的喜悦。尚有人家在外干活不在家，未能送下。

来帮忙的人们也笑说郎立学这才几天的一个孩子，现在成了爹。有的说："俺来包水饺可不能光吃水饺，还想吃鸡蛋，喝喜酒来！"吵吵嚷嚷地说个不停。有的打趣道："俺可要警告你，将来可不能和郎先卫似的，一脚蹬了旧的换新的！"有的挑衅说："郎立学，你媳妇坐月子，工作谁来干？俺去替她上班行不行？别的不会，俺会用缝纫机做衣服啊！"郎立学听了光笑不答。经过一上午的紧张劳动，包水饺的工作已近尾声。

付一农炒了几个菜，拿来两瓶红酒和煮鸡蛋，准备招待来包水饺的人们。正在此时，壮汉家三人来了，张勇军与郎立兰向各位来帮忙的大娘婶子们问了好，表示了感谢，就立即干起活来。张勇军将处理好的两条鲤鱼，用水又冲洗了一遍放入盆中，加了些佐料腌着。付一农炒菜完毕，他来了个清炖鲤鱼。

大家入席，就座喝茶，仍说笑不止。一个婶子对徐桂贞说："应先给媳妇送水饺。"徐桂贞说："是啊，我早就给她送过去吃了。"

郎立兰为永平买了身套装，徐桂贞娘俩要打开，付丹香说："已打开一套了。"郎立兰说："一套还行？得替换替换，至少两套。"徐桂贞说："现在小孩子，主要穿上褂子和袄，裤还穿不着，一霎一尿穿不住。"郎立兰说："我买的是兰花夹袄。"徐桂贞说："这么小，就是他娘穿件大衿衣裳怀里一揣，包得严严实实的就很好"。郎立兰问付丹香："有什么不得劲的不？吃东西怎么样？"付丹香答复说："吃饭很香，就是觉着没有劲。"

郎立兰便出去招待大家就座。桌上有下好的水饺和几道菜。郎立学高兴地将红酒斟满杯，热情地邀请来受了累的各位喝喜酒。张勇军把清炖鱼端上桌，向大家敬了几杯酒。那些帮忙的人怎能有工夫久坐？各人吃几个水饺，就要离席。徐桂贞又准备些水饺，给每人带回去吃。郎立学随即送客到大门外，并邀请各人再来。

第三十一章

玉花提要求　医院来干工

　　李玉花没走，坐下来和徐桂贞说话。她提出："付丹香坐月子，她的工作谁替？我能去替她不？闺女上学，光我自己在家里闲得难受啊！付丹香上班了，我就给她看孩子。家里的地就让他付叔种着算了，俺娘俩吃也吃不多，鸡猪的我也不喂了。"徐桂贞听了，也不好直接答复，便说："你打算得很好，我还愁将来孩子谁给看呢！俺家里还有俩学生，立学还来家上班。等我和孩子说说，让他问问人家单位上再说吧？咱说了不算呀！"李玉花说："那我等着听信。"又说，"嫂子，你现在多么好！你和他叔在一起，过得很红火。今天孩子来到你家，更是锦上添花了。我那个想法成不成都不要紧。成了你们好我也好，不成也无所谓。我该怎么过还怎么过就是。让立学顺便问问吧。时间不早了，我得回去。你们再接着喝，我又不能喝酒，也吃饱喝足了。没做什么，还来吃喝一场。"她边走边叙道着出了大门。

　　张勇军、郎立学、郎立兰、壮汉和俩老人，围上桌来，尝尝鲜鲤鱼，喝杯红酒，以庆贺这大喜之事。付一农只是笑嘻嘻地喝酒，徐桂贞便把刚才李玉花的意见告诉了大家，并说："不知能不能行，到时真成了，在医院挂上个名，以后就名正言顺地干下去。郎先卫也是医院的老医生，还不给个面子么！"郎立学说："等我和唐老师说一下看看。听说郎先卫去省城，要来办调动。他在那里结婚时，没办调动手续。结了婚才创造了调动工作的条件呢！据说他须向句山医院交一部分进修费，不知办得怎么样了。他来也是一过之间，只与领导们见面。我也没和他说上几句话。"

　　徐桂贞说："哎，那付丹香就有转正的机会了。上次转正就差一个事业单位名额。事业单位不是可以补缺吗？"郎立学说："你怎么知道得这

343

么详细？"徐桂贞说："这都是历史了，怎么不知道呢？"张勇军说："真要是这样，也可能办成。现在三日也过了，人情也做了交代。大家都积极参加，热情支持，是很好的活动。搞好左邻右舍关系很重要。兄弟，回去请唐老师先给问问婶子是不是能去。因这个事牵涉着工资。临时工产假期间工资一般正常发。婶子去了，付丹香的工资还能正常发不？要么院方另开工资。要是用付丹香的工资顶就不合适。另外，对郎先卫调走的事，要机灵着点。郎先卫真调走了，有领导先前那个话，一个转正名额也该是付丹香的。事业单位人员可以用转正临时工补缺。此事关键在领导的决定。技术人员有干临时工的，先转正技术岗位的临时工，别的人就靠后。"大家一边喝酒，一边说话，其乐融融。

付一农、张勇军、郎立学三人喝足了酒，吃饱了饭，便喝茶聊天。郎立兰从付丹香的屋里出来，将门闭好，在院中听着张勇军说："立学回医院，先和唐丽说，看她的意见，该怎么办就怎么办。怎么个答谢法，全由她酌情办理。我想她的办法比咱多，还管用。现在弟妹与小孩都很好，不用你挂念，你就安心工作。家里由壮汉他姥姥和付叔招呼着，保证平安无事。至于我们的想法成功与否，也不用担心。也不是非要办成，但尽量争取。我想，你现也有儿了，就是好运气，也许能大功告成。这些事在我们看是很要紧，在人家看来并不是什么大事，一句话的买卖呀。若医院真需要，说不定意见采纳了，事就成了。大家都大手大脚地办事。不像我们小泥人，斤斤计较，凡事考虑再三。我的酒喝多了点，话也多，请不要见怪。"付一农说："哪里多喝，咱仨才喝了三斤。"张勇军说："多是不多，我最多能喝二斤。二斤酒进肚也没什么问题。不过我还得骑摩托车，这就不少了。水果、糖、茶水都可以解酒。中药葛根能解醉酒。"

郎立学说："我明天去城里上班，和唐老师说说。有成，再联系你。"张勇军说："此事只是我们这么想的，不要对外讲。"接着，他吃了两根黄瓜，脸色淡了许多。郎立兰看到自己的丈夫有点醉，也不多语。看到壮汉的姥娘到屋里歇歇去了，也不好打扰，便和壮汉玩起扑克来。当张勇军的酒慢慢消退了，自觉情绪也稳定下来，便喊着壮汉："咱回家吧！将来小永平长大了，你就当大哥了，领着小弟要好吗？"壮汉说："好啊！"他一看姥姥睡了，想找她又不敢，郎立兰便说："叫姥姥睡吧，姥姥累了要歇歇。"又对张勇军说："我和他妗子说一声。"她一看付丹香也睡了，便只与在院子里的付一农及郎立学告别。郎立学给他们装了半袋子煮鸡蛋带上，并告诉张勇军先推着车走一段路，到外边清醒些再骑。付一农也嘱咐慢慢走，说这才四点钟。

忙碌一天的"过三日"落下帷幕，各人都感乏力。付一农到屋里，把门闭好，躺在床上靠着徐桂贞睡了。

郎立学到付丹香屋瞧了一下无事，便去卫生室接诊病人。正巧有位牙痛患者要买药，他检查了口腔，看有龋齿，给予消炎和止痛剂。患者走后，他也在检查床上躺下入睡了。一觉醒来，看见李玉花在室内。她见郎立学醒了便问道："这两天你们都很累。其实生小孩是正常的事，不用搞些不必要的活动，净赚得各人累得慌。不过，这样过也好，大家都托福，半个村里的人都吃到喜庆的饺子了，都很高兴。你们人多，叫我就办不到了。总之，我这是心里话，不要介意。你明天上句山医院，关于我提的事，你只管问一下，成不成都不要紧。我一直在村里，不是过得也很好吗？我这回出去，是想散散心。我一人在家无聊。一想那狼心狗肺的，就觉得命苦啊！你看我又唠叨了，别见怪就是了。"郎立学说："婶子的事我一定记在心里，找人说说看。现在办事，有的看着很难办，可是一办就成。看着容易办的事，倒不一定能办成。咱都是求人，三求两求，求着菩萨就好办。但愿碰上个大善人，能体谅咱。婶子今年多大啦？人家问的时候我好说。"李玉花说："我是二十三岁和那个狼结婚的，你小妹妹十六岁了，今年我刚四十岁，生日小，十一月生人。按实周岁才三十八岁。以前他也想叫我出去，我还离不开这个家。觉得妇道人家，在家喂猪、鸡、狗的很好，还有缝纫机做点衣裳，养儿育女很知足。现在世道变啦，男男女女都到外面去干了，都不光趴在地里了。尤其我这种情况，更想走出这个家。这个家害得我好苦啊！他狼心不要这个家了，我也不恋这个家了。以前看着家里每样东西都很喜欢，现在对这些东西，尤其是他的，我看着就刺眼。他玩的铁树，全是一支支锐利的箭射着我。以前那一朵朵喇叭花，我很爱看，现在看着就像是吹鼓手在哀号，令我伤心透了。所以，我恨不得马上离开这个和地狱一样的家。我的心都凉透了，什么也不想干了。本想给你妹妹做件新衣裳，也没心做，将就着把一件旧得不能穿的小衣服给她改了穿着，什么新旧的，遮体就是好衣服。哎呀，又是一阵子，不说了，我该走了。"

郎立学听了这被弃婶子的一通言语，感到惊讶。送走她，再躺到那块木板床上，.觉得人生这么无味吗？原来也曾梦想有个一般的家就很好。当一名医生，好好过日子也算理想。表面看婶子还没大有变化，一听她吐的真情，方知她还这般悲伤，对家已毫无眷恋了！家成了一所囚牢，让她苦闷不堪了，想抛弃它，离开它。今天她把希望寄托于自己，而自己又能做什么呢？自己的一切尚在游荡，如打秋千。窝在村卫生室，日子也很难过，到城里也难以安身。不考虑了，闭眼过吧。看无人来，他将卫生室一锁，回家了。

第二天，郎立学骑上自行车，到城里去上班。路上满怀喜悦，高兴得不得了。今天是以一个有子之父的身份上班了，他兴致勃勃地前进在大路上，浑身是劲。真是"人逢喜事精神爽"！不觉费力地来到句山医院。

因出门早，路上行人少，走得就格外快。也许是因为这两天歇着，生活也特别好，身体有所储备。正在思索着，忽然李玉花那悲痛欲绝的面容，百无聊赖、不断抽泣、涕泪纵横的样子立在面前拦住了去路。他立即停下来扶着车子，一阵头昏脑胀、眼花缭乱。休息片刻，脑子清醒了，看还不到上班时间，便直接上了唐丽家。

来到唐丽家门前，他轻轻敲了几下，一霎，唐丽开了门。看她正吃着饭，郎立学便说："你先吃饭，快上班了。"唐丽问："她娘俩挺好？"郎立学说："幸亏你大力协助，一切都好。"他从兜里取出几个大包子，说："趁热你吃口尝尝。原想给带水饺，怕在路上搓揉碎了，不如大包子好带。还有十来个煮鸡蛋。庄户人家也没有什么好东西。"唐丽说："你的心意我领了，你拿去中午吃，我还有一杯奶、一个鸡蛋、两块点心，足够。你再喝杯奶吧？"郎立学说："不了。昨天过三日，李玉花过去帮忙。她把家说成囚牢，看什么都悲伤，让我求您给想个办法。她先提出能否替付丹香先干着，说过去曾来院干过清洁工。能否请您和院领导说说，给她个活干？"唐丽一时愕然："怎么她要来院干？这可没把握。现在人手紧，可都不要人，只能提提。"郎立学说："还听说郎先卫要调走？调走没有？"唐丽说："这事我还不知道，还是等问问吧。"说话间唐丽已吃完饭，郎立学忙帮着收拾了碗筷。唐丽便到卫生间洗漱打扮一番后，与他一同走出家门。

郎立学的心情好了许多，像是减轻了自身的重负，将重负转交给了唐丽。好像李玉花如邮包，跟着唐丽去了。面前只有付丹香和小永平给他带来的喜悦。

郎立学来到外贸公司，传达室值班人员宋如堂对他说："你还不多在家待几天，接着就来上班了？"郎立学说："咱就是干活的，把他娘俩送到家，有老人照顾着就放心了。在家也没事，所以就来了。再说在这里上的班本来就不多，再多歇就不像话了。这两天不知有来看病的没有？"宋如堂说："有两个拿药的，一看门上的条子，接着就走了。"郎立学说："那我赶快开门，把停诊的条子撕下来。"他开放诊室门，打扫一下卫生，提了一瓶开水，喝了一杯。又将几个煮鸡蛋给了宋如堂，他很高兴地接受了，并说："这鸡蛋有特殊意义，是生孩子的喜鸡蛋，不但我要吃，也给俺老婆和孩子吃。"郎立学说："愿能给你们带来好运。你是好丈夫、好父亲，时刻想着老婆孩子。"

宋如堂看没有来人，便说："你现在刚成了家，有了孩子，夫妻应和谐，都要愿意白头偕老才行，不要把家人当作无生命的物品。一勤二俭，挣的攒上点，要有点节余。这样，家庭才能根基牢固，兴旺发达。我说的可能不合某些人的口味。改革开放，有人学西方，认为家庭不必太老式，就有人喜新厌旧，另选对象，对结婚离婚不以为然。这样能有幸福吗？"

郎立学和宋如堂谈了半天，收获了一节未听过的社会课，给自己不少启示。以前光知道过去因为疾病造成鳏寡孤独。看现在有些人对离婚不持慎重态度，使不少本来很幸福的人蒙受苦难，尤其被遗弃的子女很悲惨。没妈的孩子像棵草，幸福哪里找？若有祖父母招呼着还好，若随了别人便是别样天地。

郎立学忽然想起应到办公室去说一声，再送几个煮鸡蛋给那位精明大眼的辛利主任吃。他来到办公室，辛利对他说："还不在家侍候坐月子的，怎么来了？这儿病号少，不用急着来。"郎立学说："谢谢辛主任关怀！我才来不久，已是隔三岔五地上班，加上请假，病人就更少了。以后我一定按照原定的时间上班，人家才能来就诊。坐月子的在家有人照顾，我在家也没用处。"

辛利一想也是，便说："一旦不是天天来，病人就不方便了。若再歇班，就诊的人便觉得时间上靠不住，不如干脆上医院。我这是实话实说。工作的开展全靠你个人，我们也帮不上忙。现在医院的水平关键表现在仪器的应用上。咱这里就是拿点药，做一些基本的检查，很难对某些病做出明确诊断，这是现实。怎么能使业务开展好，我们几个也商量过。听说你在村里还有心电图机，咱这里没有，又不能天天带着机器来。是否可以隔些日子带机器来，给人检查一下？这就得事先安排好，下通知某日检查心电图。乐意查的这天来，和预约看病那样。另外，要做些疾病的防治知识宣传。我是真想全力配合。你看可行不？如能行，咱制作一个宣传栏，你写出稿子，我们帮着抄抄。"

郎立学一听很感激，自己也有一些和主任差不多的想法，就表示："主任说得很对，我也这么想过，咱算想到一起了。今天就下通知，下周一做心电图、测血压等体格检查。我再准备点宣传材料。"辛主任说："宣传材料一篇二三百字即可。反正我是外行，不过是提提建议。"郎立学说："感谢领导对我工作的关心，给指出了工作的方式方法，我一定照办。我年轻，经事少，往往想得少，做得也就少了。"

郎立学和主任的深入探讨很有成效，使他提高了认识事物和处理问题的能力，认识到要想前进，就必须给自己铺路，觉得此处可为久处之地，增加了干好工作的信心，便向主任索取了一沓稿纸，回去打个草稿。他向辛主任说："谢谢主任的指教。下午我就把应向大家说明的事项，逐一写出，请辛主任修正后登出。"

郎立学本想在诊室吃点带来的食品，但牵涉到诊病范围和化验样本采集，还是回去与唐丽商量一下较可靠。内容不要脱离实际。到时候问题解决不了，影响会更坏。看来公司对诊室也和公司其他部门一样要求，讲求信誉和成效。

郎立学到了医院，正遇上唐丽下班，二人一起来到她家。郎立学对她讲了自己和公司办公室辛主任的谈话及设想。唐丽说："如此很好，等于和病人约法三章。你有《内科学》吗？"郎立学说："有啊。"唐丽说："那你就将各系统常见病的症状、体征，基本药物处理写出即可。常见病中最常见的是呼吸、循环、消化、泌尿系统，每个系统举三种病，就满足一般病人的需求。体检和化验放到星期天，每天查多少，心中要有数。我可以带心电图机，也可邀请化验室人员参加。"对于李玉花的事，唐丽也没提。

郎立学回到卫生室，找了张红纸，用白粉笔把最新的卫生室开诊时间写上，告诉大家以后每周四、五、六为开诊日。他正在写着，李玉花又来了，问她的事办了没有。郎立学如实说道："已和有关人员讲了。这个事不是一个人说了算，得等几天看看。找工作不是容易的事，不要着急。"李玉花说："俺万万没想到他去学习，还学了回家和俺打离婚的本事。又气人、又恨人。没有办法，谁叫俺摊上这种事了！只恨自己倒霉，没有本事。外边的男女怎么都成了这种人！"她对外出干工也有了些担心。郎立学语重心长地说："其实，人只要安分守己，就可以不必有过多的追求。我回去再听听消息。成了，你就去干干看。不成，你也不用灰心丧气，该怎么过就怎么过。勤和俺娘聊聊天，散散心。"

第三十二章

包仁来就诊　卫生室凄凉

第二天，郎立学到外贸公司一看，似乎到了个新单位，令他耳目一新。广告牌上三张大红纸写着密密麻麻的工整黑字，煞是醒目，使这种着花卉树木的偌大院落有了一种新气象，被衬托得焕然一新。

自己从《内科学》中整理出来的东西这么一展示，郎立学心里特别高兴。好像平时未在意卫生室的人都跑来看。他在院内蒙了一会儿，便怀着喜悦的心情开了诊室门。今日在初升的阳光照耀下，从室内往外看，院中绚丽多彩的花卉格外醒目。又想到家中老少均好，一种从未有过的愉悦心情油然而生，觉得一切都在向自己展示美好，像是迎接自己，未来将会前程似锦。环境优美，心情愉快，内外融合，他沉浸在幸福之中，决心努力工作，报答单位和同志们对自己的关爱。忽感口渴，他才想起去提开水。

宋如堂见郎立学来提水，便问："今日怎么来得这么早啊？真是个积极工作者！要人人都和你这样，社会就肯定会更好。"郎立学说："哎！咱算什么人物，没什么贡献，对社会不会有什么影响。对社会有影响的人物都是大人物。"宋如堂说："大人物也是小人物发展起来的。如雷锋开始是个小人物，以后发展成有名的大人物。"郎立学说："不管怎么着，做好咱自己的事就中。"宋如堂说："我在你这么个年龄时，心里想得可美啦！想努力学习，要当科学家，当人类灵魂工程师。我算成功实现了愿望，还真成了光荣的人民教师。我就尽全力工作。谁也没想到一时头脑发热，也是随潮流，结果下放农村劳动改造。二十年后纠正了，而我也到了天命之年，再教书也教不成，只好在校干勤杂工了。看着人家同时当教师的，心中难受啊！便早退了，想出来随意找点工作干，才有人介绍来这里。人成事靠天时、地利、人和，这就是古人说的天地人三界。同一环境中，有人胜，有人败，有人晋升，有人不晋升，这是成事在人。我在前师学习时，考试分数远不及我、各方面也平平的人，工作没犯什么错误，后来成了局长、县长的都有。你不服气也不行。人家在工作中刻苦学习、锻炼，工作能力强而晋升。我是书呆子，在社会上办不成什么事。"

宋如堂一人看着大门，还烧着水。他又介绍起了这烧水炉："此炉也是较特殊的仿制品，是油桶找焊工加工而成。炉膛在当中，上小下大，有炉门、炉条，炉膛周围一圈是盛水腔。这炉子有盛水多、烧水快、烧炭省的优点。原来这间屋是有脊檩的两面坡房子，后改为水泥平顶房，并又接上两小间，亦是水泥平顶，上面放着用两个旧油桶焊接起来的水囤，用这个炉子加热，引到两间小屋洗澡用。澡堂每周为本单位人员开放三次。因此守门人工作量大，三天中两天是男的洗，一天是女的洗，均在下午。全是淋浴，卫生安全。夏天洗的时间短，但是勤，虽还是三天，但每天都有一个半小时是女的用。水囤外加上了保温材料，防止冬天冻了。别说，这个单位的人就是精明。常到外面的人见多识广，能学来就用。也有的人看了就看了，熟视无睹，和没见一样。噢，水开了，灌上水在屋里等着吧。"

郎立学提着水回到诊室，看看室内卫生很不像样。其实，才开诊没几天，室内并不很脏，他可能觉得与院子的环境不相称，也可能他今天心情好，想干活了。于是他拿起抹布，将门窗、桌椅都擦一遍，地面彻底打扫干净，几本书也放整齐，洗手盆也擦得铮明瓦亮。一看吊在半空里的灯泡像个黑珠子，开灯无光，便踩着椅子擦了。小小诊室立即窗明几净。这不仅是干劲的体现，更是一种精神和工作态度的表现。他又检查一遍，看那个简陋的药橱也是零乱得不像样子，也加归拢，摆放整齐。还觉得需要加上标签，那得到句山医院要点标签。旮旮旯旯全清除到了，才心满意足，把杯喝水，方觉全身湿润，内衣浸透，肚子也有点饥饿。

此时，一中年妇女扶着一位病人进来了。郎立学忙起身迎着，并问："大爷，您怎么的了？"这位病人名叫包仁，扶着他的是其儿媳妇。中年妇女回答说："他爷爷平时胃口不好。昨天中午我妹夫拿来一包熟猪肉和两瓶红葡萄酒。那我得给他们吃啊！便热了猪肉，切上黄瓜，拌上蒜、加上麻汁调好，又做了个韭菜炒鸡蛋，他俩一共喝了一瓶红酒。他爷爷还喝得很少。喝完酒，我给下面条吃的。昨天晚上他爷爷就不爱吃东西。今早上只喝了点稀饭就肚子疼。吃完饭喝茶时，突然疼得直不起腰来，

351

恶心，头上出汗。他吃治胃病的药好几年了。妹夫家是山里的，这在城里打工，知道他爷爷胃疼就来给他送药。到家正碰上老人胃疼得厉害了，就一块儿来找你给看看。"郎立学把病人扶上床检查。郎立学考虑急腹症，可疑胃穿孔，需立即送句山医院。

三人把病人扶上院子中的三轮车，找了块蒲席子铺着。有的推，有的拉，很快来到医院急诊科。医生认真做了问诊和物理检查，让去做胸腹 X 光检查。检查发现膈下有游离气体，拟诊胃穿孔，让立即住院。三人没带钱，按急症办了住院手续，将病人推到普外科住下。病房的医护人员都围上来详细地问诊、检查，最后下医嘱。先下胃管，胃肠减压，输液，下午三点进行手术，须直系亲属签字。做女婿的说："嫂子，你在这里照顾着，我和家里说说，再凑点钱。"他嫂子应了。郎立学让他顺便把三轮车还回去，他应着去了。

病人安排妥当后，郎立学正准备走，这位嫂子却说："请您先再待会儿，我一个人害怕。"郎立学便未离开。

时已下午一点，腹中感到饥饿，郎立学想先去吃点东西。病人因用了镇静药和补液，面色正常，安静休息，胃管引出不多的白沫水。嫂子也饿了，说要去买吃的。刚回来的女婿则说："我有钱，为吃饭咱少搭上点！"便忙着掏钱。结果还是嫂子去买了一大包小笼蒸包来，还要上了几头蒜。每人吃了二三个。腹中虽饥，但都吃不下去，因病人还要手术，术后情况如何谁也不知。

外科医生又来详细检查了一遍，到办公室各抒己见地议论一番。一位负责人讲："病人情况较重，还需要做彩色 B 超检查。"并把填写的彩色 B 超申请单交给刚赶来的二妹子，说："你们家人用担架车推病人去做彩色 B 超检查，一名护士跟着，防止输液管滑脱。"这样女婿、二妹子、郎立学、嫂子四人推着，上楼梯时便抬着，上了四楼的彩色 B 超室，累得各人汗流满面。幸好未久等。郎立学一看检查结果，面色变白，沉默不语。二妹子也心中有数，两眼泪流不止，欲哭无声。各人借检查的时间缓解了一下汗流。由于检查结果不理想，愁又沉重地压在各人心头，比未查时压力更大了。大家把病人送回病房，护士将报告单给了医生。医生皱着眉头说："我们研究一下再和病人说。"二妹子和爷说："检查没什么事，可能是胆囊炎，安心治疗就是。"

郎立学看送来的病人有了较明确的检查结果，便告辞回到工作岗位。

宋如堂见郎立学回来了，也没有病人等着诊治，便过来问包仁的病情。郎立学说："现在还不很明确，可能是胃穿孔。"宋如堂说："那得手术了。"

通过处理这位病人，郎立学不但诊断水平有所提升，这里的病人对郎立学也有了认可，他的诊断技术和对病人的关心爱护，令人佩服。从公司及周边地区来求治者逐渐增多，开诊就络绎不绝。

有一天，宋如堂到卫生室送水，见郎立学一人没事干，就约他到传达室给讲了一个实事：

"一在云州工作的王安医生，正值而立之年的三十三岁，风华正茂，精明能干，一表人才，与外贸前经理王丰同村。他自骑摩托车来往于句山云州之间。一个冬天的下午，他从云州医院下班回家，过一座石桥。因桥面不平，又加天黑看不清路，一不留神，车和人跌入三米多深的桥下。下面是乱石和冰冷的河水。天气严寒，无人发现。到第二天拂晓，才有路人看到桥下摩托车压着人。只见他伤痕累累，意识模糊。几个路人将其抬到公路上，截了汽车，送到句山医院。虽经全力抢救，终因伤势严重，挽救未能成功。在抢救时才知他是在云州医院工作的医生王安。

"后来，王丰时常惦念此事。他生日那天，喝了点酒，下午骑木兰车在路上与一辆汽车撞了，致胸骨骨折。经积极抢救，两三个月才得以治愈。但此后仍有胸痛，便不能正常上班。因过去在乡镇工作过，他的一位熟人是镇医院的一位老医生庄仁，经常前来探望，给予按摩、推拿等。"

郎立学听了这个故事，觉得在路上要加倍小心，同时也从中受到了启发。

郎立学在外贸公司建了卫生室，前经理王丰并不介意，也不来卫生室治疗，认为他是毛孩子，不一定有什么能耐。可是他的那位熟人老医生却经常来此。日久，便到外贸公司的卫生室坐诊，且天天来，又能及时给前经理推拿和按摩，还可得一份工薪。郎立学不天天上班，又很年轻，病人多习惯性地相信老医生。这样，郎立学也就慢慢被淡化了。郎立学非愚昧之辈，半年后便自动辞退了这份工作，长期在村卫生室了。

李玉花要求到句山医院工作，院方竟应下暂替付丹香工作。付丹香听后很高兴。可是付丹香休完产假后回来上班，才知李玉花拿的工资是会计发给付丹香的工资。会计向分管财务的院长讲了。院长一句话，李玉花原来是院里的卫生工，院子卫生无人打扫，让她接着干卫生工，另给工资。付丹香听闻，高兴得拍手称快。

付丹香上班了，自然永平跟到城里，徐桂贞必然也来看护心爱的小孙子。李玉花也不能天天来回跑。郎立学在村卫生室，终日一人上班。付丹香娘俩和徐桂贞也是祖孙三代的三口之家，在一间小屋里，李玉花又在这里吃饭，显得拥挤。后来，晚上俩老太婆在付丹香的宿舍住，也作为厨房，付丹香和永平到郎先卫的宿舍去住。徐桂贞除看小孙子，还忙着三四口人的饭。这样的日子过得倒也融洽。付丹香下了班抱着胖孩子享天伦之乐。不过，孩子不是尿，就是拉，也增加了一份忙碌。俩做奶奶的总是乐呵呵的。人多也更热闹。

付一农在家种着三家的地。他自己和郎立学家的，加上李玉花家的。这一小块那一点，十多块。对这些分散的地块又不熟悉，有时干了半天还干错了。所以也格外受累。尽管耕种收都已机械化，光除杂草、追肥、灭虫和浇灌也忙不开。李玉花回家也是忙碌不止，简单处理下个人的事，也得帮着做点饭，给付一农缝缝补补，收拾下郎立学家的一些杂事，喂喂鸡狗鹅鸭的。回家把院子扫除干净，屋里也整理一番，中午做顿饭菜。一改离婚后郁闷懒散的状态。女儿回家时，在自家做点好吃的，也送给郎立学和付一农吃。

郎立学更是婶子长婶子短地叫着。李玉花不论在城里还是在村里，都依赖着郎立学家，不乐意自己过日子了。郎立学说："婶子出去工作，脱开给你痛苦的家后，好看多了。人就得乐观着点儿。不管在哪里都要高兴，知足常乐就好。"对郎立学的帮助，李玉花十分感激，不知怎样报答，只好常来添把手。可以说这三家真正连到一起了。

别看种着那么多地，付一农有空就开放自己的小货屋，卖点日常用品。时常引来些悠闲自乐的老头老婆坐在门口，无话不说。有的直道付一农是最能的人，有了个外孙，还叫孙子，是个小悟空不成？这一人双冠的小东西真好，下生到福囷里了，可得买好东西给他吃！说得大伙哈哈大笑。又有人说："听说李玉花的地你种着？你也看看，东西都是你的了。"付一农忙做解释："哪里哪里，不过那个妇女在城里和俺闺女在一块儿上班，不得不帮忙。下雨天到她家看看排水沟，疏通疏通，也没别的什么。"

郎立学在村卫生室最初的几天，病人多还可以。但一个村里能有多少病人？除有流行性感冒一时病人多几个外，平时就那么几个冠心病、高血压、溃疡病、慢性支气管炎和关节痛的人等。后来一天也就三三两两的病人来瞧瞧看看就走了。自己待不住了，便骑上自行车，带上心电图机上了水库。到水库给几个汽车司机、厨师们看看病，做做心电图检查。有时也到机关、学校检查，但多不大热情，自己也很尴尬。感到生活压力很大，寻思卫生室还能不能坚持下去。

正在此时，村上来了一位退伍军人丁军，他在部队干的是卫生员，受过短期医疗培训，能处理常见病。回来后要求工作，村里将其安置到卫生室，并投一千元用作流动资金，解了郎立学一时的苦闷。这样一来卫生室又热闹起来。丁军想到在部队卫生室的那些设备，既先进、又齐全。一看村里的卫生室，简直不像样。自己在部队是擅长外科，为适应部队野战急救，卫生室里刀子、剪子、缝线、针、包扎缚料等的，什么也不缺。而这村卫生室什么也没有，就凉了半截，便一心想到县医院或乡镇医院，后来还是到了镇医院。

郎立学的心热了一阵后又更凉了，心想，既然想发展就得增加人。正好县卫生学校毕业的一位女学生愿来此工作，他便接收了。这样可以天天有人在卫生室，就诊的人也多了，郎立学也安心，也不想外出了。无病人时，两个青年有说有笑的挺高兴。有病人时，两人也合作得挺好。这位刘萍卫校生，中等身材，墨黑的长发辫，一笑一颦，招人喜欢。

刘萍姑娘的到来，如一朵盛开的花，引来蜂蝶恋花。天天有不少男女，有事无事来卫生室待上半天。有时为了工作，郎立学不得不劝告大家到外边去玩，以免影响工作。此姑娘名字虽叫刘萍，人家却叫她环丽丽，像花与项链，真的美丽多娇，不逊于付丹香。刘萍工作很主动，无论接诊病人，还是取药打针，都争先恐后。日子久了，又使郎立学显得尴尬。因无论男女老少病人，似乎不自主地倾向于让姑娘给诊断。郎立学也在纳闷："这是为什么呢？是因为她是个美姑娘？那为什么一些姑娘也找她不找我呢？"他发现了一个秘密。刘萍工作扎实细致，很认真。为病人的一点小病，也不轻易放过，多问问病史，尽量详细。而自己往往简单化，说一是一，说二是二，草率地处理一下就算了。由此，郎立学日趋下风。但他还是很能学习，尽管忙碌，仍手不离卷。

刘萍是一位小学教师之女。自幼其父便要求她好好学习，小学时就名列前茅。她渐渐长大后，因客观历史原因，认为当教师有危险，一度学习下滑。高中未上，即上了卫生学校。毕业后分配得远，父母不放心，她便回家干起医生来。来卫生室一工作即信心很足，一度超过郎立学。如此，她更是乘胜前进。可能天资也好，又加勤奋，她赢得了众人的信赖。真是后生可畏，年轻有为啊！因为姑娘如此有为的声誉，如花引蝶，来求亲说媒的人络绎不绝。这时，村主任丁和祥的内弟张兵从部队来家探亲。此人十七岁入伍，经过八年军营生涯，个人争取进步，已升到排长军官，长得很帅，尚未成亲。他父亲是村里原贫农主任。丁和祥两口子知他尚未找上对象，便将刘萍的情况介绍给他。

当姐姐的心急，编了个理由，说不舒服，让丁和祥快去叫刘萍来看看。丁和祥到村卫生室和刘萍说了。刘萍一听村主任的老婆病了，让自己去诊治，手头上又没有病号，便和郎立学说了一声，跟着村主任到了他家。到家见主任妻便问："伯母，哪里不舒服？"主任妻叫刘萍先坐坐拉拉家常，说她在卫生室干得很出色，村里人都夸奖。又向她家中父母问了好，绕了半天也未说自己哪里有病。

丁和祥妻子说："刚才，我弟弟张兵从部队来家省亲，免不了来看我这个姐姐。"说着便用手指着旁边坐着的一位军人。只见他约一米八的个子，身着一套海蓝色军服，大盖帽上的八一帽徽放射着耀眼的光芒。粗眉大眼，高高的鼻梁镶嵌在红红的脸面上，嘴唇红润，腰圆体壮，英姿潇洒，和蔼可亲，好不令人喜爱。

刘萍的心激动得忐忑不安。丁和祥的妻子接着介绍："弟弟在部队这八年也曾有不少姑娘愿意结缘。可不知为什么，一个个都没有缘分。我耳朵里听说你这位在村卫生室的医生，不但医术高明，也正物色自己的终身大事。这不，巧上加巧你们俩在此相遇，认识认识，可以当个朋友交往，以后互相联系。愿成终身大事或不成都好，完全由你们自己决定。这仅是在我家初次见个面，我们不做任何干涉。刘萍，你还干你的医务，也不要因丁和祥是村主任而有压力。我做点便饭，请刘萍医生和我们一起坐坐。希望你能答应。"

张兵上前一步与刘萍握手，刘萍惊恐地勉强和他握着手，一股异乎寻常的热流涌入心房，一阵全身发热，面部热乎乎的不知说什么好。张兵见她不言语，也不松手，前进一步，双手紧紧地拥抱住她。做姐姐的早到院子里去了，并把屋门闭好。

原来，二人并非初次见面。早在两年前，刘萍去姥娘家即与张兵接触过。张兵因回家为其母祝寿，请了十天的假。张兵家与刘萍的姥娘家是邻居，刘萍的姥娘与张兵的父亲以姐弟相称，两家来往密切。可以说从幼时童年，刘萍与张兵就经常在一起玩耍。尽管张兵比刘萍大几岁，在家人不知不觉中，刘萍早将爱心偷偷献出。张兵曾想早结婚，刘萍因正上学，也觉张兵尚无定处，随军当时还不够条件，此事未成。后刘萍家人曾介绍过多位，但都未成。今日刘萍与张兵见面，心中即有所备。二人大大方方地同家人共餐。琼浆玉液、山珍海味，酒足饭饱而别。事成与否，有待回音。

张兵也有其他人选，正举棋不定。丁和祥听了小舅子对候选人的介绍和评价，想了想，说："还是要刘萍好。她安静文雅，又有技术，将来随军可在医院工作。待我和她说说，叫刘萍到部队待几天。"该意见立即被张兵采纳，但说不能对外声张。

卫生室光彩夺目的鲜花被移走，蜂也不来，蝶也无踪，只有郎立学在苦闷思索着以后怎么办。回家是孤单的付一农叔，有时也说一句两句的话，有时一天他也不吭一声。在卫生室冷落的几个病人，不是牙痛，就是头痛，有时一天也不见个人影。卫生室这么一热一冷，郎立学自己也如患了感冒症，头晕目眩，干劲全无，只得坦然面对。

第三十三章

外贸出谣言　立学陪师诊

　　星期天，郎立学到了城里，从付丹香那里听到一件很扎心的事。外贸前老总王丰同村人王安骑摩托车丧生，他自己骑木兰车发生过车祸，长时间不愈，请巫婆烧香上供时，巫婆说："堂堂大公司，设个卫生室。以前公司平安无事，不吉之物连生车祸。"还丧心病狂地把杨博海说得一无是处，应撤他的职，气得杨博海几天不去上班。他这一气，出现失眠、纳减症状，也使唐丽受很大影响，郁郁不乐。郎立学听了也郁闷得很，便想去看看。

　　杨博海突然眼前一亮。他有位同学，也下过乡，现在琼岛外贸公司当了股长，有一点实权。前些日子到琼岛出差，这个同学还曾叫杨博海去干。当时，他觉得在句山已久，处事融洽，也较便利，懒于调动。今天看来应动一动了。闷了这么多天，身子骨也被压垮。他对唐丽一说，她欣然同意，说："咱应该早走，现在似乎晚了点。就不知好办不好办？"杨博海说："只要有决心，好办也办，不好办也能办。明天我请几天事假，先去联系一下。咱在这里为单位卖命出力，最后还被人扣黑锅。是他们自己不小心，连着发生车祸。王总的老乡喝了酒后骑摩托车，晚上过桥不下车，摔到河里，大冬天的能不死么？他自己是过生日，酒后骑摩托车兜风撞的。这都能怨单位设了卫生室？咱能去找巫婆讲理吗？三十六计，走为上计！"

　　唐丽又提出去琼台医学院附属医院检查身体。她说："我这几天总腰痛，下部还有断续的红东西。你请假，我也请假。你联系调动，我去检查身体。"

　　郎立学来到唐丽家，巧遇他二人刚做了新决定。郎立学听到因为自己的工作连累了他俩，觉得有愧，只好说："你们都是为了我才惹祸上身的。实际上，车祸的发生与公司设不设卫生室没有丝毫联系！再说，他们的车祸都是在建卫生室前发生的，说因为卫生室，就是胡扯！城里好几家医院，也是造成车祸的原因吗？请您不要往心里去，放下心来，该怎么工作生活就怎么工作生活吧。"杨博海说："理论上是这么说，可实际上这是硬欺负人，连工作都牵涉上，真叫人无法接受。我非走不可！可是换个地方也不容易。一要对方接收，二要公司能放，还得工作合适。只有这三者对起来才行。咱这小人物，谁管呀！先别向外说，咱是这么想，实在走投无路，也只有委曲求全。"唐丽说："此事也较长时间了。当老经理同乡出事后，就有人放风说与公司的卫生室有关。当时风不大，也没人信。后来老经理出事，虽保住性命，但一直没好利索。他家里的人便求神拜佛，烧香上供，巫婆更是大放厥词，令家人信以为真，将矛头指向杨博海，说都怪杨博海提议建卫生室。这都说的是些什么话?！叫人听了能接受吗？"

郎立学一听，杨博海为自己蒙受了不白之冤，想去据理力争，也怕无济于事。因自己不在那里了，说话没有分量。再说，杨博海得罪什么人也不知道。自己还年轻，处理不了这种事，还得由他自己处理。

杨博海说："撤了卫生室，他们那股怨气还不消，还要撤我的职。我想去组织部门说理，又怕人家不接受，不如及早离开。今天，我们都请好假，明天去琼台看看事能成不。你也不用揽这个责任，这就是他们不讲理。按这个逻辑，那他们自己村里的人当医生，不就更应该出事吗！你今天住下，唐丽去查病，你要是有时间就一起去陪她一两天，我好去琼岛跑跑工作的事。行吗？"郎立学站起来毅然应道："这还用说，非去不可！莫说去琼台，就是去北京我也陪着俺老师去！"唐丽说："这不是应该不应该的事，俺这是急着用人。你得请三五天假。俩事不可能同时办，得办完一个再办另一个。时间上得有个准备。立学，你还应和家里说一声。"杨博海说："那咱就分头去做准备，明天早六点起程。"

郎立学垂头丧气地回到付丹香处，面色阴沉。付丹香一看就知有不痛快的事，忙问："怎么了？出什么事了？"郎立学说："还用问吗？你又不是不知道。不就是外贸公司说卫生室引起车祸的事吗？"付丹香说："那么点事，值得生气吗？那是巫婆瞎说，能信吗？"郎立学说："咱是不信，可有信的，人家全压在杨博海身上。叫谁也受不了。唐老师要去琼台看病，叫我陪着，明天早六点起程，可能去待三五天。"说着来看小永

359

平，一看脸面和身子又胖大了许多，对付丹香说："几天不见变化就这么大，你有功了！"又对小永平说："长大要好好孝敬妈妈。"他把永平抱起来。他很机灵，一抱就睁开两只明亮的眼睛，注视着父亲的笑脸，那张红润圆胖的脸即刻显出笑的模样。付丹香由于坐月子吃了许多鸡蛋，补养得又白又胖，成了满月脸，更显得美丽动人。

付丹香说："你明天六点走，需要带什么东西吗？"郎立学说："咱随行还带什么？"付丹香说："你不是说唐老师还有老母亲？你去买几斤山核桃作礼品。"郎立学才猛地想到，说："哎，我还没有想到。那我马上去买。"付丹香叮嘱："要买就买好的、上等的。注意在查病时，千万不要问，不要乱说话。有时需保密。"郎立学点点头，亲了她一下，便上街去了。

他奔向果品店，买上一大盒优质核桃提着回家。他在路上想，唐老师是好人，千万别得那种难治之症。好像听说上琼台查病，就是不祥的征兆，看她心中也是郁郁寡欢的样子。不觉来到付丹香的居室，放下买来的东西，又到母亲的居室，说了明天早上去琼台的事。

第二天六点，杨博海的专车按时起程了。杨博海坐前面，郎立学和唐丽坐后排。唐丽早上未进餐，准备在九点前到达琼医附院做检查，之后杨博海去琼岛。郎立学认为车应向东行，可车却向南开去了。郎立学问明白了，这是走南路。当车向东行进时，正是迎着红红的朝阳，满天彩霞辉煌。起伏的山岳、岭地和村镇，一簇簇地被甩到后边。车内只有机器轰鸣，人都在沉默中，心却不停思索。

车在争分夺秒地飞奔，各人心中也和车一样，一件件心事，一幕幕憧憬在各人脑海里上演。杨博海想着会见老同学，唐丽思念年迈的慈母，郎立学则一心向往蓝蓝的大海，希望唐老师检查正常。因早上未进餐，唐丽显得没精打采，不久便依靠在郎立学身上。但她仍不舒服。郎立学遂起身让她躺下，自己则坐在边缘上。还可以挡着防她滑下。这样，唐丽蜷曲着身子，头枕一件外衣，才觉舒适点。

时光飞逝，忽一抬头，已看到琼台的形象，车进入市区，钻进错综复杂的交通网中，高高低低，曲曲折折，一时不辨东西。杨博海拿出地图，看看走走，甚至下车咨询，终于到达琼医附属医院。在医院门外，杨博海对郎立学和唐丽说："你们下车去挂号看病。我到琼岛，可能明天回来。"

　　于是，郎立学扶着显著体弱的唐丽，到挂号处挂上号，又到妇科门诊前的排椅上坐下等候。他看到警示牌上写着妇科主任范玉兰今天出门诊，需挂专家号，每人每次二十元。郎立学忙去补交了专家号费，不久即轮到唐丽。郎立学扶着她进妇科门诊时，范玉兰说："这是妇科门诊，请男同志在外边等着。"范玉兰问唐丽有什么症状，让她详细说说。唐丽说："腰痛两个月，近期时有鲜血或暗红血流出，性生活时疼痛得很厉害。"专家给测体温、听诊心肺、触摸各处浅表淋巴结无肿大，腹部肝脾无异常，后上妇科检查床做特殊内诊，做了内窥镜检查，从宫颈部取了样本做病理检查，开了不少的化验单，B超、心电图、胸透等一摞申请单交给唐丽，并说："病理今天检查，明天看结果。我不在门诊就上妇科病房找我。"

　　检查后，唐丽更软弱无力，她出来由郎立学扶着到排椅上歇歇。郎立学去交上费，送了病理样本。唐丽知道需空腹的检查项目应先做，便接着去抽血留尿，然后做了妇科和肝胆脾胰B超。查完已是中午十二点。他俩到了街上的一家饭馆。唐丽想吃三鲜水饺和馄饨，郎立学加了几个蒸包。唐丽又要上一盘小海螺、一盘虾仁炒韭黄。郎立学心想，若是单独来旅游多好啊！唯憾今日唐丽已病。从唐丽的一行一动，都看出她处于忧愁之中。眉宇间是人欢乐和忧愁的晴雨表。郎立学心想，我来应是拨云消愁使之快乐的，最好检查无重要病，但现在是吉凶未卜。不管三七二十一，还是先吃饭。他以茶代酒，以高兴的表情说："愿唐老师检查无恙，精神愉快！"热情地一碰，"当"的一声，响亮厚重，像一声晨钟，打破了沉闷。好像是在苦海中，发现了欢乐岛，找到了闪闪发亮的珠宝。二人高兴了，一饮而尽。唐丽的眉宇间闪烁出欢乐的光彩，脸上露出可掬的笑容，想他虽年轻，还会善解人意。

　　唐丽一边饮茶，一边吃菜，也吃着三鲜水饺，慢慢地说："我原先月经很正常，按期按时。现在不规则了，并且疼。"郎立学说："那也不一定有什么事。先看看检查结果再说。"她听了，心中的负担有所减轻。饭菜吃得也差不多了，都已放箸。看剩几个蒸包、水饺，郎立学问服务员剩饭退不？那位烫发的女郎摇摇头，他只好要了个方便袋装上，结账告别。

　　二人出得店来，并肩走在大街的人行道上，一股清爽的海风迎面吹来。二人高兴了，便来到大海岸边，欣赏这魅力无穷的大海。碧海蓝天相恋，波涛汹涌澎湃，巨浪击岸激起千堆雪。今朝多少有情人，来此尽舒情怀。唐丽来到自己的故乡，大海是自己的母亲啊！青山与大海伴舞着，自己一看就回味无穷，感慨万千。想起幸福的童年，故事串串。与伙伴到海滩拾贝壳、捡虾蟹、洗海澡、学游泳，成了知青才脱离了海的怀抱。今天的心情，已是天翻地覆。人过不惑之年，那些玩情游意不再。郎立学也看到了她的忧伤，便约她回医院看看检查结果，好早回家看望老母。

两人又漫步往回走。来到医院，郎立学让唐丽坐在排椅上等着，自己跑到化验室拿了几张已出的单子，大体看了一下，问题不大，仅血沉高点，是 40mm/h。他把单子也给唐丽看了，并说先把此单请范玉兰主任看看。二人来到范玉兰的诊室，将检查报告单请她看。她表情平静，慢腾腾地说："初步看没大事。待活检的病理结果出来再说。先不要担心，不要紧张，和平时一样，该怎么生活就怎么生活。先开点消炎药吃吃。"遂将检查报告单都贴在病历本里。唐丽的精神恢复了许多。谢过范玉兰主任，二人出门搭上公交车，驶向唐丽母亲家。

唐丽进家，见她母亲精神很好，还热情接待自己和郎立学。她又是问寒问暖，又是让座倒水。女儿来了，让她心中很喜。毕竟年事已高，虽然健康，行动却有些迟缓，总是絮絮叨叨。唐丽和郎立学一边听她问长问短，一边也是报喜不报忧地应着，往往都是好好好。女儿来家就好，平常的头痛脑热的也总是不言语。说了一阵，她就叫女儿上床休息，说歇过来再拉家常。

唐丽的母亲先将蜂窝煤炉的风门提开，烧开一壶水后，再蒸上馒头和菜，好让歇过来的孩子先吃点东西，到饭点时再做新的。现在老母亲不上班了，儿女们都已成家，离得较远，自己很清静。她唠叨着，把郎立学姓什么、干什么、是否她闺女的同事、来办什么事等问了一番。唐丽的母亲叫赵坤玉，中等身材，花白头发，面色红润，胸脯丰满，解放式小脚。郎立学看到居民的居住条件还较狭窄，抬头一看东头的天棚上还搭着个吊铺，以备来人时用。

在闲聊中，赵坤玉回忆往事说："俺老两口儿的工作单位也挺远，在这市区住，每天得早起床做饭吃，还得准备一顿午饭，用饭盒带着，早七点准时坐火车到沧河的工厂上班，下午坐五点的火车回家。"郎立学问老太太："您有几个儿女？"赵坤玉说："他们姊妹俩兄弟俩，共四个。"

郎立学说："那您也够累的了。"赵坤玉说："这是我的大闺女。小闺女叫唐华，大学毕业分在南京。大儿子叫唐中，在鞋帽厂当了工人，现在是副经理还是副厂长我也不问。二儿子唐伟是海洋学院毕业的，现在在海洋研究所工作。唯独这闺女工作条件差。她正赶上知青上山下乡。兴回城时，她已与一个同学结了婚。当时不接收结了婚的回城，所以耽搁下了，一直还在那里。其实，在哪里都一样。现在城市发展很快，进城人多，什么都贵了。可是看看城市建设得很大了，又都向郊区发展。原先的菜地都建成了楼。海港码头也扩建，火车站也建了新的。听说这些单批子楼，也要改建成新的单元式高楼。不知哪年哪月才建成，还能赶上了不？"郎立学说："伯母，没有问题。"

这娘俩正说着，唐丽翻了个身醒了，说："还是在家睡得舒服呀！"赵坤玉问："我蒸上的饭，你们俩吃点吧？"唐丽说："现在倒不饿，我们在饭馆里吃了饭了，还带回来的剩饭忘了拿出来。"便快从提包里取出来。赵坤玉看了说："噢，还有水饺、蒸包。水饺再下锅煮煮，蒸包再蒸蒸。饭店里的水饺都煮不熟。"于是，她将水饺放到锅里了煮，蒸包放箅子上蒸了蒸。

不久，听到汽车声。郎立学开门迎接，正是杨博海来了。他来到屋里，向赵坤玉说："妈，您老人家好啊？"赵坤玉说："你怎么不一齐来啊？他们来好久了。"杨博海说："我去办了点事。"赵坤玉说："坐下歇歇吧。"

随后司机师傅提了些海鲜来。那大蟹子还伸腿屈臂呢！琼台人对海鲜非常喜爱，可说百吃不厌。不但爱吃也很会做，做的花样也很多。如鲜虾，在清水中放一段时间，直接放沸锅中，一霎工夫由青色变成柿黄色，一股扑鼻的海鲜香味，诱人快吃不误。有的青年人将虾头、肢去掉，老年人大都吃了。一对对节肢也富有营养。将虾的头、肢、皮去掉，把肉做成海米，可以作为佐料。做鲜虾蟹最好的方法是清煮或用油炸。吃蟹要有技巧。那钳夹中有细嫩的优质蛋白质，蘸醋吃味道极佳。郎立学曾听人说过《红楼梦》中林黛玉的咏蟹诗，吞吞吐吐地忆了一些片段。

唐丽看到杨博海带来那么多蟹子，又听郎立学背了诗，也说："原先我背得很熟，现在几乎全忘了。唉！一回想，人生就是一场梦。从小就是光吃海鲜长大的。那时把海鲜当饭吃。所以对蟹诗也很感兴趣，别人一提还有点印象。"

杨博海放下东西，上了趟厕所，出来就不见了，也未说到哪儿去。老太太就让唐丽和郎立学再吃点他们自己带来的经蒸和煮过的食品。为不辜负老人的深情厚谊，各人便正正经经地坐在饭桌边，吃着水饺和蒸包。加了点醋还是挺好吃的。

杨博海将唐丽的两个弟弟及其夫人都接来了，大家见面，乐不可支。他们带来了烟、酒、饮料、水果和食品。唐中招呼着做海鲜和菜，唐伟洗涮餐具。各位因听到杨博海往琼岛调工作的事联系得挺顺利，只需要回去取过调动工作函，琼岛的工作、住房均予以解决，准备抓紧回去，争取县里放人，所以都很高兴，特来一聚，表示欢迎与祝贺。

杨博海说："因我们这些老知青，也不是什么要人，那边肯定会放。琼岛也带有琼台味，还是可怜这些老知青。有能力的早就回来了。我要来老家，人家新市区琼岛还爽快地接收了。都知道和理解知青的经历。一切都成过去，一切向前看。来家了，跟老太太近了，也常来家看看。"

各人边说，边围到桌前。唐丽因有心事，好像话都被杨博海说了，只是笑着对她母亲赵坤玉讲："妈，以后好了，我起码一星期来家一趟，帮你做点家务。多年来我欠你的很多，光是心上挂念白搭，不顶用。成天你挂念我，我想念你的。"说着，两眼泪流。杨博海说："这是干什么？叫老太太心里不爽。"唐丽说："不知道为什么。也许是过喜生悲吧。"

唐丽用一双公用筷给母亲敲一只金黄色的大虾，又用小勺给她盛上一小碗汤菜。郎立学便接过勺，给各位都盛上一碗。饮酒者主要是杨博海和他的两位内弟，女士们多是吃着说说话。唐伟问唐丽："姐，你不是会背林黛玉的咏蟹诗吗？再背背俺听听。"唐丽看着眼前的金黄大蟹，也是很想吃，便自己先敲来一只放在盘里。看着它的形象，就勾起诗句来了。便开口诵咏起来："铁甲长戈大蟹子，谁先尝？"唐伟一听，忙说："姐，这不像是原诗，姐错了。"唐丽说："我错了？那你背个正确的！"唐伟说："我原来好像也背过，现在背不出来了。那头一句好像是'铁甲长戈死未忘'。"唐丽又琢磨着，流利地把全诗背诵出来后，大家以热烈的掌声予以鼓励。她说这应归功于下乡。唐伟说："下乡知青，别看在那样的恶劣条件下，还真有的成了文学家，有的成了音乐家，就看你能否坚持某一种爱好。我小学的同学家里有把小提琴，他就天天练习，结果上了音乐学院，现在了不起了。"

待饮酒结束，各人盛一碗香喷喷的雪白米饭，将残菜剩汤消灭了。

大家在坐着饮茶聊天时，唐丽才趁老太太不在时说出自己的真情来，大家的热情一落千丈。杨博海讲："现在结果未出，还很难说。等病理报告出来再定。我先送你们四位回去，明天我就回去办手续。"老太太和唐丽、郎立学送他们几个人走了，三人回来坐了一会儿，郎立学问："现在大都不在这里住了，怎么还留着那吊铺？"赵坤玉讲："留着作纪念，也放点杂物。这是创业史啊。各人洗漱下，早休息吧，出门一天都很累。"赵坤玉早睡下了，郎立学和唐丽也每人一张床躺下。郎立学立即鼾声呼呼。

唐丽总怕有恶性的东西该怎么办。倘若如此，那这个世界就与己无关了。若是良性，可能长留一段时间，常回家看看老母亲，她就只有两个女儿，还都在外边，她自己在家也是很孤单。幸亏她自己身子骨壮实，能生活自理，家里收拾得井井有条。这就靠内心的强大，有个性，有修养。现在看比自己还好呢！想想自己在下乡时，花季时期却像野人一样过日子，什么也不顾，不思前也不思后。娘啊，女儿我的苦难谁知道啊！刚刚上学学了点文化，便到山野乡村，只有贫困和愚昧钻进人的头脑。才走出山野工作二十年，刚过中年，现在又病了，不知是吉是凶。往事如梦，一切如放一场电影，一幕幕展现出来，破碎的心已装不下了。本来这些东西如压箱的旧衣，早该遗忘了。脑子过于疲劳，迷迷糊糊游到大海里，彻底清洗自己洁白如玉的身心，愿再生一次，做个脱胎换骨的新生人吧！大海里的石老人收容了自己，放进了龙宫里，那里没有风，也没有浪，没有世间烦恼，寂静极了。一切都忘了，安歇了。

赵坤玉早早起来了，看女儿在蒙头大睡，郎立学衣也未脱衣服，四仰八叉地躺在床上，幸亏他一个人睡。她谁也不叫，自己梳洗后先烧一锅开水灌到暖瓶里，又做上稀饭。看菜和馒头够吃的，让饭在炉子上熬着，便拿起笤帚打扫卫生。饭后总留下些垃圾，桌上桌下都得仔细清理。地光扫还不行，还得用拖把拖一遍。在曙光里，窗台上那盆蟹爪兰，青青绿枝上挂着几个鲜艳红花，如一个个华灯，高照着老太太这房间。她敞开一扇窗，便把海风请进来。那海风特有的气味，带着凉爽，使人精神焕发。一想女儿、女婿、外孙要回来了，高兴得她不由自主地哼起了小调："蓝蓝的天，白白的云，海鸥高空翔，鱼儿水中游。捕鱼人儿，轻轻把网……"

忽然一个高大的身影来到面前，正要抬头看，洪亮的声音传进耳朵："妈，早上好！"赵坤玉说："好，好！"这一声把郎立学从酣睡中惊醒，忙起身揉眼。这声音也将唐丽从龙宫喊了回来，刚要坐起来穿衣，杨博海说："原来你们还没起来，没累着吧？我今天回去，尽量争取拿回手续来。我想西初青在税务局当副局长，请他和我到人事局，不用多啰唆，我就是非回琼台不可。现老娘需要照顾，公司里人满为患。争取今天返回。你们俩再等一天，看了结果再说。需要住院就住，来时已有介绍信，治就在这里治，安全可靠。"他吩咐完就告别走了。

唐丽和郎立学吃过早餐后，和赵坤玉说："俺俩到外边有点事。"老太太答应着，也不问什么事。

二人在路上慢慢走着去琼医附院。突然，迎面走过来白文福，身边伴着一位身材略矮的美丽女性。郎立学惊讶地问："怎么，今天没上课？这是你的同学吗？"白文福也抢着说："你什么时候来的？"郎立学说："昨天。"白文福说："这是我的同学，也是女朋友。今年毕业后，我们留校分到一个系当助教。"郎立学说："那高医生呢？"白文福说："和她吹了，又没有办手续。现在我俩已办了正式登记手续。今天没课，出来到中山路上买点东西。你有空就到我们那儿玩啊！"郎立学说："过些日子去找你们玩。你们去忙吧！"白文福也未说什么，只道声"再见"，便与他的新欢走了。

郎立学心里很迷惑。他和高海珊的关系一句话就勾销了。这还是登记办了婚礼的呢！还说没办手续，什么人啊！高海珊一定痛苦万分，应尽快去安慰她一下。唐丽问："是怎么回事？"郎立学才说："我初到句山医院时，一同进修的一位女医生高海珊，与此大学生白文福是对象。现在已断绝了关系，白文福有了新人，就是刚才我们遇见的那位。"唐丽说："现在人喜新厌旧太严重了，婚姻自由得有点过分，已形成一种气候了。其实，也不必把婚姻看得太神秘，应尽量安定、牢固。但人会随环境、时间变化而变化。人家愿意在一起，高海珊又何必非与他在一起不可呢？也别小看她，以后也许比跟着他强。你看我与杨博海，虽都是知青，又是同学，但工作不一样，性格不一，好歹过了这么多年，也是将就着过到现在。"

二人无边际地谈论着，不觉到了医院。郎立学抱着一颗忐忑的心，让唐丽坐在门诊楼的一张大排椅上歇着，自己去取病理检查报告单。检验楼还在门诊楼后面的一座四层楼上。

　　琼台这座海滨城市，铺展在高高低低、崎岖不平的山岭上。这附近就有湛山、信号山、伏龙山等。琼医附院建在山坡上。门诊在坡下，取化验单也得爬个上坡路。因地势建得这楼高、那楼低，但错落有致，间有苍松翠柏，整洁、美观、雅致。在灿烂的阳光照耀下，像一幅壮丽的画卷。处此景中，无不喜悦，最宜作为医院、疗养院驻地。病人住此，可促进身心健康，有利康复。但此时的郎立学由于担心唐老师的病是恶性的，又加上对高海珊的叹惜，心情并未因景而乐。他觉得这俩女性是自己走进医学界的领路人，她们的处境强烈地冲击着他的心灵，因而对周围景物心不在焉，视而不见，只顾快去取检验报告。

　　到了检验科，郎立学细心翻阅那些单子，就像小时候过年用香点爆竹时，要点着、又怕点着的情形，提心吊胆，战战兢兢。此刻则是希望找到好消息，怕找到坏信息。好不容易找出来，拿单子的手却有些颤抖。他一看，有点不相信自己的眼睛，怎么会是恶性的宫颈癌？手怎么这么臭呢？这怎么和唐老师说啊？他犹豫不决。一想，还是先到妇科病房，请范主任看看再说。

　　郎立学趁一位中年妇女走出来，便推门闯了进去，说："范主任，您好！"范玉兰戴一副老花镜，抬头一看，责问道："哎！你怎么进来了？这是看妇科的地方，你这小伙子来干什么？"郎立学说："是请主任看检查结果的。"他把检验报告单递给她，她接过一看，两眉一蹙，又细细地看了一会儿，问："病人本人来了吗？"郎立学答："来了，现在门诊上呢。"范主任说："那你请她来，我和她说说。"又自言自语道："怎么和上一个病人是一种病。"

　　郎立学急速回到门诊，和唐丽说："范主任请你亲自到妇科病房，她和你详细说说。"唐丽听了，脸倏地苍白了许多，郎立学随即说："范主任讲不要紧，只是请你去再看看。"唐丽说："我心中有数，肯定有了问题。没事就不需要去了。"郎立学说："那也不一定。"还又接着说："我一进办公室，她就说这是看妇科病的地方，小伙子来干什么？我说是前来请主任看检查报告单的。"唐丽的面色未有大的变化，但精神好像稳定了些。郎立学便扶着她向妇科病房走去。

　　路上唐丽用手使劲抱着郎立学的右臂，像是无力上坡。进入办公室，范主任便讲："来了？请坐下。你是唐丽吗？"唐丽应了。主任说："口渴不？我这里有开水。"她让郎立学到外边去后，又详细地问了病史，生活、月经、婚姻、生育、性生活等情况。唐丽心想，怎么和夜里的梦境一样？她一一如实说了。这是从未对任何人说过的个人在特殊历史条件下的遭遇，也是她的申诉，说着说着，痛哭起来了。范主任说："我们还是要面对现实，放宽心。你的病还是早期，我劝你振奋精神，做好准备，明天就来住院，我为你主刀。回去好好讲一次卫生，换上身洁净衣裳。不要劳累，防止感冒，不要再合房，抓紧手术。"唐丽要求尽量行根治术。范主任说："是啊，取舍依据病情。反正也不准备再生育了，彻底清除病灶。好处是你身上其他都挺好。放心吧，好好吃饭，睡好觉。"唐丽说："我老母亲今年七十岁了，先不和她说吧？"范主任说："能不说就暂不说，但早晚是要知道的。"

唐丽用手绢拭着眼泪，似乎听了战前司令的动员报告，精神有了起色。离开了范主任，走路挺托了许多，不用郎立学扶了。看来那种恐惧是不必要的。她暗想："既然明确了治疗方法，该死该活听天由命吧。人间的苦也受了，乐也享了，孩子也快上大学了，就老娘是心上的惦念。杨博海也顾不得了，就按大夫的意见吧。明天，不，今天就去痛痛快快洗个澡，换换衣服。"

唐丽在欣欣浴场痛快地洗了澡。然后二人来到街上，唐丽感到身子好像轻了不少，天也晴朗了，微微的海风迎面吹拂着，觉得好痛快。他们很快就到了家，赵坤玉已备好午餐。有海米拌黄瓜、海蛎子凉面和一个紫菜馄饨汤，另有花卷、馒头。

唐丽说："妈，就咱三个人吃，少做点。"老太太说："不够就再炒个肉丝芹菜。"唐丽说："妈，您总是为俺想得太多，而我们为您想得又太少。您总是把我们以客相待。其实，我们也都有个家，什么也会做。回家了，怎么什么也懒得做。什么您都想到，总是怕我们吃不饱。这些凭我们的肚子已经盛不下了。现在生活好了，肚子都小了。"赵坤玉听了闺女说的话，说："怎么和我一样唠叨开了。快洗手吃饭，饭后歇歇。回家就待不住，光到外边窜。"三人便默默地用过午餐。郎立学抢着收拾碗筷，唐丽与她妈上床休息去了。郎立学也不想睡，但闲着无事，也到床上躺下，不知不觉呼噜呼噜地入睡了。

赵坤玉说："你看，还是青年人，跑得累了，一躺就睡着了。你也好好睡吧。"果然，各人都深深地睡了。唐丽在母亲的怀抱里感到最幸福、最平安，又回到了童年。一觉醒来竟夕阳西下。

忽然听到汽车声，郎立学说："是不是杨经理来了，我去瞧瞧。"果然是杨博海来了。郎立学问："办成了？"杨博海说："报告好消息，调动成功了！"

说着来到家里，一说成功了，大家都很高兴，热情鼓掌。赵坤玉说："这可好啦！我就盼闺女到身边照顾一下，盼星星啊盼月亮，终于盼到今天了！"杨博海不等别人问，便说："这一天终于叫妈盼来了。我回去，先找着税务局西初青，叫他陪我到了人事局，拜见白玉山局长。我未送礼，也没请客，把理由清清楚楚陈述透彻。这里确实人浮于事，那儿又真正需要人，而且家中有老人，年事已高，需要照顾。我在哪儿都是为国家工作出力。白玉山想与单位商量，我说我去外贸是人事局调我去的，走，还不是你下调令即可吗？给我开个调令，我回去和单位说。我和单位关系都很好，他们也是舍不得我离开。我从感情上也是不想离开此地。我一席话说得白玉山局长同意了，只得给我写出商调函，说如真同意再开来调令。我就快接受了，只不过得多跑一趟腿。这也值得。这样，今晚上我就去琼岛，请琼岛外贸给开出接收函。"

看到赵坤玉上了卫生间，杨博海问："检查结果怎么样？"唐丽说："明天去住院手术。"杨博海说："我想只和唐伟说一声，因他还有点时间照顾你。唐中若能行，告诉一下也好。现在还有一个小时的空，我把你送到唐伟处，再叫上唐中，一起商量下最好。咱不叫妈知道。"唐丽同意。待赵坤玉走出卫生间，唐丽向母亲说："今晚到二弟那里看看。晚点回来，晚饭就在那儿吃。"

车行驶在沿海大道上，茂密的青桐构成一条林荫隧道。一霎时来到了一座三层楼的前院中，院内数株塔松，间植奇花异草，喷香吐芳，使院落显得幽静安雅。车停在一单元楼栋口前。郎立学扶着唐丽下了车，跟随杨博海走进该单元的二楼东户。杨博海按了门铃，二弟开了门，一见姐与姐夫和郎立学来了，很高兴，忙招呼让座，问："姐夫调动的事办好了吗？"姐姐回答后，唐伟说："那今天要好好庆贺一下。"郎立学一进屋即看到富裕景象，可谓金碧辉煌，三室一厅的单元，窗明几净，皮革沙发。两盆日本杜鹃花，鲜花盛开，争艳怒放，群叶碧绿，众花繁繁，放在两个雕漆朱红花架上，堂堂正正地摆在三人沙发两侧。那博古架上尽是与海相关的物件，大舰、帆船、巨龟、大海螺及各种鱼，令人目不暇接。那个如大西瓜的地球仪，也是第一次见。墙壁上有中国和世界地图，在灯光照耀下，更叫人眼花缭乱。各人就座后，唐伟忙沏茶冲水，洗备茶具。那位美夫人，乌黑短发，着中山式蓝装，脸庞微红，谈吐清晰。唐丽称二弟妹郭海兰，她向姐问了好，和姐并坐在一个二人沙发上。

杨博海看着各位就座了，便迫不及待地和大家说："首先，我调动工作的事基本成了，只待琼岛发函。今晚要去琼岛办出调动手续来，明天再回句山。再就是你姐到附属医院检查出来结果了，明天就去住院准备手术。这事暂时先背一下老母亲。唐丽住院，先叫她的同事郎立学大夫，也是她的学生，陪护几天。请二弟和二弟妹得空去陪陪。你们看看还有什么事？我得先走了。"唐伟夫妇说："你快去吧，大姐在这里你只管放心。"

唐伟又用车接唐中和嫂子王凤来。唐丽守着弟弟和弟妹哭了，哽咽着讲："我从十四岁正上着学就上山下乡当知青，在偏远的山沟乡村，终日干艰苦的农活，生活很艰难。一待十年，受了无法说的苦。后来好歹找上对象和工作，生了孩子，孩子这才上高一。现在我身体突然出问题，可能与当初那苦难的生活有关。那年秋天正忙秋收秋种，我用独轮车运玉米秸，掰烟叶，用镢头刨地，拉耩子种麦子。双腿耩子和犁一样沉，拉不动啊！有一次下大雨，把我们淋成落汤鸡。我那时正来了例假，也不敢声张，按规定是可以请假的，但那时我们女同学没人请过假。队长早就说了，抢收抢种，谁也不准请假。后来我每次例假都小肚子痛。还有些说不出口的事儿。我不说了，以前没对你们说过。今天回家，看老母亲和你们都很好，我很高兴。这病我心中有数，恐怕难治好了。我也是半拉医生，还能正确对待。现代医术先进，能治好的病多了，当然也有治不好的。要治不好，那就是活受罪。你们正是工作的年月，工夫很少，不干就没有生活的资本啊！希望尽可能照顾好咱妈。你们能常去看看我，我就心满意足了。你们看看有什么要说的，就说说。我心里是很愧。本来，随杨博海调回来，不生病该多好！"唐伟冲了一杯奶粉给姐喝，接着都各抒己见。

唐中说："大姐宽开心。那年代都过去了，能到今天已经很不容易了。现在你什么也别想。明天我们兄弟俩一块儿陪你到医院办住院手续，听听医生的诊断和治疗意见。琼医附院技术水平很高，教授、医师的威信都很高，对疑难病都能处理。东北的病人都常来看病。北京、上海的专家也常来开学术会议与讲学。有了病先不要担心，不要怕。有人一有病就害怕，精神防线垮了，怎么能扛病！不少病人不是病死的，而是吓死的。"

　　唐伟琢磨着如何减轻大姐的思想负担，就说："我在搞海洋研究。看那无际的大海，有什么可研究的？其实不然，大海的表象是海水，里边有很多学问。海洋是个无限的宝库，有很多矿藏，仅盐就是一大宝，还有石油和天然气等。水生植物、海洋动物和众多的鱼类都值得研究。海上交通比陆地还好，还方便。就看你如何开发利用。海洋已成为各国争夺的重点了。你们看海洋，可能只看到它的表象，觉得大海多么辽阔，波涛多么汹涌，感叹海纳百川的胸怀。"他停了一下，又接着说："对于你的病，首先你要有信心，信心很重要。你尽管去住院，好好治，我们全力支持。不是说大话，要人有人，用物有物，用钱有钱。只要你需要，我们情愿放下工作去陪你。大姐在外这么多年，我们作为弟弟没去看你，都是你来家看我们，是我们有愧于你呀！我们决心全力支持你的治疗。"

　　弟弟们的表态，大大鼓舞了唐丽治病的信心，表示会正确对待疾病，勇敢与疾病做斗争。不背包袱，好好配合医生的治疗。吃好饭睡好觉，争取早日康复。并说："我回家来看看，病好像已好了一半。"唐伟说："看到大姐脸上的笑容，就知大姐有了战胜疾病的信心和决心，我们就高兴。我的好大姐，你是我们姐妹兄弟的表率，是我们的好班长。明天我们都去医院，争取医生给个最佳治疗方案。姐，喝口奶，吃点儿点心和小海螺，还有南方的荔枝。"

　　为了让大姐放松下心情，唐中说："郭海兰擅长唱歌，尤其是爱唱《渔光曲》，这首歌她唱得很绝。唐伟的提琴演奏得也很不错。请你俩一块儿来表演给大姐欣赏欣赏吧？"《渔光曲》是二十世纪三十年代中国人拍的第一部带插曲的电影，也是中国第一部获得国际奖的情节长片。唐伟夫妇不负众望，演出了精彩的一幕。郎立学看着唐丽一家人如此和睦，家庭充满温馨，也在一边尽情分享。

　　唐丽听后也从沉闷中解脱出来，精神为之一振，满脸泛着喜悦和幸福的微笑。表示向弟妹学习，也唱一首歌。她举起右手，说："请二弟伴奏，我唱首在知青时最爱唱的《南泥湾》。"随着娓娓动听的歌声，两个弟妹竟然手提着小篮子翩翩起舞，居室成了舞台。郎立学则不住地鼓掌。优美的旋律和琴声，配合着悠扬悦耳的歌声，扣人心弦，令人陶醉。二弟单独演奏了圆舞曲。这首曲子震撼着每个人的心灵。一听到曲的声音，各人自动手拉手组成一个圆圈跳起来了。这是大家团结一心的象征，欢乐的象征。

这时忽然听到敲门声。郭海兰开门一看，正是杨博海。他一进门，唐伟的琴声就停下了。

杨博海说："怎么不给我听？拉下去。"唐伟便又将曲子重拉了一遍。

杨博海又说："我看这个办法比住院还好，肯定解除了她的思想负担。人就是高高兴兴地生活，有点小事 Pass 完事。我报告好消息，琼岛方面同意调入，出了个接收函。这样你们陪唐丽去办住院手续，以后仍由郎立学帮助陪护。我明天一早回去，办妥手续，和单位说说调走的理由。待搬家时，再举行告别宴席。根据情况，我想明天先去住院，两个弟弟有一个在院里陪陪她。郎立学跟我回去看看，再和我一块儿回来。待唐丽治愈出院后再回老家，工资我给你两到三倍的，以出差计算。付丹香有小孩不能来。这样可否？考虑下。"郎立学说："我同意。"唐丽说："郎立学回去和家里人说说，和村里也说一声。那我还是先回老母亲那里，从那儿上医院也近点。"俩弟弟说："这说好，一定按时去。"唐丽说："那我在家等，还是上医院门口等？为不让老太太知道，还是上医院门口等吧。"

随后，大家动手，快速做了一桌简单的晚餐。

饭后，杨博海要送唐中夫妻回家，他俩说："俺很近，不走不到，一走就到，你们走你们的。"如此，杨博海把唐丽送回家，与郎立学和司机上红星旅行社住下，第二天早五点驱车回句山。

唐丽第二天起得晚点，赵坤玉已经做好早餐，正在梳洗。唐丽起来也和赵坤玉一样梳洗装扮一番。赵坤玉说："做好的饭可能不太热了，再热热吃吧！"唐丽便提开炉子风门，将锅内的稀饭和蒸的馅饼加热一遍。热好后，唐丽问："妈，还做什么？"赵坤玉说："不做什么了。还有人来吗？"唐丽说："嗯，没有。我那个同事去杨博海那儿了。"

娘俩吃过早餐，唐丽说："我想到二弟那儿去一趟，也可能住个两三天，你就不要等我了。您自己好好做饭吃，和平时一样，想吃什么就做什么，好好保养自己的身体。您身体好好的，就是我们的幸福。"老太太知道孩子们都有自己的事，也就不再多问，说："好闺女，咱娘俩都好才幸福呢！"说着，看着唐丽的背影远去。

唐丽鼓着勇气，迈着矫健的步伐，来到医院大门口。一看俩弟弟已在那儿等着了。她和两个弟弟直接去妇科病房。到了那儿，范主任正带领一队人马查房，看唐丽来了，便叫一名实习生到办公室取来住院卡片，故意写成因卵巢囊肿住院。唐丽被安排在八号房间十六号床。同病房的是一位中年妇女，手术后第四天了。唐丽刚躺下不久，即来了一位女医生给她做体检。先是详细询问病史，再从头到脚全面检查，还到妇科检查室做了妇科的特殊检查，之后又做了内窥镜检并采集活体做涂片样本，化验单也开了不少。医嘱为不得随意离开医院，有事要请假，吃医院预订饭，每天早上订，想吃什么订什么，现在过了时间了，需到饭堂去订。各种单子到住院处会计记账后拿来。两个弟弟分头去记账订饭。下午进行胸透和腹腔 CT 检查。两个弟弟跑上跑下忙得不可开交，唐中领来饭，唐丽一点也不吃。午餐后，姐弟三人一块儿去完成各项检查任务。

唐伟说："是医院查我们，还是我们查医院？让我们到处都跑遍了。"唐丽说："诊断病很难。要是医生有一双能透视的眼，一看就知病在哪儿，就不用这么多的检查项目了。"唐伟说："人家外国不是造出什么正电子发射计算机断层扫描的机器了。有资料说，把发射正电子的核标记物引入体内，再通过光子信号采集与处理等手段，能够得到脏器彩色图像，能实现病变早期发现、早期治疗的目的。"

这么一讨论，唐丽的精神好多了。同时，也完成了检查任务。到了晚上，唐丽说："你们去取饭，我歇歇。饭后没事你们都回家去，我自己在这里就行。"饭后，唐伟叫他哥唐中先回去，自己再待一会儿，唐丽同意了。唐中说："姐，你这一天太累了，早点歇歇。"唐丽说："我不太累，我有锻炼的底子，整天提着心电图机跑了这楼上那楼地练出来了。唐中，你就先走吧。"唐中遂告别回家。

唐伟说："姐，你歇着，我到外边看看。"医院里有一家百货商店，他便走了进去。见有好多副食品，即买了些回来。进到病房，见姐还未睡，便将买的小食品拿出来，有开心果、葡萄干、几个莱阳梨，说："人吃点零食，可减少闲思。我想捎本书给你，又不知你愿看什么书。"唐丽说："我原先想再看看书，学着当名医生。后来又觉得不行。作为一名医生，真的要有很深的学问。为什么医学院有五年、七年的学制，就是因医学牵涉的知识面太多太广。时间短了学不好。"唐伟说："那么说，当医生不上那么多学是不行的？"唐丽说："人对事情的认识，往往知其然、不知其所以然，是很可怕的。人云亦云的事不要干。"姐弟二人边说边吃零食。唐丽叫二弟回家，自己歇下来，上卫生间洗涮后卧床睡下。

杨博海带了郎立学驱车回句山，在道上说："明天我去办事，你在家歇一天，后天早上六点准时出发。你在医院门口等着。"

上午十点，郎立学下车先去看付丹香和小孩，小永平正浓浓地睡着。付丹香心情沉重地说："你可回来了，我正左右为难呢。"郎立学问："怎么了？发生什么事了？"

第三十四章

病家处心闹　故交诉衷肠

付丹香倒了杯水给郎立学，让他先喝了点水才说："一位六十六岁的妇女，得病送来医院抢救无效去世了，她家人找院长要说法。衣胜军院长气得两天没吃饭，即感头痛头晕。他平时胃口就不好，又爱喝酒，钡餐检查诊为溃疡病。又请内科主任详细检查，发现肝大而硬，彩超一查为肝癌，立即出去治疗去了。"

郎立学一听这种事，感到震惊，说："咱干医务这一行，得好好看病，也要时刻警惕那些没良心的人。"付丹香说："我怎么还没大干就望着害怕了。"郎立学说："一点也不差。咱这连半瓶子也没有的，可不就更得小心！"付丹香说："医院从外科提了一名主任代理院长。"又说起李玉花的事来，付丹香说："李玉花的工资，经财务科查对，是我一人的工资。查文件是我在产假期间有工资。她的工资另发，每月给二十五元。她也愿意，还很能干。除了打扫院子，还干着我的缝纫活，我就整天带孩子。另外，我想回家和你在村卫生室干，一星期来替李玉花歇一两天班。在家里老人也好帮着照顾孩子，还省得他姥爷自己在家里闲得慌，生活不好。"

郎立学说："行啊！这对永平也更好。你上班时给喂奶也方便。我还得在琼台待一周。因唐老师今天住进医院准备做手术。杨博海说工资由他给，就是不给工资咱也得帮。他要调琼岛去工作。现在家中老人都好吗？那俩学生，咱也没有给他们零用钱。"付丹香说："永平他姥爷给他们转了口粮，咱就放心了。发了工资我也给他们点。好歹明年放暑假就初中毕业，叫他们考师范，不用交学费，还管吃。"郎立学说："就得叫他们好好学习，做好准备争取啊！我看看娘去。"

他见娘正在准备做饭，便叫声"娘"，说："我回来了，现在挺好吗?"徐桂贞说:"挺好,就是累点,没什么。永平他妈和李玉花光等着吃。她们忙,我又没事,只是做点饭也很好。看到小永平心里高兴,就不觉累了。就买馒头和青菜,只炒一两个菜,也累不大着。就是担心你叔在家活不少,吃不好,怕把他累坏了。"郎立学说:"那就叫他娘俩回家,你也回去,付丹香再上卫生室干。这样就都能照顾到,行吧?"徐桂贞说:"这倒中。"郎立学说:"中午饭时说说,看各人还有什么意见。"

徐桂贞把日子过得很俭朴,炒白菜只加几片肉。煮个茄子,用酱油蒜一拌就是一个菜。今天为郎立学回家又加上一盘鸡蛋。李玉花下班后买来馒头和一袋子炒海带丝。

看到郎立学回来,大家都挺高兴。付丹香抱着孩子,当爸爸的要抱抱,永平竟然扭头不理睬。李玉花说:"几天不见就不认爸爸了。"徐桂贞说:"看这才几天,就长见识了,能认人了。这么大学事可快了,有工夫就得多教孩子学东西。"孩子成了家庭快乐的种子,引人注目的小大人物。

四五口人一起吃饭,既热闹,又高兴。郎立学看着各人都就座,便一边吃,一边向大家说:"今天我来家听付丹香说最近婶子很受累,把付丹香干的活全干着,说实在的,你累不累?"李玉花说:"论缝纫,我比永平他妈干得早,也是个老手。洗衣房那点活不用俩钟头就干完了。扫院子就是一霎的工夫。俺娘俩的活我全包了,也累不着。你放心就是。"郎立学说:"要真这样,他娘俩就不必在这里了。俺娘对叔叔自己在家,活多吃不好不放心。我想叫他娘俩和俺娘先回去。我还得出去待七八天。村卫生室还没人上班。付丹香回家先在卫生室干着,每星期来城里替你歇一天两天的。"李玉花忙说:"这样很好,可两全其美,各方面都想到了。我没有意见。我在这里吃,全靠嫂子忙活。她回家去,俺就捞不着享这份福喽!"徐桂贞说:"我这个办饭的也水平差,只能是煳饼烂芝麻的做了。有时把鸡蛋都炒得不是煳了,就是不熟的。"

郎立学说:"嫂子,你在这里干着俩人的活,你俩的工资应都归你。"李玉花说:"哎,虽说俩人的活,补被单子,一天才俩仨小时,扫院子不就是几扫帚,累不着。付丹香产假照样发工资,我拿发给我的就行。第一个月的工资我全不要,以后我要扫院子的钱,缝纫的钱归付丹香。该怎么办就怎么办,按医院规定办就是。"

郎立学说:"是以医院规定为据,但最好应按实干的。以后工作就是你干。付丹香以后不一定来上班了。看看吧，来也可能是短时间的。我想，以后我俩回家干医，过些日子再说。暂且你先干着两份活。"又和付丹香说："下午我到天井医院去一趟。在琼台碰见白文福由一女青年陪着。他介绍说，他们俩是同学，今年毕业后都留校当了助教。现在已经办理了婚姻登记手续。我只表示了祝贺。我问高海珊，他说和她吹了，反正又没办手续。"付丹香同意了。

郎立学坐着到天井的汽车，行一段平原地带后，即进入山区。巍峨的青山蜿蜒起伏，如一条巨龙横空出世，气势磅礴，十分壮观。看着看着目的地到了，他下了车直奔天井医院。到门诊一问，知高海珊在内科门诊上班。

下午病号少，高海珊正伏案读书。她那么聚精会神，直到郎立学站到面前才抬头一望，脸上立即泛起一片彩云。两人一见，她不知胸内有多少话语要倾诉。郎立学很想拥抱她，但又不敢向前。在这工作的空间里，只有两只手紧紧握着，久久舍不得松开。手上的动作代表了心声。高海珊泪满双眼，在阳光的照耀下，闪烁着光亮。持续不知多久，郎立学才从心底蹦出一句："近来还好吗？"

高海珊说："唉！不用说了，我的命怎么这么苦？这是为了生活必须工作，一阵想起来，恨不得马上离开这骗人的世界。人心真难知啊！我将心肝全给了人家，最后还是把我抛到大山后。有诗云：'易求无价宝，难得有心郎！'"

郎立学显得十分惊愕，并问："是怎么了？"

高海珊便将前因后果告诉了郎立学。

未等郎立学开口，她又接着说："他既然如此，我亦非无赖之辈，我要做顶天立地的青松，自立自强，活出个样来给他看看。他人再富也不如自己有，咱人虽小，志气不能低。他就是升天，我也不羡慕。大学生也不止他一个，我愿找什么样的人我自己做主。就是找个农民，只要真心相爱，照样幸福一辈子。找那些徒有虚名的伪君子，还不如诚心诚意的农民呢！那些有一点点本事就朝三暮四、喜新厌旧的人，还算人吗？有这样野心的人，越早暴露越好，别把人家的一生都毁了。你看郎先卫，他有什么本事？一个学徒的，时机一到，把供应他上学的人都抛弃了。心狠不狠呀！扔下人家娘俩怎么过啊？"

郎立学听了高海珊的长篇大论，几乎无插言的余地。好歹她停下来，拧开口杯的盖子喝了口水，才意识到自己光顾说话，忘了给郎立学倒水喝。

郎立学说："我不渴。"趁此机会，他把自己的情况向她做了介绍后，接着说："只要你能想得开就好。现在这些事多了，也不为奇。一定不要为这事想不开，毁了自己。不能人家幸福去了，而自己掉入痛苦的深渊，不能自拔。我看你倒是有勇气，能正确面对，我很欣慰。做人就是要挺起胸膛，直起腰杆。能和他干净利落地一刀两断，比不死不活地锯拉人要强得多。你不要看他现在怎么着，将来也不一定比咱强多少。现在人讲门当户对，虽然他们个人有共同之处，但家庭的背景差距太大了，他就得毕恭毕敬的，像人家的奴隶一样活着。看似幸福，实则是人生暗淡。我这是瞎说，不一定对，不要见怪。"

高海珊说："今下午没病人，给了我们时间说说心里话。你娘好啊？有了孩子家就幸福。孩子是夫妻的纽带。但夫妻要相爱。郎先卫把孩子都抛弃了，值得吗？"郎立学说："人不可思议。都是为了满足个人私欲，不顾他人死活。不知都是怎么想的。半百的人了，应知天命。这是俺娘对俺说的。人应有自知之明。在高高的位子上，也不一定幸福。"

高海珊说："都四点半了。我看你今天就住下吧。我和爸爸说声你来了，住一下医院的客房。告诉妈妈多做点饭，咱好好地聊聊。反正明天你不上班。"郎立学应了。高海珊说："那我们出去走走。"

这所不大的医院建在一个山坡上，东边高，西边低。二人走出大门，向南行，即爬上山坡。在石罅间长出许多酸枣树和荆棵。郎立学不常上山，对山上的情况不大了解，所以问高海珊这些植物怎么能生长。高海珊说："你看植物生长得很奇怪是吗？这石缝里很少土，但这些植物很耐旱，因为它们的根扎得很深很深。有时很长时间不下雨，眼看叶子就要干了，甚至有的就落了。但一见雨，就会活起来。我想起在中学时，一位生物老师讲课，讲到植物的耐旱性。沙漠降雨很少，可是好多动植物都能生存。这就是生物的适应性。酸枣树的适应性就很强，在这石缝中长出的树都长不大，是为节约水分。为了保存自己，还生出许多锋利的刺。发芽、长叶晚，落叶却早，也是为节水。树的体内含水少，表皮结构非常严密，蒸发水分就少，竭力开花结果。在岩石上生长的植物，根尖能分泌一种东西，可溶解和利用岩石。生物的适应能力，真可谓神奇。"

　　两人继续向高处攀登，郎立学的衣角被酸枣刺挂住，怎么也摘不下来。高海珊来到那棵结满红红酸枣的树前，耐心地从酸枣树的锐利而弯曲的刺针上摘下他的衣角。可是，她的手却被刺划出了血。郎立学用卫生纸给她压住了出血点。二人到达山巅，俯首回眸，医院与天井的街道尽收眼底。高海珊说："我上夜班，上午在家睡觉，下午常到这里。上来就备感眼界大开。光在家里、门诊或是病房，一是空间小，二是成天和病人共呼吸，真是太危险了。"

　　郎立学问："你听说句山医院的衣胜军院长生病了吗？"

　　高海珊说："听说了。俺爸爸还专程去看他来。他们是忘年交。他对着俺爸爸号啕大哭，诉说衷肠。他说：'我觉得医院的同志们太好了。我性子不好，同志们稍有点错就不留情面，狠批一顿。平时对他们批评多，关心爱护少。现在我得了病，他们却都很关心我。今天我得这病，你也不要难过。看看医院不总是有人前门进后门出吗？我知道自己的病，到哪儿也不好办。我难过的是，不能再和同志们一起工作了。希望你们既要好好工作，又要注意自己的身体。我性急又加烟酒用量过度，不怨别的，就怪自己不注意。'这位院长，一边说一边泪流满面。我爸只好紧握着他的手，祝他早日恢复健康。我爸有两天什么也吃不下，仅喝点稀粥。他对俺说：'干医生就是救死扶伤，鞠躬尽瘁而已。'我问那我们就是这样干下去？他说：'干事就要一不做，二不休。既然选择了这个行当，不管人家怎么看，都要学好真本事，一直干下去。'"

　　郎立学问："高医生，以后你个人问题做何打算？"高海珊说："边走边看吧。现在我看见你和付丹香在一起这么幸福，还有了孩子，我也替你们高兴。"说着说着，她的泪水又簌簌流下，泣不成声了。

　　郎立学动情地说："不要太难过了，你这样会伤害身体，要尽快从不好的心情中解脱出来，打起精神往前看。有一天我到书店，偶然翻到一本《普希金诗选》。打开几页，突然看到一个醒目的题目《假如生活欺骗了你》，就翻开看。文中写道：'假如生活欺骗了你，不要悲伤，不要心急！忧郁的日子里须要镇静；相信吧，快乐的日子将会来临。'要有希望和目标，事情总会有转机的。"

　　高海珊说："别说我的事了，你呢？最近有什么计划？"郎立学说："我想叫付丹香回村卫生室先干着，你若能去，可去帮助她开展几天工作。我还得随杨博海的车赶回琼台，上医院陪唐丽几天才能回来，具体时间尚不好定。"高海珊说:"那我明天和你一块儿去城里,看看你的小孩。我到百货商场买身童装和一个小锁或长生果,怎么样?"郎立学说:"欢迎你光临。咱就包水饺吃。太阳快要落山了,我们回去看看,叔叔和婶子在等我们了。"

未等高海珊回家,她妈妈早已做好了饭,等着客人回来。室内也打扫得干干净净。饭菜碗筷皆已备好。高威先下班回来,郎立学即上前问候。高威先说:"郎医生,谢谢你来看我们和海珊。我看你这年轻有为,一定会很有出息。当年我看你和这闺女在一起学习,很合得来。要不是她早和白文福定了,我还想叫你和海珊结合。现已时过境迁,你已经有了孩子了。希望以后常来玩,你不来我也没处去请你。平时,我这个家就是粗茶淡饭,我也没什么嗜好,烟酒茶都不成瘾,用也可不用也可。咱这地方羊肉做得挺出手,我去打了点羊肉汤,咱喝口景芝老白干。咱每人一碗羊肉汤,里边已经有了芫荽、胡椒粉和醋,各人喝一口尝尝,哪种还欠,自己再加点。"郎立学一边吃一边夸起羊肉汤和羊来。他不紧不慢地说:"这汤,肉烂汤浓,营养高。冬天喝,能防感冒,夏天喝,可防中暑。因羊肉汤内有芫荽、胡椒和醋,能除湿,起发散作用。秋天羊肉肥嫩,更具有补养性。秋天野地里草青仔多,羊吃百草,喝泉水,不像猪在圈里养,有一定的污染。"高院长听了,笑哈哈地说:"你知道得比我还多呢!"郎立学说:"我也是听人说的。在外贸公司上班时,一个管出口羊肉片的人和我说的。他讲了羊肉的许多优点,也是为了推销产品。羊肉出口的情况很好,还曾从青海采购羊肉来加工了再卖。"

饭后,高海珊向父亲要了客房的钥匙,和郎立学出去了。她到商店买了身婴儿套装和一个银长生果,作为给郎立学儿子的礼物。又随意买点吃的东西,有核桃、栗子、山楂等。回到客房,二人又聊了一会儿才告别。

第二天,二人未用早餐,便告别高海珊父母,来到城里付丹香的居室。这么间小屋,称家也可,称宿舍更为合适。付丹香也早起来了,衣着整洁,头发梳了新发型,黑得发亮。洁白的脸上洋溢着幸福的微笑。

高海珊见了付丹香的面就说:"啊呀,美人还是美人,生了孩子更加美丽了。"付丹香说:"高医生,看你说的!你工作很忙,还来看我和孩子。"高海珊说:"工作是工作,我走亲访友还是有时间的。今天特意祝贺你生了宝贝儿子。来,我看看这宝贝儿。也没买什么值钱的东西,仅一身婴儿衣服和这个长生果，表示长命百岁。"付丹香说："谢谢海珊老师！你想得可真周到，俺还没有想这么多。"

她俩聊着，郎立学去和母亲说高海珊来了，都还没有吃饭。徐桂贞说："早上吃稀饭、鸡蛋、馒头，有面条下点吃也行。还有买好的肉、青菜，中午吃水饺，你付叔也来。还得多做点，好给洗衣房送些去，早着点，别等人家下了班再去送。"郎立学听了，觉得今天的任务还不少，心想上午吃水饺的任务一定要完成，便与徐桂贞一块儿来厨房，也就是原来付丹香的宿舍，现在是俩老太婆住着。郎立学先来叫付丹香和高海珊到厨房吃饭，看着付丹香与高海珊正在给小永平套长命锁——长生果，穿新衣服，这小永平在手舞足蹈，高兴得很。各人看着他龙飞凤舞的样子，也喜得哈哈笑着，这一打扮更可爱了。这水晶般的小胖子，在红花绿叶的新衣服里，很像一朵玫瑰怒放着。说是要吃饭，郎立学抱着永平，给他垫上块大尿布，又盖上小被子防止着凉。

高海珊说："当了母亲就得想周全些。我这个女光棍就想不了这么多。"付丹香说："人都是被逼出来的。你不防着点，小东西不是拉就是尿，就弄得到处是屎尿。还得花钱，一受凉就感冒，发烧、咳嗽，就得吃药打针。两三个月来，别人为我干这干那的，自己心中也不忍。可考虑月子里不能累着，也只好这样。"说着，来到饭桌前。徐桂贞高兴地欢迎高海珊的到来，看了孩子这身穿戴都是高海珊赠送的礼品，更是喜出望外。付丹香和小永平上床坐下，怕把床尿湿，给铺上了塑料布，把他放到床上，他高兴得两眼不住地往两边睨，还呕啊哎啊地发出雁叫声。他奶奶听了说："才多大啊，就学雁叫了，也在学雁高飞不成？"逗得大家一阵大笑。

李玉花早吃过饭去上班了。在家的每人一碗米饭、两个鸡蛋，还有馒头、煎饼、炒的白菜豆腐，另有小菜是腌的茄子把和小黄瓜、辣椒咸菜。早餐后付丹香叫高海珊陪着去洗澡，郎立学看护小孩了和洗尿布，都完成后，再包水饺。

郎立学和母亲说："唐丽现在有病，杨博海要调琼岛，我看咱就不必要在这里住了。外贸我已不去干了。我明天就去琼台，你们早和他们打个招呼，就等着咱院什么时候救护车南去，载你们回家去。这里的东西，叫李玉花看守一下。她愿意住哪个屋都行，工作叫她一块儿干着，以后再说。"他洗完尿布后，又和母亲说："我回村里一趟，和村里说我到琼台待几天，让付丹香回家后，在村卫生室先上着班。"

郎立学回到家，和村主任说："我对象主要学过助产士，对妇科病有较好的诊治水平，有专业证书。还学过化验，能做常见疾病的化验检查，会做心电图检查和注射输液等操作。因结婚后就怀孕了，坐月子，一直未来上班。"村主任听了觉得很好，就说："那让她来上班好了，也不是外人。这个卫生室本来村里想收回，也没留住人，这还算是你郎立学的，暂且由你管理吧。"他看了看自己的家，付一农叔叔除管理地和家，还开着小门市部，每天喝二两小酒，吃点猪头肉，生活处理得还可以。郎立学告诉他说："以后酒肉一定少用，饭菜调剂好，干活不要急，别累着身子，慢悠悠地干地里的活就行。过一两天，俺娘和小永平他娘俩就回来。这样，你以后的生活就省事些。"郎立学在家也住不下，接着就往城里走。

郎立学到了城里，叫付丹香先在家干着。高海珊下午即回去。付丹香也很踌躇，对自己能否应付病人心里胆虚，便提出要求说："让永平奶奶陪着我，一边照顾他，一边帮着我。这样，俺仁在卫生室，我心里就踏实得多。晚上关门，夜不出诊。因有孩子，大家能原谅。"郎立学全应了。他也觉得她尚未单独诊治过病人，万一有误不好处理，便又和她说主要看看妇科病。还写了一个告示，说明卫生室暂且由付丹香值班，诊治范围以妇产科病为主，处理不了的转镇医院或句山医院。

第二天，郎立学早六点到医院门前，等不多时，杨博海的车就来了。郎立学上了车。十点半便到了赵坤玉家。在此用了午餐，随后又把郎立学送到医院去陪唐丽。二人来到妇科病房，见唐中和唐伟陪着输液，杨博海问了一下情况，得知下周一手术，就给唐中一把钱，说："大兄弟，交上住院费和生活费。今明两天你们暂且陪着，我去琼岛安排一下工作。"杨博海让唐丽放心，说给人治病的人，对病都有正确的认识，应有信心战胜疾病。

第三十五章

京医来会诊　唐丽转京治

　　杨博海突然想起应请院长和范玉兰主任吃个饭，认识一下，便问唐伟："院部你有认识的人吗？"唐伟低头沉思片刻，说："噢，我同学的父亲齐明在本院医务科任科长，不知在班上不？先硬着头皮去碰一下。不行就以后再请。"说完，他去找科长，郎立学领杨博海去请范主任。很巧，三人都请到了。因一车装不下六人，黄田华院长说："我叫上司机吧。"杨博海向大家说去黄海饭店。

　　杨博海想叫郎立学回去，又觉得他听听也好。到了饭店，菜已上得差不多。杨博海坐主陪，科长坐副陪，院长为主宾，范主任为贵宾，各位依次就座。

　　杨博海做了自我介绍，也向客人介绍了唐伟和郎立学。范主任也同样做了介绍，大家便互相握手相识。

　　杨博海说："各位来宾，我和夫人都是咱琼台的知青。她近来发现妇科病，请范主任诊断过，正在贵院治疗，恳求诸位多加关照！这次相聚，一是向各位领导、专家表达谢意，祝福大家身体健康、家庭幸福！二是鄙人刚调来老家，借此互相认识一下。来，请干杯！"俗语陈词，客套一番。

　　黄田华说："其实，没有必要这么办，咱们都是琼台老乡，都很实在。你这样做，叫我们感到惭愧。工作还没做就受奖励，不来不好，来了心也不安。我们治病是日常工作，是我们应尽的职责，你何必破费。家中有病人本就很忙，没必要再增加负担。但是杨老板既然摆下了，咱们就借此机会研究一下如何治疗的问题。我们各位一定会齐心协力，争取彻底把病治愈，并祝杨老板继升高位，再发大财！"范玉兰说："治疗疾病是我们应做的工作，哪里做得不周，尽管指出，我们一定虚心接受改进。但是病人情况还是偏重，性质是恶性的，病程属中期。若没有远处转移，手术治疗可能达到预期的效果。我们知道知青在乡下吃了许多苦，受了很多难。对此，我们感同身受，非常同情。所以，我们会把患者当作亲人对待。每个细节都要做好，把你爱人这类重病当重点，想方设法将她治愈。"齐明说："我儿子说他同学的姐住进咱院，求我和科里人说说给上心治。其实，将心比心是一样。我们的同志病了，也是想尽一切办法找个高手给看看。这种方式有时起正面作用，有时也会有相反作用。医生这种工作要讲医德，绝对不能给这位病人真心诊治，对另一病人就马马虎虎。"黄院长说："总之，就是根据病情用最佳方案施治。可以与北京妇科医院的高敏华主任联系，来个电话会诊，或请她来也可以。通过会诊，能完善治疗方案，还可互相交流经验，相互学习。工作就是这样，在交流中，咱既学了人家的优点，也给人家增加了病例实践。"范玉兰立即同意，说："这太好啦，这是医院对妇科的关心，请院长和北京联系好，我们可作病情汇报。"杨博海说："我衷心感谢院长、科长和主任，为我爱人的病早日康复想方设法，真把她当成了亲人，我敬各位一杯。有人说人生是一杯酒，许多深情厚谊，都包含在这杯酒里了。"

话已叙完，各人便开始吃饭。只有范主任讲究，谈了饮食与健康的关系，对任何美食都不多吃，吃饭则七八分饱，酒更是表示一下而已。为完成繁重的工作，必须有一副好的身体，任何宴席活动都是如此。吃完饭后，杨博海送给每位客人一张名片，方便以后联系。

齐科长出面和北京高敏华主任联系后，黄院长和范玉兰也分别与她进行了沟通。高敏华教授应下出诊任务，即向医务处说明到琼台出诊及做一场学术讲座，明天启程。处里立即派人购票，并送到她家中。高敏华也立即告诉了护士王玉君，让她做好准备，一同前往。

附院医务科的同志为迎接高敏华一行，让伙房专门做了四菜一汤，但来的两位说在车上吃过午餐，想先休息一下，并介绍了在火车上见到军医受海研所邀请，要来附院妇科会诊的事。齐明科长一听有点愕然，范玉兰主任认为很难说是否和院里请人会诊有关。正说着，那位军医由唐伟领着来了。

唐伟向齐科长和范主任介绍说："这是北方舰队在北京的部队医院的

伍军医。我们所内一位女同事的丈夫是舰队的军官，她儿子即在这个部队医院工作。昨天，我回去就和同事说了我姐的病，她说她儿子的医院可能治这个病。可她儿子去的时间不长，说不上话，便急忙让她丈夫又找了他们的亲家。他们的亲家说得和北京商议。很晚才定下来，就没联系咱院领导，很是抱歉。"

　　大家听了，深感军民关系真如鱼水，都欢迎军医到来，觉得有了军民合作，唐丽的病一定能治愈。齐科长说："这是北京妇科医院的高敏华主任和手术室护士王玉君，为唐丽的病来会诊、手术，还要做学术讲座。对各位前来会诊治疗，深表感谢！咱们现在到食堂用餐。"军医说在列车上已吃过饭，要先看病人，讨论一下还须什么检查，采取什么治疗方案等。大家同意了军医的意见。科长说就是专家没休息，高敏华和伍军医都说比起工作来，乘车就是休息了。

　　各位在会客室喝过水后，便一同前往妇科病房。高主任领着一队人，在医生办公室听取了范玉兰对病情的简要介绍后，来到唐丽所住的病室。高敏华亲自检查，详细询问病史，又带病人到妇科特检室做了检查。她检查完后客气地请军医检查，军医说相信她的检查结果，不再检查。

　　在集体讨论时，当然北京的高敏华是主讲。她经过近三十年的临床实践，理论和实践经验都很丰富。头上几根银发，显示着她经历过风雨沧桑，工作上有所建树。她中等身材，双目有神，仪表清秀，谈笑风生，步履稳健。

　　当全科人员恭敬地来到内科病房医生办公室时，不大的办公室已装不下了，有人只好在室外坐小凳子听。

　　讨论由齐科长主持，他说："今天我们荣幸地请到了北京的妇科专家高敏华主任为我院收治的患者会诊，同时给我们做一次学术报告。为了抓紧时间，请大家安静。现在请高主任为我们做学术报告。大家鼓掌欢迎！"室内外响起一阵热烈的掌声。

　　高敏华说："大家好！我这也不算什么报告，只是借会诊之机作一个简要发言，对病情做下分析。该病人为女性，四十五岁，曾是下乡八九年的知青，后到医院工作，已婚十八年。十三岁初潮，妊娠一，分娩一，生一健康女婴，现健在。近半年来月经失去规律，近两个月有不正常流血。多鲜血，伴腰痛，乏力。性生活出血增多并轻痛不适。有低烧，体温 37℃。个人有隐私。曾服中药十余剂未效。检查所见为神志清，检查合作，体温、心率、呼吸率和血压均在正常范围……

"目前，对宫颈癌的诊断方法主要是采集详尽的病史，如有无白带增多，有无臭味，腰痛和腹下坠感等慢性炎症表现……

"关于治疗方法。根据病变的具体情况，采取手术配合化疗，或放疗配合化疗。放疗又分外源性和内源性放射疗法。这些方法中内源性放疗最安全，疗效也高。但操作难度极大，内源性放射源的保管要求极其严格，在综合性医院开展有一定的困难。放射源主要是放性金属钴60和镭……治病总是以人为本，要做好思想工作，让病人树立战胜疾病的信心，心理上要平衡。我就谈这些吧，很不完善，请谅解。谢谢！"

齐明科长说："让我们以热烈的掌声，感谢高主任的精彩报告。"一阵热烈的掌声过后，范玉兰主任说："我代表妇科全体同志，对高主任不辞劳苦，从北京远程赶来对病人进行认真细致的检查，并就该病例给我们做了详尽的分析报告表示衷心感谢！高主任一心为病人的高尚品德和对工作一丝不苟的作风，值得我们学习。不论会诊还是讲座，都给了我们深深的启示，使我们开阔了视野，扩大了专业知识面。希望同志们深刻领会高主任今天所讲的内容，加强业务学习，不断提高技术水平。"

齐科长说："我们鼓掌欢迎伍军医讲话！"

伍军医潇洒地站起来，向大家敬了个标准的军礼，很谦虚地说："我们单位是一个科研单位，主要对放射性物质进行分析、研究和应用，也制备一些放射性同位素，供有关部门应用，如放射性碘131，我们医学领域用得不少。我们的工作是研究如何使放射性元素更好地'和平利用'，尤其对治疗疾病的应用。我这次来是为了了解病情，确认是否适合到我们那儿进行治疗，同时向大家汇报一下我们在这方面做的工作。"

他坐下后继续说："我们用镭锭治疗宫颈癌已经取得了很好的效果。我们接治的大多数是无法手术的晚期病例，疗效都很理想。我们曾治疗过山东沂蒙山区一位六十岁的老太太。被诊断为晚期，在地区和省级医院被认为不能手术，预后不良。在束手无策之际，她不知怎么听说我单位能治这种病，便辗转到我们这里。经镭锭放射治疗后身体日益康复。经两个月多次镭锭放射治疗而愈，已十几年未复发，现仍健在。确实创造了人间奇迹，声誉逐渐扩大到各地。

"我们用的方法称为内源性放射治疗法。刚才高主任也介绍过。镭锭就是一种内源性放射源，放到宫颈内时，它的射线能均匀地射向癌细胞，对宫颈癌是最理想的一种放射疗法……

"镭锭放射治疗已经临床应用多年，有了很成熟的经验。我个人认为，我们会诊的这位病人可以用镭锭放射治疗……"

唐丽的二弟唐伟开朗爽快，说："要是疗效可靠，我同意去北京放射治疗。听了伍军医讲的后，我认为镭锭放射治疗可作首选疗法。高主任讲了这一治疗方法，也讲了手术、根治术及超根治手术。可是手术方法损伤面大，还要化疗。我衷心地感谢高主任不辞辛苦，长途跋涉，来为我姐操劳。不只明确了诊断，还做了精辟分析，介绍了各种治疗方法，我很感动。这次高主任和王护士来虽未做手术，我的意见，全按做了手术的标准付费。到了北京，在治疗过程中，还望高主任给予协助，尤其初期和后期，多做检查，还可积累这方面治疗的经验。祝愿我们和军医同志合作成功，愿我姐的病能得到彻底治愈，成为军民攻克难症的范例。更感谢附院领导和妇科全体同志的努力，尤其范主任的全程诊治。我诚心诚意地感谢各位！"

杨博海接着说："我完全同意二弟的意见，这代表了我们夫妇俩的心愿。我感谢与会所有同志！对附院和北京来的三位同志，我十分敬佩和感激。除感激之情外，我的最大希望是能看到我爱妻将病尽快治好。当病治愈之日，我再次邀请各位同聚一堂。谢谢各位！凡是因为我的夫人而支出的所有费用，由我全部支付。今晚上我邀请诸位，去黄海饭店吃顿便饭，有什么事宜再作具体交流。"

齐明科长说："大家都谈得很好。现在我们在学术上百家争鸣，实践上是哪些方法有利于病人的治疗，我们就采用哪些方法。在医疗实践中，绝对不厚此薄彼。我们医务工作者对所有患者一视同仁。而对疑难病，我们组织会诊，这也是医学领域的正常活动。关于费用问题，我们再具体商定。对北京来的三位同志，先由院方支付。希望我们这三家医疗单位加强合作，开创治疗恶性肿瘤的新局面。目前，医学科学正在飞速发展，日新月异。以前动大术的病，现在割一小口就能顺利完成，既安全，又省事。今天的学术会开得很好，有些事当面说明白，我们都不客气。对杨博海的盛情邀请，我们应约。现在散会。"

于是，科长、主任、军医、护士、郎立学、唐伟、杨博海等分乘两辆车前往黄海饭店。一个单间，窗明几净，迎面在雕刻精制的花架上摆放着两盆兰花，一盆蓝色，一盆白色。好像代表一清二楚。东面一窗，透过明亮的玻璃，可望见波涛汹涌的大海，通过那半开的窗扇，一股海风带来清凉，煞是惬意。这是唐伟为客人订好的。一张又大又圆的餐桌上，铺着洁白的桌布。红木椅子列在桌周围。各位贵宾分宾主落座。服务员沏上芳香名茶和餐具。桌上已有了数碟小菜，各位在品茶间，不断地谈论此地不凡的风景，十分欣赏。

唐伟首先说："科长、主任和军医都为我大姐的病费心尽力，对各种治疗方法做了对比，选择了内源性放射疗法。何时起程去呢？我这个人就是短平快，直来直去。若不动手术了，可否明天就跟随军医前往？"齐科长说："这在会上已经定了，明天去也完全可以。范主任把病历资料介绍给军医。若高主任需要也可给一份。将院内账结算了，医院给出个转诊证明，只要家属能准备好，就可以去。治病如救火，越快越好。时间就是生命。"伍军医说："我这个侦察员完成了任务。领导没说带病人一起回去。我个人不能决定。"齐科长说："将在外君命有所不受嘛！"杨博海说："那就这么定，明天唐伟和你姐、郎立学三人随军医赴京。要没处住就先住旅馆。过两天我再去。要是事不多，一个人陪也可以。因治疗的时间很短，多在住处休息。我并非对妻不亲，因刚报上到，住宿、办公室都没办好，也就还得三五天的时间。待我这边事情办妥就去。他们去不一定马上就做治疗。伍军医，是否去了还得检查？"伍军医说："我们提倡信息共享。如这里的资料齐全，可以不再做检查，减少病人的痛苦和负担。但开始治疗后，过几天就需要检查。因每人对放疗的承受程度不同，反应差异较大，有的一周查一次，有的三五天查一次。"高敏华说："病人目前病情尚可，但应警惕不时有出血的可能，尤其在治疗前后，或开始治疗之际。内源性放疗全程由护士操作，手法都绝对安全。镭锭的形状如一枚手枪弹头，小而光滑，对人体不会造成物理性伤害。"伍军医说："住处问题我回去向领导请示一下。单位有几间防震棚，曾有亲友和病人住过。整理一下，可暂时栖身。不漏不潮还是蛮好的。"唐伟说："那就太好了。到那儿后看看，最好是就近，尽量在部队那个地方，方便安全。住旅馆，一天两天可以，长了也不好。"

这时，一盘盘菜肴端上桌来。今天的宴席主陪是齐明科长，上宾为高敏华主任，副宾为伍军医，副陪为唐伟，范玉兰、护士、郎立学、杨博海则分列而坐。

齐明科长说："今天我们都为了治病救人。为了唐丽的病，首都北京德高望重的高敏华主任和伍军医及护士王玉君同志都闻讯赶来，表现出了急病人之所急，解病人之所难的高贵医德医风。为表感谢，咱干杯！"

酒过几巡，喝酒的只二三个人，齐明、唐伟和杨博海，军医在外不准喝酒，三位女士不喝。齐明科长说："我看咱们还有不少工作要做。病历介绍，预购车票，病人的准备等。咱实事求是一点儿，量力而为。"

杨博海看女士们和军医只喝点茶水，吃点菜，便说："我本想再敬各位每人一杯，但我近几天事多，又加夫人有病，心情和平时不一样。我要是心情痛快，一瓶白酒也平平常常。"齐明科长说："看来各位对酒兴趣不高，也都有心事，这是事实，请多吃点自己爱吃的菜，少量用酒。咱叫上饭吧！"大家都说好。杨博海说："待我爱人病愈后，咱们再好好聚一聚，痛快地玩玩。看看世界多么美丽，等着我们去欣赏，去吟诗歌唱。我的承诺若不兑现，谁都可找我，给提个醒。"不言不语的郎立学突然站起来，说："我十分盼望你承诺兑现。我先和各位老师、领导兑现上一杯。"大家齐声说："一定能兑现一杯美酒。"

饭食上桌了，有小油卷，小蒸包、馒头、烙煎饼，还有大米饭，真是想吃什么有什么。又上来一盘最热门的烤地瓜。为了增进食欲，还上来豆腐乳和酱及鲜葱段。样数太多都顾不上一尝。大家不言不语地吃着，一会儿都酒足饭饱，喝着茶继续聊。

范玉兰主任说："饭后，我与唐伟和伍军医到病房，将病历资料及化验单整理好，请科长安排复印一下，交给伍军医。为了更安全，请高主任、伍军医和我三方都认可一下治疗方案，签上字，也复印三份。在治疗工作中都希望好，但总是会有意外发生。我们为此做这样的规定。患者乘车应坐卧铺，同时咱们三人一起和患者讲明白，不是病重才转院的，以免误会。做好思想工作，把好心理这一关。听说她还有位老母亲，还是应到家和老人见面告别，和她说清楚，让老人放心。我是这么想的，就这么说。看看各位还有什么其他意见。"唐伟说："也可以，老人身体挺好，没问题。关于住院费，请先结了账，过几天我来结算。北京专家的费用，请科长先支上，再与住院费一块儿结算。"齐科长说："住院费你结，北京专家的费用由医院出。这算单位间的学术交流支出。医院是个大家，一星半点算不了什么，叫个人承担就大了。再说我们每年都有这方面的预算。"杨博海说："我去买车票。唐伟、伍军医、郎立学去办理病历交接。"齐科长说："那我们马上去行动。"

他们到了医院。齐明先去了住院处，交代了高主任和王护士的费用按单位间学术交流的规定办理。

高敏华、范玉兰、军医和护士一同到病房，向唐丽说明情况。

唐丽听后沉默了一会儿，说："你们对我的心意我领了。可不是病重得这里治不了才往北京推的吧？"范玉兰说："可别那么想。你的病还不算很重，比你重得多的都在这里治愈了。"唐丽说："那我就在这里治，不去北京。以前我看到的病人，都是在当地没有办法了才去北京。我不想去。"范玉兰说："唐丽，那你就误会了。你要不信，可先去治几天看看。不行就直接去找高主任给你手术。再不行就回咱家乡来，我情愿接收你。其实，这都是废话。据伍军医讲，你这类病经内源性放疗的治愈率达百分之百。为的是你免受刀割的损伤和痛苦。"唐伟指了指站在旁边的伍军医，对唐丽说："今天这位伍军医就在我们面前，专为和你把情况说清楚。他们对这类病的治疗效果很好，还治好了一位沂蒙山区六十岁的老太太，十几年了都没复发。大家才一致决定，马上去北京早日治好姐的病。"

唐丽毕竟也是医务工作者，明白放疗意味着什么，经大家这么一说，也就想通了，说："既然如此，我不辜负大家的关心，我听主任和医生的意见。也没办法，听之任之，听天由命，顺乎自然。"范玉兰说："你一定要有信心和勇气，要蔑视疾病，不要被病吓倒，挺起我们的胸膛，勇敢前进，就一定能战胜疾病！"

唐丽认真地听了这席话，表示："我有勇气和力量，谢谢大家！我高高兴兴地去战斗，把身上的病消灭干净，一定凯旋！"范玉兰说："你想通了就好办，卸下包袱，轻装上阵。今天回家和老娘住一晚上，明天一早乘火车赴京。你还得和老娘说清楚，去京治愈后来向老娘报喜。"

唐丽深有感触地说："主任还真了不起，不仅技术水平高，做思想工作和心理治疗都很到家。这样一星半点的病被精神就能战胜了。我一定遵嘱和老娘说清楚，让她放心。我愿做主任的学生。"高主任和伍军医也异口同声地说："范主任讲得很对，讲得实事求是，完全代表了我们意见。祝你成功战胜疾病。我们将你的病历带了一部分做治疗依据，你也整理下衣物准备回家。明天车站见。"

俩主任和军医到病房办公室，带了病历的复印件，三人签了字，唐伟也在转院的有关文件上签了字。结了住院的账，待日后结算。郎立学整理了唐丽住院的衣物。

唐丽问郎立学："范主任说的是实情还是糊弄我？"郎立学说："范主任说的是实话，一点也不假。是唐伟的同事给你联系的，这是最佳方案。你看凡是听说的人都为你着急、出力。真是吉人自有天相，这说明你命好！这位军医来，就是专门了解你的病情，了解后说是适应证。你就放心吧，会很快治愈的。"唐丽说："那就好。"

唐丽、唐伟、郎立学和杨博海一行走出病房楼，两位主任、军医和护士送到楼前，相互握别，祝福道谢。楼前那两株高大的青松，庄重文雅，终日迎送着进出的宾客，为病房站岗值班，保佑病人平安，并见证着人间的悲欢离合。

杨博海的车上乘坐着唐丽、唐伟、郎立学，先将唐丽送到赵坤玉老太太处，并一起做了解释工作。

第二天一早，杨博海的车提前二十分钟到达车站。等待检票的人已排了很长的队。杨博海他们都用目光扫描着一同乘车的伙伴。还是郎立学的眼好，首先看到了，他们已排在队里。唐伟前去打了招呼，郎立学提着唐丽的小皮箱，和她一起到北京客人面前，相互问候，亲切握手。

唐丽说："来得迟了，让你们久等了。"高敏华说："我们也就是比你们早来了几分钟。不用急，我们是卧铺票。"她把唐丽拉到自己的跟前。唐伟向军医道谢，军医说："不客气，都是自己人。站在我前面吧。"

杨博海早买了月台票，在站台上等候。检票后，他直把他们送进车厢，放好行李。铺上有洁白的床单，一床绿色的毛毯，叠得方方正正。那枕头像一袋子白面，压在毯子上。旅客刚就绪，列车上的小餐车即把准备的早餐送来了，杨博海立即要了六份，每人一份。车门就要关了，杨博海才与他们一一握别下车。列车徐徐开动，他和唐丽等互相招手，目送着亲人远去。

车轮滚滚，在愉快的乐曲中前进，伴着隆隆的豪情，有节奏地飞奔起来。大海的激情以招手的方式表达着，欢送列车向远方驶去。铁路两侧的高楼，像两排巨人，列队欢送满载友人的客车离别这座美丽城市。

此时此刻，郎立学心中想着在琼台的时时事事，人间的话语真情，虽在向向往已久的首都北京前进，也在惦记着家中的老人、孩子和妻子。自己像一叶轻舟在海上漂泊，像一片树叶随风飘荡，风向哪吹就向哪儿飘去。这一切都随塑料盒中洁白的米饭，吞到腹中。饭是白白的大米饭，配着西红柿、炸鱼段、火腿片和辣椒酱，可谓五味俱全。这个青壮年，狼吞虎咽，三口两口吃完，也只能是作个点心，塞塞牙缝而已。肚子里非但没有饱感，反而更饿了。自己不好采取行动，只好挨着。唐丽吃了一半就说不吃了，端着叫他吃。接着高主任也剩下些饭，也递下来叫唐丽一块儿让郎立学吃。此时郎立学看出女士们饭量小，和自己不一样。好汉经不起再三劝，他便不客气，将唐丽的剩饭拨到自己的饭盒里吃干净，又把高敏华的也吃了，羞愧得红了脸面。他又喝了几口水，肚子才觉撑起来了。

列车到沧河，郎立学突然向窗外一看，说："啊！看，那海上的船！"高敏华说："那不是海上升起的旭日吗？我们看上日出了。"由于车速快，不等他人注意就已过去了。唐丽说："没来得及看，想看已过时。如春花，几日不得看，再看花已凋，东流去。"郎立学痛心疾首地问："花怎么会东流去？"唐丽说："花在楼上。"护士王玉君听了，觉得有趣，便接上说："花季早过时啦！十五六，十七八。早过啦！"

为了给病人治病，伍军医重任在肩。他吃过饭，心中就开始盘算如何向首长报告来琼台了解的结果；带的病人去住哪儿较为安全、方便；领导只要求探明病情，未要求带病人回去治疗，怎样才能松动一下；治疗期间的饮食营养怎样控制等问题。病人的饮食要接受营养师指导，医院又不管饮食。他进入了临床思维的程序之中，对外界的事物不闻不问。什么日出，什么花，一概充耳不闻。不！什么花，花落啦，什么十七八的话语却将伍军医触动了。他与花只一臂之距，二人都是头对头，脚对脚。突然向花儿发出了邀请："花儿开，花儿落，只是一刹那。花儿盛开若不采，花儿不白开？这朵花儿谁家采？"王护士自言自语道："花儿色不艳，不受人家爱，至今无人采。"二人对应着话声、心声，尽管音量微弱，可都听得清。

高敏华主任搭腔了："俺的花可好啦，是桂花，是茉莉花，是兰花，是牵牛花，是金银花啊！谁都不给他。"伍军医说："是军花，军民是一家，俺要您给吗？"高主任说："给不给我说了不算啦，由她自己吧！"话语不多，却勾得二人心动，伍军医忙问："护士小姐年多大？"护士说："俺可不叫年！"军医说："不说年，说什么？"护士说："你把那个神灵的灵字给掉了。"伍军医说："掉了再捡回来，是年龄多大啦？"护士调侃道："你又不是民政局的，问这干什么？俺没有去过，听说去还给个本本，叫什么证？"高敏华说："你们恋爱这么快，这么短，就急着办什么结婚证？"护士说："高主任，你是想把你的闺女快推出去吗？"高敏华说："不是男大当婚，女大当嫁吗？这是人生的规律。"

唐丽听了上面的话，也动心了，说："军医同志，机会难得。你们因我相识，我愿作红娘，愿你们爱如海深，成为良缘伴侣。这个问题可不那么简单，若有心意，可常来常往。多接触，多了解，多交流，望你们成功！"这列火车成了爱河鹊桥。

一声巨吼，蓝庄车站到了，稍空的车上拥入了不少旅客。上车就睡了的唐伟揉了揉惺忪的双眼，说："我坐车一晃就睡觉。"高敏华说："你的饭也没有吃，去洗洗回来吃点吧。可能也饿了。"他倒听话，回来一半口即把饭吞下去了，看一看表才九点半，还不到开饭时间。军医和护士一阵心语之后，看唐伟醒了，便异口同声喊："二哥做梦了吧，梦着谁了？"唐伟说："梦着一对恋人过鹊桥。"护士说："他根本就没有睡，是装的。"唐伟说："你这位护士小姐成仙了，有这么大的神灵？我睡了一觉，你说装睡。既然都不睡了，我们打扑克吧！"护士说："我可不会。"唐伟说："不会可以学吗！人不会的东西多了，学学就会。"

于是，六人打起够级来了。用唐丽的皮箱作桌，扑克放上，住在上铺者到下铺坐，正好三女对三男。护士与军医屈膝而坐，高敏华说："这可近乎啦。"别看在报告会上那庄重的学者，平时可和气着呢！

六人一边说，一边摸牌，各人的手中都满满的。经过一阵激烈搏杀，唐伟率先出完手中的牌，争得头科。高主任和护士手中的牌出不去。借此，唐丽说："嫁不出去成老大闺女。"护士："你怎么知俺不出嫁，是没到时候。"唐伟说："我去看有饭了没有。咱该吃午餐了。"护士说："可不是，已十一点二十了。"唐伟订下六份午餐，让大家到餐车车厢去，并嘱贵重物品随身带着。

郎立学提了唐丽的皮箱，并扶着她去餐厅。

午餐后可能都受生物钟的影响，车厢里也显得静悄悄的。安静似乎是人人所盼，尤其卧铺车厢内多为老小和身体有疾者，所以显得格外寂静。乘车是一项累差事，难得享受安静。休息了一段时间后，唐伟又振奋起来，看着高主任还睡着，自己去了趟卫生间，回来喝水。王护士在不太亮的光线下看一本杂志，郎立学在铺上翻来覆去，不像睡着的样子，伍军医打开一个袖珍收音机，放在耳旁听着。细心静听，是郭兰英唱的

《南泥湾》和《我的祖国》，一会儿是京剧《沙家浜》。

过一会儿大家都醒了，郎立学给高主任倒上一杯水，接着又给唐丽倒上一杯，并依次给唐伟、伍军医和护士倒了水，只有伍军医说了声"谢谢"。护士接了水，什么也没说，郎立学问："你怎么不会说'谢谢'？"护士说："我不说，不也省得你说'不客气'吗？"郎立学说："你真会算账，我们都不说话了，又会是什么样？"唐丽说："那不都成了哑巴吗？"郎立学不再犟了，到过道边的小椅子上坐下。他们邻排下铺躺着一位老爷子，面黄肌瘦，毫无精神，他们见了，不免产生怜悯之情。不多时，坐在他身边的中年男子倒水给他喝，郎立学就问他："老人是你的什么人？看着他的体质很虚弱。"中年人说："他是我的岳父，来我们家三年了，近来身患重病，非要回老家不可。"郎立学又问："家居何处？"复："我们现住烽台，岳父老家是昌平，岳母早走了，舅子不大关心老人。他一个人生活艰难，才到我家住。现在是硬着头皮回家的。人老了真难！"郎立学再问："他年贵庚？"中年人说："你这般年纪，还说老话？老泰山年七十八岁了。"

正说间，火车进入北京城。高大的北京形象映入眸子，好像列车也被这形象恋住了，行进得慢了下来。转眼到达北京站。列车上播出："旅客们，大家好！由琼台开往北京的直达快车，已顺利完成全程，平安到达终点站——北京火车站。请旅客们整理好自己的随身物品，准备下车。下次旅行再见！"旅客们都很听话，立即行动起来。东西多的有人在外边站台上接，车上的人从窗口向外递，一时紧张忙碌。

郎立学、唐丽等一行人不慌不忙，等大部分人下去后，才随着下了车。因无重负，郎立学为唐丽提了皮箱，护士带着手术包，都不算重。唐伟扶着他大姐下车。啊呀！一片人海，熙熙攘攘。那相对狭窄的站前广场，显得十分拥挤。又加叫卖报纸、北京地图的，卖小吃的，真是车水马龙，热火朝天。郎立学一行出站来，高敏华和王玉君去乘公交车回医院，大家握别。

蓦然回首，高大雄伟双塔式北京火车站，耸立于北京城南。多像一对慈祥的老年夫妇，日日夜夜迎送着千千万万个中华儿女及国际友人。郎立学还是第一次到北京人民迎接全国、全世界人民的第一客厅。

第三十六章

入住军休所 军医精心治

　　伍军医、唐伟、郎立学和唐丽四人搭乘出租车来到玉泉湖路附近一个部队休养所。

　　院内有三座五层楼，南北排列着。院中鲜花翠柏，十分整洁，幽雅美观。在南边一排车库的西头，有两小间闲房，已清理好，可暂且一住。伍军医为他们安排了房间。这是两小间套房，里间设床，桌椅齐全，玻璃门窗，砖铺地面，脸盆痰盂均备。外间有一小便门，通向卫生间。有电灯照明，距伙房很近。各人看了，十分满意。

　　唐丽说："衷心感谢伍军医如此厚爱！安排得很周到。"郎立学看脸盆架边有两个暖瓶，便去提来热水。伍军医说："这里有食堂，可满足你们的一般要求，那里有菜谱，要用菜票和饭票。大门早六点开，晚九点关门，来人要登记，你们一定要遵守。给你们一住所卡，凭卡进大门。外人一般不准随便进入。"唐伟说："对我们如此关爱，我们十分感谢，一定遵守规定。"伍军医说："这样食宿算是解决了。现在还有一小时四十分钟的时间，再坚持一下，咱接着就乘车去看一下治疗中心。"唐丽欣然同意。

　　唐伟说："很好，这么方便，说不定还能给治疗一次，不就省下几天么！"伍军医说："治疗中心离这里也不远。平时你们可乘公交车或地铁去。每次治疗不超过十分钟，加上等车乘车，来回也就需一小时左右。隔几天才做一次，平时没事。这种治疗就像玩耍一样，不紧张。但必须按时，不能延误。"

　　不久他们便到了治疗中心，在一幢二层楼前等了一会儿，只见从楼里出来一位着军服的女军人和伍军医打招呼。伍军医把唐丽介绍给她，她即热情地与唐丽握手，并带唐丽到客厅休息。伍军医带着郎立学和唐伟进入楼内的客厅，在沙发上就座。一位更年轻的女军人来给沏上了茶水。

伍军医介绍说："这位是负责治疗的主治医生。"各人都起立与她握手致谢。她说："给唐丽治疗是我们整个医疗小组的工作。我们本着科学的态度和高度负责的精神来工作，希望你们密切配合。"

听着厅的里边一阵键盘声后，出来一男一女两位军人，女军人介绍说："我们调阅了唐丽的病历资料，认为诊断无疑，已不适宜手术治疗，可行内源性放射治疗。"男军医说："根据这种情况，大约需进行三个阶段的治疗。第一阶段控制病情，第二阶段根治疾病，第三阶段巩固疗效。每一阶段约两到三周。第一阶段间日一次，第二阶段一周两次，第三阶段五天一次。总时间约两个月。第一阶段的射线量大，病人要休息好，高营养，每天喝牛奶二百五十毫升，鸡蛋两个，鲜鱼五十克、精肉五十克。新鲜蔬菜，如西红柿、菠菜、芹菜等，水果和干果等都可随意用。主食是米饭和馒头，其他任意选用。多到空气新鲜、阳光充足处走走。要睡好觉，一天保证八小时睡眠，治疗无任何痛苦，要保持心情愉快。每天填写一份表格，不管有没有异常都要填。治疗期间和治疗后的三个月内禁止过性生活。要预防一切感染性疾病，如上呼吸道感染、胃肠炎、泌尿系感染等。要很好地爱护身体，只有这样才能顺利完成治疗。"唐丽说："我一定做到这些规定，请军医同志放心。今天可否治疗一次？"男军医一看表是下午四点半，离下班还有三十分钟，便说："也可以。你们刚来累不累？"唐丽说："我们坐的是卧铺，一点也没累着。"男军医说："好。那就排上一次。你去卫生间坐浴一下后到治疗中心，给足量做一次。先查血常规。"

唐丽取了血，去卫生间坐浴后，由郎立学扶着上治疗中心。郎立学送到一半在地下的门前，那扇门一开，唐丽和两位军医进去，即把大门闭上。进去不到十分钟，唐丽就出来了。给了一张表格，要求从五点开始，无论有无异常感觉，均记录在表内。还要记下每天的饮食种类和量，体温、心率、呼吸频率和血压都要测一次记下来。也要记录二便和入睡时间。郎立学听了，觉得一天的工作量可真不少。

一霎，两位军医出来告诉唐丽："今天阴道内有少量出血。活动不要太剧烈，一般慢走没问题。"唐伟在楼门前等候，看到郎立学、唐丽走出楼来，便上前和军医握手道谢，军医说："血检正常，放心吧。你们沿前边那条路向右走，不远就有公交车站和地铁站口，可随意坐。"

　　三人都是人地两生，不知地铁是什么样子。到了地铁站口，唐伟说："姐，俺俩扶你下去，咱看看地铁什么样。"唐伟买了地铁票，三人一起下去。到了地铁站台，郎立学说："啊呀！这么宽大的地方，这真是浩大的工程！在这么深的地底下，建上和地上一样的铁路，是多么不易啊！还是来回双轨道，拉人这么多，给城市人带来极大的方便。"车站的四壁张贴着许多广告，站牌名也指出本站站名和下一站站名，还标着全部站名，让乘客不容易乘错方向。乘客都很自觉地排队上车。三人和其他乘客一样站在队列里。不久，地铁列车轰轰隆隆地来了，下来的人不少，上的也挺多。上来一看，车上很像公交车，座位较少，大部分乘客站着。车上有很多把手，让站着的人抓着。三人刚上来时已无空座。唐伟想让他姐坐下，便和一位坐着的青年商量说："兄弟，我姐身体有病，能否劳驾您一下，把座位让给她？"那位青年爽快同意，忙站起来。郎立学扶唐丽去坐下，都几乎同声向青年说："谢谢！"

　　车在行进，很快就是一站。这也很像地面上的公交车，在站上停的时间也很短。车门开放时，看到车内地面几乎与站台地面在一个水平上，上下车极其方便。向车窗外望望，就是地洞的样子了，看不到天空太阳、原野山川森林，两边有的只是混凝土，只有车站的墙上有大型壁画。郎立学观赏着，觉得好奇，又想何时能带妻子来玩一趟，见见世面啊！

　　他们回到住处，正是开饭时间。晚饭有稀饭、馒头、大米饭和炒菜。唐伟买上一把饭票，说用食堂的餐具，让各人拿着，由他统一付饭菜票，并说："各人吃什么买什么。吃完饭咱去买上一箱奶，再买点面包点心作零食，再找个药材公司买上血压计和体温表。"各人买上饭，一边吃一边计划，明天该好好休息，后天再去治疗。吃完饭回到住处，唐丽躺在床上不愿说话。

　　唐伟说："这样就很轻松，一次治疗用的时间短。咱坐了一天的车，还做了一次治疗，全当玩一样。军医真是急病人之所急，这种精神太可贵了。姐的病真的有救了！遇上这样好的军医和先进的治疗方法，没问题！"沉了一会儿，他又说："姐，你喝水吗？"说着，他倒上一杯水，又说："姐，郎医生和你在这里，我出去看看哪里有商店，买箱牛奶来。"唐丽也没起来，应着说："好，去吧。"

　　唐伟出去后，唐丽两眼泪流如倾，语声哽咽："我成废人了，活着有什么意思呢？立学啊，人成了病号，一切由别人指挥，活着就失去光彩，失去灵魂，成为行尸走肉，太可怕了。难道才到不惑之年就这么样了吗？"郎立学说："姐，你的信心不是很强吗？你看咱做医务工作，都是鼓励病人要好好接受治疗，病会治愈的，病愈之后不就是健康人吗？什么事就都可以做了。你看军医单位，看病多么尽心啊！咱安心治疗，病好了就什么都能干。为了家中的老母，你也要树立信心，战胜病魔。遵照医嘱，定时接受治疗，好好吃饭。有人说，生了病的人食欲最重要，吃下一口饭就是向疾病发射一枚炮弹。饭是战胜疾病的基本力量，是增强免疫力的最好能量。"

唐丽诧异地说："你怎么进步得这么快啊！"郎立学说："这些意思都是北京高敏华主任说的，我只记住这么一点。听了，又说出来罢了。"唐丽说："你还会活学活用。"郎立学问："我这么说，就是活学活用？"唐丽说："是啊，就是学了接着就应用。"郎立学说："那姐也是啊。"唐丽说："应是。"郎立学看她的情绪好了些，便问她渴不，她摇了摇头。眼泪早已停流。郎立学说："姐，你好好休息吧，今日太累了。"郎立学将荧光灯关了，开了床头的暗灯，屋内光线暗了，安静了，二人都睡了。

唐伟提了一兜食品回来，一看姐和郎立学都睡了，知道各人都很累，便静悄悄地放下物品，关好门也上床睡了。

时间老人真会玩人啊，白天叫人尽力拼搏，晚上又让人好好休息睡眠，规律地生活着。睡了一宿的三人，还是唐伟起得早。唐丽也跟着醒了。

郎立学伸了个懒腰，翻过身子坐起来，说："你们怎么不叫我一声？"唐伟说："今天没事，咱就尽量多休息，青年人更需要多睡点。"三人也就都起来了。郎立学先是扫地擦桌凳忙了一阵，唐丽洗漱毕，唐伟取出昨晚买的牛奶给姐喝，还有点心和水果。郎立学提来开水，给每人倒上一杯。唐伟拿出一个大苹果让郎立学去洗净，用水果刀切成三瓣，给每人一瓣。郎立学一尝，说："这苹果好像是烟台苹果。"唐伟说："一点不错。在商店标签上写的产地是烟台。你还挺厉害，能尝出哪里产的来。"郎立学讲："烟台光照好，苹果皮红肉嫩，水分足，吃着香甜脆，略带酸头。"唐伟说："现在，苹果花谢了后不久即套上塑料袋装着，防止虫害和药物污染。"吃完苹果，三人上食堂用早餐，唐丽填一次表格，唐伟用手表给唐丽测出并记下脉搏和呼吸的次数。郎立学说："应在刚起床时计数，是基础数，饭后就快点。"唐伟说："现在是早餐前的，也准。"唐丽说："我没有特别的感觉。"

早餐后，唐丽说："今天咱先去逛一下故宫博物院怎么样?"唐伟说："可以逛逛大街，慢慢走走不妨碍，还利于健康。不过，我得先去买上体温计和血压表。"

唐伟买回体温计和血压表后，先给唐丽测了，把结果填到表上，三人出来乘坐地铁来到故宫。唐伟先买上一本故宫博物院的介绍，又买了三张门票。当步入金碧辉煌的故宫，唐伟带来的柯尼卡傻瓜相机便不住地咔嚓着，留下每处迷人的景点。辉煌的大殿，皇帝的龙尊宝座，院内的古柏苍松，许多的古董玉器，处处是龙的雕像，石刻、砖瓦、柱梁、门窗，皆是石雕木刻的龙。太和殿、乾清宫是最著名的。这些在唐伟的眼里，无不是绝世瑰宝，价值连城。北京是在元、明、清三个朝代建的都城，是祖国的宝贵文化遗产，对每一位游客都有着无限的吸引力，都愿意多看会儿。但是由于游客众多，有的旅游小队由导游领着游览，集体行动。所以还未看够就要到下处景点。也幸好有导游的讲解，他们也跟着多了解了许多知识。

他们看到皇帝的龙尊宝座，觉得万人之上的皇帝执政工作的地方竟如此豪华，坐在龙尊宝座上，其气魄可想而知。三人一边议论，一边听导游的讲解，又得细看，唐伟还忙着照相，把好的景物留下来作纪念，都显得有些紧张。唐丽虽然累点，但观景取乐，心境很好，到了乐以忘忧的境界。精神乐观了，病似跑远了。她也在思索，中国人创造了如此辉煌、世界上独一无二的建筑群，让世人刮目相看，眼前的人群里，就有不少外宾，显示了中华民族智慧结晶的吸引力。他们随着人流看到下午一点半，出了故宫后门，各人有点疲劳和饥饿，便在一个路边小摊上，每人吃了一碗馄饨和一个鸡蛋，暂且填补一下饥饿的肚子，休息了片刻。郎立学问："唐老师，是回去，还是到景山公园看看?"

唐丽同意接着看一下，于是三人走马观花一逛。让人触目惊心的是煤山上那株小国槐，崇祯皇帝在这里原有的那株古国槐树上吊死，结束了明朝的统治。现在这株是后来栽上的。

三人观赏了一阵后，坐上一辆计程车回到住地。中午，唐伟用厨房的锅灶为唐丽煮了两只大虾。郎立学一看这真是大虾，不是一号，也是二号。唐丽说："一看，这就是对虾。"

郎立学去食堂打了些饭菜来。唐伟一看，多是些普通素菜，便又去食堂买回一只不大的扒鸡和一瓶啤酒来，说："我们庆贺姐的治疗，头一次如此安全，没什么大的反应，还游览了故宫。来，干一杯，给姐一条鸡腿啃啃。"唐丽说："吃不了。"便只撕下一块来吃。

第三天做第二次治疗。三人来到治疗中心，军医出来接待，看了递上的表，便带唐丽到治疗室，并将表放在病案中。和第一次一样，上治疗台，做局部消毒处理，放入镭锭，记录治疗时间。因镭放出的射线相对恒定，时间长则放射量多。这次放入后待了八分钟。军医告诉唐丽出血已减少，可能治疗三次后即可止住血。让她回去按照表上的要求，有规律地生活，防止意外和过度疲劳，讲好卫生。有无异常都要填在表内。

三人又如游子一样。不过，唐伟二人对唐丽更加重视了，乘上计程车先回去休息。到居室才八点二十。待到九点，各人都想到外面走走。

唐伟说："我们到北海去，距此很近，就在景山旁边。"三人慢步逛着，看看这看看那，比乘公交或地铁都自在。

北海是一宽阔的大湖，水质非常清澈，水流很缓，没有大的浪花。园内有电动游艇。唐伟买上票，三人乘艇在湖中荡漾。北海琼岛上的白塔是一个大宝葫芦，在阳光下放射出灿烂的光芒，在湖中的倒影则更为神奇。导游介绍说，北海琼岛是中国建园最早的皇城御园中心。建成于1179年，元代称万寿山，明代称万岁山，清代称琼华岛，因清代建上白塔，也称白塔山。

唐伟三人下艇上了琼华岛。岛看着并不大，但一个台阶一个台阶地向上爬却很费力气。岛上有永安寺，建有法轮殿、悦心殿、智珠殿等，唐丽每到一处都要歇息，所以行动慢下来。登高有一个极大的优点，就是每升高一步眼界就扩大一次，真谓一步一个天地。上到白塔跟前，远眺四方，大半个北京已经尽收眼底。

郎立学每看到一个建筑物都叫喊一次，如看到天安门，就指着天安门喊："我看到天安门啦！"在这里他又喊："我站得比天安门还高啦！"

白塔外观是个神秘的宝葫芦状，都以为内部有什么灵丹妙药，令人向往，希望能治好疑难病，健康长寿。所以，来京旅游者，无不登上琼华岛观光，想采取灵丹妙药。而到得此地，竟是一座洁白的塔耸立云霄。内存经书，教人行善，益于民众。各人对白塔都寄予希望，而唐丽寄予的希望最大。来此一游，她心中充实了许多，觉得这是以前皇帝崇敬的宝地，如今自己也与皇帝一样来拜访过了。想到此，她好得像无病一样。心情一好，体力也来了，乐得哼起了小调。

郎立学听着，说："唐老师今天没有病了，全好了。我们明天回家吧。"唐丽则爽快地说："行！"唐伟说："这座白塔宝葫芦里的药真灵。这座塔，设计并非很复杂，不过是大小不同的同心圆环，底层最大，向上逐渐小，再逐渐大，然后再小下去。许多同心圆垒砌在这根立柱上，外表呈凹凸状，白色而光滑。在白天像是北京的一盏明灯闪耀着，给人以光明。它没有一层层的飞檐和垂珠，更不像天坛那圆大的伞形顶，而是纯朴的象征。"

唐丽说："好啊，二弟说得真对，我肚子有点饿了。"唐伟说："那我们快找个餐馆吃点饭去。"三人下来乘上游艇返到岸上。好不容易找到一处餐馆，却只能是有什么吃什么，不是想吃什么吃什么。此处只有馒头和烤鸭、酒和白开水，主要是卖北京烤鸭。

唐伟说："好，咱将计就计，要上一只鸭、半斤酒、五个馒头和开水。"他们在一张小圆桌前坐下吃喝起来。餐后照原路回到住处，安然休息。

唐丽第三次到了治疗中心时，她交上记录表，女军医接过表详阅后问："你有什么异常感觉？"唐丽说："身上没有不适感。"女军医说："那很好。走吧，去治疗室。"

一霎，唐丽完成第三次治疗拿着表格出来了。唐伟说："今天咱哪儿也不去了。"三人慢慢走出治疗中心。

大家向地铁站方向走去。唐丽在想，一天就做这么短时间的治疗，还俩人陪着，有些不甘心，便问："附近有电影院或剧院吗？我们走走看看，消磨下时间。光叫你俩陪着，我过意不去。"唐伟说："姐，你也是个工作迷，一闲着就难受。"郎立学说："时间是可贵的。但为了唐老师早日康复，也是值得的。我看，只要身体条件许可，我们在京的每一天都要合理利用，不能浪费。看看北京的名胜古迹，比看电影强多了。"唐伟说："三人行必有我师。同一事有不同看法。时间是宝贵的，不很好利用，确实是浪费。听说伟大的数学家华罗庚，一次腿部外伤住院，他利用住院的时间，攻读了一门外国语。我们在宝贵的时间面前，都无所作为。"唐丽问："那咱怎么办呢？"唐伟从随身带的兜里取出北京市地图，看看附近有无好玩的地方。一看天坛公园距离不远，就说："我们去看一看天坛也很好。我们办不成大事，利用这段时间看看名胜古迹也大有益处。把治疗疾病当北京旅游，比光考虑病要强得多。"唐丽一听，说："这可是把给我治病当成你们旅游的引子了。"郎立学说："此言甚妙！我们游完北京，你的病也好了。"唐丽说："好！我们现在就去天坛。"

来到公交车站，上了去天坛的车，不久即达。唐伟买了门票，三人一同进入。唐丽说："这是皇帝祭天的地方。"郎立学一看，原以为只是一座建筑，却是一群建筑。一进门是笔直的通道，两边是参天古柏，遮天蔽日，遍地绿草鲜花，是一处休闲胜地。无数游人在此朗读，摆棋，玩意。有人在放风筝，纸鸢与白云齐舞。此处空地多，不像故宫，建筑密集，游人多得摩肩接踵。此处，则可随意游走，人也不少，但因更加宽广，游人分散。园的南北中轴线上排列着几组建筑群，之间由石面大道相接。北首是高耸云霄、庄严宏伟木结构的祈年殿，坐落于天坛中央，顶如巨大伞状，宝顶鎏金。殿有非常华丽的三层圆形屋檐，覆蓝琉璃瓦。天坛由三层大理石围成，直径百米，高达六米。园的南端是一巨大的圜丘。习惯上，多将祈年殿称为天坛。

看完天坛，唐丽显得疲惫，不爱说话。二弟刚买回一份《北京日报》，还未看就在石板上铺开一张，叫她坐下歇歇。唐丽说："这报还没看就当座位，不应该。"唐伟说："这是特殊情况，坐了照样看。"随即又从兜里取出一包奶，插上塑料吸管，让她解渴充饥。唐丽接过来说："你也喝一包吧。"唐伟答应着，又去书报亭买了本《天坛公园简介》。拿来一看，上面清楚地写道："天坛公园位于永定门内大街东侧，为世界上最大的古代祭天建筑群。始建于明永乐十八年（1420），占地二百七十三万平方米，是明清两代祭天祈谷之处，全园布局严谨，建筑奇特，装饰瑰丽。有坛墙两层，形成外坛、内坛。坛墙南方北圆，象征天圆地方。圜丘、祈谷两坛，总称天坛。"这一看，他们才明白了天坛的真正含义。

唐丽一边吸着奶，一边说："我们参观游览，只是看看景物，谁去咬文嚼字。可是许多人将祈年殿当作天坛，至少我们就有这种概念。一种是文字的，一种是俗化了的。好啊！这份简介也算没有白花钱。"

各人说了一通，唐丽也喝完了奶。郎立学忙将废壳扔进垃圾筒。看着唐丽的脸色不那么苍白了，像是歇过来了。人在晴朗的白天，细心观察，才发现真相。朦胧的天气，光线不好也看不出真实的面貌来。今天在众多的游人对比之中，唐丽病态明显。她自己也不说有何不适，可能有一星半点的隐痛，可以忍耐。

郎立学这个一知半解的医生，也能比常人多了解些患者的苦衷，便问唐丽："歇过来了吧？"唐丽说："比刚才好多了，看了一阵，两腿酸软无力。坐了一会儿，又喝了奶，算歇过来了。"郎立学说："我们还到南边看看圜丘吗？"唐伟说："姐，你在这里等一下，再歇歇，俺俩去瞧一下就回来。到一个地方，不去看看，以后会遗憾。你若坐够了就起来走走。"唐丽说："不，我也去看一眼。"郎立学扶她站起来。一起，她眼前一黑，忙向郎立学身上一趴，一手扶着他的肩，一手拂到他的前额。唐伟看有情况，也过来扶着。郎立学问："是发晕吗？"唐丽说："身上一阵冷汗，头'嗡'的一下就不知什么了。幸亏你们没有走开。可能我起得猛了点，引起体位性晕厥。没有事，放心吧。"郎立学扶着唐丽慢慢走着，叫她深呼吸，心静一点，没事了再去看圜丘。唐丽说："喝了奶，也觉得歇过来了，一起来晕了一下，可能奶入消化道，血液向消化道集中。猛一起，致脑部缺血引起的。"

唐伟快步南去一看，竟是一个平坦的圆丘，上面和罗盘一样，有几条放射状线。他也没时间细看，即刻返回。郎立学扶着唐丽也快到了，望了一望，即往回转。唐伟问："姐，还有什么异常感觉吗？"唐丽说："没有了。"唐伟说："那咱们向东从后门出去，还清闲些。"三人便向东走去。走进一片树林，见不远处有些房舍，还有些小商品店和餐饮店。其中有一家餐馆挂着"清茶素"的招牌。三人到门前一看，里面还很讲究。朱红漆的桌椅，挺干净，墙上的小黑板写着经营项目，有牛肉蒸包、馄饨、小菜、龙井茶、清宫御酒等。

唐伟说："姐，咱进去品品茶，歇一会儿。"唐丽点头。三人进去入座。唐伟看了下菜单，龙井茶一壶十元，蒸包每个五毛，馄饨每碗一块，酱牛肉五元一盘，清宫御酒半斤装十元。二弟看了有点心寒，说在琼台一块钱的东西，在这里就得五块，贵了四五倍。他看了下时间是十点零二分，便叫服务员："我要半壶茶、三碗馄饨、一盘牛肉、清宫酒四两、蒸包六个。我们在皇家园林里享受一下。过去皇帝来祭天是大动静，咱就用点点心吧。"

不时上桌的食品被一扫而光了，他们又坐了会儿，喝了几杯茶。结账时店主知来客是山东的，来得不易，便说："我们北京人就是为全国来京人服务的，将茶钱作为让利免了。"唐伟等三人礼别了这个很有意味的小店。唐伟看表是十一点半，三人便继续向东出了东门，唐伟招来一辆出租车乘上。这条路比来时的路还近一点。他们舒服快速地回到了住处。

郎立学叫唐丽上床休息，并给她数数脉搏，是 70 次 /min，规律，又给她喝了杯水。各人都感到累，也就入睡了。

下午两点半唐伟起来，看姐和郎立学还都睡得很香，便到传达室，想用电话和家中说一下现在的情况。警卫室的同志同意，但要登记，注明往哪儿打、接话人、发话人、占线时间和说话的主要内容。唐伟说："那么打电话不是泄密么？哪有这么登记的？不就是按往哪打和占线时间收费吗？"警卫同志说："我们不收费，但只限本单位人员使用。"唐伟说："那此机不允许外用吗？只限本单位，我们暂住本单位，算不算本单位的人？"警卫同志说："临时算。你打吧。"唐伟和他爱人通了话，说了下近况。说最好让杨博海来一趟看看。三言两语，不到半分钟。这是来后第一次给家中信。

第四次去治疗时，女军医看了登记表，测了血常规，白细胞偏低，为 $4.0 \times 10^9/L$，讲："治疗后应在家休息。一日四次餐食，日半斤牛奶、二两鲜鱼、两个鸡蛋、一个苹果、半斤青菜、六两米、一两油。这是大约数，实际上根据个人情况适当调整。要求保证营养，肚子不饥不胀，消化好，吸收好。种类也不一定局限于这几种。有人说海参有利此病的治疗，也可试用。总之，日常情况下，再增加点优质蛋白质，强壮身体。心理要轻松，不要有负担。从局部看有好转，无出血点了，治疗效果明显。望树立信心战胜疾病。以后，治疗回去就在家休息，陪人可交替外出，但应保持联系，时间不能超过三小时，就是要早出早归。早饭后出去，午餐前一定回来。午餐后出去晚饭前一定回来。如此治疗后，体力精神都会有明显好转。但仍要遵医嘱。"

唐丽来京的第十天，杨博海来了，一看唐丽好了许多，便很高兴。他是接班的，唐伟交下班，说："主要是生活方面要安全卫生，高营养。治疗期间，你们俩不能合床，讲卫生，防止感染。保持环境安静，注意休息。饮食上加强营养，每天精肉、蛋奶、鲜鱼、海参别断，和平常一样生活，必要时加餐。具体姐都知道，现在姐自觉良好。"杨博海问唐丽："你还有哪些不适，哪些方面好些？"唐丽说："腰痛好点了，觉得有点劲头了。你的工作安排好了吗？"杨博海说："是啊，不过还有些账没结算完。还欠我一万元左右，实在不好办就让它三分之一，问题不大。琼岛还没开张办公，我想你回去后再上班，请了一个月的假。"唐丽说：

"刚去就请假不太好，还是先上一个月或半个月的班。我想以后我这里一个人也可以。做治疗，一天还不到十分钟，还是隔日一次。初来不清楚底细，现在一切都明白了。我的情况好像初见疗效，我也不担心了。"唐伟说："一个人很累吧？不及两个人，有事好有个商量。"唐丽说："那就让唐伟和郎立学回去休息一周再来。唐伟若来不了，可与南京二妹商量下，让她来待几天，这样好错开。一个来月也很快就过去了。一个月后我自己就行了。"

郎立学说："唐老师不愧是老师，料事如神，胸有成竹。我回家看看，安排好付丹香的工作后再来。"唐伟说："你要有事，可晚几天再来。军医都说得很清楚，不吃请、不收礼、不收红包。如办这些，等于给军人脸上抹黑。"杨博海说："我很感激二弟和郎医生。我不能脱身，幸亏二位来陪护治疗，并已取得初步疗效。祝贺唐丽的病有了好转。等病愈后一定盛宴答谢你俩。"唐伟说："咱家人不必客套。姐好后，你能加倍关爱她就好。"杨博海说："这我一定办到。"唐伟说："那我们今天回去，还是再和姐治疗一次？反正姐的治疗表格，是最好的证明，去了军医就接待。住的地方要和门卫上说陪人换班了。"

郎立学说："为了有个好的交代，我们现在可去治疗中心一趟。熟悉下来回的路线，还可和军医同志认识下，交代好。"杨博海说："唐伟，别说，郎医生还是有智慧的。这是万全之策。那我们现在就去。"唐伟说："姐，你累不累？因各人的工作都挺紧，四个人再待两天多误工啊！请姐夫先喝点水，歇一下咱快去。"杨博海说："我看她就不必去了，光我们仁去就行。"唐伟说："我看这样吧，郎立学和姐夫去治疗中心，姐在这里休息，我去附近的铁路售票处买车票。"大家齐声说这最好。

唐丽说："唐伟，你回去后，给你二姐带个信，叫她忙闲时来待几天。还不知郎医生何时能来呢？叫他们俩一块儿来也行。他们来了叫你姐夫回去。这就可能三班以后了，治疗过半，有一个人就中。"

杨博海和郎立学从治疗中心回来都很高兴，杨博海说："晚上我去买几个菜，咱们聚一下。"唐丽说："你们不累吗？吃普通饭就行，人家这里可是喜欢安静啊。"杨博海说："只是意思意思，表示感谢。"唐伟说了车票时间，杨博海说："到九点还有四个小时归我们，完全可以。我带的海鲜需趁新鲜马上吃，无非是鱼虾蟹蛤蜊等物。"杨博海张罗着唐伟动手，郎立学又去跑腿买了佐料。首先给唐丽做了海参汤。这是极珍贵的一道菜。全给唐丽作为补剂，利于治疗。唐丽则让大家做个下酒肴。杨博海却说："是给你的你就用，你现在是特殊时期，应当接受。你看，你在这里待一天，大家就陪你一天，看似无事，却要付出很大的代价。各人将自己的工作都放下，来陪着你。你要树立信心，鼓起最大的勇气，去战胜疾病。有名话叫：'在战略上藐视敌人，在战术上重视敌人。'就是说我们患了病，在思想上不畏首畏尾，但在具体问题上又要十分重视，从生活小事做起，不要太随意，该休息时就好好休息，吃好每一顿饭。不要着凉，注意卫生，一切的一切都要时刻注意。"唐丽说："哎，今天杨博海要当保健医生了，仿佛还真需要你。"唐伟已将四五个菜摆上用纸箱做的桌子。大家一围，又觉不得劲。郎立学把菜端了，把箱子拆开铺在床上，床变成桌子，三张床成为桌椅了。都说此法甚妙。"我们就是因地制宜嘛！"杨博海慷慨议道。

此刻情况特殊，虽喜仍忧，不可过于激动，各人仅饮了少许啤酒。杨博海也很克制。唐丽的病治疗虽见效，仍须努力争取最佳治疗结果。各人也吃也喝，说说笑笑，热热闹闹地一阵。唐丽心情也挺好，尤其杨博海不失为生活侣伴，亲自来扶持自己，大家都为自己尽心尽力了，便自觉地说："我今天很高兴，大家为我做了很多工作，也受了不少累。人家常说'在家千日好，出门时时难'。可以说，这次来京，是唐伟的朋友帮了大忙，我们以后要亲自登门拜访感谢。说明唐伟为人好，人家对咱才好。可我还不知人家姓甚名谁，就把我的病当科研项目给治了，还免费住宿。来的人也要为人家做点服务性工作，如扫扫院落，厅内干点活什么的。"杨博海却提出异议，说这样并不好，好像嫌人家不干净，将人家的军。咱们不糟蹋卫生就好，自律一点就好。唐伟和郎立学看时已八点半，便说："我们快吃点走吧。还要去坐公交车。"杨博海说："直接打的就是，车票都保存好，以后回去报销。咱这不是玩，是来治病，实事求是。我们不狂花，就很自律了。"

唐丽把花卷、馒头取来给唐伟、郎立学吃。二人劝唐丽道："姐，安心治疗，早日康复回家。祝杨博海和你精神愉快！"杨博海说："这怎么快乐啊？"郎立学和唐伟忙说："乐以忘忧嘛！"

二人带了简单的随身小包，杨博海二人送出门口，直等到二人搭上计程车远去。唐丽说："北海水深虽千尺，不及两弟情意深。"杨博海说："兄弟是手足嘛！"直到望不及，二人才回到住处。

第三十七章

毋义要建房　封堵卫生室

　　郎立学回到家里，见付一农显得很不高兴，便忙问原因。付一农说："别提了！你不在家，家里出大事了。毋义要在他老家建房子，卫生室估计干不成了。"毋家有三兄弟，老大毋理早年在外边，现在已死了。老二叫毋仁。要建房的是老三毋义，在东北挣了大钱。卫生室前不远就是他老家的地。要是毋义建上房，卫生室就干不成了。付一农接着说："村主任和我说：'我来是通知你一声。'我就气得不饿了，你娘就去找村主任了，这还没回来。"郎立学忙说："叔，别生气！一生气就损伤身子。"

　　郎立学听了这件事，就先不去卫生室，在家等母亲回来，看有什么消息再说。一会儿徐桂贞回来了，气得面色青紫，进门就说："你说讲理不讲理？村前那块空场，硬说是闯关东多年毋义的。"郎立学赶紧给她倒上水喝，问："怎么是毋义的？"徐桂贞说："这家人以前就是以势欺人，说叫谁家吃亏谁家就得吃亏。新中国成立后好点了，改革开放以来他们又显能耐。人家很会做生意赚钱。现在村里也同意了。"付一农说："人家要建房，只要村里同意，你上哪找也白费。"郎立学劝道："娘，您别生气。人家要建就建，咱也不一定非得在村里干不行。你俩放宽心，不用操心这事。好好过你们正常的日子就行，千万别气坏了身子。您没吃饭，就快做吃的吧，我到卫生室看看去。"

　　郎立学来到卫生室一看，因付丹香又回句山医院上班，这里久不诊病，显得很凄凉。郎立学一边看，一边想，将来路在何方？出门千条路，哪由我走？苍天啊，公理何在?！

　　郎立学这位初历沧桑的血性青年，强压怒火与心酸，抖擞精神，继续求索奋斗。他将心爱的心电图机抱起来，左看右看，外壳未破损，便把它放在桌上，又接上电源，指示灯不亮。一想，莫非是保险丝坏了？

他找到保险盒，打开一看，确实是保险丝断了。遇到这一难题如何处理？他又想，包皮线里的细铜丝可能行，就动手把接电灯的一根红色包皮电线拆下来。从头上剥开，剪下一段细线，抽出一根铜丝安到保险丝处，小心翼翼地接上电源。啊！指示灯亮了，开机后描笔也摆动了，心电图机发出了工作的韵律，记录纸均匀地往外走，心电图机复活了！

心电图机的复活使郎立学心花怒放，像一声春雷，轰去了寒冬的冷酷，如一阵春风，扫去了愁云。像是无路可走时，眼前出现了一条小径，又看到一线希望和光明。费尽心机才买来的这台心电图机，是他在医海中航行的一个指南针，在引领他为医疗事业而奋斗时出了不少力。今天，仍然要尽力回报。这心电图机，是这小小卫生室的心脏，只要心电图机完好，卫生室就能活，就能运行不止。不管什么风雨都摧不垮，砸不烂。郎立学有了信心，一下子心血来潮，动手在那块小黑板上写出卫生室重新开业，仍以内科常见病为主，每天工作时间同前，今天先不开诊等内容。但他又一考虑，药品尚不知缺多少，就又放下写好的小黑板，先不拿出去。他将心电图机用布包好，放到箱子里，又把药品重新归类整理，需进什么药、进多少，一样一样检查登记。边拨弄，边伤心。

清除了杂物，用来苏水擦洗了一遍桌椅，卫生室立刻有了医疗场所特有的气味。经郎立学的一番努力，卫生室又成为与病魔战斗的疆场。在这个舞台上，他要尽力而为，为大家谋健康，为个人谋生活和幸福，做一个好郎中。回首往事，再看眼下，他心潮澎湃，"俱往矣，数风流人物，还看今朝。"他又沉浸在美好的理想中了。

突然，一位弯着腰呻吟的小伙子由其母——西头的二婶扶着来到诊室。郎立学忙起身迎接，让病人坐下，用手一摸头面有些热，便将体温表放在他的左腋窝夹着，叫他不要抬左臂。随问着小伙子和他母亲，郎立学填写好病历上的姓名、年龄、发病的经过。其母说："他现在上中学，借星期天去看他姐姐。见他姐夫正在除粪，就帮着干了一天。他姐在中午和晚上都做了几个菜，有热的，也有凉的。你看着他身量高，但还是棵梧桐芽子，干不了这重活，没有劲。又加上菜不太好吃。回家就说肚子不得劲，糟心，夜里拉了一回肚子就肚子疼，害冷。今早上他只喝了一碗稀饭。我给他冲了碗红糖姜水喝，也没管用。叫他来看，还害怕打针，在家里磨蹭了半天就撑不住了。听说这里不开门，就想上城里去。一瞧这里的门窗不用报纸糊着，换上了玻璃，门也开着，才走过来，还是你在这里。"听完这母亲的讲述，郎立学心中有了八分数。一看体温表是 38.5℃，五官无异常，肺呼吸音清，心率 75 次/min，心尖部 I 级杂音，腹部平，无隆起，右下腹肌紧张，轻压痛，麦氏点处压痛反跳痛，屈腿 4 字试验右侧阳性，右侧腰肌压痛。郎立学一边检查，一边记录，最后诊断为急性阑尾炎。他在病历本上签了名，并告诉这娘俩："必须尽快去句山医院治，可能需手术切除阑尾。要救护车就快到村办公室打 120，别耽误了。"

其母问："坐公交车行不行？"郎立学说："也可以。"患者母亲回家去做住院的准备，让患者暂且在此等候。一听说要去句山医院动手术，一家人都行动起来凑钱、准备用品。郎立学叫患者躺在床上休息。患者家人很快准备好了。患者的父亲和姐夫二人来告别郎立学，并表示了感谢。他姐夫用自行车载着他上了公路等客车，其母与姐也随后一起送行。

郎立学想，世上唯有母亲好，母亲最关心自己的儿子。别人都未曾先陪着来。学生是未成年人，都很天真幼稚，腼腆害羞，不敢暴露自己的弱点。在他姐家干活时，累了都不好意思说，硬着头皮干，才造成身体发病。

患者姐姐来和郎立学说："立学弟，俺弟弟上车走了，请你放心。谢谢你！"郎立学说："不客气"。

郎立学刚要锁门，突然一个人气喘吁吁地跑来说："郎大夫，快到俺家去，给老头子看看！他正在劈柴火，怎么一下子心疼得受不了，不敢动弹了。"

郎立学说："这种情况很可能是心绞痛。以前有过吗？"来人说："以前也有过，可是轻。"郎立学说："那我得带着心电图机去检查一下再说。"

郎立学背着出诊箱，让来者抱着心电图机一同前往。到其家一看，患者面色苍黄，口唇发绀，精神不振，语声很低。听心音低钝，偶有早搏，血压 100/70mmHg，四肢微凉。郎立学问："胸前还痛吗？"答："胸闷，憋气。"又问："以前有过什么病？"答："有高血压、冠心病。以前血压多是 150/90mmHg，吃着药也得 140/85mmHg。这回疼得刀割一样，还扯拉着左肩和胳膊，出冷汗，心里吓得慌。"郎立学赶快接好心电图机给他做心电图。开机后心电图机正常，那运行的声音，简直是给郎立学吹的进军号。

　　看心电图 V2、V3、V5 的 ST 段呈弓背样抬高，郎立学判断为急性心肌梗死。他对患者家人说："看心电图是有问题，像是急性心肌梗死，必须马上去句山医院，快去打 120 要救护车，直接说是急性心肌梗死，最好带急救药品和氧气来。"家人便去村办公室打电话。

　　救护车很快来了。病人要走到车上，郎立学劝住，用担架把他抬上了车。看随车来的有位老师，郎立学忙把心电图给他，他看了说："不会有错，是急性心梗。吸上氧，快走！"救护车一溜烟似的远去了。

　　郎立学提着心电图机和出诊箱到卫生室放下，锁了门往家走，一看表十一点了，想自己忙了一上午，身上像刚洗过的手一样一干二净，什么也没有得到。如同《小小姑娘》里唱的："满满花篮，空空钱囊，怎么回去见爹娘？"此刻，又有一个人迎面来说牙痛，要拿点药。郎立学无奈地回卫生室开了门，给他检查了口腔，是左上后有一枚龋齿，便给取了消炎和止痛药，并劝其讲卫生，饮食不要过凉、过热，饭后要漱口或刷牙。这位中年男子很感激，说："谢谢你！不光给治病，也教防病，真是太周到了。"郎立学送他走出卫生室才回家。

　　这一上午郎立学就看了三个病人，两个转到句山医院。这事立即震动了全村，人们议论纷纷，褒贬不一。"郎医生一开卫生室的门，就有人得阑尾炎和心肌梗死，急去句山医院动手术了。是平时就没有，还是没被发现呢？可能有的有点病，就在家吃点药应付一下罢了。""那山佳村的崔方可先生，总是给去诊病的病人一天一服中药，先吃三天再来看，极少转诊病人上句山医院，就有人说他是位以卖药为主的药铺先生。""别说人家郎立学医生，诊病还就是能看出个眉目来。"

　　郎立学到家一看母亲还在伤心哭泣，泪涕并流。她看郎立学回来，嘶哑着说："儿啊！人家一定要建房，咱的门诊开不成了。村主任说：'毋义在哈尔滨发了，他和供销社合作，他出钱建供销门市，供销社租用。他给县里的厂子贷款三十万元，表示对家乡的支持。你们要接着办卫生室，就得换地方。'"郎立学一听肺就要气炸了，气愤地说："哪有这么不讲理的事？说是建住房，又成商店了！"徐桂贞接着说："人家说土地是国家的，不是个人的，地上物自己处理。村主任也说他不愿意这样办，说：'毋义有县里的支持，一定要这么办。不办，我的乌纱帽就要摘下来啊。不是我不扛，是扛不住啊！咱是小头扭不过大头。嫂子啊，你受委屈，我心里知道。要不，先等等看，我再和他说说，让他再慎重考虑考虑。'人家似乎决心已定。孩子，咱也再等等看吧！"郎立学说："那就等吧。我今上午整理了一下卫生室，还看了仨病人，俩上了句山医院。饭后再上趟城里，看看转去的俩病人，买点药和心电图机上的零件。可能明天回来。娘，我看付叔身体欠佳，他说气得吃东西少了。"徐桂贞说："是啊！我给他吃些桃叶膏，是东头你大娘熬的。人家用着都管用，他吃了还不大管事。叫他不吸烟不喝酒，就是不听。别说是他，就是我也气得牙根痛。但一想，也不必。我这个人以前受苦受难多了去了！人不是常说'挨打挨骂是送福'嘛！别看欺负咱的人一时占了便宜，但以后心里总是有愧，也好受不了！恶贯满盈，必有大灾。我见过不少恶霸，兴盛一时，很快完蛋。万事和为贵。"郎立学说："以后再说怎么办吧！咱不能生气，不能硬碰硬，这卫生室也是无所谓。咱也今非昔比，这个埝儿让用就用，不让用就再想办法。你俩都心平气和地好好过日子，人家爱咋弄就咋弄去吧！这庄里住不成就到林沟住。再不行就到城里住或上天井、琼岛去。总不能咱到哪里，他欺负到哪里！咱用不着动傻脑筋。娘，叔，听我劝，照顾好自己，不能为这件小事病给人家看。"

下午，郎立学到了城里，买上心电图机的保险丝，如获至宝，觉得能开展工作了，高兴地走出商店。

郎立学来到医院，看到李玉花抱着永平在屋内踱步，嘴里不住地哼着小调，一副悠然自得的样子，便说："婶子，不用光抱着，放在床上就行。光抱着多累人啊？"李玉花一抬头见是郎立学回来了，说："你来了，快坐下歇歇吧。他哭闹了一阵，也许想睡觉。"郎立学说："我抱他一会儿，睡着了再放下。"李玉花说："这一霎还累什么？你娘和你叔都好吗？"郎立学说："嗯，都好啊。就是叔生了点气，吃饭不太好，什么也不想吃。俺娘给他喝过桃叶膏，没大管用。也没法说，叫他戒烟也不听。越不想吃，还越肯喝酒。"李玉花说："是啊，他又弄着个小卖部，也就是挣个烟酒钱，自己取乐吧。老人往往不管不顾，得过且过。"

郎立学说："也是这么回事。我看老年人比小孩子还难管，劝说不听，还没有办法。小孩子还可打几下，老人只能敬着。"李玉花说："你还没见呢，俺那老人八十八岁时，全当个两三岁的小孩，说哭就哭，还得空就在地上打滚。人老了就半精神半糊涂，都不要见怪。"郎立学说："我就担心他的胃口。等过些日子就给他检查一下。说实在的，就是检查出什么病来，又能怎么着呢？"李玉花觉得他有点悲观，便劝道："现在先别急着检查，也许是因为心情不好。"郎立学说："但愿吧！永平他妈上班吗？"李玉花说："嗯。今天她说上班，叫我在家。等一会儿就该回来给孩子喂奶了。你先等等。"永平睡着了，李玉花将他小心地放到床上，盖上小被子。

炉子上的那把燎壶悠闲地吱吱哼哼响个不停，提醒了李玉花倒水给郎立学喝。

郎立学来到洗衣房，看着付丹香和西彩红正整理着洗好的衣物，像娘俩一样。看郎立学来，便都停下，付丹香问："你刚来？"郎立学说："我来了些时候了，抱着孩子和姊子说了几句话，就过来了。"西彩红说："你可算回来了，家里出大事了你知道不？"郎立学说："刚回过家，已经听说了。人家又做了一场恶作剧。可是，对我这个不堪一击的家，却是致命的。叔气得不思饮食，还得给他检查。"西彩虹便说："这是村里的事。总之，以后尽量不使矛盾激化。"郎立学说："我一定遵照你的指教。这个事就这样吧，再等等看。"

郎立学又和她们说了村里有两个人住院的事，付丹香继续上班，郎立学去看上午送的两个病人。

来到急诊室急救间，郎立学看到本村的心梗病人正在吸氧和输液治疗。郎立学心想，这种病可不能在卫生室治疗，要是来不及救治突然死亡，肯定得出乱子了，只能及时转院，当然转院也不一定就能抢救过来。郎立学嘱病人："病趋于稳定，要安心配合好好治疗。"病人说："现在不大疼了。"其老伴在陪护，郎立学对她说："我再去看看西头二姊子家的兄弟。"说完他又去了外科病房。

一打听，病人上午来到外科就被诊为急性化脓性阑尾炎，紧急施行了手术。值班医生向郎立学介绍说，病人有大网膜包绕形成的 $2 \times 3 \times 4cm$ 脓腔，做了切开清除术，行腹腔引流，可能半月治愈。现在体温已下降。二姊子对郎立学说："大侄子，多亏你看透了病，及时转来医院做了手术。医生说要是来晚了，引起化脓性腹膜炎，麻烦就大了。"郎立学说："二姊子，这种病只要手术了就好了，您不用担心。"

郎立学回到自己的房子里，永平睡醒了，躺在床上，很精神地瞪着两眼，好像要很好地认识认识自己的爸爸，想说："怎么不经常来看我呀？"

李玉花说："他醒了不哭不闹。有的小孩一醒就先哭一阵。立学，快抱起来，别叫他尿下。"郎立学快抱起永平，坐在床边让他撒尿。果然灵验，永平撒了一大泡尿。不一会儿他就叫唤起来，李玉花说："小孩尿尿后肚子空了就叫唤，想让人给他吃奶。可能他妈很快就来了。"

郎立学抱着孩子到门口看看他妈来了没有。这位年轻的父亲，怀抱不哭的孩子，悠闲地散着步，好不乐哉！小家伙昂首望着蓝色的天空，但他畏光，见太阳即闭眼低下头来。一霎再瞧一下，郎立学便和他转向侧方。让他看到房屋、树木等景物，还来一个微笑。人这么大就想认识视野中的大世界了，看来不能光把他关在小小的屋子里。我们成人不也喜欢辽阔的室外么！在广阔的天地间，就感到豁然开朗，忧愁好像一下子清零了。是啊，哲学家知道不？有限的物体与无限的空间相比，是否近于零了？郎立学正在自言自语地抚爱着小永平，看着付丹香一手提着一兜馒头，一手端着一钵子豆腐炒白菜，急促走来。一看郎立学抱着心爱的儿子，便放慢了脚步，问："永平尿了吗？"郎立学说："刚尿了不大一会儿。"小永平听到他妈的声音，就哭起来了。郎立学说："啊呀，这么大就听出谁的声音来了。"付丹香说："那天他哭，抱起来不哭了。听着我来就笑着找我。"

二人一同走到屋里，李玉花正在炒鸡蛋。付丹香把买的饭递给李玉花说："婶子，这是我买的饭。"说着洗了一遍手，接过小永平，怕他尿身，又接上便盆，让他又撒了一次尿。她又说："小孩子也是条件反射，看到尿盆，再把他的两腿分开，他就知是要排尿。经过多次这样训练，便形成条件反射。小孩一般一小时左右就尿一次，尤其在饮水和吃奶后要及时排尿，这是他人生的第一课。"郎立学听了付丹香教科书式的叙述后，说："你像是妇幼科大夫了。"

李玉花看到二人谈得很惬意，心中高兴。她把葱和鸡蛋炒成橙黄色，香喷喷的一盘端上桌，和那一钵子豆腐炒白菜搭配得光彩夺目。郎立学拿上碗筷，开始吃饭，永平在他妈妈的怀里吃着奶，不时一呛一呛的。

各人一边吃菜，一边聊天，多美好的家啊！不多时那盘鸡蛋吃干净了。郎立学说："婶子做的菜格外好吃。好久没在一块儿好好吃顿饭了。"李玉花说："那就多吃点。"她将做的玉米粥端上来，喝着真不次于炒鸡蛋。

饭后，郎立学与妻子到原郎先卫住的宿舍，付丹香放下孩子。郎立学说："我们到琼台检查后，又转到北京治病。从北京临走时，唐丽把她家的钥匙给了我，我想去她家洗个澡。"付丹香听了也说："那我也去。我让婶子看着永平。"

二人一进唐丽的家，就闻见一股捂巴子味。窗帘还拉着，室内像个黑洞，那棵可爱的红玫瑰已完全枯萎了。虽门窗紧闭，却到处是陈灰暴土，衣物都未收拾，地上乱糟糟的。看厨柜也都开着，锅碗都完好，箱子仍上着锁。到了卫生间，试了试太阳能里的水可以洗澡。二人动手，开了窗通风，拖地擦桌地干了一番，室内卫生有了改观。他们将唐丽的床被也整理了一下，又烧了一壶开水，洗了茶碗，冲上一壶茶喝着。待歇过来了，才洗了澡关上门回医院去了。

早上，永平吃净奶还抱着乳房不放，李玉花看了，便问奶是不是少了，付丹香回答说："那月子里他奶奶总是给俺喝豆面汤，还说喝了奶就多。"李玉花说："怪不得人家养奶牛的，都是在挤奶前给牛饮豆面水啊！晌午也给你煮点豆面水，不能让小永平不够吃的。是不是让卫生室的事烦的？"付丹香说："反正受影响是肯定的。"李玉花像是茅塞顿开一样地说："孩子还没过百岁，奶就少了可不行。我得去买豆面和萝卜，咱中午就喝上。"小永平吃完奶又睡了。李玉花说："丹香，你不忙就先在家看一会儿，我这就去买，一霎就回来。"付丹香应了。

李玉花一手提着两个大萝卜，一手提着一袋子豆面回来了。郎立学快接着放下，说："婶子受累了。付丹香上班去了。"李玉花把萝卜洗净，说："丹香的奶突然少了，许是因卫生室的事心烦，哺乳期身体虚弱，心情不好奶就会少，有的还会断奶。丹香的奶一直很好，够永平吃的，这几个月全靠吃奶。奶足了，大人省心，孩子也长得好。靠人喂，小孩常营养不好，还容易长病。大人受累不说，孩子也受罪。趁现在还有奶，稍一调理就中。再说，正是哺乳期，你要讲好卫生，千万别和刚结婚时那样逞强。男人要有志气，该隔房就隔房。"郎立学答应了，和李玉花说："我去看看咱村的病人怎么样了。"

郎立学到了急症室，见病人能坐起来了。病人看他来了很高兴，说："幸亏你看透了症，及时转来医院，医生护士齐上阵才保住我这条命。要是一耽搁就完了！大夫说下午就搬到普通病房。"郎立学说："这是我们医生的天职。你平下心来，安安稳稳地治疗。"病人说："医生说还要吸三天氧，以后就不用了。"郎立学问："大便了没有？"病人说："服了麻子油后才大便了一次。"郎立学说："心梗最怕大便干结，使劲大了会出问题。"

这个病人曾经读过私塾，有时说话文绉绉地引经据典。他知道郎立学的卫生室出了事，想开导开导他，便拐弯抹角地说道："大侄子，我在想，为什么你一上班，村里就有急症，还得转来医院？平时大概也不是没有，可能是不去看，靠靠挨挨，能挨过去就挨过去了，也不知道自己的病有多么厉害。有的突然死了，也不明白是什么病死的。人家常说，千里马不是没有，主要是缺伯乐。伯乐的慧眼能识千里马啊！"郎立学说："二大爷，您过奖了。我就是个新手医生，能给大伙儿帮上点忙就很知足。您老人家什么也别想，还是静心养病治病。书上讲，过喜伤心，过忧伤脾。您好好休息吧，我走了。"二大娘送他到病房门口，说："你来看他，他很喜。劝劝他，病就好得快。"

一晃晌午了，郎立学回到家，见李玉花正在准备午餐，永平也在哭叫。他赶快到屋里抱起儿子，把也没把出尿来，哭也不停。他嘴上说着："好好，我和你找妈妈去！"就出门来，刚出来就看见付丹香用袋子提着几个馒头过来了，郎立学说："快来，小永平光哭，婶子说他饿了。"付丹香说："很闹闹你爸爸！"二人交换了馒头和孩子，永平一到付丹香身上就不哭了。付丹香说："你这个小精灵，这么大就知道找妈的怀。"来到屋里时，烟基本散出去了，但李玉花还是呛得有涕也有泪，她说："这萝卜豆面汤做好了，又炒了个白菜，你回来得正好，歇歇咱就吃饭。"郎立学把那个小纸箱放在地上，放上菜板当桌面，将饭菜盛上，小凳也搁下，拿一块砖立起来垫块纸板坐着。李玉花说："你这样坐容易着凉。把小褥子垫上。"转脸又对付丹香说："丹香，上午你上班，他来家说肚子有点不舒服，我给他用开水冲了碗红糖和鸡蛋喝才好了。"郎立学听着有些脸红。付丹香想："我不在家他肚子不舒服，我在家他怎么不说，我还是半拉医生呢？"她灵机一动，便开玩笑似的说："你比我这个医生还好呢，他有情况不对我说却对你说了。"李玉花说："这并不是什么病，我的经验比你多，也不用药，只是一点红糖和一个鸡蛋，用开水一冲，喝了暖暖就好了。"付丹香说："立学，你以后多和婶子学学。"李玉花说："我这个老婆子，有什么好学的呀！来，我做了萝卜豆面汤，你喝了好下奶。"说着，就把一碗豆面汤端到她面前。

永平吃过一边的奶就睡着了。付丹香想早就喝够豆面汤了，便上床盖上小红被子和孩子睡下。李玉花看她不想喝，就耐心地劝道："再喝点，有奶了咱就不喝了。来，我给你泡上块煎饼，敁上些菜一块喝。"付丹香说："这才更像是喂老母猪。"嘴上这么说，还是硬着头皮喝了一碗，之后便说什么也不再喝了，并说："小永平再哭找他爸爸就是。"吃罢饭，付丹香主动收拾了饭桌，抱着小永平去郎先卫的宿舍睡了。

早上起来，李玉花盘算着做什么饭。萝卜豆面汤已吃够了，那就多煮鸡蛋，多吃鸡蛋也能催奶。家里还有干粮，现在的白菜和豆腐都是保健品，白菜有大量的维生素 C。她炒了菜，煮了七八个鸡蛋，蒸了馒头。饭菜端上桌不久，一家三口就来了。两人不断逗着不哭不闹的孩子，在早晨的阳光下，显得何等幸福！他们来到屋里，付丹香婶子长、婶子短地叫个不停，使李玉花的脸也红一阵青一阵变化着。她要把蒸的馒头和鸡蛋先给付丹香吃，付丹香则说："婶子，咱一起吃。"李玉花却说："你先吃，小永平吃一夜的奶，先补上点。"付丹香说："今天婶子上班先吃吧。"李玉花说："咱们一块儿吃吧。"郎立学说："吃过饭，我回家待两天。你们要做好三件事，看好永平，按时上班，好好吃饭。吃饭是一切的保障，千万别把身体弄垮了。没有好身子，就没有好生命，俩人团结好配合好。"付丹香心想，这还用你说？李玉花说："你要嘱咐你娘和你叔，别对卫生室的事放不下，不能因这事吃不下饭，日子长了就麻烦，劝他戒酒忌烟。"付丹香说："婶子想得很周到。家庭成员相互照顾，和睦相处，就是好家庭。"各人一边吃，一边议论着。

早餐结束后，郎立学推出车子，打上气，准备起程，他问："还有什么事不？"付丹香说："没有，有的都说了。"

郎立学来到家，见二老做好饭尚未吃，便先用李玉花的话劝道："二老宽开心，别为卫生室的事影响身体。我要去卫生室上班。"徐桂贞听说他要去卫生室上班，就急着说："不用去上班了，人家在卫生室的门前撒上灰线要建门市，后墙离卫生室的门还不到两米。说是经县上财贸口准许的。用毋义的钱来建。"郎立学听了，气愤地说："那成什么体统！哪有如此不讲理的？"徐桂贞说："村主任讲，人家是在自家宅基地上建房，不过是建得高大点，不能改了。"

郎立学仍不放弃，要去争取。到了村主任家，村主任说："卫生室不能用了。这地方是自家的宅基地。"郎立学跑到供销社，找到供销社主任，主任说："我们也觉得不太合适。但人家个人在那里建，这样符合规划。我们只是租用个人的房。"

郎立学又到镇政府找到一位在家的会计，问了问，答复是："那是村里的事。"郎立学被搞得晕头转向，不知如何是好，只好去姐姐家求教。

到了姐姐家，还是姐姐和壮汉在家里，郎立学说了毋义在村里卫生室前面建房之事。郎立兰说："兄弟，你可别干医生了，在村里不好干。昨天我去街上推碾，正碰着咱前街三婶子来走闺女家，她和我说咱村里人把当医生的看成是丧门星，在卫生室里不是死人，就是重病转院。卫生室刚又开诊，就有俩重病人转到句山医院，一个差点摸了阎王鼻子，一个是阑尾炎，厉害得还做了手术呢！现在开门诊，恐怕没人去看病了。村里毋义还要在卫生室门前盖屋租给供销社当商店。咱干脆把卫生室拆掉算了。以后这些人还不知给出什么黑点子，捏造什么罪过呢？咱家人单力薄，经不起人家欺负。迫害医生这种事，古时候就有。在中国历史上，华佗是最有名的医生，不是被曹操害死了吗？人家已不准你再开什么卫生室了，不如早走了的好。咱又没有学历，缺少人手，早停比晚停好。"

郎立学进门就听姐讲了这么一大套，心中一片茫然，不知所措。他长叹一声，说："万万没想到，我竟落到如此地步！车到山前必有路！让我考虑考虑。"

壮汉又很用功地在学习看图识字了。郎立学问他姐："姐夫上班了还是出差去了？"他姐说："他还能上哪，上琼台去了。一去就待几天。这个人也不知是怎么想的，对家也不照顾。"郎立学说："姐夫很顾家了，他跑来跑去还不是为了家！"郎立兰说："家也不全是吃和穿啊！还有共同享受，情爱和温馨。你看，路上的车祸那么多，伤人无数，最悲惨的是妻子。你姐夫出门，我的心就吊起来了。"

郎立学听姐说得头头是道，就说："姐，你快成教授了，从哪里知道那么多的事？"郎立兰说："当然多得很，这才一点点。我要有文化，有琼瑶的水平，光村里的事也可写出一部厚厚的小说来。你看，我这光顾说话，还没给你沏茶。"

郎立兰起身去沏茶，郎立学也忙着洗刷茶具。壶嘴吐出茶水，雾气缭绕而升，扑鼻入肺，另有神韵。

二人茶水喝足，看表是十点半，郎立兰说："咱上水库散散心去吧？你姐夫在水库做鱼罐头的事基本定了。下一步就是盖房，我去当工人兼职经理，曾也花任董事会秘书。你姐夫想先用土法干着，水库管理局想开始就用洋法干。完全由大家集资，按拿钱多少分红。你在卫生室干不成，来这里干好啦！等以后再说养家糊口的问题。"

郎立学听了，觉得姐夫办罐头加工挺好，可让他以后再考虑养家糊口就有点不大对头了。他沉了沉说："姐，我想，做一件事半途而废是不行的，尽管开始学医生的想法简单，经了这两三年，我有了兴趣，放不下。看到许多老前辈，都以仁德精神苦干一生，救人于危难，他们感染了我。我已为这奉献了一切。为提高水平，想再去学习个一年半载的。"郎立兰说："你都弄成这个样，还想去学习？叫我早就一脚踢得远远的算了！"郎立学说："要百折不挠才能成功。什么事都不可能那么顺利。外人看着可怜，我心里还乐呢！我们的工作是完全正确的。"他喝了口水，平静了一下心情，说："那我们上水库看看你的事去。"郎立兰说："你的事俺说了也不能算，你自己拿主意吧！"

郎立兰准备了一下，给壮汉带上零食。她自己骑车子，让郎立学带着壮汉，几里路不久便到了。三人到水库的主坝，看到湖光山色、美不胜收的风景，郎立学感觉比西湖大，更如西子之美。郎立学说："姐，你也上过小学，该背过不少诗吧？"郎立兰说："都忘了，看着水库如汪洋大海，还能念几句。"郎立学说："你有点文才。"郎立兰说："我倒不是有文才，主要是走错了路，当起农妇来了，光和泥土打交道，什么文也都埋在土里了。"

二人说着话，已来到曾也花的家门口。她家前不远即是大坝的西首，北面是岩石下坡，东边是主坝下的老河道。河道里建有养鱼池，河道东边是山崖，河道两岸绿树成荫，众鸟云集，十分幽静。家后有片苹果园，春天万紫千红，秋天满园苹果在绿叶中，让风吹得荡悠悠，恰如无数姑娘在跳舞，更是光彩夺目，诱人前来观光旅游。

郎立兰轻叩了几下门，未见动静，想必她也快下班了，郎立学就跑去看个究竟，正碰上曾也花提着包走出办公室，郎立学忙问："下班啦？"曾也花高兴地说："郎医生，你怎么来了？"郎立学说："多日不见你了，来看看你。"曾也花说："你和谁来的？"郎立学说："和俺姐来的。"曾也花感到好奇，说："她来干什么？"郎立学说："没事，就是来看看你。怕你一人在家闷得慌。"曾也花说："她男的整天在家里，还嫌闷得慌，俺光自己在家里，也不闷得慌。"一句话未说完，看到老姊妹来了，忙握手问候。曾也花开了门，请客人进家。

　　一进她家，迎面是一株山楂树，红果累累，累得树枝低头弯腰，有的几乎坠到地上，很像少数民族姑娘穿的彩服，在阳光照耀下闪闪发光。一对黄鹂正在树上，见人来了，吱愣一下子飞远了。曾也花又开了屋门，各人进去坐下，壮汉坐在他妈胸前。郎立兰说："今天我和弟弟来，主要是说说话，聊聊天，你什么也不用忙。"曾也花要沏茶，郎立学说："喝白开水就很好。"曾也花说："喝白开水怎么好？少泡点茶才有香气。"她少加了点茶叶，冲上开水，顿时有了茶香味。郎立学主动去洗了茶杯。

　　曾也花看看胖胖的壮汉，便逗他玩。这让她想起自己的女儿来，她女儿常年在奶奶家，她的爱送不到女儿的心里，也感伤心。丈夫常年在轮船上，光和大海巨浪、狂风暴雨拼搏。她说："他在外边，总让人放心不下，俺成天提心吊胆过日子。"

　　郎立兰说："你可不要这样。我们来可不是叫你伤心的，是让你快乐和高兴的，我们可以高兴和快乐。你也是母亲，现在很清静，应是享福啊！但人往往是人多了嫌闹得慌，不如安静好。安静长了又觉不如人多热闹好。俺来就是增加点热闹。"

　　一阵心酸过后，曾也花找出女儿的玩具来叫壮汉玩。他最喜欢的是那辆小汽车，拿小汽车在地上擦几次，一放就跑起来，很有意思。壮汉正玩得高兴，车一下子撞到墙上，撞得突然停下来，转了方向又继续跑起来。

　　曾也花对壮汉说："你看，汽车还知道不硬撞。硬撞就会撞坏了。再怎么撞它也过不去墙。"郎立学说："这里面还有道理啊！"郎立学把茶水斟上，递给两位女士。又把暖瓶的水冲上。他举杯敬两位女士喝茶。

　　郎立学把村卫生室的遭遇大体上向曾也花陈述了一遍后说："曾文书，你说我将来如何办？下一步该怎么走？"曾也花说："刚才的小汽车就可以解难题。人家王局长当过兵，知道兵法，常说：'避实就虚，声东击西，能吃就吃，吃不了就走。'俺那口子，一年有半年的时间在大风大浪里过日子，常对俺说：'大海里的大浪和高山一样迎面压过来，有时把船推得趔趔趄趄的，摇摇欲坠。他第一次上船，头晕、恶心、呕吐不止，吃不进东西。饿得支持不了了，才勉强吃点喝点，弄得全身无力，走路都困难。船一旦出海，进入大洋，白天也是雾气茫茫，辨不清方向，东西南北都不知道。出太阳时，太阳从雾里出来。落下时也是掉在雾里。

人困了睡，睡了醒。开始还愿意上甲板上看光景，以后就出来得少了。一有大风，大家都缩在船舱里。那些老水手很有经验，每天都上甲板锻炼，也时刻注意天气变化。海上和陆地上大不一样，说阴一霎就阴，说下雨也一霎都等不及。风是没有停的时候，不过有大有小而已。经过多年锻炼，也就成老水手了。我想，我们应向水手学习，不畏风浪，不畏艰险，要有克服困难的精神。出海半年体重降五六斤，在家半年再补养过来。所以俺那口子回家就天天改善生活。要你营养全面，人家还有专门的食谱，不能吃胖了，也不能吃成瘦子。大海培养得他们胸怀挺宽，有集体思想。一条船上的人就像是一个人。"

两位女士一边拉呱，一边喝茶，同时又在选择海货，有紫菜、海带、干鱼片，还有海参，也加上地里长的黄花菜、胡萝卜和地蛋。还从冰箱里取一条鲟鱼，凑了不少。她俩忙了一阵子，有汤菜，有炒菜，山珍海味一桌子。壮汉喊："俺要吃虾。"曾也花一下子抱起壮汉，慈母般地说："你看看还想吃什么，我给你戗。"壮汉说："我要和豆虫一样的那个。"曾也花戗一个大海参，用餐叉叉住，叫他自己吃，并让他先尝一尝热不热。曾也花在他脖子上围上一条毛巾，以免弄脏衣服。壮汉吃了一口，问："这是什么？真好吃！"郎立学说："哎呀，壮汉还是一个美食家呀！"郎立兰说："那好，咱以后就光吃好东西，算你有口福。"曾也花将餐巾纸放好，说："这些东西，是俺那口子带来的。人家到国外还学会了吃西餐。你看什么刀子、叉子、剪子的都有。我是不习惯，洗起来费事。"她又取出一瓶红葡萄酒给大家品尝，都说醇厚好喝。郎立学说："咱喝酒少，可从没喝过这么好的法国葡萄酒，这是世界驰名的好酒啊！"曾也花说："祝我们幸福，干杯！"三人幸福地将酒干起来。郎立学又给曾也花斟满杯，也给姐和自己的杯满上。壮汉又要吃虾，郎立兰便用叉子叉上一只给他，说："把虾的腿也都吃了，里面有大量的钙和蛋白质，丢了太可惜，一定吃下去。"曾也花也说："俺那口子也是这么说的。"郎立学讲："吃虾是一定要把虾彻底洗干净，尤其有泥沙的部位。西餐很注意营养搭配。"曾也花说："对。和中餐不一样。中餐不管什么菜都上得满满的，还要有个尖，吃剩下叫有节余。西餐喜欢吃得干干净净，不浪费。这也是东、西方习俗的差异。"郎立兰说："人的习惯改得慢，总是尊重前人的东西。中国光在酒桌上就浪费很多东西。"

两杯酒下肚，各人面颊都泛起了红晕，格外好看，成为朵朵桃花。

两女士都向郎立学敬酒，一霎他就头晕了。郎立学说："不行，这酒劲忒大，有些上头。"曾也花忙让他躺在沙发上，给他喝开水，又拿了件自己的衣服给他盖上。

壮汉吃了些虾蟹、菜，又吃了几块点心，喝些水，就说饱了。郎立兰用餐巾纸把壮汉的手、嘴都细细地擦了一遍。壮汉说："妈，想尿尿。"郎立兰领着他到外边尿了尿，壮汉又说："妈，俺要睡觉。"曾也花让他在自己的床上睡了。两女士又将杯中酒喝完。

曾也花和郎立兰把桌子稍微收拾了一下，聊了一会儿天，壮汉和郎立学也都睡醒了。

郎立学看天不早了，便说："曾文书，谢谢你的招待！我们得回去了。"曾也花说："住下玩一天吧，反正出来了，卫生室又没法干。"但郎立学还是坚持要走，说："我还得争取干。要学习海员的精神，不畏风暴巨浪，不屈不挠。"曾也花说："哎，你们俩饿了吧？我再做点吃的，咱到大坝上钓鱼去，家里还有钓鱼竿，用馒头加上点香油揉成面团，在钩上挂高粱米大的一块就能上鱼。"郎立学问郎立兰："行吗，姐？"郎立兰说："曾姐有经验。"曾也花自然不必说什么，便与郎立兰一起开始做饭。

曾也花很会做饭，用大米加些绿豆，用高压锅在煤气炉子上做。把中午的剩菜一凑合热一下，就是一顿晚饭，还可以少喝点酒。曾也花问："壮汉，想吃什么？"壮汉说："俺吃大虾。"在剩菜中还有三只，曾也花捡出来，单独加工了放入小盘，对壮汉说："这仨就不少了，这一个不比两个小的还大？以后吃东西要先洗手，洗好手再来拿吃的。"壮汉遵守了教导。曾也花说："咱仨还是一瓶葡萄酒。"郎立学不要了，二位女士自然也不要了。

餐后，郎立学他们拿了鱼竿和两个撑板凳，领着壮汉提着鱼食袋边走边说来到水库边，选了个安全位置坐下，高高兴兴地系线，拴浮子和钓钩，拉长竿子，选好投放处，浮子调节恰当，挂上鱼食，将食饵沉入水中。郎立学正聚精会神钓鱼，突然背后来了两位炊事员师傅。郎立学很快认出他们来了，起身问候："来吧，一块儿钓钓鱼？"他们说现在不能，因来了客人要吃甲鱼，他们到冷库去看看有没有。

郎立学目不转睛地注视着浮子的动静。不多时，见浮子向上一蹿，他猛一提竿，钓上一条不大的鲫鱼，还在鱼钩上乱蹦。壮汉看着高兴地喊："舅舅钓上鱼来啦！"郎立兰也说："这么快就钓一条鱼来，真巧！"

曾也花说："这是加了香油。鱼很馋，闻到香味就很容易上钩。"郎立学接连钓上来三条，郎立兰看着这么容易就钓上鱼来，便接过鱼竿，挂上鱼食投到水中，却好长时间没有钓上鱼来。壮汉看着三条鱼在水中的网袋里，依然活得很好，就是游不出去。

郎立兰没有钓到鱼，一看壮汉的鞋湿了，便把鱼竿交给了曾也花。她提出钓钩一看，食饵全都被鱼吃光了，便又重新挂上食放入较远的水中。水面上吹起了风，浮子在水面上晃晃荡荡，很难看清浮子的升降，也干扰了鱼咬食对浮子的作用。曾也花采取勤换食、勤提竿的方法，还奏效不小，钓上一条较大点的鱼，人人都为之喝彩。郎立学又接过鱼竿来，挂食放竿，凝望着浮子的动静，一边给她们讲浮子向上动的意义和如何观察。郎立兰问："你什么时候提竿就能提上鱼来？"郎立学说："这是一个最关键的问题。我钓鱼不多。有一次我随姐夫来这里，他的两个养鱼工空里常钓鱼，我就看着他们钓，也问了他们这个问题。他们这样介绍：'当浮子往上一动，就要迅速提竿。'我试了几竿，很成功。"

郎立兰将壮汉的鞋和袜子都脱下来，让他在沙滩上玩着。她把鞋袜洗干净，放在坝的石头上晒着。郎立兰未能钓上鱼来，心中有点不快，尤其看到弟弟一下子钓上两条来，感到稀奇，更觉得不服气，看郎立学也较长时间钓不上鱼来，就说："我就不信钓不着，再试一下。"郎立学看她急切的样子，便提上竿来，竟意外地提上一条鲢子鱼。他取下鱼来，扔在草地上，壮汉快去抓到网袋里。曾也花问壮汉网袋里有几条鱼，壮汉数着手指头，说："现在有八条。"郎立学把鱼竿交给郎立兰，她挂上鱼食，和郎立学一样将钓钩投到同一个地方，使劲盯着浮子。郎立学说："钓鱼的一个重要方法就是每次把钓钩都投到一个点上，因每次投放都是向水里放食，鱼就向这个点集中，鱼多了就好钓了。其他鱼并不会因有鱼被钓上来而吓跑。这个地方就叫鱼窝，投的鱼食越多，引来的鱼也越多。千万不可东一耙西一耙的。"

壮汉的鞋洗了，郎立学就背着他，去看捕捞队怎么工作。捕捞队的船虽不大，也有一个小码头，是在副坝处。岸上有一个冷库存放鲜鱼。船还在水库里工作着，不知何时上岸。他们看太阳决定收工时间，有点像"日出而作，日落而息"。太阳快要压山了，壮汉喊："舅，快看，船来了！"郎立学抬头眺望，真有一艘船驶过来了。

在五彩缤纷的晚霞映照下，水面金波荡漾，好像"如画""多娇"已不能形容其美。晚归的渔船仅是此景中的一片树叶，一朵浪花。郎立学竟找不到那只捕鱼船在哪儿了，还是壮汉的慧眼看得准，用手指出了船的方位："你看，那就是。船越来越近，也越来越大了。"郎立学感到已不如壮汉的眼睛好了。壮汉的喊声打乱了郎立学的思绪，他向壮汉指的方向看去，果然来了一条有桅杆的小帆船。这船回来是顺风，可省不少力。过去用驳船和拖网捕鱼，不但费力，且存在安全隐患。现在改用帆船，并且对捕鱼的网孔加以限制，只能捕较大的鱼。帆船对水也无污染。出航一次至少能收获数百斤鲜鱼。

　　船终于靠岸了，爷俩快去看来船的收获情况。一看鱼还真不少，用大竹筐装着，三个大竹筐都满满的，上面用网盖着，鱼在筐里还活蹦乱跳。但因无水，多数已奄奄一息。

　　船靠近岸边时，船上有人往岸上抛缆绳，岸上的人接住后把船拉到岸边，把缆绳在桩上拴牢。有人就开始往岸上抬鱼筐。有一位工作人员说："比昨天多捕了一筐。"接着过秤入账并冷藏起来。郎立学问："俺买条鲤鱼行吗？"复："可以。"工作人员在一个筐里挑出一条红鳍鲤鱼来，称过后，郎立学交了款。工人捡根小绳，从鱼鳃穿入，从嘴里出来，系上结叫壮汉提着。

　　郎立学仍背着壮汉往回走，也许是期望得到满足，往回走得快了。一霎壮汉说："俺不提鱼了。"郎立学说："你提不动了，咱把鱼扔了吧。"壮汉嘟囔道："哼、哼，俺不！舅，你不提一会儿吗？"郎立学只好一只手提着鱼，一只手揽着趴在背上的壮汉。他想这样不行，一旦有闪失，壮汉掉下来了怎么办？一看在不远处有一石凳，便将壮汉放到上面休息。郎立学伸了一下腰和双臂，扩展几下胸，深呼吸了几次，立即觉得轻快了不少。壮汉则以赤脚踢那条鲤鱼。虽然是在酷刑中，但它仍有很强的生命力，尾巴拍得石凳"啪啪"响，壮汉开心得不得了。

　　歇过来后，郎立学右臂抱着壮汉，左手提着鱼又前进了。来到两位女士面前，郎立学说："我俩钓了条大鲤鱼。"郎立兰首先发言："你吹什么牛，双手攥空拳，凭什么钓上大鱼来，就是小鱼也摸不上来。"曾也花说："那是从捕捞队那里买的。他们捕捞队在太阳快要落山时回来。他们捞了不少吧？"郎立学说："他们捕了三大筐。"曾也花说："真不少。"郎立兰说："壮汉，快穿上鞋吧，可把你舅累坏了。"又对郎立学说："平时你很少抱抱他，今天抱了这么一大阵子，休息休息吧！"壮汉则说："舅，你怎么向俺妗子交代呀?"郎立学说:"无法交代就不交代,人家又不找你。曾文书,请你给做个糖醋鲤鱼吃吧?"壮汉说:"咱不是吃了饭来的吗?怎么还要吃饭呢?"曾也花说:"哎呀,那是吃了点残汤剩饭,不是晚饭啊,那天还早,太阳都大高高。"壮汉说:"那俺不回家吗?等吃完饭不太晚了吗?"曾也花说:"要不就把鱼放在这里,明天你们再来吃。不想吃就不来,你们先别打这鲤鱼的谱,今天不是还钓了些鱼么?"壮汉听了,嘴撅得能拴头牛,不作声了。

郎立学问:"姐,你钓上几条?"曾也花说:"你说,瞎猫碰着死老鼠了,她还真钓上来一条。"现在是曾也花持竿,郎立学走后她们各钓了一条,郎立学问壮汉:"现在咱一共钓上来几条鱼了?"壮汉在他妈的怀里,用小指头摸着腮,问舅舅:"咱走时网袋里有八条是吗?"舅舅点点头,壮汉说:"是八加二,是十条。"郎立兰说:"十是个吉利数。好,咱走吧。"曾也花说:"也该收竿了。人家收网,咱收竿。"郎立学一看,说:"够晚上吃的了。"曾也花说:"光说话,没注意浮子,耽误一条鱼,白吃了食。都收好东西,尤其是竿、线,钩和浮子。全了就走。"

壮汉早就提着钓的鱼了,网袋里有鲫鱼和白鲢。他们边走边聊,一霎来到曾也花的家。郎立学和姐商定要回家,曾也花说:"天不早了,我把鱼做好吃了再走,省得到家很累还得做吃的。"两个女士一齐动手,做了糖醋鲤鱼。为了吃得快,曾也花用刀叉将鱼分为四份,每人一碗。除壮汉外各人一杯红酒。曾也花又煮上点儿面条。大家举杯,庆贺第一次钓鱼成功,也品味着糖醋鲤鱼的好味道。各位敬过一杯酒后,就在鱼碗中放上面条吃起来。因采取了快餐方式,从开始到结束,不到一小时。

送别客人,曾也花回到空荡荡的屋里,为未能留下他们过夜感到遗憾。

郎立学他们很快就到了郎立兰家的门前,姐叫弟家里坐坐,郎立学说:"不了,你和壮汉快回家去歇着,他很累了。我很快就到家了,不用挂念。有事我就再来。"

郎立学在路上想,曾也花的丈夫终日在大洋中和风浪打交道,一上船就半年,艰苦并有风险。看看自己,遇到点困难,就悔心丧气还行?要继续前进,看看人走的路,没有一条是笔直的,总得走曲折的路,得学会拐弯,迂回前进。还得再次去北京,完成唐丽老师的治疗,回来看情况再决定如何干。想着想着就到家了,听着一点动静也没有,估计老人都已睡下，他便不再叩门，一摸卫生室的钥匙还在衣兜里，即到卫生室的床上睡了。

在梦中，唐丽康复出院回来，和以前一样温柔和蔼，对人又亲又热，给自己出谋略，给予经济支持，卫生室又重新开张了。郎立学想、想、想，想到终点，大笑起来，笑醒了。在朦胧中睁眼一看，自己正在卫生室里，睡觉中的梦和现实怎么是一个样的，真怪！难道说神灵来劝说自己不要被困难所压倒吗？自己的梦好像预示着未来前途光明，自豪感也与红日一样悠然而起。往窗外看，真的红太阳升起来了，曙光正射到床上，将自己唤醒，再赴疆场。他来到家中，两位老人都已起床。

徐桂贞先说话了："你可回来了，怎么说到你姐家，一天还拐上个弯。我们一直等着你，实在等不着，俺就吃了饭又等，还不回来，俺才睡了觉。你又没说住下。"郎立学说："娘，我到姐家，姐夫不在家，姐姐带了壮汉和我到一位朋友家去玩了。下午还上水库钓鱼，吃过晚饭才回来。姐叫我在她那里住下，我怕你俩挂念就没住下。我回家一看你都睡了，怕影响您就没敢叫门，上卫生室睡了，这才回家说说。"随后说了卫生室的事，说："姐夫没在家，姐劝我不再干了。但我还是不甘心。以后再说吧。"徐桂贞说："这我们就放心了，走时没说清什么时候回来，叫人挂念。"说着就去做早饭。

第三十八章

一农病加重　钡透诊溃疡

郎立学向他娘说:"娘,叔的胃口可好些了?"徐桂贞说:"好点了,但还是不舒服,疼倒也不是很疼,就是不想吃饭。硬强吃也能吃点。"郎立学说:"那就上句山医院检查一下胃口吧。"徐桂贞说:"也行。"郎立学说:"那今天早上就不吃不喝,去医院检查。"徐桂贞说:"我今天早上起来,用开水给他冲了俩鸡蛋吃了。"

付一农听着谈论自己的胃口,也就过来了。郎立学说:"叔,你的胃口还不行,得到句山医院做下检查。无论是做胃肠钡餐,还是做内窥镜检查,都得要求空腹。咱明天去检查吧。今天晚上就不吃或是少吃点,明天早上一定要不吃不喝,免得影响检查结果。要没什么事,我们就放心了,只要注意一下生活,或用点药就好了。"看两位老人都同意,郎立学便说:"那我今天上午在卫生室上班,下午回句山医院,给你先预约上胃肠钡餐透视。叔,你明天就照说的办,早上起来讲讲卫生,换件干净衣服,早点坐汽车去。我在汽车站等你。要没别的事,就这样定下来。"

时至下午,郎立学去了句山医院。付丹香见郎立学来了,就问:"你不是说在家待几天吗?怎么这就来了?"郎立学说:"他姥爷明天来做胃肠钡透视,今天先预约下。"付丹香说:"他来做做检查很好。他一直胃不好几年啦!不让他喝酒和吸烟,可他哪样也不戒,又一直没查。"

第二天一早,付一农起床后先讲了卫生,换上一件洗净的蓝色中山服,把那双露着脚趾头的破布鞋脱下,穿上一双黄色新解放胶鞋,自己倍感精神了好多。觉得自己的好女婿如此关爱,心里感激,多年的胃病,也未有很大影响。还是每天喝点小酒,查一查心中有个数也好啊。他还带了些钱,作为乘车和检查的费用,省得给女婿添麻烦。卫生室出了事,就给了他很大的影响了,可别再查出大事来给他增加负担。按理说好像再过些日子比较好，现在女婿的心情不知稳定下来没有。也不管它吧，先听女婿的。徐桂贞还给付一农一个小布兜，装上两个馒头和几块钱，让他检查后到饭店买点吃的，并送他上了汽车。付一农叫她快回家，俩人招手告别，徐桂贞呼喊着叫他早点回来，直到车远去了，还又望了一阵子。

　　付一农出了车站，和早在站门口的女婿碰了头。看他推着自行车来接自己，心中十分喜悦。郎立学说："叔，上车吧。现在到上班时间还有一小时，不用急，别紧张。"

　　一边向医院走，郎立学一边和对小学生讲课一样，说明如何与医生配合好，使检查顺利完成。付一农只是"嗯嗯"地应着。不觉一会儿到医院的大门前。啊呀！你看那炸油条的，卖小笼蒸包的，油煎菜火烧的食品小摊点，都使人增加欲食。对付一农来说，这一切都是枉然。郎立学到门诊，看到挂号处已开了门，便先给付一农挂了消化道门诊号。二人在门诊走廊的排椅上坐了一会儿。为争取早点做胃肠透视，看消化道门诊的门开了，便立即前去请医生先给开个钡餐透视单，医师即时给填写了钡透申请单。郎立学表示谢意后，即去交上费，同付一农来到 X 光透视室的门口。因昨天就和工作人员打过招呼，来得又早，所以争取了第一名。郎立学将申请单交给了维持秩序的女护士，她给了一包药粉，医师递给一个消过毒的白瓷缸和一把调羹，郎立学将药粉倒入瓷缸加水调成糊。

　　医生在给付一农检查时，发现胃小弯胃窦部有一龛影，面积约 $2 \times 2cm$，创伤面较平。医生问："以前有过大便发黑吗？"付一农说："没注意过大便的颜色。"医生又观察了一下十二指肠和十二指肠球部，均正常。药糊大部排出胃后，医生又令付一农躺着观察了一遍。又正过身来，对着探头观看了心肺。检查完毕，令付一农出来。医生对郎立学说："给拍了一张胃病灶的片子，需要再去交一下费。"郎立学去交了费，回来把交款凭证递给医生，医生让一小时后来取报告。

　　付一农走出暗室，感到全身无力。他听医生问他有无黑便，便有些害怕，心中顿感疑惑："难道有大问题？"郎立学约他到付丹香处看看弄点吃的，他说："现在一点也不饿，喝上一大缸子药糊和粥一样当饭了。"虽然说不饿，还是跟着郎立学来到付丹香的住处。李玉花在家照顾着永平，见付一农来了，便对永平说："永平，快叫姥爷。你看姥爷来了。"

她抬头看着付一农的嘴周围有白粉子，就问："大哥，这是怎么的了？你吃什么来？"郎立学接过她怀里的永平，说："付叔来做了个胃肠钡餐透视。"李玉花说："那快坐下歇歇。早上没吃饭吧？想吃点什么？"郎立学说："煮点面条，打两个鸡蛋吧。"付一农本想抱抱外孙，但感无力，肚子空空，似无心肝，只回头看了看他。李玉花做着饭，郎立学叫付一农上床躺下。郎立学抱着永平去看付丹香忙不忙。付丹香正在补单子，看到郎立学抱着自己的孩子，非常高兴，永平看着自己的妈，也喜得蹬腿伸腰地笑了。

郎立学说："检查过了，拍了个片还没有给填报告。"付丹香说："那肯定是有点问题，要不还拍片吗？他在哪里？"郎立学说："在等婶子给他下面条吃。到十一点我去拿报告。"付丹香面露忧伤。她脑海里回放着自己家的过去和现在。刹那间，她眼泪汪汪，潸然泪下。郎立学劝道："先别难过，医生说就是溃疡。"付丹香说："他这个病多年了。前些日子很好，可能卫生室的事，让他既害怕又生气，吃饭少，喝酒多，病加重了。"郎立学说："在他跟前说话要注意，不要让他生疑惑。有人怕查出病来，尤其检查结果不理想，查还不如不查。我想发现情况就检查，要是没有问题就放心了。该用什么药，就用什么药治。不好吗？"

付丹香缝完了一个单子，上午的工作就算完了。她将缝好的物件都叠好放整齐，刚要走，西彩红来了。她看着郎立学抱着孩子，诙谐地说："又想老婆孩子了。今天来的？"郎立学说："西班长也有一颗年轻的心啊！"说得她一时面红耳赤。付丹香说："西班长回来了？"西彩红说："我到门诊拿感冒药，从后影看着像郎立学在交款处排队，也没敢喊他，怕认错了人。"郎立学忙开口说："和他姥爷来做了个胃肠道钡餐透视。医生说是溃疡病。"西彩红说："溃疡病倒无妨碍，吃吃药就好了。但不能喝酒吸烟。好好吃饭就可痊愈。和他好好说说。"郎立学说："付丹香和他说过多少遍了，他就是不听。"付丹香说："班长，我先回去看看了。"说罢，拿着永平的小手摆摆，和西彩红再见。

三口人来家一看，永平的姥爷正在大口吃面条。大家见面都很喜，姥爷也不像有病的样子。李玉花说："锅里还有些，永平他爸也吃点吧。"郎立学说："不吃了。"李玉花说："那给永平盛上些陪姥爷吃。"她在碗里加了点醋和香油，闻着香，吃着更香。郎立学一看表已经十一点，便拿报告去了。

付丹香问付一农："爹，你怎么又肚子疼？不好受吗？"付一农说："和以前一样，没什么变化，就是不想吃东西，疼得也不厉害，不影响干活喝酒。我说没事，永平他爸就说来看看放心。我常听你们说，有感觉就早查，有病能早治。没病，也不用有顾虑了，这不就来了。看了看说是胃溃疡，还是以前那个病，这咱就放心了。这不一大碗面条吃下去了，挺好。"付丹香说："还有点，再吃上点？"付一农说："也行。"付丹香又将锅里的面条盛上一碗，又加上醋和香油，付一农吃着挺高兴，还说："看来我没有什么大病。"

一霎，郎立学拿报告单回来了，高兴地说："就是胃窦部溃疡。医生说过些日子再看看，先吃点药。胃病要调理好饮食，避免刺激性食物。"他又劝自己的岳父道："您要自己管好自己，一定要听医生的。"付一农说："这就行，我知道我这胃口病，十人九胃，算不得什么大病，不要紧。你们都放心吧。我自己会管好我自己。现在一天一瓶多点，以后两天一瓶，一天半瓶，这就减半了。"他既然这么说了，各人也就没什么说的了。

郎立学说："叔，一定要注意饮食，不要有心理负担。卫生室的事别往心里去，您和俺娘招呼好俩学生就行。永平在这里由他妈和姊子照顾得挺好，您只管放心。帮人帮到底，过两天我还要去北京。等唐老师治愈，我该干啥就干啥。俗话说得好，滴水之恩，报以涌泉。人家帮了咱，咱没别的，就是出点工。去也是闲着。吃饭有食堂，得空还出去看看景点。要不是孩子小，他妈去很合适。我们俩男的去护理女病人还不太方便。幸亏她自己什么都能干。说不定哪天她兄弟就来约我一块儿去。叔，你需要买衣服和鞋什么的吗？我和你去商店看看，有合适的就添上一件。"付丹香接上说："才做了检查，先歇歇。我和姊子这就做饭，咱吃了饭上街看看。你成年累月地干，吃的穿的都这么节俭，光穿旧衣裳。看看买块布，做一身穿也行。"付一农倒说："不用，咱又不是机关人员，不用一套一套的。"

郎立学说："按丹香说的办吧。我和永平上那屋去躺会儿，你和姊子做点吃的。午饭后，我和叔上趟街看看。老人不常到城里来，好容易来一回，逛一逛，可买的买点。"说完，他抱着永平走了。

付一农上床一会儿就睡着了，并发出轻微的鼾声。李玉花说："人上了岁数，一点事也经不起。早上不吃不喝就坐车来透视，搁青年身上不当回事，上了岁数的人，心想得多。查病本身就和算卦一样，吉凶不定，心里不踏实，怕查出不好治的病，不就算是判了死刑，缓期执行吗？查着有点小毛病不大要紧，治治就好了。"二人一边说着话一边做饭。

李玉花突然问道："丹香，你爹今年多大啦？"付丹香说："他今年是五十五了。"李玉花说："这倒是个好年门。过去人过六十岁就修寿坟，准备着送老。现在不兴了，人都比过去长寿多啦，七八十岁的人很多。"付丹香说："现在什么也不讲了，很随便。人死了火化成灰，什么东西也白费。死后少穿点就行啊。"付一农睡得虽有鼾声，但并不浓，对二人说的话，似听非听地听着点，身子一骨碌醒了。

他一醒便说："哎，我做了个噩梦。有俩小鬼，也说不出是男的还女的，都穿一身黑，头戴小圆帽。一鬼拿棍，一鬼拿刀，还带了铁合链子，来叫我的门，说阎王爷要叫我。我不敢去，我说：'阎王爷和我有啥关系？''阎王爷说，你老婆死了就死了，还又娶了一个，你又把女儿送给帮你治病的医生，这是最大的贿赂案。不判死也得判个死缓。'"李玉花问他："你怎么说的？""我说：'你们快走吧，我还有荣华富贵没享受呢！'鬼总是鬼，总是鬼鬼祟祟地行动。一眨眼就不见了。"李玉花说："你做了个好梦！小鬼来叫你，你敢把鬼撵走，真不容易！要是鬼抓你去了，俺怎么办？俺还指着你去种地呢。你可不能走，你成钟馗了，能打退小鬼。你就好好活，长寿啊！"付一农说："那太好了，常和你们在一块儿，给我做好饭吃。我对干活一点也不愁，一壶酒三餐醉，别的什么也不想。"

付丹香说："你快起来活动活动吧！别在床上说些没趣的。快起来准备吃饭，我去叫他爷俩来。"说完，付丹香就出去了。

付一农起来，出门上了趟厕所。心想："都为我的后事打算开了，我装着做了个梦，她们还信以为真。人间谁是真心的？都是些鬼！罢！罢！罢！明明她们也算是娘俩，嘀咕做衣裳和修坟。我这还没死，就要活埋不成？我就依着他们，看他们玩什么把戏？莫非透视真有事，不和我说实话。什么也不管了，人到这一步，一切都是无所谓的了。也许什么事也没有，不必担心，该怎么活就怎么活吧！叫我一早不吃不喝，我偏喝上二两酒暖暖胃再说。"他在院子里逛了逛，头脑清醒了许多，自己又否定了以前说的话，觉得守着女儿就乱说，真该有罪啊！

他正胡思乱想，郎立学抱着永平走过来，付丹香跟在后面，郎立学说："叔，咱回家去吃饭吧。"付一农说："你们去吃吧，我现在一点也不饿，肚子里还满满的。"郎立学说："走吧，到屋里能吃多少就吃多少。要不晚上不到时就饿得慌。"付一农说："那我这就坐车回去吧。"付丹香说："不行，等我们吃过饭，一块儿上街买布给你做身衣裳穿。咱现在生活条件好了，别光穿些破旧衣裳，叫人家笑话俺这做儿女的。"付一农说："你们不必为老人多想，我们上年纪的人穿什么都行。不论新旧，能遮风防雨就可，新旧不讲，谁家笑话咱？做下些穿不破，死了还不是些烧货吗？你看哪个老人死了，不烧好多衣服？叫人看着心疼，我可不愿干那种蠢事！"付丹香说："快去吃饭吧，你现在身体好好的。胃口病多年了，不用管它，吃点药治治就好了。"付一农爽快地说："好，吃饭。"老少一行来到当厨房的屋，李玉花已将饭菜摆上桌了，一盘肉炒豆芽，一盘肉炒芹菜和一个西红柿鸡蛋虾仁汤。

李玉花说："人家讲四菜一汤，咱是二菜一汤。"付一农说："这也是你的功劳啊！要不，一菜一汤也不一定能吃上啊！"李玉花说："你这又犟嘴了！快坐下吃饭，堵起你的嘴来！"付一农说："夸你不知夸你，把嘴堵起来，还怎么吃饭？"

各人坐定，付一农说："这里有酒吗？"付丹香说："今天有酒也不给你喝。刚做了钡餐透视，胃肠里还有些钡，不能喝酒。等药液排出后再少喝。还要吃药，和酒不合。"付一农说："哎，您听，怎么你娘俩都和我对着。老人不求什么，只要个顺字。现在倒好，什么也对着干起来。这样叫我活着有什么意思！"付丹香觉着爹有点生气，只好说："好，给你拿酒来喝点，解解馋虫。"

付一农站起来就要走，说："闺女，你好大胆，说我是馋虫。"李玉花快起来拦着他，说："闺女是说你肚里有馋虫，你哪能是馋虫啊！"李玉花的解释才平息了馋虫引起的风波。

饭后，李玉花刷洗了餐具，郎立学约一家人上布店里看看。付丹香想让李玉花跟着去，她说不去，付丹香就说："你去给我们长长眼色。"李玉花说："我这老眼光还会长什么眼色？我在家看着永平，你们去吧。他上人多的地方不好。"付丹香迟疑了一下说："噢，那也好。"

路上，付一农说："我的衣料不用好的，咱在庄稼地里终日面对黄土背朝天，好的也是得天天洗。咱就买大众化的衣服，既实用，又经济，四季都可以穿，冬天套棉袄，夏天当单衣，就很好。咱的衣服鞋袜，都是穿给自己看的。在官场上是给人家看的，裤子有笔直的褶，鞋都得擦得铮亮，头染得乌黑。衣着代表着身份。现在还好了来。过去是皇帝一种，大臣是一种，小官小吏也是分好多等级，都不一样。"爷仨一边走，一边说。来到大街上，人来人往。大街两边的各种商店都开张着，什么茶庄、鞋帽、五金、珠宝、车行、饭店、银行、百货、衣服、布匹、童装、水果，可谓应有尽有。

付丹香领二人走到百货公司的布匹柜台前，一位中年女售货员一看这老少两代，好像会算一样地笑着问道："想给老人买身衣料吗？"付丹香说："俺来是为老人买做一身的料子。"付一农好奇地问道："你怎么知道是给我买？"站在柜台后面的女售货员说："俺就是干这一行的。你俩长得很像，你也看着布，你闺女也是进来就看布。那个可能是你女婿，他不大在意，但你们是一块儿的。他们俩的年龄相差不到两岁。"付丹香说："你简直神了，你一定会相面。"女售货员说："俺不会那骗人的鬼把戏。俺干这一行时间长了，就能看出来。没有什么巧的。"付丹香说："那你看他穿哪种衣料合适？"付一农抢着说："就是买布做的衣裳，一年四季都能穿。"女售货员说："老大爷一定是干农活的，还是这么俭朴。人家好多人穿的都四季分明，冬有棉，夏有单，春秋穿夹衣。你相中个颜色就中，像深蓝色就四季都行。料子厚薄适中，这样夏能单穿，冬天当外套。中号涤纶混纺深蓝色，很适合你穿。它是一半化纤一半棉，中等厚，很耐穿。两米多就做一身。人就在跟前，你量量就知道该买多少了。"付丹香拿过尺子来，量了上衣身长、肩宽、胸围、袖长、袖口周长，又量了腰围、臀围、裤长。量完后她说："裤需一米一，上身要一米一五，买两米二五行吗？"售货员又核算了一下，应是两米四。付丹香说："不差那一点，割上两米半。上衣宽大点，冬天穿暖和。说是四季穿，结实点的衣裳主要是秋冬季穿，夏天穿的旧点破点都不要紧。"售货员说："那就买这种布。俺这块布，一般是二十块钱一米。你这么有孝心，给你打个折，十八块五一米。"郎立学说："可以。再给买上口袋布和上衣的衬里，用薄的、好的。"付丹香说："做一回就做好点。这样做一身六七十元就行。买这么一身就要二百多。"付一农说："啊！这么贵。"付丹香说："你就别管了，光等着穿就是。"郎立学去交了钱，拿上布告别了这位神奇的售货员。付一农感慨地说："你们看，人家的工作功底多厚实。知人行见人意，一点不错。"

郎立学叫付丹香把布带回去，说："我和叔去洗个澡。"付丹香点了点头，付一农也同意。爷俩便去了浴池。郎立学让付一农洗着，他很快去买了两个裤头和背心。付一农洗完澡，换上新的内衣，喜得了不得，脸上洋溢着幸福。一看表才四点，付一农说："我回去吧。"郎立学觉得他自己回去不放心，便说："先回去看看丹香娘俩，看她是叫你住一宿，还是这就回去。"二人来到医院的家中时，付丹香正在给永平喂奶。

付一农说："我这就回去吧？"付丹香说："你要不愿意住下就回去，省得他奶奶挂念着。"付一农叫付丹香把郎立学给买的内衣和两种药装到他从家拿来的小兜里，说："我走啦。放心吧，不用担心。"付丹香给他倒上一杯水说："我给你装好，你喝点水再走。"郎立学说："我和叔一块儿回去，省得娘挂念。也和她说说检查的结果，让她劝着叔少喝酒。"付一农说："行，这几天没事你还到卫生室去吗？"郎立学说："我别的没什么事，去干点看看动静。反正地是村里的，人家想怎么办就怎么办。"

付一农说："我看咱以后就不在村里干了，干也没什么好下场。一些人难缠，咱人单力薄，尽受人家欺负。"郎立学说："对咱这个家，有人就用奇特的眼光看。但咱要有一定之规，就是保护好身体。要防范万一。"付一农听了心中一惊，说："唉！走到这一步，也只有听天由命了。走着瞧吧。东西算什么，用着了是个宝，用不着的就是废物。咱有了卫生室，人家有反感，才酿成这个样子。"郎立学说："不管它了。我们回去吧，以后就按时把节地吃饭，千万别生气。咱越生气，人家越给气吃。"

临行，郎立学和付丹香怀中的永平亲了个嘴，付丹香也让永平与姥爷亲了一下。还拿着永平的小手摆了摆，示意与姥爷和爸爸再见。郎立学又抱了抱他，他喜得咧嘴笑。付丹香抱过他来一起送行俩亲人。看着俩人的背影，她心中泛起忧伤的波澜，如一股暗流猛烈冲击着那脆弱的心房。这股暗流变成哀伤的泪，潸然纵横，模糊了视野，不知他们走到哪儿了。心想，好好的父亲可别得上那种病啊！望着远去的模糊身影，心想："我为什么不同行呢！自己的苦向谁诉，和谁说啊！只有闷在肚子里，如一条病虫在噬咬自己的心。这病虫也没有医生能治。"她怀着无奈又困惑的心情，抱着寄予无限希望的孩子回来了。正遇上李玉花上街买菜回来。

付一农和郎立学来到家中，正看见徐桂贞在院子里来回踱步，一看爷俩回来，就急着开了腔："你们可回来了！把俺急得到外面看了个没遍数。你们怎么就不知道俺牵挂着？"郎立学说："娘，俺也是怕你挂念着才急忙赶回来的，要不还想住下来。"徐桂贞说："你看你说得多轻巧！你没有想着你娘的心里多么急，检查用不了半个钟头，这时候还不回来是有什么大事不成？我想，要是检查出什么难治的病就麻烦了。"付一农说："光透视时间是很短。可去就得先挂号，请医生看，等号透视，还给拍了张片子，等到下午三点才给写出报告单来。这不孩子他爸带我洗了个澡，孩子他妈又要给买块布做件衣裳。这就是一天的时间啊，我们也是很紧张。幸好检查结果还是原来的胃溃疡，不用担心。不过就是叫少喝点酒。"徐桂贞说："也是检查没什么事，忙活着逛街买东西来啊，还洗了澡。可你们中午不回来，下午不回来，直到落日头了才回来，把人急死了！我恨起来该把你们打一顿才解恨！"她消了消气，听着是老毛病犯了，又心疼地嗔怪道："都劝你戒烟限酒，这两样你是一样也不听，不戒、不减。要少吃咸菜，不吃酸煎饼，这都是医生劝人的口头语了。可你耳朵里塞了驴毛，就是听不进去。"付一农说："好了好了，别唠叨了，做饭吧，俺吃点东西。不用光教训人。"徐桂贞说："你听听，劝劝你来，倒成了教训你。饭我早做好了，光等着你来吃了。"

吃过晚饭，郎立学将药片给付一农准备好，并给他讲："这种药片一天只吃一片，最好晚饭后，或是睡觉前吃。另一种是消炎药，一天吃两次。不能弄错了。药盒上都写着，吃药时先看一看。"徐桂贞说："这可得自己想着，我可容易忘事。"郎立学说："叔，还是少喝酒吧，一次喝一两，中午、晚上各一次。早上没吃饭前绝对不能喝酒。还有一件事，你俩都得想着。透视时喝的钡餐是白的，这两天会有白大便下来。当这些白大便解完后，三天内别吃肉。每次大便后都要看看是不是发黑。要有黑的就留下点，用块干净纸包好，送到句山医院做化验，看胃的溃疡面是不是还出血。自己还得注意吃饭后的感觉，有没有隐隐作痛。自己对病要有更多了解。我近日还得去北京。"

付一农一听有点蒙，就说："这么多的事，我怎么能记清？你给我写在纸上，做哪几样事，说明白，我照着办就行。"

郎立学便在灯光下写了并读给付一农听。徐桂贞说："孩子也没有白学医啊，现在就用上了。人家的医生哪能说得这么细。"

郎立学说："人家也是这样讲的。我不过是学了一遍。叔容易忘，记不全，吃药时再看看。以后干活悠着点儿，别太累。活是没完没了的。你看看，无论是高龄人，还是青年人，都是不遗余力地干，大都是为了日子过得宽裕点。叔，您得记住，地可以少种点，种多了就受累。现在粮食满够，余粮多了还得保管，还得晒，搬运都要动力气。有时我也帮不上忙，这事你自己掂量着办。还有，我走了后，村里怎么安排都行，咱不干涉。卫生室暂时不搬就放着它。"徐桂贞说："我看卫生室再开也不能在这里了，卫生室的风水不好。本为益事，成为祸害，害得咱好苦。有苦还没处说，叫咱哑巴吃黄连。你叔一早没吃没喝就去了医院，现在该好好歇歇。"

室内灯光暗淡，人的面部表情什么样也看不清，只听付一农哽咽着说："早歇下吧，等明天看是什么样。"

郎立学回自己的屋里看了会儿关于胃溃疡病的书，里面有胃肿瘤的临床表现、检查所见和预后，心里沉甸甸的。多年的溃疡病，又加烟酒不断，怎么能不令人担忧！心想，去北京的时间也不超过两周，回来后再给他做一下胃镜检查，若有问题，马上行根治术。

郎立学一觉醒来，才知门未关、灯未熄就睡着了。他快上了趟厕所，熄灭灯，将外衣脱了，才又睡下。

天亮了，郎立学赶快起床，把院子清扫了一下。朱子家训有言"黎明即起，洒扫庭除"。他想想自己，这两年光乱窜，也没有成事，还使家庭欠下很多账。回家就吃，从未问家里有什么困难。老人如黄牛，从未要求过什么。现在已成父亲了，在家还是只当孩子，真是愧疚不已。

老人起来，一看院子头一回这么干净，徐桂贞说："还是年小的啊，俺干大半天也扫不得这么干净。你们不得闲，我们也不用这么干净。半月二十天的打扫一回就中。"郎立学说："娘，以后你看我回家，就安排我，叫干什么我就干什么。"徐桂贞说："俺知道你是骑着个破车子从城里来，已经累得慌了，有时家里连点热水还没有烧下。就不好叫你再干了。拾掇家也是磨上的驴，怎么干也不显功。"

郎立学把扫的柴火放到厨房里，将土除到猪圈里，把东倒西歪的用具理顺了一下，在南边小棚里放整齐。

付一农自言自语地说："昨日太累了，今天起来得晚了点。"他一看院子，又调皮地说："真是太阳从西边出来，头回院子打扫得这么干净，家什也放得整齐。我们老年人不讲究这些，顺手一放，歪了也懒得扶正。

人老了就没出息。"

郎立学回到屋里，心想："要不怎么说习惯很重要。而怎么方便就怎么放，不讲什么规范性，就难说是种好习惯。我头一次干就得到老人的鼓励，以后应当多干，让二老高兴点。老人的要求一点也不高。这么一点小事，对我这青壮年来说，如做做操、跑跑步，何乐而不为呢？家人彼此相爱、相亲、相助是不可少的。家里的这些事很少过问过，都是二老默默无闻地完成。"他正遐想着，母亲叫吃饭了。

郎立学到卫生室工作了几天，稀稀拉拉的几个病人。有知心的人讲："毋义最近建商店租给供销社当综合门市。"郎立学说："建房是人家的事，咱无权管。人生多条路，此处不行，再到别处。生活的路多着呢！你看工农商学兵，行行出状元，不能死心眼老盯着一个点。"

第三十九章 —————————

立学二进京　唐丽妹同陪 ——

郎立学下班后和二老说要回城里，很可能接着去北京，因回来已有十余天。他到了城里，听付丹香说杨博海回来了，叫他安排一下去北京。唐丽在南京工作的妹妹一人陪着。

第二天，郎立学搭上去北京的火车。这是他第一次单独进京。上车就琢磨下了火车怎么走，记得不太清，但方向该没错。进京是过去未敢想的事，但进京人的希望和目的却天壤之别。这是去求学该多好啊！能得到深造，或在研究单位学点东西也好啊！看看车上进京的人们，多是衣着洁净，举止文明。自己去陪同事也是老师治病，是一种付出。何时为自己的学习、工作和生活而来？看上去有不少是为了游玩。自己想着想着累了，一合眼就睡着了。梦中他到唐丽处，见唐丽的妹妹是那么的漂亮！

列车如长龙在原野奔驰，也突然猛醒过来，看到了曙光，背着一身朝霞，雄鸡报晓般一鸣震天地。人们都清醒了过来，车灯也亮起来了，不知不觉过了一夜，列车已到丰台车站。郎立学取出上次来京买的最新北京地图，找到下车的北京西站。这是北京最大的火车站，终日人流拥挤不堪，扩建了还是不及人增加得快。北京的快速发展，也带来了北京人口的快速增加。

郎立学来到唐丽住处，两姐妹正在准备早餐。唐丽高兴地起来迎接，说："刚下火车吧？很累了，快坐下歇歇。"接着介绍道："这是我妹妹唐华，前天从南京来。听说我来京治病，请假来陪我。"郎立学即起来问候，表示欢迎，并做了自我介绍后说："唐老师曾教我心电图、如何检查病人，领我走进医学大门。老师患病，我必须来帮她康复。昨天听杨经理说你从南京来了，就你一个人在这里，叫我快来。"唐丽又补充说："她是大学文科毕业，分到南京大学教古典文学。"

郎立学看这位二姐，中等身材，脸庞白皙，两眼炯炯有神，蚕眉慧珠，短发别具风格。穿一身红碎花上衣，碧绿裙子，在高跟鞋的抬举之下，亭亭玉立，更显美丽。这位未曾见过面的文雅女士，给刚来的俊俏男子一杯水，伴一阵女性的芳香。

郎立学忙问唐丽的身体好些了没有。看面色是好多了，苍白变成红润，表情也舒展了。唐丽自己介绍说："现在好多了，症状基本消失，准备再治三次后做一次活检，不显阳性就至多再做两次治疗，即达到治疗总量。过三个月再来检查一次，一切正常即告痊愈，不必担心了。"这使郎立学无比喜悦，他高兴地表示了祝贺，又问："唐老师，早餐想吃什么？"唐华说："已经做好了。那咱就先吃饭，免得饭凉了。"郎立学洗漱了一下，看了看没什么菜，只有几个胡萝卜和几棵葱，锅里是面条鸡蛋。唐华说："这点饭怕不够吃。"郎立学说："你们先吃吧，我现在还不饿。"唐丽说："那怎么行？"郎立学说："那我去食堂看看，有什么买点来吃。"唐华才盛上每人一碗面条和两个荷包蛋的早餐，又在碗里加上点香油和醋，二人吃着很可口。唐丽说："不知他来得这么早。"不多时郎立学去食堂买了几个火烧、一袋豆浆和几根油条回来，一时满屋里是油条的香味。可以说将香油之香和女人的气息都给挤出屋去了。唐华问："你买得好快，这豆浆是生的还是熟的？"郎立学说："还得加一下热。"一霎，豆浆锅里沸腾着雪白的泡沫，眼看着沸出锅了，郎立学急忙关灶火，并盛上三碗热豆浆，给每人一碗。唐丽说："我不喝了。"

郎立学说："豆浆营养价值高，快喝点吧。要吃油条就给你泡上一根。"唐丽说："光喝碗豆浆就行。"唐华没说什么，便品尝了一口豆浆。郎立学说："纯豆子磨的。"唐华说："还是这位弟弟来了好啊！我还没想到去买这些好东西呢！其实我在家时，咱妈也常买这些东西。多年来在南方上学工作，南方人早餐多是一杯牛奶加点糖和两个鸡蛋，小菜稀饭、馒头。油条吃得少，因为是油炸食品，易产生有毒物质，故有人建议少吃油条为好。"郎立学说："以前光知道方便，口感好，香脆，冷热均可。豆浆是植物蛋白质，挺好。"说着都喝起豆浆来了。郎立学不管怎么说，还是挺爱吃油条，买的几根油条都吃下肚了，似乎尚欠点，反正吃过饭就要睡觉，便忍了。他洗刷了餐具，才问："唐老师，今天上午去治疗不？"唐丽摇了摇头。郎立学说："那我上午就休息啦？"唐丽说："你休息吧！乘车也是苦差事，休息不好。"郎立学想，吃得半饱不饥的挺难受，只有一睡了之。唐丽则是洗梳妆饰一阵子，精神好了许多。她自觉地将地上的乱物清除了一遍，想上床休息。姐妹二人把两张床靠成一张床，似乎安全些。唐华修饰后确实容貌更美丽。她又给唐丽妆饰一番。在唐华来以前，因病的痛苦，唐丽有时连头也不想梳，何谈粉黛。唐华来了才得日日梳头，也使她精神面貌好了许多。唐华又把郎立学叫到镜子前给他梳头，将头发稍加分开，两颊部略加上一点胭脂红，让其颜值倍增。

唐华赞美郎立学说："像一名将军，何等气派！"郎立学说："咱这什么也不算，算个流浪汉。"唐丽说："可不要如此悲观，还应振奋精神，勇往直前。"郎立学说："勇往直前是可以，但向什么方向啊？方向比努力还重要，真的错了，不是背道而驰吗？跑了半天还得走回头路。"

叫唐华这一调理，郎立学睡意被清除，他对着镜子一看，叫道："唐华啊，你让我唱什么戏呀？"唐华说："叫你唱杨四郎。"郎立学说："我们成杨门女将啦！"唐丽听了笑得前仰后合。郎立学说："我称你二姐好还是妹子好？"唐华道："妹子是姐对我的称呼，还是称唐华好。"唐丽说："咱还是以姐妹弟来称呼好。"郎立学说："我是姐妹俩的弟。"郎立学看唐丽非常高兴的样子，是真的治愈了。自己又有了依靠。唐丽说："俺俩到街上走走，你就睡吧，好好休息。身体很重要，不要过度劳累。"郎立学听了就上床睡了。

姐妹俩到了商店买了些零嘴，什么瓜子、葡萄干、小糖块，还有苹果和香蕉等一大袋子回来，见郎立学仍在睡便没惊动他，也和衣而睡。

下午一点郎立学睡醒了，看着二位姐姐睡得都那么香甜，美得动人。他去卫生间回来，一看有一袋子吃的东西，未经允许便解包食之。他走到床前叫起她们，说："快起来，过两点啦！"

唐丽这时才醒来，说："今天是怎么啦，像是服了安眠药，睡得这么沉。"郎立学说："你们上街累了，我乘车累了，所以才发困啊。"唐华说："你来了俺有了安全感，睡得就好。那两天总不放心，缺乏安全感，所以睡不安。"唐丽说："今天下午咱不生火，全吃成品。"接着，她一样一样拿出了从商店买的汉堡包、面包、成品奶、馅饼、馒头等摆在桌上。唐华取了杯、筷子和酒。郎立学说："唐华，咱不喝酒。"唐丽说："欢迎你来同乡会，也给你接接风。"

郎立学先洗上俩苹果，削了皮，大体切成三瓣，一人一瓣，还说这就是瓜分。

唐华已将红酒斟于杯中，郎立学启开一个鱼罐头、一个五香肉罐头盛了两盘，另有火腿和香肠切成片集于一盘，把桌子摆满了。郎立学先祝二姐酒："我们喝个认识酒，谁叫我们认识呢！以后待唐老师完全好了再让她陪着。来，干杯！"各人都爱吃鱼，郎立学用筷子给每人分上一块。唐丽吃着说："这是海鱼。海鱼确实好吃。"唐华说："人家做得好吃。"郎立学又将酒斟满杯，说："来，咱再喝酒。"唐丽不敢喝，只是表示一下。二姐倒是实在，一口一杯，三杯酒进肚后，便面红耳赤，心中发热，口中话多，说三道四不住声。郎立学收到唐丽的眼色信息，表示别再给唐华斟酒了，给她喝上点红糖水，代酒还解酒。郎立学做了，还真起作用，她话少了许多，精神也稳定了。郎立学自己也渐渐将酒停下。唐丽拿汉堡包和面包吃，唐华却说："我还想喝一杯酒，我敬郎弟一杯。"

唐丽劝唐华说："快吃饭吧，别再喝了。再喝就不认人了。"唐华说："不认人比认人好。"郎立学说："那就再给你倒上一杯。"郎立学给她斟上半杯，唐华还要个满，唐丽接过杯给加上些红糖水。二人干杯，开始吃饭。

唐华手拿汉堡包，也与郎立学碰碰，说："碰碰加深印象。我们好，我们做姐姐的保镖，把姐姐保得健健康康，好和姐夫交代。"唐丽严词说道："快吃饭，别提你姐夫的事！"

吃饭结束，郎立学自觉收拾餐具。这倒很省事，不动烟火就吃饭。过去在农村若无烟火，证明家里无人。现在家里有人也可能不用动烟火，生活照常进行。

三人无事，俩姐妹又上床睡觉。郎立学也想睡，又想外出走走。不过刚吃饱以休息为好。正睡着，唐华问唐丽："姐，明天你治疗后，准备出去玩吗？"唐丽说："我哪儿也不去，你们上哪儿我不管，只要中午有我吃的就行。"唐华说："那你哪儿也不去，我与郎立学上长城怎么样？"唐丽说："上长城得早走，治疗后就晚了。后天去也可以，明天可去近点的天坛玩。"唐华说："行，我们带上点吃的和喝的。捎上垫子累了放下休息，有时人多没地方坐。"郎立学说："我去过了，再去也行。咱得找个玩的东西，消磨下时间，闲着比工作还难受啊。"

郎立学看唐丽接近正常状态了，作为医生感到宽慰，尤其是自己服务过的病人。虽不为施治者，但与病人心心相连。他想来想去，高兴了，说："二位女士，咱打打扑克好吗？我去买上四副扑克，咱慢慢打。"姐妹俩未提反对意见。

他们一边打牌，一边聊天。郎立学问唐华："你老公呢？"唐华说："他已去美国要留学两年，大半年没有回来了。还不知道什么时候回来呢？"郎立学说："人都在矛盾中生活，在家时嫌弃人家无能，有能了出国留学，这是多么好的事啊，会给我们带来美好的未来。可最不受欢迎的事是离别，又是何等忧伤的事！我们要经得起悲欢离合的考验。这是人生必然发生的事。这就和天有阴晴，月有圆缺一样自然。一个人如果一心为事业，就会冲淡个人的生活，反之亦然。待唐老师身体好了后，我就信心百倍地投入到事业中去。在唐老师治病过程中，我学到了很多知识。我想，二姐的知识比我多，能当大学的教师，各方面都是我的师表啊！这是内心话，请唐教授指正。"

他们谈论了一番便休息了。

第二天，三人去了治疗中心，唐丽交上日记表，进了治疗室不久就出来了。工作人员告诉她再做两次后要进行检查，做涂片，要有思想准备。现在看效果非常好，以后活动可大致正常，但不宜太剧烈和过累。男女仍应隔离。唐丽说："这病只要治好了，以后就是不能过性生活我都情愿。"工作人员说："那倒不一定。"

回到住处，唐丽说："我被解放了。一个多月来，我虽看着和常人一样，实际身在囹圄，还有两个狱卒监视着。我被遣送到首都的高级监狱，心早已死亡了。今天的好消息，宣布我无罪了。我要登上长城，重新认识大地和蓝天，重新做人，再做奉献。我现在深感医学奥妙无穷。我被判了死缓，当时真不想活了，让别人为我受煎熬，我也活受罪，那活着还有什么意义！"郎立学说："我们是医生，知道医生之责。医生的技术不是跟前人学来的吗？医学在不断向前发展。受某些条件的限制，有些新技术不可能一下子推广开。唐老师这次病的治疗不就是这样吗？在琼医附院就还没应用这种技术。对病的诊断技术也是一样，经验丰富的医生能发现疾病的苗头，做出早期诊断，进行早期治疗。学到这些经验很难。唐老师的病早期没感觉到异常，等觉察出来就是中晚期。我们干医的还这样，何况非医务人员啊！如感冒了，有的人一治就好了，甚至不用药喝点姜汤就愈。有的则越治越差。单是感冒的学问就不少。祖国医学的辨证施治是非常高明的，不死搬硬套。同一病，对甲用的方法，不一定适于乙。这不仅是祖国医学的独树一帜，也是一个中国医生应知的重要内容。"郎立学和唐丽又谈论了一些医疗实践方面的感受。

唐丽说："要是痊愈了，我要重新学习，以新的战斗姿态上阵，开创工作新局面，决不信口开河，对病人不负责任乱说一通。千方百计为病人想办法。我这还幸亏来这里，医务人员用新技术给做了精心治疗，才获得如此好的效果，使我无比感动。"唐华听了后说："快休息吧，明天到天坛公园玩，后天再去登长城，做一个好汉，品味一下好汉的滋味。"

第四十章

三人到长城 病愈创奇迹

　　治疗后第三天，三人搭乘去长城的旅游专车，经昌平到八达岭，路过的一个路口处还有李自成跃马佩刀的雕像。路上可观看詹天佑设计的用助力火车头翻越八达岭的"人"字形铁路工程，感受他的独创精神。

　　长城工程浩大，与山岳同辉，与大地共存。中华民族创造的震惊世界的万里长城，令观光者无不惊奇。这是堪与埃及金字塔比肩的世界上最辉煌的古迹。它东起山海关，西至嘉峪关，绵延万里。看看这伟大的奇迹，那巨大的砖块，不知古人如何制造和垒砌。那时，没有现代化机械，全凭人力，其难度可想而知。孟姜女哭长城的故事可以说明，当时人们为了建长城，不知付出了多少生命的代价。今天人们来观光这一伟大奇迹，从深谷爬上长城，都无不气喘吁吁，全身汗流。唐丽想，今天的长城是用古人的尸骨砌成的。

　　三人来到长城脚下，郎立学和唐华将唐丽安排在一排椅上，叫她哪儿也别去，还给她买下些吃的喝的。还带来一块大浴巾，可铺下或坐或躺。

　　郎立学与唐华带上水和两个苹果轻装上阵，向长城进军。一路上坡，越走越陡，不久二人累得汗流浃背，上气不接下气，唐华简直走不动了。郎立学便拉着她一边鼓励一边跟着大家走。走几步停一下，但只停很短时间就继续走。唐华的脸色发黄了，看着非常吃力，郎立学便拿出汽水让她喝几口。又取出一个苹果，用小刀切开让她边走边吃。这样吃点喝点，也许适应了，她脸色不那么可怕了。她自己也觉好些了，行动就快了，让郎立学也感到了些许欣慰。在郎立学的心里，来长城负担挺重，姊妹俩一个生病，一个身体娇柔虚弱，若不细心照顾，有个三长两短，真吃不了兜着走噢！看着唐华有所好转，他便高兴起来。

郎立学扶着唐华行进。看路程已超三分之二，二人便在一歇脚处席地而坐。郎立学忙取出手帕给唐华当坐垫，唐华拒绝，也席地而坐。郎立学将一个苹果切成一小块一小块的给唐华吃。她有点好心情了，说："苹果是旅行的好伙伴，既解渴，又充饥，一举两得。我每次无论从家到学校，还是现在从自己的家到娘家，或到外地出差，什么东西也不太要紧，主要带上几个苹果。可能有时仅吃一个，也感到很好。尤其是又累又渴之时，啃几口苹果，马上就不渴也不累了。"郎立学看她有了劲头，便继续向上行进。

唐华感慨地说："说实在的，你还真有好汉的味儿。"郎立学说："男子汉理所当然要成好汉。女人要成好汉可不易。女人到了长城就成为女汉子，女英雄，成为穆桂英。"这么一鼓励，唐华还真的上劲了，开始高谈阔论起来："每登上一阶，每上一段路，就是胜利，看看长城就在眼前。一个个的城垛，蜿蜒起伏的巨体，如一条在蓝天白云间腾空的巨龙，头伸太平洋，尾翘昆仑山、喜马拉雅山。"郎立学听着唐华如此豪情出语不凡，也叹前人的成绩何等辉煌。不知如此浩大、依山而建的工程蓝图，人们是怎么想象出来的，说明古人智慧非常。由蓝图再变成现实，人们付出了巨大代价，不少人献出了生命，可如今只能作为古迹供人观光。

二人踏上长城，行进在内外檐墙间的人行道上，顿时有上了天的感觉，距太阳近了许多，天也大了好多。站在长城上低头一看，长城矮了许多。二人说："我们现在是骑在巨龙背上，要去东海、太平洋。长城啊，是我们伟大祖国的象征，是中国的魂，我们站在你身上，就是在祖国怀抱里，感到无比幸福、光荣和自豪！"他们振臂高呼："爱我中华！爱我中华！"二人狂欢了。"我们是龙的传人。作为中国人，我们感到骄傲！"唐华满腔喜悦，精神恢复正常，豪言壮语，尽情抒怀，一吐为快。

唐华叹道："不知起过多少次意想来长城，却未能如愿。今天实现了，心满意足。这长城在历史上起过多大作用，却无人知晓。据说李自成打北京久攻不下，以后是从这八达岭攻入北京的。当时守军依赖长城险要难攻，布军少，才成为弱点，李自成一夜之间即直入京城。山海关真是一夫当关，万夫莫入。明末守军吴三桂，倒戈一击，引清军入关，推翻了明朝。"

郎立学说："唐华，你这样在课堂上讲，肯定学生都愿听。你这落地有声的铿锵壮语，一定感动不少人。"唐华说："我还是学生时，就喜欢学老师在广场上、在河边、在原野、在大海岸边大声地朗读诗句和文章，练习语气、语调、语音和说话的表达能力。"郎立学说："你多么像是演员演戏！"唐华说："教师也并非那么神秘。"郎立学说："医生也一样。不会看病的人学了就会了嘛！谁人无师呀？就是木匠，也是名师出高徒。咱到此足矣，别处就不去了，唐老师该在下边等急了。"唐华说："是啊，差点把她给忘了。我们能踏上长城就是好汉了，没有必要再走太远。咱也没相机照个相作纪念。咱把它留在心中。我们有幸相伴登上长城，要永远记住这一天。"

二人又手拉手肩并肩地下山来。人言道，上山容易下山难。下山虽费力小，但要小心翼翼，防止下得太快收不住脚，特别是在下陡坡时。上山和下山的人差不多，在狭窄处，上山的都先让下山的人走。为了让人们步行到长城，来的车都停在较远的地方，即使下到平地，也还得走一段。

二人下来便寻找唐丽的身影。唐丽很守约，如画地为牢，死守在那里。唐丽看他俩回来了，便说："怕你们找不到，我就没动地方。其实，山上的长城就在眼前，上去看和在这里看没多大差别。我能到长城根也就心满意足了。我想，同我一样久盼来长城的人不少，我们算极幸福的了，多少人都到不了这里。"三人会师，都很高兴。姐妹拥抱在一起，郎立学又拥抱着她俩，三人热泪盈眶，兴奋成一团，好久才放开。

唐华说："姐姐如此守信，给我们树立了榜样。"唐丽说："我之所以如此，一是保护自己，二是你们容易找。"见路边有许多卖纪念品的就前去买了长城模型，每人一件，做个永久纪念。按旅游路线的安排，他们接着去游十三陵。

十三陵处山中平原，周围群山环抱，山上与平地都是翠绿松柏。一看就觉此地非凡。每一陵都是一位去世的皇帝墓。偌大的墓地，墓前有石碑，碑前有长长的甬道，甬道两侧是石人、石马、石狮、石象、石驼等石像生，左右对称。再前是碑楼，为宫殿式，金碧辉煌，气势磅礴。进陵园的神路还有石牌坊，是全国最大的。另有服务人员的居房若干。整个陵园，遍地参天松柏、灌木、绿草、鲜花，百鸟争鸣，处处绿荫，空气清爽，是不可多得的风景区。有一处发掘的陵墓可以参观，但三人均未进去，仅看了外景。

郎立学说："皇帝生前享尽荣华富贵，死后还享受如此阴福。皇帝可任意占有国家财富，平民则饥寒度日。"

车子快速回行。有旅客问回去走的路线，司机答怎么来怎么回，在哪儿上车还在哪儿下车。

下午四点半，三人回到住处，都非常高兴。唐丽精神状态良好，宏伟的长城给了她无限的精神力量。她高兴地来到居室，才觉疲劳。但这是一次大的身体考验，外出一天，饮食不按时，质量也没有保证，躺下休息也无合适的地方。郎立学赶快给她倒上了一杯牛奶喝。唐华则先自己清洗一番，轻描淡抹一下，并要唐丽也讲讲卫生。然后烧了一壶水，冲上茶约郎立学饮起来。休息后，郎立学去食堂买来些稀饭、馒头和油饼，唐华做了葱炒鸡蛋、清炖豆腐、凉拌黄瓜和一碟火腿。四个菜一放还很像样子。唐丽躺了一会儿，疲劳有所缓解。唐华启开红葡萄酒，让各人喝了解乏。唐丽仍然不喝，只有郎立学和唐华对饮。饮过几杯，情绪即兴奋起来。因治疗比预计好，都为她的治疗取得阶段性胜利而干杯。望唐丽乘胜前进，争取彻底胜利。

郎立学想："将来靠山不倒，自己就不倒，希望未来会更好。对自己的事，卫生室的事，尚未和唐丽说，她还不知道。叔的病正在治疗中，若一治就好，那就更好了。"惦记起家中老小，他的兴奋劲有所降低。

唐华发现郎立学的情绪有所变化，就问："小弟，是不是又想起她来了？"郎立学说："是啊，两人相别怎么不思念呢，一思念就难受。"一说起思念，自然各人的思念之情都浮现于脸上。唐华竟然泪流簌簌。

郎立学即说："我们都别去思念他们。我们现在是一个集体，是一个新家啦。我们今天的团聚很不容易，也很有意义。尤其二姐听说大姐在北京治病，立即千里迢迢赶来陪护。过去因工作忙，长年不得相会，今天唐老师的病已基本治愈了，所以现在我们应高兴才是。今天还游览了长城，实现了这一夙愿，更值得庆贺。"唐丽深感其情。唐华说："郎医生说得好。大姐正在治病中，且有好转，应该高兴。"各人一边吃一边喝，无拘无束地闲谈，谈得非常惬意，很开心。外出一天，风吹日晒，休息不好，回来稍事休息，就一切恢复如常，足见唐丽的病情基本好转。

唐华说："晚上休息，哪儿也不去了。"酒足饭饱后，各人都躺下休息，默默无语，想着自己以前的事。黑夜像一个厚厚的蒙古包，将仨人严严地罩着。唐丽的治疗费时很少，其余时间便是玩，玩得也挺痛快。唐丽的生活、体质都恢复了，检查取得阴性结果，为了巩固疗效，又加上两次治疗。

十多天也迅速而过，给治疗的军医和他们三人讲："治疗可以结束了。两三个月后进行身体全面检查。若无阳性发现，就不用再治疗了。"三人对军医表达了感谢之情。

杨博海和唐伟赶来办理离开的手续。他们请人做了两面锦旗赠给治疗的军医部门。一面上绣着"军民鱼水情"，另一面上绣着"妙手回春"，赠送单位写着"琼岛外贸公司，某年某月某日"。在临告别时，军医们都热烈送行，但拒绝留影纪念，他们认为治疗工作是应该做的，只要将病治愈，比什么都好。总之，就是一切为了病人。军民亲切依恋告别。

杨博海带着大家到天安门前留了影，后去买了五张飞琼台的机票，他心里非常高兴。唐丽是个实际上判死缓的病人，经过一个多月看似很简单的治疗，却取得了理想效果，真是创出人间奇迹。所以，此次破费点，也是对来陪护人员的体面性谢意。在去机场的专车上，杨博海哼起了《年轻的朋友来相会》，唐华则唱起"花篮的花儿香，听我来唱一唱，唱一呀唱……"唐伟也不示弱，唱起了"红军不怕远征难，万水千山只等闲……"表达了胜利的喜悦，什么疾病，什么愁云，都被铁扫帚一扫而光。犹如暴风骤雨过后，晴空万里。

郎立学想了想自己不会唱，也不会说，只觉得自己出了不少力，对人无愧，医生的本职就是为人民服务。无所求也很好，但觉得自己家中一大堆的事，将来路怎么走还没定，叔的病也一直挂在心头，放心不下，一种悲情降临，眼泪簌簌。一时无法控制。杨博海问为何如此？郎立学说："我高兴得太过了，激动得流下喜悦的泪来。刚来时看着唐老师愁云满面，少言寡语，饮食无味，成天长吁短叹，我心中非常难过，也流过不少的泪。今天看到唐老师痊愈了，从心眼里感到激动。"郎立学本想说说自己卫生室的厄运，又感到说不如不说好。事情有自己的规律，看其如何发展。但心中仍是一片茫然，不觉依旧忧虑重重，自己也就不再言语，只听他人欢乐的歌声，享受快乐和幸福。突然他想起一首歌，便唱"我是一个兵，来自老百姓"，唐华说："这首歌还有点战斗性。"郎立学说："我是一个小卒子，但我感到最喜悦和最自豪……"

正说着，车已到机场，他们很快上候机楼办理了登机手续，通过了安全检查。

郎立学第一次尝到乘飞机上蓝天的滋味，心里特别高兴，自觉比坐汽车还稳当。从舷窗向外望，看到蓝天白云如山岳，奇形怪状如万马奔腾，又如海涛汹涌，瞬间即逝。好像天格外蓝，阳光格外强。突然又像是汽车一样地颠簸一下。空姐马上讲："请大家系好安全带。飞机遇到一股旋涡气流，不用惊慌。"飞机在万米高空航行什么也看不见，只是蓝天苍穹。郎立学想，这就是上天的真空境界。看看满机的乘客，都是白领人士，仪表文雅、西装革履、不言不语的文化人居多。大概都在冥想自己乐意想的事和梦吧。不知不觉，飞机已降落在琼台机场。

空姐讲："旅客们好，琼台机场到了，请准备下机。"机舱门开，乘客依次出舱下机。唐华一出机舱就感慨道："我美丽的故乡到啦！家乡真好！蔚蓝的天，巍峨的青山，高楼绿树的城区，勤劳的琼台人，创造了这座美如画的城市。"唐伟说："这次飞行真平稳，好像一点感觉也没有。不仅是身体的享受，更是精神的享受。"

走出机舱，回顾那庞大的飞机如高楼横卧。飞机已成为现代生活重要的交通工具，机场内已显得拥挤。

杨博海叫了出租车，大家上车后他说："先到老母亲家，叫老人看看她女儿病好了的样子好放心。尤其唐华也来了，大家一定很喜。"

到家一看，老母亲正在料理家务，见到自己的女儿来了，笑得抿着嘴。看到大女儿的脸色又白又红润，她就问："你这是好了吗？"唐丽说："妈，我的病已经彻底治愈了。"老太太喜得笑着说："那可好了！"

唐丽从兜里取出一尊小佛像给她妈，说："这是我在北京的北海公园为你买的纪念品。要学大佛的精神，终日笑哈哈，大肚子不是吃饭多，而是说明有宽容大度的胸怀，不为一点小事就不快乐。天天看着它就无烦恼。北京有许多名牌商品还是咱琼台的，无论吃的、穿的，我都没买。咱家乡的很好，在那儿买，一是贵，拿着也不方便。"赵坤玉说："闺女呀，我早就想通了，咱这里的东西，比哪儿的都好。你的病好了，就比什么都好。我看着我这个苦命的孩子，不但病好了，又回琼台工作，离家近了，常来家看看，我就心满意足了。"

唐华说："妈，你现在身体很好，我心里非常喜。我看北京的烤鸭全国著名，我给你带来一只，咱今天就品尝一下。"赵坤玉说："你每次从南京回家，都把南京的鸭带给我吃。北京鸭只是很出名，其实和南京的鸭也只是做法上不同。这就叫吃个名堂。我想，只要你姐妹俩在家多住几天，做个家常便饭吃就很好，也不求什么名堂。"唐华说："妈，我可不能多待了，我在北京就超假了，我本想从北京直接回南京去。"唐伟说："还是回家来看看妈好，机会难得啊！"杨博海说："唐丽的病虽然治好了，但还需要再休息一段时间，我想叫她回句山休息一下。身体没问题了再来上班。上班也不忙，管管账和物资什么的。"唐丽说："我不休息了，上班就行。要不就和妈在一起，愿意吃什么就做什么吃，不就很好吗？我在这里长大，乐意上哪玩都行，多自在。和妈一块儿走走逛逛，就快乐无比。这一生病，一说句山心里就够了，哪儿也不如家里好。"杨博海说："好，就尊重你的意见。待身体恢复了咱再搬家。那我们到饭店吃午饭去。"

郎立学说："我下午回去。唐老师的病治愈了，我打心里感到高兴。祝唐老师的身体越来越好，能重返工作岗位。我也想从北京坐火车回家，又想我是和唐老师一起上的北京。那时她身体很弱，现在很好，再一块儿和老师回家，也算是做事有始有终，和大伙共享凯旋的喜悦。也托杨经理的福，第一次体验到乘飞机的感觉。太感谢杨经理对我的厚爱了！"唐丽说："我这次去京治疗，郎医生丢下家中老小长时间陪我，我真是过意不去。你将我这月工资捎回家去用，你又没有正式工作，卫生室又不景气，生活困难较大。咱吃过饭你就坐车回家吧。谢谢你的帮助！将来去琼岛看看能否找份合适的工作干。"说着，她把钱交给了郎立学。杨博海也说再给他俩，就掏出一沓钱来给他。郎立学说："我要一份就不少了，不能多拿。你们的工作还没就绪，在外治疗又花了不少钱。"杨博海说："钱是人挣的，有钱就花。好吧，我们早去饭店。饭后各人都有事。老娘也去，这是一次最好的喜宴，咱庆贺唐丽的病好了。"

在一个很整洁的饭店里，一家人用过午餐。因下午各人要去工作岗位，仅喝了不多的啤酒。唐丽和老太太与唐华回家，郎立学直接去了车站。

第四十一章

舍己助人好　自家难收拾

　　郎立学乘上火车，心早已飞到家中，叔的病、卫生室和自己的命运连在一起。来到句山医院一见付丹香，他先说了唐丽的病已治愈，从北京乘飞机回的琼台，现在在她娘家休息，又问："叔的病怎么样了？"付丹香阴着脸说："这几天疼得明显，饮食越来越差。卫生室也不能用了，他姥爷气得吃不下饭，劝也不管用。"郎立学说："那明天早上不吃早饭，来检查一下胃镜和肝胆胰B超。我去和做胃镜的医生说一下，这就回家。"

　　郎立学把杨博海和唐丽给的钱交给付丹香，说治病用。付丹香说："先煮点面条吃了再回家去吧，赶到家两位老人心里不好受，你就吃不下去了。咱什么也别管了，先照顾老人吧！"

　　一霎，付丹香就端上一碗热乎乎的面条来，郎立学快看了一眼熟睡的小永平。付丹香说："先不用管他，他这几天很好，不用挂念。"郎立学吃着用香椿芽炝锅的面条格外香，又加上点醋和辣疙瘩咸菜，觉得家乡饭比外地的山珍海味都好吃多了，此饭情最深、爱最诚。为了早回家去，郎立学快吃了两碗面条，又喝上一碗汤。他推着车子去和李玉花说："姊子，我回来了，先回家去一趟。"

　　郎立学在路上用力蹬车，恨不得一步就到家。但由于多日不骑，刚骑上还不大顺劲。他想，一天来的变化太大了，上午乘飞机，下午坐火车，现在骑自行车。自己就应该骑自行车，飞机、火车都是暂时的。过了陡坡，他就想叔的病如果癌变怎么办。因他胃病多年，又不加控制。近期因卫生室的事受的打击太大，又受了人家的欺负，心理难以平衡。说是不管，可是事就硬往身上压，压得承受不了，还无处诉说。他来到这村人们只是用着了，买油盐酱醋烟酒日用品，非钱不能取，说明只是钱和物的交换。他计算得很准，账目很清，不差分文。人情关系，只有刻薄，说不上交友。老家也不常回去，人也淡漠了不少。处境可能很孤独，这也是病情加重的因素。只有快做胃镜检查确诊。郎立学又想，不管胃镜结果如何，手术是必须要做了。就是溃疡也得做手术。他满脑子里全是他叔的病。就这样不知不觉来到家。一进大门就喊："娘！"他娘一听孩子回家了，快到院子里迎接着。看着汗流浃背的儿子，她喜得咧着嘴笑，问："怎么一去就这么多天啊，你唐老师好了吗？"

郎立学告诉她大喜讯："她治好了，现在壮实多了。不过还得休息一段时间才能上班。俺叔的病好些了吗？"徐桂贞说："还是有点疼，他自己不注意，还爱生气。看着人家建商店，卫生室没法用了，就要去和人家拼命。我劝他别那么傻了，人家要建就建，权当没有那个卫生室。从建卫生室，光搭上工夫，亏上本钱。幸亏他种着地，收下些粮食，吃饭不愁。要不，咱饭也吃不上。不能用了也正好，省得白搭工夫。不过，你叔怎么劝也不管用。又爱喝酒，说是以酒解忧。可是越喝越愁，饭吃得越来越少了。"郎立学就快去看看他。他到付一农跟前问了好，付一农忙站起来说："好！"并问："你什么时候回来的？"

郎立学说："今天上午从北京坐飞机到了琼台，下午从琼台坐火车到云州，又坐汽车到句山，再骑着自行车来家。刚到家看你正忙着，就没过来。"付一农说："我听着你说话时，正是来人要醋和油，还有拿烟的，东西不多，就是算账找钱费事。"郎立学说："这几天胃口好些吗？"付一农说："也没觉着有大的变化，还是不想吃东西。硬强吃点也不消化，不解大便，肚子胀胀的。"郎立学说："药按时吃了没有？"付一农说："唉！我对药一点也不爱吃，想起来就吃一片，忘了就不吃。才吃了没几片药，觉得吃了也没什么用。"郎立学说："还喝酒吗？"付一农说："酒是不能不喝，一天两次，一次一小茶碗，比以前是少多了。"郎立学说："明天再去句山医院看看吧。"付一农说："还看什么？这么把骨头，不用费事了，快六十的人啦，紧着活干什么？"郎立学说："别那么想，这个家还幸亏你老人家支撑着。光靠我们俩不是饭也吃不上？还是明天上句山医院详细检查一下，有什么变化就快治。你上次住院，还不是把病治好了，这两年还挺好。现在有新情况才犯的病。"

付一农说："立学，你是医生，我听你的，查就查，看就看。我总觉着再查也没什么意思。这么个胃病医生看了不少，也一直没治利索。我对医生也半信半疑，你不知道有多少人在家不看，和去看的一样都是数日子过。去看也就是花几个钱忍忍疼，不叫人家笑话，子女算尽了孝。我看好多人就这么不清不白地走了算完。我这也没牵挂的了，你兄弟和妹妹今年初中毕业，要考上师范当名教师也挺好。"郎立学说："叔，你这么多年积攒成的病，不是几天就会治好的。咱先别管那么多了，今晚上光喝碗稀饭，明天早上不吃不喝，我和你到句山医院看看再说。这以后我就不出门了，先和你把胃口病治好。"付一农说："好，那就按你说的，先去看看。你娘和永平他娘都对我很好，很关心，我听你们的。"郎立学说："是啊，这就是和睦家庭，有事商量着办。"付一农说："我这个人就这个犟脾气，好说怎么着也行。呛着我干就不好接受。"

郎立学回屋喝了杯水，打开箱子看了看心电图机，从电灯线上接上电源线，试了试还可以，便先后给两位老人做了心电图。郎立学对俩老人说："都很好，放心吧。"

二老去忙自己的事，郎立学又用分规测量心电图上的各波高度和时间，并对照书本，用心研究。发现付一农的左心室电压高，他怀疑是高血压，便又忙量了血压，结果是 150/90mmHg，并解释说："按照标准是高血压，可先从低盐饮食开始观察一下，并戒烟限酒。因喝酒后心率加快，促进血压增高。天天如此，时间长了就容易形成高血压病。光靠药物，不仅要天天吃，一不吃就又升上去了。还会继发高血压性心脑血管病和肾脏病。"付一农一听，说："哎呀，活到这么大年纪就中了，还讲究这个那个干什么？人到世上来就为嘴忙活，凡人吃的就随便吃，讲些清规戒律干什么？把自己束缚着，全当牛拴在槽上，给什么吃什么。还是把牛撒在外边，想吃什么就吃什么，吃饱了就不吃了，到河边喝上一肚子河水，趴着沙河滩上睡一大觉，多好啊！我就什么也不想戒，还能活几年？就是活到八九十岁，啊，到百岁，要身子骨还好，活着就好，要是什么也不知道，啥也活动不了，就没意思了。全靠别人了活着就没劲了。"徐桂贞说："可不能那么说，人活着可不能光为了个人，还要为别人活。你看养儿育女，是为自己，也是为别人，还得为亲友，为国家。有收入得向国家缴税，甚至帮助灾区的人渡难关，捐物献钱。儿女长大成人，接受教育，到各行各业出力，这都是为人活着。我常听人说，地球是一个村，国不就是一个家吗？"郎立学说："俺娘说的在理，现代人生活范围扩大了，我们的眼光放远些，别光看着这几间房子和几块地。

要看到国家，看到世界。改掉不良生活习惯是一件好事，别当成束缚。做人还就是要有束缚。我们讲道德也是一种束缚，是自我约束。人不讲道德，无拘无束地胡作非为，不成为疯子了？"付一农说："你们都这么说，别说啦，戒是不行，酒少喝，烟也尽量控制可行了吧！"郎立学说："话一说就多了。明天去句山医院可要按规定，晚上光喝稀饭，不吃菜，早上禁饮食，用温盐水漱漱口，洗洗脸，换件干净衣服。这是可以办到的。"

第四十二章

胃镜诊胃癌　手术成短路

　　第二天，郎立学和付一农来到句山医院，和付丹香一起陪付一农做胃镜和肝胆胰B超检查。B超发现肝上有一小病灶，疑肝囊肿。胃镜检查发现胃小弯处有2cm×3cm的溃疡面，黏膜完整，有小的出血点，周围呈炎症反应。胃底部亦有0.5cm×1.0cm的溃疡面，分别取了活检样本。幽门螺杆菌测定阳性。付一农强忍着检查完，出来则恶心呕吐不止，吐出少许略带血丝的黏液。医生给开了一盒止血药。付丹香交费取药后，扶着她爹回家。郎立学将样本送到病理室，工作人员在显微镜下检查了后对郎立学说："有可疑恶性细胞，等三天后病理报告出来再说吧。"郎立学说："胃镜发现两处溃疡面，诊为复合胃溃疡，最好手术。"病理医师语重心长地说："那就早做，我看先住院，再全面检查一下心肺肝肾功能，有无转移性病灶，周淋巴结有无肿大。有肿大就做穿刺检查病理。"郎立学应了，便回家和付丹香讲了，她也无别的办法，只有同意，说："先让他在医院里住下，在内科住几天再请外科会诊说手术的事，这样好说话。要一下子住外科，不知接受得了不？"郎立学说："那倒也无所谓，要手术不如直接住外科省劲。反正要向他说明利害关系。手术比服药效果好，手术一次将病变切除，多省心啊！"付丹香说："那咱就和老人说说。"

　　付一农在床上休息了一会儿后，便呼噜呼噜地睡着了。二人看了，郎立学说："先让他睡吧，醒了吃点东西再说。"付丹香做好面条、鸡蛋汤，放上醋和香油，做好了就叫他吃上点，肚子里有了饭再睡也好，但老人确实睡得正浓，又不好意思叫醒他。突然永平醒了，开口就哭，将付一农惊醒了。付丹香一边抱孩子，一边叫爹起来吃饭。

　　郎立学忙将付一农扶起来，问："叔，现在好些了吧？"付一农说：

"好了。睡了会儿觉，觉得没有病了。"郎立学说："那就先吃饭。尝尝还热不？"付一农说："我这个人对冷点热点都不大怕，冷热都能吃。"郎立学用手摸一下碗，说："也还热，快吃吧。"一碗面条加上两个鸡蛋，显得挺满，付一农一看这么一大碗可够吃的，又用筷子挑出些来。付丹香一边让孩子向痰盂里撒尿，一边劝道："爹，多吃点，早上没吃没喝的，空着肚子肯定难受，还是一下子吃了吧。你好的时候不是吃这么两三碗吗？"付一农说："是啊，好的时候吃饱了也能再吃上这点。现在看着饭就不想吃呢。"郎立学说："人家说吃饭比吃药好。这就是说饭重要，越是吃不上饭，也说明病重了，降低了身体的抵抗力。"说着，郎立学往面条里又添上些醋，付一农接过面条碗，先喝了一口水，才又一口一口地吃面条。好的时候他吃面条哪是这个吃法，都是几口就一碗面条下肚。看出他的食欲差多了。但他还是勉强吃了。郎立学又给他盛上一碗面汤水让他喝点，他摇摇头说："不喝了，这就吃不少了。"

郎立学顺着他说："是啊，刚检查了胃，少吃也好。"便不再勉强，说："胃镜发现胃内有两处溃疡面，胃镜比胃钡餐透视清楚，病灶的大小、形态、深浅都看得很清楚，溃疡面上有小的出血点也能看出来。所谓溃疡，就像是皮上生了个破皮的疮。医生说，你这个病，吃药治，不如早做手术好，手术可将病灶全部切除，病切去了就算是好了。不知您同意不？"付一农说："我现在是听你们的，你们和大夫们商量着治。我又什么也不懂的，有了病请医生看，该吃药就吃药，该动手术就动手术，我没意见。要是病很重了，手术也没意义，就不用做了，连治也不用治。有多少人治来治去，花了不少钱，最后还不是人财两空？要是那样不如早回家等着，一年半载的就行了。"郎立学说："叔，您不用悲观，多向好处想，病治治就好了。"付一农说："我是不讲南（难）关北（悲）关的，讲现实，实话实说，光说好也没用。"

付丹香怀中的永平撒了尿，吃饱了，咿咿呀呀地自语着。

郎立学说："那我上门诊，叫大夫看看胃镜检查的结果，办下住院手续，上外科先住下。"他到住院处交上住院费，将住院手续送到普外病房办公室，安排好病床，回来扶着付一农去住下。外科大夫立即给做了全面检查。付一农住下即想起上次住院，引起了女儿和自己的婚事，这次不知还会引起什么事。可能没得引了吧！他一上床护士就来测血压、体温、心率和呼吸率。科里的值班大夫也来询问病史，做详细的体格检查。

颈、腋窝腹股沟都触摸过，未发现明显肿大的淋巴结。连他第二次结婚的事也问出来，问得他都有点害羞。又把胃镜检查结果要去，附在病历的后面。大夫给开了药。又化验外科血常规和尿便常规，大便匿血，肝、肾功能，胎甲球、癌胚抗原等。和郎立学说先用药治着，待病理报告出来后再研究手术方案。若病情属早期，要行根治术。

郎立学只是点头，看着护士要给打针了，才想起应回家和娘、姐及姐夫说说，商量商量，不能自作主张。当然住院是没什么问题，付丹香同意也就可以了，但他们知道并参加意见才好。

护士顺利做好静脉注射，看着液体顺利滴着就走了。郎立学对付一农说："你的胃里有一种细菌，叫幽门螺杆菌，是引起溃疡病的凶手，现在滴的药就是杀这种菌的。同时还服治溃疡的药，你的病就有治了。"付一农听了很高兴。郎立学想，总得提高他的情绪，让他乐观对待病情，配合治疗。郎立学刚从唐丽的治疗中得到启示，是先忧后喜。要是也和唐丽那样该多好啊！一滴滴晶莹的药液，如五彩缤纷的珍珠映入他的眸子，滴入付一农的心里。看着想着，自己也昏昏欲睡，突然头一点，把自己惊了一下，清醒了不少。一看那倒悬的瓶里液体已经很少，便去叫值班护士。护士接着来给换上了药。郎立学想这事自己也能干，但又不能干，这是责任问题，要分清责任，不能乱动。我的责任就好好看着滴液体，别让空气进入血管。现在自己的任务，就是陪护好老人，绝不可马虎大意。因叔叔可能很快就入睡。今天做了一生以来第一次胃镜，别人看见那根长长的管子往他嘴里插，都有点不舒服，他自己就更紧张。这种检查虽然安全，但在精神和机体上总有点刺激。郎立学的脑子静不下来，总是在想些事，不想想什么也还是想，心也跳得很快。

就在此时，付丹香端着搪瓷缸子来，想让她爹再喝点汤，看他正睡着，便说："可能太累，平时捞不着歇歇。可得好好歇歇了。"郎立学说："那我吃过午饭就回老家和他奶奶及姐姐说说叔住院的事。"付丹香说："行啊。你要累就在老家住一宿，省得他奶奶不放心。她一个人在家里也是让人担心。"郎立学说："要不就把那几只鸡送给姐姐喂着，把门一锁，叫娘也来这里陪叔也好。"付丹香说："她来陪很好，我们事多靠不住。"

郎立学回到医院的家，李玉花刚吃饱了饭，要去病房看付一农，顺便把郎立学换回来吃饭。郎立学说付丹香在那儿，李玉花便说："她还没吃饭，我替回她来。"郎立学说："我吃点东西就回老家去。叔今天滴两瓶液体，已滴完一瓶。"

李玉花到病房接了班，付丹香回到家，郎立学吃完饭便骑车回老家去了。

郎立学一路想着付一农的病，怕病情的预后不理想，一阵毛骨悚然，头脑发热，眼前一阵发黑，像是来了个黑人拦住了前进的路。他不敢前进了，快下车在路缘石上坐下。安稳下来后，他眼前的黑影逐渐消失，感到全身乏力。怕坐在路缘石上不安全，他便勉强站起来，把车子推到路边的地里，坐在干地上深深地喘了几口气，扩了扩胸，用双手推拿了几下后颈，又活动了几下四肢，闭目养了一会儿神，身上才好些了。他上路推着车走了一段路觉得一切正常了，又骑上自行车。到家已日近西山。

徐桂贞看儿子回来了，放下正在洗的衣裳，忙问："你叔怎么没有回来？查的病怎么样？"郎立学说："娘，查的病还是旧病，医生叫他住院治，能好得快些。他住下了，我才回家和你说说，省得你挂念。他的病你又不是不知道，与喝酒吃烟有很大关系。"徐桂贞说："谁说不是呢！有这两种毛病就容易生病。他得住几天？"郎立学说："这很难说几天就好了，一般得住个十天半月的。我和他娘商量着，还得请你去看着打吊针。丹香和婶子还得上班，又要照顾孩子，忙不过来。我还要这里那里地跑跑。别的就不用你管了。"徐桂贞说："家里就这几只鸡。"正说着她就眼泪汪汪的了。郎立学忙劝道："娘，你放心。现在医疗技术好了，这又是常见病，治疗效果好得多了。"徐桂贞说："光是慢性胃炎、溃疡病好治，要是那种病，可就要命了，治不治的没大有意思。"郎立学说："不是那种病，是溃疡病。"徐桂贞说："溃疡病哪里有住院的？"郎立学说："唉！开始我和付丹香认识时，他就是因溃疡病出血才住院的。"徐桂贞说："你看，这可又过两三年了。这几只鸡送给你姐养去，或是杀着吃了。家一锁，没什么值钱的东西。店的烟酒不知值几个钱？顾不得那么多。明天你上你姐家一趟。早上好拿鸡。"说着，她的情绪也稳定了些。

郎立学说："我想今晚上就送去，明天一早回城里。"徐桂贞说："那我早做点饭吃了再去吧。"郎立学说："我在城里吃过饭来的。"徐桂贞说："我一看你带你叔去城里查病，我心里就明白七八分，怕是很难治好。"郎立学说:"你放心,他的病由医生给治,你的任务就是要放心,吃好饭,睡好觉,去医院陪他。晚上由我陪着,咱娘俩替换着。"徐桂贞说:"他去了医院,我的心就悬着放不下来。咱家有他帮着才安稳了点。他干了那么多的活,受那么多的累。吃烟喝酒也是他自己挣的,也没花你们的钱。穿得也不讲究。要治不过来,说明咱没有福气。"郎立学说:"这些就不用说了,你快做点饭吃。"徐桂贞说:"这不,早上他没吃饭就走了,我也就看着饭不想吃。中午饭也不想做了,用开水泡了个煎饼吃了。这是他换下来的衣裳,上午用灰水泡到这才洗出来。"

郎立学说:"娘,家里还有菜吗?快炒点菜,煮上一锅饭,咱娘俩吃过饭,我再把鸡送姐姐家去。"郎立学下厨房一看,锅没盖,碗筷也没洗,乱七八糟的。郎立学忙整理一番,向锅里加了水,淘米下锅,点火煮饭。看还有几个比鸡蛋稍大点的土豆,他洗了,用筷子棱刮去皮切成丝。还有两棵半葱,剥皮洗净,切成小段。饭锅已沸腾起来,他便将火弄小。他往院子看了一眼,见他娘坐在小凳上抹着眼泪,心里便像是刀绞一样难受。这三年叔到这个家来,两位老人相互照料着,生活还算可以。他这一病给她打击很大,心里有些承受不了。郎立学煮好饭,炒好土豆丝,便和娘说吃饭。徐桂贞这才从悲痛中清醒过来,说:"噢,你已做好饭了,那我去炒个菜。"郎立学说:"菜也炒好了。"他觉着叫她自己在家也不行,不活动就会忆往事,对未来恐惧,产生悲伤。让她干点事,可干扰一下,不至于光去思苦。

徐桂贞来到厨房,尝了下儿子用油、醋炒的土豆丝,别有香味。娘俩吃过晚饭,把鸡一只只捆了,放入一只大纸箱。怕憋着鸡,郎立学用剪刀在纸箱上捅了几个小窟窿眼,用绳子牢牢绑在自行车后座上,又将轮胎打足了气,准备上路。他和娘说:"你早点关门睡觉歇歇,不用等我。"徐桂贞说:"你住你姐家吧,这一天也太累了,看你累成个什么样子。"郎立学说:"娘,你准备好明天去医院。捎几件衣裳就行,别的什么也不用带。"

徐桂贞应了,看着儿子推车出去,目送着他的背影远去,才回家把门关上。心想,付一农的小卖部里有什么值钱的东西,便过去一瞧,哎,就是点油、盐、酱、醋、大叶茶、丰收烟和多香酒,还有学生用的纸笔本子。便动手整理了一下,归类放到小货架上,将门窗锁好,待他病治好后再卖。平时,付一农在家还引人来买东西,那几只鸡在院子里东跑西奔的，也挺好玩，让小院有点活泛气。现在倒好，人住了院，鸡送出去了，家里只有寂寞和冷清。徐桂贞忽觉静得可怕。忽然那只虎头猫从北屋里叼着个老鼠出来，跑到南墙根下一个篓子挡着的地方玩起来了，徐桂贞难熬的寂寞才一时减少了些。

郎立学的自行车载着盛鸡的箱子，在不平的道上颠簸前行。鸡不住地吱吱叫，使郎立学也无暇思索，天又渐渐黑下来，只能集中精力蹬车，还不时给碰头的小推车让路。天越来越黑，人也越走越累，他便推车前进。人走黑路格外累，时刻小心翼翼，心越急走得越慢。还要不断回头看看箱子，累得他汗流浃背。终于来到姐家门前，大门已关上了。从门缝向里瞧，室内亮着灯，知道姐还没有睡，心就不急了。他把车停稳，自己站一会儿静静神，喘喘气。心想，来到这么晚，叫门怕惊着姐姐。可是已经来了，又不得不叫门，便轻轻叩了三下，自己也轻声咳嗽了一下。还是壮汉的耳朵尖，先听到了叩门声，和妈说有人叫门。郎立兰敞开屋门，站在门口侧耳细听。郎立学听到门响，知道她听着叫门了，便又轻叩了几下门，随着也喊道："姐，我从咱娘那里来。"郎立兰和壮汉说："你舅舅来了，快去开门。"娘俩开放大门一看，说："你怎么来到这么晚？"壮汉听着鸡在箱子里咕咕地叫，就问："舅，你怎么载了一车鸡来？"郎立学说："到里面再说吧！"

姐忙和弟弟把车子推进门，又把大门关好。郎立学将车放好，把箱子卸下，便在院子里的凳子上坐下来歇息。郎立兰忙问："有什么急事？这么晚了还来送鸡？快屋里歇歇喝点水。你吃晚饭没有？"郎立学没有回答姐的提问，而是说："你看这几只鸡把我好累，它一霎在这头一霎在那头，弄得车子没法骑。这是家里咱娘的鸡。"郎立兰问："那她不喂，怎么拿到这里？"

姐弟俩上屋里坐下，壮汉自己上床睡觉，郎立学把付一农住院的事讲了一遍。屋里的黑白电视机正播放着《西游记》，姐将电视调低了音量，说："叫咱娘去陪床打针，可要让她好好注意自己。陪病人往往心情不好。"郎立学也说："是呀，尤其是治疗效果差的病。要是溃疡病，手术治疗是可靠的。如果是恶性的，不论怎么治都不理想。但是我想不管什么样，都手术治。"郎立兰紧蹙眉头，说："那病不轻啊！"

郎立学说："没有办法，生病了就得听医生的，说是动手术，也无可奈何。这种病也没有更好的办法。属早期希望还大些，晚期也就半年六个月的熬。"郎立兰说："那就太可怕了,先别和咱娘说。看她这两年,有这么个伴,心里还算满意。人家不是说青年夫妻老年伴吗?那鸡先放在箱子里,搬到厨房,上面压上菜板,有狗看着门就没事。明天再撒出来和俺那三只鸡一起,就成一院子鸡了。"郎立学说:"我带来五只,正好和你的合起来八只。八是吉利数,发字好。我现在想能把叔的病治好,比什么都好。他现在是家中的顶梁柱,种地持家是把好手,真是老黄牛。娘心里很明白,说不重还能住院吗?先不和她说动手术的事好像也不行,不如早说好。我直接和她说过了。她一阵心里难过,不住地掉眼泪,不思饮食。我做了米饭,炒了土豆丝吃的。我来这里,让她在家准备一下,明天去医院。"郎立兰说:"我再给你凑合点饭吃。"郎立学说:"别忙活了,我喝点水,还得回家和娘做伴。"郎立兰说:"不用呀,老娘一个人在家也可以,吃点东西,住下歇一宿,明天早走。你好像从没住下过。"说着,她又拿了个鱼罐头,剩下的白菜炒豆腐,启开一瓶琼台啤酒,姐弟俩对饮起来。互敬互劝,不多时一瓶酒下肚。两人眼都喝得红红的。姐又拿来一瓶,劝道:"兄弟,多喝点,解解乏。再喝这一瓶算了。"

平时郎立学也就喝一瓶啤酒,再多便头晕眼花。郎立兰怕弟再喝要呕吐,便停下酒。她听说白糖能解酒,就浸上一碗白糖水。他喝了后有些好转,喝酒的速度也慢了。"慢点喝咱将瓶里的喝完就结束。"郎立兰说。

第二天,郎立兰做了香甜可口又有营养的饭,有海参、大虾等。三人吃过早饭,郎立兰将鸡放到猪圈里,喂了些食和水,带好圈门,整理了一下房舍。郎立学的自行车载着壮汉,郎立兰自己骑车,一起回到娘家。看到娘在流泪,郎立兰也流起泪来。女人的泪就代表着心声和一切,心里好像都明白,付一农的病预后不佳。

徐桂贞对女儿说:"我的命怎么这么苦?你爹死了那么多年,我好不容易把你们拉扯成人,找了这么个伴儿,他却又得这么个病!我怎么才好啊!"女儿尽量好言相劝:"别难过,病会好的。"可是老人有预感,肯定是不会好的。她开始收拾东西,自己几件衣服,付一农的几件,用包袱包好,可她尚未吃饭。女儿赶快到厨房点火做饭,很快一碗面条加两个鸡蛋做好了,可她还是不想吃。

郎立兰说:"你只有吃好饭,才有力量去伺候叔。人生病与自己的生活习惯有很大的关系。他烟酒不断,越是劣等货对人危害越大。好的用不起，劣等货便宜，用得越多，受害自然也越大。人家说贪贱吃穷人，又没有什么营养，对身体有害无益。长此以往，哪有不得病的。你就不用可怜他，他罪有应得。"女儿劝着，小外孙壮汉也在一边姥姥长、姥姥短地叫着快吃饭。徐桂贞看在女儿和外孙的面上，才尽力把一碗面和鸡蛋吃下去。又洗洗脸，女儿帮着梳了梳头，自己上下地看了个遍，好像要去看什么新对象一样。郎立兰说："娘，你打扮打扮，看来还挺年轻的。"逗得她笑了。

徐桂贞把屋门、大门都上好锁。郎立学用自行车载着娘去城里，郎立兰和壮汉回自己家。各人心里都载着沉重忧虑向前奔。郎立兰和壮汉吃力地行进。郎立学觉得载娘第一次这么重。感到人的力量不只是体力，更是精神和脑力的组合。他苦苦思索，用什么方法治好叔的病，保护好母亲，使俩老人健康长寿。二老应是享福之年，现在却遭遇这样无解难题。他冥思苦想。一边是体力的付出，一边是脑力的暗耗，使他越发感到乏力。想想当年与付丹香一车前进时，真是春风得意马蹄欢，心花怒放，是那么轻松愉快。现在真是春秋之别，母亲在车上只祈求神灵保佑。因脑子也无空想别的，也就不言不语，静静地待在车上。车到高处，郎立学把车停下来休息。

徐桂贞说："我该去坐汽车的，看把你累成什么样！"郎立学满脸是汗，精神不振，勉强说："没事！"徐桂贞说："昨天你载你叔去的，今天又载我去，看咱家的日子怎么过的呀！"郎立学说："娘，你不要想太多，我这年轻的载你一点也不累，主要是晚上没睡好。平常只为别的病人考虑，怎么得的病，什么症状和体征，做哪些检查容易看透症。还得考虑病的性质、轻重，病程的早期晚期和治疗方案等。轮到自己的头上就更费脑筋了。想来想去半宿过去了。"

徐桂贞说："俺不会动那些脑子。人就是听天由命，有病治病，治好了很好，治不好，就是寿限到了。该睡就睡，不多想，多想也无用。"郎立学歇过来了，看出娘也不是太悲观的人，说："娘，咱走吧。"徐桂贞上车便说："他生病我陪，尽我的心，尽我的力，以后有个三长两短也好说话。"郎立学听后对母亲的担心减了不少，觉得母亲还算是心宽的。

到了医院，娘俩先去付丹香的居室看看孙子。来了一看，李玉花正给永平喂饭，徐桂贞看着小子胖了不少，觉得他长得真快啊！看永平吃饱了，徐桂贞快接过来抱在怀里，高兴地说："在这里，幸亏你李奶奶帮着，省了我不少事，叫你李奶奶受累了。以后要好好孝顺你李奶奶。"李玉花说："嫂子真会说，咱是一家人，分什么你和我。"徐桂贞说："你这才是真会说呢！也是啊，我们现在是一家人。孩子他妈看他姥爷去了吗？"李玉花说："今天早上大夫查房，说需要动手术，他姥爷还怕手术，说要手术就回家。孩他妈再三劝，才拉着住下了。"徐桂贞说："那我们先去看看。"

连口水也没喝，娘俩便上了病房。俩人一看，护士正给付一农注射静脉针，父女俩都眼泪汪汪。看着他们俩来了，付丹香便说："娘，你也来了。刚才他姥爷还念叨你，大夫来说他姥爷需动手术，要征求你的意见。我说咱听大夫的，别人意见都不重要。娘，你俩来了，我先回去。"徐桂贞点头让她回去了。

徐桂贞对付一农说："是啊，他叔！咱得照大夫的意见，该手术就手术。现在手术很安全，不用怕，不用担心。人家做手术的，都说不知不觉地就做完了。"付一农说："我想你接我回家去，不手术。你还主张手术。"徐桂贞说："你回家去，我也接不了你。我是孩子接来的，来就看着你做手术。要不做手术，也就不用接我来。"付一农说："那还是请你来给我做手术的。"徐桂贞说："你这是什么话？你手术后，我得给你端茶倒水伺候。孩子们都得上班，靠不上啊！"郎立学说："好啦！你安心治疗，叫俺娘来就是照顾你。他妈又得上班，又得照顾永平。俺娘白天在这里，晚上我来照顾你。就这样安排吧！她们还得准备一家人吃饭、送饭。咱全家齐心协力，坚持十来天，你的病就彻底治好了。"付一农的脸上总算现出一点笑容，说："要是和你说的那样，就是半月二十天的我也能待。"

护士打完针出去了。徐桂贞对儿子说："我在这里，你去忙吧。"郎立学说："娘，你主要是看药滴得顺不顺溜。叔要上厕所时，你要举着药瓶，别让针头掉出来啊！看药快滴完了，你按一下呼叫器，护士就来处理。"徐桂贞说："这些事我都知道。"

郎立学到了医生办公室，向医生询问付一农的病情，是否需要手术和预后等事宜。一位中年医生和蔼地向他介绍说："从各方面的情况看，该病人无论手术或保守治疗，都不很理想。但应手术，手术是主动的。有的人把转移的淋巴结切除，生存年限明显延长。保守治疗，对整个身体影响很大，恐怕他承受不了。采用何种方法，还得等病理报告结果出来再定。手术需准备四百毫升血。先检查血型。今天下午就查出来。"郎立学说："好，谢谢大夫。我们等消息。"

郎立学夫妻俩在家看着永平，李玉花去上班。她虽有时迟到，西彩红班长也理解。她知道付丹香的父亲病重住院了。

夫妻俩郁郁寡欢。付一农的病势，好像赌桌上押宝，只能等到开宝才知分晓。他们只有耐心等待。他们想："天啊！应赐福我们，我们是苦命人，现在的家里，他已成为重要成员，怎么会病倒不起呢？每天的生活必需品起码也得十元左右。上班和陪护都得好好安排。必要时，让姐也来值个班。人生怎么这么些事来？"

付丹香看菜、米和油盐够几天用的，熟食和菜临时买即可。郎立学决定先去买粮油。他出去不久就载来一袋大米和一小袋面粉，还有三斤油。郎立学觉得办事无人商量，姐夫又不在家，便想到了外贸公司的守门人宋如堂，和他还能说个心里话，他是读书人，谋略也多。他看表才十点，便与付丹香说出去一趟，就来到外贸公司。宋如堂正在忙着炒西红柿，见郎立学来了，便起来迎接。

郎立学说："宋老师，你这正忙着自炊啊？"宋如堂说："正巧我做个菜咱俩喝几口。"郎立学说："不行，我现在大事压身，不能喝。"宋如堂问："什么事压身？"郎立学一五一十地说了付一农生病的事。

宋如堂听了，若有所思地说："这有什么压身的。人有生就有死，这是规律，谁也不可能违背。既然得了这种病，只有尽力救治。若好了，大家皆大欢喜。若治不过来，心中无愧，就放下包袱接着过日子。现在该吃就吃，该睡就睡，尽管高枕无忧。事到十必，只能听天由命。先犯些难为也没意思。对病人只能尽最大的努力救治，一样能治过来。要做好各方面的工作，从生活的细处照顾好他，让他感受到家人的温暖，树立活下去的信心。不论病人或我们健康人，信心非常重要，有信心就有勇气和力量。人在难处，要集中精力办一件事，其他事都应暂时放一下。家人团结一致，有序分工合作。你现在家中老的老，小的小，能顶事的就是你两口子，病人靠你们俩，家中生活也靠你们俩。这种情况下一定要保护好自己的身体，不能光顾病人不顾自己，一旦累病一个就更失策了。尤其小孩子，更要注意爱护，防止小伤小病，保证小孩子的安全和营养，这一点很重要。哺乳期妇女因情绪变化，奶可能减少，甚至断乳。一定让孩子妈妈的情绪稳定，饮食跟上，保证乳汁充足。任何一个家庭都有可能遇到这种情况。你经事还少，要稳住不要急躁。对预后要有两种准备，一种是治好，这是万幸，求之难得，是受了累有成果的。万一不幸，也得受着，应无怨无悔。不要过于伤心和悲痛，要振奋精神。立业成家是长期的过程，如同把小孩培养成人。"郎立学听了宋如堂的话，觉得宽慰了许多。

宋如堂用糊糊泡着煎饼吃得还很香。几条辣疙瘩咸菜，一碗西红柿，用牛眼大的酒盅，倒上多香酒，品得有滋有味。他请郎立学喝，郎立学摇摇头说不能喝。又递给他个煎饼也不吃。郎立学报歉地说："宋老师，你讲给我听了，就已经足够了。人在困境中，有人能给指出个方向是很宝贵的。我也没别的给你，待我过去这段难关，一定来报答指教之恩。"宋如堂说："不管怎样，碰一杯，以示亲近和友谊。"宋如堂一手端一个盅子，两盅一碰，把一盅递给郎立学。到这个份上，不喝就不给面子了。郎立学很感激地接过酒盅，一饮而尽，说："宋老师，祝你幸福！"宋如堂则祝他顺利过关，并敲根咸菜条叫他压压酒。郎立学看着宋如堂酒足饭饱了，为让他好好休息便与之告辞。宋如堂目送了很久，直到看不见了才慢慢收回目光。

郎立学怀抱真经，心里有了主心骨，像自行车刚充了气，蹬起来轻松了不少，一会儿便来到了家。付丹香已做好饭，李玉花也下班回家。付丹香盛上饭和馒头要送去病房，郎立学接过来要去，李玉花也争着要去，说要接着去看看住院的。郎立学便将饭递给李玉花，嘱咐她早点回来。郎立学看着李玉花忧郁的脸上飘浮着一片愁云，他心里也升起一股伤心烟雾，如在热锅上一般缭绕翻腾。

付丹香问："郎立学，你上哪儿去来，怎么才回来？"郎立学说："我到了外贸公司，和那位看大门的宋老师说了说，他给提了些建议。一要好好照顾住院的，二要有序安排工作和生活，三要照顾好小孩和老人。要咱注意自己的身体，不能顾此失彼，只管病人，不顾其他。要齐心协力，共渡难关。"付丹香说："你取的经很好，我们就照办。你可不能再出去不管家了呀！"郎立学也觉得付丹香说的在理，便随声附和道："应是。前几天外出是为了咱好友的病。万没有想到他姥爷的病发展得这么快。我一定哪儿也不去了，全身心为老人治病，尽心尽力。咱也不去找以前的不足，心往一处想，劲向一处使，不拉横杆，就一定能办好。"说了一通之后，二人吃过午饭，郎立学和付丹香与永平到原郎先卫宿舍休息去了。

李玉花与徐桂贞都十分忧伤，默默期盼付一农："快治好了吧，这个清苦的男子汉呀！"病房里，付一农在输液，徐桂贞用匙子一口一口地给他喂汤，李玉花则一口口地给他喂馒头。付一农为这俩女人对他真诚爱护而高兴，无论喂汤还是喂饭，都配合着一口口吃下，脸上泛出幸福的微笑。他已高兴得像病去了许多，轻松愉快，食欲大增。入院以来，这顿饭吃得最好，吃的是真情，觉得比蜜还甜。徐桂贞用餐巾纸给他擦了口面，他感到从未有过的幸福。三位老人相互传递着爱，虽互不言语，三人却一心。二位老妇看到付一农爱吃，都感到欣慰。

各人舒畅地吃过午餐，李玉花叫徐桂贞回去歇歇。徐桂贞则说："你回去歇歇吧，下午还得上班，你太累啊！我在这里，液体滴完就能歇着了。你放心，这还累着人了吗？又不是干活。是不，他婶子？咱这些人成天受累，就不知道累了。看着打针就是休息啊！青年人好动，坐不住，我们就觉着舒坦。你快回去歇一歇，好上班干活。"李玉花说："永平他姥爷，要安心养，很快就好啦！有他奶奶陪着你多好，这就是享福！我回去啦。"付一农说："你快走吧。我住院治病，还说是享福！怎么，咱俩换换？"李玉花说："你同意换，嫂子不同意。"徐桂贞说："快走吧，又多嘴了。"李玉花说："有嘴就得多。"李玉花故意甩手扭臀地走出了病房。

付一农说："你看你们全当俩喜鹊，叽叽喳喳地叫了半天。"徐桂贞说："你有两只喜鹊喂饭，才美得你不知姓啥了，好像一点病也没有了。"气得付一农把头一扭不吭声了。

徐桂贞看瓶里的液体不多了，按了下呼叫器。一位护士又拿来一小瓶换上，说这是瓶氨基酸，是液体馒头，增加营养的药。徐桂贞一听是什么酸，想这老大年龄了还会酸吗？越打不越酸！她不经意地说："老人还要什么酸呀！"护士解释说："这药名叫氨基酸，不影响人的酸碱度。"

徐桂贞注视着每一滴药液的滴入，心中默默说着："快叫他好了吧，这个人命苦啊！自己带着大闺女和一个小子，三口人来我家。人家说他用一个大闺女换了个半老婆子，真傻啊！幸亏他不介意这些碎言乱语，但也总是感觉不痛快。卫生室偏又出了乱子，确实让他接受不了，且又步步逼人。气不但不能消，反而越来越大，使病也越来越重。现在我不好好照顾他，还有谁是照顾他的人啊！"心中的思绪，也如水波涟涟，不断延伸着，像这连续的药滴，冲击着徐桂贞脆弱的心。付一农在一阵鹊叫凤舞之后，可能是兴奋后抑制，呼呼地睡着了，药液滴得挺快，也无反应。徐桂贞看着吊瓶里的药液将要滴完，又按了下呼叫器。护士看着输液管里的药液快没有了才拔针。付一农上厕所回来，老两口儿一人一头地睡了。直到付丹香送饭来，才把他俩叫醒。

二位老人吃着饭，在晚辈面前竟不说一句话。二人吃饱了，付一农说："以后上午打着针，送饭来吃，早晚我下去吃就行，不用顿顿送。"付丹香说："也行，早晚时间不紧，回家去吃自由点，送总是不宽余，缺这少那的，像小菜就不能带来。在家愿意吃什么，现做也来得及。"徐桂贞说："可以走回去吃，还证明自己是好人，又不是走不回去的人。"付一农说："可不是吗！在家里还什么活都干，来到医院躺在床上，就等着送饭吃，喂着吃，成了个小孩子。"付丹香说："谁把你当小孩子？是你自己当小孩子，俺是让你躺着好好养身子，等化验结果，要不是需要做手术的病，也就很快好了。就是手术，这也是对手术有利的。饮食好身体就好，也使手术顺利，病还好得快。"

付一农说："那样，光晚上下去吃，时间不紧张，早上时间短，也吃不了多少东西，你们送也行。这样定下，可以了吧？"付丹香说："也可以先做好饭，再来看看，没事就下去吃，有事就再把饭送上来。还有，第二天想吃什么你就说，好做准备。"付一农说："闺女，我什么时候预约过饭菜来？不都是有什么，就做什么吃吗？没有就再买来做。我们还没有条件，想吃什么就做什么吃。咱这老百姓，经济上没那么高的条件。"一边说，一边吃，一会儿二老吃饱了，付丹香给老两口儿的碗里倒上点开水，请老人喝点水，漱漱口。看暖瓶的水不多了，她又去提来一瓶。

付一农的病理结果出来了，是腺型胃癌，属进展期。外科大夫进行了病例讨论，决定第二天八点行胃癌根治术，将胃大部切除，周围淋巴结也彻底清除，把残胃端与小肠的空肠吻合。应清理需切除部分胃的周边血管，动静脉皆行切断结扎，将胃从距贲门约大弯的四分之三处横行切断，空肠上端距屈曲氏韧带二十五厘米处切断后，把留存的胃切口与空肠切口进行吻合。有病变的胃从下部的幽门处切除，保留端缝合好，手术过程中要随时止血。对周边的可疑淋巴结，进行快速病理活检，并彻底清除。最后要检查有无出血、吻合有无错误。需头一天晚上即禁饮食，腹部术前清洁，备皮处理，采用硬膜外麻醉。其余按常规进行处理。让付丹香在手术单上签了字。

第二天，付一农被医护人员用手术车送进手术室，施行了 Billroth II 胃空肠吻合术。从手术中体温、呼吸频率、心率、血压和心电图监测看基本正常，术中输血二百毫升。付一农被护送回病房。手术大夫开下术后医嘱，仍继续监测各项生命体征。计液体出入量，观察胃肠减压管是否通畅和引流液量，手术刀口是否出血，继续补充液体和抗生素，禁饮食。

付一农手术期间，张勇军夫妇和两个上学的学生也来陪护。集店村主任丁和祥和文书丁肖华，林沟村主任党建民和文书党凤等，都来关注手术情况。无论施术者，还是病房的医护人员，都很重视付一农的病情。尽管认为手术是成功的，也都对癌症术后的前景担忧。术后输液体，血浆、氨基酸等辅助治疗，十天后手术刀口的缝线拆除。先是间断拆，两天后全拆除，付一农便出院了。

第四十三章

尾声

　　付一农出院后不几天，发现进食后很快就排下来。医生说是消化不良，平时人叫直肠子。医生给用了助消化的药。又听说，在围城有一位专治癌症术后的专家，郎立学便去求治。一听是胃癌手术后，那医生大夸海口，说服药一个月见效。一开就是三十大包的草药，装了一大化肥袋子，又给一塑料桶十斤微红色的药水，索取二百多元钱。带回家来，家人就认为不能吃。郎立学说："人家专家讲很有效。"徐桂贞半信半疑地煎了一包药，熬了半天，熬过两遍，浓浓的一大碗，早晚分服，喝后即呕吐不止。那微红药水闻着就恶心，给加温后喝了一玻璃杯，一天喝三次。用后呕吐四次，稀水样大便六次。气得郎立学把药水倒掉，草药也扔了。

　　付一农现在软瘫无力，身体日益消瘦。只得在医院继续输液，有的医生认为是倾倒综合征。待到术后一个月，病情未能好转，反而每况愈下。

　　再请手术大夫诊查。考虑可能是短路便先行钡餐胃肠透视。付一农吞钡后，很快钡剂就进入大肠。大夫大吃一惊，不敢相信自己的眼睛，认为不可能，不相信会发生这样的事。便又用救护车送到上级云州医院，再次检查，诊断无误，认定手术造成短路，形成倾倒综合征，需立即手术矫正。手术矫正后，经给高营养输液、补血一次四百毫升等治疗，半月后仅大便减少，刀口愈合，但病情仍日渐加重。再次行胃镜检查，发现胃贲门、吻合口处均有新生物。取病理活检，为同原癌复发新生物。五十天过后，付一农瘦了好多，体重减了二十斤。徐桂贞、李玉花也都瘦了不少。医生也无奈，付一农现在也承受不了化疗，人们都说肿瘤后期只有等了。

郎立学全家处于无限的悲痛之中，好多人伸出援助之手，有的劝烧香烧纸，上贡敬神。有人献偏方，什么蛤蟆草、疥蛤蟆、蛇浸液、蛇虫子、泥鳅等，搅得一家人晕头转向。付一农则一日不如一日，家中经济也处于崩溃状，所有收入全部用于付一农的治疗。郎立学在寸步难行中，跑到琼岛向唐丽借了一点钱才渡过了难关。

付一农在术后三个月病故，火化后与原夫人合葬了。

两个学生都考上了师范，郎立学、付丹香二人依旧当了乡村医生，隐姓埋名地圆了"乡医梦"。